KUWEI
酷威文化
图书 影视

青色羽翼 著

中国·广州

第十二章 本尊不允	251
第十三章 虚影妄念	275
第十四章 是我迟了	293
第十五章 心魔入体	309
第十六章 入魂之术	325
第十七章 所谓因果	341
第十八章 再度入魂	359
第十九章 旧日伤疤	377
第二十章 焚书仙尊	395
番外一 万事之始	411
番外二 十年之后	417
番外三 赠尔铃铛	423

目录

第一章 原来如此 001

第二章 蓝衫女子 025

第三章 相映生辉 051

第四章 正魔大战 075

第五章 血魔老祖 099

第六章 汝名破军 123

第七章 回玄渊宗 143

第八章 灭世神尊 161

第九章 神秘面具 185

第十章 紫凌阁主 207

第十一章 焚天仙尊 229

第一章

原来如此

1

玄渊宗的总坛，魔尊闻人厄已经闭关七日，房门紧闭，每日下属送来的食水分毫未动，不知道他又领悟了什么高深的功法。

负责总坛事务的袁坛主很为难，尊主没有任何吩咐便无端闭关，他不知道尊主什么时候出关，是否真的领悟了新绝招，抑或是境界有提升，这个庆功会……该不该准备呢？

魔尊闻人厄为人不喜欢铺张浪费，向来不爱形式主义，可若是尊主的功力更进一层，最起码也该吩咐教众们在总坛议事大厅等候闻人厄出关，恭贺尊上实力提升，展望下玄渊宗称霸宗界的未来才是。

袁坛主思来想去，最终决定向玄渊宗左护法殷寒江求助，殷寒江是尊主心腹，闭关前也与尊主有过接触，应该是最了解闻人厄的想法的人。

七日来始终守在修炼室门前的殷寒江一身黑衣，面若寒霜。他是个沉默寡言的人，听袁坛主说了难处后，冷漠的表情出现一丝空白，看起来竟有些茫然无措。

身量不高的袁坛主仰着头，期待地望着殷寒江的双眼，希望他给个提示。

殷寒江的嘴角动了动，憋出几个字："先不用。"

"啊？"袁坛主愣住了，"在下听说七日前尊主得到一本秘籍后，便立刻闭关了，尊主功力多年未能突破，鲜有能够入眼的功法，此刻闭关修炼，难道不是突破有望？"

"说不用，就不用。"殷寒江冷漠地道，手中的长剑弹出一道冷光，袁坛主不敢再问，连忙退下了。

他走后，殷寒江看了看身后紧闭的大门，脸上冷漠的表情转为困惑。

七天前，尊主的确得到一本书，旁人都以为是秘籍，唯有当时最接近闻人厄的左护法殷寒江瞥见了那本书的书名——《虐恋风华：你是我不变的唯一》。

这个书名险些酸掉殷寒江的一口牙，这本书横看竖看都不像是功法秘籍，就算是世俗酸儒写的艳情话本，也比这个书名起得有文采得多。

当时殷寒江本以为闻人厄会一把火烧了这个乱七八糟的东西，谁知尊主翻开第一页，扫了一眼后，长叹一声，便拿着书闭关了。

一个俗世话本，值得魔尊细细品读七日？

殷寒江在尊主的修炼室门前守得越久，心情就越复杂。

须知这是宗修界，和俗世武林、江湖是不可相提并论的。武林、江湖，是一群俗世中通过修炼、想尽办法强身健体，变得比寻常人体力稍微强一点的人聚集的地方。这些人无论内功多高，都不过是后天之境，充其量也就是一拳打死一头猛兽的实力。而宗修界则是比武林高一等次，修者脱离红尘俗世，用不同的方法通往仙人之境，其功力是超越武林人士的，称之为"先天之境"。

武林中人可能还向往情情爱爱、英雄美女的传说，宗修界却要脱离红尘俗世，斩断亲缘情缘，悟出自己的大道。尤其是他们魔宗，更是从来不信那些缠绵悱恻的爱情故事。

更别提闻人厄悟的是杀戮道，向来不沾女色，怎么会、怎么会看《虐恋风华：你是我不变的唯一》七天七夜啊？

不理解，不懂得，但殷寒江是魔尊护法、闻人厄最忠心的下属，他曾立下誓言，他死之前，决不允许闻人厄受半点伤害。想杀闻人厄的人，先杀殷寒江。

所以就算知道尊主在看言情话本，并没有闭关修炼，殷寒江还是抱着剑，默默地、默默地守在修炼室门前，寸步不离。

一墙之隔，修炼室内的闻人厄放下手中的话本，手掌悬在封面上，像是要一掌拍碎这本书。而他的手掌微微颤抖着，终究还是收了回去，没有毁掉这本书。

他的眉头微蹙，手握成拳抵在额头上，像是在思考一件极其为难的事情。

七日前，闻人厄正与心腹殷寒江商议该如何敲打一下那些对他们玄渊宗喊打喊杀的正道人士时，掌中忽然出现一本厚厚的书。闻人厄的实力在当今的宗修界也是数一数二的，除非是上界仙人，否则无人能悄无声息地将一本书塞入他的手掌中，而且不被他察觉到任何痕迹。

怀着这样的戒备之心，闻人厄没有毁去此书，而是忍着对书名的不满，翻开第一页，映入眼帘的是几行字：

> 由于剧情漏洞过多，不被读者认可。因此选择一个在读者中人气最高的角色，亲身验证剧情的合理性并进行适当的修改。

因为这句话，闻人厄立刻闭关，耗费七天时间将这本足有一百多万字的书从头到尾、逐字逐句、反反复复地看了数遍。以他强大的神识，第一遍看过后就可以倒背如流、无须再看了，但他还是重新翻看，思索其中每一句话的含义。

他看了这么多天，不懂就是不懂。每字每句都明白，连在一起也能想象得到画面和场景，可他就是无法理解啊！

这本书，讲述了一对男女前世今生纠缠不清的爱恨情仇。

女主的前世是先天神祇，与天地同生，生而为神，司灾厄，负责向人间散布疾病、灾难、死亡。听起来她像是个恶神，实际上是为了天地平衡，有生必有死，有死必有生，周而复始，方有始终。她绝对公平公正，绝不针对某一个种族，如此这般无喜无悲地度过了无数岁月。

不知多少万年后，先天神祇先后陨落，神界出现无数后天神人，这些人是当下万物灵长的人族领悟了天道，引天地之力入体内，历经千百劫难后，拥有与先天神祇相同的力量，飞升成神的，男主就是其中之一。

男主是个以天下苍生为己任的人，飞升神界后，知晓女主这个少有的先天神祇的职责就是释放灾难，他身为人时听说过的很多天灾都是女主导致的，便不断地来劝女主，希望她能改过自新。

前世的女主与天地一样没有感情，男主于她而言与天上的浮云、地上的飞鸟、耳边的蝇虫没有什么区别，顶多是吵了些，她便经常用禁言术封住男主说话的能力，并将人丢到三十三重天之外。

不过男主执着、顽强，每次都爬回来，想办法解了禁言术后，继续苦口婆心地劝女主为苍生着想。

就这样，千万载后，女主的命定劫数到了。

天地尚且要经历风、水、火三灾，无数次毁灭重生，神祇自然也是如此。女主接受自己的命运，积极应对劫数，孰料历劫时，男主又来了。

先天神祇的劫数异常可怕，女主心知自己此番必死无疑，唯有守住神魂，历劫转世，重新参悟大道才有一线生机。于是她在历劫之前，就留下了自己的神格，封存于宗修界中，待日后她得到神格，就可以恢复力量，重回神界。

渡劫之时，女主正打算放弃肉身转世，男主出现了，帮她挡了雷劫，算是替她承担了一份劫难，两人双双转世。

冥冥中女主就与男主有了因果。转世后，天真懵懂的女主在拜入师门后，见到门派中的首席大弟子第一眼，心中就产生了被雷劈的感觉，这里的"雷劈"是闻人厄根据书中"只一眼就全身麻酥酥的，移不开眼神，挪不动脚步"的描述分析出来的。从未体会过情爱的闻人厄认为这种感觉大概是只有雷击才能产生。

男主、女主一见钟情，这一世名为百里轻淼的女主恋上依旧心怀苍生的大师兄贺闻朝，对他痴心不悔，开启了一段虐女主身、虐女主心，女主却一往情深，最终为了贺闻朝放弃神格，一心只想过"只羡鸳鸯不羡仙"的生活的虐恋故事。

具体情节概述下来就是陷害、误会，百里轻淼被幽禁、被虐待、被下毒、被追杀，贺闻朝结婚，但新娘不是她，几个重要男配角对百里轻淼一心一意，呵护她、爱护她，但百里轻淼就是喜欢贺闻朝，无视其他人对她的好，偏要去找贺闻朝，又逐一被贺闻朝及其妻子、追求者、同门伤害，再由其他男配角轮番救出来，伤好后继续凑上去被虐。

这段剧情，足足写了八十多万字，闻人厄看得险些走火入魔。若是百里轻淼此刻出现在他面前，他定要将她的脑壳敲开，看看她的脑子里究竟想的是什么。

他看到最后一页，竟然不再是剧情，而是一些异常中听的话语，被称之为"书评"，书评的内容大体是：

  女主有病吧，放着神不当，守着这么一个二婚男！
  垃圾、烂尾，看了一百多万字就等着女主取回神格反击，谁知道她贱到最后。
  贺闻朝是爱女主，但苍生比女主重要、师门比女主重要、无辜百姓比女主重要、啥都比女主重要，女主是贺闻朝随时可以抛弃的存在，这种爱太卑微，要不起，要不起。
  贺闻朝祸害女主两辈子吧，人家一个先天神祇，和你后天神人三观不同，释放灾难本是司职，也是为了平衡天道，他硬逼着人家偏向人族，还搅和女主渡劫，害得女主下辈子不得不和他纠缠在一起，这个男人太可怕了，以大义为名往死里虐女主啊！
  一见钟情可以说是前世因果，但是为什么这个因果在贺闻朝身上就没那么重要？反倒是百里轻淼要死要活的？贺闻朝能娶紫灵阁阁主，百里轻淼难道就不能嫁给钟离谦或者闻人厄吗？是宗修第一世家继承人不够帅还是魔尊不够酷？为什么她要全心扑在贺闻朝身上？
  闻人厄是我追了一百多万字的唯一动力，我就想看他战胜男主，最后还是被女主祸害死了。
  闻人厄、钟离谦、殷寒江，哪个都比贺闻朝强，女主眼瞎！
  殷寒江还是算了吧，他太吓人了。
  把殷寒江拖出去，我现在看到这个名字就想做噩梦。
  拖出去，我们还是来聊聊闻人厄吧。

  评论中反复出现闻人厄、殷寒江、钟离谦等魔尊熟悉的名字，这也是他耐着性子坚持看完这本书的原因。
  闻人厄知道，书中写出的名字，的的确确是他本人。
  正如书卷开头的文字所叙述的，闻人厄仅是《虐恋风华：你是我不变的唯一》一书中痴情、霸道的男二号，他们所在的世界也不过是书中故事所发生的世界。
  一般修者知晓世界真相后，多半会心神受创，未来或是消极度日，或是癫狂入魔。闻人厄也精神恍惚了一阵，好在他早早悟了杀戮道，心志极其坚定，很快想通宗修界不过是大千世界中的一个，其他人眼中他们的世界只是本书，而《虐恋风华：你是我不变的唯一》不过是记录了寥寥数十人的爱恨情仇，书中没有描写到的地方自成世界，此书不过是记载了某个时代、某个人物的故事，并非整个世界。
  闻人厄知道自己是真正活着的，思想行为不受任何人控制，世界又是真实的，这就足够了。
  真正令闻人厄百思不得其解的是书中说他未来会爱上百里轻淼，为她与天地为敌，为她付出生命，这令冷心无情的闻人厄相当不解。

他单是看书就想把百里轻淼的魂魄拽出来摄魂一番，让她忘记对贺闻朝的感情再塞回去，怎么可能为了守护百里轻淼，在她的哀求下冒险去帮助贺闻朝？

闻人厄知道，自己若是不弄清楚这些事情，迟早会产生心魔，难登大道。就算不是为了书本开头的任务，仅是为了稳固心神，他也应该出手解决此事。

沉思三日后，他下定决心，要弄清楚百里轻淼为何会死皮赖……呃，为何会痴心一片。单是他自己是想不明白的，百里轻淼可能也糊里糊涂的，她总归是被雷劈过的，脑子不正常的可能是存在的。不过这本书中提到的其他人，尤其是百里轻淼的情敌们大概是懂的，毕竟她们也喜欢贺闻朝，还能为了贺闻朝斗得你死我活。

一个人的力量不够，那他就多寻些人吧，问得多了总能得到答案。他了解症结的所在后，改变剧情的难度也会降低。

做出决定后，闻人厄打开修炼室的门，守在门前的殷寒江见尊主出关，将长剑放在地上，单膝跪地，静静地等待他的吩咐。

闻人厄看着自己最信任的左护法，回忆起书中也有殷寒江的存在，开口道："殷护法，你对情爱一事……还是算了。"

才说了几个字，闻人厄就想起书里殷寒江那令读者毛骨悚然的所作所为，便不打算问了。

殷寒江大概也是不懂情爱的。

2

殷寒江听出了闻人厄的未尽之言，明白尊主要问他对于情爱一事是如何看待的。说实话，殷寒江也是不懂的。

他幼时被尊主从乱坟岗中捡起带回玄渊宗，始终以尊主的命令为自己的想法，从未发表过自己的意见。尽管闻人厄的话没问出口，他还是垂下头道："尊主的喜好就是属下的信仰。"

尊主若是爱看话本，殷寒江就去收集天下的话本；尊主若是喜欢什么人，殷寒江就为尊主弄来他喜欢的人；尊主的要求，就是殷寒江的命。

闻人厄凝视着单膝跪在自己面前的殷寒江，回忆起这几日塞满他脑子的剧情。从书中的记载来看，殷寒江的确做到了他此时说的话。

殷寒江，《虐恋风华：你是我不变的唯一》中的男四号，是男二号闻人厄的心腹，性格沉默寡言，对百里轻淼百依百顺，忠心守护。闻人厄喜欢百里轻淼，自己照顾不过来时，就会派殷寒江去保护百里轻淼。殷寒江为百里轻淼挨过打、中过毒、受过伤、险些丢了性命，从未有一句怨言。他甚至没有对百里轻淼表白过，说过的最露骨的话就是一次遇到危险时，百里轻淼让殷寒江先逃，他哑着嗓子说了句："我生你生，我死你生。"

　　试问哪个女孩子能够抵挡住这样忠诚、帅气、用后背诉说爱恋的男人？话本前半部分，殷寒江的人气甚至一度超过闻人厄，连全心扑在贺闻朝身上的百里轻淼都流着泪说过，此生欠殷寒江的永远还不了。

　　所有读者，包括看书的闻人厄，都认为殷寒江是深爱百里轻淼的，谁知后期闻人厄为了百里轻淼赴死后，殷寒江就……

　　闻人厄回忆着自己反复看过四五次的剧情，问道："本尊在时，你确实忠心耿耿。可若有朝一日，本尊去了呢？"

　　听到闻人厄的话，殷寒江的身体一震，撑在地面上的手臂微微颤抖起来，似乎单是想到闻人厄会死这个可能性就令他难以承受。殷寒江不愿意去想任何闻人厄陨落的可能性，但闻人厄问了这个问题，他就逼着自己想。未过多时，殷寒江的额头上沁出冷汗，显然是将自己逼到极致。

　　良久，他从牙缝里挤出一句回答来："属下会死在尊主前面。"

　　闻人厄拂袖，不经意间拭去殷寒江额头上的冷汗，动作十分温柔，说的话却十分冷酷无情："若本尊有未完成之事，不许你死呢？"

　　殷寒江浑身震颤，由单膝跪地改为双膝跪地，双掌贴在地面上，深深地低下头道："属下不知。"

　　他不知，闻人厄知道。

　　书中闻人厄死前命殷寒江保护百里轻淼，书里的闻人厄认为殷寒江也喜欢百里轻淼，一定能代替自己好好守护她。殷寒江也确实做到了，不离不弃地跟在百里轻淼身后。

　　可与此同时，书里莫名其妙地出现一个鬼面人，他似乎无处不在，用尽各种办法残害百里轻淼。百里轻淼受伤后，他在伤口上撒化骨粉；百里轻淼昏迷后，他将人扔进万蛇窟中；百里轻淼落单时，他架起油锅要用百里轻淼炼油。每一次出场，鬼面人的变态行为都会升级。

　　读者们一直在猜测鬼面人是哪个恶毒的女配角伪装的，虽然书中的描述是位男性，不过在宗修世界，女扮男装也不是什么难事。

　　谁知某一次百里轻淼和殷寒江被鬼面人追杀躲在山洞里时，百里轻淼柔声道："殷大哥，多亏有你在我身边。"

　　"是吗？"殷寒江道。

　　百里轻淼疲惫至极，靠在殷寒江的后背上正欲沉沉睡去，却见殷寒江一直拿着的包裹里露出一个东西。她定睛看去，正是那个令她无数次从噩梦中惊醒过来的鬼面具！

　　殷寒江在闻人厄死后，终于做了一件违背闻人厄的命令的事情。他要百里轻淼受尽折磨而死，他要让百里轻淼殉葬，并将其炼制为一盏永远不灭的魂灯，为闻人厄点亮一盏长明灯，照亮闻人厄离去的路。

他之前的万般呵护，绝非倾慕百里轻淼，而是闻人厄要他这么做，他才把百里轻淼的安危放在心头。闻人厄因百里轻淼而死去，他就要将这个女人千刀万剐。

看书时，闻人厄不懂殷寒江的想法，出关后询问这一句话，才明白殷寒江的痛。书中的第一个难题，终于解开了。

"起来吧。"闻人厄道。

殷寒江的右袖在唇边蹭了下才稳稳起身，闻人厄抓起他的右臂，在袖口处嗅到一丝血腥味。

逼他去想象魔尊死去这件事，竟令殷寒江这般痛苦。饶是杀戮道的闻人厄，也不免有一丝动容。

此时的闻人厄还未像书中描写的一般深爱百里轻淼，完全不觉得殷寒江的所作所为有什么不对。他们魔道中人，哪有那么无私，得不到就毁掉，死去时拉对方一起陪葬太正常了。

闻人厄只想对书中的殷寒江道一声："做得好！"

顺便把书中的魔尊揍一顿，比起脑子有问题的女主，闻人厄更不能接受自己竟然也为了情爱抛弃一切，这根本不可能。

他为何会深陷其中，无法自拔呢？百里轻淼又为何会喜欢贺闻朝到失去自我，受过无数次伤害也要和他在一起呢？书中恶毒的女配角，为何要为了贺闻朝陷害一个无辜女子？

闻人厄不解的事情太多了。

殷寒江为他解答了一个疑问，却还有更多的问题等着魔尊。

闻人厄把手掌放在殷寒江的胸口，注入一道真气为他疗伤。殷寒江丝毫没有抵抗，任由闻人厄霸道的真气进入丹田，帮助他压制因心绪不稳而躁动的真元。

顺手治疗了殷寒江后，闻人厄吩咐道："命右护法来议事厅。"

殷寒江领命，取出尊主令符，召唤右护法。

两人来到议事厅等了一会儿，一个紫衣女子才姗姗来迟。她身上穿着的说是衣服，其实不过是一条紫色的轻纱，轻纱缠住了身体而已，该遮的没遮多少，反而更衬得身姿曼妙，引人遐思不断。

奈何眼前的两人皆是心冷如铁，右护法舒艳艳早已经习惯两人的反应，妖娆地做了个拜见尊主的动作，得到许可起身后，就迫不及待地问道："尊主，可是要下山攻打那些道貌岸然的正道伪君子？属下已经迫不及待了。"

说罢她掩了下嘴，露出一个期待的笑容。

闻人厄是了解自己的这位下属的，沉声道："你是迫不及待地想要教训伪君子，还是迫不及待地想借他们来修炼你的功法？"

"这不是一回事吗？"舒艳艳对闻人厄眨眨眼，"尊主你是知道我的，证的是随心之道，但凡有这样两全其美的事情，我是从来不会错过的。"

闻人厄抬了下手，舒艳艳得到许可，走到他右边的座椅上坐下。她懒散地舒展着一双长腿，举手投足之间散发着令人难以抗拒的女性魅力。

闻人厄无视右护法不经意间释放的魅惑，缓缓地问道："上清派的首席弟子贺闻朝你可知道？"

"您说他呀？那我可感兴趣了。"舒艳艳坐没坐姿，懒洋洋地瘫在座椅上，单手托腮，眨眨眼道，"三个月前，尊主不是命我等下山调查正道的动向吗？我扮成一个楚楚可怜的平凡歌女，在酒楼里装作被人欺负给上清派的那些年轻弟子看，正是这个贺闻朝出手相助。这个男人啊……"

说到这里，舒艳艳舔了下唇，似乎在回味什么，缓了一会儿才说道："元阳充足。"

她在想什么，闻人厄清楚。

书中，贺闻朝的元阳的确是被舒艳艳吸收了些的。贺闻朝还因此功力大减，舒艳艳将贺闻朝关在自己的道府中，几乎把人掏了个空，最终竟然还是百里轻淼冒死救了贺闻朝。为了给他补充元气，百里轻淼还去万里冰原寻找灵药雪中焰，帮助贺闻朝吸收灵药后，功力大增。

舒艳艳算是书中前期第一号恶毒女配了，还不是因为喜欢贺闻朝，仅是单纯想吸收他的元阳，十足的魔女行径。也正因为舒艳艳是坏人，是为了谋害贺闻朝的，百里轻淼才第一次原谅贺闻朝与其他女子的暧昧关系。

玄渊宗魔女修炼的就是魅感功法，而且舒艳艳的功力比贺闻朝高出太多，她想做的事情，贺闻朝根本无法反抗，是被害者。

那时百里轻淼还不知道，有第一次就有第二次，未来贺闻朝会有无数次"被迫"等着她谅解。

"说说当时的情况。"闻人厄道。

按照书中的字数看，现在剧情应该只进展到七八万字，也是全文唯一有甜蜜描写的地方。百里轻淼拜入上清派，对贺闻朝一见倾心，两人在同一门派修炼了十多年，算是两小无猜。贺闻朝对小师妹十分照顾，他们背着师门里的人花前月下，半夜偷偷到后山练习功法，发乎情止乎礼，相处中产生的情感如蜜糖般淌入心中，甜得让人牙疼。

其间也有几个同门女弟子闹脾气，不过那时大家年轻，心思单纯，没做出什么出格的事情，贺闻朝也是年少英杰、师门宠爱的天之骄子，还没有背上师门责任的重担。

舒艳艳这个魔女，就是两人的第一个矛盾点。

"谁还能记得太多，光想着那个年轻人的元阳了。尊主知道，我的功力停滞多年未有进境，再这么下去，皮肤都要出皱纹了。"说话间舒艳艳拿出一面镜子，照照自己宛若二八少女的脸，这才满意地继续说道，"贺闻朝的元阳不同寻常，他是雷灵根，身上有雷火之力又仿佛隐含着一股神秘的力量，我总觉得若是吸收了他的力量，一定能提高实力！"

修者有金、木、水、火、土五种寻常灵根，又有风、雷、冰、光、地五种变异灵根。普通人多是三、四、五种杂灵根，双灵根在宗修界就算资质上佳，单灵根则是万里挑一的资质，变异单灵根，更是万年难遇的天纵奇才，贺闻朝正是雷系单灵根。

转生前被天雷劈出来的单灵根吗？闻人厄暗暗沉吟。

那股神秘的力量，自然是神力。贺闻朝曾经是后天神人，是带着他的后天神格转生的。百里轻淼是先天神祇，神格与天地同生，无法跟着她融入普通人的身体中，贺闻朝的神格却可以。

舒艳艳若是采补了贺闻朝的神格力量，的确能够实力大增。

"三个月前，你为何没有对他下手？他的实力应该不及你。"闻人厄道。

"唉，"舒艳艳叹口气道，"我是想过下手的，可是他的力量十分特殊，若不是心甘情愿，我强迫不了。他是有个心上人的，是个长得不输我的小丫头，这小丫头还十分敏锐，一直怀疑我，看情郎看得紧得很，根本不给我机会。"

"哦？"闻人厄微微挑眉，"必须心甘情愿？"

书中可没提到，那本书是以百里轻淼的角度看待这件事的，贺闻朝对她说自己被舒艳艳迷晕带走，百里轻淼就相信了。

"尊主你还不知道我吗？"舒艳艳娇嗔道，"我向来讲究的是你情我愿，那些男人啊，要是表现得好一点，讨我欢心，我在修炼中还会返还一些足够补充他们损失的真元。除了敌人，我府里那些小甜心，哪个没尝到甜头？有些人我看腻了赶他们走，他们都不肯走。"

这个还真不知道，看来本尊所不知的事情挺多。闻人厄暗暗想道。

"不过贺闻朝我倒是不会便宜他了，"舒艳艳向闻人厄表忠心，"他们上清派是这次进攻玄渊宗的领头人，我怎么能对敌方大弟子手下留情？尊主放心，我化作凄苦女子，背着百里轻淼那个小丫头与贺闻朝已经暗中往来一段时日了，他可怜我，经常偷偷下山接济属下，我迟早能把他弄到手。"

闻人厄沉吟片刻道："不，不必。"

"不必什么？"舒艳艳眨了眨漂亮的大眼睛。

"不必毁了这个人，"闻人厄用手指敲了敲座椅的扶手，吩咐道，"照你的习惯办，有来有回才能长远，他体内的确有特殊的力量，对你好处很大，用不着把事情做绝。"

"哈？"舒艳艳惊呆了，这还是她那个能斩草除根、绝不网开一面的尊主吗？

她蹙起眉头："那可是上清派最看好的首席大弟子，正道百门的顶梁柱，不趁着年少毁掉他，难道还要留个后患吗？我若是在修炼时反哺他一些，他的功力提升得可更快了，就算这对我也有好处，可对玄渊宗而言，不是什么好事。"

舒艳艳说话间，表情变得狠戾起来，再没有之前那种娇软妩媚的样子。

她的话，大大取悦了闻人厄。

在闻人厄看来，这才是一个修者应有的样子。大道无情，与其贪恋情爱，倒不如在其中获得好处。而且立场一定要坚定，决不能因为一时的心软养虎为患。

瞧瞧舒艳艳的觉悟，看看殷寒江的做法，再回想起书中痴情为百里轻淼放弃玄渊宗的自己，闻人厄深深觉得自己不及两位护法良多。

换成寻常人，只怕会想着日后离百里轻淼远一些，免得深陷其中。闻人厄却是个迎难而上的性格，他定要会会百里轻淼与贺闻朝，冷下心肠，绝不为情爱所动！思及此，他吩咐道："舒艳艳，事情要向长远看，你要做一根钉子。"

舒艳艳略一思索，双掌轻击，眼睛亮了起来："尊主，属下明白您的意思了。我要做的，是以楚楚可怜之姿诱惑正道未来的栋梁，化百炼钢为绕指柔，让他认为我是个身在魔道心向光明的良善女子，要他为我痴迷，沉迷我的美色，沉迷我为他带来的功力。如此一来，当某日我对他说救救我时，他必会透露一些自己认为不重要的门派信息给我，若他将来能当上掌门就更好了，一点点引诱他入魔，直到他深陷其中，无法自拔。"

舒艳艳越说越激动，当下便要下山扮演弱女子，放长线钓大鱼才是正路！

闻人厄哭笑不得。

他只想让百里轻淼看清贺闻朝是自愿与舒艳艳在一起的，这才让舒艳艳勾住贺闻朝，谁知舒艳艳想得比他深，将事件从男女之间的小事，上升到正魔大战的大事上。

他的右护法，当真是个胸有大志的女子，以往闻人厄竟毫无察觉。

"你的计划可行，切记两点，第一，莫要伤害百里轻淼；第二，自己不要陷入情爱中。"闻人厄嘱咐道。

"尊主真是高瞻远瞩，留着百里轻淼，让她无理取闹，反而更容易将贺闻朝推向乖巧的我，留着她比除掉她要有用。"舒艳艳认同地说道，"至于贺闻朝，尊主且放心，属下身经百战，早就看透这天下伪君子了。"

舒艳艳说罢转身离开议事厅，将纤细的背影留给两个沉默的男人。

"殷护法，"许久后闻人厄才开口，"本尊不及右护法太多。"

他说的是书中的自己。

殷寒江道："尊上才是世间最睿智之人，右护法不及尊上万一。"

"你啊……"闻人厄摇摇头，话锋一转，"你随我下山，我要会一会这些上清派的小辈。"

他倒要看看，这一次舒艳艳没有吸干贺闻朝，贺闻朝又要如何向百里轻淼解释，女主还会不会如原书描写的那般原谅贺闻朝。

魔尊真的很好奇。

3

修者借天地之力，瞬息千里，不过半日时光，几人就来到了上清派附近的小镇中。这还是闻人厄放慢速度等待殷寒江，若是他自己，一刻钟就能抵达。

这个世界的修者境界依次分为引气、炼气、筑基、金丹、元婴、化神、合体、境虚、大乘九个等级，每个等级又有九层小境界，突破大乘期九层天道便会降下天劫，渡劫飞升仙界。据说仙界又有散仙、天仙、金仙、大罗金仙、仙君、仙帝等境界，突破仙帝会飞升神界。神界也分为数个等级，但后天神人无论怎样修炼，绝无可能胜过先天神祇。先天神祇与天地共生，后天修者无论多强也只是借天地之力，前者天地是我家，后者乃是借住，终归是差了一大截。

魔尊闻人厄已经是公认的魔道第一人，也不过是大乘六层，女主百里轻淼曾比这本书中出现的所有人都要强无数倍，却为了贺闻朝生生放弃神格，也不怪闻人厄觉得她的脑子有问题了。

他甚至怀疑贺闻朝用了什么邪术控制了女主的神魂，可宗修界的邪术，就算再强，在百里轻淼融合神格后也会不攻自破。这就好比一滴毒液融入汪洋中，一缕毒烟卷入暴风中，在绝对强大的力量面前，一切邪术皆为空谈。

闻人厄坐在茶社二楼上，抿了一口殷寒江送上来的茶，皱眉深思。

"属下功力低微，误了尊主的时辰。"殷寒江没有坐下，站在闻人厄的身后道。

"无妨，"闻人厄指了指身边的位置，"坐。"

殷寒江顺从地坐在闻人厄的身边，尊上不发令，他不会坐；尊上发令，他也不会虚伪地说一句"属下不敢"。在闻人厄的命令之下，就算不敢，殷寒江也会去做。

"自然些，收敛气息，你我现在只是稍会些拳脚功夫的武林人士。"闻人厄见殷寒江背脊僵直，吩咐道。

他一个指令殷寒江一个动作，笔直的后背放松下来，只是肌肉还紧绷着。

殷寒江很少与闻人厄对视，几乎不抬头，手中拿着茶盏，盯着散发着淡淡香气的茶水，也不去喝一口，像个提线木偶，没有思想，闻人厄说一句，他动一下。

论四大坛主实力，袁坛主是合体九层，另外三位更是境虚巅峰，右护法舒艳艳也有境虚六层，玄渊宗直属闻人厄的六人中，殷寒江的实力最弱，只有合体一层，地位却是玄渊宗一人之下万人之上。

按理说，他是无论如何也不该当上左护法的，之所以可以身居高位，是因为闻人厄信任他，以及他对闻人厄的忠心。

闻人厄在尸堆中发现他时，殷寒江仅剩下一口气，身中尸毒，半个身子溃烂得不成样子，没人会将他当活人，就算知道他还能存活，也不会有人救他。

偏偏闻人厄路过。他对生死的感知极为敏锐，发现了双目呆滞、静静等死的殷寒江。

彼时还是魔道一个小宗门门主的闻人厄，用脚尖踢开殷寒江身上的尸体，高高在上地俯视着那个孩子，用冷酷无情的声音说道："我需要一把剑。"

小小的殷寒江不知从哪里来的力气，抬起小小的胳膊，抓住了闻人厄。

自那以后，殷寒江就变成一柄没有感情的剑，只为闻人厄挥动。

他的实力增长得飞快，短短数十年就晋升至合体期，比闻人厄当年还要快上数倍。谁知晋升合体期后，殷寒江无论怎样修炼，都不能再晋升，境界滞留百年。

闻人厄本以为殷寒江的资质到合体期便是尽头了，可书中明明白白地写着，鬼面人的实力是大乘期巅峰。

这也是女主没猜到殷寒江就是鬼面人的原因，一是殷寒江前期对她太好了，根本无法让人怀疑；二是殷寒江虽然因为保护女主得到了一些机缘，实力也是合体九层，有谁会把大乘期的鬼面人当成殷寒江呢？

《虐恋风华：你是我不变的唯一》这本书的后半部分，鬼面人已经是宗修界第一人了，若不是对拿百里轻淼炼油这件事有执念，早就可以破碎虚空渡劫飞升了。

百里轻淼是真的被鬼面人丢到炉中烤过的，奈何她运气好，在关键时刻融合神格，爆发出极为可怕的力量，反灭了殷寒江。

殷寒江是合体期，鬼面人却是大乘期，差了两个境界。

闻人厄望着自己最信任的下属的侧脸道："手伸出来。"

殷寒江探出手，闻人厄扣住他的脉门，一道真气自腕间注入他的体内，查探一番后，确定他当真是合体一层，没有丝毫掺假。而且丹田中累积着大量无法转换的真元，是他修炼百年留下的。应该是他为了突破境界强行容纳自己难以承受的真元，这样一定很痛苦。

若不是那本书，闻人厄绝不可能了解殷寒江的情况，会一直认为他是天资不够。

看来，书中很多看似匪夷所思的剧情，实则是有合情合理的解释的。

"这种情况多久了？"闻人厄问道。

殷寒江避开不谈，反而说道："属下会尽力突破。"

望着他这副样子，闻人厄的脑海中浮现出一些比较久远的往事。他带殷寒江回到宗门后，就一心想干掉敌对门派，便将殷寒江扔在门派里放养，随手丢了一套功法过去让殷寒江自己修习。

十年后他回到门派中，殷寒江已经成长为一个挺拔的少年，在后山一次又一次、一次又一次地练习着劈剑。闻人厄十年前留给殷寒江的任务是让他斩断后山的瀑布，他就这样斩了十年。

执着、坚定、忠诚，这三个词，足以描述殷寒江这个人。

"别把自己逼太紧，"闻人厄道，"慢慢来就好，本尊已经足够强大了。"

他以为这是安慰，谁知殷寒江的眼中闪过一抹被遗弃的忧伤，哑声问道："尊主不需要属下了吗？"

其实是不太需要了，当年闻人厄要一统魔道，迫切需要人才。现在玄渊宗势力壮大，整个魔道被闻人厄压得服服帖帖的，宗门左右护法、四大坛主对他忠心耿耿，闻人厄早就不用一个才合体期的护法保护自己了。

殷寒江这柄剑，没有出鞘的机会。

闻人厄没回答他的话，自袖里乾坤取出那本比砖头还厚的书，翻开某一页。殷寒江护着百里轻淼躲过上清派的追杀时，百里轻淼感激地对殷寒江说："殷大哥，你对我太好了。"

殷寒江抱着剑，火光中映出他带着淡淡微笑的脸："你是尊上唯一需要执剑守护的人。"

初看时，会认为殷寒江是将自己对百里轻淼的情感压在心底，用忠诚当借口。再看时，闻人厄却注意到了"剑"字。

闻人厄已经闲置殷寒江这柄剑太久了，为了百里轻淼的安全，才重新拿起这柄剑。殷寒江为什么会笑呢？不是他喜欢百里轻淼，是他被闻人厄需要了。

闻人厄收回书，看向殷寒江，心中生出一种不知名的感觉，略带酸涩。

"本尊是不需要剑了。"他冷冷地道。

殷寒江眼中的光一点点熄灭，他抽回放在桌子上的手，牢牢地握住腰间的剑。书中多次用"抱剑"形容殷寒江的动作，修者达到筑基期便可将本命法宝收入体内，就算是炼气期，也有乾坤袋等储物法器，没必要把武器握在手上，殷寒江却总是在抱剑。

闻人厄不知道自己的眼神柔和了下来，继续说道："但本尊需要殷寒江。"

殷寒江抓着剑的手松了松，又听闻人厄说："本尊与殷寒江相识于微时，本尊不信天下人，唯信殷寒江。"

"尊上……"

殷寒江的话未出口便被打断，一个抱着琵琶、身着单薄白衣的女子走上二楼，弹着琵琶唱起歌来。

闻人厄无语。

殷寒江无语。

这个女子正是舒艳艳，两人见惯了她衣着性感的样子，还真不适应看起来楚楚可怜，宛若一朵风中瑟瑟发抖的小白莲般的舒艳艳。

二楼坐着不少客人，舒艳艳是茶楼歌女，一曲唱罢又开始卖花。

她走的是自立自强的路线，唱歌不收费，不过唱完后会卖花，卖花的收入还得与茶楼老板三七分，茶楼老板七，她三，真是要多可怜有多可怜。

闻人厄手里捏着一锭十两的银子，随手丢进舒艳艳面前的花篮中。舒艳艳提着花篮缓缓走到闻人厄面前，轻声细语地说道："这位客官，小女子并非卖唱，而是卖花。一篮花只要十文即可，用不着这么多钱。"

她脚下摆着十篮花，全部卖光分给老板后，自己只剩下三十文，存上半个月才能吃口肉，余下的日子就得啃馒头。

闻人厄没看舒艳艳，睨了眼殷寒江，传音道："叫大哥。"

殷寒江的表情像是在做梦，他按照闻人厄给他的剧本，毫无感情地背着台词："尊……我大哥让你收，你就收，别不识抬举。"

"大哥"二字出口，殷寒江整个人都不好了。

"多谢两位客官的好意，可不该收的银子，小女子不会收的。"舒艳艳伸出修长冰冷的手指，取出花篮里的银子，放在二人面前的桌子上，有礼貌地福了下身。

按理说，闻人厄应该把银子扔进舒艳艳的衣襟中，道一声"你当众取出来我就收回去么"，让她在茶楼中无助地哭出来。不过他实在不擅长做这种事，殷寒江也没这个爱好，两人只能默默地喝茶，不理舒艳艳。

舒艳艳见他们没反应，心里有些着急，尊主不欺辱她，接下来还怎么演？她本来已经安排好属下演这一场戏，谁知尊主要来看热闹，她才命令下属待命，将重头戏交给尊主来演。

她以为男人都有劣根性的，演这么一出戏，那不是很愉悦的事情吗？哪知尊主根本不是这样的人，对欺凌弱小毫无兴趣。

他不是魔修吗？做点魔修该做的事情不好吗？

舒艳艳眼见贺闻朝和百里轻淼已经来到茶楼下面了，观众到场了，戏台子还没搭起来，这可怎生是好？她急得向尊主疯狂地眨眼睛。

"你来吧。"闻人厄暗中传音给殷寒江。

他决定以后多吩咐点事情给殷寒江做，免得他一副"尊主不需要我，我就可以去死了"的样子。

殷寒江回忆了一下舒艳艳给的剧本，听到尊主的命令，木然地看向美丽的舒艳艳，他……要拉开舒艳艳的衣服，把银子塞进她的胸口？还是在尊主面前？

他十分为难，可这是尊主的命令！

"你自己决定就好，不必在意舒艳艳的计划。"闻人厄感觉到殷寒江的为难，传音吩咐道。

殷寒江得到许可，脸上的表情一下子放松下来，冷漠无情地道："既然不识抬举，就别怪我不客气了。"

说罢他一只手拎起舒艳艳，将她从二楼摔了下去，直接丢到贺闻朝与百里轻淼的脚下。

舒艳艳讶然失色。

贺闻朝见一道人影从天上掉下来，想上去相助，怎奈百里轻淼在身边，他刚因上清派柳师妹的事情与百里轻淼吵过架，不想惹她生气，见这道人影是个看不到脸的女子，就没出手。

反倒是百里轻淼看到有人从二楼摔下来，飞身上前要救人。

舒艳艳的计划碎得四分五裂，她无论怎样都不能让百里轻淼救了自己，要救也该是贺闻朝救，让贺闻朝当着百里轻淼的面与其他女子搂搂抱抱！于是舒艳艳心一横，运足真气加速，硬是赶在百里轻淼碰到自己衣角的瞬间落到地上，还特意暗中用真气给自己一道伤害，伪装出摔成重伤的样子。

百里轻淼只抓到一块白色的衣料，就见那个柔弱的女子重重地落在地上，吐出一口鲜血。她蹲下来，半跪在这个女子面前，将她扶起来，关切地道："姑娘，你没事吧？"

脸转过来后，竟然是个熟人，百里轻淼吃惊道："舒姑娘？"

贺闻朝这才姗姗来迟，见是前几日救下来的可怜女子，自己心中对她还有一丝好感，心中不禁懊悔没能及时救她。

化名为舒莲的舒艳艳被百里轻淼半抱在怀中，心头落下一滴泪，不该是这样子的！

按照她的剧本，应该是她被客人欺凌，贺闻朝看不过去出手相助，脱下外袍给狼狈的她穿，百里轻淼见她穿着心上人的衣服，被忌妒冲昏头脑，不顾情形与贺闻朝大吵一架，将贺闻朝推到她身边。接着贺闻朝送她回家，她流泪，贺闻朝抱着她安慰，一来二去，两人不就好上了？男人，呵呵。

为什么变成这样了？

百里轻淼取出治伤的丹药，轻轻掰开她的下颌，喂奄奄一息的舒艳艳服下。普通人很难承受宗修界灵药的药力，百里轻淼只能给舒艳艳吃一些保护心脉和内脏的药，皮外伤和骨折还得靠舒艳艳自己恢复。

吃下药后，舒艳艳惨白的脸色好了不少，也不能继续装晕，她绝望地睁开双眼，保持人设，含泪对百里轻淼道："多谢百里姑娘。"

摔下楼时，舒艳艳特意护住自己的脸，只在额角磕出一道血痕，保留一种受伤的美，配上她的神情，越发显得令人怜爱。可惜这个表情正对着百里轻淼，贺闻朝在百里轻淼的身后，看不到。

百里轻淼自幼在上清派长大，受到的教育是锄强扶弱，平日里与贺闻朝闹些小脾气，之前也会因为贺闻朝对舒艳艳太关注而闹脾气，可在大是大非上，是绝对没问题的。

一个弱女子在她面前被伤害，百里轻淼不允许！

她单手搂着舒艳艳的腰，飞上二楼，将舒艳艳放在椅子上，怒视着闻人厄与殷寒江："是你们把她扔下去的？"

舒艳艳已经不敢看尊主了，别过头装哭。

闻人厄放下杯子，看向百里轻淼。

书中闻人厄与百里轻淼第一次相遇时，是闻人厄练功出了岔子，又遇上上清派率领正道百门攻打玄渊宗，闻人厄强行迎战受了重伤，晕倒在河中，被因其他女配排斥而落单的百里轻淼救下。百里轻淼不认识闻人厄，还以为是其他门派受伤的同道，就细心照料他。

闻人厄醒来，见一缕阳光映在百里轻淼的脸上，她的身上宛若笼罩着一层神光，显得美丽又神秘，真心在一瞬间陷落，闻人厄从此对这个善良的女子呵护备至。

现在，闻人厄想看看，没有受伤、没有心神不稳以及没有救命之恩的寻常状况下与百里轻淼相遇，会是怎样的场景。

百里轻淼怒不可遏，长发随真气飘起，闻人厄审视着她，看到她身上笼罩着一层淡淡的神光。

嗯？

闻人厄眨了下眼睛，运起真元查看，依旧看到了那道神光。

书里每次从闻人厄的角度描述百里轻淼时，用的皆是类似"女神""神圣"的词语，闻人厄只当修辞过度来看，谁知竟不是修辞过度，而是真的有神光！

他用余光看了下殷寒江与舒艳艳，却看不到这道光。

闻人厄思绪飞转，猛地想到他修的是杀戮道，三百年前入道，正是源于一场战争。

百里轻淼的原神格是什么职责来着？

司灾厄，负责向人间释放疾病、战争、死亡。百里轻淼今年十八岁，也就是说，神界天劫是在十八年前。

那么三百年前，闻人厄入道时的战争，正是神祇时的百里轻淼引导的。等于是，闻人厄的悟道与百里轻淼有关，她算得上是闻人厄的半师？

有这番因果，百里轻淼不转世，闻人厄在飞升神界前都无须偿还。偏偏百里轻淼转世，还遇到闻人厄，冥冥之中，他一定要偿还师恩才能渡劫。

原来如此。

4

作为一本话本的女主，百里轻淼的容貌几乎是无可挑剔的。她身着上清派女弟子的鹅黄色长裙，长发简单地绾起来，用最普通的五彩绳系了一下，发髻上插着一枝鲜嫩的桃花，正是人面桃花相映红，额上几缕轻盈的额发，衬得她不施粉黛的脸干净、清爽，她的耳朵上仅有一对淡黄色的细珠耳坠，青春俏丽的气息扑面而来。

闻人厄被百里轻淼的神光吸引，根本没注意到这女人长什么样子，殷寒江握着剑，在他眼中敢对闻人厄释放敌意的百里轻淼已经是个死人了。

贺闻朝终于赶上楼。他和百里轻淼相处十几年，再美也看习惯了，上楼后注意力直接落在舒艳艳身上，花钱命店小二去请个能治跌打损伤的大夫来，便半蹲在舒艳艳的椅子旁边，关切地道："舒姑娘放心，我定会为你讨回公道！"

舒艳艳略感无语。

不对，难道只有她一个人发现百里轻淼这小丫头其实很漂亮吗？这三个男人的眼睛都失明了吗？还有讨公道的明明是百里轻淼，贺闻朝凑什么热闹？

尽管满腹疑问，事业心极其强的舒艳艳还是谨记自己的使命——勾引贺闻朝，勉强将苍白的小手放入贺闻朝宽大的掌心中，眼中满是依恋地道："小女子命比纸薄，今日能遇上贺公子已是三生有幸，百里女侠，你们不要为我与人结怨。"

结怨了你们打不过啊！舒艳艳在心里嘟囔着。

此时的百里轻淼太年轻，才刚刚筑基，贺闻朝的年纪大一些，也不过是金丹期，用不着闻人厄出手，殷寒江的剑也不必出鞘，一根手指就能摁死这两个上清派的小辈。

百里轻淼听了舒艳艳的话后更觉得生气，也觉得后悔。今日贺闻朝要来探望舒姑娘，他说日前几个师兄弟在小镇中遇到舒姑娘，出手相助，虽然是偶一为之，也要负责到底。若是他们救了舒姑娘却没能救到底，这份因果是要算在他们头上的，来日渡劫时的天雷也会重上一分。

百里轻淼心里只想着吃醋，又因为柳师姐的事情与大师兄贺闻朝闹了一阵，他们本来打算辰时一刻出发，因为她拖延到巳时。大师兄的功力高强，推演天机的道行也比自己强，说不定今日就是隐隐感到不对，才会着急出发。她要是早一点来，舒姑娘或许就不会……

心怀愧疚的百里轻淼听到舒艳艳那可怜巴巴的话自是气不过，手臂一伸，腰间一道与衣服颜色不太搭配的银色绸带无风自动，这是她筑基期后炼制的本命法宝映月玄霜绫，施展起来宛若一道银光在月色里熠熠生辉，美不胜收。

"师妹！"贺闻朝心系舒艳艳，也关爱自小照顾到大的百里轻淼。见师妹祭出本命法宝，怕对方是修者，师妹会受伤，便闪身护在师妹面前，背后的长剑出鞘浮在空中，剑尖指着两人。

舒艳艳哭泣道："你们不要为了我受伤啊！"

酒楼中的客人早在殷寒江丢舒艳艳下楼时就都吓跑了，此时二楼只剩下对峙中的几人。

殷寒江的表情沉下来，对方既然已经亮出武器，那他也……

"寒江。"闻人厄抬手按住殷寒江握着剑柄的手，暗自用了下力，阻止他一招把男、女主都打死。

殷寒江由于幼年时在死人堆里躺了数日，尸气入体，无论怎么修炼，四肢百骸皆是冰寒一片，手很冷。

闻人厄则是在热血与战争中修道，他的血液温度远高于常人，掌心炽热，按住殷寒江的手，将温度传递过去。

殷寒江被闻人厄这么一阻，动也不敢动，仿佛在这个时候动一下指尖都是种逾矩行为。

手这么冷，看来是有内伤的，应是与幼年时期的经历有关。殷寒江的功力难有进境应该与此有关，治疗的方法正是找到书中记载的严寒中生长出来的天下至阳灵药雪中焰才行，闻人厄心中暗暗沉思。

对，正是那个百里轻淼丢掉半条命，帮贺闻朝找到的雪中焰。

闻人厄对夺取男主、女主的奇遇一点兴趣也没有，现在身为宗修界第一人，也用不上那些机缘，可殷寒江真的需要雪中焰。

他对殷寒江不闻不问这么多年，只把他当成一个普通下属，要是没看到那本书，大概会一直无视他吧。想起书中自己死后殷寒江那癫狂偏执的样子，闻人厄心中动容，也忍不住想对殷寒江好一点。

"看来两位是修道仙长，有大法力之人，又何必为一个低贱女子大动干戈呢？"闻人厄不想与半师百里轻淼为敌，主动退让道。

"你说什么？"百里轻淼怒不可遏，想上前攻击，被贺闻朝拦住。

百里轻淼此时未受过剧情摧残，性格单纯，胸无城府，看不出两人功力的深浅。贺闻朝则已经数次历练红尘，能够看出闻人厄可能功力不低，心想，这二人如此沉稳，该不会是元婴期高手吧？

他掌心出汗，小心地对师妹传音道："师妹，他们不好对付，我且拦着他们，你速速去师门求救。"

贺闻朝心中，百里轻淼是他喜欢的小师妹，他是一定要护着小师妹的，就算自己死了，美丽可爱的小师妹也不能受伤。

"师兄……"百里轻淼见师兄严阵以待，才知道遇到高手，心里害怕又感激。

两人靠传音暗中筹谋，却不知以他们的法力，身边的三个人将传音听得是清清楚楚。

闻人厄略为费解，他都退一步了，气氛怎么会变得更加剑拔弩张了呢？该怎么收场呢？以往遇到这种情况他是怎么做的呢？好像是……直接秒杀？连与他发生冲突的人的长相都不记得了呢。

还好有舒艳艳在，作为尊主的右护法，她立刻看出闻人厄的想法，当即拖着受伤的身体爬到四人中间，颤抖着手抓起桌子上的银子，哭着说："贺公子、百里姑娘，你们不要为我受伤啊，这位大爷说得没错，我不过是个低贱女子罢了。"

说罢，她委委屈屈地主动把银子塞进衣襟里，含着泪哽咽着道："多谢客官赏赐。"

表演的同时，舒艳艳还不忘传音道："尊主，我求你了，说句'算你识相，看在上清派的面子上不与你们两个小辈计较'就走吧，我这一番表现，肯定能勾住那个多情种的。"

闻人厄点点头，照本宣科道："算你识相，看在上清派的面子上不与你们两个小辈计较。"

话音刚落，他就拉着殷寒江消失，贺闻朝与百里轻淼想追都追不上。

"舒姑娘！"贺闻朝连忙抱起因骨折只能爬行的舒艳艳，心疼不已，是他的功力太弱，无法战胜眼前那两个疑似元婴期的高手，才让这样一个凄楚可怜但生性坚强自立、宛若莲花般出淤泥而不染的女子为自己备受折辱，是他的错。

百里轻淼看贺闻朝抱着舒艳艳，又见舒艳艳的双腿流血，白色的长裙已经被鲜血染红大半，顾不得吃醋，当即道："舒姑娘这样子寻常大夫恐怕不能让她痊愈，我回师门请姚师兄救她。"

"好，我先送她回家。"贺闻朝点点头。

百里轻淼走后，他横抱起舒艳艳，带着这个弱女子回到她破旧的茅草屋。

屋子破旧却干净整洁，墙上还挂着一些精致的小绣品，足以看出主人是个清贫但蕙质兰心的女子。

贺闻朝小心地将舒艳艳放在杂草铺的床上，舒艳艳失血过多，奄奄一息，吊着一口气就是不晕倒。舒艳艳艰难地抬起染血的指尖，柔声道："贺公子，妾贫贱之身，早该看透的，你不必……"

冰冷的指尖碰到贺闻朝的脸那一刻，舒艳艳成功晕倒，在贺闻朝脸上留下一道血痕。

"舒姑娘！"贺闻朝给舒艳艳切脉，见舒艳艳的生气极其微弱，这么下去，只怕等不及师妹找来姚师弟。他咬咬牙道："得罪了！"

说罢他解开舒艳艳的衣带，见一锭银子掉落下来，心中更痛，也顾不得男女之防，掌心贴上舒艳艳那尚且温热的心口，为她注入真力，同时拿出一枚丹药。

普通人的确是承受不住修者的药力，不能直接服用。但若是有个修者愿意帮她用真气化开药力，以真元导入体内，就可以被吸收了。

这么做，修者会损失一部分功力，很少有修者会为一个普通人浪费自己来之不易的真元。姚师弟那里有普通人能吸收的药物，一般是给刚入门未能引气入体的师弟、师妹服用的，不过现在看来是等不及了。

贺闻朝处于金丹期，功力还算可以，真气在舒艳艳体内完成了一个大循环后，他便口对口喂她吃下丹药，又助她吸收。

一炷香的时间后，舒艳艳的伤开始痊愈，贺闻朝搂着她，心里稍稍松口气。直至此时，他才意识到，自己怀中抱着一具怎样的软玉温香，这……

师妹为什么还不来？！

装晕的舒艳艳向手下千里传音："你们几个，给我拦住百里轻淼，我这边马上就成了，你们千万别让她找来什么姚师兄坏我好事！"

"无须派下属，我已经拦住百里轻淼。"一个熟悉的深沉的声音在舒艳艳的耳边响起。

舒艳艳想：尊主，您为什么又亲自出手了？属下、属下不希望劳烦您啊，您出手肯定坏事啊！

尽管心中在哭泣，舒艳艳表面上还是镇定地"嘤咛"一声睁开双眼，见自己躺在贺闻朝怀中，衣服还……她轻呼一声，红透了脸。

另一边，百里轻淼再次祭出映月玄霜绫，表情凝重，与闻人厄和殷寒江对峙。

闻人厄不让殷寒江出手，伸出一根手指，轻轻在映月玄霜绫上点了一下，百里轻淼的本命法宝便乖乖地回到她的体内，她竟是半点法力也使不出来。

此时百里轻淼方才知道他们的实力有多强，她自幼在上清派长大，从未下山历练过，以为自己是修者，胜过武林人士太多，却不想山下的普通人中还有着这样深藏不露的高手。

师兄经验丰富，一定早就看出这二人的实力，还是坚定地护在自己的面前，师兄对自己这么好，愿意为自己付出生命，她还总是闹小脾气、怀疑师兄，实在是太不应该了。

"要杀便杀，我若是皱一下眉头，就不配做上清派弟子！"百里轻淼刚强地说道。

闻人厄不知百里轻淼那山路十八弯的想法，平和地道："百里姑娘不要误会，本尊……我是刻意与你相识，实在是有求于你。"

他微一抬手，荒山中就出现三把气派的椅子，不是储物法宝中储存的椅子，而是山中灵气凝结成三把透明的椅子。大乘期修者与天地沟通达到一个顺心随意的境界，往往到了这个时期的修者轻易不会动用法器，单靠天地灵气就可以凝结成兵攻击他人。

闻人厄对百里轻淼做了个"请"的手势，见百里轻淼战战兢兢地坐在灵椅之上，自己也坐了上去。

平时他是先坐的，面对百里轻淼必须行半师之礼，闻人厄才请百里轻淼先坐。

三把椅子，其中一把是给殷寒江的，殷寒江却没坐，静静地站在闻人厄身后，不发表一丝意见。

在百里轻淼的面前，闻人厄没有强求，对女主道："百里姑娘，你应该能看出来，以吾等之力，没必要为难一个凡人。方才不过是见你从楼下走过，随手丢个物件下去吸引你的注意力罢了。"

百里轻淼感到费解，可眼前的人实力太强了，她双手紧握，克制着说道："那是个人，不是物件！"

"是吗？"闻人厄的手指一动，一只地上爬的蚂蚁被风吹到百里轻淼的膝盖上，他漠然地道，"此两者有何区别？"

小蚂蚁在百里轻淼的腿上艰难爬着，她单手托起这只蚂蚁，把它放在地上，颤抖着声音道："不一样的，而且，蝼蚁也无辜。"

"百里姑娘活到现在，吃过血食吗？"闻人厄问道。

百里轻淼没说话，修者筑基后才能辟谷，不吃东西，靠吸收天地灵气补充力量，她一年前筑基，之前的十七年，也是食用烟火食长大的。

"那不一样。"她只能摇摇头道。

"你是修者，当懂得天下万物殊途同归，万物皆有灵，与人并无区别。"闻人厄道，"我们修者吸收的天地灵气，你知道能够孕育出多少生灵吗？上清派占据灵山多年，你可知上古时期，上清派这座山生活着多少珍奇异兽、先天灵修吗？为什么现在一个都没有了？就是因为人族在上清派修炼，抢占了它们的灵气，灵山再也无法孕育出先天灵物了。"

百里轻淼宗修时日尚短，难以反驳闻人厄的话，心中乱乱的，觉得自己以往的观念全部被颠覆，真气不受控制，五脏六腑如翻江倒海。

闻人厄不能就这样看着半师走火入魔，话锋一转道："你也不必因此自责，人族现在乃是万物灵长，也是机缘所致。上古神魔时期，人族苦不堪言，随便一个飞禽走兽、灵花异植都可以人族为食，肉身炼器，吸收魂魄，如今人族居上，也不过是气运周转罢了。"

这句话说完，百里轻淼脸上难受的表情平缓了下来，心中一直困惑的事情似乎有了答案，心境开阔不少。她闭上眼静静地思索，不过一刻钟便睁开双眼，起身抱拳对闻人厄道："多谢高人指点。"

闻人厄摆摆手："小事而已，我不过随便说了些对天道的理解，你能够领会，是因为你生来适合修无情道，日后修炼时，莫要走错路。"

百里轻淼刚刚悟到一点天地至理，眼神与方才那个纯真少女完全不同，长长的睫毛下的眼睛里是无情且悲悯的神色，视线似乎是落在蚂蚁身上，又好像什么也没看见。

闻人厄对此非常满意，可是转瞬间，百里轻淼的眼睛又一亮，她回过神来道："师兄和舒姑娘还等着药呢！"

随后，明眸中又染上星光，恢复成处在恋爱少女中的模样。

"不用担心，那个女人不会有事。"闻人厄道，"我来找你，是需要你帮我取得一物。"

"前辈方才指点我修行，百里轻淼感激不尽，若能帮到前辈，定然在所不辞。"百里轻淼道。

"我要一灵物——雪中焰，为我这位下属……朋友治疗旧伤。"闻人厄道。

殷寒江感到一丝惊讶，看向闻人厄。

"我听师父说过雪中焰，生在万里冰原中，渺渺不知踪迹。金丹期以下修者进入万里冰原是百死一生，前辈法力高深，百里能帮上前辈吗？"百里轻淼不解地道。

闻人厄道："雪中焰是你的机缘，其他人动不得，只有你允许，我方可使用。万事皆有定数，不是功力高深就可以拿到的。"

其实只要他跟着百里轻淼，就可以在她得到灵药后抢夺过来，这才是魔修的做法。不过闻人厄不能去抢半师的东西，也不愿做夺人机缘这等略显卑劣的事情，他要换。

"我可助你成神，助你修道，帮你得到你想要的东西，以此换取雪中焰。"

闻人厄想出这个既可以偿还师恩，又能帮助殷寒江的两全其美的办法，在心中为自己的机智暗暗点头，却不知身后的殷寒江已经眼圈微红。

殷寒江低下头，不让别人看到他的眼睛，哑声道："尊……"

闻人厄黑色暗金纹路的长袖一甩，截住殷寒江未说出来的话，他传音道："本尊愿意给你的，你不许拒绝。"

第二章 蓝衫女子

1

闻人厄是个无情之人，原书中对他的描述亦是对天下所有人不屑一顾，唯独对百里轻淼百依百顺，就是天上的星星、月亮也会为百里轻淼摘下来，这样的人设吸粉无数，每次写到他与百里轻淼单独相处时，读者都会被迷得晕头转向。

比较经典的一幕是，贺闻朝与紫灵阁阁主大婚当夜，重伤未愈的百里轻淼在闻人厄的陪伴下，抬头望着天空中闪烁的群星，指着被银河隔开的牛郎、织女星道："好好的一对恋人，为什么偏偏被隔开了呢？"

说话间，一滴泪滑过她苍白的脸，初遇时眼神澄净、笑容充满幸福的少女早已消失不见，纵然修者筑基后就很难变老，她始终是十八岁的模样，心态却已经老了。

闻人厄抬手捂住百里轻淼的眼睛道："我成神之前，你不要再看天上星。"

"为什么？"百里轻淼不解地问道。

"相传修者成神后，可随手变动星河宇宙，我会把牛郎星从银河那头牵过来。"

百里轻淼被他逗笑了，点头应道："好，你成神之前，我不会再看天了。"

而闻人厄到死也未能成神，但做到了对百里轻淼的承诺。百里轻淼能够找回自己的神格，靠的是闻人厄生前的安排，当她融合神格的那一刻，天地震颤，星辰变幻，牛郎星与织女星紧紧挨在一起，星辰变化带动的力量瞬间让一片大陆变成汪洋。

先天神祇之力，就是这样强大。灾厄之神归位之时，天下大乱。

女主回神，见自己竟然毁掉了一片大陆，想起师兄平日里的教诲，前世那个后天神人的话，她不想再做女神扰乱星辰，就放弃神格了。

牵牛、织女二星却未恢复原位，始终在一起，一如最后走在一起的男主、女主。

关于这个剧情，读者疯狂讨论的是即使死后依旧爱着女主的闻人厄，说这个男人要是想宠一个人，真的能想到方方面面，一丝一毫委屈都不让对方受，就算是死了，也会为其守护到最后一刻。

闻人厄看到这段剧情和读者评论时没有任何感觉，因为他知道自己有多薄情。

玄渊宗里对闻人厄忠心耿耿的下属难以计数，闻人厄从未放在心上。他清楚这份忠心是建立在他碾压众人的实力上的，换成其他强大之人，这些人也一样忠诚，这份"忠"的对象不是闻人厄，而是大乘期的功力。

至于家人亲缘，早在悟道之时，闻人厄就已经放下，三百年的时间过去，世间再无他的血脉至亲。

他对百里轻淼的感情是天道因果作祟，算不得真心。

他孑然一身，生前死后都不会对这个世界有什么眷恋。唯独看过书后，他对殷寒江产生了一丝不一样的感觉。

他对殷寒江有救命之恩、养育之情、传授之因，他死后殷寒江无论为他报仇还是完成他的遗愿皆是理所当然，哪怕是为闻人厄粉身碎骨也合情合理。

偏偏殷寒江选择了那种惨烈的方式表现对闻人厄的"忠"，闻人厄在看书时，一开始并未将殷寒江与鬼面人画等号，当真相揭露，女主看到殷寒江包裹中的鬼面具时，震惊的何止是百里轻淼，看书的闻人厄也感到心惊肉跳。

书中有一段，一个女配得到一个法宝可以变幻身形不被人发现，她变成百里轻淼的样子去勾引贺闻朝，中途被殷寒江抓住。没有女主光环的她自然是被炼灯了，殷寒江摘下鬼面具，走到尊主的衣冠冢前，将长明灯点燃，自己走进墓穴中，抓过闻人厄那件黑底绣着暗金色花纹的长袍，闭上了眼。

那段文字描写让人触目惊心，仿佛下一秒殷寒江就会带着闻人厄的衣服自爆元婴。

谁知这时殷寒江放在女主身上的追踪法器亮了，他看到女主竟然还活着，又遇难了。

殷寒江盯着空中浮现出的画面，歪了歪头，掸了掸闻人厄的衣服，随后将它好好地叠起来，平整地放回墓穴中。

他安静地走出墓穴，手掌未用任何真元保护，就直接按住了那盏灯，用掌心生生捏灭长明灯。随后长臂一挥，琉璃灯撞上旁边的大理石，灯盏碎得满地都是，灯油缓缓没入土地中。

"哈哈哈哈哈哈哈哈！"殷寒江看着自己被烧得焦黑的掌心，突然大笑起来，笑着笑着，捂住嘴，声音痛苦而且压抑，仿佛在用自己的全部力量克制着情绪。

他深深地低下头，一直到启明星升上天空。在黎明前最黑暗的时刻，殷寒江抬起头，拿起鬼面具戴在脸上，在面具后发出咬牙切齿的声音："百、里、轻、淼。"

这一段故事读者看得毛骨悚然，闻人厄作为故事中隐藏的主角，却有种说不出的感觉。他能够接受殷寒江为自己死，但无法理解他为自己发疯。

从极致冷静，变为极端癫狂，殷寒江要经历怎样的痛？

视线从书中移到殷寒江身上时，闻人厄觉得自己第一次正视这个下属，觉得自己为殷寒江做的，似乎当不起那样诚挚的回应，就想着对他好一点。

舒艳艳不打算将贺闻朝吸成人干了，而是准备用秘法帮助贺闻朝提升力量，就用不上雪中焰了，雪中焰刚好用来治疗殷寒江。

闻人厄当玄渊宗魔尊这么多年，存货是不少的。他在袖里乾坤中翻了翻，给了百里轻淼一些适合她这个境界的材料、丹药和法宝，还有一件在万里冰原中防止寒气入侵的火羽氅，免得女主被冻死。

"这……当不得当不得！"百里轻淼望着快堆成小山的物品，脸红起来，摆着手拒绝。

闻人厄还附赠了一根简单的发簪，这是个储物法宝，可以将他给的东西放在里面。他没给百里轻淼拒绝的机会，带着殷寒江离开了。

百里轻淼手里拿着发簪，望向天空中闻人厄消失的地方，走了一会儿神，才一跺脚道："师兄、舒姑娘！"

她连忙将宝物收起来，把储物玉簪塞进怀中，慢吞吞地向门派飞去。

上清派下山的弟子人手一张求救符咒，如果捏碎玉符，附近的师门弟子就会前来救援。百里轻淼其实可以用这种方式求救，可这是性命攸关时才能用的救命符，不可随意使用，真捏碎了令符请来一堆同门却不是紧急之事，也会让师兄、师姐们不满。元婴期后才可以制作专门的传讯符，百里轻淼没到这个境界，最终只能选择爬山。

另一边，舒艳艳脸色红扑扑地睡在茅草床上，露出一截香肩，床边衣襟敞开的贺闻朝呆了一下，拉过简陋的被子给舒艳艳盖上，这一动作惊醒了舒艳艳。

舒艳艳睁开眼睛，对上贺闻朝的视线脸红了红，抓起衣服将自己裹了裹，双手紧张地捏了捏，轻言细语地道："贺公子不必介怀，我知道你与百里姑娘情投意合，这是个意外。当时我受伤，贺公子也是为了帮助我疗伤。"

是不是疗伤贺闻朝心里清楚，他看向舒艳艳，一边懊悔自己怎能做出这样的事情，一边又回味起方才颠鸾倒凤的感觉，看向乖巧的舒姑娘的眼神中也透着一丝怜惜。

"我、我帮你置个宅子，这房子太破了，不好住人。"贺闻朝干巴巴地说道。

舒艳艳心中骂了两句臭男人，面上淡淡地笑着摇头："贺公子这么做，是将妾视作卖身之人吗？妾若是想卖身换钱，又何须等到现在？"

贺闻朝又呆了一下。

"妾贫贱之身，不在意旁人怎么看待我。可是公子如朗月般清高，你又怎会是用钱买欢的人？"舒艳艳话锋一转，心疼地看着贺闻朝。

她不要钱，不单是自己正直，也是心疼贺闻朝，多么善解人意啊！

"可是我……终究是唐突了姑娘。"贺闻朝伸出手，帮舒艳艳绾起耳边一缕碎发，不经意间碰到她红透了的脸颊，心中又是一颤。

舒艳艳温婉地笑道："话本上不是常说，救命之恩当以身相许吗？贺公子是大英雄，妾还跟着贺公子做了一次美人呢。"

她的话渐渐抚平了贺闻朝愧疚之心，他想到自己多次帮助舒姑娘，这女子没什么本事，大概也只能用这种办法回报了，况且当时那种情况，软玉温香在怀，她又全心全意地信任自己，哪个男人都抵挡不住的。她又不是风月场的女子，郎情妾意，倒是佳话。

唯独百里师妹那里，要怎么办才好呢？

可事情变成这样，不还是因为百里师妹去了好半天都不回来吗？她早点回来，他也不会为了救人唐突佳人啊！

贺闻朝越想，越觉得自己没错，唯独不知该怎么对自己的心上人解释。

他是喜欢百里轻淼的，他们两小无猜，从百里轻淼还是个七八岁的女孩时，贺闻朝就照看着她。他看着百里轻淼从有婴儿肥的小女孩长成这么美的少女，其中的感情不是舒艳艳能够插手进去的。

舒艳艳也没想插手别人的感情，她柔软的手掌放在贺闻朝的肩膀上，善解人意地说道："公子放心，此事你知我知，再不会有他人知晓。"

对啊，没人知道，不就行了？舒姑娘一看就是个乖巧的女孩，她会懂的。

贺闻朝彻底放下内疚情绪，抱了下舒艳艳。

舒艳艳穿好衣服又沉沉睡去，做出一副疲惫至极的样子。

贺闻朝看着她的睡颜，终究是对她产生了一丝怜惜。

待了一会儿，贺闻朝想起自己意外破了元阳真身，师父经常提醒弟子，不到元婴期，轻易不要与人同修，容易坏了功力。贺闻朝连忙查看自己的情况，却见功力不减反而增加了一大截，从金丹七层直接到了九层！

舒艳艳一个境虚六层的高手，又是靠这等方法修炼的，帮助一个金丹期的小辈提升实力再轻松不过。她吸收到了贺闻朝体内的雷火之力和那股神秘的力量，也占了不少便宜，就等着贺闻朝走后修炼呢。

为什么法力会增长呢？贺闻朝十分不解。

他看向舒艳艳，想起曾经在藏书阁中看过一本关于同修的书。那时他发现自己爱上小师妹，就去查找关于同修的心法，那本书也说元婴期前不要同修，但有两种体质的人除外——九阴之体和九阳之体。

九阴之体的女子若是与男子同修，就算她只是个普通人，也能帮助别人提升实力，好处有很多，难道舒姑娘是九阴之体？

贺闻朝胡思乱想之时，百里轻淼终于带着姚师兄来了，她气喘吁吁地说："师兄，对不起，我来晚了。"

贺闻朝摸摸她的头说："师妹，别担心，舒姑娘已经没事了，倒是劳烦姚师弟白跑一趟。"

姚闻丹看着面若桃李地睡在床上的舒艳艳，心中生出一丝疑惑，问道："她是怎么痊愈的？"

贺闻朝不希望他查看舒姑娘的情况，低声道："这里说话不方便，我们出去再说。"

三人离开茅草屋，贺闻朝说当时情况紧急，舒艳艳险些吐血而亡，他就帮她服下了修者用的药物，还拿出自己少了一颗丹药的药瓶做证。

"寻常人承受得住这种药力吗？"姚闻丹闻了闻药瓶，"这是筑基期才能用的丹药，一般人吃了经脉承受不住那么强大的灵气，会经脉断裂而死的。"

"我用真元助她吸收了。"贺闻朝简单地说道。

"可是……"姚闻丹回忆着吸收丹药的步骤，他主要修习方向是炼药，自然清楚这么做是需要肌肤相贴的。

"可是什么？"百里轻淼单纯地看着姚闻丹，年纪还小的她还未学到这方面的知识。

贺闻朝盯着姚闻丹，姚闻丹领会他的意思，说道："我这不是担心师兄对炼药方面的事情不理解，治疗不到位吗？不过现在舒姑娘已经痊愈，没有可是了。"

百里轻淼这才放下心来，说要去看看舒姑娘。贺闻朝表示现在已经不是危急时刻，毕竟男女有别，就让百里轻淼自己进去了。

她一进屋，姚闻丹就挑挑眉，用手肘碰了碰贺闻朝，坏笑一下："师兄，做了亏心事吧？"

贺闻朝则是义正词严地道："事有轻重缓急，我也是权宜之计，当时我蒙上眼睛的。"

他表现得太正常，姚闻丹半信半疑地道："那方才怎么不告诉师妹？"

贺闻朝叹口气摇摇头道："师妹那个性子，你又不是不知道。柳师妹来找我问下心法，她都要闹一下的。我是你们的师兄，有义务帮助每个师弟、师妹修炼，师父忙不过来的时候，我要手把手地教。连你的入门心法也是我传授的，又怎能不帮助柳师妹？"

"这倒也是，"姚闻丹道，"百里师妹什么都好，就是太容易打翻大醋坛子。"

"就是，而且说出去对舒姑娘也不好，倒不如就此打住，人命关天，我这么做也是功德一场。"贺闻朝道。

姚闻丹相信了贺闻朝的话，等百里轻淼确定舒艳艳无事，一脸单纯的表情出来之后，三人便回了门派。

他们走后，舒艳艳翻身而起，蹭了蹭自己的皮肤，踢了一脚茅草床，气道："这茅草太扎人了，睡着真不舒服！"

"方才为何不告诉百里轻淼你与贺闻朝之事？"一个声音出现在茅草屋中。

舒艳艳一抬头，见尊主与殷护法不知什么时候出现在屋子里，笑道："尊主，你是铁血男子，真正视美色为石块，又怎知晓那些道貌岸然的伪君子的想法？他们呀，有时候甜言蜜语不要钱，有时候翻脸不认人，我要是敢说出来，第二天贺闻朝就要把我说成妖女，将一切推在我身上了。"

闻人厄想了想，书中确实是这么写的，贺闻朝一口咬定是舒艳艳抓了他，他怎么打得过魔宗的右护法？

"那什么时候说？"闻人厄问道。

他想让百里轻淼早日看清贺闻朝的真面目，好尽快修炼无情道成神，等她成功融合神格后，闻人厄的师恩才能算还清。

"得等一段时间，"舒艳艳慵懒地靠在墙边道，"贺闻朝回去后，几日后就会来找我，况且我还能帮他提升实力。一来二去，日子久了，那才是真的忘不掉、舍不去，而且第一次是被迫，第二次、第三次，难道还是被迫了？到时他就算狡辩，也休想甩掉这段经历！"

她略一皱眉道："不过尊主不是想要我笼络住贺闻朝，放长线钓大鱼，打探正魔大战的消息吗？"

"嗯，"闻人厄点头，"这个要做，不过百里轻淼那里，也最好让她死心叛出师门，转修无情道。"

"哈？"舒艳艳不解了，尊主这是什么意思？他看上百里轻淼的话，应该是背叛师门转投魔宗，再想办法弄到自己手里，怎么会修无情道呢？

"你照做就是。"闻人厄道。

"那我得找几个下属引开百里轻淼，为贺闻朝提供机会。他们每次下山都黏在一起，寸步不离的，机会太难找了。"舒艳艳道。

"不必，我会引开百里轻淼一段时间。"闻人厄道。

"又、又是您亲自引开啊？"舒艳艳面色僵硬。

"有问题？"闻人厄挑眉。

"怎么会呢？"舒艳艳干笑道。

殷寒江见她不信任闻人厄，不悦地道："尊主命百里轻淼去取灵药雪中焰，既可以得宝，又方便你引诱贺闻朝打入上清派，一箭三雕。"

"原来如此！"舒艳艳肃然起敬，单膝跪下道，"尊主高明。"

"嗯。"闻人厄木着脸点头。

2

百里轻淼拿了闻人厄一堆宝物感到心中不安，回到门派中打坐修炼一晚，发现自己的境界从筑基二层一跃变为筑基七层，进境异常明显，认为这是那位高人前辈指点的功劳。

自幼受到的教育告诉百里轻淼，滴水之恩当涌泉相报，她不能这样坐享其成，便求见师父，告诉她自己想要下山历练。

百里轻淼的师父清荣长老是个女修者，大部分女弟子在她的门下，上清派是不阻止弟子同修的，只是告诫众弟子，同修一定要在元婴期之后。这样做一来是给心境未定的弟子一个盼头，人有念想，就会为之努力；二是元婴期后修者的心境会进入另一个境界，青春萌动时期的感情会淡化，唯有真正刻骨铭心的情感才能留下，也算是帮助弟子们看清自己的心，让他们不至于在境界低时毁了自己。

上清派一向认为，堵不如疏，与其禁止门下弟子私自相恋，倒不如以引导为主，免得弟子们产生逆反心理。

这个门规效果不错，一些暗生情愫的弟子为了与心上人光明正大地在一起便拼命修炼，整个门派洋溢着积极向上的气氛。

清荣长老听到自己最爱的小弟子下定决心独自去历练，露出欣慰的笑容，拍拍百里轻淼的手，温和地道："我还担心你舍不得离开师兄，不肯独自出门呢。"

"哎呀，师父！"百里轻淼羞红了脸，抱住清荣长老的胳膊。

清荣长老见小徒弟终于醒悟了，心下甚是宽慰，点头道："有上进心就好，你是少有的天才，当年若不是我压着你，不希望你太早筑基，你只怕十二三岁就要筑基了。筑基后到元婴期身体都不会成长，你难道要用十二三岁的身量一直修炼百年吗？"

百里轻淼有些不好意思，她那时就是年纪小才什么也不懂嘛。要是一直只有十二三岁的样子，师兄领着她就像父亲带着女儿，那真是太可怕了。

清荣长老告诉百里轻淼下山后不要去太危险的地方，遇到危急情况立刻捏碎传讯符，凡事多观察，不要随便逞能。细细嘱咐很多事情后，又给了她一件防身法器，能抵挡住化神期高手的全力一击。觉得交代得巨细无遗后，她才让百里轻淼拿着自己的令符去执事堂做个登记。

上清派弟子众多，凡事要有个明确的记录，百里轻淼此次历练一般在半年到一年之间，到期未归，门派长老就会出手寻找她的下落，这是对门下弟子的一种保护。

贺闻朝身为掌门弟子，在执事堂中也兼任一些职务，最近轮到他当值，接过百里轻淼拿来的令符时，呆了一下："师妹，你要独自下山了？"

"是啊，我也不能总是跟在师兄身后做小尾巴，"百里轻淼笑着说道，"我要早日修成元婴，与师兄并肩斩妖除魔，守正辟邪，成就宗修界一段佳话。"

"是吗？也好、也好……"做了一晚上"美梦"的贺闻朝心神恍惚，脑子里满是大片大片的白，见到师妹本来有些心虚，听说她要下山时心中竟没有不舍，反而多了一丝轻松。

百里轻淼没发现贺闻朝的心不在焉，登记后点了魂灯，这是下山弟子必须做的，万一途中遭遇不幸，魂灯熄灭，上清派就能立刻知晓他的情况。

与师兄依依惜别后，百里轻淼下山，来到之前与闻人厄等人相遇的酒楼。

闻人厄早就同百里轻淼约定好，见她来了，微微点头道："你先启程，我们随后赶到。"

以百里轻淼的速度，抵达万里冰原起码要七天，殷寒江两个时辰，闻人厄半刻钟就到了。

"这些物品还是要还给前辈的，百里受之有愧。"百里轻淼取下储物发簪，放在桌子上，"我留下了火羽氅，以防在万里冰原受伤。有前辈指点，百里的功力大增，已是受益匪浅，为前辈做事是理所当然，不能再收东西。"

闻人厄挑挑眉："万事皆有因果，我送你物品也是有因的，你现在是收下果报，不会多增牵扯，放心吧。"

"啊？"百里轻淼微微感到惊讶，"我与前辈有因果？可是我从小在上清派长大，从未见过您啊？"

"因果未必在此世，也未必在你身上，或是前世，或是你的血脉亲缘。"闻人厄道，"我不仅要给你这些物品，还要帮助你修炼，帮助你成神，帮助你实现所有的心愿。"

百里轻淼扯了扯衣带，羞涩地道："成神不敢想，心愿倒是有一个，我想早日修成元婴，好与……"

她没说后半句，闻人厄也能猜到是什么意思。他恨铁不成钢地咽下一口凡间没有丝毫灵气的茶，摆摆手："你快去吧，七日后我们在万里冰原的入口会合。"

"好的。"百里轻淼离开酒楼，那根发簪还留在桌子上。

她走后，殷寒江手中长剑在空中挽了个剑花，出现一个简易的幻阵将两人护在其中，外人看起来，闻人厄与殷寒江还在喝茶、聊天、吃饭，阵法中的他们则可以自由活动。

闻人厄皱眉道："殷护法，你的心愿是什么？"

"属下是尊主的剑，剑在人在，剑断人亡。"殷寒江道。

他的眼睛都未眨一下，甚至没有思考，本能地说出这番话，仿佛这段话在他心中想过无数次，已经成为执念。

"你可真是无趣，"舒艳艳从角落里走出来，懒洋洋地靠着殷寒江的肩膀说，"高高在上的权势、强悍无敌的实力……哪个不令人向往？是不是，尊上？"

闻人厄面无表情地说："没想过。"

舒艳艳默不作声。

闻人厄与殷寒江仿佛两个铁疙瘩一般，令舒艳艳想起了一些不快的回忆。

还记得八十多年前，闻人厄带着殷寒江杀入玄渊宗总坛，闻人厄单挑老宗主，大战三天三夜后杀了对方，殷寒江则是一直为他护法，不让任何人靠近。

殷寒江只有合体一层的实力，手中的剑却是一柄魔剑。他强行与魔剑融合，瞬间爆发出可怕的力量，在总坛上人挡杀人佛挡杀佛，区区合体期竟逼得几大境虚期高手不敢上前。

不过魔修们可不会只正面战斗，他们的方法有很多。袁坛主让舒艳艳上前勾引殷寒江，她可不是单靠容颜引诱，一个境虚期高手若是媚术全开，境虚期以下无论男女老少，全都能成为舒艳艳的裙下之臣，境虚期以上的男性修者也很难抵挡，对付一个合体期不还是手到擒来？

于是舒艳艳自信满满地冲上来，施展媚术，结果无效，还被殷寒江打碎了一口牙，嘴里漏风一年多，话都说不清楚，直到闻人厄重新重用原本玄渊宗的人，舒艳艳才敢把这口牙用灵药补上。

那一战，舒艳艳可算是怕了闻人厄与殷寒江了，他们都是没感情的。闻人厄修杀戮道，见到一个美貌女子脑子里想的是，女人和男人杀起来手感有什么不同；至于殷寒江，他竟然是发自内心地觉得自己就是一柄冷冰冰的剑，眼瞎心盲，根本不在意面前的人是男是女，反正都不是闻人厄。

殷寒江的世界里，只有闻人厄和闻人厄以外的一切两种区分，舒艳艳就是"以外"的那种。时间过去八十多年了，舒艳艳每次看到殷寒江，都会觉得牙疼，这个男人快成为她的心魔了。

不过她是个越挫越勇的女子，怎么会在这种小事上停滞不前呢？

正如闻人厄所想，他的属下对自己忠心是源于那份强大的力量，而且无时无刻不想着将他拉下神坛，舒艳艳就是这么个有事业心的女人。

她凑到闻人厄面前，声音轻柔，宛若来自深渊的诱惑："尊主，你已经得到实力与权势，难道不想想其他吗？那个百里轻淼真是个单纯的姑娘呢，要不要属下帮你把她哄到手？"

舒艳艳没有注意到，她这番话刚说完，殷寒江脸上的血色退去，僵立在墙边，像个没有感情的木偶。

舒艳艳自知自己没有引诱尊主的魅力，不过没关系，只要闻人厄愿意动情，防人之心就会变差，那她岂不是就有可乘之机了？

"舒艳艳，"闻人厄的手掌按在舒艳艳的头顶，丝毫不温柔，那力道仿佛要一掌捏碎舒艳艳的头盖骨，"我一向欣赏你们的野心，并任其发展，也不介意你们把鬼主意打在我身上。"

"呵呵，尊主宽宏大量。"舒艳艳吓得不敢大喘气。

闻人厄加重语气："但是，别做自不量力的事情。把你的野心用在正道上，我还等着正魔大战提升实力呢。"

杀戮道，每次功力有进展全是在战斗中。闻人厄现在的境界，凡俗间的战斗对他已经没有任何帮助了，只有牵动整个宗修界的斗争才行。这一次是正道主动攻击，闻人厄刚好利用这件事突破境界。

"是，是。"舒艳艳觉得自己头顶剧痛，几道温热的血自额头流下来，刚生出的心思彻底消散了。

闻人厄见教训得够了，就收回手，殷寒江递上一方帕子，闻人厄擦擦指尖的血迹，随手将帕子丢在地上。

舒艳艳不敢擦，顶着满脸血对闻人厄道："属下定会尽全力打探，尊主从万里冰原返回之日，就是正魔大战开战之时！"

"还有一事，尽可能让贺闻朝对你死心塌地，我要百里轻淼对这个男人死心。"闻人厄道。

"是！"舒艳艳披头散发，像个女鬼般低着头。

等了一会儿，面前没了声音，她抬起头，见两个男人走了，这才一屁股坐在地上，拍拍心口，一阵后怕。

治疗了伤口后，她从楼上看见贺闻朝匆匆走过，看方向是要去她家。舒艳艳暗暗冷笑一下，呵呵，男人，这么迫不及待，师妹刚走他就过来，都不知道忍个几日。

不过还是这样的男人让人有成就感，尊主与左护法……

舒艳艳摇摇头，逼自己忘掉惨痛的经历，专心对付贺闻朝。

闻人厄带着殷寒江来到万里冰原的入口，见殷寒江的脸色很差，主动握了下他的手，果然冷得像具冰尸，便说道："我独自进入冰原就好，你体寒，受不得寒气，在入口处等待吧。"

殷寒江看向无尽的冰原，竟然摇摇头道："传闻万里冰原有散仙在此隐居，凶险万分，属下定要跟随尊主。"

"我命令你等在这里。"闻人厄道。

"属下不会欺瞒尊主，尊主进入后，属下会跟进去。"

他执拗得像把不知拐弯的剑，诚实得令闻人厄动容。

闻人厄伸出手指，划破自己的手腕，送到殷寒江面前道："杀戮道虽被正道不齿，却是至阳之道。战时的热血、悲壮，还有数十上百万男子交战时迸发出连凶魂都不敢靠近的肃杀之气，令本尊的血中充满元阳。你服下些热血，本尊的力量就可以在万里冰原中护你一路。"

"尊主，你受伤了，属下何德何能……"殷寒江的眼中，显出一丝痛色。

"魔剑阴冷，你在万里冰原发挥不出人剑合一的实力，难道要本尊救你吗？况且无论德与能，皆由本尊来定，你有什么权力说自己无德无能？"闻人厄道，"若你不肯，本尊就封了你的法力，将你丢入冰原入口。"

鲜血从腕间缓缓流下，殷寒江痛苦地闭眼，旋即睁开，咬咬牙，凑上闻人厄的手腕，饮下那一口热血。

一股暖流涌入丹田，闻人厄用真元止住血，捏捏殷寒江的手指，感觉终于热了起来，这才满意地点点头。

殷寒江的表情有些不自然，他摸摸自己温热的胸口，总觉得添了丝异样的感觉。这是不对的，尊主的剑，不该有自己的想法。

他压下那丝乱七八糟的感觉，与闻人厄相对无言，一直等了十天，百里轻淼才姗姗来迟。

闻人厄并不意外，女主独自历练，路上一定要遇到些不大不小的意外耽搁行程，这很正常。

百里轻淼倒是挺不好意思地说："抱歉，前辈，我路上遇到一个被鬼魅诅咒的村子，为帮他们驱邪，耽误了数日，是百里失约了。"

被鬼魅诅咒的村子？

闻人厄心下了然，知道男五号，也就是百里轻淼的小徒弟要出场了。

这个小徒弟出生就是个死胎，恰逢百里轻淼除魔，被打伤的凶魂其实没有烟消云散，而是躲在那个刚出生的死胎中，心中充满对百里轻淼的恨意。十八年后，他再遇到已经是元婴期的百里轻淼，拜入百里轻淼门下，伺机吞掉她的神魂。

后来百里轻淼的善良、单纯、美丽、温柔等品德令这个鬼修动容，他心甘情愿地做她的徒弟，恨贺闻朝让师父哭泣，暗中刺杀贺闻朝被反杀，死后揭露鬼修身份，恶毒女配借机在百里轻淼身上扣了一口勾结邪魔外道的锅。

他出场的目的，大概就是让贺闻朝有更好的理由虐女主。

闻人厄没有在意这个小细节，反正百里轻淼不喜欢男主后，这一切就不重要了。

三人进入冰原，为了让百里轻淼更方便地寻找雪中焰，闻人厄只给她下了一个追踪咒，命百里轻淼在茫茫无尽的冰原中乱转，他与殷寒江远远看着点就是。

百里轻淼功力低微，就算有火羽氅保护，还是被冻得脸色发紫，一个人艰难地在冰雪中前行。反倒是合体期的殷寒江，喝下闻人厄的血，闻人厄又时不时给他渡一道真气，连日下来脸色红润，体寒之症也改善不少，与百里轻淼对比十分明显。

殷寒江观察着百里轻淼的动向，几次想开口问什么，却都忍了下来。

就这么跟了五个月，百里轻淼靠着冰原的险境生生把境界修炼至筑基大圆满，就差用金丹期心法修炼晋升了，却还没见到雪中焰的踪影。

闻人厄也没想到他们竟然在万里冰原消耗这么长时间，不解地道："不应该啊，雪中焰是百里轻淼的命定之物，怎么会没有呢？"

他回忆剧情，发觉现在的时间线已经与书中的时间线一致，正到了百里轻淼找到被吸干的贺闻朝，带着他寻找灵药的时间。

书中的百里轻淼没有火羽氅保护，才进入冰原三日就被冻伤了四肢，一口真气又全用来护着贺闻朝，背着他在冰上爬，将死之际眼前出现一团火光，她奋力一抓，抓住那团火焰，流下了苦尽甘来的眼泪。

"难道必须是她在濒死之际才能见到雪中焰？"闻人厄猜测。

魔尊是个行动派，心念一动，百里轻淼身上的火羽氅就出现在他的手上，仅有筑基期的女子立刻被冻得瑟瑟发抖。

殷寒江见魔尊这么做，又张了张嘴。

闻人厄注意到他的表情，问道："你一路欲言又止，是想问什么？本尊命令你问。"

有了闻人厄的命令，殷寒江开口就容易了些，他说道："尊主不是对百里姑娘有好感吗？为何……"

为何他怎么看都不像有好感的样子，任由百里轻淼被冻死？

"谁告诉你我心悦于她的？"闻人厄觉得这件事很重要，不能让殷寒江像书中一样误会，伸出手指点了下他的额头道，"本尊推衍天机，算到百里轻淼的前世于我有悟道之恩，今世我要护她得道，这才出手相助的。"

"原来如此，"殷寒江感觉心里一轻，指着百里轻淼道，"可是百里姑娘现在快被冻死了。"

"无妨，"闻人厄道，"天下这么多心法，死了她不是还可以做鬼修，谁规定非要修正道了？"

殷寒江沉默着，点点头，尊主说的话，永远有道理。

3

百里轻淼生来不爱怀疑人，旁人说什么她就信什么，这个性格与她前世的身份也有关系。前世没人敢在她面前说谎，强大的实力令百里轻淼不用在意别人说的话是真话还是谎言，反正她一句也不想听。因此，如今的她几乎没有辨别能力。

她从未想过这个突然出现的前辈可能会害自己，前辈功力高深，想杀她这样一个小辈易如反掌，设计陷害她又有什么用呢？

所以，当火羽鳌消失时，百里轻淼半点没多想，只当万里冰原寒气太重，火羽鳌灵气耗尽消失，或者遇到冰原中的强大妖兽，趁着自己不注意将其夺走了。

她运转功力取暖，在望不尽的白色冰原中行进。

到底去哪里找雪中焰，百里轻淼不知道，只知道前辈让她按照自己的心意随便走，总有一天能找到。

万里冰原常年白雪皑皑，日间天空一片乌蒙蒙的，夜间雪光则是将天地映照得透亮，昼夜区分不大，很难分清日夜，百里轻淼也不知道自己走了多久、路途中被冻哭了多少次，不过她一次都没有放弃过。

上清派教导门人信守承诺，百里轻淼既然答应了那位前辈，绝不会背信弃义。

没了火羽鳌，百里轻淼还是倒在雪堆中，天空飘飘扬扬地洒落着鹅毛大雪，她缓缓伸出被冻僵的手指，接住落下的片片雪花。

上清派地处江南地区，是九州灵气最充足的地方，四季如春，鲜少下雪。百里轻淼印象中只有十六岁生辰那日，漫天大雪，雪花掉在地面上就零落成泥，她从未见过雪花，伸手去接却只接到冰凉的雪水。

百里轻淼嘟着嘴，有些生气，坐在门派的石阶上发呆。师兄贺闻朝当日轮值，看到小师妹抱膝坐在雪中，鹅黄色的裙子已经染上污泥，不由得问道："百里师妹，怎么待在这里？"

"看雪，"百里轻淼不开心地道，"这么好看的雪，很快就化了，看不到雪景，不开心。"

贺闻朝笑笑，停下脚步，对身后跟着巡逻的师弟、师妹们道："你们的寒冰诀修习得怎么样了？趁着今日落雪，不如练习一下。"

说罢，他带着十几个弟子同时施展寒冰诀，上清派门前里许之地被寒气笼罩，雪花不再融化，一片片落在百里轻淼的身上。

"师妹，生辰快乐。"贺闻朝对百里轻淼笑道，笑容暖暖的。

百里轻淼听到雪落的声音,以及自己心跳不受控制的巨响,那时才知道,自己喜欢上了师兄。

万里冰原的雪即使没有寒冰诀也不会融化,它们簌簌落下,将百里轻淼埋进雪中,天地间再也看不到这一抹亮黄色。

百里轻淼在雪中闭上眼睛,眼泪冻在脸上,低声哭泣道:"师兄,呜呜呜……"

一个声音在她耳边响起:"好痴情的女孩,在想你的情郎吗?"

这个声音冰冷,像远处冰凌摔落的声音,是个女子的声音。

百里轻淼的脸被冻僵了,她张张嘴,无声地道:"师兄……"

她逐渐失去意识,这时一道光芒亮起,暖暖的温度包裹住她,不知多深的地下升起一团火光。百里轻淼睁开眼睛,看见一簇火焰出现在自己的掌心里,四肢百骸顿时暖了起来,身边的雪花却没有因为这簇火焰融化。

雪中焰!

原来这神奇的火焰,真的是深埋雪中,只有当她全身被雪彻底湮没时,才能发现!

百里轻淼的灵气得到恢复,掌心托着那簇火焰从雪堆里爬出来,见风雪凝成一个白衣女子,她白发白眉,皮肤像雪一样莹白,脸和眼睛都是白色的,没有黑瞳。

与其说那是个人,倒不如说是风雪凝成的冰雕。

透明的手指擦过百里轻淼的脸颊,那个声音又道:"好姑娘,带着雪中焰去见你的情郎。但是你要答应我,若哪日你的情郎背叛了你,你心灰意冷时,要回来陪我。"

"做梦!"一个声音传来,随着那个声音响起,百里轻淼掌心的雪中焰也转移到那个人的手中。

魔尊闻人厄收了雪中焰,心下了然。原来只有百里轻淼被雪埋住,而且表现出自己深爱贺闻朝时,雪中焰才会出现,只有身坠寒冰,心向暖阳,万里冰原中唯一一丝热度才能吸引雪中焰。

可是眼前这个女人是怎么回事?原本的剧情中可没有出现她。

白衣女子见到闻人厄与殷寒江出现,一只手臂突然断落,化为漫天飞雪,旋转着凝聚在一起,化成一道旋风直逼殷寒江的心口!

旋风的速度如此之快令人很难跟得上,闻人厄刚刚挥袖去拦,便将殷寒江卷入其中。身穿黑衣的殷寒江飞上天空,雪花变成无数道冰刀,在他的脸上留下道道血痕。

"前辈!"百里轻淼惊叫一声,忙去求那白衣女子,"这位前辈,他二人是我的同伴,雪中焰是我帮他们取的,不是抢!"

殷寒江被攻击,闻人厄纹丝未动,唯有百里轻淼急得团团转。

空中的殷寒江长剑出鞘,与他整个人融为一体,瞬间殷寒江的身体散开,化成无数道血光,定睛看去,那血光竟是无数柄血红色的剑,每一剑的锋芒之下,风雪屏障都会绽开一道缝隙。

　　血光之下，借助万里冰原的天地之力凝成的暴风竟然被剑劈开，冲破风雪后，无数血剑围着闻人厄转了一转，这才凝聚在一起，汇在闻人厄身后，重新变为披着火羽氅的殷寒江。

　　"哎？"百里轻淼看到殷寒江身上的火羽氅，脸色呆滞。

　　白衣女人拍了她的脑袋一下，指着殷寒江说："你是不是傻？此二人法力高深，来万里冰原难道还用得着你吗？他们分明是知晓我的喜好，用你的命来引我出来！你真当他们会在乎你的死活吗？"

　　"不是的！前辈，您误会了！"百里轻淼两边都相信，觉得他们全是好人，只是有误会，便张开双臂挡在殷寒江和闻人厄的身前，绝不让白衣女人伤害他们。

　　白衣女人大概第一次见到这么傻的姑娘，雪白的衣袖一挥，将百里轻淼丢到一旁，气道："滚远点！"

　　百里轻淼被摔进一道冰壁中，成为冰中壁画，还保持着张开双臂保护人的姿势，神色中充满关切之意。

　　闻人厄细细观察了百里轻淼的表情和姿势，终于解开了心中的一个疑惑。

　　书中多次出现百里轻淼张开双臂为贺闻朝、闻人厄、钟离谦等人挡住攻击的描述，魔尊看书时相当不理解女主的想法，觉得这部分描写完全不合理。百里轻淼每次想保护的人，法力都要比她高强，没人会用筑基期之身去保护大乘期高手的，这比螳臂当车还不可思议。

　　直到百里轻淼在自己面前做出这般举动后，闻人厄才确信，女主是真的能做出这种事。

　　不过，他还是无法理解。

　　黑袍随风飘起，闻人厄化为一道光，转瞬间出现在百里轻淼的面前，伸出一根手指点了下，冰壁破碎，百里轻淼从冰壁中掉出来摔进雪中，捂着心口后怕地对闻人厄道："多谢前辈。"

　　闻人厄不需要她的感谢，而是俯视着她问道："你知道我的实力吗？"

　　"百里不知，大概有元婴期？"百里轻淼迟疑地问道，她的师父是化神期，在百里轻淼心中，不可能有人比师父强，那高手就只可能是元婴期。

　　"大乘期。"闻人厄缓缓地道。

　　百里轻淼感到眼前一片空白，完全无法理解闻人厄所说的境界。

　　"区区筑基期，为何会想要来保护我这个大乘期？"闻人厄问道。

　　百里轻淼晃晃脑袋："我、我当时来不及细想，就冲了过去。"

　　闻人厄并不是很认可这个答案，不过百里轻淼确实很没脑子的样子，他只能勉强接受，并吩咐道："下次再挡刀之前，就算没时间细想，也先默数三、二、一，再冲出去，三思而后行你大概是做不到了，暂且先学会数数吧。"

　　"哦。"百里轻淼被闻人厄平淡的语气打击得抬不起头，垂着脑袋将这番话记在心里。

另一边殷寒江与白衣女子打得不可开交，闻人厄能如此轻松地来到百里轻淼面前没有丝毫阻碍，也是因为殷寒江拖住了白衣女子。

白衣女子化成无数风雪，裹住殷寒江，殷寒江则是再次散成无数剑影，与她缠斗起来。万里冰原瞬间变为极冷地狱，百里轻淼亲眼看到自己落在地上的一块衣袍直接被冻碎成碴，现在的温度大概比她被雪埋住时还要低上数十倍。

风雪呼号中，唯有闻人厄站立之处风平浪静，宛若世外桃源。

夹杂在风声中的声音带上一丝哨音，借助狂风传进每个人的耳朵中："区区合体期小辈，不知从哪里弄来一把魔剑，就想要战胜我？就算是你那大乘期的主子，也奈何不了我！"

听到她的话，血光攻击更加犀利，原本只守在闻人厄身边的剑，竟有一半深深没入雪中。当那个白衣女人想要调动万里冰原之力时，无数冰雪在她体内炸开，苍茫大地上绽开无数道冰雪烟花，伴随着白衣女人凄厉的惨叫，以及雪原上的滴滴鲜血。

闻人厄伸手接住一滴鲜血，握紧拳头，手背青筋突起，血液涌动，一根根血管如青蛇在皮肤下游走。怒意溢满胸腔，他朗声道："回来！"

听到他的命令，血光飞舞着回到闻人厄的身前，落于雪上，变为半跪着的殷寒江。

闻人厄单手捏起他的肩膀，只是他的一手一脚已经消失。殷寒江与魔剑融合后，每一道剑光皆是由他的血肉组成，方才炸开雪花的剑，正是他的手足。

"呀！你受伤了！"百里轻淼急忙拿出手帕想替殷寒江包扎伤口，被闻人厄用真元推到一边。

"吸收雪中焰，我为你护法。"闻人厄摊开手掌，火焰出现在殷寒江的面前。

"可是……"殷寒江扫了一眼正在试图凝聚的风雪，眼神暗了下来，他方才的一击没有杀死那个女人。

闻人厄没再给殷寒江反驳的机会，一掌将雪中焰自殷寒江的百会穴拍入体内，雪中焰入体，殷寒江必须运转真元吸收，否则就会浪费尊主的一番心意。

他无法违背尊主的命令，当即盘膝修炼起来。

此时漫天雪花变成了一个比刚才小一号的白衣女人，这次女人的声音里多了一丝愤怒："区区合体期竟然敢伤我！"

寒风将闻人厄的衣袍吹起，他手中寒光一闪，一柄黑色长戟出现，以破空之势没入白衣女人体内。

白衣女人身形一顿，在空中散开，整个万里冰原立刻晃动起来，足有千米深的冰层裂开，万吨重的积雪被掀到天上，再重重地落下来，卷起万丈高的雪花。百里轻淼靠紧着殷寒江，觉得自己好像天地间极为渺小的一只鸟，羽毛被飞雪拔掉，在万里冰原中瑟缩哀号。

她甚至看不清周围的环境，雪雾让她只能见到身边的殷寒江。她盯着雪雾看了一会儿，便觉得眼前一片白芒，什么都看不见了。

是雪盲症，她盯着雪光太久，眼睛被伤到了。

百里轻淼连忙闭上眼睛，蜷缩着身体，听着外面的呼号声。也不知过了多久，她听到闻人厄那始终沉稳的声音道："散仙？真以为散仙就高人一等了吗？离开了这座冰原，你什么也不是！"

接着又是一阵硝烟弥漫，百里轻淼运转真元治疗眼伤，过了一会儿觉得能看见了，睁开眼睛，被眼前的景象吓了一大跳。

哪里还有万里冰原、白衣女人，只有闻人厄和一蓝衫女子在滚烫的岩浆上空对峙。

百里轻淼震惊了，雪、雪呢？

蓝衫女子与之前的白衣女人样貌相同，不过此时面上有了活人的血色，头发、眼瞳也是黑色的。她捂着胸口，嘴角留有一丝残血，显然受伤不轻。

闻人厄手持长戟，武器与他的长袍一样，皆是黑底暗金色纹路，只是这一次百里轻淼看清楚衣袍与武器上的暗金色纹路连在一起正是天空中的七杀星象，金光自黑色的衣服上浮现，空中的七杀星辰绽放异彩。

引星辰之力，毁万里冰原，这便是大乘期高手的实力，举手投足之间，天地巨变。

百里轻淼感到呼吸都困难的万里冰原，竟抵不过闻人厄的全力一击。

这时吸收了雪中焰已经苏醒过来的殷寒江喃喃地道："尊主……"

百里轻淼看去，殷寒江的腿脚已经恢复，唯有左臂还在慢慢复原。她轻轻挪动身体，蹭到殷寒江身后，露出半个脑袋，偷偷看向闻人厄。

百里轻淼回想起方才前辈问自己为何要挡在人前，她只答了一半，另一半她有些不好意思说，其实她还是认为自己能挡一挡的。

直到现在，看到两人战斗引起的天地之威，百里轻淼才清楚地意识到，自己弱小如尘埃，整个身躯挡在人前，抵不过人家的一口气。

过去百里轻淼想要修炼到元婴期，是因为师兄说，晋升元婴期就可以结为道侣，她对大道没有太多执念，一心只想着情爱。现在见到闻人厄的力量，她终于明白修者意味着什么，力量代表着什么，不是为了晋升元婴期可以结为道侣，而是以凡人之身，破天而行，踏碎虚空！

百里轻淼顿悟，进入一个玄之又玄的境界，就算没有金丹期的心法，丹田内的真气也开始渐渐凝结，天上雷云凝聚，天雷渐成。

修者从金丹期开始，每个境界都有劫难，金丹期是小型雷劫，元婴期则是心魔劫，这些皆是注定，避不开的。

闻人厄抽空扫了百里轻淼一眼，心中暗暗点头，孺子可教，若是这就悟到无情冷血，就不用杀了再修鬼修了。

蓝衫女子的手臂微抖，质问道："你究竟是何人，为何破我道场，坏我根基？我闭关前根本没听说过你这号人！"

闻人厄道："你不是闭关吧，应该是兵解后用秘法修成散仙才对。"

修者到了大乘期大圆满就会迎接天劫，渡劫后可以飞升仙界，不知多少修者死在这最后的天劫中，神魂俱灭。有些大乘期修者自知劫数难逃，就会在天劫时主动以秘法散去肉身欺瞒天劫，借助天劫时泄露出的一道仙灵之气修炼成为散仙，在下界修成后就无须天劫便可进入仙界，属于偷天之力，实力也超出大乘期修者一截。

正道几大门派都有散仙压阵，散仙平日不轻易露面，只有门派遭逢大难时才会出手。

原书中，闻人厄就是被上清派散仙所伤后被百里轻淼所救，而上清派的散仙也被闻人厄所杀，失去最强的战力，逐渐没落。

"本尊三百年前悟道，"闻人厄道，"你躲天劫躲了多少年？"

蓝衫女子语塞，才三百年就晋升大乘期？她都闭关八百年了！现在的年轻修者这么了不起吗？

"至于破你道场，"闻人厄视线扫过万里冰原，"吾等只想取一朵雪中焰，是阁下不分青红皂白便攻击我的下属吧？"

"还不是你们欺负人家小姑娘，我路见不平而已。"蓝衫女子道。

"她现在顿悟晋升金丹期，与这一番生死经历也有关系。"闻人厄道，"吾等之事，与你何干？怕不是阁下修炼有成，出关后见到吾等，想试试身手，看看自己有多强了吧？"

蓝衫女子语塞。

闻人厄挥动长戟，语气森寒地道："觉得自己强时，就无理由地攻击别人，还挑境界低的；发觉恐不能敌时，便开始讲道理。可惜你弄错了一件事，现在是否讲道理，由本尊决定。"

4

闻人厄望着足下不断沸腾的岩浆，掌心中的七杀戟轻轻一晃，指向蓝衫女子，显然是不打算放过她。

"等一下！"蓝衫女子道，"我与你无仇无冤，你也取到了雪中焰，不如就此别过吧。"

她这是打不过想跑了。

"放你，可以。"闻人厄道，"殷护法，你跟随我多年，可知怎样的对手，我才会放他一马？"

殷寒江按着断臂来到闻人厄身后，恭敬地道："尊主宽宏大量，鲜少对有潜力的对手赶尽杀绝。"

说是修杀戮道，实际上闻人厄亲手杀掉的人很少，当年攻上玄渊宗，大部分人是殷寒江所杀，闻人厄也只杀了一个老宗主。余下如舒艳艳等高手，闻人厄竟一个没动。

殷寒江向蓝衫女子解释："尊上对于法力低微的修者很少出手，他们不值得尊上耗费心神；有潜力的修者，尊上会网开一面，待对方实力提升后再战。"

杀戮道走的就是九死一生的路，不寻找对手把自己逼到极限，不干掉旗鼓相当的对手，不去以弱胜强，就难有进境。闻人厄自踏上这条无法回头的单行道后，每一步都走得如履薄冰，但却走得很享受。

"你的实力还能提升吗？有什么值得本尊饶你的价值吗？"闻人厄问道。

蓝衫女子咬咬牙，一指百里轻淼道："我的理由就是她。"

"嗯？"闻人厄挑眉。

百里轻淼正被雷劈中，她周围百米之内满是银色惊雷，看起来声势浩大，不过区区一个金丹期的雷劫，这边的三个人没有一个人当回事。

"说起来，你为何会给她雪中焰？"闻人厄不解地道。

原剧情中，百里轻淼从拿到雪中焰到治疗贺闻朝足有五日，可从未出现过什么散仙。

"雪中焰可不是我给她的，是被她吸引过来的。"蓝衫女子自知在闻人厄面前说谎是没用的，诚实地道，"我一直在这万里冰原上闭关修炼，已经沉睡了八百年，为的就是这寒冰之下的天下至阳之火。可是我守了这么多年，一丝元阳都没吸到，她刚来就找到了，我当然要看看这小丫头有什么古怪。"

殷寒江想起尊主曾说过，雪中焰是百里轻淼的机缘，旁人得不到。果然尊主说的就是天下至理，这位散仙守了这么久，还不如百里轻淼来这么几日。

"我已有仙灵之气，能够看到普通修者看不到的东西。她在濒死之际，眉心竟有一道神光相护，吸引了雪中焰前来。我猜她与某个古神遗迹有关系，就给她下了个标记，以待日后查探。"

"就这样？"闻人厄上下打量着蓝衫女子，"散仙标记，不需要现身吧？"

"这不是察觉到你们的存在了吗？"蓝衫女子道，"我怕你们也是看到这个小丫头的特殊之处，为古神遗迹而来。我怕你们先得了好处，就打算在百里轻淼面前揭露你们魔修的身份后干掉你们，获取她的信任，以后找机会跟着她，伺机夺取机缘。"

非常合理，这才是修者该做的事情，闻人厄认同地微微颔首。只是这个蓝衫女子，怎么在原著中没有名字呢？一直到完结，他也没见她出场害百里轻淼。

"若是没有吾等，你又该如何接触百里轻淼？"闻人厄问。

蓝衫女子沉默不语，似乎不想回答。

闻人厄微微一挑眉头，七杀戟绽放出暗金色的光芒，一道巨力困住蓝衫女子，闻人厄压着她的脑袋按向岩浆。这可不是普通的岩浆，是封存在万里冰原下的至阳之火，沾上一点就要神魂受创的。

之前闻人厄与那白色女子打斗时，就发现这不是本体，而是一道化身，借助万里冰原的寒气发挥出强大的力量，如果找不到本体，干掉化身没有意义。

于是他直接祭出本命法宝七杀戟。闻人厄的法宝与衣袍上的暗金纹连起来就是一个阵法，能够引南斗第六星之力，以身为阵法根基，多年的肃杀之气为阵眼，化星辰之力为己用，掀开万里冰原的陈年寒冰，揪出藏在冰层中的本体。

可笑这个本体冰封八百年，竟然不知自己身下不到百米的地方，就是至阳之火。

蓝衫女子生得极为美貌，通身皆是冷艳高贵的气质，与舒艳艳的媚是两种不同的类型。她自是极为爱惜容颜的，闻人厄这么按下去，这张脸受的伤除非飞升仙界重塑仙体，否则绝不可能痊愈。

"不要！"她尖叫一声，认命地说道，"我是紫灵阁的无上长老，散仙没有肉身束缚。紫灵阁阁主与我有献舍的约定，只要我愿意，就可以利用紫灵阁阁主的肉身行事。我看出这个小丫头修炼的是上清派的心法，若是没有你们，我打算回紫灵阁再议。"

紫灵阁阁主？不就是贺闻朝为了重振师门娶的女子？婚后她知道贺闻朝有个心上人，疯狂追杀百里轻淼，算是战斗力极强的一位恶毒女配了。

原书中百里轻淼是拖着贺闻朝来万里冰原的，以这个散仙的奸诈狡猾，自然一眼看出贺闻朝就是百里轻淼的软肋，所以才会倒贴贺闻朝，为的是百里轻淼的神力。

这就合理了，闻人厄在看书时，除了不解百里轻淼对贺闻朝的眷恋，也不明白那些女配对贺闻朝的独占欲。不明白她们怎么就为了一个优柔寡断的男人大打出手，甚至要置人于死地，闻人厄从来不觉得情爱能让人疯魔到这种程度，换成功法权势，他倒是理解了。

古神遗迹，值得每个修者为之疯狂。只可惜这位散仙千算万算，也没想到百里轻淼不是与古神遗迹有关，她自己就是古神，她的神格旁人是夺不走的，除非百里轻淼自己非要送给别人。

闻人厄记得这位紫灵阁阁主，半生的任务就是在倒贴贺闻朝，对百里轻淼下黑手，实力并没有太多增长，实在没有放过她的必要。

想到这里，闻人厄面色不变，直接将蓝衫女子的脑袋按向滚烫的岩浆。

蓝衫女子疯狂地挣扎着，用散仙的真元全力抵挡，却被七杀之力压制得死死的，只稍稍放慢了闻人厄的速度。

然而就是这数秒的时间，百里轻淼渡劫完毕，进入金丹一层，从雷劫中苏醒，睁开双眼。

她先是茫然地眨眨眼，再查看自己的丹田，见金丹结成，开心地跳起来，口中还说道:"我终于晋升金丹期了,等我修成元婴,就可以与师兄在一起了。"

闻人厄只觉无语。

他松开蓝衫女子,瞬间移动到百里轻淼的面前,殷寒江旋即跟上,站在闻人厄的背后,警惕地看着蓝衫女子,免得她怀恨在心,暗中偷袭。

有殷寒江在,闻人厄永远不用担心腹背受敌。

"你方才说什么?"闻人厄寒着脸道。

"和师兄一起……"百里轻淼红着脸跺跺脚,"哎呀,前辈,你不要再说啦!"

闻人厄一把抓起百里轻淼的手腕,查探她的真元,面色古怪地道:"你的无情道呢?"

她方才分明是顿悟无情道才结成金丹的,根本没用上清派心法。谁知渡劫后,无情道的心法荡然无存,体内真元的运转方式竟与贺闻朝一模一样,还是上清派的心法。

"无情道?"百里轻淼竟然好像不记得一般,"什么是无情道?"

之前闻人厄点化百里轻淼那一段记忆也被她忘了。

"呵呵,你果然是脑子被雷劈了。"闻人厄冷笑道。不然怎么解释天劫后百里轻淼唯独忘记无情道的事情,一心想着贺闻朝?

"带她离开万里冰原。"闻人厄单手拎起百里轻淼丢给殷寒江。

殷寒江接住百里轻淼,没问为什么,学着闻人厄也是单手拎着百里轻淼的衣服飞走了。原书中闻人厄视女主为珍宝,捧在掌心怕掉,含在口中怕化,精心呵护,殷寒江就将女主当成魔尊的命来照顾。现在闻人厄当百里轻淼是根草,殷寒江也随意起来。

两人离开后,闻人厄走向蓝衫女子,回忆了一下舒艳艳拉拢下属时的笑容,对蓝衫女子笑了一下。

这位蓝衫女子吓得在空中做出一个跪下的姿势,颤抖着声音道:"你、你、你要做什么?"

她怎么这样?我笑得很温和啊。闻人厄心下感到奇怪,收起笑容,板着脸说:"我对你说的古神遗迹很感兴趣,你想办法弄到它吧,我不会在百里轻淼面前揭露你的真面目。"

蓝衫女子怀疑地看着闻人厄,他方才明明不感兴趣的!

"你可以不相信,本尊没有强迫你,"闻人厄道,"百年后本尊还会来找你,希望到时你的实力值得本尊一战。"

蓝衫女子颤抖着声音说道:"你究竟是什么怪物?大乘期怎么会有这种堪比仙人的实力?"

"玄渊宗,闻人厄。"闻人厄留下一句话,便离开了万里冰原。

百里轻淼方才在渡劫,没有听到他们的对话,蓝衫女子的恶意百里轻淼也不知道,只当她是个善良的前辈。

她也不知道闻人厄是玄渊宗尊主，还傻乎乎地和殷寒江在万里冰原入口处等闻人厄。

　　她还担心蓝衫女子呢，在殷寒江身边转悠："前辈没事吧？冰原前辈没事吧？他们不要再打起来了，明明都是好人，为什么会打起来？都是我的错。"

　　殷寒江仿佛聋了一般，不管百里轻淼说什么，都没有反应。

　　倒是赶来的闻人厄听到这句话轻叹一口气，百里轻淼的脑子是好不了了吧？

　　"前辈！"看到闻人厄安然归来，百里轻淼的眼睛一亮，奔了上去，见他没事，脸上的表情又是一阵忧虑，"冰原上那位前辈……"

　　"死不了。"闻人厄言简意赅地道。

　　百里轻淼这才放下心来，对闻人厄作揖："多谢前辈相助，若没有前辈派百里来冰原历练，而且取走火羽鳌，百里断然不会在生死中悟道，修成金丹。"

　　冷心冷情的闻人厄，听了这番话都不禁想回她一句：不，本尊就是想你死的。

　　"嗯。"他点点头，"你下山时间已久，我还要帮他疗伤，回去吧。"

　　百里轻淼拜别闻人厄，开开心心地返程，背影中透着一丝欢乐的气息。

　　闻人厄的手掌落在殷寒江的断臂上，不悦地道："来冰原本来是想治疗你的体寒之症，反倒令你受伤了。"

　　"是属下的功力不够。"殷寒江低着头道。

　　"回总坛，本尊助你疗伤。"

　　说罢，闻人厄单臂用遁光包裹住殷寒江，转瞬间，二人便回到玄渊宗总坛。至于被掀翻的万里冰原，闻人厄懒得多管。反正万里冰原环境特殊，充满极寒之力，再过百年，大概就能恢复。

　　来到总坛后山的灵泉，闻人厄让殷寒江泡在里面，殷寒江倒退三步："这是尊主的修炼之地，属下不能。"

　　"殷寒江，别让本尊一而再，再而三地命令你，"闻人厄捏住殷寒江的下巴，沉声道，"你再敢拒绝一次，本尊就割了你的舌头。"

　　殷寒江大着胆子深深地看了闻人厄一眼，认命地闭上眼睛，褪去衣服泡进灵泉中。

　　宗修界的衣服多是防护法宝，像闻人厄的衣袍就是他特意炼制的攻防一体的宝物。否则大家若是穿着凡人的衣物，脆弱的衣料莫说防御，自己的灵气就能将衣服震成飞灰，那才是有失体统。

　　正因为衣物是防御法器，会阻隔大部分来自外界的灵气，所以像这种在灵泉中修炼，或是传功疗伤，起码是要换上寻常衣物的。殷寒江内里有一层单衣，浸入水中就贴在身上。

　　闻人厄也换下衣袍，走进灵泉中，一掌拍在殷寒江的后心上，助他与魔剑分离。

　　那柄血红色的魔剑被迫离开殷寒江的身体，不甘心地在空中旋转，闻人厄唤出七杀戟，七杀戟嗡鸣一声，魔剑老老实实地回到剑鞘中。

"你需要炼制自己的本命法器,"闻人厄道,"魔剑固然可以强行提升你的实力,终究无法炼化,不能随心使用。万里冰原下岩浆倒是个炼制法宝的好地方,不过没有适合的材料。"

殷寒江在魔剑离体后身体仿佛被抽干一般,说不出话来。他闭紧双眼,在闻人厄的帮助下开始吸收灵气。

闻人厄稍作引导,见殷寒江成功入定,便起身离开灵泉,布置了聚灵阵,等着殷寒江慢慢炼化雪中焰。

他则是从袖里乾坤中拿出一壶灵酒,靠着灵泉旁的石头,一边看着殷寒江修炼,一边暗暗思索日后该怎么办。

闻人厄这次下山,与百里轻淼有了深度的接触,偶遇紫灵阁阁主,还通过舒艳艳间接接触了男主贺闻朝。通过这一番接触,他发觉事情与他想象的有出入。

掏出那本书,再看一遍后,很多细节令闻人厄感到触目惊心。他本以为错漏百出的剧情,现在却变得细思极恐。

比如紫灵阁阁主,闻人厄只当她是个被贺闻朝花言巧语哄住、被情爱迷住眼睛的可怜女子,被妒火冲昏头脑做出很多不理智的事情,用各种方法同一个可怜的女人过不去。

但今日真的接触到蓝衫女子后,他才发觉紫灵阁阁主所做的一切皆是合情合理的,没有古神遗迹做诱饵,贺闻朝何德何能让一个女人如此爱他?

既然这个角色是合乎情理的,书中魔尊甘愿为百里轻淼付出生命也有源头可寻,那么其他看似瞎写的内容,是不是也有其奥妙在其中?

闻人厄边喝酒边翻书,记下每个不合理的点,等待日后查证。

他本可以不去理会一切,书的扉页上写着让他修复剧情的漏洞闻人厄也没什么兴趣管。可是百里轻淼那边的师恩要还,而且剧情始终会按照书中所写进行,那么他的死与殷寒江的疯,是不是也是注定的?

已经被卷入命运的洪流之中,就没有脱身的理由。况且逃避不是闻人厄的性格,若命定如此,那他就逆天改命!

灵酒对修者还是有些影响的,闻人厄思考间有些恍惚,半垂下眼睛,靠在石块前假寐。

恍惚间,灵泉中的殷寒江动了下。他已经吸收了雪中焰的全部力量,断臂恢复,体内的尸气也一扫而空,境界更是从合体一层一跃至合体九层,晋升境虚期指日可待。

殷寒江见尊主似乎睡着了。他从灵泉中爬出来,凝视着尊主的睡颜。他专注地盯了一会儿,捡起闻人厄随手丢在地上的衣袍,在怀里抱了下后,盖在闻人厄的身上。

随后,他望着闻人厄剩下的半盏酒,像具木雕般瞧着,一动不动。

闻人厄在殷寒江为自己披上衣服时就已经醒来,只是垂着眼假寐,想看看当自己没有意识时,殷寒江又会是什么样子。

见多了平日里恭顺的他,再回想书中后期他的疯狂,闻人厄想,人不可能一下子变化那么大,定然有端倪,不过是他平日里没有注意到罢了。

殷寒江僵立了足有半日,见闻人厄始终没有清醒的意思。才一点点探出手,拿起已经冷透了的半盏酒,探出舌尖品了一下便放回原位。

他根本没有喝,仅沾了下酒气,要不是闻人厄亲眼所见,根本不会察觉到。

殷寒江紧张得呼吸困难,忽然听到身后的魔尊问道:"殷护法,你想喝酒?"

殷寒江的脸色变得惨白,他不敢回头看尊主,颤抖着声音道:"尊主,属下……"

"你素来克制,就算喝酒也不会误事,何必把自己压抑到这个程度?"闻人厄起身,随手一招,衣服自动穿上身。

他拿起酒壶和半盏酒,塞进殷寒江的手里:"闲暇时,本尊准你喝酒。"

殷寒江却不由呆住了。

第三章 相映生辉

1

　　闻人厄认为，自己有必要与殷寒江谈一谈。殷寒江怎么说也是魔道第一宗门的左护法，不至于小心谨慎到连喝口酒都只敢趁着自己睡着时偷偷抿一口的程度，没必要。

　　他当初捡回那个孩子时，从未想过要一个傀儡。

　　他指尖轻挑，地面上的黑衣便披在殷寒江身上。殷寒江刚刚吸收了雪中焰，元阳充足，湿漉漉的单衣和长发早就干透了。见衣服飞过来，殷寒江伸手穿上衣服，同时束起自己的长发，持剑半跪在闻人厄面前，显得恭敬而顺从。

　　闻人厄缓缓开口问道："殷护法，当年本尊命你做个剑修，你可有怨？"

　　当年闻人厄带那个孩子回宗门后，为他看过命格与资质，殷寒江是金系单灵根，出生时受摇光星的影响，摇光星乃北斗第七星，又名破军，善冲锋，具有极强的破坏力，在凡俗军队中，又适合做前锋军或是敢死队。闻人厄星宫在七杀星，乃是将星，与破军搭配最合适不过。

　　因这样的资质，闻人厄认为殷寒江适合成为一名剑修，也适合成为自己的先锋军，便交给年幼的他一把铁剑、一套不知道从哪里抢来的心法，从此殷寒江就成了闻人厄的剑。

　　殷寒江难得听闻人厄对自己吐露心声，抬起头望着尊主，眼中闪着点点星光："尊上……"

　　他欲言又止，闻人厄知道殷寒江这人固执得很，不强迫他就不会说真话，便冷冷地道："说。"

　　有了闻人厄的命令，殷寒江的话就变得顺畅起来，他说道："五岁那年，外族入侵，屠了属下整个村子，属下命大，还剩一口气，见有人路过，心想最差也不过是个死，不知从哪里来的力气，抓住了来人的衣角，遇到了尊上。"

　　他难得说这么多话，闻人厄坐直认真聆听。

　　"有件事尊上不知，"殷寒江拍拍腰间的储物腰带，一把锈迹斑斑的铁剑出现在地面上，正是闻人厄送给殷寒江的那一把，"十八岁那年，属下筑基后，带着尊上赐予的铁剑，下山去找当日屠村的外族铁骑。"

　　那一年……闻人厄恍惚间想起了什么事情。

殷寒江的唇角微微勾出一个弧度，似乎在笑，他抚摸着那把已经很旧很旧的剑，低声道："属下见到尊上身着银甲，手持长枪，背上披着烈焰军的红袍，带领一支疲惫之师迎战外敌。"

当时闻人厄举起已经断掉枪头的长枪对那支战败的哀兵道："我们可以逃，但请记住一件事，我们身后是边疆百姓。城墙倒了，吾等将士以血肉之躯铸就城墙，可我们若是逃了，难道要百姓用血肉来守护我们吗？"

闻人厄没有用法力，封住自己的真元，以肉身之力与将士们一同杀敌，大战数日后，守住了边境，也杀尽了当日屠村的外族人。

殷寒江怕尊主发现自己，像一个普通百姓般，藏在边陲小镇中等着，等着闻人厄带队凯旋。

何为杀戮道？殷寒江在看到那支战胜的残兵面带笑容地回来时，心中渐渐明白了。

杀戮道可以是屠戮苍生的刀，亦可以是守护天下的剑。以杀止杀，以武止戈，这便是闻人厄的道。

殷寒江双手捧起铁剑，对闻人厄道："属下躲在角落里，见尊上凯旋时，心中仅有一个想法，愿为尊上的马前卒。"

他珍之重之地将铁剑抱入怀中，手掌落在那斑斑锈迹上，似乎在用每个动作诉说，殷寒江愿做闻人厄的一把剑。

闻人厄没想到，百年前竟还发生过这样的事情。他的心境必须在无数次战斗中锤炼才能提升，为了磨炼心智，他经常封住功力，下山从一名小卒做起，一直到成为带兵打仗的将军。

冰冷的刀锋划过脸庞时，袍泽的血溅在脸上时，生死才是最直观残酷的。

杀戮道最难的是如何在杀戮中保持清醒。

无数次征战后，七杀戟最终在战场上炼成。闻人厄本以为那会是一把吞噬人神魂的本命法器，却不承想，在世间最残酷的地方炼就而成的竟是一把守护之兵。

闻人厄入道之时，心神受创，想的是一将功成万骨枯，他那时希望能够踩着无数人的血肉登上神坛，成为一名心狠手辣的魔尊。可就在殷寒江亲眼所见的那场战斗中，也是七杀戟最终成型的战斗中，闻人厄不得不承认一件事，从年幼至今，他从未变过。

紫灵阁那位无上长老不明白闻人厄为何可以越级以大乘期的实力碾压她这个散仙，这位只知躲避天劫，闭关修炼八百年的散仙，又怎么明白七杀戟承载的不仅仅是一个魔修的全部力量，而是上下三百年间，闻人厄参加无数场战役中，天下百姓的祈愿？

七杀戟成，将星现，破军星随之闪耀。

闻人厄悟道的那一刻，也是殷寒江入道之时。

"原来如此。"

闻人厄单手一指，殷寒江那把充满凶煞之气的魔剑乖乖地落入闻人厄的掌心里。世间有仙就有魔，这把魔剑是闻人厄自幽冥血海所得，集万千鬼影的煞气，其力量远超宗修界的顶级法宝。

宗修界法宝等级分为宝器、灵器、法器三个等级，每个等级又有上、中、下三品之分，法器再向上，就是仙器了。仙器非宗修界之物，只有几个大门派有几件仙器作为镇山之宝。魔器与仙器对应，殷寒江融入魔剑后，能够发挥出远超自己境界的力量，但对神魂的伤害也极大。

当年是殷寒江求闻人厄将这柄魔剑赐给自己的，他为了跟得上闻人厄的脚步，做闻人厄的左护法，以身饲魔，换取远超合体期的实力。

殷寒江体内有尸气，能够容纳魔剑，但也让他吃了不少苦，他的神魂无时无刻不在与魔剑相斗，靠着对闻人厄的尊崇支撑才没有被魔剑蛊惑入魔。

"这把剑配不上本尊的破军。"闻人厄丢开魔剑，单手扶起跪地的殷寒江，郑重地道，"本尊给你炼制一把更好的。"

"是属下功力低微，不得不靠魔剑提升力量。"殷寒江道。

"不必心急，"闻人厄道，"既为马前卒，自然跟着本尊生生世世，天上地下，无论去哪儿你都要跟着，怎可被一柄魔剑绊住脚步？"

为殷寒江弄的剑，怎么也不能输给这柄魔剑。想要炼制一柄神兵利器，天时、地利、人和缺一不可。天时就是时机，正魔大战在即，修者斗法时引动的天地灵气、战意皆是淬剑的机缘；炼剑的地点有了，万里冰原下的地火是最适合的剑炉；殷寒江早已领悟破军之意，又有七杀相护，人和也不是问题。

唯一的麻烦就是材料，闻人厄翻翻自己的袖里乾坤。他这些年攒下的天材地宝是不少，可惜配不上殷寒江，只能做些辅助材料。

翻找间，闻人厄看到那本《虐恋风华：你是我不变的唯一》，手掌落在书的封面上，忽然想到，这本书上是写过不少天材地宝的，雪中焰便是其中之一。

原书里，贺闻朝吸收雪中焰便修成元婴，恰逢正魔大战，元婴期以上的修者是要跟着门派长老们布阵的，乃是正魔大战的中军。正魔大战一打就是十年，贺闻朝刚刚修成元婴，功力不及其他人，筑基期时修炼的本命法宝被毁掉，根基遭遇重创。

正魔大战后，双方皆损伤惨重。几大门派的掌门和散仙被闻人厄一个人给宰了，闻人厄也伤重隐藏起来，被百里轻淼所救。

百里轻淼这边救了闻人厄，那边听说贺闻朝根基受损，除非找到合适的天材地宝重新炼制本命法宝，否则五年内就会衰老死去。

百里轻淼见师兄重伤躺在床上的样子，哭得不行。听人说金海岸崖有一仙灵幻境，其中可能有灵药或者材料，便偷偷跑到金海岸崖帮师兄寻找灵药。

途中遇到闻人厄，闻人厄见百里轻淼要只身犯险，就陪着她一同前往，两人在金海岸崖历尽千难万险，终于找到一仙界遗宝破岳陨铁。百里轻淼喜滋滋地拿着宝贝回去给贺闻朝，只字不提自己遇到多少危险，一心想让师兄恢复。

谁知她历险的这一年中，贺闻朝数次遭遇濒死的危机，上清派柳新叶柳师妹见师兄走火入魔，当下不顾自己只有金丹期实力，与贺闻朝同修，挽回贺闻朝的性命，从此功力从金丹期退回筑基期。

贺闻朝则是得了柳新叶的帮助后，虽然没有恢复到原本的境界，至少命保住了。加上百里轻淼寻回的宝物，他闭关三年，将破岳陨铁炼化，一举成为化神期高手。

百里轻淼是在贺闻朝闭关的三年里知道贺闻朝与柳新叶的事情的，三年的时间整日以泪洗面。可是每次看到柳新叶病恹恹地与一群刚入门的弟子修炼时，她便又心软了。柳新叶资质不比百里轻淼差，也是天之骄子，在门派里是众星捧月的待遇。现在坠入筑基期，更有不少门派弟子说她乘人之危，委身贺闻朝，排挤她。百里轻淼怎么可能去欺负这样一位女子，只得咬牙忍了。

贺闻朝出关后，就要帮助柳新叶寻找灵药恢复功力。百里轻淼憋了三年火，与贺闻朝大吵一架，质问他是不是与柳新叶有了感情。

贺闻朝当时抓住百里轻淼的肩膀，轻声安慰："百里师妹，当时我重伤在身你也是看到的，根本不知道发生了什么事情，是柳师妹主动的啊！轻淼，你要知道，从小到大我心中只有你一个。但是我亏欠柳师妹，若不帮她疗伤，这辈子都不会安心的，将来渡劫也会变成心魔。我必须帮她，师妹，你可不可以理解我一次？而且柳师妹现在那么惨，难道你不同情她吗？"

百里轻淼指着自己的心口，流着泪说："师兄，你只看到柳师妹为你根基受损，那我呢？我在金海岸崖九死一生的时候，师兄你没看到，就当这一切没有发生过吗？"

"当然不是！"贺闻朝一把搂住百里轻淼，"我与师妹同生共死，痛在你身，伤在我心！"

于是贺闻朝用尽办法哄百里轻淼，又是后山抓萤火虫，为她点亮一世星光；又是用化神期实力带着百里轻淼遨游云海，与她坐在云端诉说情话。

终于百里轻淼消气后，竟然还陪着贺闻朝一起去帮柳新叶寻找灵药。她本以为找回灵药后，师兄从此就与柳新叶两不相欠，谁知后来柳新叶害她害得最狠，完全没有感谢百里轻淼为其做的一切。

值得一提的是，柳新叶就是最后被殷寒江炼成灯油的女子，她欠百里轻淼的，最终用一条命来还了。

一啄一饮，皆是定数。

闻人厄回想着这段剧情。他对百里轻淼与贺闻朝那折腾好几百年的虐恋兴趣不大，这件事中，值得他注意的是破岳陨铁。

贺闻朝拿破岳陨铁炼成一把扇子，施展起来要多帅有多帅，是男主的配置了。

贺闻朝的雷灵根与殷寒江的金灵根五行都归于金，适合贺闻朝的材料其实也适用于殷寒江。若是其他物品，像雪中焰这样注定属于百里轻淼的，闻人厄不会抢夺，而是与百里轻淼交换。

可是破岳陨铁,在原书中分明是闻人厄为百里轻淼取得的,本属于闻人厄的东西,魔尊完全有处置的权利。

魔尊的东西,为什么要给贺闻朝?

闻人厄与百里轻淼有因果,和贺闻朝却没半点关系,他才不会拿自己的东西去救贺闻朝。

思及此,闻人厄对殷寒江招招手:"过来。"

殷寒江迟疑着走过去,坐在尊主的身边,听到闻人厄说:"金海岸崖上有一仙灵幻境,幻境中藏着破岳陨铁,十年后幻境的大门会打开,本尊取了破岳陨铁,你拿去炼制一把神兵。"

这一次殷寒江没有拒绝,尊上不允许他拒绝。

闻人厄对他的顺从感到很满意,说道:"破岳陨铁是本尊的机缘,得由本尊来取。可是本尊在正魔大战之中,注定有一场血光之灾。"

殷寒江听了他的话,脸色沉下来,魔剑感受到他的情绪变化,一下子回到殷寒江的手上。

闻人厄安抚道:"放心,不是死劫。你好好修炼,届时若是我失踪,就来这个地点找我。"

他为殷寒江指出书中自己伤重流落的地点,这一次不用百里轻淼来救,闻人厄将自己的安危交在了殷寒江手中。

《虐恋风华:你是我不变的唯一》里殷寒江应该也积极地寻找过闻人厄,可是他身在局中,总有正派弟子来扰乱,殷寒江找到闻人厄时,已经是闻人厄与百里轻淼在金海岸崖找到破岳陨铁之后的事情了。

书中的闻人厄当时重伤未愈,深知自己未必能压制住玄渊宗那些有野心的人,明明有机会也没有主动联络属下。在那个时候,他是连殷寒江也不相信的。

而此时,看过书的闻人厄知道,殷寒江绝对不会背叛自己!

知道闻人厄有一劫后,殷寒江变得很焦虑,每日在玄渊宗修炼,希望能在正魔大战前突破境虚期,实力高一点点,就可以多帮助尊主一点点。

闻人厄身为应劫之人倒是半点不担心,接到舒艳艳的消息后,吩咐四大坛主备战。

时间距离小镇相遇已经过去六个月,百里轻淼不在,贺闻朝打着下山巡逻除妖的旗号经常去找舒艳艳。这一次没有雪中焰相助,他却可以与舒艳艳同修,竟然还是按照原书的剧情安排成为元婴期高手。

贺闻朝晋升元婴期后,就可以得到更多的门派资源,掌门与几大长老对贺闻朝相当看好,甚至将很多只有掌门才能知道的事情告诉了他。

贺闻朝得到这么多实实在在的好处,当然更加喜欢舒艳艳,在小镇给舒艳艳置了宅子,两人宛若一对恩爱夫妻,哪还有书中那剑拔弩张的样子。

书中，舒艳艳是死在贺闻朝手上的。她算是贺闻朝修炼前期栽的一个巨大的跟头，真是让贺闻朝吃了不少苦头，贺闻朝恨死她了，后来实力足够，有机会就杀了舒艳艳。

舒艳艳打探情报的技巧高超，从贺闻朝口中问到不少正道的安排，还能装出一副无辜的样子。她暗中给闻人厄传递消息，还问道："尊主，我什么时候能甩了贺闻朝去找我那些下属？六个月了！整整六个月了，你能理解六个月只吃一道菜的感觉吗？太痛苦了！"

闻人厄："本尊辟谷，不食五谷。"

舒艳艳："六个月只吸收一个地方的灵气？"

闻人厄："你闭关修炼的时候，难道还能嫌弃天地灵气吸收得不开心，挪个地方再修炼吗？"

舒艳艳无言以对。

她是不指望冷心冷情的尊主理解自己了，心中暗暗期待赶紧打起来，贺闻朝在正魔大战中死了才好。

与此同时，百里轻淼终于回到门派，向师门报备了自己的境界，成为有史以来最年轻的金丹期修者，震惊了整个上清派。

2

百里轻淼之前，上清派最快晋升金丹期的正是贺闻朝，他十八岁筑基后用了短短三年就成了金丹期修者。宗修乃是偷天之道，越往上越难，引气、炼气还算简单，普通武林人士资质好一点的也能做到，筑基则是进入宗修界的门槛，这个门槛难倒了无数人，多少向往大道的修者被拦在这个高高的门槛前，至死寸步难行。

而迈入筑基期的人就能青云直上了吗？

并非如此。

停滞在筑基期五十年、上百年，直到灵气耗尽、寿数已到也未能结成金丹的大有人在。引气是将天地中的能量吸入体内，炼气是将它们炼化为己用，筑基是用天地灵气逼出人体内的后天杂质，成就先天之身。金丹则是化真元为丹田内的一颗金丹，神识可以第一次内视自己的体内，丹田内紫府初现，体内自成一片天地，真正从人向仙蜕变。

贺闻朝用了三年已经是奇迹，百里轻淼呢？她刚满十八岁时筑基，这一年的年末，在师父还没来得及传授她金丹期心法时，就莫名其妙地结丹了！

执事堂的清越长老查探过百里轻淼的情况，确定她的真气纯正而不杂，修炼的完全是上清派心法，竟当真靠自己的力量领悟了金丹期心法。

有这样的天资的人，上清派从未出现过。

清越长老满意地点点头，露出微笑，向祖师上香后，敲响了上清派的荡月钟。

荡月钟正是上清派三大仙器之一，镇守上清派护山大阵多年，敲响的钟声整个门派除非是坐死关的修者，否则都能听到。寻常晋升金丹期是不值得执事堂长老在全门派传讯的，就连贺闻朝三年结成金丹都没能得到这种待遇。百里轻淼的境遇实是难得，清越长老深思熟虑后，决定敲响荡月钟。

荡月钟一响，在山下与舒艳艳翻云覆雨的贺闻朝也听到了。

伴随着三下钟声，清越长老的声音传到每个上清派弟子的耳中："凌云峰，清荣门下百里轻淼，金丹结成，耗时一年。"

贺闻朝停下动作，呆住了。

舒艳艳也听到了荡月钟的声音，但她并非上清派弟子，听不到清越长老的传音。她假装什么也不知道，玉臂环住贺闻朝的脖子，嗲声道："贺郎……"

她演技精湛，不愧是玄渊宗右护法！

贺闻朝却再没感觉，匆匆起身，一个净身诀除去身上的气味。舒艳艳一个翻身，眼神迷离地问道："贺郎？"

贺闻朝冷漠地道："我忽然想起有要事在身，需要回门派，这几日可能都不会来探望你，你乖乖等我。"

说完他转身就走，舒艳艳撑着胳膊懒洋洋地靠在床上道："穿上衣服就翻脸不认人，什么东西，呸！"

"百里轻淼回门派了。"一个声音自窗前传来。舒艳艳吓了一跳，定睛一看，闻人厄与殷寒江不知什么时候已经破窗而入。

"原来是尊上，吓死属下了，还以为我功力退步，警惕心差到这个程度，有人闯入也不知道。"舒艳艳没急着穿衣服，也没盖被子，就这样坦荡地看着两人。

怎奈闻人厄与殷寒江像眼盲般，无视舒艳艳的容颜、身姿，殷寒江用法诀为闻人厄清洗了室内的桌椅，又用清风诀吹去屋中的异样气味，打开窗子，这才请尊主落座。

舒艳艳略感无语。

她撇撇嘴，随手一招，落在榻上的衣服就自然地披在身上。她向尊主行礼，随后看向殷寒江，面色一僵："殷护法，你已经是合体期大圆满了？"

舒艳艳心中生出警惕心，殷寒江与她为尊主的左、右护法，左护法本来就深受尊主重用。舒艳艳之前还能安慰自己，殷护法只有合体期，魔剑虽强，但伤身伤魂，而且不能持续太长时间，否则会魔化，真比较起来，还是她厉害一点。可是短短六个月，殷寒江竟然已经从合体一层直升合体大圆满，这突破境虚期岂不是指日可待？

谁知尊上却不满地摇头道："才合体大圆满，差得远。"

这不对啊！舒艳艳觉得自己嗅到了什么不一样的气味，一双妙目在闻人厄与殷寒江之间来回看。殷寒江没什么改变，还是沉默而且忠诚，尊主也是如以往一般强大又冷漠，两人的相处模式没变，唯一变的是……

舒艳艳眯起眼睛，发觉殷护法站在尊主身后的位置较之前近了一点点，而有殷护法守护在身后，闻人厄的姿势也比过去放松了一点点。

只是这一点点，却有种完全不同的感觉。

她心中警钟长鸣，连忙上前说正事："尊上，属下这半年委身贺闻朝，助他修成元婴，让贺闻朝有机会参与门派中的要事，知晓了他们元婴期弟子布阵的地点。上清、天剑、九星、碧落以及无相寺五大势力以及一些小门派的元婴期弟子会在玄渊宗南、北两处布下大阵，暂时阻断灵脉，让吾等交战时没有天地灵气支援。"

舒艳艳说出自己这些时日付出了多少，又得到多少消息，好与殷护法争功。她要让左护法知道，光会跟着尊主溜须拍马是不行的，得做出成绩来！

《虐恋风华：你是我不变的唯一》是以百里轻淼为主视角描写正魔大战的，她只是个金丹期弟子，知道的事情不多，十年内具体日常就是师兄不在，想他、担心他、挂念他，顺便救救人，展现一下女主善良的品性，正道究竟是怎样安排的，闻人厄不得而知。有了舒艳艳打探消息，正道的计划渐渐有了轮廓。

"属下认为，需要派两名高手提前在布阵的地点做好准备，取两点巧妙的位置，破坏他们的阵法，随后将这些元婴期弟子一举歼灭！"舒艳艳抬起眼睛，眼中妩媚温婉之意消失不见，只剩下狠绝。

她身着白衣，却美得像朵盛开的曼珠沙华，轻轻招手，引诱迷途之人通往彼岸。

心狠手辣、冷心冷情、为达到目的不择手段，这才是玄渊宗右护法舒艳艳的真实性格。她说话间，夜空中贪狼星现，绽放出耀眼的光芒。

上清派掌门与其余几大门派的掌门正在夜观星象，揣摩天机，九星门门主望着天空，面色凝重："七杀、破军、贪狼三星闪烁，相映生辉，不祥之兆啊！"

"怎会如此？"碧落谷谷主道，"数月前我推演测算，贪狼遇煞，被雷光压制，暗淡无光；破军有入魔之相，血色隐现，自毁的可能性极大；七杀桃花入命，遭遇情劫，三星皆是颓废之相，正是正道一举歼灭魔道的好时机，怎么会突然气运大盛呢？"

天剑宗宗主目光如剑："六个月前，七杀的桃花劫消失，他的护星破军随之突破魔障，随后贪狼闪耀。一切变化，皆来自七杀。"

上清派掌门道："七杀应对的，正是玄渊宗尊主闻人厄。此人百年前横空出世，身后跟随一魔剑使，短短数十年统一魔道，天下大势扭转，正道渐显弱相。闻人厄不除，他一人之力将压制正道千年之久。"

"本是上清派一派对付闻人厄，看来现在不够了。"碧落谷谷主道，"得多分些高手和仙器围杀闻人厄。"

九星门门主道："天意难测，吾门醉心数算，窥探天机，鲜有失手，怎么这半年间，命数变得这么快呢？难道是上天不愿我们看到正魔大战的结果？"

无相寺方丈道一声佛号，放下手中佛珠，掌心出现一根禅杖，原本紧闭的双眼睁开，悲悯之色尽去，目露凶光，正是佛祖座前不怒金刚的影身。

"方丈要出手？"上清派掌门一脸喜色，"有您出手，吾等必定事半功倍，手到擒来。"

几大掌门密会，定下进攻的时间后，纷纷赶回各自的门派。上清派掌门负手走出密室，来到执事堂，对清越长老道："百里轻淼晋升金丹期了？"

清越长老一五一十地说了，上清派掌门宽慰地笑道："有轻淼和闻朝在，上清派后继有人，我们没有后顾之忧，可以放手一战了。清越，你留在门派，守护荡月钟，为上清派保存实力。"

清越长老知道这一战避无可避，对掌门道："可是百里轻淼与贺闻朝这两个孩子正在闹别扭呢。"

"又是百里轻淼发脾气了吧？"掌门轻笑一声，"小儿女情绪罢了，待她晋升元婴期后，就不会这样了。"

清越长老与掌门都不将他们吵架当回事，贺闻朝却在费尽心力地哄百里轻淼。

原因是百里轻淼回到门派后，就直接在执事堂查了这段时间师兄的巡逻记录。她第一次与贺闻朝分别这么久，之前在万里冰原还亲眼见识了散仙与大乘期高手一战，侥幸生还后，自然很想念师兄，想知道她不在门派的日子，师兄都做了什么。

执事堂的记录是公开的，谁都可以查看。百里轻淼先是为师兄晋升元婴期开心，谁知越看越不对劲儿，贺闻朝每隔两天就要下一次山，次数太频繁了！

百里轻淼以前天天黏着贺闻朝，贺闻朝每次下山她几乎都跟着，自然知道以前贺闻朝下山的频率是一个月一次。刚好这时姚闻丹来执事堂领取药阁的药材，见百里轻淼对着执事堂的记录玉简发呆，就上前向师妹道喜，恭喜她晋升金丹期。

"姚师兄，"百里轻淼问道，"你见到大师兄了吗？我看轮值表，今日该是他巡山了，怎么他不在呢？"

"下山了吧？他近日总是下山，还给舒姑娘置了个宅子，大概是心中有愧吧。"姚闻丹是藏不住话的性格，顺嘴就说了出来，说完便感到后悔，给了自己一个嘴巴。

百里轻淼手中的玉简摔在地上："你说什么，师兄给舒姑娘买了个宅子？"

刚刚好贺闻朝此时赶回门派，正听到百里轻淼带着哭腔的一句话，当下眼前一黑，一把搂住百里轻淼，深情地道："师妹，你终于回来了，这些日子我好担心你，好想念你。"

姚闻丹自知说错话，低着头跑了，留下贺闻朝与百里轻淼两人自己解决这个问题。

百里轻淼质问贺闻朝后，直接冲下山，去往小镇寻找舒艳艳，要质问她与贺闻朝是什么关系，贺闻朝紧随其后。

她冲下山离开护山大阵的保护后，舒艳艳等人就察觉到她的动向，右护法当下问道："尊主，属下该怎么做？"

闻人厄道："正魔大战前不要泄露身份，其余随你。"

"真是太好了！"舒艳艳击掌道，"我已经受够了，我要离开这里，我想念我的那些乖巧下属，呜呜呜……"

说话间竟然真的流下泪来，天知道她自从入道后，是第一次陪一个男人这么久。雷灵根和那股神秘的力量早就吸收够了，舒艳艳的实力也晋升到境虚期九层，她早就厌倦了贺闻朝，要不是为了打探消息，才不会这么委屈自己呢。

闻人厄与殷寒江对视一眼，离开这个房间，在隔壁房间施展法诀，暗中观看事态发展。

闻人厄也想看看，百里轻淼知道贺闻朝的所作所为后，会做出怎样的选择。

舒艳艳这座宅子另外一个房间是一间下人房，舒艳艳没雇佣仆人，就一直空着，仅有一张小床。闻人厄坐下去后，殷寒江没办法再站在尊主身后，就待在他身边，闻人厄拉了他一把："坐。"

殷寒江受宠若惊地与尊主并肩坐在一张小床上，喉结微微颤动，视线下垂，不敢去看他们距离仅有半寸的肩膀。

两人等了一会儿，贺闻朝和百里轻淼竟然还没来，大概是在路上发生了争执。闻人厄感到身边的殷寒江嘴角动了动，似乎是在说什么，便道："有话直说。"

殷寒江听到尊主发问，不敢隐瞒，犹豫了下问道："尊主的杀戮道明明是以杀止杀，守护天下的，为什么要挑起正魔大战，祸乱苍生呢？"

他不是什么好人，听舒艳艳计划怎么宰了那群正道弟子时也没觉得不适。尊主要他做什么，他都不会有意见。

只是内心深处依旧会有一丝疑惑，他不明白尊主为何如此，因为早就知道正魔大战一事，难道不是可以提前避免的吗？这不是尊主的道。

换作平时，殷寒江不会发问，而现在尊主问了，他的身份又发生了一点点改变，破军不该质疑七杀，殷寒江决定如实汇报，由尊主解惑。

听到他的问题，闻人厄没有回答，而是反问道："殷护法，你认为修者是什么？"

殷寒江略微想了想道："高人？"

他从未思考过这类问题，只是知道普通百姓会称那些高来高去的修者为"仙长"，修者们也自视甚高，将凡尘俗世与宗修界划开，其实明明在同一个人界。

"错，"闻人厄眼中没有丝毫情感，"你也好，我也罢，正道、魔道千千万万修者亦然，我们不过是一群窃取天地生机的小偷罢了。"

殷寒江从未想过，闻人厄竟会这样评价修者。

"你看上清派的位置，"闻人厄指了指远方的山道，"这样灵气充足，千万年来不会有任何天灾的灵山，能够孕育多少生灵？若是人族在这附近建城，千年后就可养出上百万普通人。而上清派金丹以上的弟子，不到百人。"

"大道无情，不会在意普通人的生生死死。"殷寒江抿了抿唇，想起被屠戮的村子，第一次说出自己对天道的看法。

"确是如此，但天道不会愿意有修者夺天之机。如果修者之间不会内部消耗，大家专心闭关修炼，互不干涉，数万年之后，天地间灵气将荡然无存，这人界将寸草不生，再无任何生灵。"闻人厄道。

正魔大战既不是正道为了除魔，也并非魔道要屠戮正道，引得天下大乱，而是彼此通过推演测算发觉又一次天道浩劫将至，若不内耗征战，过多的修者迟早会引来天道的血洗。届时人间再无修者，也无人类。

偷天、骗天、夺天，这才是修者的本性。他们在天道之下追寻一种平衡，夹缝中求生。

"这一战，本尊无论生死，皆是还灵气于天下。本尊若身死道消，尸身埋葬之处，百年后将孕育出无数生灵。"闻人厄道。

他神情淡漠，并不在意生死。

殷寒江却感到心中一痛，握紧魔剑道："属下不会让尊主死的。"

"本尊知道。"

书中的殷寒江，用生命证明了他对闻人厄的忠诚。

闻人厄拍拍他的手背，难得温和地道："若本尊去了，你就来陪我吧。"

别像书中一样，为一个魔尊的命令活得人不像人鬼不像鬼。

殷寒江听到闻人厄的话，竟然意外地露出释怀的神色，郑重地道："多谢尊主。"

3

闻人厄在看书的时候，就觉得百里轻淼的神识分配不足，有明显的倾向性。平时与贺闻朝、师门同辈以及一些女配角相处时，略显痴傻，谁说什么都信。反观贺闻朝一旦与其他女子有些暧昧时，百里轻淼就变得异常敏锐，能够第一时间发现不对，只要她在贺闻朝身边，总是能看出那些女配角对贺闻朝的爱慕之情。

要不是百里轻淼被闻人厄支开，下山历练六个月，贺闻朝绝对不可能与舒艳艳厮混，有一两次百里轻淼就会发现。

这不她刚回来就察觉到不对，一路上贺闻朝百般阻挠，也没拦住百里轻淼，眼睁睁地看着师妹脚踩映月玄霜绫，风风火火地破窗而入。

此时舒艳艳正在对镜卸妆，取下耳饰。她感觉窗子忽然打开，忙回身，看到醋意冲天的百里轻淼，以及随后赶来不断对舒艳艳眨眼睛的贺闻朝。

舒艳艳假装没有看到贺闻朝的眼神，在看到百里轻淼的瞬间就呆住，眼泪唰的一下滑落下来，膝盖一软，跪了下去。

舒姑娘向来善解人意，贺闻朝本想趁着师妹发问之前暗示舒姑娘别乱说话，谁知舒姑娘根本没有看自己，才见到师妹就跪了。

"舒姑娘，就算我对你有恩，也不必行此大礼。"贺闻朝忙道。

"你别说话！"百里轻淼横了贺闻朝一眼。她走到舒艳艳面前，冷声质问道："你为什么要跪我？"

舒艳艳一句话也不说，就顾着闷声哭，一口气提不上来，"嘤"的一声晕了过去。

百里轻淼单臂抱起小白花一般的舒艳艳，单手狠掐人中，把人给掐醒，放在椅子上，冷着一张脸道："舒姑娘，你是普通人，我再生气都不会伤害一个普通人，别哭了。"

她刚说别哭，舒艳艳的眼泪就又滑下来，舒艳艳呜咽着道："百里姑娘，你是我的救命恩人，我、我愧对你，呜呜呜……"

贺闻朝听到舒艳艳说出这句话，脸色变得铁青，捏紧了拳头。要不是百里轻淼在，他不知道会做出什么事情。

舒艳艳用眼角的余光扫了眼贺闻朝的脸色，心下冷笑。

相处六个月，舒艳艳自然一眼就看透了贺闻朝的本性。

贺闻朝的确喜欢百里轻淼，师妹绝对是他最爱的人，青梅竹马的情谊不是寻常人能插进去的。因此，他觉得自己只爱百里轻淼一人，在情感上是没有任何杂质的。他没有对不起百里轻淼。至于舒艳艳，不过是一时糊涂以及练功的助手罢了，师妹不在时，贺闻朝为了哄舒艳艳与自己在一起，当然什么甜言蜜语都可以说；百里轻淼回来后，舒艳艳就是贺闻朝巴不得想要掩盖住的污迹，绝不会留情。

所谓偷欢，藏得住的那叫欢，藏不住的就是麻烦。

"你怎么愧对我了？"百里轻淼回头看了眼贺闻朝，又去看舒艳艳。

"我……"舒艳艳欲言又止。

"舒姑娘，我会施展真言诀。真言诀对比我法力高或者神识强大的人没有用，但对一个普通人，如果我想，我能听到一切我想知道的内容。"百里轻淼道。

贺闻朝听到后，继续疯狂地对舒艳艳眨眼，手中捏了一个灵诀，努力暗示舒艳艳，自己比师妹法力高，可以解开真言诀，让舒艳艳放心大胆地编瞎话，有事他兜着。

在贺闻朝的心中，舒姑娘一直是个乖巧听话的女子，并且自知配不上贺闻朝，不会插足他与师妹的关系，这个时候，舒姑娘是不会也不敢说真话的。

可惜舒艳艳再一次没有看他，一双水灵灵的眼睛望着百里轻淼，柔声道："百里姑娘，我有些口渴，可容我喝口茶水缓一缓再说？"

"喝吧，我有时间等。"百里轻淼退开。

舒艳艳姿态婀娜地起身，从箱子里拿出一个小茶包放入茶壶中，冲了茶后，缓缓地喝下去。

她略带惆怅地看着百里轻淼，低声道："自半年前茶楼一别，小女子就忘不了百里姑娘的英姿。当日我落到地上，百里姑娘抱着我飞上茶楼，替我讨回公道，我好开心。"

百里轻淼见她这副样子，脸色也柔和下来，拉过另一把椅子坐在舒艳艳的对面，贺闻朝更是松了口气。他觉得舒姑娘不会乱说话的。

"当时我就想，若是能活成百里姑娘这样子该多好。"舒艳艳凄婉地看着百里轻淼，伸出苍白、冰冷的手握住百里轻淼的手。

百里轻淼没有拒绝。

她渐渐觉得，是不是自己误会了？其他师姐对师兄的爱慕之情写在脸上，一目了然，百里轻淼看得清清楚楚。可舒姑娘不同，她眼中没有对师兄的爱，反倒是看着自己的眼神中充满敬佩，她又是那么自爱自强的女子，是不会做出那样的事情的。

谁知舒艳艳话锋一转，摇摇头道："可我终究不是百里姑娘，我那么卑劣、自私、弱小，在这样的世道中，没个依靠我根本活不下去。"

"师妹，我也正是看出这一点，才帮舒姑娘买了个宅子，偶尔来看她一眼，让她的日子好过些。这是你救下的人，我这个做师兄的人，决不能让师妹的好意就这样白费。"贺闻朝接过话头道。

百里轻淼的脑子乱了，竟然就这样相信了，她脸上露出愧意，对贺闻朝道："师兄，是我误会了你，我不对。"

在另一个房间观察的闻人厄皱皱眉，真想一巴掌拍在百里轻淼的脑袋上，她还是死了省心。

"殷护法，这种话你会相信吗？情爱就真的如此让人失去理智吗？"闻人厄实在想不明白，不由得传音问自己身边唯一的人。

"尊主说什么，属下都信；旁人说什么，属下只当耳旁风。"殷寒江回答道。

闻人厄摇摇头，真不该问殷寒江，一点价值也没有。

另一边舒艳艳见百里轻淼与贺闻朝拥抱在一起，解开心结又要你侬我侬了，贺闻朝抱着百里轻淼还不忘给舒艳艳一个赞赏的眼神。

舒艳艳露出一个绝美却诡异的笑容，嘴角流出鲜血。

"舒姑娘！"百里轻淼抱够师兄才发觉事情不对，转过身去看到舒艳艳开始七窍流血，顿时感到心惊肉跳起来。

她看了一眼茶壶，倒出茶水一看，里面的茶包竟是要命的毒药！

百里轻淼忙抱住舒艳艳，单手抵住她的后心，试图用真气帮她逼出毒药。

舒艳艳艰难地摇摇头，抬起手轻轻碰了一下百里轻淼的脸，对她微笑道："我多想活成你，可惜……我……命比……纸薄，终究……不是……你，我……有愧……于你，不能……活，若有……来生……"

她没有说出若有来生会怎样，就闭上眼睛，香消玉殒了。

"舒姑娘，你为什么会走上绝路？我没有想要伤害你的，就算你与师兄真的……我也只会默默退出，为什么啊？"百里轻淼感觉到舒艳艳冰冷的指尖从她的脸上滑下，心中一片冰冷。

贺闻朝也没想到舒姑娘为了隐藏两人的秘密，竟会选择这样的方法。她从头到尾没有说出自己与贺闻朝的关系，只是表达了对百里轻淼的欣赏，更是看都没看贺闻朝一眼。

贺闻朝也蹲下身，沉重地说道："一定是我不在时，舒姑娘被什么人给伤害了。师妹，我们要为她报仇！"

闻人厄哑然失笑。

等等，贺闻朝是怎么得出这个结论的？

百里轻淼拿着方才从茶壶里倒出来的茶包，对贺闻朝说："你看看这个标志，这是上清派给未筑基辟谷的同门准备的茶包！"

"还有这个！"百里轻淼取下舒艳艳腰间的荷包，打开后里面是一缕长发，"师兄，这是不是你的头发？"

"师妹，你不要疑神疑鬼！"贺闻朝忙抱住她道，"茶包是我拿来的，这是我当年未筑基时没喝完的，灵茶对身体有好处，舒姑娘之前从楼上摔下来，我担心她伤了元气，就给了她这些茶叶，让她调养身体。至于茶叶里为什么有毒、她荷包中的头发是谁的，我完全不知道！"

百里轻淼挣脱贺闻朝的怀抱，抱着舒艳艳的尸身摇摇头，流着泪说道："师兄，我暂时不想看到你，我、我先去安葬了舒姑娘。"

说罢，百里轻淼带着舒艳艳离开房间，贺闻朝去追，谁知刚出去就找不到师妹的踪影，也不知她跑到哪里去了。

这自然是闻人厄迷住了贺闻朝的眼睛，让他跟不上百里轻淼。

百里轻淼心中一团乱麻，深夜来到棺材铺，丢下一锭银子后取走一口棺材，把舒艳艳放在里面。

随后她单手扛着棺材飞到小镇附近的坟地中，用映月玄霜绫挖出一个土坑，把棺材平稳地放进去。

她盯着棺材很久，一直没有将土推上。这时身后传来一个声音："我可以传授你锁魂术，趁她未入地府之前，抓住她的魂魄，问清楚事情究竟是怎么回事。活人能说谎，死魂在锁魂术面前却不敢。"

百里轻淼回身，看见闻人厄站在自己身后，低语道："前辈……"

"我用秘法迷住了贺闻朝的眼睛，让他没办法跟上你。"闻人厄道，"他不会知道的，你可以放心询问。"

"会对舒姑娘的神魂造成伤害吗？"百里轻淼问道。

"那是自然，锁魂术后，错过勾魂使者，她将永生不能投胎。"闻人厄毫不在意地说道。

"不行，"百里轻淼摇摇头，"舒姑娘命苦，我这就超度了她，愿她来生能托生一个好人家。"

"你不想知道事情的真相吗？"闻人厄道。

百里轻淼没说话，低下头，看着舒艳艳的棺木，抬手一推，泥土掩埋住棺木，像是要将她心中的疑问也深埋其中。

其实舒艳艳话里话外都在告诉百里轻淼，她与贺闻朝发生了关系，而舒艳艳喜欢百里轻淼，心中愧对她，这才在百里轻淼的质问下选择服毒自尽。百里轻淼猜到了，不过在没有证据时，不愿相信。

"问清楚，若贺闻朝真的背叛了你，我帮你杀了他。"闻人厄站在百里轻淼的身后，低沉的声音宛若恶魔呓语。

百里轻淼吓得打了一个激灵，忙疯狂地摇头道："不行不行，就算师兄真的移情别恋，我与他只是口头约定，心中暗许，又没有结为道侣，最多是一别两宽，各自欢喜，怎么能杀人呢？而且，师兄也未必……说不定真的是有人陷害，他是君子，绝不会乘人之危的。"

闻人厄挑挑眉，听到棺材里舒艳艳的叹息声，看来右护法也觉得百里轻淼的脑子有问题。

"你若真喜欢贺闻朝，我还有一个办法，"闻人厄继续道，"把他炼成傀儡，让他只听你的，只对你好，一辈子不会背叛你，不好吗？"

百里轻淼骇然："前辈，你怎么可以这样想呢？情爱是你情我愿的事情，万万不可强求啊！"

"那你自便吧。"闻人厄闪身离开，留下百里轻淼一人为舒艳艳刻墓碑。

离开上清派山脚下的小镇时，舒艳艳紧随其后，跟上尊主与殷寒江。三人回到玄渊宗总坛，舒艳艳翻了个白眼道："百里轻淼真是个死脑筋，贺闻朝有什么好的？本护法吃得腻歪到不行。可算是回总坛了，正魔大战之前我定要开开荤，一次多吃几道菜！"

闻人厄问道："你也不懂？本尊以为同为女子，你应该懂得百里轻淼的想法。"

"尊主，我要是表现出对一个男子情深不悔的样子，一定是他有什么利用价值。"舒艳艳正色道，"我要是倒贴贺闻朝能贴出一个上清派来，让我怎么贴都行。"

说话间她叫来自己目前最喜欢的一个手下，是个俊逸非凡的男子，舒艳艳勾了下对方的下巴道："乖，告诉本护法，你喜欢我什么？"

那个属下竟也晋升到了元婴期，自然地搂住舒艳艳道："自然是护法英明神武，美艳动人，属下心慕护法。"

闻人厄："说人话。"

那个男子"扑通"一声跪下，在闻人厄的威压面前半点谎话都不敢说："当然是跟着护法有肉吃，与护法同修能提升功力，而且护法还美艳动人，我不吃亏的。"

舒艳艳倒是毫不在意，拉起自己的属下道："我就喜欢你识时务的样子。"

"你为何不揭露与贺闻朝的关系，让百里轻淼彻底死心？"闻人厄问道。

舒艳艳："当然是为了正魔大战！属下担心贺闻朝因与百里轻淼吵架心神不定，上清派会改变计划，不让他守阵。绝灵阵每个弟子的位置皆是经过计算的，换一个人就要改变所有阵形，属下不能让贺闻朝在此刻出乱子。事情没有揭开，他就有办法哄回百里轻淼，绝灵阵的位子还是他的。"

她可是要在正魔大战上狠狠地挫正道锐气，在魔道中立威的，怎么能因为这点小事坏了计划？！

提到正魔大战，闻人厄道："传令四位坛主，备战！"

提到正事，舒艳艳就顾不上和心头好缠绵了，拍拍手下的胸口道："叫几个功力好的，在道场的聚灵阵中等我。"

那个下属笑着领命走了，闻人厄看舒艳艳浑不在意的样子，暗暗点头，这才是魔修应有的样子。

玄渊宗四大坛主接到尊主的命令后，立刻来总坛商议对策。开会前，闻人厄着重表扬了舒艳艳在这件事上的牺牲，允诺正魔大战后，舒艳艳可以在玄渊宗禁地修炼十年。

各大门派均有仙器，玄渊宗作为魔道第一宗，自然也有魔器坐镇，禁地里就是魔器焚天鼓，据说是当年仙界战场上，无数仙魔流下的充满灵气的血凝成的这面焚天鼓，威力极为可怕。不过玄渊宗目前没人敢敲动这面鼓，只是在鼓面上修炼而已。

当年闻人厄与玄渊宗老宗主决战之时，为了保命老宗主敲动焚天鼓，的确让闻人厄吃了不少苦头。可老宗主还没杀死闻人厄，自己便被焚天鼓中的仙魔战意入侵心神，恍惚间以为自己来到了仙魔战场上，走火入魔后被重伤的闻人厄一招毁了神魂。

这面焚天鼓帮助修炼倒是不错，但不能用，用了会要命。

舒艳艳得了尊主的允诺，喜滋滋地谢过了，视线扫过四位坛主，笑着道："这番修炼后，我说不定就能晋升大乘期了。"

"嗯，然后渡劫被天雷劈死。"裘丛雪裘坛主道。

她是四大坛主中唯一的女修者，与舒艳艳修炼的心法是两条路，一直看舒艳艳不顺眼。而她早就是大乘期高手，比舒艳艳要强。

舒艳艳是有些怕裘丛雪的，裘丛雪修的是鬼道中最难的修罗道，当年为了晋升大乘期，自愿进入鬼修修炼。五十年后从鬼修中出来时，身上的血肉都不见了，只剩下一身枯骨，以及一个完好无损的头。

裘丛雪率领的属下也是鬼修，人人一身黑袍把自己裹得密不透风，脑袋是正常的，黑袍下面的身体是什么样子的谁也不知道。

闻人厄视线扫过自己的六位下属，钩心斗角、剑拔弩张、同门相残，内心深处感到相当满意，这才是魔道。

出于好奇，他还是问了裘丛雪一句："裘坛主，若是你有恋人，他背叛你与其他女子在一起，还口口声声说爱你，你会怎么做？"

裘丛雪面无血色，声音中不带一丝感情："属下不会有恋人，真有，也会把他炼成法器，藏在袍子里。"

舒艳艳咽了下口水，她就知道裘丛雪的袍子里面有吓人的东西！

闻人厄在心中叹了口气，问他这群下属，真是一点用也没有。

4

袁坛主是玄渊宗总坛主，与闻人厄的接触最多，最会揣摩上意，见尊主露出"一群没用的东西"的眼神，忙上前道："尊主说的人，可是个女子？女子的事情，问舒护法和裘坛主用处是不大的，自然要问问属下。"

舒艳艳与裘丛雪看向袁坛主，什么叫女子的事情问她们没用？她们不是女的吗？

袁坛主不理会那四道如针扎般的视线，继续道："属下斗胆问一句，尊主需要这女子做些什么呢？"

"无他，忘记那个男人就可以。"闻人厄道。

袁坛主生得胖墩墩的，像个邻家胖叔叔，笑的时候眼睛眯起来，十分和善，说出的话却不怎么温柔："属下看来，有两个办法。一来，杀了那个男子；二来嘛，找另外一个男人，让这个女子移情别恋不就好了？"

闻人厄想了想，第一个办法目前不可行。百里轻淼深爱贺闻朝，此时贺闻朝若是死了，那可真成了百里轻淼的心头血、朱砂痣，被情劫所困，元婴期的心魔劫肯定过不去。第二个办法倒是有点意思，只是去哪儿找个男人呢？

《虐恋风华：你是我不变的唯一》男一号贺闻朝、男二号闻人厄、男四号殷寒江，这些已经排除，男五号目前不到一周岁，暂时派不上用场，只剩下男三号钟离谦。

但钟离谦的出场其实比男五号还晚，是贺闻朝与紫灵阁阁主成婚当天，他代表宗修第一世家钟离家前来道贺，遇到了被贺闻朝困在后山企图出逃的百里轻淼，时间距离当前还有五十年。

闻人厄可没耐心等五十年，打算待正魔大战后自己的伤势痊愈，就去钟离世家将钟离谦绑出来，再与百里轻淼丢在一起，两人慢慢培养感情去吧。

"办法还可以，"闻人厄赞赏地瞧了袁坛主一眼，"此事暂且压下不谈，吾等专注正魔大战之事，战后论功行赏。"

"是！"五人齐声道。

接下来的会议舒艳艳分享了正道的安排，几位坛主各抒己见，最终定下迎战的计划，各自分配了战斗任务后离去。

离开议事厅后，袁坛主凑到舒艳艳的身边，询问道："舒护法，尊主是有喜欢的女子了吗？"

"怎么？"舒艳艳睨了袁坛主一眼，"你想借尊主的情劫暗害他？"

舒艳艳说得坦荡，袁坛主故意摆手道："没有没有，那怎么可能。"

两人对话间，另外三位坛主也凑过来，就连冷冰冰的袭丛雪仅剩的脑袋上都露出了"你要是说暗杀魔尊这事我可就精神了"的表情，四双眼睛盯着舒艳艳。

舒艳艳叹气道："你们想多了，以我多年的经验，尊主应该不是看上那名女子，是想要收徒。他非要一个正道门人修炼无情道，也不知是怎么想的。"

四位坛主顿时兴致缺缺，收徒就没意思了。魔修不像正道那般注重门派传承，他们修炼的心法是抢的，心情好的时候也会传授给手下，那算弟子吗？

"那尊主为什么要收弟子呢？他修杀戮道，难道是想等弟子弑师？"袁坛主不解地问道。

"我怎么知道？反正那个女子的资质确实很好，十八岁筑基，同年就晋升金丹期，就是脑子全长在男人身上了。"舒艳艳耸耸肩，快步离开总坛。她有一堆新鲜菜还等着自己品尝呢！

其余几位坛主听到百里轻淼的修炼速度后，也纷纷点头，这样的资质的确值得关注，见猎心喜收为弟子也不是不可能的。

手下走后，议事厅仅剩下闻人厄与殷寒江，闻人厄说道："正魔大战应该还有两到三个月的时间，这期间你努力突破到境虚期，也是一份战力。"

"是。"殷寒江道。

"本尊带你去个地方。"闻人厄起身，领着殷寒江来到玄渊宗后山。

后山有一处山谷，一眼望去漆黑一片，根本看不到下面有什么，这相当不合理。寻常人在阳光下都应该能看到底，更不要提修者神识强大，就算眼不能视物，也能用神识查探。

闻人厄跃入山谷，殷寒江紧随其后，完全没有因山谷的诡异而停下脚步。

他察觉自己应该是飞了数十米，便踩到一个坚实平坦的东西，触感完全不像是落在地面上。

"这里是？"殷寒江迟疑道。

"你的脚下便是焚天鼓。"闻人厄道，"玄渊宗的至宝，若不是当年老宗主为了对付本尊祭出焚天鼓，本尊还不知道这魔器居然藏在此处。"

这是玄渊宗只有宗主才有权力使用的魔器，殷寒江没想到尊主如此信任自己，竟带自己来寻找焚天鼓。

"焚天鼓虽说是魔器，却吸收了不少仙人的血液，是仙是魔，全看修炼者是如何运用这面鼓的。你这几个月在焚天鼓之上修炼，以魔剑中蕴藏的魔气激发出焚天鼓中的仙气，利用仙魔交锋之力淬炼剑气，同时亦可以消磨魔剑的魔气。"闻人厄嘱咐道。

殷寒江利用魔剑强行提高实力，与魔剑已经密不可分，就算炼制出新的法宝，也会因无法战胜魔剑残留的力量而导致殷寒江难以顺利炼化本命法宝。

唯有此消彼长，他才能完全摆脱魔剑的影响。

"尊主……"殷寒江站在焚天鼓之上，望着闻人厄。

玄渊宗得到焚天鼓多年，除了宗主外，没人有机会看到这面鼓。闻人厄许诺让舒艳艳在焚天鼓上修炼已经令人意外，殷寒江没想到，他竟然比舒护法先来到这里。

他没再说属下何德何能，不敢接受。尊上说过，是否有德有能，由尊上决定。

殷寒江的面色变得坚定下来，他双手抱拳，单膝跪地，郑重地道："属下定竭尽所能突破至境虚期，在正魔大战中为尊上扫尽一切阻碍。"

"本尊倒也没叫你拼命，"闻人厄右手微抬，一道劲力将殷寒江扶起来，"好生修炼，本尊等着你战后助我疗伤。"

闻人厄可不希望这一次救自己的还是百里轻淼？欠下一个入道的因果就够了，千万不要再加上救命之恩。书中的闻人厄双重因果加身，这才引动情劫，愿为百里轻淼付出一切。

说起来……

闻人厄拿出书，指尖点在封面上，忽然想到书中的剧情还预示着一件事，那就是他的情劫将至。

若不是天时地利人和，闻人厄又怎么会爱上百里轻淼。至少这几次见面，他可从未对百里轻淼生出半点情思。

不知这次情劫还会不会来，又会应在谁身上。闻人厄试着推演，发觉天机难测，未来会有什么变化，他也不清楚。

收回《虐恋风华：你是我不变的唯一》，闻人厄对殷寒江道："你且修炼，本尊为你护法。"

殷寒江听到竟是尊主亲自为自己护法，心中更是珍重。他凝视着自己手中的魔剑。若不是他功力太弱，无法压制魔剑，又怎会让尊主如此费心？！

闻人厄离开山谷，盘膝坐在山上，也闭目修炼，感受着下方殷寒江的气息。

不多时，他便隐隐听到战鼓声、刀兵声、天地巨变的声音，是焚天鼓中仙魔大战的回忆被魔剑激发，幻境已成。

殷寒江的剑气在幻境中显得很弱，似乎受到了什么阻碍，闻人厄睁开眼，祭出七杀戟，杀气大盛，宛若一盏指路明灯，为殷寒江指引方向。

殷寒江身入幻境，眼前是尸山血海以及渺小的自己，他在尸身中翻找，寻找尊上，心中越发感到焦急，绝望之际，天空中有七杀星闪耀，熟悉的气息唤醒他的神志。

是了，尊上在为他护法，而他在修炼。

殷寒江手掐剑诀，魔剑感应剑诀闪现。他握住这柄试图利用幻境引他入魔的剑，周身血气四溢，凌天一剑，剑气驱散周围的幻境！

闻人厄感觉到那熟悉又坚定的剑气，露出一个不易察觉的微笑。长戟撑地，他站在山巅之上，静静地守望殷寒江。

他一守，就是三个月，守到收到舒艳艳的传讯，告知尊主正道已经有了动静，金丹期以上的修者开始集结，正向玄渊宗的方向行进。

"你们先应敌，本尊还需要一些时日。"闻人厄没有理会舒艳艳的焦急催促，长戟纹丝不动。

正魔大战要打十年之久，不差这几天。

舒艳艳接到尊主的传令，简直要急死了。身为魔道尊主，此时难道不应该迫不及待、积极主动地出手干掉那些正道人士吗？等什么等啊！应该趁着正道高手没出手之前，先清小兵，把化神期以下的门人像砍瓜切菜一样全部干掉，扬我魔宗之威！

她生了一会儿闷气，将闻人厄的命令做成令符，转给四位坛主后，拿起一块面纱蒙住自己的脸。

一位下属上前，搂住舒艳艳的腰，暧昧地问道："护法，怎么戴上面纱了？这么美的脸，遮住多可惜。"

舒艳艳低笑一声道："我这次与裘坛主联手切断绝灵阵，绝灵阵中有我暂时不希望见到的人。"

"嗯？"下属疑惑道，"护法还有怕见的人吗？"

舒艳艳捏了把他的下巴，笑容敛去，眼神变得锐利起来："不是害怕，而是有些甜点要留在最后品尝才更有趣。"

舒艳艳与裘丛雪会合，两人来到玄渊宗灵脉之处，不一会儿一群正道弟子赶来，由一名合体期长老带队。舒艳艳看着他们，警惕而且略带慌张地说道："前方乃是玄渊宗宗门，禁止前行！"

合体期长老道："这是修炼魅惑之术的魔女，大家默念清心咒，专心布阵，不要被她迷惑！"

弟子们听令，按照计划奔向各自的位置，一百零八名弟子手持一百零八面降魔旗，用真力将降魔旗插入地脉截点中，运转真元，布置绝灵阵。

贺闻朝默念清心咒，心中却还是一片烦躁。

百里师妹与他闹别扭已经三个月了，不管他怎么解释自己与舒艳艳的关系，用尽办法哄她，百里轻淼都是沮丧地摇头，说她想静静。

他哄得太过，她还会一脸悲伤地问贺闻朝："舒姑娘死了，你不伤心吗？"

他当然伤心，那可是难得的九阴之体，有了她贺闻朝修炼进境极快，怎么可能不难过？可这个时候，不管回答伤心还是不伤心都是送命的答案，回答伤心，师妹会说他们果然有关系；回答不伤心，师妹会说一个认识的女子死在他面前，他竟然不伤心，太冷血了。

贺闻朝了解百里轻淼，她十分可爱，只是有时太过于胡搅蛮缠了。于是他的回答是："舒姑娘与我们相识一场，她在你我面前横死，说不伤心难过是不可能的，毕竟我并非无情之人。可是师妹，我们要向前看，宗修之路就是如此，未来我们可能会面对更多生死，要学会看淡生死。"

他巧妙地将百里轻淼对自己与舒艳艳的怀疑转变为面对生死的脆弱，师妹向来听他的话，果然逐渐思索起关于生死的事情，对此事渐渐释怀了。

可惜她还是没有原谅他，希望正魔大战之后，经历战斗与生死离别，师妹能够更加珍惜这段感情。

贺闻朝不担心百里轻淼的安全，她在最后方与姚闻丹一起，准备救援受伤的弟子，那是最安全的地方。贺闻朝这里也是，布下绝灵阵后，魔道没有天地灵气支援，很快就会溃不成军，一百零八支降魔旗会张开结界保护住布阵的弟子。这是仙阵，就算是魔尊本人前来，也未必能够击破。

在合体期长老的保护下，两个魔女根本无法阻止他们，很快阵法便结成了，整个玄渊宗山脉的灵气全部被抽空。

贺闻朝看着那两个被长老打得遍体鳞伤的魔女，其中那个戴着面纱的女子竟觉得有些熟悉，应是过去下山除魔时偶遇过吧。

他发现自己在走神，忙默念清心咒，专心支撑阵法。

合体期长老见阵法已成，忙后退打算退入阵法的保护中，谁知眼前这个被他打得节节败退的黑袍女子忽然诡异地一笑，黑袍被风吹开，露出袍子下无数缠绕在身上的鬼影及一具森森的白骨。

这个女子竟然只有一颗头，脖子下方半点血肉也没有！

袭丛雪伸出右手，白骨扣住合体期长老的肩膀，无数鬼影顺着她的指尖扑到合体期长老的身上，凄惨的号哭声令合体期长老的神魂发麻。他想施展一个法诀驱散这些鬼影，谁知一股恶煞之气涌入丹田内，竟然半点真元也调动不起来！

"修罗道……你、你是袭丛雪，大乘期鬼修！"合体期长老大喝一声，想告诉弟子们尽快撤退，一个鬼影却封住了他的口，令他说不出话来。

大乘期的高手在这里，怎么可能被他击败，又怎么可能让他们成功布阵？魔道这是有备而来啊！

糟了……

这是合体期长老最后的念头，他被无数鬼影包围，意识渐渐模糊，被拖入黑暗中。

这位长老是碧落谷的，见到长辈惨死，碧落谷弟子眼睛赤红，大声喊道："师叔！"

"嘘……"一根白骨手指隔着阵法抵住这位哭喊着的弟子的嘴，脸色苍白的女子露出白森森的牙齿，轻笑道，"细心布阵，可别让你的师叔白死。也别想着撤掉阵法逃跑，你们现在还算有阵法保护，但凡有一个旗子被拔掉，所有人都要死，我不会让你们逃走的。"

她的黑袍下不知有多少鬼影，没过一会儿便将方圆十里全部包裹入其中，绝灵阵外血色弥漫，众弟子根本看不到外面，只能苦苦支撑阵法。

明明是他们切断了灵脉，为何有种他们才是被困住的人的感觉？

一百零八名弟子听到裘丛雪的声音在血雾中弥漫："正道想挑起正魔大战，我玄渊宗敞开大门欢迎。不过最好是公平决战，切断灵脉这种取巧之事，我不喜欢。"

贺闻朝立刻说道："大家不要慌！她是没办法突破绝灵阵的，只要我们坚持，等师门长辈获胜后就会来救我们。这一次连散仙都出动了，区区一个大乘期修者算什么？她的话是为了让我们心神动摇，无法维持阵法，这样她就可以不攻自破，不要中计！"

他的话安抚了众弟子，他们顿时封了五感，专心维持阵法，结界的力量变得更强，鬼影们无法靠近。

舒艳艳让下属搬过一把躺椅，懒洋洋地躺在上面，看着裘丛雪吓唬正道弟子，不由得打了个哈欠道："我们真是不折不扣的坏人啊！"

"怎么？"裘丛雪冰冷的视线扫过舒艳艳曼妙的身体。

"没什么，"舒艳艳托腮道，"这才是魔道本色。"

"忍着点，别坏了尊主的计划，他要引正道高手出面一战。"裘丛雪警告道。

"喊，他自己也不知道在做什么。"舒艳艳不好看地翻了下白眼。

不知道做什么的魔尊守在山谷上，绝灵阵完全没有影响到焚天鼓周围的灵气。他耐心地又等了足足七七四十九日，只见一道冲天的剑气刺穿山谷中的黑雾，殷寒江御剑飞到闻人厄身前。

那柄不安分的魔剑的魔气变得十分虚弱，被殷寒江牢牢地握在手中，再也掀不起浪来。

"境虚二层，"闻人厄满意地拍了下殷寒江的肩膀，长袖一甩，转身道，"随本尊迎敌！"

第四章

正魔大战

1

闻人厄此时才打开几位坛主和右护法送来的传讯符，随手捏开一个听。

舒艳艳矫揉造作的慌张声音从传讯符中传来："天哪！尊主，正道竟然布置了绝灵阵，我和裘坛主没有灵气支撑了，哎呀！我不行了，躺会儿去，等尊主来救我们。"

闻人厄默然无语。

就算明知道是演戏，殷寒江还是有些生气，不悦地道："身为尊上护法，竟然指望尊主去救她，不称职！"

闻人厄对殷寒江的话相当认同，舒护法的演技是一等一的，可伪装战败时的演技实在太差了。

袁坛主就不同，闻人厄捏碎袁坛主的传讯符，里面传来慌乱焦急的声音："尊主，我在山北巡逻时遇到大批正道修者，皆是化神期以上修者，幸好当时另外两位坛主也在身边，我们率领教众积极迎战，谁知方才天地灵气忽然断绝，我们只能用自己体内的真元作战，后继无力啊！尊主，我们需要立刻破坏绝灵阵，属下恳请尊主使用焚天鼓！"

按照这两条明显是故意说给正道听的传讯符，闻人厄应该是带着焚天鼓赶往绝灵阵，先破坏阵法。

因此，总坛去往绝灵阵的路上一定有埋伏，不知道会有多少正道高手。

闻人厄满意地说道："半年前本尊与万里冰原中的散仙交手，明明是战胜比自己境界高的人，功力却没有半点提升，寻常战斗已经没办法让本尊的功力进境了。希望这一次正道高手齐聚，不要令本尊失望。"

说罢他化成一道遁光，以极快的速度向绝灵阵方向飞去。

殷寒江御剑紧随其后，却完全跟不上闻人厄。

以往都是闻人厄慢悠悠地等待殷寒江，今日他没有保留实力，仅凭肉身遁光的速度竟比殷寒江御剑要快上数十倍。

即使殷寒江已经突破境虚期，即使他在焚天鼓之上领悟了十分高深的剑意，却依旧无法跟上尊主的脚步。

等殷寒江赶上闻人厄时，就见他被足足二十个大乘期以上的高手围在阵法中间。

殷寒江看到这一幕眼圈都红了，怒火直冲头顶，运足真元就要冲进阵法中与尊上并肩而战。

谁知这时殷寒江听到一声无情的怒喝："退下！"

殷寒江顿时停下，站在阵法外，看到闻人厄转头，满足地笑着说："本尊完全没有想到，正道为了对付我竟是精锐尽出，本尊很开心。殷护法，莫要坏了本尊的兴致。"

殷寒江了解闻人厄，他这么多年一直看着尊上，闻人厄的每个动作、每个表情殷寒江都一清二楚。他能够看出，尊上是真的感到意外，也是真的十分开心。

对于此次正魔大战，闻人厄有很大的期待。他私下与殷寒江分析时，觉得正道或许会派十个左右大乘期高手来，或许还有上清派的几个散仙。闻人厄觉得十个大乘期高手有些少，不濒临死地他很难突破，好在还有其他普通弟子的征战，也能凑合一下。

他与殷寒江均未想到，正道这次竟然精锐尽出，竟然来了十二位大乘期高手、八位散仙、一位十世佛修，二十一位高手提前布下阵法将闻人厄团团围住，发誓要将这位魔道第一高手置于死地。

和书中记载的不同，书中只有上清派出了全力，这一次整个正道五门压箱底的高手全部出手了。

"哈哈哈哈哈！"天空中回荡着闻人厄的笑声。

殷寒江从笑声中听出，尊上此时是多么开怀，他是真的认为，自己这一战就算死也没有关系。

这与计划不同！对手太多了，尊上真的有生命危险。

殷寒江静静地闭了下眼睛，旋即睁开，眼中满是坚定，仗剑继续冲进阵法中。

他第一次违背了尊上的命令，就算是死，也要死在尊上前面。眼睁睁地看着尊上遭遇危险，他却什么都做不到，殷寒江受不了。

"破军已现，"九星门门主看到殷寒江，提醒道，"七杀殒，破军狂，七杀、破军必须一同除掉，否则破军一定会为祸人间。"

一位上清派散仙随手甩出个金属圈，圈上雕着一条龙，像是一条金龙转了圈，用嘴咬住了自己的尾巴，这是上清派的第二件仙器锁龙环！

锁龙环之下，就算是仙人也会被困住。眼看锁龙环就要捆住殷寒江，一道黑色中夹杂着金色光芒的长戟狠狠地撞上锁龙环，"叮当"一声，锁龙环化作一条金龙，紧紧地缠住七杀戟。

闻人厄紧随其后，出现在殷寒江面前，挡在他身前低声喝道："走！"

"尊上！"殷寒江握着剑，眼中充血，绝不离开闻人厄半步。

闻人厄明白他的想法，九星门门主说得没错，七杀若是死了，破军绝对会发狂，殷寒江不可能看着尊主被这么多人围攻而转身离去。

"本尊答应你，绝不会死。"闻人厄伸出手，搭在殷寒江的肩上。

殷寒江望着尊上的眼睛，听到闻人厄说："十年后，绝灵阵开，你且看本尊如何破阵！"

他说罢掌心劲力一吐，一掌将殷寒江推出，庞大的真元托着殷寒江从方才锁龙环与七杀戟交锋时阵法露出的空隙中飞出去。

殷寒江眼看着自己被推开后，阵法结界立刻封闭，尊上就这样与二十一位高手同时被困在阵法中，而他根本无法抵挡闻人厄的力量，被推得越来越远，一直到总坛上空才勉强停下来。

"尊上！"殷寒江痛呼一声，魔剑融入体内，化身成无数道血剑，直接飞向山北。

玄渊宗山脉北方，上百名化神期以上高手正与袁坛主等人激烈交战。绝灵阵布置之后，莫说魔宗，就是正道修者也无法引动天地灵气。

不过正道这一次是有备而来，后方九位境虚期高手操纵着九面异空幡，九面法器构成一个空间通道，将远处灵脉中的灵气源源不断地输送过来。

每一位正道修者身上都佩戴着一个法器，这个法器与异空幡相连，为他们提供灵气。

魔修无法吸收灵气，而正道修者有后继之力，这一场战斗是消耗战，只要将魔修体内的真元消耗干净，正道就获胜了！

无数旋转的血剑如疾驰的箭般穿云而过，路过魔道众时，几道血剑缠住阮巍奕阮坛主，逼着阮坛主跟着自己一起杀进正道阵法中，来自正道修者的攻击全部袭在了阮坛主身上。

"殷寒江！"阮坛主连忙祭出盾牌，不得不帮自己和殷寒江挡住攻击。

殷寒江完全不理会阮坛主的愤怒，阮坛主是土灵根修者，土乃是大地的属性，防御力最强，殷寒江要不顾一切地冲到后方的异空幡前，靠他自己做不到，需要一个防御最强的人，因此选中了阮坛主。

阮坛主是大乘期修者，知道这个时候必须听从殷寒江的吩咐，这小子打起架来不要命，真敢反抗殷寒江能先杀了自己。

阮坛主一边骂殷寒江，一边大吼道："你们都干什么吃的?！快支援我和殷护法，再发呆我就被打死了！"

在阮坛主的怒吼之下，魔道众人终于集中力量，完全不防御，奋力为殷寒江杀出一条血路。

魔道这些年被闻人厄整治得服服帖帖的，他们心里清楚，此时若是不拼命，战后闻人厄与殷寒江但凡有一个活下来，今天这场战斗没出力的人定然会比死还难受。战死若是魂魄保住了，他们还能去找裘坛主帮忙改成鬼修，万一惹怒闻人厄，那真是想死都死不了。

魔修不畏死毫无保留地冲杀，正道却不能不防守。一阵厮杀后，殷寒江恍若一道血箭来到后方阵营，看到异空幡构成的阵法中灵气四溢，操纵一部分血箭，载着阮坛主去堵阵眼。

"殷寒江！这次要是能活下来，你给我等着！"阮坛主被甩进阵眼中时还在破口大骂。

殷寒江此人眼中只有闻人厄，为了闻人厄，可以不要自己的命，不要别人的命，不要全天下人的命。

阮巍奕被殷寒江拿去堵阵眼，他不得不唤出本命法器玄武甲，土黄色的盔甲像个大龟壳般包裹住阮坛主的身体，阮坛主全身上下被保护得严严实实的，身躯越来越大，刚刚好堵住异空灵阵。

与此同时，无数血剑凝成九道剑光，魔气漫天，九道剑光直捣九位修者的丹田。

没有人会怀疑这九柄剑的威力，要是真被剑光刺入体内，丹田紫府就算不毁，也会被魔气入侵。

九位高手忙运转真元护住自己的身体，谁知九道剑光在即将碰到修者的瞬间一分为二，另一道血剑竟是冲着九面异空幡而去。

谁也没有想到，殷寒江竟然以血肉之力，以自己肉身凝成的血剑去攻击准仙器！

异空幡算不上仙器，但绝对超过宗修界法器的威力，并且有成长的空间，这种法器在宗修界被称为准仙器。

宛若以卵击石、以血肉迎战刀锋，可怕的轰鸣之声后，殷寒江遍体鳞伤、满身鲜血，站在阮坛主的土黄色龟壳上，手中拿着九面破破烂烂的异空幡。

"既要战，就公平决战！"殷寒江的嘴角溢出鲜血，他的声音传遍整个战场，"我玄渊宗从不畏惧外敌，吾门尊上欢迎所有前来挑战之人，但你们给我记住一件事，敢在战场上施阴谋诡计、害我尊上者，我殷寒江不允！"

他随手一抛，九面破破烂烂的异空幡就这样从空中飘落到地上，九位护阵高手看着摇摇欲坠、已是强弩之末的殷寒江，一时竟不敢靠近。

无论敌友，在这样的决绝之下，胸中能够生出的，只有敬意。

异空灵阵已被破，殷寒江心中一块巨石落地，大家都没有灵气补充，尊上绝不会输。

他心神一松，重重地摔落下去。

阮坛主的龟壳散开，单手扛起殷寒江，背着他往魔道众人的方向跑，边跑还边骂："这一战我损失了上百年功力，殷寒江，回去你不给我把这百年功力补上，我去找舒艳艳学她的术法把你吸成人干！"

殷寒江根本没听到阮巍奕的话，面上露着一丝淡笑，喃喃道："尊上……绝不……让……你比我……先死……"

"哼！"听到殷寒江的话，阮坛主忍不住又骂一句。

异空灵阵被破开，双方处境相同，这一战谁胜谁负就不得而知了。

玄渊宗山北，魔道众人与正道修者同时后退十米，重新整顿被殷寒江破坏的阵形，纷纷祭出法器，为第二轮交锋做准备。

阮坛主顶着巨大的压力，带着殷寒江回到阵形中，一把将人扔给药堂的堂主道："把人给我治好了，等他醒了，我要亲手弄死他！"

他边说边吐血，药堂堂主战战兢兢地道："阮坛主，您也来治疗吧，我看您伤得也不轻啊……"

"呸！我能像殷寒江那么……弱……"

阮巍奕话音未落，面前紫衫一晃，就晕倒了。

长相阴柔、亦男亦女的苗坛主对药堂堂主道："我已经给他下了噬心蛊，他暂时醒不了。你带着还能救的伤者下去治疗，恢复五成就给我再丢过来支援，能喘气的就别想偷懒。"

药堂堂主擦了把冷汗，不对啊，只要弄晕阮坛主就行，何必要用到噬心蛊这么可怕的蛊虫？这一战后苗坛主要是不打算给阮坛主解蛊，阮坛主可就永远被苗坛主控制了……

"嗯？"苗坛主微微挑眉，看向药堂堂主。

他的眼神似乎在说，本坛主早就在等这个机会了，你质疑什么？

药堂堂主哪个坛主都不敢得罪，带领手下的药童们扛着伤员下去治疗了。

与此同时，围攻闻人厄的二十一名高手也停了下来，九星门门主忧虑地道："七杀动，破军必先行，异空灵阵已经被破了，果然应该留下破军。"

闻人厄却露出得意的笑容，欣慰地道："不愧是本尊的先锋军。"

殷寒江用自己的每一个举动，宣示着对闻人厄的忠诚。

"我早就不赞成用这样的办法，"天剑宗宗主仗剑道，"我们已经出动二十一位高手围杀闻人厄，又何须这些灵阵，布下阵法，直接攻击就是。"

"天剑宗主，"闻人厄道，"你大错特错，没了这些阵法，你们绝不是本尊的对手。"

"阿弥陀佛，"无相寺方丈脱下袈裟，露出半只胳膊上的降龙文身，禅杖绽放出佛光，他语气悲悯地说道，"不知加上老衲够不够？"

"你还差不多。"闻人厄笑了笑，七杀星在破军的护持下迸射出前所未有的光芒。

风吹鼓起闻人厄的长袍，战意盎然！

大乘期高手就算没有天地灵气，体内的真元也是源源不绝的，这一场旷世之战，一打就是十年！

十年间，百里轻淼与姚闻丹等弟子在后面为无数正道同门疗伤收尸，死者比重伤者多，重伤者比轻伤者多，轻伤者稍加治疗，又要上战场。

无论正道、魔道，这一场战斗中，都损失惨重。

而随着这些修者陨落，日月星光灿烂，人间十年风调雨顺，征战停止，红尘俗世迎来十年盛世王朝。

十年后，无论正魔双方，灵气皆已枯竭。

裘丛雪一手指骨将只顾享乐的舒艳艳从温柔乡中扯出来，冷冰冰地道："时间差不多了。"

舒艳艳穿好衣服，戴上轻纱，对裘丛雪道："知道啦，我是这场战斗的关键一环嘛。你说，那边战场上没了灵气，大家是不是都在吐口水，你吐一口，我吐一口？"

"闭嘴。"裘丛雪完全不想与舒艳艳聊天，一把将人丢到绝灵阵上。

舒艳艳运转真元，婀娜转身，宛若仙子般落在绝灵阵上。

裘丛雪配合地将血雾散开，绝灵阵中的贺闻朝看见那个戴着面纱的魔女手掌一探，竟从他这边进入绝灵阵中。

"怎么会……"贺闻朝完全没想到，他们苦苦支撑十年，根本是魔道乐见其成的，她们完全可以轻而易举地进入阵法中。

"你还记得我吗？贺郎！"舒艳艳声音轻柔地说完，取下面纱，对着贺闻朝露出一个温婉乖巧的笑容。

"舒、舒姑娘……"贺闻朝顿时呆住了，只觉得丹田一痛，低头一看，舒艳艳那只手已经探入他的丹田中。

"很奇怪我为什么能进入阵法吧？"舒艳艳笑道，"本护法送出去的真元，当然是随时可以要回来。你莫要忘了，你我同修半年，真元交融，早就你中有我，我中有你。我与你的真元相呼应，当我想要进入时，你的真元就相当于为本护法打开的一扇大门啊！"

"那你们为什么，还要与我们纠缠十年？"贺闻朝完全不敢相信地说道。

"还不是我们那位尊主，"舒艳艳叹道，"他说绝灵阵很好，否则大家吸收天地灵气打斗十年，整个人间就会灵气耗尽，遍地焦土，寸草不生了。现在你们都是强弩之末，也没办法调动太多天地灵气，此时才是破阵的最好时机啊！"

她手掌微微一抓，将贺闻朝的元婴从丹田里硬生生地抓了出来："本护法送出去的东西，可是要收利息的，你的元婴，我收下了。"

"你……舒……有没有……爱过……我？"贺闻朝在元婴离体的瞬间，竟然问出这样一句话。

舒艳艳薄唇轻启，说出一句冷心绝情的话："吸收元阳于我而言，和你们正道修者吸收天地灵气没有区别。你在修炼时，有没有爱过天地灵气啊？"

贺闻朝瞪大了双眼，仿佛完全不敢相信自己竟然听到这样无情的话。

"哦，对了，就算是天地灵气，也有浓郁和稀疏之分，也有纯粹和驳杂之分。你对本护法而言啊，就是一团极其无趣还自大的天地灵气，还比不上本护法那些可人儿呢。"

她毫不留情地用力一拽，元婴离体，贺闻朝从天空中坠落，绝灵阵破！

裘丛雪的鬼影，顿时缠住了每一位护阵的弟子！

2

绝灵阵以逆天之力强行改变天地灵脉，是布置非常困难的阵法。一百零八面旗子，一百零八名元婴期以上的修者，元婴期在修者中已经是迈入高手的门槛，无论哪个门派，能一口气派出五十名以上元婴期门人都是宗修界中的第一门派了。

一百零八名元婴期修者，需要整个正道合力才能凑齐，而且只要少了一个人，绝灵阵就会消散，满盘皆输。

正道选择绝灵阵的人选时千挑万选，生怕选中与魔道有瓜葛的人或是心志不坚容易受心魔影响的修者。他们凑齐的一百零八名元婴期修者皆是正道未来的中流砥柱，确信阵法绝对不会被破，才敢放手进攻魔宗的。

谁知舒艳艳早在十一年前就在正道埋下了一根难以拔除的钉子，于十一年后，撼动绝灵阵以及整个正道的计划。

半空中，粉衫女子手中提着一个正道修者的元婴，随手将元婴塞进自己的法器中——一朵含苞待放的彼岸花。

舒艳艳的本命法器是个如她一般贪欲极重的不折不扣的准魔器，每一次施展必须要喂一个元婴才肯干活。

彼岸花吞下贺闻朝的元婴后缓缓绽开，在裘丛雪召唤出的鬼影中铺出一条血红色的路，宛若送人魂归地府的彼岸之路。

余下一百零七名弟子绝望地看着这两个美丽却充满毒性的女子，在曼珠沙华的花香中，渐渐失去神志。

"舒艳艳！"裘丛雪怒道，"你的花吞了好几个我的鬼影！"

舒艳艳懒洋洋地道："我的彼岸花你也知道的，我自己也控制不了，它爱吃谁就吃谁，难道你就能控制住自己的鬼影了？我一靠近你，就能听到鬼影啃食白骨的声音，不疼吗？难怪你到了大乘期也打不过尊主，自己的武器都控制不住，太弱了。"

两个半斤八两的女子边嘲讽对方边收割着敌人的生命，裘丛雪还不满地说道："尊主不许我吞他们的魂魄，我难受。"

说完她还磨了磨白森森的牙齿。

"尊主说，死了的修者还能转世做普通人，没有深仇大恨，就不要毁人魂魄。我们杀掉修者，属于逆天者干掉逆天者，天道不会将罪孽算在我们身上。要是我们毁人神魂，就破坏了天地的规矩，天道会降重罪，我们的天劫就难过了。"舒艳艳道。

"身为魔修，杀人不眨眼，却在奇怪的地方有执念。"裘丛雪不认可地说道，"我踏上修罗道时，就没打算回头。"

舒艳艳耸了耸肩："你不认可尊主没关系，但得先打得过他再说，我们玄渊宗一向是谁的拳头硬谁说了算。"

随着舒艳艳的彼岸花盛开，天空中的贪狼星渐渐染上赤色，一颗赤红的星在空中闪耀。

"果然，"九星门门主道，"七杀、破军、贪狼，这三颗星是此次正魔大战最大的障碍。"

碧落谷谷主道："幸好我们还有后手。"

"阿弥陀佛。"无相寺方丈轻轻拨动手中的佛珠，道了声佛号，随后将念珠抛向空中。

与此同时，舒艳艳与裘丛雪头上出现一只闪着五彩佛光的孔雀，佛光之下，彼岸花纷纷凋谢，舒艳艳的笑容僵在嘴角，她干巴巴地道："不会吧，佛修这次连孔雀大明王的影身都请来了？"

相传孔雀为凤凰而生，好吃人，一日将佛祖吞下，佛祖破腹而出，欲杀之。诸佛劝阻，认为孔雀于佛祖有再生之缘，遂将孔雀押至灵山，封为"佛母孔雀大明王菩萨"。

孔雀明王经有息灾、除病延年之力，无论舒艳艳的彼岸花还是裘丛雪的鬼影，全部被压制得死死的。

佛光之下，彼岸花谢，鬼影消散。

舒艳艳尚且好一些，就是清心寡欲，魅惑之术的力量大减，但不伤本源。裘丛雪就不一样了，她本就是鬼修，在这光照之下自身难保，几乎要了老命。

此时，剩下的数十名元婴期修者中，忽然有十八名修者取下头套，露出十八颗锃亮的光头，盘膝而坐，诵念佛经。

"什么玩意儿啊？"舒艳艳惊叫道，"我可没听说阵法中有一堆光头，我对这群光头最没办法了！"

佛光中的裘丛雪笑笑道："我们方才冲杀一阵，这些正道弟子也算是死伤大半，剩下的也元气大伤，不可能再战，你我的任务也算是完成了。等下我破了这大明王的影身，你逃出去吧。"

"你疯了吗？这不是送死吗？"舒艳艳道，"你裘丛雪是这么舍己为人的人吗？"

"你闭嘴吧。"裘丛雪踹了舒艳艳一脚，自己飞上天空，身前出现无数白骨，为裘丛雪挡住佛光。

佛光中隐隐看到一串念珠，裘丛雪闻到自己身上有烧焦的味道，白骨护甲在佛光中渐渐消散。

她看到了！

她伸出白骨手指，一把抓住那串佛珠，用力将佛珠甩向远方。

舒艳艳听到裘丛雪发出凄厉的惨叫声，身影在佛光中消失了。十八名佛修口吐鲜血，显然在这一场没有硝烟的征战中，他们与裘丛雪两败俱伤。

佛光消失，舒艳艳看着伤痕累累的正道修者与那些无法再战的佛修，收起了脸上的笑容，淡淡地道："你们走吧。"

本以为她要大开杀戒的众人不解地看着舒艳艳，只听这位玄渊宗的魔女道："十年大战，死伤无数，正道也好，魔道也罢，都需要百年时间休养生息。死的人够多了，我也杀够了。"

她手持一块黑色的衣料转身离去，留下还活着的正道修者面面相觑。

玄渊宗的山脉外围，百里轻淼不断捡回掉下来的修者。为了抢救还有口气的同门，她越走越远，渐渐远离了大部队。她看到河边漂着一个黑色的身影，忙用映月玄霜绫将人拉了上来。

"谢天谢地，你还活着！"

"天哪！你身上的血肉竟全都不见了！"

"你的脸也全都黑了，看不清你是哪个门派的弟子啊！"

"你是男是女？"

"别放弃，你一定要坚持下去！"

裘丛雪的眼皮动了动，被耳边的声音吵醒了，她微微睁开眼，见穿着一身鹅黄色衣裙的女子泪流满面地在为自己疗伤。

"吵死了。"裘丛雪开口，发觉嗓子被烧毁了，只能发出非男非女的沙哑声音。

"你还活着，呜呜呜呜！"百里轻淼难过地哭了起来，"你不要死，死的人太多了，那么多师门长辈都死了，你不要死，我再也不希望看到有人在我眼前死去了。"

裘丛雪无语凝噎。

她睁开眼睛，不知为何，心中冒出一段话：只见一缕初升的阳光洒在百里轻淼的身上，她的表情温柔又坚定，一心抢救人的样子是那么美丽。

什么乱七八糟的玩意儿？裘丛雪皱皱烧焦了的眉，她的脑子里为什么会突然冒出这么文绉绉的话？

伴随着朝阳的升起，另一边的战争也到了尾声，玄渊宗山北的正魔双方实力相差无几，十年中死伤人员大半，药堂多年积攒的灵药也用光了，就算再出现伤者，他们也救不了了。

袁坛主是四大坛主中唯一还能站着的，正道修者也就剩下一两个人还能活动。袁坛主问道："还打吗？灵气已经复苏，再打下去，我们必然两败俱伤。"

正道修者沉默着看向闻人厄与二十一位高手的战场，默默地摇了摇头。

十年，这样的结果真的太惨烈。好在他们已经为宗修界换取一丝生机，成功避过万年一小劫。

袁坛主也拱手道："既然如此，请各位离开玄渊宗，吾等不会暗中偷袭。"

正道修者们商议一番，点点头，扶起一旁的道友，祭出大型法器飞舟，离开玄渊宗。

正魔大战，就只剩下顶尖的二十二人战场。

经过数年休养生息伤势已经逐渐痊愈的殷寒江不在意退走的正道修者，而是凝望着那方战场。一天过去，夜幕降临，天空中星辰闪烁，唯独七杀星暗淡无光。

"尊上！"殷寒江撑着剑站起来，紧张地说道。

"别看了，闻人厄活不了了。"阮坛主在一旁"安慰"他，"被二十一名高手围攻，其中还有一个佛修。你知道佛宗的'普度众生'和'放下屠刀'有多厉害吗？佛经一念，顿时战意全无。闻人厄是靠激昂的战意无数次以弱胜强的，佛修是他最大的克星，若是没有战意，闻人厄也只是个大乘期修者而已。"

阮坛主真是贯彻了魔修两面三刀的性格，前一刻还口称"尊上"，后一刻就变成闻人厄了，真是翻脸不认人。

"安慰"过后，他一口吐出个死虫子，用脚踹死，口中低骂："让你给我下噬心蛊，我弄死你！十年前闻人厄还没死你就想好该怎么控制其余坛主和护法争尊主的位置了吧？心机这么深，正魔大战怎么没打死你呢？"

"和死也差不多了，"袁坛主叹气道，"母蛊都被人家打死了，不然能让你这么容易吐出噬心蛊吗？"

饶是心狠手辣的阮坛主，望着玄渊宗的枯骨也忍不住道："死的人太多了。"

"正道也是为了万年一次的浩劫，"袁坛主道，"其实魔道在尊主的多年管束之下已经很老实了，我们也就祸害一下修者，都不敢对普通人下手的。正道强行主动攻击，发动正魔大战，又用绝灵阵这样的战术，就是为了骗过天道，免得它用大灾变清洗人界。用这么多人的命换来万年生机，也算值得。"

"吾等皆是应劫之人，是命数。"阮坛主难得说了句文雅的话，扭头看到殷寒江不见了，顿时大骂道，"殷寒江呢？"

还能动的人艰难地扭扭脖子，见殷寒江原本坐着的位置已经空无一人。而深山中，玄渊宗禁地内隐隐传出鼓声，一声大过一声。

殷寒江听了阮坛主的话后，明白尊上此时正面临着怎样的攻击。

战意，只要有战意，尊上绝不会输！

可是现在三方战场，两个战场已经偃旗息鼓，尊上还面对着无相寺最强的佛修，哪里来的战意？

绝望之际，殷寒江想起了焚天鼓，想起那面藏着仙魔之战记忆的鼓。

他果断地与魔剑融合，化成无数血剑冲到焚天鼓前，以境虚期的法力，以身为锤，强行敲动焚天鼓。

"咚！"轻轻的一声，似乎敲在了闻人厄的心中。

他缓缓地睁开眼，面前一个慈眉善目的老和尚正对闻人厄道："闻人少将军，莫要恨了，放下屠刀，立地成佛。"

少将军？好久远的称呼，他已经三百年没有听到有人这么叫他了。

三百年前，他还是个普通人，闻人一族精忠报国，却换来被满门抄斩的命运，他怨、他恨，他要杀尽天下恶人，后来……后来怎样了呢？

"咚！"第二下鼓声又一次重重地敲在闻人厄的心上，他眉角一跳，记忆里又出现一个小男孩，那么小，伸出手抓住他的衣角，像极了当初在战场上留下一口气，被附近百姓救起后，却听到闻人一族已经被诛杀九族的自己。

"少将军，苦海无涯，回头是岸。"那老和尚又狂念佛经，闻人厄刚刚生出的杀意再次消散。

"咚咚咚！"急促的三声战鼓声，像是在催促闻人厄的号角。

他又看到一幅画面，一个戴着鬼面具的男子抱着他的衣袍，在长明灯前安详地闭上眼睛。

"咚咚咚咚咚！"焚天鼓声声震耳，像极了一个人在闻人厄耳边喊着："尊上，尊上，尊上！"

闻人厄完全睁开眼睛，对面前一脸慈悲的老和尚说："大师，放下屠刀，是不是要先问问我的刀愿不愿意？"

无相寺方丈颤抖着摇头："终究是功亏一篑啊。"

随着他的话音落地，闻人厄周身的幻境消散，二十一名高手纷纷举起本命法器对准闻人厄，若是他再晚醒一瞬，这么多法器就要将他打得魂飞魄散。

战鼓声声催命，闻人厄举起七杀戟朗声道："你们能将本尊逼到这个程度，也算是值得本尊拼力一战了。我们皆是强弩之末，最后一击谁能活下来，就交给天命来决定吧。"

说罢，天空中的七杀星大放异彩，闻人厄手中的七杀戟迎上二十一件法器，二十二个绝顶神兵相撞，庞大的天地之力冲撞之下，竟引动雷声阵阵！

闲聊中的魔道众人看着天空，阮坛主不可思议地说道："尊主竟然还活着，他是怎么活下来的？那可是二十一名高手啊！"

"别顾着改口喊尊主了，赶紧布防护阵！想死吗？！"袁坛主一脚踢上阮巍奕的屁股。

阮巍奕忙开启玄渊宗的护山大阵，结界刚刚布成的瞬间，一道血光冲出阵法，毫不畏惧地杀入战圈中。

殷寒江根本不在乎高手相斗激发的余波对自己的身体的伤害，他的眼中一片血红，在无数掉落的残垣断壁中寻找着闻人厄的身影。

这个断肢不是，那个法器不是，在哪里，他究竟在哪里？

一根禅杖落下，正要砸在殷寒江身上，这时一根破破烂烂的长戟似乎有生命般挡在殷寒江身前，为他挡住禅杖的攻击。

殷寒江看到那根长戟，恢复人形，拿起闻人厄的本命法器，靠着法器的共鸣之声，找到了奄奄一息的闻人厄。

他飞身上前一把抓住闻人厄，失而复得的喜悦令殷寒江说不出话来。

两人平稳地落地，殷寒江抓着闻人厄浑身发抖，而闻人厄缓缓伸出手，虚弱地道："殷护法，你终于救了本尊。"

3

闻人厄借助焚天鼓中的战意清醒过来，抱着破釜沉舟之心与二十一位高手决一死战，那些正道高手也不知死了几个，又有几人能保住命。

至于闻人厄，本想倾力一战，发挥自己的全部力量，挑战自己的极限，试探自己究竟能够强到什么地步。他原本是想全无保留地攻击对手，却在最后的瞬间被战鼓声惊醒。

殷寒江以境虚期之身为闻人厄敲响焚天鼓，可不是为了让闻人厄战死而拼命的。

战前他向殷寒江允诺，一定要活着。闻人厄从不食言，最后关头保留了一分力量，守住自己的身躯，才堪堪留下一条命，被殷寒江救了下来。

闻人厄撑着一口气，告诉殷寒江他还活着后，便失去了意识。

他伤得太重了，神魂陷入一片昏沉之中，隐约间听到殷寒江的呼唤，眼皮却沉沉的，无法醒来。

剧情中，闻人厄亦是昏迷许久，苏醒后便看到百里轻淼在自己面前忙碌，只见一缕初升的阳光洒在百里轻淼身上，她的表情温柔又坚定，一心抢救人的样子是那么美丽。那道阳光或是神光之下，魔道尊主心动了。

但那个时候，闻人厄还没意识到自己的情劫已至，仅是冷冷地告诉这位正道低等弟子，可以答应她一个条件。百里轻淼愣了一下，摇摇头道："我只要你活下来。"

闻人厄受了很重的内伤，又不愿意跟百里轻淼回上清派疗伤。百里轻淼没办法，只好用师父清荣真人送给她的传讯符，告诉同门她有要事需要离开一段时间。

正魔大战前，上清派给负责救援的弟子每人发了一块玉简，紧急教导了他们一些疗伤的知识，以及某些神药生长在什么地方。殷寒江闭关修炼的那三个月，百里轻淼和众弟子忙着背诵玉简和修炼疗伤法诀。

她发现闻人厄的伤势太重，丹田紫府已经乱成一团，连本命真元都消失殆尽。为了救人，百里轻淼决心带着闻人厄去玉简中记载的九鼎山上寻找能够活死人肉白骨的九阳返魂肉灵芝。闻人厄一路冷眼看她背着自己登上九鼎山，与守护灵药的异兽相斗，得到肉灵芝熬成汤后自己一口也没用，全部喂给了他。

原书里，闻人厄伤愈后，看着百里轻淼欣喜的笑容，一颗心终于陷落。他没有表明身份，而是留下一个信物，告诉百里轻淼有难可以用这个信物呼唤他，不管是怎样的困难，他赴汤蹈火，在所不辞。

百里轻淼根本没想过要闻人厄报答，能够救下一条人命她就很开心了。辞别闻人厄后，百里轻淼回山，看到元婴被抽空的贺闻朝，心一下子凉了。

身受重伤、心灰意冷的贺闻朝问百里轻淼："师妹，我受伤的时候，只想见你最后一面，那时你在哪里？"

百里轻淼哭得上气不接下气。她那时明明已经找到了肉灵芝，却没有用来救师兄，而是给了一个陌生人。

为了贺闻朝，她向长辈打探到救人的方法，只身前往金海岸崖，路上"偶遇"始终关注着她的动向的闻人厄，两人一同上路。

这一次，救闻人厄的是殷寒江，他并不知道肉灵芝所在的地点，见尊上昏迷不醒，只能带他前往自己当初修炼的小山谷中。

那是闻人厄捡回殷寒江时身处的小宗门，闻人厄是那个小门派的宗主。闻人厄统一魔道后，这里就被他秘密赐给殷寒江，还布置了阵法，是属于殷寒江自己的地方，其他人不知道。

闻人厄与正道高手对战时，阮坛主对尊主的改口令殷寒江警觉起来。魔道众人野心勃勃，上至护法、坛主，下至门人，都是趁你病要你命的性子。殷寒江此时若是带着重伤的闻人厄回玄渊宗，只怕第一个要杀闻人厄的就是舒艳艳。

尊上全盛时，玄渊宗是他麾下的一支奇兵；尊上重伤时，玄渊宗就是吃人的地方。

殷寒江不敢带闻人厄去玄渊宗，心目中仅有两个地点，一是他生长的边陲小镇，二便是他年少时被尊主带回来的地方。

他抱着闻人厄潜入当初修炼的瀑布下方，这里面有一处灵气充沛的小山洞，适合疗伤。

尊上伤得很重，殷寒江将闻人厄摆成五心朝天的姿势，拿出储物腰带中的所有丹药，选了些药性温和、补充灵气的灵药，全部塞进闻人厄口中。

闻人厄气息全无，咽不下药，殷寒江犹豫半晌，对尊主道一声"失礼了"，随后掰开闻人厄的下颌，运足真元，把药渡入闻人厄口中。

尊上服下药，殷寒江又将自己也所剩不多的本命真元输入闻人厄体内运转一个周天，发觉尊上体内的真元开始主动运转，吸收药力，这才松了口气。

放松下来后，殷寒江才发觉自己已经站立不稳，一口鲜血喷出，晕倒在闻人厄的脚边。

当年玄渊宗老宗主是大乘期巅峰高手，敲动焚天鼓都会被幻境所困走火入魔，殷寒江才刚刚踏入境虚期，强行使用焚天鼓，受其中蕴藏的煞气反噬，五脏六腑早受到重创。只是他一心想着救下闻人厄，根本顾不得自己的伤势，也感觉不到疼痛。直到闻人厄缓过一口气来，殷寒江才发觉自己已经油尽灯枯。

闻人厄吸收药力醒来，发觉身处昏暗潮湿的山洞中，一个黑衣男子趴在他的脚边，脸贴着冰冷的石阶。他将人翻过来，只见一抹幽绿的青苔蹭在这人的脸上，像民间鬼怪话本中用来衬托鬼怪残忍的遇害者。

闻人厄微一提气，丹田仿佛撕裂般疼痛。他脱下身上的黑袍，见自己身上满是伤痕，剑伤、刀伤、鞭伤、棍伤……十八般武器造成的伤痕几乎全在上面。

肉身的伤还算是小事，丹田紫府尽毁，本命真元被七杀戟抽干才是最严重的问题，这样的伤，若是没有肉灵芝，他就算是养上百年也不会痊愈。

他强撑着身体扶起殷寒江，手掌触到殷寒江的衣服觉得有些潮湿，解开衣物一看，殷寒江身上血肉裂开，本就劲瘦的身躯上仿佛被什么武器割开后又被细线缝上般，很难在裂痕中找到一块完好的皮肤。

闻人厄的视线触及之处血肉翻开，触目惊心。他将手掌贴在殷寒江的心口，想要替他疗伤，自己却无法调动一丝一毫的真气，只能无力地靠着殷寒江坐下，发出苍凉的笑声。

三百多年了，入道以来，他从未有过这般狼狈的时候。

他的伤势根本无法好转，书中有百里轻淼取肉灵芝救他，现在闻人厄为了摆脱剧情，放弃轻松生还的希望，选择了一条极为艰难的路。

"殷护法，"闻人厄轻声道，"本尊一生最难的时候，便是三百年前在乱葬岗中翻找家人之时。"

闻人氏九族二百七十三具尸身，皆是断头尸。罪人无法下葬，被处斩后头颅烧毁，身躯被拖到乱葬岗中。闻人厄赶回京城时已是七日后，尸身腐烂，根本辨不清谁是谁。

他在乱葬岗中没日没夜地翻找，拖出二百九十六具无头尸，最小的才三个月。除了身材比较特殊的，剩余二百三十七具尸身，闻人厄根本辨别不出他们是谁。

这其中还有其他犯人的尸体，闻人厄也不知道哪一个是自己的家人。

满门忠良，却死无全尸。年仅十六岁的闻人厄跪在二百九十六具无头尸身前失声痛哭，满腔恨意无法宣泄。

无相寺方丈的法力太厉害，令闻人厄不禁想起已经忘记三百年的事情。他侧头望着殷寒江紧闭的双目，眼底浮起淡淡的笑意："殷护法，你可知本尊于乱葬岗上走过，见一双手抓住我时，心中有多开心吗？"

百年前，闻人厄以为自己早已忘记当年之事时，那只小小的手伸向他的衣角。他把那个孩子从尸堆中抱出来，摸了摸他的脖子，不是断头尸。他将耳朵贴在那孩子的心口，微弱的心跳声宛若天籁。

那一刻，冷心冷情的闻人厄把小小的殷寒江抱在怀里，眼中滑落自己也未能察觉到的泪水。

仿佛十六岁时的无力感，在这一刻宣泄出来。

他终是救下了一条命。

闻人厄扣住殷寒江的手腕，他当年救下的孩子，此时快要死了。这个傻孩子本已身受重伤，却还强行将自己的本命真元渡给闻人厄，断绝了自己的最后一丝生机。

"殷寒江，本尊既能救你一次，就能救你第二次。本尊不许你死，你就不会死。"闻人厄的脸色沉了下来，他看向殷寒江身边放着的魔剑。

殷寒江从不将剑收入储物法宝中，固执地做个抱剑护法，而这柄剑是有自主意识的。

闻人厄入道后，在魔道抢了不少心法，其中有一法门最是难修成，现在却刚刚好。

"汝名赤冥。"闻人厄对魔剑道。

他当年将这柄剑随手丢给殷寒江时，从未告诉过他这柄剑的名字。

因为一旦有人唤出名字，就是唤醒魔剑的意识。

赤冥剑听到有人呼唤自己的名字，剑身轻颤，主动离鞘，飘浮在闻人厄的面前，剑身上浮现出无数诡异的花纹，是殷寒江没见过的样子。

闻人厄看着剑，诵念法诀，他的身上也浮现出与赤冥剑身相同的纹路。

本命法器七杀戟感受到闻人厄要做什么，"嗡嗡"鸣叫起来，闻人厄微微抬手，对七杀戟道："别闹。"

七杀戟不甘地颤动数下，终是被闻人厄强行压制，安静下来。

赤冥剑化作无数血剑，随着闻人厄的法诀，狠狠地刺入闻人厄身上的花纹中，密密麻麻的血剑将人钉在山洞上，血迹沿着石壁滑下，一滴滴落在殷寒江的脸上。

殷寒江的睫毛痛苦地抖动数下，但他终究没能睁开眼，没能看到他一心想要守护的尊上，用赤冥剑斩血，踏上一条九死一生之路。

闻人厄被万剑穿心，口中的法诀却没有停下。他缓慢地抬起手，于空中艰难地画下一道与自己身上纹路相同的阵法。

心血锁魂阵，阵法绘成后，血光之阵融入闻人厄的神魂之内。

以身斩血，以血刻魂！

赤冥剑从闻人厄体内飞出，血剑离体的瞬间，闻人厄的身躯"砰"的一下化成血雾，消散于山洞中。

七杀戟发出悲鸣声，南斗第六星渐渐染上血色。

一刻钟后，血雾渐渐凝聚，凝成一道人影，魂散身消的时刻，闻人厄忍着神魂破碎的剧痛，坚定地完成了斩血之阵。

宗修界中，有一失传心法，名为斩血之术。

施术者需在自己身上绘制血纹，亲手毁去自己的身躯、神魂，并在死前的一瞬间运转斩血之术，将身与魂完全融合为一体，自此身魂一体，只要还有一滴血留存于世间，就不死不灭。

斩血之术，千万年来仅有一人练成。不是它不够强大，而是它乃是九死一生之术，没有绝对强大的信念之人，根本不可能忍耐住这种痛苦。

一旦有人修成之后，不管受多重的伤，只要有足够的灵气，就能复原。

闻人厄穿上被丢在地上的黑袍，亲手割裂神魂的痛还残留在体内。他微微皱眉，自袖里乾坤中取出灵药服下。

待身体恢复了五成后，闻人厄便扶起殷寒江，把刚刚得来的真元注入殷寒江的经脉之中，逼出他体内焚天鼓中的煞气。

接下来的几个月中，闻人厄与殷寒江身处小小的山洞中，闻人厄吸收灵气后转给殷寒江，一点点修复着他受创的经脉。

而远在他方的裘丛雪，被百里轻淼背在背上，两人正在爬山。

裘丛雪对百里轻淼说了一句"别管我，别带我回你的门派"后就昏死过去。她伤得比闻人厄还重，佛光对鬼修的伤害太大了，她体内的鬼影全部消散，半点功力也使不出来。

百里轻淼见裘丛雪不愿跟自己回门派，只当她伤得太重无法治愈后不愿面对师门同道，便下定决心要救回这位道友。

百里轻淼用师父给的传讯符汇报了情况后，把昏死过去的裘丛雪绑在背上，赶往九鼎山。

相传九鼎山是仙人道场，就算是大乘期修者在这里也会被压制成凡人。

百里轻淼不能飞，山崖又十分陡峭，她咬牙含泪，抓着藤蔓向上爬着。

一路上她摔落无数次，脸上、身上皆是伤痕。她想过放弃，但一想到背上的道友正等着她救命，以及正魔大战中她无法救活的人，便咬咬牙，鼓起勇气继续攀登。

终于爬到山顶，她已经奄奄一息。

肉灵芝善躲藏，普通人是找不到的。百里轻淼半死不活地趴在山顶，肉灵芝当她是死人，又被她的神格吸引，从泥土中冒出头来，想要吃掉百里轻淼。

又有一条始终守着肉灵芝的灵蛇爬来，它看到肉灵芝显形，一口咬住肉灵芝，一蛇一灵芝缠斗起来。

百里轻淼被它们的声音吵醒，发现肉灵芝就在眼前，欣喜若狂，费尽九牛二虎之力斩杀灵蛇，抱住肉灵芝，将它与灵蛇一起炖了。

肉灵芝的香气就让百里轻淼的伤痊愈了，并且帮助她从金丹五层晋升为金丹期大圆满。

百里轻淼若是喝下肉灵芝汤，定能立地飞升。但她没有贪图灵药，而是把裘丛雪泡进汤里，见她身上长出肉来，开心地说道："原来你是个女孩子啊。"

等裘丛雪的五脏六腑生长出来，百里轻淼又将泡人的汤尽数喂给裘丛雪。

裘丛雪的境界瞬间恢复为大乘期，脸色红润，看起来十分健康。

裘丛雪醒来，就看见一个娇俏美丽的女子托腮看着自己，眼中满是毫不作伪的喜悦："前辈，您终于痊愈了。"

痊愈？裘丛雪坐起身，忽然觉得不对，细心查探，发觉自己长肉了。

此时裘丛雪心中浮现出一段话——他看到百里轻淼关切的眼神以及那锅全部喂给自己的肉灵芝汤，不由得认命地叹道："这次算是完了。"

虽然不知这话是从何而来，不过裘丛雪认同地点点头道："是完了。"

"什么完了？"百里轻淼眨眨眼，天真地看向裘丛雪。

"本坛主堂堂一鬼修，为修成修罗道主动投身给鬼影才领悟大乘期境界。"裘丛雪看着百里轻淼，目露凶光。

百里轻淼这才察觉不对，倒退几步，跌倒在地，颤巍巍地说道："前、前辈，您怎么了？"

"怎么了？"裘丛雪欺身上前，温热的手指掐住百里轻淼的脖子，恨声道，"我一个鬼修，好不容易舍去肉身，你一口汤全给我长出来了，我掐死你！"

4

九鼎山有封印，裘丛雪的修为被压制，实力与百里轻淼相差无几。

百里轻淼格开裘丛雪的手臂，于她身下打了个滚，避开对方的攻击。

百里轻淼躲过攻击后，刚要说什么，忽然脸一红，飞奔到远处，过一会儿抱着一件黑色的袍子跑回来，丢到裘丛雪的身上，侧过脸说："前辈，您……穿上吧。"

"哈？"裘丛雪低头看看自己长满肉，和舒艳艳一般凹凸有致的身体，有什么不对吗？

习惯了顶着骨头架子走来走去的裘坛主，早就忘记有肉身是什么感觉了。

她心中怒意未消，但在百里轻淼避开之时，就冷静下来，知道自己的功力被压制，无法施展真元，便没有继续恩将仇报，而是冷眼看着百里轻淼忽然脸红，忽然跑开，忽然拿衣服的各种举动。

裘丛雪缓缓披上自己的黑袍，眯眼盯着百里轻淼，忽然问道："你叫百里轻淼？"

"啊，是的。"百里轻淼见裘丛雪衣着完整才敢转过头来正视她，"前辈昏迷时听到我自言自语啦？"

不是听到她说话，是有一段像是文字又像是有人在耳边念故事般的内容告诉裘丛雪，眼前这个女子叫百里轻淼。

说起来，百里轻淼这个名字也有些耳熟。

裘丛雪不像舒艳艳，舒护法平日里一肚子鬼主意，总在背后阴人。裘坛主则是能动手不动口，不对，也动口，是她手下的鬼影动口。

两人皆是伺机想刺杀闻人厄，舒艳艳是做贴心护法，帮助尊主打理玄渊宗的事务，把依附玄渊宗的小门派管理得服服帖帖，还不忘从中挑出几个好看的人自己养起来。她步步为营，获取闻人厄的信任，只求一晌贪欢，吸干这位大乘期修者的本命真元。

怎奈闻人厄是个睁眼瞎，真真正正视美人为粪土，舒艳艳只要一露出引诱之意，就会被好一顿收拾，数十年下来安分了不少。

反倒是裘丛雪，也不服闻人厄，而且从不掩饰自己的战意，与闻人厄约定好每十年挑战一次，截至目前已经被闻人厄将全身的骨头打碎了五次。

舒艳艳说裘丛雪的脑子被鬼影吸干了，对此裘丛雪的想法是，是被吃光了没错，她脑子里住着一个千年鬼影，是她的撒手锏，轻易不会动用。

百里轻淼……裘丛雪沉思许久，终于想起十一年前舒艳艳曾提过一句，她是闻人厄看中的弟子，想从上清派挖过来修无情道的天才。

"你是上清派弟子，金丹期修者？"裘丛雪问道。

"正是，前辈您之前见过晚辈吗？"百里轻淼道。

十八岁就晋升为金丹期确实是前无古人，不过现在百里轻淼已经二十九岁，还是金丹期就有些没意思了。

"手伸出来。"裘丛雪命令道。她平日统御群鬼，已经习惯命令的语气，好在百里轻淼乖巧，又敬她是大乘期前辈，不疑有他，听话地递出手。

裘丛雪探查过百里轻淼的脉息，瞳孔微颤，问道："金丹期大圆满？"

金丹期一层和金丹期大圆满可是两个截然不同的概念，金丹期大圆满代表百里轻淼半只脚已经踏上元婴期的门槛，只差一个元婴期心法和心魔劫。

不到三十岁的元婴期，当真天赋异禀，就算是冷血如裘丛雪，也不由得起了惜才之心。

难怪魔尊闻人厄要收她为徒，百里轻淼若是修炼百年，未必不能战胜闻人厄。

"打不过闻人厄，我还不能抢他的徒弟吗？"裘丛雪上下打量着百里轻淼，将人看得毛毛的。

百里轻淼心下害怕，担心这位前辈走火入魔。怎么人醒来后就疯疯癫癫的呢？她小心地拽了拽裘丛雪的衣袍道："前辈，晚辈已经离开师门许久。前辈已经痊愈，不如我们就此别过，如何？"

她只字未提救命之恩，对百里轻淼而言，能够救下眼前的人命便足够了。

"等等！"裘丛雪拎住百里轻淼的衣领道，"一起下山。"

裘丛雪虽然已有千岁，却还是少女模样，冰肌玉骨，黑发披散在肩上，眉若二月新叶，细细弯弯的，一双凤目似温婉又似无情，冰冷之美浑然天成。

怎奈她太过不拘小节，下山时多次撩起衣袍，迈开大腿，当自己还是当初那个白骨裘丛雪，毫不避讳旁人。

百里轻淼几次想捂脸，又怕裘丛雪不自在，艰难地忍了下来。

好不容易等到爬下山，她立刻对裘丛雪说："前辈，晚辈有件法袍，品阶是低了些，但……总、总归可以遮体。"

她拿出一件浅绿色的裙子，这还是当初闻人厄给百里轻淼的。一开始她执意不收，闻人厄硬塞给她的。

裘丛雪穿上衣服。她身材高挑，细腰不盈一握，好似细柳般，这裙子实在太适合她。百里轻淼看了看，又拿出一根山下小镇上买的普通碧玉发簪，为裘丛雪束起长发，戴上簪子。

"前辈真美。"百里轻淼轻叹道。

"有什么用？"下山后功力不再受限制，裘丛雪查探了下自己的情况，气得险些翻白眼。

她的境界的确恢复如初，法力也相当深厚，可好不容易修炼出来的鬼修荡然无存，身体中反而充满仙气。她竟然变成了一个散仙？

裘丛雪又试着号令附近的游魂，一个也没招来。

她捏紧拳头，这种身体，要她拿什么回玄渊宗和闻人厄争宗主之位，要拿什么教训舒艳艳？

好在裘坛主是个心志坚定的人，当年能投身鬼修，忍受剧痛踏上修罗道，今天就能改修散仙！

百里轻淼安顿好裘丛雪后放下心来，向她道别要回师门，却被裘丛雪揪住头发。

"哎呀呀！"百里轻淼捂住头发，轻呼道，"前辈还有何吩咐？"

"我记得你们正道……咯，上清派有个规定，可以接受散仙当客座长老，只要客座长老愿意坐镇上清派，为上清派做出贡献，根据贡献点可以修习藏书阁中其他客座散仙留下的心法？"裘丛雪问道。

散仙在宗修界是极为特殊的存在，功力比大乘期高深，最厉害的散仙甚至可以与上界仙人一战，每个门派都十分欢迎没有派别的散仙。门派的核心心法当然不能交给外人，不过一些先祖传下的旁门法诀，倒是可以让散仙修习。同时客座散仙也要留下自己的心得，久而久之，上清派保留了不少散仙的心法，这正是裘丛雪需要的。

正魔大战上清派损失惨重，正需要高手坐镇，裘丛雪吃了肉灵芝后满身仙气，根本看不出魔修的样子，她有信心被上清派接纳。裘丛雪下定决心成为正道长老，在上清派建立自己的势力后，杀回玄渊宗，继续挑战闻人厄。

"啊？"百里轻淼呆了一下，怎么？这位前辈还要跟她回师门吗？

"走吧，我带你回上清派。"

裘丛雪是个果决的女子，言出必行。她嫌弃百里轻淼飞得慢，单手拎起百里轻淼，祭起遁光飞向上清派。

两人抵达上清派时，山洞中殷寒江体内的煞气已全部被逼出来，他缓缓睁开双眼，一眼便看到闻人厄。

"尊上！"殷寒江忙要行礼，被闻人厄按住身体，又坐了回去。

闻人厄淡淡地道："你煞气入体，身体四分五裂。本尊已将煞气逼出，疗伤丹药在此，你自己治疗吧。"

"多谢尊上！"殷寒江收下丹药，神识内视丹田，焚天鼓的煞气全部被清除，剩下的伤便好办了。

真元在体内运转三十六周天后，殷寒江的伤势痊愈，只是真元不足，慢慢修炼回来就是。他伤愈后便去找闻人厄，见尊主站在洞口，看着外面的瀑布。

"醒了？"闻人厄道。

"属下无能。"殷寒江跪下。他不仅没能助尊上疗伤，还劳烦尊主为自己治疗，实在不称职。

闻人厄没说话，飞出山洞。殷寒江紧随其后，两人离开了这个潮湿的小山洞。

闻人厄这些日子一直帮殷寒江和自己疗伤，未曾注意过这里是什么地方，不过感觉到了自己布下的阵法，知道这里很安全。离开山洞后，他瞧了瞧周围环境，才确定这里是当初他收拢的小门派山门所在，殷寒江就是在此处长大的。

"这是你练剑的地方。"闻人厄看向瀑布道。

"尊上还记得？"殷寒江不由得问道。

今夜恰是月圆之夜，月光洒在二人身上，轻轻柔柔的，殷寒江的脸庞好似笼罩着一道银光。

闻人厄避开他的眼神道："本尊记得，我们到玄渊宗后，这里就归了你，你可曾为这里起过名字？"

"起了的，"殷寒江走到瀑布前蹲下，捞起一捧水道，"属下称此处为捞月潭。"

"捞月？"

殷寒江的眉眼柔和下来，似乎想起了很开心的事情，他低笑道："属下小时候一直练剑，练到累得动不了，就躺在瀑布旁边看天，有时月亮是弯的，有时是圆的，映在水中。属下那时以为月亮是可以捞起来的，一次又一次地捞着水里的月亮。"

他的声音中透着淡淡的笑意，说话时将手中那捧水递到闻人厄面前道："后来手稳了，月亮就可以捞起来了。"

闻人厄低头看去，见殷寒江用真元托着那捧水，水中映出天上的圆月，为闻人厄捧出一个小小的水中月。

这是殷寒江短暂又孤单的童年中最快乐的游戏。

闻人厄看向捞月潭，好像看到一个不大的孩子，在月色下一次又一次捧起水，捕捉着不断逃开的月光。

他探出手，用真元护住那捧水，自袖里乾坤中取出一个琉璃盏，把水放了进去。

"这轮圆月，本尊收下了。"

殷寒江愣住，眼睁睁地看着闻人厄用那个号称可以装下一条江河的法器收下自己手中那捧小小的水团，并藏在袖子里。

"尊上，这算不上什么。"殷寒江低下头，讷讷地道。

闻人厄负手道："过去的事情，本尊有些记不得了，只隐约知道，幼时于边塞长大，父兄常年驻扎军营，留下我与母亲，她手把手教我用战戟，我觉得战戟没有长剑潇洒飘逸，不够好看。

"母亲告诉我，一寸长一寸强，一寸短一寸险。战场上刀剑无眼，她只希望我能多一丝活下来的机会，便教我用长戟。

"十六岁前，我每日闻鸡起舞，习武修文，要做个与父兄一样文武双全的将军，守护边塞百姓，却不知该如何做一个孩子，如何去玩耍。我带你回来，也只想要你修炼，不会教你玩。"

殷寒江张张嘴，不知该说什么，只能瞪大双眼，傻看着此时完全不同的尊上。

"仔细想想，本尊是没什么童心的。这捧月亮，是殷护法赠予本尊的童年。"闻人厄轻笑道，"你把这么珍贵的东西送了我，本尊当赐你些宝物的，殷护法有想要的东西吗？"

"不……"

殷寒江刚要说不需要，就看见闻人厄略带笑容的表情，隐约觉得自己此时拒绝，会坏了尊上难得的好心情。

"属下是有个心愿的。"他轻声道，"当年属下成长的边陲小镇，我一直想回去看一眼。"

"这有何难？"闻人厄道，"既然是殷护法要去，就由你御剑载本尊一程吧，免得你速度慢，还得本尊等你。"

殷寒江唤出赤冥剑，见剑身上多出无数血纹，心生疑惑，想要发问，却听到闻人厄催促，忙御剑飞起，带着闻人厄来到当初那座小镇。

抵达小镇时已天亮，两人隐去身形，降落在小镇中，殷寒江诧异地问道："怎会如此？"

当年人烟稀少的小镇，此时竟然已是边疆要塞，城墙宛若铁壁，更有边塞互市开通，小镇上百姓个个露出富足幸福的神情，路边摊贩热情地招揽着生意。

"正魔大战，换来人间十年休养生息。"闻人厄道，"灵气充足，鲜少遭遇天灾，草原不受风雪之灾，牧民的生活变得容易起来，不必一到秋冬季节就去抢夺附近居民的粮食。灵脉反哺龙脉，京城养出几个能臣贤主，开通互市，边疆贸易往来，富裕一方人民。"闻人厄解释道，"十年过去，足够当初的小镇变成要塞。"

殷寒江走到忠烈祠，找到一位将军的墓祠，买了一炷香，为那位将军上香，深深叩拜。

闻人厄哭笑不得，待殷寒江走出来后问道："这便是你的愿望？本尊人就在这里，你拜我当初在俗世用的身份做什么？"

"不一样的。"殷寒江看着后人为闻人厄雕刻的雕像，认真地说道。

第五章

血魔老祖

第五章 血魔老祖

1

数十年过去，若不是有朝廷修缮，庙宇早已荒废，前来上香的人也不多。

闻人厄见殷寒江熟门熟路的样子，不由得怀疑起来，待殷寒江上香并擦洗过雕像回到他身边时问道："你常来此处？"

殷寒江诚实地回答："若是不闭关，一年会来一次。"

与尊上一同前来还是第一次。

"本尊既不修功德，也不食人间烟火，人就在你身边，你何必来膜拜一尊雕像呢？"闻人厄不解地道。

殷寒江自幼跟在他身边，闻人厄自认十分了解殷护法，直到翻开《虐恋风华：你是我不变的唯一》，方察觉自己看见的不过是殷寒江表现出来的一面。自此将注意力更多地放在殷寒江的身上，发现了很多以往没能注意到的细节。

例如这座庙宇，已经过去八十多年，雕像依旧崭新如初，这其中必有一部分是殷寒江的功劳。他每年都会来一次，闻人厄却一次也没发现。

殷寒江刚要回答，一个官吏打扮的人来到他们身边。他看起来五六十岁的样子，见到殷寒江主动上前搭话道："这位少侠可是姓殷？"

面对这位老吏，殷寒江不像其他人那般冷漠，有礼貌地拱手道："正是。"

老吏望着殷寒江的脸露出怀念的神色，叹道："我十六岁便来看守忠烈祠，四十多年过去，眼见前来祭拜的人越来越少，唯有殷少侠一家，从祖父到少侠你，每年入冬前都会来。这十一年却没见到令尊，还以为你们也忘记了。"

"家父近几年腿脚不便，一直念叨着未能来祭拜，今年我第一次出门，父亲千叮咛万嘱咐，要我一定要来。他告诉我，曾祖父于八十多年被闻人将军所救，殷氏一族世代不敢相忘。就算我老了，我的儿孙也要来的。"

殷寒江很少说这么多话，而且不善于表达自己的想法。闻人厄见他熟练地在老吏面前假扮自己的曾祖父、祖父和父亲，将来说不定还要假扮自己的儿子、孙子，心中生出一种从未有过的新鲜感。

十一年没有来，哪是父亲腿脚不便，是正魔大战前后十一年，殷寒江脱不开身前来。

"我父亲也是，"老吏拿起湿布擦擦忠烈祠门前的烈士碑，让每一个名字都露出来，"他一直念叨着八十多年前那一战，要是没有闻人将军，现在这小镇说不定就易主了。"

湿布擦过每一个名字，老吏盯着一个叫"张二狗"的名字，自豪地说道："这是我祖父，他留下我父亲后战死在沙场上。父亲说，现今边陲小镇的安宁，是祖父与无数将士的血肉换来的，祖父虽死犹荣。"

秋风卷起，老吏紧了紧衣服，笑呵呵地对殷寒江道："少年人年轻力壮不怕冷，入冬也要多添些衣物，不然到老就不好受了。"

他收起擦洗工具，提着小桶慢悠悠地离开忠烈祠。

见他走远了，殷寒江才回身认真地重复一遍方才的话："不一样的。"

这一次，闻人厄懂了。

魔道第一尊者闻人厄与边陲小镇忠烈祠中的闻人将军是不一样的，正如玄渊宗左护法殷寒江与每年来祭拜的殷少侠也是不一样的。

他走到烈士碑前，指尖划过每一个名字，欣慰地笑笑道："我竟然能将每个名字与记忆中的脸孔对上。"

不是"本尊"，而是"我"，此时他不再是魔尊，而是闻人将军。

烈士碑上的名字都已轮回转世，甚至有人说不定转世数次了。但在这座小镇里，在无数人心中，他们鲜活地生活在小镇居民的记忆里。

这些名字连在一起，名为"守护"。

边塞的风是生硬的，每一道秋风都好像刀子般刺透人的棉衣，路边摆摊的百姓见风越来越大，行人也匆匆赶往温暖的家中，纷纷收起摊子，转眼间路上竟然只剩下闻人厄与殷寒江。

寒刀般的风吹落殷寒江的一缕长发，垂在脸侧。平日里将头发束得一根发丝也不落的他，脸虽年轻，却透着一股少年老成的感觉。此时风吹乱头发，碎发垂下，闻人厄眼中的殷寒江竟多了份少年的纯真感。

其实殷寒江一直如此，多年来从未变过，只是闻人厄的目光很少落在他身上而已。

闻人厄笑了笑，自袖中拿出《虐恋风华：你是我不变的唯一》道："倒是多亏了此书，若是没有它，本尊险些错过一个殷寒江。"

殷寒江又见这个熟悉的书名，尊上始终留着这本令他百思不得其解的书。

似乎是今日让尊上看到自己的另一面，又似乎觉得今日的尊上与往日不同，殷寒江心里只当眼前这人是闻人将军而非魔尊尊主，大着胆子问了一句："此书究竟有何玄机？"

他还记得尊上就是得了这本书后，才离开玄渊宗，格外关注一名叫百里轻淼的正道弟子，对其多加照顾。

尊上只当百里轻淼是晚辈，殷寒江也不自觉地关注起这名心中只有情爱的女子来，还生出了恨铁不成钢的想法。尊上如此看中她的资质，还说两人前世有因果，甚至有收徒之意，百里轻淼竟然只想与贺闻朝双宿双栖，而贺闻朝……

即使殷寒江很少对尊上以外的人有自己的见解和看法，此时也不得不承认，贺闻朝不值得爱。

百里轻淼还算是个单纯善良的正道弟子，贺闻朝就真的有些令人厌恶了，殷寒江打心底看不上这人。

"此书讲了一个关于情爱的故事，"闻人厄简单地描述了一下，转念又道，"此书令本尊重新认识了殷护法。"

殷寒江又是一愣。

"风大了，"闻人厄收起书道，"殷护法在这座小镇中还有什么秘密，不如趁此机会，一并告诉本尊吧。"

"属下……还常去酒楼听戏听说书，"殷寒江道，"那些戏文和说书人把故事改得很离谱，不过听起来也不错。"

"带本尊也去听听吧。"闻人厄道。

殷寒江顺从地引着闻人厄来到一家酒楼，起风后外面的人少，酒楼里的客人倒是多了，一楼已经客满，殷寒江要了二楼一个昂贵的包间。

上清派山脚下的茶楼卖的是有些灵气的好茶，来往客人喝的是茶，吃的是精致的糕点，听的是诗文。边塞却是另一番风貌，两人才坐在位子上，小二便端上来一个热气腾腾的锅子、一大盘切好的牛肉、一大盘羊肉、一坛烧酒、两碗羊奶茶。

不比中州地带的精致茶盏，边塞酒楼里的杯子比中州的碗还要大，店小二二话不说便为两人倒满了两大碗烧酒。

殷寒江对着豪放场景有些不好意思，刚要让小二换个小些的杯子，却听闻人厄道："何必拿碗装，烧酒不该是直接用坛子喝的吗？"

店小二一击掌道："就知道客官识货，我这就再拿一坛子来！"

闻人厄单手拎起坛子喝了一口酒，酒渍顺着嘴角蜿蜒而下，还未等滴下便消散不见，不知这酒的度数有多高。殷寒江第一次看见稳重的尊上这般豪放的样子，不由得咽了下口水，竟也觉得坛子里的酒香醇起来，举起坛子猛喝一口，辣得眼睛通红，仿佛受了委屈般盯着闻人厄。

闻人厄朗声大笑道："哈哈哈哈哈！原来殷护法当真不会饮酒，境虚期高手竟被这区区烧刀子辣成这般可怜的模样。"

"是尊上酒量好。"殷寒江道。

闻人厄摇了摇头："我第一次喝酒时，学着父兄大口灌，险些辣死自己，那时不明白酒为何要这般烈。母亲告诉我，边疆战士受了伤，指着这烈酒救命呢。"

一直到闻人氏被诛灭九族，闻人厄也未学会喝酒。倒是百年前在这小镇上，与边疆战士打成一片，他学会了大口喝酒，大口吃肉。那时他还有肉身，纵然已经辟谷，偶尔吃些烟火食也没什么关系。

现在……

闻人厄望着热气腾腾的锅子，涮了片羊肉给殷寒江，自己却一口未动，一味地喝酒听戏。殷寒江只当尊上不爱吃肉，也学着喝起酒来。只要适应了烧酒的辣，境虚期高手是不会醉的。

一楼大厅中站着个说书人，操着一口浓重的边塞口音，讲了个小镇泼辣女子套了个汉子回家的故事，故事里的女子性格率直，敢爱敢恨，绝不拖泥带水，听众听得连连叫好。

"这才是情爱该有的样子。"闻人厄听后连连点头，"本尊若是犯了情劫，那人若是也喜欢本尊，我定要将那人绑在身边；那人若是无心，我便放手，黏黏糊糊的算什么样子？"

他一巴掌将《虐恋风华：你是我不变的唯一》拍在桌子上，这本书里面无论百里轻淼还是闻人厄，都走上了一条错误的路。

殷寒江见一摊酒洒在封皮上，闻人厄似乎并不是多珍惜这本书的样子，酒意之下露出好奇的神色。

闻人厄道："这是百里轻淼与贺闻朝的情爱话本，讲了百里轻淼将自己变得无比优秀后，交由贺闻朝糟践的故事，你说可不可笑？"

对殷寒江，闻人厄认为是可以将此书的部分内容告诉他的，也免得殷寒江总是一副欲言又止的样子，真怕这孩子憋坏了。不过后面那些闻人厄身死、殷寒江发疯的事情，他就不必说了。

"本尊得到此书时，也只当是个话本，谁知研读下来才发现，这竟是一本泄露天机的书。"闻人厄缓缓地说道，"关于正魔大战之事，此书中便略有记载，本尊也是靠着此书才料敌先机的。"

殷寒江面露惊讶之色，却忍住没有发问，静静地听闻人厄讲述。

闻人厄简略地讲了下书中百里轻淼与贺闻朝的虐恋情深，略去自己也喜欢百里轻淼以及后来为她身死的事情，而是将其解释为："本尊在此书中受过前世先天神祇的恩惠，帮过百里轻淼数次。所以我才会想要收她为徒，引百里轻淼入无情道，摆脱贺闻朝的影响。"

"原来如此。"殷寒江心中的疑惑渐渐被解开，心中更是生出自豪感，尊上果然深谋远虑，就算是一本情爱话本，也能利用其中的线索布线，借助正魔大战之力与天道博弈。

"本尊知晓雪中焰的存在也是靠此书，"闻人厄道，"书中还提到，殷护法有一机缘在金海岸崖，那里有破岳陨铁，刚好可以拿来给你炼剑。"

其实破岳陨铁是闻人厄的机缘，他微妙地改了下，将其说成是殷寒江的机缘，免得殷寒江又感激涕零地要为他生为他死，闻人厄不太爱看他那副样子。

乱葬岗中救起殷寒江、边陲小镇征战沙场，闻人厄自己也受益匪浅，不需要殷寒江如此感恩戴德。

"恰好正魔双方此时都在休养生息，玄渊宗大概也没什么事，本尊就随你走一趟金海岸崖。"闻人厄自然地说道。

玄渊宗……没什么事吗？殷寒江皱皱眉道："尊上，玄渊宗群龙无首，属下怕尊上离开太久，右护法与坛主们会生二心。"

"无妨，"闻人厄饮了一大口酒，"全打死更省事，左右正道现在也打不起来，魔道留那么多高手也没用，多生事端。"

殷寒江崇拜地道："尊上说得是。"

闻人厄屈起手指敲了他的额头一下，不悦地道："本尊并非全知全能，也有说错做错的时候，殷护法什么都顺着本尊，本尊会难以发现自己的错处。你偶尔也动动脑子，遇事帮本尊想想。"

"属下遵命。"殷寒江摸摸脑门，低声笑了下。

边塞之行仿佛拉近了两人的关系，闻人厄与殷寒江不再是过去那种僵硬的主仆之情，多了丝羁绊。

两人共喝了十坛酒，惊得掌柜都上前请教二人的尊姓大名，准备在酒楼留个酒仙之名。

闻人厄拒绝留名，带着殷寒江离开红尘俗世，桌上热气腾腾的锅子，闻人厄一口未动，倒是殷寒江吃了不少。

赶在宵禁前离开小镇，闻人厄道："还是由殷护法御剑带本尊去金海岸崖吧，这魔剑也没几日可用了，拿到破岳陨铁，便将它一起炼了。"

赤冥剑抖了抖，似乎在向闻人厄抗议什么。

殷寒江不疑有他，御剑与闻人厄一同赶往金海岸崖。他御剑的速度不及闻人厄遁光快，金海岸崖路途遥远，两人飞了一天一夜才到。闻人厄计算时间，就算百里轻淼回了门派，此刻应该也没有抵达金海岸崖。

金海岸崖位于中州大陆极东之处，岸边满是金色细沙，故而被称为金海。

海岸边有一悬崖，断崖面也皆是金色岩石，便是金海岸崖了。

殷寒江于悬崖上降落，此处便不能再御剑了。相传金海岸崖藏着一处仙灵幻境，宗修界但凡有仙界或神界遗迹的地方皆会压制修者的修为，而且越是修为高深者受到的限制越多，反倒是元婴期以下的修者可以活动自如。

不过闻人厄就算修为被压制也比一般人要强，而且他曾练过武，身手比普通修者轻盈矫健。殷寒江自幼练剑，身手也相当不错，两人顺着断崖脚踩岩石往下行，踩得很稳。

书中百里轻淼多次掉下去，被闻人厄抱回来；再掉下去，再抱回来。说来也怪，她背着闻人厄爬九鼎山时一次也没掉下去过，来到金海岸崖却总是踩空滑落，可能是金海岸崖常年受海水冲刷，岩石比较松动？

殷寒江就没有这个困扰了，脚步稳健，爬得飞快，闻人厄不管找得有多快，他都能跟上。

原书里两人找了大半个月仙灵幻境，完全是因为百里轻淼每隔几千字就要扭一次脚、伤一次肩膀，变着花样受伤，总要停下来疗伤。

闻人厄也不知仙灵幻境具体在哪里，《虐恋风华：你是我不变的唯一》记载，百里轻淼有一日被毒蝙蝠咬伤，昏死过去。闻人厄抱着她，在百里轻淼奄奄一息之时找到了仙灵幻境的入口。雪中焰是百里轻淼要被冻死的时候找到的，肉灵芝更是百里轻淼昏迷后自己跑出来的。

等等，难道这些天材地宝出现的原因，是百里轻淼奄奄一息吗？

找了三天后，闻人厄停下脚步，难道百里轻淼不在，仙灵幻境就不会显形？

闻人厄有些为难了。

"尊上？"殷寒江见闻人厄停下来挂在崖壁上深思，快手快脚地跟了过来。

"本尊似乎……"闻人厄刚要说话，余光瞥见一个青黑色的东西扑向殷寒江，立刻长袖一挥，手臂化为一道血雾，将那个东西包裹在其中。

没过一会儿，那只蝙蝠便在闻人厄的血雾中化成血水，一滴滴落入海水中。

"尊上，你的手……"殷寒江看着闻人厄消散于无形的手臂，声音颤抖起来。

"还是叫你发现了。"闻人厄笑了下，血雾凝成手臂，拍了拍殷寒江的头。

2

血修由于练成的人极少，是已经失传的心法，宗修界鲜少有人了解斩血之术。不过殷寒江跟着闻人厄多年，闻人厄得到斩血之术之时，他也是在场的，对此颇为了解。

先不提斩血时那割裂神魂的痛苦，也不提血修练成的难度，单说万年前宗修界那唯一一个血修最终癫狂成魔，被整个正道、魔道联手绞杀。

此魔非彼魔，宗修界所谓的魔道与正道之分，是心魔的"魔"。

若将天地视作一个长者，修者为其晚辈。正道对于天道的态度就是哄着顺着，从长者手中骗取些灵气。他们会用沟通天地的心法修炼，会试着化身天地融入其中，天地灵气认为正道修者与自己实属同类，才会被正道修者吸收。正道修者讲究顺应天命，行善积德，也是以心化天地，要骗天需先骗自己，行的是骗天之道。

魔道修者则是个拳打老人、脚踹妇幼的熊孩子，选择主动掠夺天地灵气，心法贪婪又快速，行的是夺天之道。

正道向来不齿魔道所为，不单是修道理念不同，更是由于抢比哄要快！正道修者费了好大的力气，好不容易从天道手中哄来一点点灵气，魔道修者则是直接抢了天道的大部分家底。

若是一个正道修者与魔道修者在同一灵气充裕的道场修炼，九成以上的灵气会被魔道修者吸收，正道修者仅能得到一点边角料。

正道修者与魔道修者的矛盾也在于此。一个骗一个夺，根本没有高低之分，正道之所以斥责魔道，完全是因为抢不过。

不过正道的心法也有好处，沟通天地的结果是渡劫相对容易一些。天道对于正道修者是非常宽容的，随便几道雷劫走个过场就好。至于魔道，抢的东西越多，天劫时遭遇的雷劫就越狠。据说仙界正道修者队伍庞大，魔道则是寥寥无几，毕竟都被雷劫劈死了。

而那位血修成魔的"魔"，并非魔道之魔，而是神魔之魔，乃是天地间所有负面能量的汇聚。

修者到了渡劫期，能够吸收自仙界降下的仙气，在渡劫的同时将身体中的真元完全转化为仙气，成为真正的上仙。血修是无法转化仙气的，他能够吸纳天地间所有的能量，灵气、仙气乃至神界的混沌之气，只是进入体内后，全部会化为血煞之气。

血修没有界限，他可以在宗修界就修炼成大罗金仙才能有的功力。同样，他也无法飞升仙界，没有仙气，何来登仙？没有一个上界会欢迎血修，闻人厄若是胆敢飞升仙界，满天神佛会联手除掉他。

除了魔界入口的幽冥血海，世间已无闻人厄的容身之处。

一旦成魔，魔性吞噬人性，闻人厄就会变成一个只知道将周围一切变成脓血后吸收的怪物。

酒楼中闻人厄没有食用那些牛羊肉，是因为他的身体已经化为血雾，与魂魄融合在一起，再也剥离不开。酒水是液体，进入体内被血雾吸收还好，其他物品要么是闻人厄用法力将其化为血水吸收，要么怎么吃下去就怎么掉出来，他的身体无法留存食物。他甚至已经无法将七杀戟融入体内，毕竟丹田紫府早已不在了。

现在的闻人厄只是一团血雾凝聚而成的身躯，不是无法使用遁光，血修的遁光是世间最快的遁光，可是会被殷寒江发现。

自斩血开始，等待闻人厄的便是一条舍身成魔之路，他再难登天。

"尊上！"殷寒江用力抓住闻人厄的衣袍，哽咽得不能言语。

血雾重新凝成手臂，闻人厄单手抓住殷寒江，回到悬崖之上。他单手揽过殷寒江，拍拍他的后背，低语道："切莫伤悲，本尊这不是还活着嘛，而且法力高深，宗修界只怕再难有人是我的敌手。"

现在活着，还是那时重伤死去，闻人厄选择了活下去。

他不愿告诉殷寒江，也是担心殷寒江心生芥蒂，认为是自己太弱小没能救下尊上。

闻人厄见不得这种自责，那太无趣了。

殷寒江太了解闻人厄了，死死地攥着闻人厄的衣袖，声音哽咽，最终却没有哭，控制着身体，硬是松开了闻人厄的衣服。他郑重地单膝跪下，坚定地对闻人厄道："尊上说得是，活着便是胜者。属下誓死追随尊上，幽冥血海之路，恳请尊上带属下一同前往。"

"不错，这才是本尊教出来的孩子。"闻人厄长袖一挥，托起殷寒江，"跟着可以，但不要再跪了，本尊不喜你跪我。"

"是。"殷寒江道。

他心里仅仅闪过一瞬间的痛苦此时已经收了回去，前些日子在边陲小镇露出的些许少年气也消失了。殷寒江又变回那个面无表情、眼中只有尊上没有自己的想法的左护法了。

他不是不难过、不伤心，而是强行将这些情绪压了下去，心痛时给自己戴上面具，似乎已经成习惯。

闻人厄见他重新变得坚毅起来，只当他已经学会释然，一点点开导他，这样将来就算自己如命定般身死，他应该也不会发疯了。

血修之事两人谁也没有再提，又下悬崖寻找仙灵幻境，谁知除了遇到无数毒蝙蝠，找了足足一个月，也没见到仙灵幻境。

更奇怪的是，书中的百里轻淼此时也该抵达金海岸崖了，闻人厄等了几日，却完全没发现百里轻淼有来此处的意思。

正魔大战受伤后，闻人厄便没太关注剧情的事情，正道那边也不打算管。倒是知道舒艳艳抽空贺闻朝的元婴破绝灵阵，贺闻朝自绝灵阵跌下，也不知是死是活。

莫非贺闻朝真的死了？百里轻淼伤心欲绝，就没有再来金海岸崖？

那可不行。闻人厄心道。

百里轻淼可以伤心，破岳陨铁却不能不拿，殷寒江总不能一直连个本命法宝也没有。

"似乎这仙灵幻境开启的机缘，还是得落在百里轻淼的身上。"闻人厄道，"我们需要去上清派一次。"

殷寒江没说话，默默地跟在闻人厄的身后，这些日子慢慢恢复的感情似乎已经被抽干。

他逼着自己进入一个不去想、不去思考的状态，只要相信尊上、跟随尊上就好。若是想，他会心痛，会露出令尊上不满的、没出息的表情。尊上希望他成为一个独当一面，坚强执着的剑修，那么他便没有软弱这种情绪。

"还是由你御剑，本尊的遁光暂时不能让人看到。"闻人厄道。

殷寒江御剑飞行一个日夜，来到上清派附近无人居住的地方，两人不想被人发现身份，稍稍改头换面后，来到山脚下那座小镇。

此处生活的虽然是普通人，不过由于与上清派太接近，又在护山阵法外，容易被人利用，因此上清派每日都会派弟子来小镇巡逻。

上清派的护山阵法是有仙器守护的，闻人厄与殷寒江就算再强也不可能混入。不过当闻人厄成为血修后，办法就多了。

他们找到前来巡逻的弟子，是一名金丹期的女性修者带领的几个引气期的外门弟子。

第五章 血魔老祖

闻人厄低声嘱咐殷寒江："殷护法，你且在此处等候，我去将百里轻淼弄下山。"

见殷寒江应下，闻人厄化成一道血色，进入领头女修者的体内。若是可以选择，闻人厄也不愿附在女子身上。上清派外门弟子只能住在阵法外围，根本不可能接触到百里轻淼，这些人中，闻人厄只能附身金丹期女修者。

血修身魂一体，可以无声无息地附身到任何一个人的血液中。血肉之躯会成为闻人厄的保护伞，就算是仙人也未必能发现。

那女修者脚步一顿，捂着头站了一会儿，原本忧伤柔软的眼神就变得犀利起来。此时的她神识已经被闻人厄压制，完全成为另外一个人。

闻人厄若是想杀掉这位女修者易如反掌，不过他没有为难一个小辈的爱好，只是暂时压制女修者的意识令她昏迷而已。

"柳师姐，你不舒服吗？"后面跟着的弟子见女修者停下脚步，连忙上前询问。

"没。"闻人厄不了解这位女修者的性子，此时话越少越好。

其实他完全可以用搜魂术读取这位上清派弟子神魂中的所有记忆，这样便不会露出马脚。但如此一来，这位被附身的修者必死无疑。闻人厄只打算把百里轻淼带出门派，没必要另生枝节。

一个穿着灰色袍子的外门女修者关切地道："柳师姐，你是在挂念贺师兄吗？放心吧，师门仙长那么厉害，一定有办法救贺师兄。"

"没。"闻人厄道，无心继续巡逻，直接道，"回山。"

才走出两步，闻人厄脚步一顿，停下来问那位外门弟子："你刚才说什么师兄？"

"贺师兄啊，"外门弟子问道，"师姐，你的脸色看起来真的很差，回山门后你还是去执事堂领些宁心静气的丹药吧，免得思虑过度。"

贺师兄？上清派还有其他姓贺之人吗？《虐恋风华：你是我不变的唯一》中对于一些不重要的角色是不会给名字的，闻人厄知道的姓贺的弟子，大概仅有贺闻朝一人。

另外，方才这位外门弟子称呼他什么？柳师姐？

书中的确有一个有名有姓的上清派女弟子，名唤柳新叶，正是那位暗恋贺闻朝，后来帮助贺闻朝恢复力量，自己却被抽干灵根的女子，更是那位后期假扮百里轻淼，被殷寒江炼成灯油的恶毒女配。

想到她曾为……不对，是未来会成为自己的长明灯，此时闻人厄又恰好附在此人身上，倒也是有一丝微妙的缘分的。

这不是个合适的附身对象，好在他只是去找百里轻淼，附身的是谁都不耽误事。柳新叶在门派中的地位很高，很容易见到百里轻淼，也好，他去去就回，不多逗留。

闻人厄还记得书中对柳新叶的描述是，在贺闻朝面前千般温柔万般体贴，可是对一些外门弟子就变得格外势利，是翻脸不认人的性子。

她这个性格倒是好办。

他板起脸来，喝道："我的事，轮得到你一个外门弟子指手画脚吗？"

柳新叶平日在外门中很有威信，此刻露出怒意，几名弟子便不敢多言，跟着师姐回到山门中。

闻人厄只见书中粗略描写过上清派的山门，并不清楚里面的具体情况。好在门派建筑讲究风水测算之术，他稍加推算就能知道哪里适合居住外门弟子，哪里适合安置内门弟子，哪里又适合做执事堂。

他很快带着弟子们找到执事堂，在今日巡逻结果中，仿照着之前柳新叶的笔迹写下"一切正常无异状"几个字。

外门弟子用法诀在执事堂的玉简上记下了自己今日巡山的任务，得到一部分贡献值，积攒够了就可以兑换灵药。

他们走后，闻人厄先是在执事堂外出表上寻找，见外出弟子没有百里轻淼的名字，可见她在门派中。他又推算了下内门弟子的住处，正打算去找百里轻淼，却被一个长得普普通通、平平无奇的金丹期男子叫住："柳师妹，你一直挂心贺师兄的安危不是吗？今天晚上轮到我照顾贺师兄，你去吧。"

说完男子还眨了下眼，意思是"看我多够意思，给你照顾师兄加深感情的好机会"。

将《虐恋风华：你是我不变的唯一》倒背如流的闻人厄对这段话异常熟悉，这段对话接下来的剧情就是柳新叶趁着夜晚照顾贺闻朝的机会委身于他，助他恢复元婴。

"不去。"闻人厄干脆地说道。

贺闻朝是死是活与闻人厄无关，他唯一的目的就是去找百里轻淼，带走百里轻淼后，柳新叶想献身自己再找机会去。

那名剧情里充当拉皮条工具人的弟子被闻人厄说得目瞪口呆，看着柳师妹潇洒地转身，完全不管贺闻朝的死活。

"不是，师妹，你不是喜欢师兄吗？"工具人弟子问道。

闻人厄此时不能暴露身份，只得回头不耐烦地说道："他元婴期时，本尊……我自然喜欢；现在他是废人一个，我为何要浪费感情？"

工具人弟子哑口无言。

冷血无情的"柳新叶"终于摆脱这位连名字都没有的弟子，直接前往内门弟子居住的地方找百里轻淼。

闻人厄心中奇怪一件事，贺闻朝被后方救援的弟子捡到带回门派，此次百里轻淼没有为了救闻人厄浪费肉灵芝，难道不应该为了贺闻朝去找肉灵芝吗？

可她既没有为了贺闻朝找肉灵芝，也没有为了贺闻朝去金海岸崖寻找破岳陨铁，在门派里做什么呢？

怀着这样的疑问，闻人厄赶往内门弟子居住修炼的场所。上清派内门中不许御剑，他只能走过去，花费好半天终于来到金丹期女弟子居住的地方，又不知百里轻淼住在哪个房间。

他看到路边一个生得平平无奇的女弟子，一见就知道是书中路人，在门派中的地位比不上柳新叶，便一把抓住这人，直接问道："百里轻淼在哪里？"

他的语气并不好，好在柳新叶平时在门派弟子面前的态度也不好，提起百里轻淼更是没有好脸色。

路人同门道："百里师妹……不，她晋升元婴期了，应该称呼为百里师姐，百里师姐在随清雪长老闭关。"

元婴期？闻人厄蹙眉，百里轻淼什么时候晋升到了元婴期？这与剧情完全不符。清雪长老又是何人？他在书中完全没见过。

放走路人同门后，闻人厄寻一无人处自大乘期高手开辟出的袖里乾坤中拿出《虐恋风华：你是我不变的唯一》，想重新确认一下书中百里轻淼晋升元婴期的剧情，翻开扉页却见上面的字已经变了。

　　　　已修复部分剧情漏洞，再接再厉。

闻人厄十一年未曾打开此书，完全没想到书里的内容还有变化的可能性。他忙翻开书细看，查找改变之处。

《虐恋风华：你是我不变的唯一》依旧是以百里轻淼的视角展开的，从万里冰原开始就发生了改变，与闻人厄所知现实中的情形一模一样。他一直看到正魔大战后，见百里轻淼捡到了一个满身白骨的黑袍人。

黑袍人被救回去后竟然是个性格霸道的女子，还是散仙，她跟着百里轻淼来到了上清派。上清派的掌门如原书一样，被闻人厄打成重伤昏迷，几个散仙全死了，正是急需高手坐镇之时。他们很快就接纳了满身仙气一看就不是魔道人士的散仙，那位散仙改名为清雪长老。

百里轻淼安顿好清雪长老就去探望师兄，见贺闻朝的元婴被狠毒的魔修抽空，顿时忘记之前与师兄冷战的事，抱着师兄哭了起来。

贺闻朝缓缓睁开眼睛，看到自己的心上人，心如死灰地问："师妹，我受伤的时候，只想见你最后一面，那时你在哪里？"

百里轻淼哭得上气不接下气，刚要自责，就听到一个冷冷的声音在身后道："她去找肉灵芝救我了，怎么，有问题吗？"

清雪长老面无表情地扫了贺闻朝一眼："肉灵芝的确能治疗你的伤，可一个散仙与一个元婴被废的弟子，谁都知道该救哪个。你给上清派带来的利益，能超过我吗？你哪里来的脸让百里轻淼救你？"

贺闻朝气得直接吐血，握住师妹的手艰难地说："师妹，我、我从未说过那种话。"

"呜呜呜，我知道。"百里轻淼想要抱住贺闻朝，却被清雪长老单手拎了起来。

"你这种实力，想救人也得掂量掂量自己有没有这个实力。"清雪长老道，"赶快拜我为师，功力高了再想救人的事情。"

"可、可是我已经有师父了。"百里轻淼为难地道。

清雪长老："那不是问题，我收你师父为记名弟子即可，我不介意做师父还是师祖。"

百里轻淼想：这么随意吗？

闻人厄想：这也行？

3

百里轻淼的师父清荣长老只有化神期，不过与清雪长老是同一辈的，听到一位散仙要收自己为徒，当真犹豫了下，思虑许久后道："当下上清派辈分最高的就是我与掌门，我若是做了清雪长老的记名弟子，清雪长老便成了家师的师妹，这个主我实在做不了。"

其实清雪长老身为散仙，完全有资格比清荣和掌门高一辈，但她是客座长老，上清派不可能让一个外人的辈分压掌门一头。

清雪长老的脸抽了抽，她用自己为数不多的脑细胞思索着干掉清荣长老抢徒弟的可能性。

好在清荣长老拍了拍百里轻淼道："我知道清雪长老也不是想收我为徒，而是见轻淼资质好，生出爱才之心罢了。轻淼，清雪长老想传授你法力，是你的造化，何必推却？亲传弟子是有些为难，不过记名弟子总还是可以的。"

"嗯，行。"清雪长老同意了。

于是百里轻淼随清雪长老闭关，很快便修成元婴，成为上清派新一代弟子中的翘楚。

她也想去探望师兄，怎奈清雪长老法力高深，直接在她修炼的道场外布置了阵法，告诉百里轻淼不靠自己的力量突破阵法就别出来。

为了见师兄，百里轻淼专心修炼，进展飞速，像海绵般吸收着各种心法要诀。

闻人厄缄口无语。

他向后翻了翻，后面的剧情还和他最初看到的剧情一致，前后对比相当矛盾。

最后一页的书评倒是增加了不少——

号外号外，万年狗血文作者诈尸，开始修文了！

看精修版之前的我：这种古早死逻辑文还能修？也就是改改错别字。

看精修版之后的我：真香！

清雪长老厉害！一个散仙和一个被废的元婴期弟子，救谁还要选吗？你哪儿来的脸和我比？！这话真是笑死我了，哈哈哈哈哈！

　　你们觉不觉得这个清雪长老出现得太突然了？本来女主应该救的人是魔尊，谁知道魔尊提前出场，没有救命之恩的闻人厄把女主当死人，然后清雪长老顶替了男二魔尊的位置，开始帮助女主反击男主。我有理由怀疑，清雪长老是男扮女装。你们看书上描写，她身材高挑，比百里轻淼高出大半个头，这个身高我喜欢！

　　看到楼上的评论，我突然开始期待清雪长老比男主都厉害的剧情了呢，哈哈哈哈哈哈！

　　你们别太乐观了！女主救清雪长老的时候，是看过她的身体的，的的确确是女的！而且搞不好作者未来会安排男主收了清雪长老，清雪长老与女主反目成仇，师徒相残，虐女主的方式更上一层楼。

　　就目前来看，修文后的剧情还是可看的，理智观望中。

　　原来这个世界的改变，会以修文的方式体现在话本中，而且视角极其单一，还是只以百里轻淼的视角为主。闻人厄改血修、殷寒江晋升境虚期的事情，百里轻淼不知道，文中就一概不提。

　　世界果然并非一成不变的，他所存在的世界看似是书中描写的世界，其实是真实的。每个角色以自己的想法，改变着作者及读者的想法。随着闻人厄得到《虐恋风华：你是我不变的唯一》，一步步改变剧情，现实中的作者大概会突然有天出现要修文的想法，无数灵感涌入脑海中，并将文章前半部分修改得与现在的发展一致。

　　作者认为是自己的想法，实则是世界变化的影响。

　　想通这一节，闻人厄心中更加有信心，只要这个世界中每个人皆以一个合理的方式行动，剧情……抑或是命数，一定可以更改。

　　他在书中找到百里轻淼闭关处的详细描写，收起书本，赶往清雪长老的道场。

　　虽然不能飞行，不过山与山之间可以乘坐飞舟，闻人厄驾驭飞舟来到傲雪峰。上清派很重视清雪长老，将这一整座山峰给了清雪长老做道场。

　　待遇不错嘛，闻人厄沉下脸。

　　抵达傲雪峰，闻人厄下了飞舟就被一道结界挡住。清雪长老布置了阵法，让人不仅无法进入，连傲雪峰上发生什么事情都看不到。

　　小小阵法自然挡不住闻人厄，就算在上清派内不能施展血修的力量，闻人厄的阵法造诣也相当高。他很快找到破阵的地点，用柳新叶的法力开出一个仅能容纳一人通过的入口，进入阵法中。

　　他刚一进入，身后的入口就自动封闭起来。

　　"什么人？"一个身材高挑、身穿上清派道袍的女子从空中俯视着闻人厄。

"果然是你。"闻人厄看着清雪长老那张熟悉的脸淡淡地道。

在看书的时候,他便猜到清雪长老就是裘丛雪,毕竟根本没有难度。

"你是何人?"裘丛雪落下来,仗着身高继续俯视"柳新叶"。

"柳新叶"负手而立,气度非凡,充满威严地说道:"玄渊宗裘坛主,想要打入正道内部,最起码先记清楚门派中每个人的长相和名字吧?"

裘丛雪终究是魔道高手,智商不高,经验却是丰富的。她仔细观察"柳新叶"片刻后便道:"你是魔道中人,用控魂之术或者一些我不知道的秘法控制了这名弟子。"

闻人厄与自己这些手下没什么话聊,点出裘丛雪的身份后就道:"你想在上清派做什么本尊不管,别动百里轻淼,本尊要她有用。"

"本尊?闻人厄!"裘丛雪惊道,先是警惕地倒退几步,然后又站直道,"这里是上清派宗门,有仙器坐镇,就算闻人厄前来也会被压制得死死的。你定是借助这名弟子的身体潜入,无法发挥出自己的全部实力。我若是杀掉这名弟子,引动上清派阵法,定能重创你!"

说罢她竟毫不犹豫地一掌打在"柳新叶"的胸前,完全不管这名被附身的弟子的安危。

闻人厄轻笑,玄渊宗的人真是一如既往地六亲不认、不择手段、心肠狠毒啊。

看了眼笼罩在傲雪峰上的阵法,闻人厄周身血气四溢,一道血光闪过,裘丛雪顿时断掉一臂。断掉的手臂渐渐化为血水,而裘丛雪的断臂伤口处,竟也在慢慢化掉。

裘丛雪当机立断,随手拿出一把大刀将自己的右臂从肩膀处连根斩断,这才止住身体不断血水化。

"血修……你竟然撑过了斩血之术!"裘丛雪惊讶道,"所以你不是在远处控制这位弟子,是本人前来!"

她的眼睛灵活地一转,脑子里浮现出一个念头,心中一动,就要打开自己布置在傲雪峰外的阵法。

"你想打开阵法,引上清派护山阵法攻击本尊?"闻人厄道,"血修为整个宗修界公敌,一旦有血修在上清派被发现,整个正道定会倾巢出动地绞杀本尊。"

裘丛雪不因闻人厄看出她的想法而动摇,坚持要打开阵法,谁知面前的"柳新叶"一掌掏向她的胸口,血雾凝成的手掌竟穿胸而过。裘丛雪刚刚成为散仙,对体内的仙气还不太熟悉,被闻人厄偷袭,顷刻间便受了重伤。

"裘坛主,你打开阵法之前,本尊就可以占据你的身体,血化你的神魂,叫你这一身散仙功力尽数化为本尊的力量。""柳新叶"阴森森地说道,"该如何称呼本尊、是否打开阵法,由你自己决定。"

裘丛雪擦去流满整个下巴的鲜血,艰难地开口道:"尊上,属下生是玄渊宗的散仙,死是玄渊宗的鬼修,绝对效忠尊上!"

"这就对了。"闻人厄轻轻收回手,血雾回到柳新叶的体内,冷冷地道,"自己疗伤,你是散仙,这点皮外伤应当不在话下吧?"

"尊上手下留情,属下的伤不碍事。"裘丛雪说话间,胸口的血窟窿越来越大。她瞪着眼睛说瞎话,硬是装作自己没受什么伤的样子。

"本尊的下属,真是人才辈出。""柳新叶"皮笑肉不笑地说道。

裘丛雪才不管他的讽刺,飞快地服下丹药疗伤,做了这么多年鬼修,没实力谁会去逞口舌之能?识时务者为俊杰!

勉强把自己的身体的窟窿和断臂全部修复好后,裘丛雪单膝跪地,低下头,绝对不敢利用身高优势俯视"柳新叶",就算眼前的尊上是附身在一个矮个子身上,属下也不能让尊上仰视,必须创造出让尊上俯视的条件。

"你莫要担忧,安心在上清派做长老就是,我瞧你做得很好。"闻人厄道,"不过我近日找百里轻淼有要事,需要她帮个小忙,你以外出历练的名义,带她下山吧。"

"属下遵命。"裘丛雪犹豫了一下道,"尊上,百里轻淼是您看中的弟子,属下收她为徒实在不合适。要不属下趁机屠了上清派,让百里轻淼无家可归,尊上再以高人身份出手相助,她自然就会拜你为师了。"

闻人厄陷入沉默。

他虽然身为魔尊,可每次面对自己的这些下属,都会被他们的想法震惊到。

"这倒不用,本尊的确看中她的资质,不过谁做她的师父对本尊来说不重要,只要她的功力够高就可以。"闻人厄也没解释他为什么希望百里轻淼法力高强,反正他的下属都会帮他想好理由。

果然裘丛雪道:"尊上原来是想培养一个有力对手,好激发战意,磨炼心境,属下明白,一定会好好培养百里轻淼。"

闻人厄:"嗯……你随意就好。"

两人说话间,一个身影从修炼室中走出来,来到裘丛雪的面前道:"师父,徒儿已经学会《阵法总纲》,前来破阵了。"

这人正是百里轻淼。她向裘丛雪汇报了自己的修炼状况,这才转身看向出现在师父身边的人,见是"柳新叶",表情明显僵硬下来。

柳新叶不喜欢百里轻淼,女主也不是冷脸贴热屁股的人,对于这个也喜欢师兄的柳师姐,一直很讨厌。

她往裘丛雪身后缩了缩,探出半个头说:"师父,你要收柳师姐为记名弟子吗?咦,师父你为什么要半蹲着?"

裘丛雪见百里轻淼出门就不敢再跪,又不敢比闻人厄高,只好半蹲下身来,姿势要多古怪有多古怪。

"为师这是在扎马步,吾等修者虽法力高强,外家武功也不能落下,谁知道什么时候就能用上呢?"裘丛雪解释道。

"原来如此，徒儿受教了。"百里轻淼点了点头。

裘丛雪见闻人厄盯着自己，立刻道："百里轻淼，你可以出关了，你下山一趟，去金海岸崖。"

"真的吗？"百里轻淼一脸喜色，纠结地问道，"那师父，我下山前可以先去看望一下师兄吗？"

4

百里轻淼说罢还抱住裘丛雪的胳膊，并看起来似乎很隐晦实则一眼便能瞧出其中挑衅之意地瞪了"柳新叶"一眼。

闻人厄皱了皱眉。

在玄渊宗中若是有人敢这么看他，大概此生就没有机会用眼睛看这个世界了，闻人厄会把他的眼睛挖出来挂在玄渊宗的正厅中，让这双眼睛天天看，看个够！

百里轻淼做得实在太明显，连裘丛雪都瞧出她对"柳新叶"的敌意。裘坛主本能地观察了一下闻人厄的脸色，见尊主的脸色不是很好，便伸出手探向百里轻淼的眼睛。

对一切一无所知的百里轻淼在裘丛雪伸手时，把头一低，埋进裘丛雪的胸口撒娇道："清雪师父，我真的很想念师兄，求求你了。"

"看一眼也好，毕竟以后没机会看了，是不是？"裘丛雪将百里轻淼从自己怀里拉出来，和善地望着那对水灵灵的大眼睛。

她最后一句"是不是"是对着闻人厄说的，算是帮百里轻淼向闻人厄求情，让百里轻淼失明之前看看自己最重要的东西，也算是了却这短暂的师徒情谊。

闻人厄冷眼看着裘丛雪的举动，缓缓道："倒也不必。"

他饶过百里轻淼的一对眼睛，女主倒是完全没有察觉到危机，竟还躲在裘丛雪身后对"柳新叶"道："柳师姐，这可是清雪长老允诺我去探望师兄的，你没权力阻止我！"

但本尊有权力阻止裘坛主挖你的那双眼睛，闻人厄心想。

裘丛雪听了尊上与百里轻淼的对话，和善地摸了摸便宜徒儿的脸，温柔地笑道："也对，你这双眼睛，长与不长区别不大。"

"嗯？"百里轻淼揉揉眼睛，看向师父，她的眼睛很好呀。

裘丛雪无意间同意了百里轻淼的请求，"柳新叶"身为一个金丹期弟子，是不能反驳散仙长老的话的。"她"沉默地退下，裘丛雪打开阵法，百里轻淼又得意地瞪了"情敌"一眼，离开阵法保护，坐上飞舟。

她刚乘上飞舟，便察觉身后有异样，转身望去，清雪长老与"柳新叶"一脸沉默地跟在她后面。

"你跟来干什么？"百里轻淼不悦道，语气非常不好。

清雪长老听到这话，不自觉地拿出一把小飞剑在指间玩耍，心想舌头不想要也可以割掉，宗修不需要那堆乱七八糟的东西。

"本……我也需要离开傲雪峰。""柳新叶"看都没看裘丛雪便一把按住她把玩小飞剑的手。裘丛雪见状收回小飞剑，看来尊上不需要她代劳。

百里轻淼不知道自己已经躲过两次大难，嘟囔着启动飞舟。她不喜欢柳师姐，从在外门修炼开始，柳师姐就欺负她，经常抢她的贡献值，让她无法在执事堂领到心法和筑基丹药，要不是师兄一直照顾她，她现在可能还只是个普通的引气期弟子呢。

不过现在有清雪长老在，柳师姐肯定不敢欺负她，百里轻淼也是因为有清雪长老撑腰，才敢对"柳新叶"表现出些许不满。

百里轻淼在前面驾驶飞舟，闻人厄在她身后对裘丛雪传音，问道："她的元婴期的心魔劫是怎么渡过的？"

百里轻淼金丹期的天雷劫直接将她刚刚领悟的无情道劈得灰飞烟灭，闻人厄猜测百里轻淼的元婴期劫难应该也与此有关。

裘丛雪老老实实地回答道："她结成元婴之时，在心魔制造的幻境中看到贺闻朝与舒护法、尊上附身的这具身躯以及无数看得清脸、看不清脸的女子发生关系。当时她痛哭流涕，险些无法结婴，连金丹都溃散了。"

"那她是如何解除心魔的？"闻人厄问道。

裘丛雪抽抽嘴角道："她马上就要走火入魔之时，突然冷静下来，结成元婴，幻境完全消失。事后我问她，她告诉我，幻境中的师兄对她温柔地笑，说最爱的人就是她，其余莺莺燕燕全是逢场作戏，她的心一下子就平静下来，只要师兄爱她就好。"

闻人厄哑口无言。

他现在越来越觉得，百里轻淼的劫难是有隐藏的力量在背后作祟了。

那么原书中，女主得到神格后又放弃，那种仿佛着了魔般的"师兄要她守护苍生"的想法，该不会也是有什么东西强行灌入的吧？

裘丛雪见尊上面色凝重，贴心地建议道："尊上，属下虽然修成散仙，不过对鬼修之术还是懂一些的。不然我召唤几个鬼修来，挖了她的脑子，塞一个怨恨男人的鬼影进去如何？"

闻人厄看看自己这位"忠心耿耿"地"为他分忧"的下属，传音道："裘坛主，你现下既然重新长出脑子，日后找机会与舒护法联络一下，学习一下如何用脑子，不能白长。"

"尊上说得是。"裘坛主顺从地应下。

传音间，百里轻淼已经驾驶飞舟来到主峰，身为掌门亲传弟子的贺闻朝与掌门同时受伤，一同被安置在掌门的居住区域中。

"柳师姐，主峰已经到了，你可以走了。"百里轻淼非常蛮横地说道。

闻人厄已经习惯了百里轻淼对柳新叶的态度，并没有在意，而是沉默地跟着百里轻淼。

"你为什么跟着我？"百里轻淼很生气，若是柳师姐一直跟着，她要如何与师兄依依惜别？

"我也去会会贺闻朝。"闻人厄道。

他倒是想亲眼看看，贺闻朝此刻会如何平衡百里轻淼与柳新叶两位女子，究竟是如何做到能够把两个女人全部哄好的。

百里轻淼不可能在主峰把"柳新叶"打晕，阻止她去见师兄，只能带着清雪长老与"柳新叶"两个跟屁虫来到贺闻朝养伤的地方。

一进门，看到虚弱地躺在床上的贺闻朝，百里轻淼的眼泪便流了出来，她哭着道："师兄，呜呜呜……"

"师妹……"贺闻朝睁开眼，深情地看向百里轻淼……还有，她身后的"柳新叶"，"还有柳师妹。"

百里轻淼顾不得柳新叶，扑到师兄的身上，关切地问道："师兄，药堂长老有没有说你的伤怎么样？"

贺闻朝苦笑一下，摇摇头没提自己的伤，而是抬手摸了摸师妹顺滑的长发，眼中露出欣慰之色："师妹，你已经晋升元婴期了？比师兄当年结婴还要快上几年。日后师门有你，师兄就放心了。"

他又艰难地擦去百里轻淼的眼泪，柔声道："师妹莫哭，身为元婴期核心弟子、上清派未来的顶梁柱，你要坚强一些，为师弟师妹们做表率。"

贺闻朝这么一说，百里轻淼哭得更大声了。师门的栋梁之材明明是师兄，师兄这么说，难道是已经放弃了一切，要把门派的重担交给她吗？

"清雪师父！"百里轻淼转头看向裘丛雪，哭得梨花带雨，"你之前告诉我，修成元婴后就有办法救师兄，我该怎么做？"

裘丛雪："是这样，晋升元婴期后可以修一门秘法，在人的魂魄上加标记，方便转世后寻找。我传授你这门法术，你给贺闻朝的魂魄加上标记，杀了他，找到转世的他养大就好。作为修者，十八年一晃就过去了。"

百里轻淼瞠目结舌。

贺闻朝讶然失色。

就连闻人厄都想为裘丛雪拍手叫好，玄渊宗真是人才辈出啊。

百里轻淼呆了片刻，绝望地抱住贺闻朝，大哭道："师兄！"

贺闻朝抱着百里轻淼，眼睛却看向"柳新叶"。他生得确实好看，一双眼睛含情脉脉仿佛会说话，在用温柔的视线对"柳新叶"说：师妹，我已经不值得你喜欢，不要再来看我了。

若是真的柳新叶，大概会扑上去献身。而闻人厄却只是冷漠地看着贺闻朝，观察了一会儿后微微皱起眉头。

　　与"柳新叶"对视的贺闻朝忽然做出侧耳倾听的样子，脸色大变，警惕地看着闻人厄，张嘴就要喊出声。

　　闻人厄一个箭步冲上去，捂住贺闻朝的嘴巴，同时一手扯开百里轻淼道："你离他远一点。"

　　"柳新叶！"百里轻淼见"柳新叶"竟敢直接拆散她与师兄，刚要发怒，就被清雪长老拎出房门。

　　"师父！"百里轻淼见清雪长老挥袖关上房门，又气又急。

　　谁知清雪长老按住她的脑袋，压着她道："你别说话。"

　　尊上方才的表情如临大敌，贺闻朝有古怪！裘丛雪在房间外布下了阵法，避免有人听到房间内两人的对话。

　　房间内，闻人厄见裘丛雪贴心地布置好阵法，便松开贺闻朝的嘴，释放出一缕神识好好观察贺闻朝。

　　贺闻朝也退到墙边，一手持护身法器，一手持传讯符。此时他若是捏碎传讯符，上清派的高手立刻会赶来救援，开启护山阵法除掉被附身的"柳新叶"。

　　闻人厄扫了眼传讯符道："你大可叫帮手来，本尊可不保证自己会帮你隐瞒。"

　　若不是改为血修，闻人厄还真的无法发现，贺闻朝此时竟然是一体双魂，他的体内也藏着一缕血气，这缕血气与闻人厄的斩血之术是同宗同源。

　　万年前，天地间唯一一个血修入魔，被正魔两道联手剿灭。可血修乃是天地间最难被完全除去的修者，只要还有一滴血留存世间，就能慢慢复苏。

　　"你是何人？"贺闻朝警惕地问道，"七日前我见过柳师妹，她还没有被附体，你把柳师妹怎么了？"

　　"你还不配与本尊说话，换你体内的人出来。"闻人厄冷冷地道。

　　贺闻朝面露不甘之色，眼神变得挣扎起来，似乎在与谁对话。过了一会儿，他的表情一变，从一个在感情上优柔寡断的正道弟子变成心狠手辣的血修。

　　血修用贺闻朝的身体说道："呵呵，本尊养伤万年，没想到宗修界竟然又出现一个血修。你能熬过斩血之术，本尊姑且夸赞你一句吧。"

　　"本尊"二字听得闻人厄有些刺耳，他以同样的气势回应："本尊面前，还没人配得上'本尊'二字。"

　　"是吗？那是你不知当年本尊有多强，万年前的修者有多强，现今的修者……不值一提！""贺闻朝"嚣张地说道。

　　闻人厄没有与这个血修继续争辩，逞口舌之快又有何用？万年前的修者的确强，可万年前中州大地生灵涂炭，天灾不断，世间万苦，神权远远高于人权，继续下去天道定会血洗人间，灭杀所有生灵，让天地慢慢复苏，孕育新的万物灵长。

　　好在万年前有这个血修一人吸引整个宗修界的注意力，一场灭血魔之战后，修者死伤无数，给了人间喘息的机会，这便是万年前那场大劫。

"你附身贺闻朝,又不夺他的身体,有何目的?他知道你是血修吗?"闻人厄问道。

他清楚面前的血修若是不想让贺闻朝听到他们的对话,贺闻朝就一个字也听不见。

"呵呵,你说呢?本尊劝你不要动贺闻朝,否则仙阵开启,你我鱼死网破,一个也逃不了。"血修料定闻人厄不会揭露自己的身份,从容地答道。

"你是什么时候附身的?是在正魔大战之后吧?"闻人厄暗暗推算,上一个万年的劫数绝不会出现在这个万年内,应该是正魔大战惊醒了这位正在沉睡的血修。而且贺闻朝与舒艳艳同修,若是那时已经被血修附身,舒艳艳只怕会遭遇不测。既然舒艳艳安然无恙,还顺利地夺取了贺闻朝的元婴,他就应该是在失去元婴后遇到的血修。

闻人厄看书的时候就奇怪一件事,柳新叶委身一个正道弟子,怎么会连金丹都被吸收?当时书中给出的答案是贺闻朝正走火入魔,柳新叶自己献身,才酿成大祸。贺闻朝伤愈后心魔消失,上清派长老也确认过他已经恢复正常,也不好追究贺闻朝失去意识时所做的事情,只能算柳新叶自己倒霉。

而且贺闻朝后来对柳新叶十分照顾,想尽办法帮助她恢复功力。合体期后,他还同修帮助柳新叶恢复,让她晋升到了元婴期。

对此,百里轻淼与贺闻朝吵了无数次,他娶紫灵阁阁主是为了救受伤的掌门,只有紫灵阁有药。可他与柳新叶同修又是为什么?!难道要救她就只有同修一个办法吗?

男主解释的话闻人厄懒得看,反正最后肯定是百里轻淼妥协。

他之前遇到贺闻朝时,这个人没什么亮点,顶多是个在感情上优柔寡断,又有些贪慕舒艳艳的美色的男子。书中元婴被取走的贺闻朝却变得极有城府,紫灵阁阁主这样的散仙,最后也被贺闻朝收入后宫。

此刻看到这位有着万年经历的血修,闻人厄觉得书中说不通的地方倒是解释清楚了。

书中后期的贺闻朝是否已经被血修替代了身体?闻人厄想了想,觉得应该没有,只不过有血修在贺闻朝的身体里,遇到事情帮他分析利弊,逐步洗脑控制贺闻朝,慢慢将一个正道弟子调教成了一个做事不择手段的人。

同为血修,闻人厄猜到对方应是看中贺闻朝体内的后天神人神格,想等他修成神后,再一举夺取贺闻朝的身体和神格,成就血魔神。《虐恋风华:你是我不变的唯一》的剧情只到男、女主一同飞升仙界,并未写成神后的事情,所以故事结局时的贺闻朝应该是本人,日后会如何就不清楚了。

心中又一个疑问被解释清楚了,看来贺闻朝无论如何都会恢复元婴,就算没有柳新叶,也会有其他的人。血修根本不在意对方是谁,只要有法力,他就可以吸收转化为贺闻朝的力量。

第五章 血魔老祖

"本尊也不瞒你,"当年被称为血魔老祖的人说道,"这小子在正魔大战中正好落到本尊闭关之处,我见他资质不错,想着收个弟子,呵呵呵。"

"养成了好夺取他的身体吗?"闻人厄反问道。

血魔老祖没有回答,反而大笑起来,笑的同时目露凶光,似乎是要置闻人厄于死地。

他的敌意令闻人厄感到愉悦,两人相视一笑,闻人厄开怀道:"正魔大战后,本尊境界晋升大乘期大圆满,距离飞升仅剩一步时,转修斩血之术。至此,本尊在世间难有敌手,若不进入幽冥血海,本尊的修为再难进境。"

闻人厄要是前往幽冥血海,殷寒江怎么可能不跟随?以殷寒江境虚期的实力,在幽冥血海他绝无生路。

血修修炼是没有瓶颈的,他们只需要不断吸收灵气或者其他人的真元就可以飞速提升。但杀戮道不同,没有对手,闻人厄的心境将会跟不上法力修为。

空有法力,心境不足,迟早会入魔,眼前的血魔老祖就是一个例子。

闻人厄就算走上血修之路,也不愿成为一个疯疯癫癫且无法掌控自己的人。他会继续磨炼心境,在绝境上走出一条生路。

为此,他需要一个可以一战的对手。

于是他开口道:"你大可放心,本尊不会动贺闻朝,你尽情培养他就是。待你夺舍成神之日,就是本尊杀你之时。"

"杀我?哈哈哈哈哈哈!"血魔老祖像是听到一个好笑的故事般大笑起来,"区区一个大乘期血修,竟然妄想杀掉本尊,真狂妄啊。也好,本尊倒要看看,你有何实力竟敢如此口出狂言!"

闻人厄与血魔老祖之间战意盎然,他清楚地感受到,自己被血魔老祖激发的战意,让心境隐隐有了突破。

定下夺舍之约后,血魔老祖潜回去休息,贺闻朝恢复意识,看向诡异地笑着的"柳新叶",忙道:"你放了柳师妹!"

"放心,本尊对她没兴趣,对你也没兴趣。"闻人厄丢下这句话后,转身离开了房间。

第六章

汝名破军

1

感受到尊上走出房间，裘丛雪适时地打开阵法，闻人厄对怒气冲冲的百里轻淼说道："人还你，你可以接着哭了。"

随后他对裘丛雪传音道："过会儿你带百里轻淼去金海岸崖与我会合，看着点她，别让她为贺闻朝献身。"

书中贺闻朝与百里轻淼到最后也没捅破那层窗户纸，应该是对女主的确有点感情，不愿吸收她的灵根。不过他不能因此掉以轻心，剧情已经发生改变，必须看住百里轻淼，让她别被骗了。

闻人厄想了想，觉得绑架钟离谦已经势在必行，就算女主不一定会喜欢上钟离谦，也能起到些作用。

书中只要男配角出现，男主就会下线很久，或者与男配针锋相对，女主就会因为男配的话语清醒一点，直到男主再次把她哄回去。

现在属于闻人厄与殷寒江的剧情已经基本不可能实现，闻人厄想了想之后决定将男二号和男四号的剧情全部交给钟离谦，就由他来拖住女主。

下定决心后，闻人厄来到执事堂，写下柳新叶在小镇巡逻时丢失一根发簪，下山寻找，去去就回。

他下了山便离开柳新叶的身体，柳新叶在小镇中手持一根发簪清醒过来，一时不明白自己为何会出现在小镇中。她想了许久也记不起这段时间究竟发生了什么，摇摇头回了山。她还惦记着师兄呢！

闻人厄远远看见柳新叶离开，于无人处化成人形，去约定的地点寻找殷寒江。

他与殷寒江在一个无人的小巷中分开，闻人厄分出一缕神识寻找殷寒江，发现他抱着剑，靠着墙，保持着分别时的姿势，静静地等待着自己。如果闻人厄一直不回来，殷寒江似乎能够等到天荒地老。

书中的殷寒江，却永远等不回他的尊上了。

闻人厄皱了下眉，在殷寒江面前显形，不悦地道："本尊不在时，殷护法可以有些自己的喜好。"

像舒护法就特别会给自己找乐子，一个人就能演出一场大戏，闻人厄若是让舒艳艳等候自己，这段时间起码够舒艳艳勾搭三个男人了。

"尊上！"见闻人厄归来，殷寒江眼睛一亮，整个人活泛了起来，不再像方才那般死气沉沉的。

闻人厄见他喜悦的样子，不悦之情稍减，不由得问道："平日本尊闭关时，你也是这般守候的吗？"

"尊上闭关时应该更加警惕。"殷寒江答道。

也就是说，他比现在还要像个傀儡人，明明在边陲小镇时还有些人味。

闻人厄没说话，让殷寒江御剑，两人赶往金海岸崖。百里轻淼才晋升到元婴期，就算有裘丛雪带着飞也很慢，闻人厄并不着急赶路。

两人抵达金海岸崖时，百里轻淼与裘丛雪果然还没到。

闻人厄看了一眼沉默的殷寒江，要他去对着大海练剑，打磨剑意。见殷寒江乖乖地听话去练剑后，他则是选了悬崖上一棵百年老树，斩下一截最粗壮的树枝取出木心，拿出一把小刻刀，按照记忆雕刻起来。

小时候闻人厄闲暇时就会练练雕刻，主要是为了让手稳下来，免得日后在战场上射箭容易手抖。被灭门后，他悲伤时就会拿着刻刀雕刻家人的样子，十几年内刻了无数木雕，最终全部拿来做陪葬品了。在人间历练时，他无聊之余也会雕刻一些东西，有的是马，有的是刀，送给在边陲小镇居住的孩子做玩具。

那之后，他有好几十年没有再拿起刻刀了。

闻人厄回忆了下在边陲小镇发生的事情，用木心飞快地刻了一个人像，不过只刻了身材和衣服，却没有刻出五官。

无脸木雕仅有巴掌大小，闻人厄来到海边，随手将木雕丢了过去。

殷寒江听到身后有东西飞来，转身接住，见是一个刚刻好的木雕，服饰、武器以及身材比例都与忠烈祠中的闻人将军相差无几，唯独没有五官。

"本尊也不知闲来无事时要做些什么，"闻人厄道，"我小时候都是用它打发时间。你拿着这个木雕，若是感兴趣，就练习着把脸刻出来；若是没兴趣，直接丢到海里就好，无聊之作罢了。"

殷寒江忙连连摇头，飞快地将木雕收起来，生怕闻人厄抢回去丢掉，说道："尊上所赐，对属下而言皆是珍宝，属下会将这个木雕刻好的。"

"练好技术后，就将你记忆中的小镇刻出来吧，"闻人厄道，"本尊也想知道，殷护法心中的故乡是何等模样。"

殷寒江的眼神暗了下来，他低声道："属下记不大清楚了。"

闻人厄道："那便将记得清楚的东西刻出来，也不一定是家乡，你心中所想所思所念，一一雕刻出来。你现在是境虚期，想要晋升大乘期，心境还需磨炼，否则空有大乘期的实力，心境却跟不上，难以抵挡真正的高手。"

殷寒江以往的战斗方式皆是拼命，用一股韧劲与魔剑的力量爆发出远超实力的力量。可命只有一条，拼命拼命，他又剩下多少命可以拼？命迟早要被拼没的。

"本尊已是血修，轻易不会死去，未来本尊不需要你拼命了。"闻人厄道。

听到他的话，殷寒江的大脑一片空白，尊上若不需要他拼命，那他还剩下什么？

一股凉意涌上殷寒江的心头，潮湿温热的海风吹拂在他的脸上，他竟然感受不到一丝温度。不被闻人厄需要的殷寒江，没有大军的前锋军，离开七杀的破军，算什么？

就在殷寒江近乎绝望时，他听到尊上道："日后，本尊要你惜命。"

"惜命？"殷寒江本能地反问道。

"未来本尊定要闯幽冥血海的，殷护法此时若是不惜命、不悟道，又如何跟着本尊上天入地？"闻人厄面上露出淡淡的笑意，看着殷寒江。

这话令殷寒江的身体渐渐暖起来，他轻声应道："属下定不负尊上所托，上穷碧落下黄泉，属下永远跟随尊上！"

"这就对了。"闻人厄道，"大乘期的心境须知天命、破天命，你的性格执拗，于'知天命'一道上就差上许多。回忆往事有助你理清头绪，莫要负了本尊的期待。"

"是！"殷寒江应下后，低头细细看那木雕，不禁道，"尊上雕得真好看，连盔甲的细节都一清二楚。"

"修者神识强大，记忆力好罢了，不值一提。"闻人厄摆摆手，由着殷寒江自己研究。

殷寒江没有刻刀，拿着赤冥剑对小木雕比画半天，完全不敢下手，皱着眉，一脸愁苦地盯着那小小的木雕，仿佛遇到了极大的难题。

闻人厄手中转着一把小刻刀，就是没有交给殷寒江，让他自己来讨要。

谁知殷寒江没有向尊主借刀，而是拿着赤冥剑又斩下一根树枝，将树枝切成小块。他舍不得在闻人厄送的木雕上动手，便多砍几个木块，先仿着木雕练手，等熟练后再去碰那个小小的木雕。

闻人厄以为殷寒江会拿着长剑愁眉苦脸地"绣花"，谁知殷寒江以指诀控制赤冥剑，口中默念剑诀，赤冥剑分成无数小剑，于空中摆好位置，对着那块木头释放剑气。

无数道瑰丽的剑光闪过，闻人厄饶有兴致地看向沙滩上的木块，想着能雕刻成什么样子，谁知目光所及之处仅剩几片木屑，在赤冥剑的威能之下，小小的木块已经化为尘烟，没入海边的细沙中不见了。

"哈哈哈哈哈！"闻人厄大笑起来，殷寒江方才如临大敌的样子实在太过孩子气，现在看到这么一幅情景，令闻人厄忍俊不禁。

殷寒江听到尊上在取笑自己，忍着不去看闻人厄的笑脸，板着脸不说话，控制赤冥剑攻击下一块木块。

百里轻淼与裘丛雪两日后才赶到金海岸崖，这期间殷寒江"屠杀"了整个悬崖的树木，领悟出无数剑诀，终于可以控制剑的精细程度，不会一剑下去威力奇大，而是稍稍剜掉一点木屑。

这两天，他的心境虽未提升，剑意却由曾经的锋芒毕露逐渐转为柔和，剑诀使用得更加得心应手了。

闻人厄本打算看会儿热闹就把刻刀送给他，谁知殷寒江相当执着，一次又一次地进行尝试，且还真摸出点门道来。闻人厄见他刻得越来越成型的木雕，便偷偷收起小刻刀，由着殷寒江练剑了。

百里轻淼先在岸边降落，一落地便看到摆满整个沙滩的巴掌大小的木雕，每一个木雕的形状都无比诡异，吓得她倒退几步，靠在裘丛雪身上，祭出映月玄霜绫，小心、警惕地说道："清雪师父，我怀疑这是厌胜物，有人利用木雕在这里摆邪门的阵法！"

厌胜之术是一种巫术，即压而胜之，一些诸如木偶诅咒压住敌人气运的方法，便是厌胜之术，而刻小人一类的物品也就是厌胜物。

百里轻淼的话音刚落，一柄飞剑仿佛毁尸灭迹般在沙滩上盘旋，无数道剑气将木雕们砍得粉碎。尘烟过后，一黑衣男子抱剑立于百里轻淼的身前，冷冷地瞧她一眼，冷声道："不过是练剑的方法而已。"

百里轻淼还记得殷寒江，见到熟悉的人，放下心来，抱拳道："前辈！"

闻人厄也自沙尘中走出来，来到殷寒江的身边。

他没有理会百里轻淼，手中拿着一物，向殷寒江传音道："这个木雕是刻得最好的，毁去有些可惜，本尊抢在殷护法毁尸灭迹前救了下来，留个纪念吧。"

殷寒江盯着那宛若初学小儿刻出来的木雕，听到尊上说要留下来，情急之下伸手去抢，却扑了个空，只见闻人厄将木雕高高举起并传音道："本尊要留下来的东西，你可不能抢。"

殷寒江面露焦急之色，终于不再像等待闻人厄时那般死气沉沉。闻人厄随手把木雕塞进袖子中，背过身去，面对百里轻淼道："是我拜托清雪长老请你前来的。"

百里轻淼傻乎乎的，始终不知道闻人厄是魔道之人，还当他是好心的前辈高人。她更没将高深莫测的前辈与几日前遇到的上清派的"柳新叶"视作一人，这一次客客气气地行了半师礼，是个十分有礼貌的好女孩。

清雪长老十分欣慰，轻笑道："你的眼疾终于好得七七八八了。"

百里轻淼："嗯？我什么时候有眼疾了？"

裘丛雪自然没有解释，由着百里轻淼自我怀疑。闻人厄则指着金海岸崖道："相传这座悬崖下藏着一个仙灵幻境之事，你可知道？"

"晚辈知道，"百里轻淼点头正色道，"晚辈曾在上清派的藏书阁中看过有关仙灵幻境的记录，先辈曾记录，幻境通仙界一方小世界，有无数宗修界未见过的宝物，先辈记忆最深的便是破岳陨铁，其余宝物叫不出姓名来。"

"我正是要取破岳陨铁。"闻人厄边说边观察百里轻淼的神色，见她没有意动，心下有些奇怪。

书中百里轻淼可是为了救贺闻朝取的破岳陨铁，现下为何没有半点反应？

闻人厄略一思索，有些明白了。书中贺闻朝是元婴受到重创，可没像现在一样，被舒艳艳将元婴整个挖出来，受伤程度根本不一样。原本舒艳艳吸干贺闻朝，贺闻朝的元婴是靠雪中焰修炼成的，与舒艳艳无关，她没办法直接抽出贺闻朝的元婴。改动后的剧情则变成了元婴在舒艳艳的帮助下修炼而成，舒艳艳拿他的元婴宛若探囊取物，贺闻朝这一次受伤太重了，根本不是重新修炼本命法宝可以治愈的，因此百里轻淼对破岳陨铁也就没有太多期待了。

既然如此，那是不是代表，这一次单凭柳新叶的金丹同样没办法治疗贺闻朝的伤？

不知道那位血魔老祖这次如何帮贺闻朝恢复功力了。

百里轻淼道："前辈有需要，百里义不容辞。只是……"

她有些不好意思地说道："我师兄在正魔大战中重伤难治，若是幻境开启后发现治疗元婴的仙药，能不能匀晚辈一点，一点点就好？"

她伸出小拇指，掐出指甲盖大小的手势，表示她真的只要一点就好。

"可。"闻人厄缓缓点头，反正等百里轻淼回去后，贺闻朝的伤大概已经好了。

四人来到金海岸崖，百里轻淼问道："前辈，相传金海岸崖的仙灵幻境除了古籍记载的那位先祖外，没有人再遇到过。我们要如何寻找幻境？"

"这就需要你了。"闻人厄和善地看着百里轻淼。

"晚辈吗？"百里轻淼指着自己的心口，一脸单纯的表情，鹅黄色的衣裙被海风吹起，宛若悬崖边生长的一朵小黄花。

"正是。"闻人厄笑了下，随后一掌击在百里轻淼的心口，将人从悬崖上推了下去。

"哎？啊——"百里轻淼猝不及防，被她信任的前辈推下去，尖叫起来。

金海岸崖上修者的修为都会被压制，功力越低者，压制越少。百里轻淼不像闻人厄与殷寒江半点真元也不能调动，她勉强在崖上施展轻功，抓住一根藤蔓，惊恐地向裘丛雪求助："清雪师父，我的修为被压制得只有炼气期了，救命啊！"

裘丛雪在悬崖上面无表情地看着不断挣扎的弟子，冷漠地道："为师要是下去，大概只剩下引气期了，你比为师强一点，要坚持。"

百里轻淼想哭。

她在绝望之际，听到闻人厄的声音："仙灵幻境是你的机缘，唯有你可以唤醒幻境，吾等全靠你了。"

原来前辈也是没办法，不是要害我。百里轻淼的心稍稍平静下来，只要不是长辈们要她死就好，她很乐意为长辈们出力。

被闻人厄一句话忽悠住的百里轻淼开始艰难地在悬崖上摸索起来，此时悬崖上面一位境虚期修者、一位大乘期修者和一个散仙淡定地看着下方的百里轻淼挣扎，裘丛雪不解地道："她能找到吗？"

"若她找不到，那就没人能寻找到了。"闻人厄胸有成竹地说道。

殷寒江知道尊上是为了给自己炼制一柄仙剑，才利用窥探到的天机来这里寻找材料，心下有些不安，犹豫道："尊上，为了给属下炼剑……"

闻人厄知道他想说什么，抬手阻止殷寒江接下来的话，说道："本尊已经下定决心。"

殷寒江抿唇，不再说话了。裘丛雪一听到是要给殷护法炼剑，心中顿生敌意。闻人厄已经这般难对付了，殷寒江是闻人厄的心腹，他要是也提升实力，只怕自己再也没有战胜闻人厄的可能了。

得想个办法，可是除了直接开打，她还能有什么办法呢？裘丛雪敲了敲脑袋，只觉得里面全是海浪的声音，完全想不到该怎么办。

看来她得找个机会与舒艳艳联手，让舒艳艳想办法，自己执行，这样比较省事。至于学习用脑子，裘丛雪没考虑。

三人各怀心思，唯独百里轻淼在认认真真地寻找。她时不时崴脚、蹭破手臂，书里描写的伤她全受了一遍，只可惜这一次没有闻人厄的细心呵护了。

闻人厄默默数着百里轻淼受伤的次数，终于轮到血蝙蝠上场，他远远地看见一群血蝙蝠呼啦啦地扑向百里轻淼，一声尖叫后，百里轻淼被毒蝙蝠咬伤，挂在藤蔓上昏迷过去了。

"死了吗？"裘丛雪关切地问道，"我得趁她被勾魂前炼化她的魂魄。"

闻人厄一掌将想勾魂的裘丛雪拍到几里地外，专注地观察着下方的情况。果然就在百里轻淼昏迷后不久，一道极其浓郁的仙气笼罩住整个悬崖。

2

寻常修者见到仙灵幻境后，肯定会认为这是天大的机缘，可遇不可求，抓紧时间冲进幻境中，免得入口关闭。

裘丛雪正是如此，感受到仙气后，正要冲进去，谁知被殷寒江拦住。

"尊上还没有进入。"殷寒江单手持剑，护在闻人厄的身后，不让裘丛雪上前半步。

裘丛雪现在的实力远超殷寒江，但她还记得当年殷寒江以合体期的实力全力对抗玄渊宗高手的事情。

诚然，当时玄渊宗几大高手貌合神离，谁也不肯出全力，免得被自己人暗算，但也不能否认殷寒江的狠劲的确令人胆寒。那时的裘丛雪仅是境虚期，始终不敢下定决心闯鬼修，毕竟一朝身入，终成修罗。裘丛雪彼时有脑子、有肉身，怎么愿意舍身投喂鬼影？

也正是遇到了殷寒江，裘丛雪眼睁睁地看着他将舒艳艳打得满地找牙，并一剑自自己的太阳穴穿脑而过，重创自己。

那一战之后，闻人厄还没来得及整顿玄渊宗众人，裘丛雪便抢在闻人厄处置之前前往鬼修。二十年后，裘丛雪晋升大乘期，出关后带着无数鬼影挑战殷寒江，被当时无聊的闻人厄打得满地找骨头，舒艳因此好生嘲笑了她许久。

是以就算殷寒江只是境虚期，裘丛雪也不敢轻忽。她忍下对进入仙灵幻境的渴望，耐心地等待着闻人厄发话。

闻人厄蹲在悬崖边，见仙灵幻境的入口不仅打开，还产生吸力开始吸收百里轻淼入内。他没急着抢先进入，反而硬是将百里轻淼从仙灵幻境前拉回来，并割下裘丛雪的一块肉，提炼出其中肉灵芝的精华给百里轻淼喂下，帮助她解了血蝙蝠的毒。

被随手割了一块肉的裘丛雪甚至来不及发表意见。

原书中闻人厄有肉身，肉灵芝入体就被他吸收了，什么也留不下。裘丛雪不同，她的血肉完全由肉灵芝构成，在彻底炼化之前，还能提炼出一些灵药。

肉灵芝的效用立竿见影，百里轻淼"嘤咛"一声苏醒过来，随着她睁开眼睛，仙灵幻境也消失了。

"前辈？"百里轻淼见闻人厄通体森寒地站在自己的身边，揉揉眼睛坐起来说道，"前辈，百里太无能了，竟连一只血蝙蝠也躲不过，还劳烦前辈您救我。"

"不是我救的。"闻人厄侧开身子，露出一条手臂受伤的裘丛雪。

"清雪师父！"百里轻淼跳起来快步跑到裘丛雪身边，心疼地看着她的手臂，眼泪不受控制地流了下来，"你为了救我残伤自身，我……弟子无以为报，唯有终身侍奉师父。"

裘丛雪捂着手臂，僵硬地说道："有足够的灵气就会长出来，又不是我自愿割的，你不用谢我。"

这事说到底是笔烂账，肉是闻人厄割的，但他又不是割自己的，裘丛雪也是被迫，这两个人是完全没有真心的，也不觉得自己当得起百里轻淼的感谢。

闻人厄对抱着裘丛雪心疼的百里轻淼道："你也不必太放松，我不过是验证猜测罢了，为了寻找仙灵幻境，过会儿你可能还要受伤。"

说罢他拿起百里轻淼的映月玄霜绫，将那条银色的带子捆在百里轻淼的腰上，同时一掌击在百里轻淼的后颈上，又将人打晕。

闻人厄把映月玄霜绫当作鱼竿，吊着昏迷的百里轻淼垂下悬崖。

这一次，闻人厄大胆地没有按照书中剧情走，反其道而行之，治疗百里轻淼的伤，放任仙灵幻境消失后，又亲自打伤她，将其吊在悬崖上。

与书中完全不同的情形，仙灵幻境却再一次出现了。

连万事不去思考的殷寒江都不解地道："尊上，这是为何？"

按理说，仙灵幻境的出现本是千年难得一遇的事情，他们侥幸碰上一次已是造化。谁知闻人厄放走一次机会，这个幻境竟然还会出现！

"先进去再说。"闻人厄没有解释，手中的映月玄霜绫一抖，缠住自己与殷寒江，跟着另一头的百里轻淼进入幻境。

没有被绑在映月玄霜绫上的裘丛雪不甘示弱，不顾受伤的手臂也跳下悬崖，谁知仙灵幻境根本没有理会她，吸收三人后便果断地消失。裘丛雪掉下悬崖后法力被压制，无法飞行，又没抓到藤蔓，"扑通"一声落入海中。

幻境内，闻人厄将昏迷的百里轻淼捆成粽子，扛在肩上，望着关闭的入口道："果然，裘丛雪没能跟进来。"

"她明明紧跟我们的，可方才仙灵幻境的吸力竟然完全跳过她。"殷寒江不解地道。

"仙灵幻境想吸收的只有百里轻淼一人，"闻人厄指了下粽子百里轻淼道，"我们若不是一同被绑在她的本命法器上无法分开，也无法来到这里。"

原书里闻人厄牢牢抱住昏迷的百里轻淼，自然没有分开。此次闻人厄是故意丢下裘丛雪的，就是为了验证仙灵幻境是否仅针对百里轻淼。

看来这世间的天材地宝全部青睐女主，只是不知是喜欢身为先天神祇的她，还是想要吸收她的力量。

这座仙灵幻境是仙界某座宫殿的一角，他们能够活动的地方仅有一个仙气缭绕的殿堂以及宫殿外的庭院，宫殿外被白雾笼罩，有强大的阵法守护，他们无法离开。

庭院中有一只红色的小鸟，小鸟仅有一条腿，正在一株长满朱果的树上假寐。

小河中有条青色的鲤鱼，时而张嘴吃掉落下来的朱果，尾巴开心地摇摆着。

河边的假山上爬着一只土黄色的乌龟，一只白色的猫用爪子扒拉乌龟，把龟壳翻过来，用龟壳磨爪子。

两人隔着宫殿的窗子看向庭院，没有轻易离开屋子。殷寒江盯着那几个动物左思右想，犹豫着问道："尊上，青龙、白虎、玄武、朱雀四圣兽，纵是在仙界也应是至高无上的，它们镇守四方，维护天柱稳定，不太可能同时出现在一个仙界的小庭院中吧？"

闻人厄摊开《虐恋风华：你是我不变的唯一》翻了翻道："有趣的是，书中记载的幻境与我们此时见到的完全不同。"

他们应该进入一个漆黑的山洞里，洞中有无数妖兽守护，百里轻淼被血蝙蝠咬到的伤口没有痊愈，血腥味吸引来不少妖兽，闻人厄为了保护女主主动出击，拼命斩杀妖兽，两人在洞中狼狈地躲藏，终于于山洞深处找到一大块破岳陨铁。

破岳陨铁闪着寒光，不让他们碰触。闻人厄用七杀戟中的杀意镇压，这才收服破岳陨铁，两人取了材料后，百里轻淼找到解毒的草药敷在伤口上，止住血的瞬间，幻境出口出现，闻人厄背着她离开幻境。

重复一遍剧情，闻人厄道："两个区别，第一，百里轻淼此时是昏迷的；第二，她没有中毒流血。"

两种截然不同的伤势，换来仙灵幻境的两种场景。

"此处与书中所记载的，是两个地点，还是同一地点的两面？"殷寒江在殿堂内的一张桌子上随手拿起一个铁盒问道。

闻人厄接过铁盒笑了下："破岳陨铁。"

曾历经千难万险才能发现的破岳陨铁，此时竟放在桌子上等人取走。

昏迷的百里轻淼被放在偏殿的一张床上，闻人厄收起破岳陨铁看着她，不确定她醒来后外面的环境是否会改变。

之前血蝙蝠咬伤她时，闻人厄没有从血液中感受到异样，但这并不代表其他生灵察觉不到。

于是闻人厄用真气在百里轻淼的手臂上划出一道伤痕，鲜血流出，四周没有任何改变。

闻人厄想了想，抬掌逼出自己留在百里轻淼体内的血煞之气。百里轻淼醒来揉揉眼睛，惊叫一声："这是哪里，为什么这么黑？"

在她睁开眼睛的一瞬间，仙境画面一转，变为一个漆黑的山洞。

3

闻人厄与殷寒江眼睁睁地看着庭院里的景色变为黑乎乎的山洞，殷寒江本能地横剑挡在尊主身前。

一无所知的百里轻淼收起捆住自己的映月玄霜绫，观察一番后问道："两位前辈，清雪师父呢？哎呀！"

话音刚落，她就觉得脚踝一凉，忙跳起来，并顺手点亮一道明光符，借助符咒的光亮看清脚下爬满了蟒蛇，最小的都有碗口粗细，最大的身子足有一米粗。

山洞很大，隐隐还有风吹来，这群蟒蛇纠缠在一起，铺满地面。

闻人厄按住殷寒江想要施展剑诀的手，冷静地道："不用动，我觉得……它们的目的不是伤人。"

"啊！我害怕蛇！"百里轻淼的法力被压制，飞不起来，她连跳数下，眼看就要哭出来。

书里描写闻人厄见四周有这么多蛇，立刻杀光了这些蛇，血腥味引来更多的妖兽，二人很狼狈。

此刻亲眼见证周围环境从明亮的仙境转化为险境，闻人厄倒是不急着攻击。他对百里轻淼道："你不要太过惊慌，选个空地站好，这些蛇或许不会伤害你，攻击它们却会适得其反。"

百里轻淼很听话，忍着畏惧双脚踩在空地上。她一落地，那条最粗的蛇就爬向她。百里轻淼很想尖叫着攻击大蛇，不过想到闻人厄的话，努力地克制着自己。当她不再激动后，清晰地看到那条巨蟒抬头像条狗般轻轻地在她的腿上蹭了蹭，还晃了晃尾巴尖。

百里轻淼有些害怕。

"怎、怎么回事？"她一脸惊慌之色，后背贴在石壁上，吓得瑟瑟发抖。

闻人厄与殷寒江站在百里轻淼对面，清楚地看到她身后冰冷的石壁睁开一只巨大的黄色竖瞳眼睛，眼睛转了转，看到百里轻淼后，那只眼睛眯了眯，像是在笑。

闻人厄略有所思。

殷寒江不明所以。

冷静下来没有主动攻击妖兽的他们，深刻地感受到这个环境中的怪物对百里轻淼的喜爱。

"你在进入幻境前，有没有想过仙灵幻境里应该是什么样子的？"闻人厄问道。

"幻想过，"百里轻淼的背部紧贴石壁，完全不知道头顶那只眼睛正在向下移动，"仙境嘛，应该是一座富丽堂皇的宫殿，宫殿内的摆设皆是宝物，前辈想要的破岳陨铁说不定就摆在桌子上！宫殿外或许有庭院，庭院中不起眼的小动物都是传说中的神兽，青龙、白虎、玄武、朱雀什么的……咦？你们为什么这么看着我？"

就连殷寒江这样眼中只有尊上的人，听到百里轻淼的话也不由得露出古怪的神色。

百里轻淼幻想中的仙境，正是他们进入这里后看到的情形，这个仙境竟然只在百里轻淼昏迷时才出现。她苏醒后，想看到的情形完全消失，四周变成这种令人恐惧的样子，偏偏那些妖兽竟然还是喜欢百里轻淼，只要不伤害它们，这些妖兽一心只想靠近百里轻淼。

"仙灵幻境吗？幻境……"闻人厄喃喃道，"那若是仙境中有能够救你师兄的仙药，该是什么样子？"

"庭院中盛开的莲花吧，它的七彩碧莲心就是可以治疗师兄的药……前辈，我怎么觉得身后的石壁在动？"百里轻淼说道。

它大概像那条蛇般，努力想用脑袋蹭蹭你，只是它的脑袋有点大。闻人厄心中默默地说道。

"如果仙灵幻境有出口，会是哪里？"闻人厄又问道。

"我想象的幻境是白雾缭绕的，毕竟是仙界一角，定然有阵法守护，不让我们进入仙境。宫殿后门的白雾比较稀薄，走进去其实就是回金海岸崖的通道。前辈，一切只是百里的想象，问、问这个有什么用？我好像被什么吸住了，石壁上究竟有什么啊？"

也没什么，只是她后面靠着的石壁似乎是条舌头，有点黏而已。

"百里轻淼，你把自己弄晕。"闻人厄果断地道，"我保证你睁开眼睛后，就能回金海岸崖，见到清雪长老。"

"真的吗？"百里轻淼先是质疑了一下，随后想了想道，"我这么弱，就算不晕倒对两位前辈也没什么帮助吧，我这就晕倒。"

说罢她闭气凝息，封住五感，神识潜入丹田内沉睡过去，说晕便晕倒了。

而就在百里轻淼晕倒的瞬间，四周又变回了她想象中的样子。

"尊上，仙灵幻境难道是百里轻淼想象出来的吗？"殷寒江将百里轻淼扛在肩膀上，惊讶地问道，"究竟山洞是真，还是庭院是真，抑或两者皆不是真的？"

"还有一种可能，两种都是真的。"闻人厄这一次大胆地走入庭院中，摘下河中那朵方才还没有，现在忽然出现的莲花，取出七彩碧莲心。

四只不起眼的圣兽完全没有阻止闻人厄，自顾自地玩耍着。

"想要的东西都拿到手了，我们走吧。"闻人厄对殷寒江道，"就去她说的宫殿后门。"

两人来到后门，果然白雾比别处稀薄一些，似乎可以进入。

殷寒江抢先要走进白雾，想为尊上探路，被闻人厄拉住手。

"我们背对着背，一起走，百里轻淼我们一起抬。"闻人厄道。

"是！"

两人背靠背，肩膀一侧扛着百里轻淼，另一侧的手握在一起，小心翼翼地走出白雾。

他们也不知走了多久，白雾中似乎没有时间与空间的概念，只是隐约间忽然嗅到了海风的咸腥味，顺着风吹过来的方向快走几步，面前的白雾散去，他们站在了悬崖上，面前是金色的大海。

视野内终于出现白色以外的颜色，殷寒江放下百里轻淼，转身看到尊上熟悉的脸，这才长长地舒了一口气，一屁股坐在地上。

"殷护法似乎过于紧张？"闻人厄不理解殷寒江方才看到他时那一瞬的放松，也是第一次见到殷寒江这般不顾形象的样子，便与他一同坐在悬崖之上，侧头问道。

殷寒江道："我担心在仙灵幻境中，不仅百里轻淼所思所想会成真，我的想法也会，是属下过虑了。"

"殷护法想的是什么？"闻人厄问。

殷寒江低下头没说话，一路上他与闻人厄背靠着背，仅能碰到尊上冰冷的指尖，感觉尊上不似活人。殷寒江十分害怕回到现实后，他一回头看见的是一具尸体。

幼时殷寒江曾在乱葬岗中醒来，年仅五岁的他胡乱摸索着寻找爹娘，他的腿断了走不动，身上又压着一具尸身。乱抓许久，他才发现压着自己的尸身衣服上有熟悉的补丁，是娘亲的衣服。他当时对生死还没有太清晰的概念，只当找到亲人，哭着抱住尸体，不顾身上的疼痛，把尸身翻过来，却看见一张早已腐烂生蛆的脸。

想到这里，殷寒江猛地从回忆中清醒过来。他觉得自己十分可笑，已经过去百年，普通人早该入土，他却还抱着五岁时的记忆走不出去。

尊上……尊上绝对不会变成尸体，闻人厄是宗修界最强的人，没有人能杀死他。

闻人厄抓住殷寒江的手，见他的掌心满是冷汗。修者与凡人不同，早就不食五谷、不入轮回，除非受到极为可怕的惊吓，才会吓出冷汗。殷寒江不肯说，闻人厄猜不到他的想法，只是隐约觉得书中殷寒江后期的入魔并不是没有迹象。

　　这些日子注意力渐渐转移到殷寒江身上，闻人厄逐渐发现左护法的心中藏着一个似乎填不满的空洞，心结不解开，殷寒江永远不可能晋升大乘期。

　　"看来日后闲下来时，本尊要与殷护法把酒言欢，一诉衷肠了。"闻人厄说道，"届时殷护法要将想法告诉本尊，如何？"

　　殷寒江面上竟露出一丝为难之色，他不希望尊上了解自己。

　　闻人厄可以命令殷寒江必须说实话，不过他没有强迫殷护法，而是说道："既然如此，时间就由殷护法决定吧，你想说的时候，本尊随时奉陪。"

　　两人说话间，一个人从海中爬了上来，正是裘丛雪。

　　海中不能用真元，她用了好久才游回来，又爬上悬崖。

　　见裘丛雪的胳膊还没长肉，闻人厄问道："我们进去多久？"

　　"不到一个时辰。"裘丛雪道，"尊上在幻境中可曾遇到什么凶险？"

　　闻人厄自然不会告诉裘丛雪，他拍醒似乎总是在晕倒状态的百里轻淼，将七彩碧莲心与破岳陨铁一同放在百里轻淼面前，说道："我本以为破岳陨铁是我的机缘，此刻看来，是我想当然了。这两样东西都是你的，如何处置由你决定。"

　　"怎么能全是我的呢？"百里轻淼摆摆手道，"我什么也没做，一直在拖后腿，前辈不嫌弃晚辈已是万幸了。破岳陨铁自然属于前辈，至于七彩碧莲心……可以算是晚辈借的吗？晚辈日后定要还的。"

　　"说反了，"闻人厄拿起破岳陨铁道，"这算是本尊借的。"

　　"本尊？"百里轻淼歪了歪头。

　　闻人厄如书中一般拿出玄渊宗宗主的信物道："这是本尊的信物，日后你若是有需要，可用它换本尊满足你一个条件，无论什么条件都可以。"

　　百里轻淼双手接过一块仿佛虎符般的信符，不由得问道："敢问前辈尊姓大名？"

　　"本尊闻人厄。"

　　听到他的话，百里轻淼吓得掉了手上的信物，结结巴巴地找外援，对裘丛雪道："清雪师父，前、前辈是魔宗、宗主。"

　　"激动什么？"裘丛雪道，"反正你和我加起来都打不过他，除魔卫道的事就别想了。"

　　她的淡定竟然让百里轻淼也变得平静下来，闻人厄要是想杀她简直易如反掌。

　　"闻人宗主，这信物我不能收。"百里轻淼改了称呼，摇摇头道，"正魔不两立，正魔大战双方死伤惨重，我掌门师伯被人打伤，至今还在昏迷中。我的师兄也被魔道中人毁了元婴，闻人宗主多次相助，这份恩情百里不敢忘。日后若是不涉及天理正义，百里定会报答宗主。但此后，我不能再与前辈联络，更不能留下您的信物。"

百里轻淼向闻人厄行一个道别的礼，将信物托于双手之上，郑重地交还。

"先别这么急，你会用到的。"闻人厄没有收，"且正魔两道的事情也并非你想的那么简单，有朝一日，上清派毁你、害你、困你之时，你再决定是否使用它。"

"我的师门怎会害我？"百里轻淼不解地道。

闻人厄没有回答她，而是化成一道血光，带着殷寒江离开了金海岸崖，留下百里轻淼与袭丛雪发呆。

临走前，闻人厄对袭丛雪传音道："你与百里轻淼回程时拖上数日，稍微延误些回去救贺闻朝的时间。"

他特意为贺闻朝与血魔留一点动手的时间，看看这一次他们会怎么做了。

4

闻人厄此行目的就是给殷寒江炼制一把剑，最好是仙剑，最差也要是把准仙剑。

用信物和日后帮助百里轻淼的承诺换来破岳陨铁后，他便带着殷寒江再次来到万里冰原。

此时的万里冰原应该改名为万里火原，十一年前苍茫的白色冰原已经变成一片火海，就算是殷寒江与闻人厄这样的高手，也不敢太过靠近地面，只能在高空中观察曾经的万里冰原。

"当年紫灵阁那位散仙一直在冰层下借地火修炼，却一直未能找到雪中焰。百里轻淼在万里冰原中被冻伤，雪中焰就立刻出现了。本尊为了找到那个散仙的本体，掀开万里冰原的冰层，从此地火失去冰层压制，改变了万里冰原的气候。"闻人厄道。

就算是除了尊上外万事不留心的殷寒江，也不由得疑惑地道："仙灵幻境为何会按照百里轻淼的想象改变？而她想象的物品竟然会变成真实的。"

殷寒江取出破岳陨铁，有些不敢相信这等神物竟然是真的。

"它会不会忽然化为一团白雾消失？"殷寒江问道，

闻人厄见他的眼神充满好奇，不由得轻笑道："天地混沌之时，万事万物也不过是虚无的能量。有先天神祇于混沌中苏醒，以大法力开天辟地，与天地融为一体，从此有了世界万物。这便是万法归一，天地间的一切都是由最初的'一'衍化而来。"

殷寒江百年内修炼至境虚期，悟性也是极高的，略一思考道："尊上的意思是，那仙灵幻境既不是山洞也不是宫殿庭院，而是如天地初开时一样，不过是一团混沌能量。我们今日看到的，就是当年天地初变时的一个缩影？"

"或许。"闻人厄也不太确定自己的猜测是否正确，只给了殷寒江一个模棱两可的答案。

"那又如何解释她睁眼为暗，昏迷为明呢？怎么好像上古传说中睁眼为白日，闭目为黑夜的烛龙一般？只是刚巧反过来。"殷寒江摸摸破岳陨铁，还是一副不可思议的样子。

他在裘丛雪与百里轻淼面前始终保持冷静，依旧是那个没有感情的殷护法，唯有在闻人厄面前，终于学会展露出一点好奇心。

"这个本尊倒是有一点猜测，"闻人厄没察觉自己面上露出纵容的笑容，解释道，"书中提到，百里轻淼前世为先天神祇，司灾厄、疾病、死亡，她的眼中不会看到美好的景象，她的目光所及之处，皆是带来灾难的生灵。仙灵幻境若仅是一团混沌能量，被百里轻淼吸引前来，自然忠实地反映出她的命运。"

她清醒时阴暗恐怖，唯有梦中恍若仙境。

这本《虐恋风华：你是我不变的唯一》也是如此，正如一条评论所说，作者给了女主强大的神格、逆天的资质与机缘、美丽的容颜及美好的品格，塑造了一个优秀的女主后，交给贺闻朝践踏。

百里轻淼大概只有在梦中才能得到她渴望的东西。

"无论怎样，破岳陨铁定是真实的，七彩碧莲心也一定可以治疗贺闻朝的伤，只是百里轻淼的宝物有没有机会用到就不得而知了。"闻人厄道。

其实就算裘丛雪是散仙，也可以回到玄渊宗，帮她抢几部心法秘诀就是。以裘丛雪的智商，留在上清派也不会对人家门派有什么影响，更不可能成为魔道在正道中的钉子。更何况闻人厄根本没有一统宗修界的野心，按理说他应该把裘丛雪带回玄渊宗的。

之所以让她回上清派，是闻人厄很好奇裘丛雪这个剧情中的变数留在女主身边会带来怎样的改变。

闻人厄对裘丛雪的做法非常感兴趣，毕竟正常的修者都不会对贺闻朝说出"有灵药当然要救我，凭什么救你个废物"这般话。

百里轻淼昏过去后，裘丛雪"关切"地要收魂，这代表她对百里轻淼这个弟子确实是上心了，甚至想要将鬼修衣钵尽数传给百里轻淼，有这样一位"贴心"的师父跟在女主身边，剧情会发展成什么样子，闻人厄真的很想知道。

他暂且将剧情放在一边，眼下最重要的是帮助殷寒江炼剑。

修者有了本命法宝后，能够凭借法宝的灵性，对"道"的理解变得更通透。闻人厄希望殷寒江收服新剑后，可以放下对他的执念，真正为自己的将来做打算。这样一来，若有朝一日，闻人厄当真如剧情所说般身死道消，殷寒江至少可以保持理智，不必像剧情里一般疯癫。

赤冥剑有灵性，感受到闻人厄想把它炼化，刚一出鞘就要逃跑，却被血光笼罩住。

"尊上！"殷寒江完全没想到，闻人厄竟然自断一臂，手臂化为的血雾夺走了他手上的破岳陨铁，将其强行与赤冥剑融合在一起。

"想在地火中心炼制神兵，就必须有人以血魂祭剑。"闻人厄倒是很冷静地说道，"自古魔道炼器大师都会抓个元婴期以上的高手作为炼器的容器，将其神魂锁在法宝中，才能炼制出绝世魔兵。"

正道修者炼制法宝当然不会选择同道人修，他们会去捕捉灵修。

灵修是天地灵物，诸如麒麟、毕方等灵兽，皆属于灵修。正道修者取灵修内丹作为炼器之用，也能炼出准仙器。

当然，还有一些濒死的修者，也会融合到法宝中，以求新的机缘。

以上几种方法闻人厄都不会用，元婴也好、内丹也罢，本质上皆是灵气，经过修炼后成为极其浓郁纯粹的真元。他与其他修者不同，血修身魂一体，也不存在元婴，他的身体就是一团修炼过后的纯血真元，大乘期高手的一臂，足以抵上合体期高手的全部真元了。

殷寒江想阻止闻人厄继续炼剑，却被一道血鞭捆住。他的法力完全可以挣脱束缚，但血鞭为闻人厄的另一臂所化，他强行挣脱只会令尊上伤上加伤。

殷寒江只能眼睁睁地看着血光裹着赤冥剑与破岳陨铁冲进地火中，同时闻人厄默念心诀，那条脱离出去的断臂开始疯狂地吸收地火的力量。

"轰隆、轰隆！"万里火原的岩浆中发出轰鸣声，无数滚烫的熔岩在地火的涌动之下沸腾，溅起无数火光。

天地似乎感受到一柄偷天之力的神兵即将诞生，雷云笼罩，天劫将现。

一道温度高到可怕的熔岩宛若喷泉般高高喷起，直入云端，与第一道天雷相撞，竟以喷薄之力迎击第一道雷光。

雷光中，一柄纯黑色的剑逐渐成型，闻人厄当下对殷寒江道："收剑！"

殷寒江忍着内心的酸楚冲入雷光之中。他不能让尊上的心血白费。

顶着第二道天雷，殷寒江握住那把剑，一道暖流自剑柄涌入殷寒江的掌心，他竟然从这柄剑中感到一丝对自己的守护之意。

杀意与守护之心交融在一起，没有丝毫排斥感，竟然能融合到一起，这便是闻人厄的道！

神器将成，必定要经受天九道雷，一道强过一道。前两道雷光仅是银白色，第三道天雷竟泛着紫光，殷寒江要想收服仙剑，必须趁着剑成面临天雷虚弱之时，一边收服仙剑一边对抗天雷。

银紫色的第三道雷光中，隐隐可以看到殷寒江于空中盘膝而坐，长剑横在他身前，发出不甘被炼化的长吟。

此刻闻人厄已经没有什么可做的，在距离雷云不远的位置，遥望着殷寒江。

若是殷寒江，一定能炼化这把剑。闻人厄有这样的信心。

雷光中，殷寒江与长剑外渐渐出现一道结界，守护着一人一剑，任由第四、第五、第六、第七道天雷劈下都纹丝不动。

九道天雷，每一道天雷的力量皆是前一道的两倍，第一道尚且可以忍受，到了第八、第九道，已经是足以毁掉万里冰原的巨雷。

第八道天雷斩下，殷寒江体外的结界终于被劈出一道裂痕，万里冰原地火翻腾，整片平原上空的气温到达一个极为可怕的地步，凡铁若是被抛上这片天空，定会化为铁水，没入地火中再也找不到踪影。

为了毁去这柄刚刚成型的仙剑，方圆百里的雷云聚拢起来，雷云已经完全变成紫色，第九道天雷蓄势待发！

这一次，殷寒江的结界绝无可能撑过最后一道天雷，若是在此之前他还没有收服仙剑，人剑皆会在紫色雷霆之下灰飞烟灭。

殷寒江在结界中努力与仙剑沟通，希望它能成为自己的剑。他的神魂向长剑释放了无数善意，希望它能帮助自己保护尊上，仙剑却完全不听，一味地要闯出结界，脱离天地的管束。

为什么仙剑不肯驯服？这是尊上的血魂凝成的仙剑，继承了闻人厄的一部分杀戮道，殷寒江告诉仙剑他要守护闻人厄，仙剑为什么不服？

殷寒江百思不得其解，而此刻结界甚至连第九道天雷的威压都抵挡不住，于雷云之下破开，殷寒江与那跃跃欲逃的仙剑完全暴露在雷云之下。

他已经控制不住仙剑，这柄纯黑色的仙剑竟然展现出冲向雷云的意图，它要迎战天雷！

殷寒江伸手勉强握住长剑，剑意涌入神魂中，听到那把仙剑在不断地说：战、战、要战！

激昂的战意令殷寒江恍惚间似回到边陲小镇，那年他十八岁，远远地看着尊上压制全部修为，像一个凡人般，带领魔下将士浴血奋战。闻人厄的每一招都未曾回护自己，哪怕肩膀被一枪刺穿，他的长戟也未因疼痛停下来。

他呆呆地站在尊上的面前，想做尊上的剑，想守护尊上，可闻人厄的武器是长戟，尊上对自己说："本尊不需要你的保护。"

不守护尊上，殷寒江的人生还有意义吗？

雷光化为一道紫色巨龙，咆哮着将迷茫的殷寒江卷入其中，远处旁观的闻人厄微微抬手，终又放下。

这一次他出手相助，殷寒江将永远无法走出心魔。

闻人厄曾说过，他不在乎殷寒江为自己而死，在乎的是殷寒江为他而疯。

魔尊见惯生死，无论是对自己的死还是手下的死，全然不在意。他要的是死得其所，要的是倾尽全力不留遗憾。他希望殷寒江明白，他想要的绝不是一个只会应声的傀儡，一个只会忠心的下属，他要的是能够随自己一同杀入敌阵的前锋军，一把刺入敌人的心脏的尖刀。

殷寒江，能不能明白呢？

紫色的雷霆已经完全将殷寒江笼罩住，闻人厄静静地看着他消失的身影，终究

第六章 汝名破军

只能到此为止吗？

忽地，雷光中发出一声悠远的长吟，一道剑光迎着天雷直冲天际，以划破天空之势没入雷云中，宛若一条黑龙在紫色雷云中翻腾，无数剑光闪过，雷云轰然散开！

殷寒江衣衫褴褛，手握一柄剑身、剑柄、剑穗皆是纯黑色，剑身时而闪耀点点星光的长剑立于云端，一剑破雷！

闻人厄听到他沉声道："汝名破军，破军剑。"

星空中破军星异常耀眼，破军剑嗡鸣不断，闻人厄唤出七杀戟，发现七杀戟竟然也控制不住地颤抖起来。

它是在高兴，高兴天地间诞生了一柄完全理解它的神兵，高兴终于有一件武器能够与它并肩而行，登天而上。

宗修路上绝对没有捷径。既然已经下定决心走一条破天之路，就是舍身成神，这条路上，没有谁需要守护，只有迎战，以一己之力迎战天道！

殷寒江缓缓地飞到闻人厄的面前，眼神深邃难明。他这一次没有跪下，而是正视着闻人厄，朗声道："殷寒江明白了。"

他不是属下，而是殷寒江。

闻人厄开怀地笑了，七杀戟点了下破军剑，金戈争鸣声不断，闻人厄欣慰地道："天地之间，能有一人与我并行，本尊很高兴。"

殷寒江也露出浅浅的笑意，这一次，他终是没有辜负尊上的教诲，收服破军剑，自己的剑意也成了。

闻人厄不需要殷寒江的保护，而是需要一个能与自己背靠着背，执起武器，在逆天之路上，神挡杀人、佛挡杀佛的同伴！

闻人厄放开七杀戟，由它与破军剑追逐打闹。他抬起手，面对殷寒江，双掌握成拳，无声的誓言早已在两人的眼神中立下。

二人同时望天，七杀与破军相映生辉，绽放出比以往还要强烈的光芒。

可与此同时，隔壁的贪狼竟然也大放异彩，险些压过七杀与破军的光亮。

"嗯？"闻人厄与殷寒江对视一眼，舒艳艳这是做了什么，气运暴涨呢？

说起来，正魔大战之后，他足足有一年没回玄渊宗，也不知宗门变成什么样子了。

第七章

回玄淵宗

第七章 回玄渊宗

1

闻人厄本来打算等仙剑炼成后便直接去绑架钟离谦的,此时见到天上闪耀得无比灿烂的贪狼星,忽然想起自己还有个宗门,正魔大战后玄渊宗亦是损失惨重,无数高手重入轮回,四位坛主三个重伤一个跑到上清派当散仙,左护法与宗主失踪,还全乎的人似乎只剩下一个右护法了。

"说起来,本尊就算绑了钟离谦,也得有个关押他的地方。"闻人厄道,"右护法对男女情爱之事比我们清楚,如何安排钟离谦对百里轻淼动心,也得交给她。"

收服仙剑后,殷寒江明白自己不能做尊上的应声傀儡,而是要做尊上的帮手,为他分忧。

他努力想了想后说道:"右护法的野心不小,玄渊宗群龙无首,恐生乱象。"

"我观她倒是过得风生水起。"闻人厄瞧了眼贪狼星道,"也罢,左右距离百里轻淼与钟离谦相遇还有几十年,我们的时间多的是,回玄渊宗整顿一下吧。"

"是。"殷寒江应道。

离开前,闻人厄低头看了一眼被天雷劈得没多少地火的万里冰原,原本再过上百年,新的冰层就会掩盖住下方的地火,这里会重新变为万里冰原。这次天雷劈下后,余波消耗了不少地火之力,山石碎成土壤,慢慢覆盖住已经渐渐沉睡的地火。

雷火交加之下,新的土地中蕴藏着庞大的能量,这些能量能够滋生出新的生命。

脚下这片土地,迟早会变成巨大的平原。

闻人厄只看了一眼,便不再关注,血遁离去。殷寒江祭出破军剑,御剑跟上闻人厄。闻人厄的确放慢速度等待殷寒江,不过这次殷寒江御剑的速度比过去提升太多,闻人厄见他能够跟上自己,便又加快速度。

殷寒江催动破军剑,依旧稳稳地跟上,与闻人厄保持落后他半个身子的距离。

直到闻人厄将速度提升至过去的两倍,殷寒江的加速才停下来。

之前他们来万里冰原消耗了大半天,这一次只用了一个半时辰便回到玄渊宗脚下。闻人厄没有直接回到总坛,而是在附近停下,满意地对殷寒江道:"殷护法终于明白何为御剑,而非剑御人了。"

过去殷寒江一向飞得慢,除了他的境界低外,还因为魔剑没有与他心意相通,他需要分心压制赤冥剑，拖慢了脚步。

"剑修本就是所有修者中实力最强的，殷护法过去能以弱胜强，其实是被魔剑所控制，那不是你的力量，也并非你的剑意。此次你融合自己的本命法器，届时让本尊看一看，真正锐不可当的剑修究竟有多强。"闻人厄用鼓励的眼神看着殷寒江。

殷寒江却盯着闻人厄至今未能重新生长出来的手臂，面色不太好。

"不必担心，"闻人厄捂了下自己的手臂，"毕竟是割裂神魂，一时半会儿难以复原。些许小伤，不会影响本尊收服玄渊宗。"

殷寒江捏紧手中剑。他绝不会浪费尊上以血魂为自己炼制的剑。他抱拳道："玄渊宗护山阵法发生改变，与过往完全不同，属下为尊上开路破阵！"

"那倒不必，"闻人厄压下殷寒江的战意，"我倒想看看右护法这些时日做了什么，我们若是直接闯入，她那么识时务的人，定然立刻投降，就没意思了。"

闻人厄以幻觉隐去两人的身形，在阵法外转了一圈，果然找到几个来来回回的门人，都是生面孔，也不知从哪儿招来的。

闻人厄附到一人体内，跟着队伍进入，很快掌握了新阵法进出的口诀。他悄无声息地离开那位门人的身体，回到护山阵法旁边，小小地开启一个入口，引殷寒江进来。

玄渊宗可没有宗门内不能飞行、同门不可私下斗殴的门规，大家在山门中可以随意挑战，谁的拳头硬谁上位。闻人厄与殷寒江直接来到舒艳艳的道场，她的道场在总坛中一座灵气比较浓郁的山峰上，建了座宛若俗世皇宫般的宫殿，宫内到处是卧室、温泉、草坪等，方便舒艳艳随时修炼。

没有尊主传唤或是下山寻找好的苗子做属下，舒艳艳大部分时间在道场修炼，今日人却不在，甚至连她那些一同修炼的属下也没几个留在道场中。

闻人厄与殷寒江来到宫殿中，里面很多房间空了，连床都不剩几张。两人听到有人靠近的声音，立刻隐藏起来，见是舒艳艳平时最喜欢的下属带着几个功力低微，相貌也普普通通的手下道："你们两个去揽月殿，你们三个去摘星殿，将物品收入储物法宝中时一定要小心右护法的床，绝对不能磕了碰了，万一护法修炼时被硌到，你们的罪过就大了！"

他嘱咐人去收拾东西，自己却像个大爷般坐在主殿中，端着个装满灵果的盘子吃得欢。

殷寒江看得清楚，玄渊宗只有一棵树上会生长这种灵果，那棵树就在尊上的后院！

他刚想上前，被闻人厄拦住。趁着其他人去搬家，闻人厄化成血光，占据那人的身体，对殷寒江道："你掩盖了容貌，我们去会一会右护法。"

殷寒江本打算用法术改变容貌，却想到舒艳艳法力不低，肯定能认出来。他担心自己坏了尊上的计划，便从储物腰带中取出一个黑色的鬼面具戴在脸上。

闻人厄看到那个面具心头猛地一跳，刚要说什么，就见几个手下返回，对他道：

"赫连大人,我们已经收拾妥当了。"

闻人厄只得压下心中的疑问道:"随我走。"

他瞧了一眼戴着鬼面具的殷寒江道:"你也跟上。"

几个手下疑惑地偷瞧忽然出现的殷寒江,闻人厄的声音中加上了一丝怒意:"看什么看?护法的新弟子不愿见人,把头都低下来。"

一开始被舒艳艳领上山的人,有些人是不太愿意让人看到自己的脸,几个手下不敢质疑,快步跟上"赫连大人",飞往闻人厄居住的主峰。

一行人刚到玄渊宗的正厅,就见舒艳艳穿着一件艳丽的大红衣衫,正与另外一名下属对话。

只听那名下属道:"大人,四位坛主已经全部带到主峰,该如何处置?"

舒艳艳略一思索,好看地笑起来道:"袁坛主嘛,生得太丑了,也不知他怎么就喜欢给自己弄那么一副肥嘟嘟的样子,我不喜欢他那副皮囊,先封了法力,关在地底水牢中。苗坛主长得倒是挺好,可谁知他会不会留两个保命用的蛊虫?我可不想被咬上一口,也关进水牢。至于剩下的阮坛主与新封的师坛主……送到我的房间里去,我好好享用一下。"

"是。"那下属点头应下。

"哎,等等!"舒艳艳忽然叫住他,托起那人的下巴,在那个生得极其俊俏的下属脸上留下一个香吻,娇声道,"我忘了道场刚搬,你把他们送到闻人厄的房间里,自己也留下,等一下本护法……不,本尊好生疼爱你们。"

听到她竟要擅自使用尊上的房间,殷寒江怒不可遏,抽出长剑斩向舒艳艳。舒艳艳身上的红袍也是一件上品防御法器,她没将这个突然出现的鬼面人当回事,还当是哪个坛主的手下,挥袖挡过去,孰料衣袖连同半条手臂竟被这一剑生生砍下!

"什么人?"舒艳艳怒不可遏,掌心绽开一朵妖娆的花,彼岸花出手。

她的那个下属赶忙捡起掉在地上的手臂,等舒艳艳打完后还能把手接上。

"好强的剑意!你是天剑门的人吗?是如何潜入我玄渊宗总坛的?"舒艳艳惊呼一声,运足真元,彼岸花于正厅内开放,无数血红色的花朵铺成殷寒江脚下的路,化成十二天魔纠缠在殷寒江面前。

十二天魔善勾起人的心魔,摧毁修者的丹田,心神稍一放松者就会被它们控制。殷寒江却当各色美艳天魔为粪土,眼中只有舒艳艳,只有当斩之人!

破军剑上北斗星光闪烁,黑色剑影遍布整个正厅,十二天魔被钉上墙上,彼岸花被剑意撕碎的花瓣在空中飘起一场红色的花瓣雨。

舒艳艳见对手心性坚定,不受天魔所困,当下也不再隐藏实力。她完全吸收贺闻朝的元婴后已经是大乘期五层的高手,天地灵气随她调用,翻手之间,碎花化为红菱,片片落在殷寒江身上,将他牢牢困在其中。

彼岸花为附骨魔花,沾上身就会吸收对方的真元,殷寒江整个人全被花瓣糊住,真元源源不断地流失着。

旁观的闻人厄心中暗叹，就算殷寒江已经磨炼出自己的剑意，大乘期与境虚期终究差了一个境界，看来还是需要他出手……

闻人厄正欲相助时，只见墙上钉住十二天魔的剑飞起，于殷寒江四周组成剑阵，齐声长吟，红色碎花随着剑吟不断地震颤，被碎花包裹的那个人手掐剑诀，十二柄剑分裂为无数道小剑，剑气之下，碎花纷飞。

鬼面人自花瓣中跃出，长剑直指舒艳艳的心口！

舒艳艳与殷寒江斗法失败，闪避不及，虽躲开要害，却还是被长剑刺穿左臂。她忍着剧痛对手下道："还等什么？布阵！"

而她那位姓赫连的手下身上忽然散出一团血雾，凝成一个独臂人，那个人站在鬼面人身后，从容地对舒艳艳道："右护法，本尊不在玄渊宗这些时日，你代理宗主可辛苦？"

见他现身，鬼面人也取下面具，露出殷寒江冷冰冰的脸。

舒艳艳一见二人的脸，当即"扑通"一下双膝跪地道："尊上，你可算回来啦，四大坛主意图谋反，属下好不容易才把他们制服啊！"

2

"都说说吧。"

玄渊宗正殿内，一个黑衣独臂男子坐在高高的座位上，左侧立一抱剑护卫，下方跪了好几排人，四位坛主、一位护法五人跪在最前排，后方跟着他们的下属，五个势力隔得很远，泾渭分明。

听到上首那个独臂男子开口，下方五人身体俱是一抖，谁也不敢率先开口。

"本尊并未生气，"闻人厄仅剩的手臂撑着扶手，慵懒而且享受地看着自己的属下，悠然开口道，"本尊只是好奇，两位大乘七层的高手、两位境虚期顶尖高手，是如何被一个大乘期五层、战力一般的护法一网打尽的？"

见下方几人依旧不敢开口，闻人厄又道："相处近百年，你们应该了解本尊。本尊不在意下属是否反叛，玄渊宗本就是魔宗，修炼方法不忌，每个门人皆是随心而为，本尊不在意你们是练蛊虫、媚术、鬼修还是弄权。玄渊宗容得下你们所有的小心思，唯一容不下的，就是无用之人。"

他这话一说，舒艳艳可就精神了，她跪得依旧标准，不过背脊挺直。这次叛乱，怎么说她都是最终赢家，按照尊主所说，她是最有用的，比旁边跪着的四个人强多了。

见舒艳艳跪直了，闻人厄便道："舒护法，本尊见你似乎有话说？"

"尊主，"舒艳艳提气朗声道，"其实这件事归根究底算起来，不怪属下，属下也不过是阻止几位坛主内讧而已。尊主之前有令，您不在宗门里时，护法有权代理尊主。属下见几位坛主大打出手，怎么能不痛心疾首，不出面阻止呢？！至于把师坛主和阮坛主搬进房里这事……尊主您知道属下的，属下经手的事，怎么可能不给自己捞点好处？"

闻人厄满意地点点头，对殷寒江道："殷护法，还记得本尊之前怎么说来着？你我若是直接破阵闯进玄渊宗，舒护法直接恭迎本尊，就没这么多热闹可看了，是不是？"

殷寒江还是第一次见尊上有这般调皮的表现，心中暗笑，面上却丝毫不显，顺从地道："尊上说得是。"

他这么一说，舒艳艳的脸皮再厚也有点编不下去了，她只好话锋一转道："这件事吧，论起来还是要从阮坛主说起，要不是他扶持师坛主上位，联手对付苗坛主，属下区区一个刚晋升大乘期，法力又不是特别高，只会用媚术的人，怎么能制服四位坛主呢？"

"舒艳艳，你休要血口喷人！"脾气暴躁的阮坛主实在忍不住了，一拍地板道，"师坛主是我扶持上来的吗？你自己拍拍胸口再说一遍，他是谁扶持起来的？！我真是眼睛瞎了同他这么个两面三刀的小白脸合作，等我脱困看我不弄死他！"

师坛主是个皮肤苍白、面有病色瞧起来像是个文弱书生的细瘦男子，听到阮坛主的话，抬起手捂在唇边，轻轻咳了几声，虚弱地说道："阮坛主，你说我两面三刀我可就不认了，从一开始我就没打算与你合作，你自己跑到我这里说了一堆要教训苗坛主的话，还要借我的病气将苗坛主的蛊虫全部弄虚弱。这么大的事情，我能不和代理宗主与总坛的袁坛主商量吗？"

师坛主话一出口，苗坛主阴柔地说道："你商量过后的结果就是按照阮坛主的原计划，过了病气给我，把我的蛊虫全弄得病恹恹的，让阮坛主拿着大锤子在我身上足足砸了一千多下是吗？"

师坛主咳得苍白的脸上涌现出一丝不正常的潮红，轻声道："瞧您这话说的，阮坛主那不也是病了吗？这都是袁坛主出的主意，他说要阻止两位破坏我们玄渊宗的团结，最好的办法是让两位都冷静一下。"

胖嘟嘟的袁坛主这回也不爱听了，眯起小眼睛道："可是师坛主，我可没让你告诉他们都是我逼你做的，也没让你给苗坛主留一口气，给他机会放蛊虫咬我啊！"

"咬你怎么了？"苗坛主冷笑道，"我只是懊恼自己被某个笨蛋捶了一千多下，没有真元维持，否则我直接用你那一身肥肉养虫子，你的真元够我养出一只王蛊了！"

"袁坛主，你怎么不说说你逼我过病气之前，对我施展的秘术呢？"师坛主道，"是你暗中扶持我接替裘坛主的位置，还暗中许诺我，说闻人厄已死，到时候你当尊主，我当护法。为了控制我，抽了我的一缕神魂刻在令牌上，你只要捏碎令牌，我就会神魂重创，永世不可能晋升大乘期。我为了夺回令牌，当然要与苗坛主合作，保护自己！"

"尊上您看，这能怪属下吗？"舒艳艳将纤纤玉指点向四人，一脸无辜地道，"我赶到的时候啊，苗坛主被捶成肉饼，师坛主正要抽袁坛主的神魂炼魂，阮坛主抱着龟壳大骂师坛主背叛自己，一边咳嗽吐血一边暴打师坛主。身为代理宗主，属下怎能让他们在总坛如此放肆，自然要一视同仁，彻底制服他们！"

闻人厄缓缓点头："嗯，舒护法所言极是，不过还是要麻烦舒护法将搬进本尊房间里那张足有百米长宽的大床烧了，本尊一般不需要那么大的床。"

舒艳艳脸色一僵，又深深地弯下身去，说道："尊上，那是万年寒玉床，我耗费数十年的工夫才搜集到材料打磨出来的，烧、烧不掉的。"

"那就砸了，"闻人厄淡淡地道，"你亲手砸，一块一块地搬出去，本尊看着你动手。"

"是。"舒艳艳不敢再说话，她的手臂还在脚边放着呢，至今不敢接回去。

听到尊上开始挨个惩罚下属，四位坛主也不敢互相指责了，纷纷闭上嘴，等待闻人厄的处置。

"殷护法，你觉得他们几个都有什么罪？"闻人厄没有直接做出决定，而是询问殷寒江的意见。

殷寒江听到这些人不去努力寻找受伤的尊上，反而在玄渊宗争权夺利，心中早已怒不可遏，听到闻人厄的话，果断地道："右护法舒艳艳妄自尊大，占据尊上的道场，且自称'本尊'，当毁去她的道场，散尽下属，封住口舌，禁欲禁言百年。"

"太狠了吧！"舒艳艳猛地抬头看向殷寒江，总觉得左护法与以往有些不同了。

殷寒江没理会她，继续道："四位坛主如尊上所说，最大的罪不是犯上，而是无能，四人只顾自相残杀，被右护法渔翁得利，不配为坛主。不过，阮坛主一人重创苗、师两位坛主，实属不易，可适当减轻处罚。"

闻人厄有些意外，看向殷寒江道："本尊以为你对我以外的每个人皆一视同仁，不承想，殷护法与阮坛主关系还不错。"

殷寒江抿了下唇，没有回答。他倒也不是与阮坛主关系好，只是正魔大战时，曾与阮坛主并肩作战罢了。

"那就如殷护法所说吧。"闻人厄用指尖敲了敲扶手，下了命令。

舒艳艳的嘴还是有用的，闻人厄便没封她的口舌，而是命她自己亲手砸了所有的床，烧了道场中宛若皇宫的屋子，还把她的下属全部收进总坛做杂役，由苗坛主在每个人身上放个蛊虫，只要这些下属动了与舒艳艳欢好的心思，苗坛主就会立刻知道。

至于四位坛主，闻人厄认为无能之人只配无能者惩罚。他让袁、苗、师三位坛主互相想个法子惩罚对方，最后只要把结果报上来就好。至于阮坛主，既然殷护法求情，闻人厄就放他一马。

短短一天，闻人厄便将一团乱麻的玄渊宗整顿好，每个人都安安分分的，再也不敢生异心。

观看了一会儿三位坛主你放蛊虫咬他，我过病气给你的惩罚手法，闻人厄略觉无聊，便带着殷寒江回房。舒艳艳早已含泪亲手将大床敲碎，并一一放回人间，数年后那里便会成为一个玉矿。她自己表示，床是刚搬进来的，还没来得及做什么尊主就回来了。

闻人厄看舒艳艳说这话的表情似乎挺后悔的，后悔没趁着尊主回来前先享受一次。

一进房间，殷寒江便嗅到一股独属于舒艳艳的香气，是她那张床带来的味道。他的眉头一皱，破军剑出鞘，剑气横扫整个房间，将气味驱散出去。

"不必那么麻烦，"闻人厄道，"让舒艳艳亲手把我这间屋子翻修一下就是。"

"不用她，属下去做。"殷寒江憋着气道。

闻人厄没有阻止他，询问了殷寒江和阮坛主的事。

殷寒江一五一十地说了，连阮坛主当时怎么骂他的也没错过，闻人厄挑眉道："哦？原来阮坛主还有这等癖好？看来不满足他是不行了。"

"满足？"殷寒江直接破声，嗓子一下子就哑了，要怎么满足？

闻人厄见他一脸惊吓的表情，忙道："从裘坛主那些鬼修中选个尸体尚在而且腐烂生蛆的，本尊倒要看看他能不能满足！"

殷寒江这才放下心来，低声道："不过是一些口舌之利罢了。"

"本尊也不过吓吓他而已。"闻人厄道，"本尊那个尊主不在护法代理的命令是专指你的，正魔大战时你的做法不仅是救了本尊一个，更是令整个战局形势逆转，阮巍奕帮你是他应该做的，你没必要感谢他。本尊倒是要让他知道，话不能乱说，不是什么人都可以骂的！"

见闻人厄一副为自己撑腰的样子，殷寒江默默地站在闻人厄的身后，由着尊上帮自己出气了。

裘坛主的鬼修早被师坛主接手，他一听说可以亲自选人惩罚阮坛主，边咳嗽边拍胸脯表示，自己一定精心挑选一位属下与阮坛主同修，还特意从舒护法那里求了一份心法。他手下有肉身的鬼修听说可以找阮坛主补一补，纷纷报名主动献身，热情高涨。

殷寒江总觉得，师坛主的手下似乎不会吓唬吓唬就算了。

闻人厄见玄渊宗的手下们又恢复了以往"和谐相处"的模式，不会去外面捣乱祸害普通人，而是内部消耗了，心中十分满意，回到修炼的道场中静心看书。

他看的自然是《虐恋风华：你是我不变的唯一》。

百里轻淼辞别他二人大概已经有一个月了，就算裘坛主再拖，也该回到上清派，他很想看看贺闻朝那边如何，元婴有没有恢复。

作者果然又修文了，以百里轻淼的视角记载了自上清派与师兄告别到仙灵幻境寻宝的全过程，这一修文评论区是彻底炸锅，变得比原文的字数还要多——

等等，慢着！百里轻淼那个前辈说他叫什么？闻人厄！我霸道帅气的男二号，怎么就变成百里轻淼的前辈了呢？

说真的，之前看到那位黑衣前辈出场，送百里轻淼火羽氅闯万里冰原的时候，作者没有详细描写外貌，我还以为是个老头子呢。

老头子没错啊，闻人厄都三百岁了，就是脸长得好而已，修者不论年龄，没看紫灵阁阁主一千岁贺闻朝都娶吗？我们魔尊三百岁在宗修界还是一个小年轻好吗？

如果黑衣前辈是闻人厄，那他身边一直跟着的吸收了雪中焰的男子，就是殷寒江？妈呀，童年的阴影又来了，谁来帮我点一盏尸油灯？

作者这几年是受了什么刺激？女主和男二的对手戏全给了男四号，男二号被女主所救的剧情，给了一个……不知道从哪里出来，脑子看起来有点问题的清雪长老？

说起清雪长老，我对她还是很有好感的，她真的是一直在照顾女主，也不理会贺闻朝，有她保护百里轻淼，将来那个贺闻朝娶妻囚禁百里轻淼的剧情应该也会变吧？

但是囚禁剧情是百里轻淼与钟离谦相遇的契机啊！如果清雪长老保护了女主，钟离谦还怎么出场？我的钟离公子啊，我最爱他来着，呜呜呜……

不行，我越来越期待以后的剧情了，作者修到百里轻淼回门派就没继续写，也不知道贺闻朝有没有睡柳师妹，万一睡了的话……我期待清雪长老。

剧情只到女主与裘丛雪回门派就没再写，闻人厄合上书，想了下该如何绑架钟离谦。

"叫右护法来，有个让她将功赎罪的机会。"闻人厄道。

3

苍穹山，五柳庄外。

依旧是玄渊宗魔尊带着左、右两位护法，左护法站在魔尊的断臂旁，右护法怀抱一琵琶，以轻纱蒙面，水蓝色的薄衫衬得她婀娜多姿，正在给闻人厄弹琵琶。她无意间露出的右臂上有一道疤痕，似乎是之前受过什么伤，狰狞地横在玉臂上，令人心疼。

这里是五柳庄外的书院，凡俗中的书生喜欢来这书院吟诗论道，也是钟离世家一个广纳贤才的据点。

宗修世家与各大门派的最大区别是，其他门派是出世，宗修世家则是入世。钟离世家学识渊博，主家为修者，居住在五柳庄内，分家会通过科举的方式进入朝堂中，辅佐定命的帝王。

　　这是宗修世家的"道"，正如闻人厄当年征战沙场求道，钟离家走的正是圣人道，以诗书传道，得文人追捧，以此作为自己宗修的道。古有诗仙青莲剑仙"十步杀一人，千里不留行"，走的也是这一条路。

　　因此四大宗修世家的人都会入世广收门徒，每一代的家主以及继承人也会培养自己的根底，这些崇拜他们的门客，世代传颂的圣明，便是钟离家的人修炼的根基。世间读书人越多，传颂他们的文字的人越多，钟离世家的人法力就越高。

　　他们的境界与正魔两道修者是一样的，不过功力却大不相同。有拥护者的世家子弟，法力极高，世间的人对他的思想文采越推崇，他的法力越强；没有拥护者的世家子弟，大乘期都有可能打不过合体期的修者，弱得很。

　　书中宗修世家最初寂寂无闻，直到正魔大战宗修界损失惨重，人间迎来盛世王朝，越来越多的寒门子弟有读书的机会，就算是贩夫走卒都能识得几个字，吟上几句诗，记得住几个圣人的名字，至此才迎来宗修世家的强盛时期。战后人间繁荣五十年，钟离谦才有底气从上清派带走被囚禁在后山的女主。

　　这一次由闻人厄亲手策划的正魔大战返还人间的灵气比书中描写的还要多，短短十二年时间过去，钟离世家已经名声大振，五柳庄外的书院门庭若市，闻人厄等人能有个靠窗的座位，还是舒艳艳花钱买来的。

　　他们会出现在书院中，是因为今日乃是钟离世家几位公子讲学论道的日子，天下学子纷纷前来拜访，没有拜帖者都无法入内。

　　用幻术弄个拜帖瞒过书院掌柜还是容易的，只是座位不好排。舒艳艳将一锭银子塞进掌柜手中，还故意蹭了他一下。掌柜不过是个筑基期的先天高手，怎么可能抵挡住舒艳艳的媚术，鬼迷心窍地就收下银子，为几人安排了一个清静的座位。

　　此时钟离世家几位公子还没有到场，书院便已经坐满了，不少人见闻人厄与殷寒江一副武者打扮，连书生长袍都不穿，竟然能够坐在那么好的位置，心中不服，前来挑战。

　　他们自然不是打斗，而是挑战吟诗作对的本事。

　　闻人厄与殷寒江打人没问题，提到作诗两人同时皱眉，只觉得有无数苍蝇在耳边"嗡嗡"作响，舒艳艳的十二天魔都要比这读书声好对付些。

　　好在舒艳艳是个肚子里有文采的人，抱着琵琶弹几首曲子，边弹边唱，乐与词搭配极佳，唱得几个书生自愧不如，拱手告辞，闻人厄三人的位子这才坐稳。

　　舒艳艳赶走那些书生，回到座位上，对闻人厄讨好地一笑，传音道："尊主，我这样可以吗？"

　　闻人厄微微点头，伸出一根手指。

　　舒艳艳眼睛一亮，激动地道："我的惩罚，能减十年？"

闻人厄摇了摇头。

"一、一年？"舒艳艳撇撇嘴。

谁料闻人厄竟悠然道："一个月。"

"才一个月？"舒艳艳听了这个时间有些冲动，焦急地说道，"尊主，您说过，我只要表现好，惩罚时间就能减一减的。"

"抓了钟离谦才能论功行赏，现在算什么功劳？"闻人厄道。

舒艳艳不敢再得罪尊主，缩了回去，双目含泪，看着有些忧郁，将旁边的书生迷得险些怒骂闻人厄与殷寒江不会怜香惜玉。

好在钟离家的几位世子及时抵达，这才避免了魔尊血洗五柳书院的惨案。

钟离家这一代有三位杰出的公子，为首一人便是钟离谦。他一袭白衣，温文尔雅，手持一卷竹简，缓缓走入书院中，于主位落座。钟离谦通身气度非凡，一举一动中透着掩盖不住的潇洒从容。

"青云衣兮白霓裳，举长矢兮射天狼。"舒艳艳见钟离谦出来，一双妙目便落在他身上移不开了。

她向闻人厄传音道："尊上，你可知我当年为何苦读诗书？我就是为了养出一身才女的气质，好去勾搭像钟离谦这样的书生，真是……太棒了！"

钟离谦是钟离世家最优秀的继承人，这些年门客无数，前几日刚刚突破境虚期，自然能够感受到舒艳艳那道毫不掩饰的崇拜视线。他对舒艳艳微微点头，便移开视线，不再看她。

"尊上！"舒艳艳激动地传音，"我今日要吸引的人就是他吧？他太棒了！方才他瞧我时，我已经用上媚术，怎料他的目光竟还是那般澄净，难道真是少见的君子？"

"你若能勾来，那就是你的。"闻人厄传音。

钟离谦若是能被舒艳艳吸引，那他也不必找钟离谦去对女主好了，闻人厄可不想再弄出一个贺闻朝来，还不如等那个鬼修长大，再过八年也差不多了。

不过让舒艳艳试试这位钟离公子是不是真君子也可。

钟离谦身后跟着另外两位公子，一个是钟离恒，另一人是钟离狂。

钟离恒身穿朴素的青衫，看起来十分稳重，一心跟在钟离谦的身后。钟离狂则是一身锦衣，眉眼中透着肆意轻狂，舒艳艳不小心与他对视，他竟举起酒杯于虚空中敬了舒艳艳一杯。

面对钟离狂的好感，舒艳艳竟然没什么反应，无视他的敬酒，转头小口小口地喝自己的茶。

没等闻人厄问她，舒艳艳就答道："钟离狂这样性格狂妄、好美人美酒的人，我见得太多了，要是平日里看见他，冲着那皮相也可以勾搭一番。可惜现在见了钟离谦，我胃口被养刁了，暂时看不上旁人。"

钟离狂见舒艳艳没理会自己，露出一个邪笑，眼中兴致高昂。

若不是钟离恒悄无声息地按了他的衣角一下，钟离狂只怕会直接走到舒艳艳这里敬酒了。

三位钟离公子就座，文会开始。由钟离恒先提一个议题，文人们各抒己见，钟离狂插上两句话，反驳几人的观点，引来无数人的叫好。大家骂人不吐脏字，唇枪舌剑吵得热闹时，钟离谦用掌心的竹简敲了下桌面，说上一句闻人厄完全不懂的话，整个书会的人顿时肃然起敬，一切以钟离谦为首。

闻人厄听得双目迷茫，见舒艳艳竟拿起纸笔飞快地记录起来，勉强用手抹了下自己的脸，忽然觉得有人在自己的肩头一碰，侧目一瞧，竟然是殷寒江听得打起了瞌睡，脑袋磕在了他的肩膀上。

发觉自己失态还冒犯了尊上，殷寒江咬了下嘴唇，传音道："尊上，属下大概是中了钟离世家之人的迷魂术，不知不觉着了道，这才觉得困倦，是属下法力低微，给尊上丢脸了。"

闻人厄忍住笑传音道："若不是殷护法磕这一下，本尊大概也要睡着了。从小到大，本尊一听书院里吟诗的声音就昏昏欲睡，没想到成为修者竟然还是不能逃过这个魔咒。"

"属下也是。"殷寒江不好意思地回答。

暗中聊了会儿天，两人倒是精神不少，不过终究抵不过睡意。书会继续进行，钟离狂又发表自己的意见时，闻人厄和殷寒江已经魂游天外，眼睛看似睁着，实际上两人的头已经磕到一起，再次碰醒了彼此。

钟离狂一直在关注舒艳艳，自然发现他说话时那位美貌女子身边的两位男子竟然睁着眼睛睡着了。他气愤地对着二人道："不知两位先生有何高见？"

这个书院中，除了三位钟离家的公子以外的人，一律称先生。闻人厄未料到有朝一日还能有人用"先生"二字称呼自己，而且尚在困顿中，一时竟没意识到钟离狂在叫自己，并未回答。

这一下倒是彻底激怒了钟离狂，他起身道："不知二位姓甚名谁，家住何方，是何人推荐来的？"

全场视线集中在二人身上，又见两人衣着全然不像文士，顿时一片哗然。

钟离狂的视线太过无礼，殷寒江不满他对尊上不敬，得了闻人厄的暗许后朗声道："吾等并非慕名而来，只是听说今日有文会，我与我主人已经被失眠困扰多日，于门外听到书院内的声音便昏昏欲睡，心想可算找到一个好睡的地方，连忙进来了，果然睡得香甜，真是多谢诸位。"

殷寒江这话一下子得罪了整个书院的人，钟离狂更是沉下脸来，掌心握着一支笔，暗中催动真元，要给这两个人一点教训了。

谁知此时钟离谦起身道："钟离世家举办书会，是为天下人传道解惑。两位先生虽不通诗文，但这场文会能解了两位难以入眠的困惑，也是谦的功德一件。"

他这话说得太让人感到舒服了，就连殷寒江都发不起脾气来，异常温和的一句话，便缓解了场中的尴尬气氛，钟离狂就算想发怒也没有理由了。

闻人厄用赞赏的眼神看着钟离谦，拱手道："多谢钟离公子解惑，吾等受益匪浅，不虚此行。"

钟离谦这么一解围，书会继续下去，闻人厄与殷寒江再打瞌睡也没人会管，毕竟钟离公子都说了，书能治心病，失眠也是心病的一种，那二位在书会睡觉的先生的心病已愈，他们不算是对牛弹琴。

"舒护法，这个人你恐怕弄不到手了。"闻人厄传音道。

"没想到这世间竟有真君子、佳公子，"舒艳艳托腮看着钟离谦，"仔细想想，我若是勾搭不上，那岂不是更证明他是言行一致？这样的人，哪怕看看也是好的。"

全场所有人都在赞扬钟离谦，唯有他左后方坐着的钟离狂，眼中闪过一丝恶意。

闻人厄精准地捕捉到这股恶意，看向钟离狂，正在脑海中思索这个人在剧情中有什么用时，忽然见他头顶有一空间异常，一本书在空间中若隐若现。

魔尊猛地想起，他得到《虐恋风华：你是我不变的唯一》时，也是察觉到头顶空间异变，伸手一探，便抓到一本书。

见到那书马上就要落在钟离狂的怀中，闻人厄随手拿起桌上的一本书，砸向钟离狂的头顶，堪堪接住掉落的书！

"你做什么？"钟离狂再也忍不住了，拍着桌子站起来。

"手滑了，不小心丢过去两本书。"闻人厄面不改色地对舒艳艳道："你去把那'两'本书捡回来。"

他着重点出"两"这个数字，尊主有令，在惩罚期中的舒艳艳怎能不听？她忙起身走向钟离狂，见他脚踩着两本书，眼中露出为难之意，委屈地说道："公子，可否请您让一下。"

她的眼中有泪光，惹人怜爱。钟离狂在众目睽睽之下也不好为难一名女子，又见钟离谦看着自己，只好移开脚，任舒艳艳捡起那两本书。

舒艳艳道谢后，优雅地侧身弯腰拿书，见一本是自己带来凑数的诗集，另一本则是足有砖头般厚的书。

她将书交给闻人厄，用余光看到那本砖头厚的书的封皮上写着几个大字——《灭世神尊》（第一卷）。

4

闻人厄扔书时还施展了障眼法，让人看着像是两本书被丢过去。他一个大乘期巅峰高手，糊弄下普通人还是可以的，钟离狂也没有发现丢过来的其实只有一本书，唯独钟离谦疑惑的视线淡淡地扫过去。他也看到了书的封面，确认这本书绝不属于书院，可这本书究竟来自何处？

魔尊没有解释的打算。当他见到又有一本书出现时，已经没有留在书会的心思了，便直接对舒艳艳传音："不管你用什么办法，一定要把钟离谦弄出钟离世家的范围，做成这件事，减你九十九年的处罚。"

剩下一年算是给两位泡在水牢里、两位被搬到寒玉床上的坛主交代，一年对舒艳艳也不是什么难事。她听到惩罚可以减免这么多年时眼睛一亮，当下道："定不负尊主所托！"

留下这句话，闻人厄无声地对钟离谦点点头，便从窗子直接离开书会，动作极快，书会中的普通书生竟没有发现。

钟离家的三位公子倒是看见了，闻人厄已经与钟离谦无声地告辞过，钟离谦见他是宗修高手，不愿横生枝节，专心将书会进行下去。钟离狂怒不可遏，很想当场掀桌子，钟离谦不着痕迹地拿走他手上的毛笔，挥洒笔墨，在墙上写下一首诗。

他仪态风流，落笔时带着说不出的挥洒写意，点点墨汁溅在白色衣袖上，晕开淡淡的墨色梅花，无论诗文还是举止皆令人惊叹。笔被夺走，钟离狂知道钟离谦不允许他再闹，只得压下一口气，回到座位上，猛灌一口酒。

书会结束后，今日来访的书生都对钟离谦推崇备至，临别时依依不舍。钟离谦告诉众人，五柳山庄欢迎各位天下学子，大家随时可以来一同谈论诗文。

这下众人开心地离开，舒艳艳一双眼睛盯着钟离谦暗送秋波，一直拖到最后才起身，见钟离谦是真的没有理会自己的意思，失落地慢吞吞走出书院。

才走了几步，她就听到身后有人叫她："这位姑娘请留步。"

舒艳艳轻笑一下，转身见是钟离狂，心中暗道没有鱼翅粉丝也行，凑合一下吧。重要的是，她利用钟离狂可以骗出钟离谦，把钟离谦弄到手，尊主就能将她的手下放出来！

为了整个森林，舒艳艳愿意偶尔尝尝路边的野花。

且不提舒艳艳是如何勾搭钟离狂的，闻人厄拿了书，立刻带着殷寒江飞到一个远离钟离世家的无人深山中，布下阵法并由殷寒江守护在外后，这才安心看书。

《灭世神尊》仅第一卷的厚度就与《虐恋风华：你是我不变的唯一》相差无几，也是一百多万字的长篇巨著，闻人厄幻化出一张桌子和一把椅子，细心研读起来。

这一看可不得了，足足三天三夜不停歇，才看完这本书，看过书后，闻人厄的心情十分复杂。

严格意义上讲，这本书如果单单是个普通的故事，他会觉得非常有趣，有些情节甚至令人热血沸腾，想要为主角拍手叫好。

这本书的主角是位男性，小时候生活在一个普通的小镇中，父亲不详，他与病弱的母亲相依为命。男主自小就是孩子王，备受同伴们推崇，不过旁边有钱人家的孩子经常欺负他，高门贵族的奴仆也狗眼看人低。男主告诉自己莫欺少年穷，将来他一定会出人头地。

一个冬日他上山砍柴,回家后整个小镇死气沉沉的,他跑回去一看,小镇中的人全死了。男主遭逢大变,痛哭流涕,吸引到路过的修者,随他上山,被检测出罕见的灵根,开启了他的宗修之路。

他在门派中是人人喜爱的师兄,内心深处却有阴影,一直在寻找杀死自己的家人和朋友的凶手。师父说小镇被灭门可能是魔道中人为了修炼什么邪门法术做的,他发誓日后一定要除魔卫道,努力修炼。他筑基后下山遇到当年欺负自己的人家,那一家人因为举家搬迁没有被灭门,男主狠狠地教训了他们,一雪前耻。

后来他当上了掌门,也收了好多小弟。这些小弟有宗修世家不受待见的庶子,有身在魔道心向正道的修者,有亦正亦邪的散修,也有与他平辈论交的前辈高人。他还幸运地遇到了一位上古神人做师父指导他修炼,师父帮助他解除很多次危机,他非常感谢师父。

他还遇到各式各样的红颜知己,这些红颜知己愿意和平共处,共侍一夫,大老婆将一切打理得很好,他很敬重大老婆。

第一卷结局是他在师父的帮助下,终于用计谋除掉了疑似杀死自己家人的魔道第一高手,却发现了新的线索,证明屠杀小镇的人不是那位魔道高手,而是某个上界下凡的人。

为了找到仇人,男主带着老婆中资质最好的小师妹飞升仙界,至此第一卷就结束了,末尾写着欲知仙界剧情如何,请看《灭世神尊》(第二卷)。

这个故事本身没什么问题,可一旦说出剧中角色的名字,似乎就不是那么回事了。

这本《灭世神尊》里,男主叫作贺闻朝,大老婆是紫灵阁阁主,刁蛮任性喜欢胡闹的是小师妹百里轻淼,他有一个小弟叫钟离狂,他在卷末用计杀掉的魔道第一高手叫作闻人厄。

这本书从另外一个角度完全颠覆了《虐恋风华:你是我不变的唯一》中的剧情,同样的剧情,以百里轻淼的视角在《虐恋风华:你是我不变的唯一》中是一个解读,到了《灭世神尊》中,以贺闻朝的视角,竟然完全换了个解释!

例如百里轻淼被囚禁这一段,是即将与贺闻朝大婚的紫灵阁阁主指出,百里轻淼乃是七煞命,她走到哪里,哪里就会死人,灾难会一直跟着百里轻淼。贺闻朝为了保护心爱的小师妹,将她护在后山中,不让人伤害百里轻淼。

到百里轻淼这边,就是贺闻朝听说紫灵阁有能够救掌门的灵药,上门求药时被紫灵阁阁主看上,为了救师父不得不娶她,还对百里轻淼说要忍耐,别闹,并将她关在了后山中,不让她破坏婚礼。

闻人厄看得哑口无言。

再说钟离谦偶遇百里轻淼救人下山的剧情,于百里轻淼是有人带她离开伤心地,她万分感谢;于贺闻朝这边就是,有人抢男主的老婆,还不赶快弄死钟离谦这个道貌岸然的伪君子、小白脸。

闻人厄又是一阵无语。

若不是他自己就是最后死去的第一卷中的幕后主使、魔道第一高手，他真是差点相信了《灭世神尊》中颠倒黑白的故事。

《灭世神尊》（第一卷）的扉页上，有一句与《虐恋风华：你是我不变的唯一》扉页上差不多的话。区别是，《虐恋风华：你是我不变的唯一》写的是"由于剧情漏洞过多，不被读者认可，因此选择一名在读者中人气最高的角色，亲身验证剧情的合理性并进行适当的修改"，《灭世神尊》则是"剧情已逐渐脱离原著，不被读者认可。因此选择一名对男主最忠心的角色，修正与原著不符的剧情"。

《灭世神尊》是在钟离狂的头顶出现的，看来他便是那位"对男主最忠心"的角色，与闻人厄一样，均是文中的配角。

闻人厄将两本书放在桌面上，沉思起来，《灭世神尊》的出现令他越发确认，他们所在的世界是真实存在的，角色们有着自己的意识和想法，不以任何意志转移。

只不过一本书是以女主百里轻淼的视角看待这个世界，另一本书则是以男主贺闻朝的视角看，两本书是同一世界在不同的人眼中的投影，若是主角换成闻人厄自己，只怕又是一本截然不同的书。

在百里轻淼的眼中，闻人厄是为了救自己死在幽冥血海中的；对于贺闻朝而言，闻人厄于他有灭门夺妻之仇，他的实力比闻人厄差上一点，为除掉这个当年一手策划正魔大战的魔头，他在寄生在自己神识内的高人师父的帮助下，将闻人厄困杀在幽冥血海中，还救回了被魔头掳走的小师妹百里轻淼。

《灭世神尊》中贺闻朝的故事看起来比《虐恋风华：你是我不变的唯一》更加合情合理，至少读者可以完全理解贺闻朝的做法，但从闻人厄的角度来看，简直是狗屁不通！

闻人厄的手掌落在《灭世神尊》上，冷声道："想利用幽冥血海杀掉本尊，本尊倒要看看，你有没有这个本事。"

他收起两本书，撤去阵法，看见守在外面的殷寒江问道："右护法有没有送来什么新消息？"

"右护法昨日传信，她已经笼络住钟离狂，正要利用钟离狂骗出钟离谦。根据钟离狂所说，钟离谦此人功力莫测，又有仙器护体，不太好对付。右护法希望尊上能够出手相助，一同擒下钟离谦。"殷寒江回答道。

闻人厄没有说话，化为一道血光卷起殷寒江，几乎是转瞬间就来到苍穹山脚下。

钟离狂在五柳山庄外有个宅院，舒艳艳此时就住在那个院子里每日与钟离狂周旋，温存过后还会吟诗作画，日子过得好不舒服。

闻人厄破阵进入宅子时，钟离狂正与舒艳艳颠鸾倒凤，房间中忽然出现两个人，当下一惊，刚要出手自卫，只见眼前出现一朵血红色的花，顿时被迷了神志。

"右护法，"闻人厄手中拿着一本书，冷冷地道，"给本尊掏了他的元婴，制成傀儡，用他的神魂引钟离谦下山！"

"好嘞！"舒艳艳的眼睛一亮，顿时一掌贴在钟离狂的丹田处，掏元婴的动作快、准、狠，无比熟练。

"你、你们……"钟离狂也只来得及说这一句话，就被他身边的蛇蝎美人毁了根基。

第八章

灭世神尊

第八章 灭世神尊

1

"尊主。"舒艳艳将钟离狂的元婴双手奉上，递到闻人厄的面前。

"给你了，"闻人厄目不斜视，"把衣服穿好。"

他还是低估了右护法的彪悍程度，本以为舒艳艳最起码会穿好衣服与钟离狂大战几个回合，谁知右护法裹着一层薄被便直接动了手，莫说钟离狂，就是他这个下令之人也有些来不及反应。

钟离狂也是个果断之人，见对方动手如此迅速，根本不给他解释的时间，也干脆舍弃了肉身与元婴，神魂离开身体想要逃跑。却不承想那个身穿黑衣抱剑的男子不管面前发生什么都十分冷静理智，挥剑拦住钟离狂的神魂，让他根本无法逃脱。

"你们是什么人？杀了我，钟离世家不会放过你们的！"钟离狂的神魂说道。

"是吗？你不是一直自认为钟离世家不在乎你，随时可以将你当成钟离谦的垫脚石，送你去死吗？"闻人厄道。

被说中心思的钟离狂神魂不稳，人可以说谎，神魂却很难骗人，神魂虚弱的表现让人一眼就看出闻人厄说中了钟离狂的心思。

一人一魂对话间，舒艳艳已经穿好衣服，仪态优雅地下床，若不是一只手还抓着钟离狂死尸般的肉身，她本人就是一幅极美的画面。

她手掌成爪，拎着钟离狂的脑袋将尸身拖在地上，面上却笑得温顺柔美，"蛇蝎美人"这四字简直是为舒艳艳量身定制的。

"尊主，钟离狂这几日透露了不少消息。"舒艳艳道，"每当我表现出对钟离谦的好感时，他都会说钟离谦是个道貌岸然的伪君子，整天只想弄权，压着他们这些庶子和分支。属下观钟离狂对钟离谦恨意极深，与尊上所说相差无几。"

"你这个妖女！"钟离狂的神魂充满恨意，怨恨的情绪转化为黑气散出来。

"妖女又怎样？"舒艳艳笑道，"你真当妖女饥不择食，什么人都行吗？本妖女一开始可没看上你，我瞧中的是钟离谦，谁知道上钩的是你这么个不自量力的癞蛤蟆呢？你呀，本妖女连你的元婴都懒得吸收，炼成丹药，回山后赏赐给本护法的下属，他们还能开心地说几句甜言蜜语呢。"

"本尊怎么记得，舒护法已经没有下属了？"闻人厄抬眼看向舒艳艳，在她的心口戳刀子。

舒艳艳脸色一僵，从容的姿态慢慢放低下来，顺从地道："整个宗门都是尊上的，属下也是尊上的马前卒，一切……哎哟，你踹我干吗？"

站在闻人厄身边的殷寒江，听到舒艳艳提起"马前卒"，忍不住踹她的膝盖一脚。

"本尊的破军可不是马前卒，是本尊的左膀右臂。"闻人厄对殷寒江道。

殷寒江听了这话，收回脚，对舒艳艳点点头，认可地道："马前卒。"

舒艳艳脸更僵了。

早知道闻人厄竟侥幸在二十一位高手的围攻中活下来，她那时就暂时放下对袭从雪陨落的难过，先去追杀重伤的闻人厄！

没办法，棋差一着，现在她就是闻人厄的鱼肉，随便他用冷刀子割。

能屈能伸的右护法道："尊上，我这便将钟离狂的肉身炼制成傀儡。"

"不要！"钟离狂的神魂痛呼道，"你、你不是要钟离谦吗？是，我恨他，巴不得他死，你把身体还给我，我骗他下山，你们想对他做什么都可以。"

元婴没了还可以想办法用灵药恢复，若肉身被人炼化，钟离狂就真的只能去做鬼修了。

"你倒是表里如一。"闻人厄道。

《灭世神尊》中的钟离狂也是这样的人，在男主面前从不掩饰自己对钟离谦的仇恨，也声称自己一定要杀了钟离谦夺取钟离世家。贺闻朝当时恼恨钟离谦抢走了他最爱的小师妹，很喜欢对钟离谦有敌意的钟离狂，并将小时候被世家子弟欺凌的恨移情到钟离谦的身上，认为这种备受宠爱长大的世家子弟没有一个好东西，都是浑蛋。

于是贺闻朝和脑海中的师父一起帮助钟离狂暗算钟离谦，最终令钟离谦身败名裂，实力大跌，被成功窃取他的声名的钟离狂杀死。

这一段剧情《虐恋风华：你是我不变的唯一》没有提到，只写了百里轻淼拒绝了钟离谦的所有好意，执意要与师兄在一起。钟离谦是真君子，告诉百里轻淼若有难可以上五柳山庄找他后黯然离去，书中就没再提起过钟离谦，谁知道他放手让百里轻淼自由后，就被贺闻朝伙同钟离狂害死了呢？

最有趣的是两本书中关于钟离谦的评论，《虐恋风华：你是我不变的唯一》的评论大多是：

呜呜呜，钟离谦太好了，他是我见过的真君子，尊重女主，爱护女主，愿意陪伴女主。但当百里轻淼最终还是选择贺闻朝时，他又能放手，还告诉女主"谦永远是你的退路"，我好喜欢他！

百里轻淼的眼睛没有用可以捐给需要的人，别白长一对"水灵灵"的大眼睛，作者每次写她看向闻人厄、钟离谦、殷寒江的时候，都用"水灵灵"三个字，我现在快得"水灵灵"PTSD（创伤后应激障碍）了！

楼上的殷寒江拖出去，那个不要。

你们都拖殷寒江呢？我怎么觉得这种趁你病要你命的做法这么带感呢？

钟离谦和闻人厄两个风格不同却各有优点的帅哥摆在眼前，百里轻淼还能选贺闻朝……瞎，是真瞎。百里轻淼遗体捐赠了解一下，等你被贺闻朝折磨死的那一天，用不上的器官可以给有需要的人。

反观《灭世神尊》对钟离谦的评价：

抢男主老婆者，死！

钟离谦太恶心了，什么叫你给不了她幸福不如放手？抢别人的老婆还这么冠冕堂皇，他难道不知道，这个世界上所有女人都是我朝哥的吗？

朝哥终于灭掉钟离谦了，大快人心！

小师妹也太刁蛮了，讲道理，这么多老婆中，朝哥最喜欢的就是小师妹，每次遇难也是为了救小师妹。她竟然一点也不贤惠，到处跑去勾搭汉子，还打柳新叶！天哪，柳妹子多可爱啊，一直喜欢朝哥，为救朝哥主动献身奉献自己的金丹，我最喜欢这样的妹子了。朝哥放着柳妹子不要去保护小师妹，百里轻淼却还是和别的男人勾勾搭搭，这种女人，呵！

百里轻淼是怎么好意思对朝哥说出"钟离谦也是为我好""闻人厄虽然是魔尊，却是坦率之人，所言所行值得人敬佩"这种话的？！

作者能看到我说的话吗？建议这种水性杨花的女人还是别给朝哥了，比起大老婆紫灵阁阁主差远了。

闻人厄决定将《灭世神尊》藏得严严实实的，决不能让殷寒江看到，免得他气得走火入魔。

钟离狂的魂魄跪在空中，求闻人厄放他一条生路。

闻人厄对他笑了笑，继而吩咐舒艳艳："给本尊炼！"

"早就开始炼制了，"舒艳艳边施展灵诀炼制傀儡，边看向那个魂魄道，"这个魂魄怎么处置？唉，要是裘坛主还在就好了，送给她炼鬼母噬心阵。"

闻人厄没有将上清派中有玄渊宗卧底的事情说出来，舒艳艳只当裘丛雪已经被孔雀大明王的影身照散了，提起裘坛主面上流露出一丝黯然的神色。

"抽出一魄炼制成符咒，送到钟离谦的手上，要他一个人下山，不能带其他人，否则就将钟离狂的魂魄抽了。"闻人厄道。

"不、不要啊！"钟离狂哭泣道，"我可以用钟离世家的秘传法诀骗钟离谦下山，你们不要抽我的魂魄，求求你们了！"

人有三魂七魄，缺少任何一魄，都会变得痴傻；三魂若是少了一魂，则是永世为畜。钟离狂宁可现在就去投胎，也不愿丢失一魄。

可惜他面对的是三位心狠手辣的魔宗之人，没人理会他的惨叫，舒艳艳干脆地抽出一魄炼制传讯符，钟离狂失去一魄后变得浑浑噩噩的，哭声也变小了。

七魄主情感，分别是爱、恨、欲、悲、愁、怒、喜，舒艳艳抽出的恨魄，这一魄指向性最明确，恨意直指钟离谦，可以绕过钟离世家的所有人，直接送到钟离谦手中。

"哭什么哭？"放出传讯符后，舒艳艳弹了下钟离狂残缺的魂魄道，"尊上是要你亲眼看看，钟离谦是否为真君子。"

她抽取魂魄的方式极为温和，就算那一魄被炼制成传讯符，也可以用秘法融回神魂中。钟离谦看到那个符咒自然会明白钟离狂还有救，如果他当真愿意只身犯险的话，那就是个爱护幼弟的好兄长。

闻人厄等人在一处山脉布下天罗地网等钟离谦，钟离狂的神魂哭哭啼啼地道："他不可能来的，他巴不得我们这些庶子死去，钟离谦那个伪君子，有这个机会，还能不落井下石吗？"

待到午夜时分，清风朗月之下，一道白影来到传讯符中约定的地点，钟离谦在闻人厄等人的阵法前道："谦已如约而至，诸位的目的应是谦一人，希望诸位能够放我小弟。"

舒艳艳拎着钟离狂的神魂现身道："钟离谦，你应该知道我们的目的是你。你是钟离世家未来的继承人，比钟离狂这个庶子重要多了，你没必要为钟离狂以身犯险。"

"重要的不是谦，而是钟离世家。"钟离谦稳重地道，"谦之所以比其他兄弟优秀，不是因为谦的法力高强，而是钟离世家旁支及分支努力多年所得的鼎盛名声全部集中在谦的身上，离开钟离世家，谦只是一个普通的修者。钟离谦可以死，但钟离世家绝不会放弃任何一个门人子弟，他们每个人都是钟离世家的栋梁之材。"

舒艳艳暗暗赞赏钟离谦，表面上却说道："我抽取的是钟离狂的恨魄，你应该能读出他对你的恨意，他巴不得你名誉扫地，将你碎尸万段，即使如此，你也要救钟离狂吗？圣人也要有个限度！本护法喜欢你这样的君子，喜欢心口一致的圣人，却不喜欢智商不够高的人！"

"谦知道，"钟离谦面色不变，拱手道，"实不相瞒，我也不喜欢自己这个过于狂妄、心性不定、不堪重用的小弟。"

"那你还要救他？"闻人厄也现身，看着钟离谦，有些不理解他的想法。

闻人厄释放出大乘期高手的威压，钟离谦脸色微变，知道自己今日的确遇到了高手，长叹一声道："要救，钟离谦可以死，钟离世家的'道'不能断！"

君子之道，是钟离世家的传承。钟离谦集钟离世家的气运于一身，若是失了道，钟离世家也会被毁去。他今日来救钟离狂，最坏的结果是赔了夫人又折兵，但钟离世家的"道"不会死，钟离家旁支无数，选出一个最优秀的后人，依旧可以继承他们的"道"。

可此时，钟离谦要是不来救人，集中在他身上的"道"就会消散，钟离世家会从此一蹶不振。

骗天就要有骗天的样子，他骗到自己都信，骗到完全变成那种人，已经不能算是骗了。

《虐恋风华：你是我不变的唯一》中，百里轻淼曾说过，钟离谦总是一副很累的样子，希望他能够自由一点，笑得开怀一点。钟离谦的回答是，负重前行，虽然累但无憾。

他一生唯一一次卸下责任，放下他的君子之道，就是问百里轻淼，愿不愿意随他一起走。他可以在钟离世家中选择其他子弟，将气运转移给对方，从此与百里轻淼双宿双栖，做一对神仙眷侣。

可惜百里轻淼拒绝了他。

舒艳艳看着钟离谦，暗叹一声，对闻人厄道："尊上，这个人属下弄不到手。"

闻人厄没说话，舒艳艳继续道："属下想得到这个人，大概要抛弃整片森林才行。可惜属下生性贪婪，舍不得为一个人守身。"

她命钟离狂的尸身制成的傀儡拿着钟离狂的魂魄，自己来到钟离谦的面前，柔声道："你别动，闭上眼，别说话，我便将那废物还给你。"

钟离谦顺从地闭上眼，舒艳艳摸了摸他好看的脸，凑过去吻了下钟离谦的侧脸。

轻吻过后，舒艳艳转身绝情地问道："尊上，是否要属下也废了钟离谦？"

饶是闻人厄与殷寒江，也为舒艳艳这上一秒深情下一秒绝情的样子惊叹。

闻人厄缓过神道："不必，带钟离谦回玄渊宗，至于钟离狂……放他的傀儡与魂魄回钟离家，用搜魂术让钟离狂回家后将自己的全部心思说出来，家门既不幸，就由钟离世家自己清理门户吧。"

钟离谦目送钟离狂的神魂与尸身傀儡离开，紧绷的神情终于透出一丝放松。

他不喜欢自己的这个幼弟，与嫡庶无关，单纯不爱他的为人罢了。回到家中，钟离世家要如何处置钟离狂，是救他还是送他入轮回，就与钟离谦无干了。

闻人厄道："你是坦荡君子，本尊也不瞒你，本尊乃是玄渊宗闻人厄。"

"竟是闻人先生，"钟离谦面露惊讶之色，旋即拱手道，"先生十二年前力战正道二十一位高手，实乃宗修界第一人。谦与先生之'道'虽不同，却已仰慕闻人先生多年，也替天下苍生感谢先生。"

钟离世家非正非魔，属于中立的宗修世家。正魔之战这么大的事情，四大宗修世家自然也讨论过多次。皆是参悟天道之人，自然清楚此战无论正道与魔道都有意瞒过天道渡万载劫数。而且两年前魔道轻松破掉绝灵阵，更让人猜到闻人厄此战的真正目的。

宗修世家的兴起与闻人厄不无关系，他们不是正道修者，对闻人厄是存着一丝感激的。

他真诚地道谢，丝毫没有作伪，舒艳艳也不由得看向尊主，完全不明白闻人厄为何盯上钟离谦。玄渊宗与宗修世家没有任何瓜葛，更无仇怨，闻人厄不是迁怒无辜人的性格，他未必会杀钟离谦，此事或有转机。

"你是真君子，本尊无意伤害你，只是希望你到玄渊宗做客一段时间罢了。"闻人厄道，"本尊是个讲理的人，绝不勉强他人，你可以选择是竖着做客，还是横着做客。"

钟离谦微微一愣，在知晓眼前三人是魔宗之人，对钟离狂下手毫不留情时，根本没想过自己竟还能有生路。说实话，若是有一点希望，钟离谦都会力争反抗的，可现在面前的人是闻人厄，倾钟离世家之力都未必能保下钟离谦，更别提他只有一人。

"谦自然希望能完好地去玄渊宗做客。"钟离谦道。

"嗯，还算识相，跟我们走吧。"闻人厄满意地点了点头，"右护法，路上你看顾着钟离公子，若是到玄渊宗的不是他本人，本尊拿你的元婴喂山上的灵兽。"

他表情严肃，半点开玩笑的意思都没有，说罢竟直接带着殷寒江回宗门，根本不怕钟离谦趁着只有舒艳艳一人时逃走。

舒艳艳的眼泪当场流下来，她对钟离谦道："钟离公子，你大可放心，我总归是玄渊宗右护法，就算代替我的人数不胜数，尊上也……不一定会拿我喂狗。"

舒艳艳哭得那叫一个梨花带雨，还道："公子光风霁月，艳艳也舍不得你到玄渊宗被那些个魔头折磨，你路上若是逃走，艳艳也不会拦着的。到时就算尊上真的拿我喂狗了，也绝不是因为钟离公子你逃走了。"

钟离谦沉默。

他是君子不是傻子，闻人厄与舒艳艳就是在用话语绑住他，让他不敢逃走。他也知道，闻人厄绝不是危言耸听，这位魔尊眼中没有丝毫感情，唯有看向左护法殷寒江时带着一丝无止境的宽容，他是真的可以拿舒艳艳去喂灵兽。

"舒护法不必担心，我不会逃走。"钟离谦想得很透彻，"闻人先生一心想要请我做客，我若逃跑恐怕会给五柳山庄招祸。既然他目前没有杀我之意，想必是有事情需要我去做。"

至于是什么事，会不会违背他的意愿，钟离谦决定暂时不去想那些，走一步看一步。

舒艳艳的眼泪说掉就掉，说停就停，她用手绢抹去泪水，正色道："我以为书生全是榆木脑袋，没想到你还挺聪明。"

钟离谦拱手道："在下也感谢舒护法对谦的信任。"

"嗯？这话怎么说？"舒艳艳挑眉。

钟离谦从容地道："舒护法示弱于谦，是计策，也是阳谋。你相信我绝不会丢下你逃跑，也是相信谦的品性，在下自然要感谢舒护法的信任。"

舒艳艳盯着他，摇摇头长叹一声："得不到的是最好的。"

钟离谦无言。

有了这一番对话，两人顺利地回到玄渊宗总坛，此刻总坛所有的杂役全换成了舒艳艳的下属，各色各样的美男在打扫总坛，还不许用法力。他们见舒艳艳带着一个更好看的男子回来，而且是她之前从未碰过的类型，顿时心生危机感。

那位姓赫连的下属凑了过来，伸手搂住她的腰，深情地望着舒艳艳道："护法，几日不见，属下甚是想念。"

舒艳艳从怀中掏出一本书拍在他的心口道："多看书，修身养性。"

她将钟离谦带到一间客房后，便求见尊主。此时闻人厄已经向殷寒江讲述了书中关于百里轻淼与钟离谦的故事，并道："本尊想的是，要让百里轻淼欠下钟离谦无数人情债，因果多到能够抵消前世神劫后，送百里轻淼去轮回，且吩咐钟离谦去寻找转世的百里轻淼，将她养育成人。如此一来，百里轻淼就可以忘记贺闻朝了。"

殷寒江听了闻人厄的办法，竟丝毫不觉得其中有哪里不对，反而赞叹道："尊上高见。"

不是自己想出的办法，闻人厄向来不居功。他摆手道："也是袁坛主和裘坛主的话提醒了本尊，袁坛主想出了移情别恋的办法，裘坛主告诉百里轻淼，可以杀了贺闻朝培养他的来世。本尊认为，百里轻淼此生大概是没救了，我们只求个来世。"

听到"移情别恋"几个字，殷寒江纠结了下，想了想对闻人厄道："若是很深刻的感情，就算是转世，也未必能够忘却，就怕百里轻淼与贺闻朝的羁绊连孟婆汤也无法洗去。"

"会吗？"闻人厄看向殷寒江。

"属下会。"殷寒江坚定地说道。

闻人厄思索道："这倒是个麻烦，不过还是要试试，先安排钟离谦与百里轻淼相遇再说。"

殷寒江此时正努力用自己的方式帮尊上分忧，将整件事按照闻人厄所说顺了一遍，问道："有尊上插手，百里轻淼与钟离谦的相遇已经与命数大不相同，钟离谦能够死心塌地地喜欢上她吗？"

室内忽然陷入异样的沉默中。

良久，闻人厄才缓缓开口："此事，倒是本尊忽略了。"

正在这时，舒艳艳求见，称她已经带回钟离谦，询问尊上如何处置此人。

闻人厄命舒艳艳来到议事厅，见到她就问："舒护法素来擅长情爱之事，可知道该如何让一个男人喜欢上一个女人？"

"要看那个男人是怎样的人。"舒艳艳道。

"钟离谦。"闻人厄也不隐瞒，毕竟这件事舒艳艳全程参与，也没什么可隐瞒的。

听到是钟离谦，舒艳艳就精神了，抬起头道："尊上，钟离谦是个难得的聪明人，比我们想象的要通透。阴谋诡计怕是不行，对付这样的人只能用阳谋。要他心里清楚，却不得不上钩。比如尊上当着他的面让属下去勾引他，属下做不到就惩罚我，他若是没有心上人，大概就会从了，不过未必会喜欢上我。若他有心上人，那什么阳谋也不管用了。"

"本尊说的女人不是你。"闻人厄冷漠地道。

舒艳艳顿时变得很没兴致，无精打采地说道："属下从未求过情爱，向来只求一晌贪欢罢了，那等刻骨之情，属下不懂。"

"玄渊宗可有人懂？"闻人厄道。

没人回答，他们玄渊宗于情爱一道的人才真是寥寥无几。

闻人厄命舒艳艳退下，拿出《虐恋风华：你是我不变的唯一》反复看钟离谦与百里轻淼相处的剧情，希望从中找出一丝灵感。

"尊上，书上有写到什么是情爱吗？"殷寒江问道。

"倒是提到过一些。"闻人厄翻了翻书，找到百里轻淼剖析自己对贺闻朝的感情的那一段。

那是钟离谦向百里轻淼表白心迹，希望她放下上清派与自己一起走时，女主所说的话："我不知道师兄哪里好，只知道他若是出现在人群中，我第一眼看到的定然是他。他开心我便开心，他难过我也不忍，宁愿委屈自己也想要他幸福快乐。你问我何时喜欢上师兄的，我也不清楚。大概是……情不知所起，一往而深。"

百里轻淼说罢还苦笑一下道："我也曾试着忘记师兄，不爱就可以不痛苦，可是做不到，这大概就是我的命吧。"

闻人厄拿着书上的字迹指给殷寒江看："就是这一段，应该是做到这三点，便能让钟离谦动心。"

他将三点抄写下来，一条一条想对策。

第一点，人群中第一眼便看得到她。这可在百里轻淼与钟离谦身上下追踪咒，取二人心头血各一滴，滴入对方的眼睛中并施以咒术，他二人的眼睛便只能瞧见对方。

第二点，他开心我便开心，他失意我便难过。可让苗坛主炼制同心蛊，种在二人身上，这样即使两人远在万里，都可以感觉到对方的感情。

第三点，情不知所起，一往而深。这句话有点复杂，闻人厄不太清楚有何含义，总之先把前两点做到，第三点再想办法。

终于得了法子的闻人厄略微松了口气，尽人事听天命，若这些全部做到，百里轻淼依旧那么死心眼，就只能试试轮回转世了。

他传令擅长咒术的师坛主和蛊术的苗坛主准备前两点相关事宜，又传讯衾丛雪，要她近期内想办法哄百里轻淼下山，将人弄到玄渊宗来。

殷寒江拿起闻人厄写的那张纸，看着上面的三行字，默念了一遍。

2

钟离谦做好了被玄渊宗百般折磨、逼他去做违背良心和道德的事情，说不定还会失身失魂的准备，下定决心，无论闻人厄要怎样折磨他，他的选择一定是无愧于君子之道的。

谁知他抵达玄渊宗的第二日就被人送到了玄渊宗的冥火分坛，闻人厄全程并未露面，他被右护法舒艳艳移交到一名肤色苍白、面有病容的男子手上。舒护法称那男子为师坛主，是冥火分坛的新坛主。

"放到我那里吗？"师坛主病恹恹地咳了几声，"喀喀喀，冥火坛在鬼邙山下，我自己都不敢去，你要我送他去？不干不干。"

"你身为冥火坛坛主，竟然连自己的地盘都没有掌握就来争夺魔尊之位？你是怎么想的？"阅人无数的右护法发现，自己竟然一直未读懂过前冥火坛主裘丛雪的这位下属。

"喀喀喀，就因为不敢回去，我才会答应帮裘坛主暗害苗、阮两位坛主的，"师坛主的脸色越发苍白起来，"我的实力和人脉怎么可能做魔尊，我只有个小小的愿望，就是换个分坛而已，谁知变成现在这副样子，喀喀喀！"

他咳出几个小虫子，正是苗坛主的蛊虫，是闻人厄给师坛主的惩罚。

"连苗坛主种入你体内的蛊虫都病死了，你怎么会怕一个冥火坛？"舒艳艳边疑惑边后退两步，心中暗暗庆幸当日幸亏闻人厄抢在她享受阮坛主与师坛主之前返回，否则她指不定会被过什么病气呢。

师坛主忧郁地瞧了舒艳艳一眼，问道："舒护法，听闻你与裘坛主关系很好，那你应该知道，冥火坛的下属是些什么样的修者。"

"谁说我与裘丛雪关系好了？她是鬼修，冥火坛的下属自然也全是鬼修，只有你……"舒艳艳说到这里，终是明白了师坛主的为难。

师坛主以境虚的实力竟可以病倒大乘期高手，实力不容小觑，他在任何人手下，那位坛主都无法安枕，偏生他所在的冥火坛，全是没有肉身或者是已经死去的鬼修，肉身保存最完整的是个千年旱魃，就是僵尸，师坛主那身病气，可以过给谁？哪个属下能服他？

"当年尊主收服玄渊宗后，接见了我一次，只那一次，殷护法就生了病，尊主说为了玄渊宗的团结，将我发配到冥火坛……"师坛主擦了擦不存在的眼泪，"我成为坛主后，好不容易收服了几个合体期以下受伤的鬼修，现在也听从尊上命令送给阮坛主了，舒护法，你说我容易吗？"

舒艳艳没说话，师坛主又看向钟离谦道："钟离公子，你是翩翩君子，'平日不做亏心事，夜半不怕鬼敲门'那种，等去了冥火坛，就靠你保护在下了。"

钟离谦沉默不语。

就这样，他随着师从心师坛主来到鬼邙山冥火分坛，师坛主勉强为他清理出一个没有鬼修的宅子，也不知是多久之前的建筑，梁柱上的刻文竟是甲骨文。师坛主听说钟离谦喜欢治学，又不知从哪儿弄来很多书简，送给钟离谦打发时间。

书上的阴气很重，一些竹简中还有诡异的血迹，更有一些记载着某某死于某年某月某日某时，旁边还会刻上一些诸如"胡说，我明明不是这么死的""原来我在史书上只有这一句话""野史真是不能看，快把我气活了"之类的话语，关于这些文字的来历，钟离谦不敢深想。

除此之外，一切过得还算不错，就是师坛主从他的指尖取走两滴血，这令钟离谦有些不安。

当时他对师坛主说："宗修四大世家敢于开枝散叶，不怕有人用凡间血脉咒杀核心门人，是因世家皆有斩断血脉影响的法诀，你取走我的血也不会对钟离世家有任何影响。"

师坛主长长叹一口气，面色忧愁，加上他的病容，实在是凄苦无比，连钟离谦这等定力都不由得问道："坛主因何事如此忧愁？"

"唉，也不是什么大事，只是一个人要回来了。"师坛主侧着脸认真地看着钟离谦，"你说她怎么就是人呢？她竟然是人了！"

钟离谦心下纳罕：玄渊宗的人皆是古古怪怪的，说些他听不懂也不愿细思的话。

知道自己的血不会危害钟离世家，钟离谦便留在冥火分坛安心读书，一读就是三个月，这段日子也只有师坛主偶尔来与他聊聊天，说是要蹭些人气。

闻人厄其实也不想将钟离谦一丢三个月，钟离世家已经送过好几次拜帖了，他全给挡了回去，事成之前，闻人厄不打算见这些人。

袭丛雪之所以一直未能将百里轻淼送到冥火坛中，是因为上清派发生了一件大事，这件事闻人厄也是从书上看到的，而且还是从两本书的两个角度看的。

《虐恋风华：你是我不变的唯一》上提到，百里轻淼拿到七彩碧莲心喜滋滋地回门派，一心想着师兄的伤终于有救了，谁知到了门派，却听到一个噩耗。

如原文一般，贺闻朝与柳新叶同修，柳新叶灵根尽毁，险些没了命，被送到药堂温养。贺闻朝伤得太重，就算有柳新叶献身也没有完全恢复，不过也恢复到了筑基期。

他知道自己伤重时害了柳师妹，心里难过，只身离开门派说是要找能够救治柳师妹的灵药，与百里轻淼前后脚返回门派。贺闻朝没有找到灵药，反倒是自己的法力竟提升到了化神期。他自称是遇到一个飞升大能的洞府，得到这位前辈馈赠的仙丹，才晋升到化神期的。

贺闻朝表示，他的实力已经变强了，将来一定会想到救柳师妹的办法，希望师门能够给他一个改过的机会。

上清派前辈高人没剩下几个了，化神期已算是跻身高手行列，难得出现这么优秀的一个晚辈，自然也不能怪他，只得委屈柳新叶了。

贺闻朝正意气风发时，百里轻淼后脚就回到门派，还没来得及拿出七彩碧莲心，在执事堂登记回山信息时就听说了这件事，当场便在执事堂哭了起来，哭得险些勾起心魔，哭到她的师父清荣长老以及执事堂的清越长老全跑来安慰她。

一同赶来的还有贺闻朝，他如原文一般向百里轻淼表白，坦白告诉她自己当时是无意识的，根本不是喜欢柳师妹，希望师妹能够谅解他。同时，他还说自己愧对柳师妹，请求师妹与他一同寻找帮助柳新叶的办法。

他哄人的手段是一流的，百里轻淼眼看就要如原文一般被哄住，原谅贺闻朝不说，竟还同情起了跑到执事堂秀虚弱的柳新叶，想要把七彩碧莲心拿出来送给柳新叶，免得师兄欠柳新叶一份情。

就在她马上要说出七彩碧莲心之事时，一直皱着眉头翻阅上清派执事堂规定的清雪长老说出了一句改变整个局势的话："贺闻朝为什么不娶柳新叶？"

众人面面相觑。

她翻出门规，指着其中一条道："上清派门下弟子若心意相通，可向师门报备后结为道侣，门规上写着的不是吗？"

柳新叶听到这话，一双眼睛水汪汪地看着贺闻朝，等着他发话。

百里轻淼也没想到清雪师父会这样说，这等于断了她与师兄的后路，要她怎么认同？

"这个……"执事堂清越长老道，"清雪道友，你看一下细则，结为道侣是需要双方都达到元婴期的，柳新叶要到元婴期还需要些时日。"

"她还有可能到元婴期吗？"清雪长老问道。

众人尽皆沉默。

清雪长老一语穿心，柳新叶扶着墙哭泣道："我的确是个无用之人，留着也会拖累师门，倒不如就此去了，一了百了。"

说罢她便要撞墙，执事堂那么多人，怎么可能让柳新叶死？贺闻朝抢先抱住柳师妹，一脸为难地道："可是，可我意属……"

方才还发誓自己只爱百里轻淼一人的贺闻朝，在柳新叶面前反倒说不出这话，只能向百里轻淼投以求助的目光，让她向清雪长老求情。

百里轻淼被他一看就仿佛丢了魂，抱住清雪长老的腰说道："清雪师父，我、我喜欢师兄，他们若是成婚了，我该怎么办？呜呜呜……"

"也不是没办法，"清雪长老慈爱地摸摸百里轻淼的头发，指着柳新叶道，"你看她那样子，左右也活不过十年了，她死了位置不还是你的？"

百里轻淼无力反驳。

清雪长老这是话糙理不糙，她那率直到诡异的思路竟说服了上清派众人。

贺闻朝被柳新叶所救，此生就是欠下因果，不偿还天道迟早会讨回这笔债。他倒不如就此娶了柳新叶，对未来的心境也有好处。至于百里轻淼的感情……正如清雪长老所说，宗修无岁月，百里轻淼活个千八百年不在话下，说不定真能熬到柳新叶去世再结连理嘛。

就这样，几个长老谈论过后，同意了这门婚事。

其间百里轻淼想拿出七彩碧莲心救柳新叶，免得她与师兄成婚。这时清雪长老提醒她道："吃了七彩碧莲心后直接晋升到化神期，更有资格成婚了。"

百里轻淼哭了一整晚，求师父允她下山，避开这场婚礼。

她的心中仿佛住着一个魔鬼，明明救柳师姐的灵药就在储物灵器中，她却不想拿出来。她想，给自己十年时间下山散心，十年后回门派时柳师姐若还活着，就交出灵药成全这两人，也算是了却她与师兄的这一场情谊。现在的她是做不到放手的，倒不如交由天命来决定。

清雪长老非常支持她，贺闻朝与柳新叶成婚的前几天，她带着百里轻淼离开了上清派。

下山时，百里轻淼回头望向巍峨的高山，想着还有五日师兄便要成婚了，还好清雪师父愿意陪在她身边。

修改版剧情到此为止，闻人厄看过后又去看评论。

这门亲事我同意了！祝你们幸福！

哈哈哈哈哈！我要被清雪长老的反应笑死了，她是怎么做到面不改色地说出"柳新叶也就再活十年"这种话的？干得漂亮！

贺闻朝现在娶了柳新叶，我看他将来还拿什么脸去娶紫灵阁阁主。修改之前的剧情他是单身，又是上清派未来的掌门，娶紫灵阁阁主绰绰有余，现在嘛，我很期待之后的剧情哦。

他可以娶两个呀，哈哈哈哈哈！

作者继续修改，我看好你。天知道我竟然追一本古早虐文的修改版追得这么真情实感，作者我相信你能再火一次。

闻人厄满意地放下书，又去看《灭世神尊》的修订版，剧情与《虐恋风华：你是我不变的唯一》差不多，只是扩写了贺闻朝下山后是如何在随身师父（血魔老祖）的指引下找到大能的遗迹，服下丹药恢复力量这一段剧情，回门派后发生的事情就一样了，不过评论大不相同。

为什么要修文？原文挺好的，有什么修改的必要吗？一脸迷惑。

净网吧，不允许男主开后宫了，很多作者修文了，这个我理解，可是这剧情……是不是哪里有问题？

这些美女朝哥要是都收了，还挺喜欢柳新叶的。如果只能娶一个老婆，柳新叶差太多了吧，资质比不上小师妹，脑子比不上大老婆，长相也一般。

就算可以娶很多个，大老婆也不能是柳新叶，她差太多，根本配不上男主！那个新出来的散仙清雪长老有毒吧？我之前还以为她是朝哥的新老婆呢。

清雪长老是我目前见过的最恶毒的女角色了，仅次于魔宗那个舒艳艳，作者也是有才，能把两个挺好看的妹子写得这么有毒。

两边的评论差异巨大，闻人厄思考了下，觉得自己还是比较喜欢《虐恋风华：你是我不变的唯一》的评论，那边相对正常一些。

"尊上，裘坛主回山了。"殷寒江的声音从门外传来。

最近殷寒江不太跟着闻人厄了，以往只要闻人厄不赶他，他会一直跟着尊主，哪怕在房间里也不会离开。也不知从什么时候开始，闻人厄在房间里时，殷寒江不会跟进来，而是默默地守在门外。

"百里轻淼呢？"闻人厄问道。

"已经取了血送到冥火坛了，"殷寒江隔着门道，"裘坛主与舒护法在总坛打了起来，是否要阻止？"

闻人厄推开房门，本来贴在门前的殷寒江猛地退后几步，与尊上拉开距离。

闻人厄表情古怪地看了一眼殷寒江，刚要询问就听到外面传来砸山的声音，面色一寒道："随本尊出去看看。"

3

舒艳艳与裘丛雪的打斗原因异常简单，裘丛雪将百里轻淼送到冥火坛便回到总坛复命，在总坛遇到舒艳艳。舒艳艳没想到裘丛雪还活着，一时竟失了神，盯着她无法移开视线。

裘丛雪自改修散仙后，黑袍下的身体凹凸有致，失去了以往充满质感的森森白骨与无数血腥恐怖的鬼影，对此她始终是有些自卑的，在冥火坛时也尽量避开自己曾经的下属，怕失了鬼修的排面。

此刻见舒艳艳盯着自己不放，顿时认为她在嘲笑自己，裘丛雪当下不悦道："谁准你看我的？"

"我看你一眼又怎么了？"舒艳艳高傲地昂起头道，"本护法看你一眼，是你的荣幸。"

于是两人便大打出手，理由就是这么简单。

闻人厄带着殷寒江赶到时，裘丛雪追着舒艳艳满山跑，阮坛主时不时偷袭裘丛雪一下，边偷袭边道："让你收那么多恶心的下属……我打死你！"

短期内，阮坛主大概是不敢说脏话骂人了，闻人厄满意地点头。他们玄渊宗总算是像点样子了。

"停手。"闻人厄单手拿着七杀戟,轻喝一声,三人感受到远超大乘期的威压,根本弄不清闻人厄现在已经多强了,立刻收手来到闻人厄的面前跪下。

裘丛雪抢先道:"尊主,属下……"

"本尊已经知道了,"闻人厄打断她的话道,"你可以在总坛待一段时日,等事成之后再带百里轻淼回上清派。"

"尊主,我的冥火坛……"裘丛雪难得地犹豫了下,"算了,还是给师从心吧。"

她现在在玄渊宗的地位有些尴尬,方才裘丛雪几乎是压着舒艳艳打,玄渊宗除了闻人厄,实力最强的就是裘丛雪了。可现在四大坛主两位护法的位置已经满了,裘丛雪视线扫过袁坛主与阮坛主,努力挑选目标,宰了谁抢夺对方的分坛比较好呢?

袁坛主被她看得背脊发寒,忙道:"尊主,玄渊宗总坛事务繁重,需要协调与其他分坛的关系,裘坛主的脑子,欸,性格不适合接管总坛,我看阮坛主的龟甲坛比较适合。"

"袁坛主,你的算盘打得倒是好!"阮坛主怒气冲冲地道。

"诸位不必担心,本尊已有打算。"闻人厄道,"裘坛主立下大功,即日起晋升为护法,位列四位坛主之上。"

舒艳艳的脸色变得僵硬起来,她不敢反抗闻人厄,顿时看向袁坛主,眼神像浸了毒般,既然护法她当不上,最差也是总坛坛主。

袁坛主满脸是汗,裘丛雪他可以用智商不高来搪塞,舒护法可怎么办呢?

"本尊说的是左护法。"闻人厄道。

这下护法和坛主们松了口气,裘丛雪一想到自己升职又与舒艳艳平齐,心中十分满意,自卑之心终于减缓一些。

殷寒江深深地望着闻人厄,全然没有为失去左护法一职忧心。他从不在意地位或权势,这些舒护法与几位坛主拼命争抢的东西,尊上会随手丢给他。

感受到殷寒江的视线,闻人厄道:"原左护法殷寒江为玄渊宗副宗主,日后他的话就是本尊的话。"

果然如此,殷寒江平静地低下头,这就是他的尊上。

舒艳艳皱皱眉,总觉得哪里不对。直到闻人厄带着殷宗主和苗坛主赶往冥火坛时,她才想清楚,以往与她平级的殷寒江现在压她一头,而裘丛雪竟然与她平级,她的地位不升反降。

裘丛雪活着,她本来还高兴了片刻,现在嘛……

左、右护法对视,均看出了彼此眼中的敌意。

闻人厄不会理会新任左护法与右护法之间的恩怨情仇,丢下遁光比较慢的苗坛主,带着殷寒江飞快地来到冥火坛山脚下,落地后便问道:"殷护法……是殷副宗主了,你近日情绪不高,是否对本尊的安排不满?"

换成舒艳艳定要揣摩尊主这话是何意,是否对自己不满,该如何应答。殷寒江却毫不在意,率直地回答道:"能离尊上更近一步,属下欢喜都来不及,怎会不满?"

"本尊怎么觉得你最近离我更远了?"闻人厄细瞧殷寒江,见他垂着头,看不到正脸,心下有些不悦,"本尊不喜你跪我,不喜你低着头,不喜看不到你的脸。"

殷寒江顺从地抬起头正视闻人厄,眼中饱含着极其复杂的情绪。

"这就对了,你已经是副宗主了,一言一行代表着本尊的意思,拿出气势来。"闻人厄鼓励殷寒江。

"是。"殷寒江的眼神渐渐变得坚定起来。

他对尊上有什么执念,并不影响与尊上的关系。殷寒江心中最重要的人是闻人厄,这一点没有任何变化,这便足够了。

闻人厄很关注百里轻淼与钟离谦的情况,与殷寒江隐去身形,来到关押百里轻淼的地方。

百里轻淼平躺着被绑在一张木板床上,蒙着眼睛,床旁边的椅子上坐着师坛主。

冥火坛阴气太重,阳光无法照射进来,纵使白日也阴沉沉的。师坛主将一盏油灯放在桌子上,轻咳两声,拿出一根针放于油灯上烘烤。

"你是什么人?"百里轻淼的声音中夹杂着一丝惧意,她紧张得胸口一起一伏,却还是坚强地道,"我师父呢?你们把我师父怎么了?你们要是敢伤她一根头发,来日我定要你们十倍、百倍来还!"

"喀喀喀,"师从心话未说先咳嗽,咳够了才道,"谁敢惹她?你还是先担心下自己吧。"

说罢他手中拿着两根针,一根针刺在百里轻淼中指的指尖上,取了两滴血。放下百里轻淼的血,他拿出另外一根沾着钟离谦的指尖血的银针,摘下百里轻淼的蒙眼布。

百里轻淼睁开眼,只见自己身在一个阴暗的房屋中,旁边坐着一个面露病容的男子。这男子看面相只有二十来岁,年轻得很,肤色极白,白到指尖在油灯昏暗的光下竟有一丝透明。

他的衣服也是一件轻薄的白色单衣外披着一件黑色大氅,黑棕色的毛领衬得他的脸色更加苍白,长长的睫毛垂下来,正专注地看着手上的银针。他默念心诀,单手飞快地打出灵诀,百里轻淼从未见过哪个人施展灵诀的速度竟如此快,她仅能看清残影。

"定!"师坛主呵斥一声,食指与中指并拢指向银针,咒术已成。

接下来他只要将两滴鲜血分别滴入百里轻淼的双眼中,她以后不管在什么地方,第一眼看到的就永远是钟离谦了。

"说起来,我施咒这么多年,还是第一次听到如此神奇的施咒要求呢。"师坛主边滴血边嘟囔道，"尊上真是个看不透的人啊。"

他先滴了左眼，再移到右眼时，手指猛地一跳，第二滴血没有进入百里轻淼的右眼，顺着鼻尖滑了下去。

"怎么了？"师坛主举起自己干瘦的手，翻来覆去地看，"奇怪，怎么会抖呢？"

"你对我做了什么？往我的眼里滴了什么？"百里轻淼强撑着没哭，咬牙问道。

哭是给关心自己的人看的，而不是在敌人面前示弱的！百里轻淼虽然爱哭，却不会在这个时候做无用功。

"不对啊。"师坛主将视线移到百里轻淼的脸上，整个人顿时呆住了。

屋外暗中观察的闻人厄也觉得师从心的状态不对，他忙掏出《虐恋风华：你是我不变的唯一》，发现上面的字正在疯狂发生改变。

原书描写贺闻朝与紫灵阁阁主大婚之日，百里轻淼先是在钟离谦的帮助下逃脱，与钟离谦互换姓名后分开。大婚当晚洞房夜时，她又遇到一直关心着她的闻人厄，闻人厄陪她度过那个难熬的夜，并许诺成神会帮她将牛郎、织女星安排在一起。

今天刚巧是贺闻朝和柳新叶成婚的日子，百里轻淼的身边没有男二、男三，只剩下一个正在施咒的师从心。

闻人厄眼看着书中的字飞快地变成：师从心看着泪痕未干的百里轻淼，被她脆弱却又坚强的姿态吸引，烛火下百里轻淼的身上仿佛笼罩着一层淡淡的神光，师从心的心乱了。

闻人厄沉吟半晌。

又见神光，师坛主也能看到神光？而且这段话之前分明是给闻人厄的，现在就换了个人名。

师从心的脑海中也浮现出那行字，他举起油灯，细细观察百里轻淼的脸，掐指测算天机，得出答案后，猛烈地咳嗽起来。他咳得太剧烈，仿佛要将肺咳出来，百里轻淼听声音都觉得惊心动魄，感觉身边的人马上就要咳死了。

闻人厄皱眉，殷寒江忙戴上鬼面具，一晃身出现在室内，单手拎起师从心，将人拽了出去，留下百里轻淼一人在房内满头雾水。

"尊主，喀喀喀……"师从心狂咳，好半天才缓过来，气喘吁吁地说道，"属下好像不能再对她下手了。"

"为何？"

师从心回答道："属下修人间七苦，'生、老、病、死、怨、离、求而不得'中的病，这本是从佛家中转换而来的道，修者必须体会百病缠身、五劳七伤的滋味，品人间苦楚，才能登上大道。我方才看那女子时，竟有种被神威震慑的感觉。

就好像，她本该是属下的上级，比袭坛主与尊上更高一级……不不不，比不上尊上。属下一看到她，就好像……苗坛主的蛊虫遇到母蛊，像着魔般想为她生、为她死、为她付出一切呢。"

闻人厄不由得沉默了。

百里轻淼的神格，司灾厄、疾病、死亡，可不就是师从心的本源嘛，他将来就算是成仙成神，也只会是百里轻淼的从神。

4

闻人厄并未觉得愤怒。他早已适应剧情的惯性，现实发展时不时要靠拢原剧情，这应该是正常现象。

他们逆天改命，不断扭转剧情，可原本的命数还在抵抗，这种情况下，偶尔会出现原剧情硬是贴在某个不相干的人身上的事，实在是太正常不过了。

"那你对百里轻淼是否有倾慕之情？"闻人厄问道。

他忽然发现选项不止钟离谦一人，师从心……闻人厄细细打量师坛主，除了面有病容外，生得还算不错。以师坛主的体质，在他能够将病气收放自如之前，无论与谁同修都会病死对方，也只有鬼修能够承受住他体内的病气，这也是当年闻人厄把师从心安置在冥火坛的原因。

世间唯有女主不会怕师从心的病气，这不也是一种唯一吗？

闻人厄和善地看着自己为百里轻淼选择的"备胎"，师从心感受到闻人厄期待的视线，忙狂摇头道："喀喀喀，怎么会呢？属下效忠的对象仅有尊主一人。"

意思就是，今天闻人厄做魔尊，师从心就效忠闻人厄，明日舒艳艳若是篡位成功，师从心也一样效忠魔尊，没有任何问题，绝对是玄渊宗一脉相承的忠心。

闻人厄顿时意兴阑珊，挥手道："你既然无法动手，百里轻淼就先放在一边吧，先去为钟离谦下咒。"

师从心忙退下，隔着窗子看了眼百里轻淼，微微摇头。他的内心深处是想帮助这位女子的，但……尊主有吩咐还是要办的，日后在无伤大雅的地方顺手帮一下吧。

见他的表现，闻人厄大失所望地摇摇头道："连违反本尊的命令偷偷救人都做不到，不堪重用！"

刚刚赶到的苗坛主顿悟了。

尊主所谓的"重用"，难道就是违背尊主的命令吗？那他明白为什么舒护法能够一直稳坐护法之位了，在背着闻人厄暗施手脚这方面，他苗秋青的确是自愧不如。

苗坛主进入房中，继续用布条蒙住百里轻淼的眼睛，喂她服下蛊虫，便离开去给钟离谦下蛊。

钟离谦刚被师从心施咒，又被苗坛主下蛊，全程是清醒的，自然知道这二人对自己做了什么不好的事情。不过他并不害怕，一颗悬着的心反而落地了。原本他始终担心闻人厄会利用他对付钟离世家，或者利用他在俗世中的名望，蛊惑学子们建立邪教，好增强闻人厄的实力。

此刻他担心的两件事都没有发生，钟离谦博览群书，比百里轻淼有眼界，血液滴入眼中，他就分辨出这是依靠血液追踪某人的咒术，对他的神志没有影响。苗坛主的蛊虫入腹内他就知道是同心蛊，这种蛊虫会让人的情绪与另外一人相连，是情蛊的变种，苗疆女子多用它感应丈夫的心情。

钟离谦知道这种蛊虫没有影响人神志的能力，它们不服从母蛊，仅能感应到彼此，而且这种情感体验是双向的，若是自己意志坚定，完全可以不受对方的情感影响，还可以反过来压制对方。

"闻人先生应该清楚这两种方法无法控制谦，为何要这么做呢？难道是希望谦为他追踪某个人吗？"钟离谦问道，"可谦并不擅长追踪，与其找我，倒不如派更擅长的修者去做。"

钟离谦是个聪明人，这些日子一直在思考闻人厄究竟想做什么，目的为何。在冥火坛做客的日子里，他经常拿着棋子与自己对弈，想出无数种可能性，此刻却发现自己都猜错了。

"尊主高深莫测，非吾等可揣摩的。"师坛主道，"钟离公子还是乖乖地听尊主的吩咐吧，喀喀喀。"

苗坛主比后上位的师坛主知道的事多一点，清楚百里轻淼是闻人厄看中的弟子，只不过现在被裘丛雪抢了，也清楚同心蛊是用来做什么的，加上闻人厄刚刚说师坛主"不堪重用"。综合以上线索，他认为尊主可能是想借钟离世家的手除掉裘丛雪这个散仙，同时回收自己看中的弟子。

当然这个猜测他是不会告诉钟离谦的，完成任务后直接走人。解除同心蛊的方法苗坛主已经交给闻人厄了，剩下的就看闻人厄自己了。

师、苗两位坛主离开后，百里轻淼拼命挣脱开绳子，偷偷走出房门，见四下无人，没有逃跑，而是反向里面走去，寻找清雪师父。

百里轻淼不傻，方才出现的两人功力皆深不可测，她一个普通的元婴期修者怎么可能挣脱绳子逃出去？这一定有阴谋，说不定对方正等着她出逃呢。她与其傻兮兮地中计，倒不如去找师父，清雪师父是散仙，功力深厚，两个人会比她一个人更容易逃出去。

闻人厄本以为百里轻淼会向出口逃走，出口处已经设下幻阵，只要百里轻淼向那个方向逃，就能遇到鬼打墙，怎么走都会走到关押钟离谦的房间，谁知她竟比自己想象的要聪明。

"奇怪，百里轻淼是这么聪明的人吗？"闻人厄蹙眉道，总觉得似乎有哪里偏离了自己的计划。

如果百里轻淼走向出口，她会一路无碍地找到钟离谦，可她向里面走，冥火坛深处是藏着无数鬼修的！

她才走出两步就听到一声哭泣，快步走过去，看见一个身穿红衣、披散头发的人正蹲在一个房子的墙角里哭泣，哭声令人心悸。

百里轻淼听到哭声就不由自主地走过去，轻轻拍了拍对方的肩膀，问道："姑娘，你也是被抓到这里的人吗？"

"呜呜呜……"那个红衣人只顾着哭，哭得肝肠寸断，好伤心好伤心的样子。

百里轻淼听得有些心疼，心想这位姑娘可能遭遇了什么不好的事情，更加担心清雪师父。

"呜呜呜，他们、他们最后推选我去见他，为什么是我？呜呜呜……"红衣人哭道，"明明那么多人想要和阮坛主亲近，让他们去好了，我不想的！"

"他们逼你做什么事情？"百里轻淼小心翼翼地问道，生怕触到这位姑娘的痛处。

"逼、逼我……"红衣人哭得上气不接下气，慢慢地转过身，抬起头道，"他们说我长得最丑，逼我去亲近阮坛主。"

"啊！"看到红衣人的脸，百里轻淼不受控制地尖叫出声，这是怎样一张脸啊？眼珠挂在眼眶上，脸上满是腐臭的味道，舌头里更是有蛆虫爬来爬去，更重要的是，这人……好像是个男子。

红衣人一把扣住百里轻淼的手臂，压着她爬过来，指着自己的脸问道："我、我其实也不是不愿意和阮坛主在一起，但是他骂我，说我把虫子弄到他身上，这些明明是我养的小宝贝，你说它们丑吗？你看它们一节一节、一拱一拱，明明那么可爱。"

"啊！你不要碰我！"百里轻淼运足真元推开对方。她一个元婴期修者全力一击，竟只将对方推出去半米。

映月玄霜绫吓得在空中胡乱飞舞，在碰到红衣人的虫子时那条银色的绸带还哆嗦数下，硬是将虫子甩了下去。

百里轻淼在前面跑，红衣人一扭一扭地追上来，边跑还边说："为什么师坛主和阮坛主都觉得我丑？明明裘坛主在的时候不是这样的，裘坛主可喜欢我了，经常夸我，我好想念裘坛主啊。咦，你身上为什么有裘坛主的味道？你别走啊，等等我！"

百里轻淼哪里知道师坛主、裘坛主，只知道那个被迫与红衣人亲近的阮坛主太可怜了。她心惊肉跳，一路狂奔，却根本甩不脱红衣人。她觉得自己不是打不过对方，而是不敢打。

就在她绝望时，左眼忽然看到一间屋子正发着光，忙推门冲进去，将房门锁死，捂着狂跳的心口屏住呼吸，生怕外面的红衣人发现自己。

红衣人站在门前，歪头瞧了一会儿，"嘤嘤"哭了两声后道："这里住的是师坛主请的客人，不能打扰，我得走了。"

说罢委委屈屈、一扭一扭地离开，他想念裘坛主。

百里轻淼听得脚步声渐渐远去，终于没那么害怕了。她拍拍心口，观察这个屋子的情况，左眼却一眼就看到一位手拿着书的白衣男子，白衣男子也专注地看着她，百里轻淼的左眼与对方的视线就这样黏在一起，想分都分不开。

钟离谦哑然。

他方才忽然感到一阵心悸，久违地感觉到十分害怕的情绪，知道是同心蛊发作，正待想办法平心静气时，一个女子突然冲进房中。至此，钟离谦的视线便离不开这位女子了，只觉得她的身影仿佛硬糊在眼前一般。

就好像……有个人整张脸贴在他的双眼前，身上还绽放着万丈光芒，他只看两眼就觉得眼睛疼，偏偏还无法移开视线。

钟离谦满脑子都是百里轻淼的一张大脸，心想这又是什么新的折磨人的手法吗？

百里轻淼要好一点，她左眼看到的全是钟离谦的脸，右眼倒是能观察周围环境，可双眼看到的东西不同实在太难受了，她觉得眼前出现了重影，钟离谦动一下，百里轻淼就头晕想吐。

看来只能蒙上眼睛了，钟离谦心念一动，拿出一条布条蒙上眼睛。修者可神识外放感知周围环境，双眼看不见也没麻烦。

对方的动作提醒了百里轻淼，她立刻扯下一条衣袖，斜着绑在自己的左眼上，仅露出右眼，这下舒服多了。

右眼可以清楚地看到钟离谦的样子，是个翩翩公子，百里轻淼看见他动了下，吓得贴在墙上，映月玄霜绫在面前疯狂打转。她惊慌地道："你别动，保持这个样子就好，别放虫子！"

钟离谦感到她惊恐的心情，心中默默背诵诗文，让自己和百里轻淼都平静下来，浅笑道："姑娘放心，我生来就是这副样子，不会变的。在下钟离谦，敢问姑娘芳名？"

"钟离谦？钟离世家的人？"宗修界的常识百里轻淼还是知道一点的，她发觉自己已经冷静下来，猜测道，"阁下也是被抓到此处的吗？"

"算是吧。"

钟离谦平和的态度令百里轻淼放松下来，她收起本命法宝，拱手道："上清派百里轻淼，我本与师父下山游历，路过鬼邙山，被人抓到这里，师父现在下落不明，我正在这里寻找师父。钟离公子可知道此处是什么地方？"

"玄渊宗，冥火坛。"钟离谦回答道。

他心中的疑惑更盛，闻人厄为何要将自己与这样一个普通的正道弟子绑在一起？而且此女子似乎对此事一无所知。

"玄渊宗？"百里轻淼当下更觉不对，之前她见过闻人厄，明明闻人厄是个很好的前辈，闻人厄也见过清雪师父，他们应该不会伤害她啊？

难道闻人前辈遭遇不测，玄渊宗已经易主了吗？不，也有可能是冥火坛的人擅自做的这些事。

百里轻淼自储物腰带中取出闻人厄给她的信物。她本来一生也不打算使用这个信物的，不过为了师父，还是要试一下的。

　　暗中观察的闻人厄见到那个信物心中暗道失策，决不能让百里轻淼用信物召唤自己。他一旦出现，钟离谦还怎么和百里轻淼单独相处？

　　殷寒江看到尊上难得露出为难的神色，当下戴上鬼面具，周身气势一变，化为一道残影进入房中，从百里轻淼手中抢走信物。

　　"你是什么人？！"百里轻淼与钟离谦立刻靠在一起，感觉到殷寒江的实力不差，心意相通的两人当下决定联手对敌。

　　鬼面人手持信物，指尖在七杀花纹上轻抚，压着嗓音道："你不配拿此物。"

　　戴上鬼面具的殷寒江不必掩饰自己的表情，他这几日心中压抑，似乎只有挡住了脸的此刻，他才能稍稍放松一下。

　　他有些阴沉地看着百里轻淼与钟离谦，若不是这两人，他又怎么会心生执念？

　　殷寒江将信物放好，没有伤害两个人，安静地回到闻人厄的身边，取下面具，露出那张沉静、忠诚的脸。

第九章

神秘面具

1

"尊上。"殷寒江双手捧着信物,送到闻人厄的面前。

闻人厄沉默。

这是他送给百里轻淼,用来交换破岳陨铁的。不管是宗修界的因缘果报,还是闻人厄本人的性格,全都不允许他收回这个信物。所以方才百里轻淼拿出信物时,他虽然有些为难,但如果百里轻淼当真使用了信物,闻人厄一定会出手的。

他会现身将两人丢出冥火坛,随后两人分别,他所做的一切就白费了。

殷寒江也是第一次见闻人厄没有发号施令,仅仅是因为看到闻人厄略为难的神色,就冲出去抢走了信物,算是为闻人厄分忧。

而且他戴上面具后,与之前露脸时判若两人,别说百里轻淼与钟离谦,就是闻人厄自己也险些认不出来。难怪书中若不是后来百里轻淼无意间看到包裹里的鬼面具,无论是书中的角色还是读者,均未认出此人正是一直忠心耿耿的殷寒江。

说起来,闻人厄认为殷寒江那时应该是故意让百里轻淼发现面具的。他大概是想要百里轻淼在惊恐之下绝望而死,可惜没能成功。

"本尊的信物给出去就不会收回。"闻人厄道,"你留着吧,日后我再给她一个传讯符就是。"

殷寒江露出一个浅浅的笑容,将信物收好。

那不过是用炼制七杀戟剩余的材料炼制的传讯符而已,虽然与七杀戟同宗同源,却没什么大用。唯一的用途是若有人用真元催动信物,闻人厄就会感应到。

罢了,既然殷寒江喜欢,就随他去吧。

闻人厄见殷寒江的样子,心中略有不解。之前破军剑炼成之时,殷寒江明明已经解开心结,不再束缚自己,现在怎么好像又退了一步?难道是鬼面具的缘故吗?

"将鬼面具给本尊。"闻人厄伸出手道。

殷寒江没有递出鬼面具,只是用手攥着。闻人厄随手拿起鬼面具拽了一下,竟然感到一股阻力,用力拽第二下时殷寒江才放手。

闻人厄细细观察,这只是个凡间最普通的鬼面具,不是特殊材料炼制的,说不定就是殷寒江在边陲小镇随手买的,根本没有什么影响人神志的功效,殷寒江为何不愿他拿走这个鬼面具呢?

闻人厄顺手将鬼面具戴在脸上，隔着鬼面具看到殷寒江面色微红，是他从来没见过的表情。他忙将鬼面具取下，却见殷寒江还是那副沉静的样子，与之前没有任何区别。

"本尊眼花了吗？"闻人厄心中暗暗道，将手中的鬼面具翻来覆去地查看，看不出什么门道。

"把手给我。"他又吩咐道。

殷寒江将手放在闻人厄面前，闻人厄抬手切脉，一股真元注入殷寒江体内，见他体内经脉顺畅，修炼没有任何岔子，似乎不像是走火入魔。

闻人厄收回手，掌心贴在鬼面具上，满心不解。他自从捡到书之后，心中便生出无数疑虑，解决一个便马上出现另一个，仿佛命数就是如此，他永远不可能猜透所有事。

"尊上喜欢这个鬼面具吗？"殷寒江见闻人厄一直拿着鬼面具，不由得问道。

"也不是。"闻人厄把鬼面具还给殷寒江，看他收回鬼面具，放进储物袋中，面色依旧淡淡的。

不对劲，还是不对劲，他却说不上来哪里不对。

闻人厄确信殷寒江不会欺骗自己，在他面前亦不会有什么掩饰，他们从来都是坦坦荡荡的。为什么当殷寒江戴上鬼面具那一瞬，他竟然觉得无法读懂这个人了呢？

"日后与本尊单独相处时，不要戴鬼面具。"闻人厄道，"如非必要，也莫要戴它。"

"属下遵命。"殷寒江的回答声音很轻，全然不似以往那般坚定。

闻人厄很想就鬼面具之事再嘱咐殷寒江一下，但百里轻淼那边已经开始手牵手了，他不得不转移视线，盯着两人的进展。

牵手的原因是钟离谦一脚踩空，险些跌倒，百里轻淼反手抓住他的手道："钟离公子，你目不能视物，还是彼此照应一下比较好。"

钟离谦摇摇头道："我觉得很奇怪，就算看不见，修者神识外放，应该能感知一切的，为何我会没发现绊脚物呢？百里姑娘，你帮我看一下是什么东西绊倒我的？"

"是一截腿骨，"百里轻淼用单眼看去，"它还自己滚来滚去的，一直想要绊倒你。"

钟离谦松开百里轻淼的手道："百里姑娘，你还是用法宝缠住我的手吧，男女授受不亲，谦恐唐突了姑娘。"

他倒没有迂腐到这个程度，只是双眼仅能看到百里轻淼这一点令钟离谦警惕起来。他确信百里轻淼是个出自名门正派、心性率直的女子，是不会害他的。但正是这样的人，最容易被人利用，还是稳妥一些比较好。

百里轻淼也没在意，甚至觉得用映月玄霜绫比牵手更好一些，将两人的手臂紧

第九章　神秘面具

紧捆在一起，这样钟离谦若是摔倒或者被吹飞，她还可以及时放开映月玄霜绫，免得自己受牵连。等她定住脚步，运足真元，就可以将人拉回来。

于是握手变成一根绳子绑住两人，百里轻淼还真有点像导盲之人了。

闻人厄看着都有些心急了。

这与他最初设想的不对，明明"人群中一眼就能看到他"和"心意相通"已经做到了，为何两人的相处模式还能如此客气？他竟然没想到还有蒙眼这个办法！

难道当真是因为他没悟通第三点"情不知所起，一往而深"吗？可这究竟是一种什么感觉呢？

"'情不知所起，一往而深'，究竟是何意呢？"闻人厄自言自语道。

"不知道什么时候，就已经情根深种了。"他身后的殷寒江回答道。

"本尊知道字面意思，"闻人厄道，"但要怎么做到呢？吾等乃是修心之人，怎么可能不知道自己的心意，要等深陷其中才能发现？当真如此糊涂，还如何修心，如何悟道？悟道只有顿悟，从未有过'不知所起'。"

"谁知道呢？"殷寒江的话语中透着一丝寒意，"大概只有深陷其中的人才会懂吧。"

这可怎生是好？闻人厄清楚要百里轻淼对贺闻朝死心是一件很难的事，也没有强求百里轻淼移情别恋，但钟离谦爱上女主难道不是理所当然的事吗？为何连他都不曾动心？

情爱之路上，魔尊知道的事情实在太少了。

他能够参考的只有原书，翻开《虐恋风华：你是我不变的唯一》，反复品味百里轻淼与钟离谦相遇时的一举一动、一言一行，不过书上的字在疯狂地发生改动，闻人厄只来得及看一遍，剧情就变成了新的。

两人为了逃出冥火坛，互相搀扶着，共用一只眼睛走出房间。此时已经天黑，百里轻淼怕再遇到红衣人那样的鬼，便与钟离谦搭话："也不知抓我们的是什么人，我师父是散仙，法力高强，当时我们明明走在一起，忽然我眼前一黑就晕倒了，师父也不见了。醒来后我就躺在这里，有个病恹恹但很英俊的人在我的左眼里滴了一滴血，还抽走了我的血。过了一会儿，又有一个生得阴柔的男子喂我吃了个什么东西，我心口一痛，也不知道他们对我做了什么。"

钟离谦听到百里轻淼的经历，抿抿唇道："为何只滴了你的左眼？"

"不清楚，他似乎是打算双眼都滴的，可到右眼时，忽然咳得不行，是突发急病吗？"

"那位应该是玄渊宗冥火坛堂主师从心，他修人间七苦，苦人先苦己，病痛缠身已是习惯，绝不可能突发急病，他就是疾病本身。"钟离谦解释道。

说话间，百里轻淼忽然回头，紧紧盯着钟离谦，她右眼微眯，摸着自己的心口道："奇怪，我为什么忽然满心疑虑，总是在怀疑钟离公子你呢？"

钟离谦沉默不语。

那是因为他在怀疑百里轻淼，同心蛊作用之下，百里轻淼受他影响，也变得疑神疑鬼起来。

钟离谦心中本还存有侥幸，希望他与百里轻淼只是眼睛被下了追踪咒，同心蛊另有其人。此时两人情绪共鸣，也断绝了他唯一一丝侥幸。

同心蛊之下，所有情绪无所遁形，他必须与百里轻淼统一战线，否则二人断难逃离冥火坛。钟离谦本想着随遇而安，可闻人厄的做法令他心生危机感。他身为钟离世家的继承人，将来要是因为同心蛊做出什么错事来，那还不如卸下重担，做一个散修比较好。

"百里姑娘，我先放开绳子，躲在一个地方。随后你解开蒙住左眼的布条，我要先确定你我中咒的程度。"钟离谦果断地说道。

唯有知晓一切，他才能随机应变。

百里轻淼同意，也想知道自己的眼睛究竟怎么了。等钟离谦藏好后，她解开布条，顿时左眼中仿佛看到一条线。她顺着这条细线转动身体，隔着一扇门竟然看到了钟离谦，她的视线穿透了门！

"钟离公子，我看到你了。"百里轻淼道。

钟离谦从门后走出，百里轻淼又见大脸糊在眼前，连忙又蒙起眼睛，保持独眼龙造型，并对钟离谦讲述方才眼中看到的事物。

"这咒术真是厉害，"钟离谦叹道，"取血之人就算逃到天涯海角，都会被人找到并看到，不受时间与空间的阻碍。"

"所以我眼中的血是钟离公子的？那我的血给了谁？"

"正是在下。"钟离谦知道不能瞒百里轻淼，坦然地道，"谦之所以蒙住双目，也是因双眼只能看到百里姑娘，这双眼睛有与没有，已经没什么区别了。"

百里轻淼知道那种感觉，心中十分同情钟离谦。她尚且留下一只眼睛，钟离公子是两只眼睛都不能用了。

钟离谦感受到百里轻淼的同情，叹了一口气道："百里姑娘，还有一件事要尝试一下，你先努力想一下让自己情绪特别激动的事情。"

提起这个，百里轻淼立刻想到了贺闻朝，顿时悲从中来，想起师兄与柳师姐今日就成婚了，现在说不定在洞房，她真的好伤心……嗯？她竟然不伤心吗？

百里轻淼摸摸心口，那种仿佛有根叉子穿胸入心，并在里面搅啊搅的感觉消失了。

"再想一下开心的事情。"钟离谦道。

百里轻淼又想起过去她与师兄从小一起长大的情谊，师兄对她那么好，她真的好开心……不，她一点也不开心，心如止水，一片宁静。

"百里姑娘，你确定方才想的已经是最令你伤心和开心的事情了吗？"钟离谦问道。

"是的。"百里轻淼十分笃定地道，"我喜欢师兄，师兄是最能牵动我的喜怒的人。"

"那谦便放心了。"钟离谦道,"你我二人所吃的药丸乃是同心蛊,中蛊之人能够感受到对方的情绪,甚至为一方所控,哪方心志坚定则哪方为操控者。"

百里轻淼:"那我刚才的心情,是被钟离公子你压下去了?"

"正是,"钟离谦释怀一笑,"我感受到悲伤,平心静气,很快恢复;我又感到喜悦、心动,也尽力压了下去。一开始可能有些不熟练,日后我多练习几次就能以最快的速度平复心境了。"

百里轻淼顿时了然。

那岂不是说,她是被压倒控制的一方?

钟离公子是放心了,那她呢?百里轻淼一时觉得啼笑皆非。

"百里姑娘也莫要担忧,谦定要想办法解除你我身上的咒术及蛊虫,谦方才试验的是短期内你我对彼此的影响程度。眼睛可以暂时被蒙住,略有不适却也不会影响太多,心情的话,谦会努力保证不大喜大悲,平心静气。"钟离谦坦然地道,"谦知晓,这样一来,百里姑娘确实略吃苦一些,但目前也只能如此了,平静、三思,总比狂怒狂喜要好。"

"不,我觉得这样挺好的。"百里轻淼一脸释然地摇摇头,对钟离谦笑了笑,"我师兄今日成婚了。"

钟离谦一愣,酸楚之意传来,他熟练地在心中默默背诵"星垂平野阔,月涌大江流""人生得意须尽欢,莫使金樽空对月",心中豪迈之情大盛。

百里轻淼也感受到一股豪迈之意,话锋一转,从小女儿的幽怨变为:"有钟离公子相助,百里从此可放下师兄,再不会为情所苦,也算是一件幸事。从此百里浪迹天涯,看尽红尘百态,早日渡劫飞升,也不失为美谈,哈哈!"

笑声爽朗开怀,钟离谦不由得跟着变得豪情万丈起来。

闻人厄无言点头。

这样的发展,似乎也……不错?

2

钟离谦认为,自己继续背诗,面前这位姑娘大概会与自己义结金兰,歃血为盟,他忙背了"采菊东篱下,悠然见南山"一类的诗句,见百里轻淼的神情自豪气冲云天变为悠然,心中恍然大悟,自嘲地一笑。

"钟离公子怎么了?"百里轻淼感受到钟离谦的心情,不由得问道。

"忽然想到一事,才明白是谦着相了。"钟离谦温和地笑道,"我担心自己的心情被百里姑娘影响,失了理智,便强行压制情绪。其实并非我心志强于你,而是百里姑娘更为人着想。在两人均被对方影响时,你没有刻意改变自己的情绪反过来压制我，反倒顺着我，才避免你我二人因为一争高下而心绪失控，从而走火入魔。"

百里轻淼有些不好意思，摆摆手道："倒也不是这么回事，是我觉得总自怨自艾不是好事，钟离公子倒是帮了我不少。"

"这样吧，我们做个约定，"钟离谦道，"在想到解除同心蛊的方法之前，我们不管谁情绪过于冲动，对方都要帮忙冷静下来，不需要其他情感，仅冷静并三思而后行即可。"

"如此甚好！"百里轻淼抱拳道，"真是百闻不如一见，在上清派时，百里便经常听到有关钟离世家的传闻，说起来有些惭愧，大部分门派选择隐世不出，对宗修世家入世潜修略有偏见，更有甚者说宗修世家皆是沽名钓誉之辈。今日见到钟离公子，才明白何为高洁。"

"姑娘过誉了，这份高洁并不轻松。"钟离谦淡淡地道，"谦的心情难以隐瞒百里姑娘，倒不如坦白说，我也想做个策马饮酒的狂士，不必为了这份名誉、这份气运还要勉强自己去救并不喜欢的人。"

责任于钟离谦，是功力也是束缚，他自己也不清楚是放下好还是承载着比较好。

两人在冥火坛内转了几圈，遇到几个听从闻人厄吩咐来吓唬他们的鬼修。闻人厄此时还未放弃"患难见真情"的念头，希望他们之间能够擦出火花。

可惜两人越相处越像兄弟而非情侣，没擦出火花来，倒是叫钟离谦警觉不少。

他们击退又一拨攻击的鬼修，钟离谦立在原地，手握书简，仰头望着天上群星，启明星灿烂生辉，黎明即将到来。

他用书简敲击手心，胸有成竹道："我明白了。"

"钟离公子明白什么了？"百里轻淼歪头问道。

钟离谦收起书简，对着虚空处朗声道："闻人先生，左右我也没有恋上百里姑娘的意思，耗得再久也是浪费时间，不如现身一见如何？"

闻人厄愣了愣，钟离谦猜出一切是自己的吩咐并不难，可他又是如何猜到自己希望钟离谦爱上百里轻淼的？

他带着殷寒江出现在两人面前，冷声道："钟离公子是如何发现的？"

"啊！闻人前辈，你没事太好了！"百里轻淼一脸惊喜地道，"我还以为玄渊宗动乱，你被那个鬼面人害了呢！"

"没有人能害尊上。"殷寒江冷冷地道。

"鬼面人当然不会害闻人先生，因为殷副宗主就是鬼面人。"钟离谦道。

此刻闻人厄才正视着钟离谦，上下打量他。这位男三，比自己想的睿智太多，这份睿智让人不免怀疑，原书中的钟离谦又怎么会爱上百里轻淼呢？

钟离谦能够猜出闻人厄想要撮合自己与百里轻淼很简单，他与百里轻淼寻找出路时，曾详细询问过闻人厄与百里轻淼的相遇过程，了解到万里冰原、舒莲姑娘之死以及金海岸崖取宝等三件事。百里轻淼不是个有城府的人，加之此时对钟离谦的信任，就将自己所见所闻细细述说。修者的记忆力好，在钟离谦的追问之下，她基本将所有事件还原了。

通过百里轻淼的描述，钟离谦初步确定舒莲姑娘绝就是之前有过一面之缘的右护法舒艳艳，贺闻朝是绝灵阵的阵眼之一，闻人厄早在多年前就命右护法勾引了贺闻朝，要破绝灵阵易如反掌，却生生拖了十年之久，拖到参与大战的所有修者无力以自身灵气引动天地灵气才破阵。

"闻人先生为苍生所做的一切，钟离谦万分敬佩，实难以恶意揣摩先生的意图，只能向最合理的方向思考。"钟离谦并未避讳百里轻淼，在四人面前说出自己的猜测。

百里轻淼呆若木鸡，整个人从里到外经受了巨大的打击。

"闻人前辈，舒姑娘真的是玄渊宗右护法吗？她、她没有死？"百里轻淼不由自主地抓住闻人厄的袖子，用仅剩的右眼看着他。

"本尊可叫她自己来见你。"闻人厄道。

忽然一道刺目的视线落在百里轻淼的手上，闻人厄没有看向视线的来源，而是状似不经意地抽出自己的衣袖。果然避开百里轻淼的碰触后，源自殷寒江方向的目光便消失了。

殷寒江对百里轻淼有敌意吗？不对，这之前闻人厄早就将《虐恋风华：你是我不变的唯一》中的一部分剧情告知殷寒江，并说了自己与百里轻淼的半师之因，殷寒江不会像书中那般误会，此时为何露出敌意？

闻人厄一时想不清楚，又不愿在钟离谦面前表现出来，只得暂时将疑虑放在一边，用传讯符召唤舒艳艳，命她尽快赶到冥火坛。

"闻人先生与百里姑娘有三面之缘，虽然手法略粗暴，却显露出磨炼之意，百里姑娘资质极好，谦猜测闻人先生是生了指点之心。奈何百里姑娘心系贺闻朝，贺闻朝先后与舒姑娘、百里姑娘口中的柳师妹产生纠葛，又口口声声地表示自己深爱百里姑娘。"钟离谦微笑道，"加之闻人先生为谦与百里姑娘下了同心蛊，同心蛊乃是苗疆女子用来维系与夫君的感情。综合以上几点，不难看出，闻人先生希望通过在下帮助百里姑娘摆脱情孽。"

他的一番话令在场的三人刮目相看，钟离谦明明一直是局外人，对此事所有的了解全部来自头脑不算清醒的百里轻淼，在信息如此有限的情况下，竟然能猜出舒艳艳等玄渊宗局内人都没看透的真相，当真了得。

"怎么看出我就是鬼面人的？"殷寒江拿出鬼面具戴在脸上，百里轻淼看到他的脸不由得打了个寒战，一股源自心底的恐惧令她畏惧这个鬼面具。

钟离谦安抚百里轻淼："姑娘莫怕，殷副宗主伪装得很好，只是一句话泄露了。他说吾等不配拥有闻人先生的信物，这必定是对闻人先生极为尊重之人才能说出的话，那么我们之前猜测鬼面人暗害闻人先生之事就不存在。

"同理，既然鬼面人如此敬重闻人先生，闻人先生若是遇害，鬼面人绝不会有心情理会我们,因此闻人先生定安然无恙。谦这几日观察玄渊宗众人,符合这个条件的只有殷副宗主,便大胆一猜,运气好,猜对了罢了。"

启明星于钟离谦头顶闪烁,如夜空中唯一一缕光亮。他笑得谦和,令人有如沐春风之感,正应了那句话,陌上人如玉,君子世无双。

"啪、啪、啪!"闻人厄连拍三下手掌,赞赏道:"钟离谦不愧为当世英才。"

也不枉作者将钟离谦设置为重要男配,他这样的人,才配做男二闻人厄之下的男三。

"闻人先生过誉了。"钟离谦不卑不亢地说道,"谦唯有一事不明,先生为何认定我与百里姑娘之间能生情愫?百里姑娘是纯善之人,谦心中敬佩,不过要钟情于她,似乎不该如此儿戏?"

"这件事,本尊也不明白,需要钟离公子解惑。"闻人厄道。

钟离谦扬眉,他的疑惑几乎已经穿透蒙眼的布条,只等闻人厄回答。

闻人厄思索片刻,斟酌了下措辞道:"本尊窥探天机,钟离公子或与百里轻淼有一段缘。"

"可否更详细一些,谦也想知道自己会在何等情况下动心?"钟离谦道。

他们你一言我一语,百里轻淼一会儿看看闻人厄,一会儿看看钟离谦,脑子变成一团乱麻。这两人明明说的是关于她的事情,用词却极为谨慎,顾及她这个当事人,完全不令她尴尬。

百里轻淼盯着钟离谦,心想钟离公子怎么会深陷情网呢?他是如此洒脱之人,才不会像自己一样死脑筋……

她还没细想,就被闻人厄一掌击晕。《虐恋风华:你是我不变的唯一》是按照百里轻淼的视角讲述的,闻人厄可不希望自己捡到的书里的剧情原原本本地出现在《虐恋风华:你是我不变的唯一》中,便粗暴地打晕了百里轻淼。

"依照天命,你会在贺闻朝大婚当日,遇到被囚禁在上清派后山的百里轻淼,你可怜她,帮助她逃脱。再相遇后,见她深陷情网不能自拔,你再次出手相助,助着助着就恋上了,还许诺她要放弃钟离世家与她浪迹天涯,本尊也想知道为什么。"闻人厄问道。

钟离谦从未听过哪个人能将天命说得如此详细,仿佛亲眼见过一般。换成其他人来讲述,他肯定不会相信。但闻人厄不是会说出这种荒唐话的人,钟离谦见他说得认真,自己也深思起来。

想了很久,直到启明星消失,微弱的阳光照进鬼邙山,钟离谦才恍然大悟道:"毕竟是没有发生的事情,很难猜出我当时的想法。我想了很久,设想闻人先生所说的情形,似乎只有一个解释,便是感同身受。"

"怎么说?"

钟离谦惨笑了一下:"说句大逆不道的话,贺闻朝之于百里轻淼,与钟离世家之于谦,相差无几,是枷锁。谦背负钟离世家的气运,一言一行必须遵照家规,半点马虎不得，不能有自己的想法，不能做有悖钟离家风的事情；百里姑娘背负一段孽缘，想挣脱又心系贺闻朝。谦被家规绑住，百里姑娘何尝不是被情孽绑住？

"若命数当真如尊主所述，谦会放弃钟离世家只有一个原因，不是倾慕百里姑娘，而是希望从她身上汲取勇气。若她可以放下情孽，那谦是否也可以遵从心意一次？"

"原来如此。"闻人厄明白了。

书中的钟离谦从未对百里轻淼诉说过爱意，不过是所言所行令读者误会罢了。这毕竟是一本言情话本，出现如此优秀的照顾女主又愿意为她放弃家业的男子，读者当然会理解为爱。

同闻人厄的情劫以及还恩一般，钟离谦的情也是有缘由的。

百里轻淼也是苦，与这么多男子纠缠不清，却没有一个是真心爱她的。

"愿得一人心，白首不相离。百里轻淼，你的一人心，从来不存在。"闻人厄对昏迷的百里轻淼道。

可惜这段话，昏迷的她听不到。

"就算你猜出来，本尊也不会为你解开同心蛊和咒术，"闻人厄霸道地对钟离谦道，"你若不想自己也跟着百里轻淼爱上贺闻朝，就好生帮本尊做事。"

钟离谦没有愤怒，话语中竟带着一丝释然："钟离世家不会让一个双目不能视物、中了同心蛊的人做继承人的。尊主所做之事，又何尝不是给了谦一个机会？"

"钟离世家的声望和气运可以令你一个合体期修者施展出超过大乘期的实力，你会不会不舍？"闻人厄道。

"大乘期，日后自己也可以修炼。"钟离谦道，"谦打算回家中卸去职责，与百里姑娘共同游历天下，数十年后，谦说不定可以勘破天道。"

正如他所言，闻人厄的做法，为钟离谦开辟了一条全新的道路，钟离谦愿意闯一闯。

"待你大乘期后，可与本尊一战！"

钟离谦道："谦先谢过尊主赏识。"

两人说话间，舒艳艳已经一脸不悦地赶到鬼邙山，落至闻人厄的身边道："臭死了，裘丛雪竟然还让我从鬼邙山带块没主的骨头给她怀念一下，我真想打死她！可惜打不过。"

"舒护法。"钟离谦向舒艳艳问好。

"你的眼睛……"舒艳艳一脸痛心地道，"怎么眼睛就看不到了呢？尊上挖了你的眼睛吗？"

"不……"

钟离谦的话音未落，舒艳艳就转向闻人厄道："尊上，挖他的眼睛为什么不让属下动手？属下可以做到的，一想到他死前眼中最后看到的是属下的脸，我……我就很开心！"

百里轻淼悠悠醒来，第一眼就看到舒姑娘的那张脸，听到的第一句就是她这话，吓得险些再次晕过去。

"舒姑娘，你还活着？"百里轻淼站起来问道。

"是你啊，小呆瓜。"舒艳艳见有其他女子在场，立刻摆出她魔宗护法的架势，从容且有魄力地说道，"我活着有什么问题吗？你和你师兄被我骗得团团转，开心吗？不开心就对了，本护法最喜欢看别人不开心！"

"不，开心。"百里轻淼的右眼缓缓流出一行泪，"你活着真是太好了。"

就算是被骗，得知自己被骗的瞬间，她想到的是自己没有害死一个人，而不是魔宗之人卑鄙无耻，欺骗他们正道人士的感情。

饶是舒艳艳，也被百里轻淼的话弄得有些不自在，板着脸道："开心是对的，你也该谢谢本护法，提前帮你认清贺闻朝的真面目。"

舒艳艳抬手擦去百里轻淼的泪，柔声道："这种话我只说一次，算是补偿我骗你那件事。贺闻朝那种男人我见得多了。他贪恋美色，却说自己心中只有你一人。这种男人配不上你，傻姑娘。"

3

"百里姑娘，"钟离谦语调柔和地对百里轻淼说道，"此刻不管是怎样的心情，谦都不会阻止你，无论大喜大悲，这一刻谦与你共承担。"

钟离谦已经做好悲痛欲绝的准备，等了半晌，心情却依旧十分平静。他不解地望着百里轻淼。

百里轻淼捂着心口道："我好奇怪……明明该伤心的，为什么不难过？舒姑娘的事情我早有猜测，当时本也打算从此与师兄一别两宽，谁知正魔大战后见到他受伤，就不由自主地放下过去的种种。师兄同柳师姐成婚，我也想着放手，但此时我有种感觉，若是回到门派，见到师兄，或许又会重蹈覆辙。"

"你这样确实也有些古怪。"舒艳艳收回手，方才脸上的柔情消失，又变成魔宗右护法那副漫不经心的样子。

舒护法对闻人厄道："尊上命属下前来有何吩咐？"

"已经没你的事情了。"闻人厄给了舒艳艳一个"你可以滚了"的眼神。

他叫舒艳艳来，不过是要让百里轻淼知道贺闻朝所做的事情而已，目的达到后，就不需要舒艳艳了。

八百里加急地赶过来的右护法有气不敢发。

在魔尊面前，有气也只能憋着，她还是找骨头去吧。

"百里姑娘也想摆脱这段情孽吗？"钟离谦问道。

"当然，我……不想变成自己会唾弃的那种人。"百里轻淼迷惘地说道，"可我怎样才能控制住自己不犯糊涂呢？"

她并不傻，只是痴。道理谁都懂，可又有几个人能做到？

"放手是很难的事情，并非一朝一夕可以做到，"钟离谦一语双关地说道，"谦愿助百里姑娘一力，也希望百里姑娘能助谦找到方向。"

没有人逼迫百里轻淼立刻放手，大家都在鼓励她、帮助她、给她时间。渐渐地，她不再那么为难，反而想到了一件事，轻声道："我本打算游历十年再回门派，可仔细想想，这个念头本身就很卑劣。钟离公子，我想回师门一次，了结一桩心事，你可以随我一同去吗？免得我又犯糊涂。"

"谦也希望百里姑娘能去一次钟离世家，见到你，家族长辈大概更愿意培养新的继承人了。"钟离谦道。

百里轻淼不解，为什么见到她钟离世家就更容易放弃钟离谦了？

闻人厄默默地看着两人之间和谐又没有丝毫暧昧的气氛，总觉得他们下一秒就会结拜，男女感情是不可能有了。

不过这样也好，比起百里轻淼移情别恋，闻人厄更希望她谁也不爱，如此才能修炼无情道，无情道是容纳神格最好的路。

"对了！"百里轻淼一拍大腿道，"闻人前辈，我、我师父呢？她没事吧……"

她的右眼充满期待，既然此事是闻人前辈在帮助她摆脱魔障，那师父忽然消失，应该也是其中一环，所以师父肯定没事的。

"不一定没事。"闻人厄淡淡地道。

裘丛雪刚回门派就和舒艳艳打了一架，还是有闻人厄压制才没拆了总坛。现在能够制衡裘丛雪的魔尊、副宗主、右护法全部离开总坛，左护法一家独大，这段时间真不知道总坛会发生什么事。

"我走的时候，她正让苗坛主用虫子咬她呢。"舒艳艳捡了块骨头回来，听见几人讨论裘丛雪，自然地接话道。

"虫子？"钟离谦好奇地道。

自从听百里轻淼简单讲述了这位清雪长老的行事作风后，他便一直很好奇此人在正魔大战前是什么身份，毕竟百里轻淼描述的清雪长老，在钟离谦这里是细思极恐。他希望是自己想错了。

舒艳艳不雅地翻了下白眼，向百里轻淼以外的三人传音道："她以前是鬼修，没有肉身，从来不怕苗坛主的蛊虫。现在是散仙，苗坛主阴森森地告诉她，自己有可以伤害散仙的王蛊，她不服输，要试试，我等着看她死。"

钟离谦闻言，大概猜到清雪长老是谁了，玄渊宗的人真是性格率直，随遇而安啊。

接触过舒护法、闻人尊主以及这位裘护法后，钟离谦不由得觉得过去的自己束缚过多，天性一直无法得到释放，不知卸下责任后，他又会变成怎样的钟离谦？

魔宗之人随心所欲，各有风格，唯有一人，钟离谦甚是在意。

他的神识探向殷寒江，这位刚上任的魔宗副宗主垂着眼皮，仅露出的半只眼睛深沉地望着闻人厄的衣摆。

钟离谦不由得向殷寒江传音道："殷副宗主，人生七苦，生老病死无可避免，但怨憎会、爱别离、求不得这三苦，是可以避免的。"

殷寒江将视线从闻人厄身上转移至钟离谦身上，这位世家公子蒙着双眼，似乎连蒙眼布都透着聪慧。

"闻人尊主非常人，他实力强大，处事风格凌厉，世间少有事物能够入他的眼，若追随之心过于执念，难免怨憎。殷副宗主不如及早放手，及时止损，免得将来走火入魔。"钟离谦诚恳地建议道。

道理殷寒江又何曾不懂？可正如命数中百里轻淼对贺闻朝难以放手，他又如何放下自己的执念？

"未曾求，何来不得；犹执着，绝不怨憎。"殷寒江果断地向钟离谦传音。

只要站在尊上身后，殷寒江就满足了。

钟离谦摇摇头，殷副宗主比他想象的还要固执，持续下去，终成大祸。

话已说开的几人回到总坛，钟离谦与百里轻淼被安置在总坛阵法外，闻人厄表示过会儿就还百里轻淼一个完整的清雪长老，让她安心。

百里轻淼乖巧地坐在待客处等着，钟离谦想到之前舒护法对裘护法的描述，总觉得闻人厄的承诺有点难以实现。

果然闻人厄一入总坛，就见被蛊虫啃食得只剩下半具身体的裘丛雪，脚下踩着伤痕累累的苗坛主正仰天大笑："哈哈，本护法怎么说的？就算有了肉身，你也奈何不了我！"

闻人厄看着脸上只剩一半肉，一半内脏、一半血肉被蛊虫啃光的裘丛雪，想起自己方才对百里轻淼说还她一个完整的清雪长老，只觉得裘丛雪真是在用自己的生命打他闻人厄的脸。

殷寒江见闻人厄面色不悦，剑气一扫将裘丛雪吹飞。裘丛雪为对抗苗坛主的蛊虫，此时已经是强弩之末，自然没什么抵抗力，直接砸在墙壁上，又吐了一口血。

闻人厄深吸一口气，压住怒气道："本尊不管你用什么办法，先把自己的外貌弄得能见人，伤过后再治。"

裘丛雪二话不敢说，运转真元，把完好处的肉挪到脸上，裹紧黑袍子，变成一个袍子下鲜血淋漓，脑袋完好无损的裘丛雪。

见裘丛雪狼狈的样子，舒艳艳笑得花枝乱颤，将骨头丢给裘丛雪道："诺，你的骨头，拿回去慢慢怀念吧。"

闻人厄飞到正殿上首的椅子上落座，殷寒江紧随其后，立于椅子旁边。裘丛雪与舒艳艳忙在左右护法的位置站好，四位身上各自带伤的坛主也都相互扶持着站起来。

闻人厄扫视众人，威严地道："正魔大战之后，本尊忙于其他事务，疏于玄渊宗内务，你们一个个似乎也忘记了自己姓甚名谁，打得不可开交。这般模样，玄渊宗迟早要四分五裂。"

"属下有罪。"六人齐声道。

"今日起，玄渊宗闭阵，门下弟子不允许离开门派，四位坛主回各自分坛休养生息，务求百年内恢复正魔大战前的声势。"闻人厄道。

"是！"

"舒护法大逆不道，妄自称尊，已处罚她百年思过。不过战前本尊许诺过，许她在焚天鼓上修炼，封山后，舒护法可以在焚天鼓上修炼至处罚结束。"闻人厄对舒艳艳道。

"可以修炼百年吗？"舒艳艳眼睛一亮。

"尊主！"袁坛主忙道，"她在焚天鼓上修炼百年莫说原地飞升，只怕升入仙界就是大罗金仙，这哪里是惩罚，分明是奖赏！"

另外三位坛主与左护法裘丛雪也不同意。

"所以本尊决定将舒护法的处罚时间减去九十九年，只剩一年，诸位以为如何？"这是他之前答应舒艳艳的将功折罪，不过功不是对玄渊宗的，而是闻人厄自己的，所以他想要减掉这些时间，还是要安抚一下其他人的。

"可以、可以。"其余人连连点头。

舒艳艳也觉得合理，毕竟她是事业、享受两不耽误的性格，苦修一百年她还觉得累呢。

"裘护法下山，继续在上清派做卧底。"闻人厄道。

"需要属下将上清派的消息传过来吗？"裘丛雪认真地道。

闻人厄："那倒不必，裘护法按自己的念头行事就是，你努力帮助上清派，对他们就是一种干扰。"

裘丛雪略加思索。

尊主这是夸她了吧？那她就当作夸吧。

舒艳艳掩着嘴，要不是现在太严肃，她真要笑到头掉。

"赐师坛主百鬼幡，从此境虚期以下鬼修不得近身。"闻人厄体贴地看向师从心。

师坛主大喜过望，乐到咳出血，收下百鬼幡，安心回到冥火坛。

其余三位坛主也或多或少得到了赏赐，就连身心受创的阮坛主也得了忘魂水，喝下之后，会忘记一些最不想回忆起的事情。

正魔大战后玄渊宗秩序涣散，闻人厄连消带打，恩威并重，轻而易举地重新整顿门派，未来几十年内这些属下应该不敢再惹是生非了。

得令后，各坛主离去，裘丛雪与钟离谦、百里轻淼会合。

玄渊宗对外宣称封山三十年，不再入世，殷寒江与闻人厄也各自闭关，将自己的新功法或者新本命法宝融会贯通。

闻人厄闭关修炼的地方分为里间与外间两个房间，房间面积非常大，单是里间就能放下舒艳艳那张长、宽皆有一百米的寒玉床，这也是因为闻人厄功力太强，闭关时劲力外放，房间若是太小，只怕他的屋子需要天天重建。

　　在外间与内间分别布置了阵法，他与殷寒江互不干扰，却又相互照应。

　　进入里间，终于只剩下一个人后，闻人厄捂住自己的手臂，那只被他用血雾凝成的假手臂顿时消散。

　　包括殷寒江在内的众人皆认为闻人厄为炼制破军剑失去的手臂很快就复原了，只有闻人厄自己知道，这条手臂是假的，是以真元法力造出来的假货，完全不能用。

　　这些日子，就算服用无数灵丹妙药，不管是补身还是复魂的丹药，都没有效果。

　　血要用血来偿，魂要以魂来补，他需要的不是天材地宝、灵丹妙药，而是要吸收修者的血魂才行。

　　难怪万年前血魔老祖会被整个宗修界围攻，血修公认注定会入魔。闻人厄成为血修后才发现，他的体内已经没有经脉丹田，曾经的心法早就没用了。他想要提高实力，恢复身体，只有一种方法——吞噬血魂。

　　他甚至没有境界限制，大乘期之上已经无须再经历天劫，只要吸收的修者血魂足够多，甚至可以单挑仙界上仙。可不需要心境控制、无限增长的功力，持续下去，最终他只会沦为血魂的奴隶，变成一个无心无情只想吞噬的怪物。

　　血修终成魔，这条路走下去，他无法回头。

　　闻人厄压住手臂，体内血气翻腾。他可以杀人，但绝不会去吸收其他修者的血魂。可能有人会觉得，吸收一个敌人的血魂没什么大不了的，又可以除去对手，还能提升功力。但这是无底洞，人心之欲是永远无法填满的深渊，早晚他会对吞噬他人没有任何心理障碍，到那时他会对身边最亲密的人动手。

　　这一步，纵使他永生不可能晋升，渐渐衰弱而死，也绝不会走。

　　他要求玄渊宗闭关三十年，就是想在这三十年中想出办法。就算三十年内找不到解决之法，以殷寒江的资质，三十年内他定能大有进境，足以助自己制衡玄渊宗众人。

　　至少要强到，有朝一日闻人厄虚弱至极不得不闯幽冥血海时，殷寒江跟得上他的脚步。

　　在内间又加了一层阵法，闻人厄拿出两本书。他需要透过这两本书随时观察外面的动向，不能整整三十年里一无所知。

4

　　这段时间的剧情《灭世神尊》（第一卷）中没有任何亮点，贺闻朝与柳新叶大婚一笔带过，随后便是贺闻朝在脑海中的"师父"的帮助下努力修炼、带领门派振兴以及顺便调查屠杀小镇的凶手，偶尔想念一下离开门派的百里轻淼，再没提到过柳新叶，这位新婚妻子仿佛隐形了一般，《虐恋风华：你是我不变的唯一》中让读者恨得牙痒痒的女配，已沦为贺闻朝的影子。

这其实是《灭世神尊》（第一卷）的基本操作，剧情中贺闻朝与不少女性的关系暧昧不清，这些人多到作者几乎一笔带过。唯有紫灵阁主和百里轻淼是第一卷里不断提及的女性角色。紫灵阁主是个"贤惠"的人，帮贺闻朝安顿好后院，是读者心中完美的大老婆。

百里轻淼则是剧情小推手，每当贺闻朝需要转换地图或者换仇恨对象时，百里轻淼就会被某个男人"抢"走，贺闻朝去寻找小师妹，打死对方，升级。小师妹再被"抢"，贺闻朝再去救，从钟离谦杀到闻人厄，却没提到过殷寒江，不知《灭世神尊》（第一卷）内为何没有殷寒江的身影。

比起《灭世神尊》（第一卷），《虐恋风华：你是我不变的唯一》的剧情就热闹多了，从百里轻淼黯然神伤地离开上清派，到在冥火坛遇到钟离谦，最后钟离谦一语道破真相，闻人厄、殷寒江齐齐登场，连鬼面人的身份都提前几十万字暴露，书评区直接炸锅，评论几乎比文章字数还多，看得闻人厄眼花缭乱。

号外号外，《虐恋风华：你是我不变的唯一》又爬上榜单了，没想到有生之年还能看到一本古早狗血文重新登上舞台，鼓掌鼓掌，不枉我从作者修文就开始追文。

不稀奇，作者的操作多得我应接不暇，完全猜不到接下来的剧情她打算怎么写。原文里的苦情戏变得合情合理，论坛上已经有人贴原文和修改版的对比图了，作者竟然能在不崩原文人设的情况下把剧情改成这个样子，鬼才！

只看过修改版的新人来报到，为什么舒姐这么优秀可爱的人在原文中没有人气？

因为你舒姐原来只露脸一次，当着百里轻淼的面睡了昏迷的贺闻朝，把人弄成半残，又对女主很不友好，还让女主吃了很多苦。

忘记曾经那个舒姐，现在只有温柔拭泪的艳艳姐，"傻姑娘"的称呼真太"苏"了。

都站舒姐吗？我站清雪长老耶，从她撮合贺闻朝与柳新叶开始，我就爱上她了，多么特立独行的女子啊！

不是，你们怎么都站女的？钟离谦不聪明吗？闻人厄不霸道吗？我的天，修改版魔尊霸道又升级了，他是我见过的第一个为了让女主和男主分手，就撮合女主和男三的男二，想法太清奇了。

楼上的话信息量有点大，让我捋捋，闻人厄这是多想不开，给自己戴了这么一大顶绿帽子？

我总觉得这辈子闻人厄把女主当女儿养，老父亲正在给傻女儿物色更合适的女婿。

　　问题是绿帽子也没戴上，钟离谦已经完全是看妹妹……哦，不，看弟弟的眼神了，我都害怕下一秒钟离谦也给女主介绍一个对象。

　　女主豪迈地一笑，太好笑了！有生之年我竟然能在百里轻森的形容词上看到"豪迈"两个字，想出同心蛊的闻人厄实乃鬼才。

　　敲碗期待接下来的剧情，我要看看作者能把这文改成什么神仙模样。

见读者评论大部分满意，仅有少数喜欢原剧情的人在骂作者乱改，闻人厄暗暗点头，心中竟也产生了不同寻常的成就感。

他合上书，摸了摸断臂，自储物法器中取出许多心法，这是当年统一魔道时抢过来的，莫说是那些被灭门的邪道魔修，就是两位护法四大坛主的心法闻人厄这里都有。

他知道下属们的心法未必是全部，一些较为关键的部分可能藏起来或者改动了，闻人厄也不介意。他又不会真的修炼，收集心法仅为震慑他们。

一个玉简一个玉简地拿起来查看，他用了足足一个月时间细读所有心法，关于血修的记录竟然寥寥无几。万年对于宗修界也是很漫长的时间，许多关于血修的记录早已失传，闻人厄得到的斩血之术，也是在夺取赤冥剑时一并到手的。

赤冥剑是自幽冥血海中生出的魔剑，比那位血魔老祖的历史还久，闻人厄的斩血之术并非来自血魔老祖。万年前围攻血魔记录的残卷上，曾写着一句话，当时宗修界正道领袖剑意真人曾说过，血修若想行正道，唯有破而后立。血魔老祖显然不是有此决心之人，最终沦为宗修界公敌。

破而后立吗？

闻人厄不是无法下定这个决心，而是在此之前必须安顿好一切。若他破后无法立，被留下的人，是否会悲伤？

闻人厄希望，自己无论生前死后皆是孑然一身，了无牵挂。

可惜……

他看看外间方向，殷寒江在专心修炼，希望可以早日成为尊上的助力。

闻人厄也沉下心来研究自己的身体，想办法吸收周围的灵气，最起码恢复手臂。

宗修无岁月，一年的时间匆匆而过，舒艳艳自焚天鼓上修炼出关，乐不可支地将总坛上自己的下属带回道场，好生修炼一番。她这一年功力提升，下属们得到的好处也比以前多，对舒艳艳更加忠心，伺候起她来也更加卖力。

唯有一点令人困扰，右护法命属下买了不少书回来，吩咐大家一起看书，希望培养出个君子来解解馋。不过三个月后她便放弃了，伪君子好培养，真君子难求。她向来不是强人所难的性格，而且她还蛮喜欢手下人直来直去的性格的。

第九章 神秘面具

被舒艳艳惦记不到三个月就放弃的真君子钟离谦，离开冥火坛后便陪着百里轻淼前往上清派。

百里轻淼见过几位师门长辈后，趁着贺闻朝不在山上，唤来柳新叶，取出了七彩碧莲心。

"这……这等神物，徒儿是从何处得来？"百里轻淼的正牌师父清荣长老惊叹道。

"徒儿在清雪长老的帮助下去了一次金海岸崖，得到七彩碧莲心。"百里轻淼道，"我想将此物交给柳师姐，助柳师姐恢复功力。"

当着几位长老的面，清荣长老不好教训弟子。她要急坏了！有这种好东西百里轻淼不自己留着提升功力，为什么要给柳新叶？她这个弟子什么都好，就是脑子有些不够用，自从成为清雪长老的记名弟子后，就更加不知道怎么用脑子了。

"你这孩子，还想着你柳师姐呢？"清荣长老拼命对百里轻淼眨眼睛，"不考虑下自己吗？看看你的眼睛，左眼是伤到了吧，一直蒙着，让药堂长老帮你看看，说不定七彩碧莲心能治你的眼睛呢。"

百里轻淼露出的右眼清澈透亮，她双手捧着灵药道："师父放心，徒儿也是有私心的。"

她转向柳新叶，回想了下钟离谦帮她把关的话，坚定地道："柳师姐，我与你貌合心离，这件事整个上清派的人都知道，我也不想隐瞒。我并不喜欢你，送七彩碧莲心，也不是为了你，是为了了断我心中的妄念。"

听百里轻淼提到"妄念"二字，清荣长老长长地叹气。对于上清派而言，资质极高境遇又好的贺闻朝是个好弟子，就算在男女情爱上处置有些不妥当，上清派也可以睁一只眼闭一只眼，只要他不闹出大事，不因此入魔，就不会过问。

可对痴恋大师兄多年的百里轻淼来说，贺闻朝实在不是个良人。柳新叶一日不痊愈，百里轻淼就会惦记贺闻朝一日，甚至会生出"等柳师姐死掉就好了"这样的恶念，于修行不利。徒儿的选择，等于是为自己的将来打开了一条路，不是愚善。

柳新叶当然想要灵药。她受够了贺闻朝的眼神。她是舍身救贺闻朝的人，为了大师兄贺闻朝连灵根都舍得。可婚后贺闻朝每每看到她会叹气，大师兄是个温柔的人，当然不会说什么"因为你我才没能娶到小师妹"一类的话，但柳新叶总想，如果她的功力高一点，大师兄会不会更喜欢她？

她伸出手想拿灵药，百里轻淼却避开没让她拿到。

"百里轻淼，你！"柳新叶心中发急，怒视着百里轻淼。

"七彩碧莲心，我可以给你，我也不需要柳师姐承情。可是此物并非我一人取得，清雪师父也出了力，柳师姐是不是该谢过清雪师父？"

说罢，百里轻淼将七彩碧莲心交给裘丛雪。

"嗯？"一直在打瞌睡的裘丛雪翻起眼皮，努力从黑袍中伸出一只完整的手接过宝物。毕竟她已经没几块肉了，还需要维持脸皮，凑出手臂并不容易。

"清雪长老……"柳新叶望着衾丛雪，面对百里轻淼她可以怒斥，但在这位散仙长老面前，她没有丝毫底气。

七彩碧莲心是修复灵根和功力的，对恢复肉身没什么帮助。衾丛雪对此不是很感兴趣，可她是魔修，好东西就算自己用不上也不可能给人。

她单手将泛着宝光的灵药向上抛了抛，柳新叶的眼神随着宝物上下移动，生怕她一个失手掉落，污了宝物。

"这么好的东西，为什么要给她？"衾丛雪努力回忆在金海岸崖时的经历，不悦地道，"为了这东西，我功力尽失，在海里游了好久呢。"

她被尊上踹进海里游了好久才上岸的。

柳新叶委委屈屈地双膝跪地求道："清雪长老，这七彩碧莲心对你无用，可否给我用？弟子来日定结草衔环，报答长老。"

"来日结草衔环？"衾丛雪皱起眉头，满脸嫌弃，"为什么是来日？来日我飞升了怎么办？来日你死了怎么办？"

柳新叶哑然。

她的师父，上清派的清逸长老忙替自己的弟子说话："这不是新叶现在没有灵根，如普通人一般，就算想承诺什么也做不到，才许诺来日的？"

"我不信来日，"衾丛雪干脆地道，"现在就报。你发个魂誓吧，日后要找到双倍于此灵药的宝物给我。若是做不到，你的元婴、神魂都归我。"

柳新叶闻言有些害怕。

"清雪长老，您这……太强人所难了。"清逸长老道，"七彩碧莲心这样的宝物，莫说双倍，就是一个也是很难得到的，新叶发这样的魂誓，难道将来真的要给你元婴和神魂吗？"

"当然，拿去炼丹或者炼器也是有点用的。"衾丛雪面无表情地道，"不然我就自己吃了，或者放出消息卖掉，肯定有人愿意买。"

柳新叶咬咬牙，跪地发誓。衾丛雪毫不客气地抽了她的一缕神魂，这才将七彩碧莲心给了她。

柳新叶被抽出神魂时，恨恨地瞪了百里轻淼一眼。

百里轻淼却想起钟离谦的话："百里姑娘，我要你将决定权交给清雪长老，不是为难柳新叶，而是为了考验贺闻朝。柳新叶还不起，难道贺闻朝还做不到吗？他既然承了柳姑娘的大恩，这个情理当他还。若他宁可看到妻子的神魂被誓约束缚，还是不愿帮妻子还人情，那此人你终是错付了。"

于是她没有立刻离开上清派，而是等了贺闻朝数日。待贺闻朝回门派后，听说师妹回来了，不顾还在闭关的妻子就跑来找百里轻淼。

百里轻淼的左眼戴着一个和衾丛雪同款的黑色眼罩，单眼看着贺闻朝，贺闻朝脚步微顿，深吸一口气道："师妹，你的眼睛……是受什么伤了吗？"

"没什么，"百里轻淼摸摸心口，很平静，默默地向钟离公子道谢后道，"师兄不去看望柳师姐吗？她正在闭关，几日后就可以恢复灵根了。"

"师妹！"贺闻朝握住百里轻淼的手，一脸凄苦地说道，"我心中喜欢的人是谁，你是知道的。"

"可世间除了情爱，还有责任与道义。"百里轻淼果断地抽回手，冷静地道，"师兄，你要是个有担当的人，那么在没有条件娶我时，就请将这份感情压在心底，不要辜负两个女人。你若是连这一点都做不到，将来又如何承担起整个上清派的责任？一屋不扫，何以扫天下？！"

说罢她决绝地转身，向执事堂报备，要下山游历数十年，等能够对感情释然后再回来。

清荣长老含着泪答应了。

山下，钟离谦拄着盲杖，微笑着等待百里轻淼下山。

两个共用一只眼睛的人拱手一笑，刚要搀扶着上路，清雪长老就跟了上来。她傲然道："在上清派待着无聊，我要下山抢点……寻些提高法力的机缘。"

"师父能与我一起浪迹天涯是最好了！"百里轻淼开心地一把抱住裘丛雪，捏了捏她的袖子，"咦？师父，你的身体怎么了？"

钟离谦也闻言一怔。

裘坛主真乃神人也。

此后，三人结伴游历三十年，钟离谦晋升大乘期，百里轻淼也因机缘不断，晋升为合体期，跻身宗修界高手行列。

对于这个发展，书评区非常不满。

> 不是，钟离谦和百里轻淼浪迹天涯，有你清雪长老什么事啊？
>
> 不是，百里轻淼和师父清雪长老浪迹天涯，有你钟离谦什么事啊？

书里基本都是以上这种不满评论。

闻人厄看过书评区后，单手合上书页，用血雾重新制造一只假的手臂，解开防护阵法，走出房间。

外间的殷寒江早已闭关结束，见尊主出关，立刻上前行礼。谁知尊主用极为贪婪诡异的眼神打量了他一番，接着便飞快地收回视线，淡淡地道："境虚大圆满，距离大乘期还差一步。殷副宗主三十年有此进境，实在难得。"

"多亏尊上布下的聚灵阵。"殷寒江不居功。

"你已算是高手，那么本尊交给你一个任务。"闻人厄捏了捏自己的袖子道，"玄渊宗有一叛徒，未来会与贺闻朝联手叛乱，他的名字叫作岑正奇，本尊不太清楚他此时是否已经加入门派，是否改过名字，你为本尊找出这个人。"

殷寒江微怔，不是惊讶玄渊宗有叛徒。严格意义上来讲，玄渊宗除了殷寒江之外全是叛徒。只要闻人厄稍显颓势，任何一个人都有可能背叛他。

闻人厄从不在意下属是否背叛他。他曾说过，他只在意下属是否无能。

三十年前，无论正魔大战还是整顿宗门时，闻人厄都未提起过查找叛徒的事情，为何三十年后，尊主开始在意玄渊宗内是否有内奸了？

殷寒江疑惑地抬起头，见闻人厄并没有直视他，于是没有看到尊上温和的目光。

第十章

紫凌阁主

1

闻人厄封闭了嗅觉，尽可能地不去看殷寒江。

三十年闭关，他不仅没有找到恢复身体的办法，而且随着时间的推移，对血魂的渴求更胜过去。

断绝五感修炼时，他甚至无师自通了用血魂修炼的方法。先用身躯化成的血雾包裹对方的身躯，将其化为血水，再引导血水流过血魂上的斩血刻痕，运转三十六个周天后，就可以完完整整地吸收掉一个修者，其真元能够无任何损失地保存下来。

一个大乘期修者，就算是天赋异禀，又有无数神人境遇，也起码需要一百年才能修炼而成，而一个血修完全吸收大乘期修者的功力，只需要三天。

如果是筑基期就改修斩血之术，并且有足够的修者供吸收，那么这位血修只需要一年不到的时间就可以成为大罗金仙，十年之内问鼎仙界可成神。

闻人厄曾说过，正道魔道的"魔"与魔性的"魔"是截然不同的。什么是魔？一界之内，只要有一个"魔"，此界便会寸草不生，生灵尽灭，这便是"魔"。

大道三千，数不尽的小世界孕育出无数魔，上古先天神祇合力封印十八万魔神，折损大半后将十八万魔神封印于魔界，魔界与其他界的唯一通道就是幽冥血海，入幽冥血海者，九死无生。

殷寒江领了闻人厄的命令，去找袁坛主核对玄渊宗门人的名单，这种小事闻人厄、殷寒江是不理会的，人事一般是由比较圆滑的袁坛主管理。他们想找岑正奇，需要袁坛主的帮助。

他走后，闻人厄才缓缓转过身来。

三十年过去，他多么希望殷寒江已经晋升大乘期，能够达到物我两忘的境界，再不会为他的死去而疯狂，这样他就可以安心地闯幽冥血海。

《灭世神尊》（第一卷）中，贺闻朝与血魔老祖连同岑正奇，三人利用百里轻淼遇难的消息，引闻人厄到幽冥血海，一番交战后，将他打入幽冥血海内。

有些事似乎是命数，闻人厄注定要入幽冥血海，那里是他的埋骨之处。

正魔大战之后闻人厄摆脱被百里轻淼所救的命数，百里轻淼在钟离谦的帮助下终于放下贺闻朝，闻人厄以为自己做了这么多，命数终于偏离了一点点。谁知三十年的修炼毫无进展，幽冥血海似乎是他必须去的地方。

那么殷寒江发疯，是否也是定数？

不，不是。闻人厄望着自己仅剩下的手，握紧了拳头。

七杀殒、破军狂绝不会发生，只有七杀殒、破军绝，他应允过殷寒江，若是自己死了，就命他相伴。

做好最坏的准备后，闻人厄便开始为去幽冥血海而准备，他最先要做的是解决后患。

三十多年前拿到《灭世神尊》（第一卷）时，闻人厄并未在意书中提到的魔宗叛徒岑正奇，一来实在不记得这个名字，玄渊宗那么多人，四大坛主、左右护法皆是各管各的，闻人厄连舒艳艳有个姓"赫连"的属下都不知道，怎么可能记得岑正奇？

命殷寒江去寻找，是希望他尽可能处在一个离闻人厄远一点又相对靠近的地方，保持一个既能避开血修本能，又可以让殷寒江没有疏离感的距离。

闻人厄不在意属下是否有反叛之心，不想做魔尊的玄渊宗门人不算好门人。但岑正奇在原书中有三罪：第一，勾结贺闻朝杀舒艳艳，贺闻朝与舒艳艳有仇，结交相貌平平无奇的岑正奇后，便暗中算计，设下陷阱杀害舒艳艳；第二，帮助贺闻朝除去正道中不支持男主的人，并全部推到闻人厄的身上；第三，与贺闻朝联手杀死闻人厄。

闻人厄死后，玄渊宗归岑正奇，贺闻朝与百里轻淼飞升，不知《灭世神尊》（第二卷）还会不会有关于玄渊宗的剧情，四大坛主与护法又能剩下几个。

就算他将来要闯幽冥血海，也是自己主动进入，而非被叛徒逼着去。

玄渊宗里，最适合完成这个任务，绝不会多嘴询问的人，只有殷寒江。

殷寒江找到袁坛主拿了门人名册，名册很详细，连老宗主在时已经陨落的人的名字都有，是何时何地进入玄渊宗，由何人引荐的，中间有过什么变动，袁坛主记得一清二楚。

"老夫三百年前进入玄渊宗，二百年前成为总坛坛主，这之后的记录一应俱全，二百年前到三百年前之间的记录凭印象记载，不是很全，三百年前的记录就完全没有了。"袁坛主自称老夫，实际上长得不老，就是有点胖，像个普通的中年男子。

殷寒江把名册仔细看过，完全没有岑正奇这个名字。他将二百年后的记录还给袁坛主，留下二百年前到三百年之前的残缺不全的名册、已经在三百年前加入玄渊宗现在还活着的门人的名册，打算一个一个去调查。

"不知尊上要名册有何用？老夫能否帮上一点忙？"袁坛主谄媚地对殷寒江笑道。

"不必。"殷寒江收起名册，没有说出"岑正奇"这个名字。

若岑正奇真是叛徒，而且改了名字，一旦走漏风声，恐怕会打草惊蛇。

他对着名单，先是排除元婴期以下的门人，在玄渊宗功力太低是连做叛徒的机会都没有的。已经过去二百年还活着的人，就只有几位护法、坛主和他们的心腹高手了。

裘丛雪三百年前就是冥火坛鬼修，没有脑子，做不了叛徒，排除掉。舒艳艳是一百五十年前来的，当年依附老宗主，来到玄渊宗就成为右护法，也可以排除掉。不过舒艳艳手下有个叫作赫连逸的人，合体期多年，三百年前便是玄渊宗的弟子，没有太详细的记载，这样的人却一直安于做舒艳艳的下属，也很奇怪。

最终殷寒江将人选锁定在赫连逸、苗秋青、阮巍奕和袁坛主几人身上，这几人都不太方便调查。

殷寒江返回，将调查结果汇报。闻人厄坐在椅子上，手中拿着《虐恋风华：你是我不变的唯一》，微微点头以示赞扬。

岑正奇是剧情进展到一百年后才出场的，未来加入也有可能。不过目前殷寒江调查出来的几个人也不能忽视，需要暗中观察。

除却料理叛徒一事外，还有百里轻淼那边令人在意。

百里轻淼、清雪长老、钟离谦三人游历三十年，从书中的细节来看，裘丛雪多次露馅，惹祸上身，多亏钟离谦帮忙掩饰和百里轻淼单纯好骗，这才没有暴露身份。三十年间没有什么剧情冲突，作者也只写了几章日常，就这点日常都看得闻人厄忍不住为裘丛雪捏把冷汗，更不要提身在局中的钟离谦。

听说二十二年前他一夜白发，现在鹤发童颜，看起来更像仙人了。

为何钟离谦会在二十二年前一夜白发呢？理由是百里轻淼在这个时候收了一个"年轻""青春""阳光""善良"的十八岁弟子。说起这位弟子，百里轻淼与他也颇有渊源。十八年前她第一次下山历练，路过一个闹鬼的村庄，帮这个村庄驱鬼后，为此还晚到万里冰原数日，闻人厄与殷寒江多等了她几天。

十八年后，机缘巧合之下，百里轻淼又来到这个村庄，发现有个自幼习武的少年竟然无师自通地进入了炼气期，差一步筑基。当时已经晋升化神期的百里轻淼见到这样好资质的少年当下生出了收徒之心，趁着钟离谦帮助清雪长老解决麻烦时，她帮助这位少年筑基，等钟离谦回过神来时，少年已经三拜九叩地拜百里轻淼为师，百里轻淼牵着他为他引荐钟离谦和清雪长老。

清雪长老感知到少年当着百里轻淼的面"阳光"，背对百里轻淼就面色阴沉，眼神狠毒，大力赞扬少年是个好孩子。看着两人一拍即合的样子，钟离谦揾着脑袋头疼起来。

他又听到百里轻淼一脸欣喜地说："钟离大哥，宿槐是我驱鬼那天出生的呢，我们特别有缘是吧？"

钟离谦顿时满腹心事，想阻止她收徒，却又打不过清雪长老，只能沉默地静坐一整夜，第二天的阳光照亮了他飞散的白发。

百里轻淼有些内疚。

"钟离大哥是因为我昨晚收了弟子，怕教不好他，愁得枯坐一整夜，才害你愁白了头发吗？"百里轻淼难过地说道。

钟离谦缓缓摇头。百里轻淼说错了一件事，她收了弟子后其实一直只有开心雀跃期待的情绪。她之所以会忧愁一整夜，是因为当夜钟离谦仰头望着天上繁星，确信自己再也不可能教好百里轻淼，百里轻淼受他的情绪影响才会发愁一整夜的。

"修者晋升元婴期后就能重塑自己的体貌，我再怎么发愁，也不会一夜白发的。"钟离谦束起披散的头发，将自己打理得整洁得体。

言下之意便是他自己将头发变白的，而且并未打算恢复。

百里轻淼不解，《虐恋风华：你是我不变的唯一》的读者们也不明白。

　　这段三人行简直是绝了，三个人共用三只眼睛，刚好一人一只，这倒还算公平，但是三个人共用一个脑子是怎么回事？钟离谦是不是太累了，带不动啊！

　　不是，这个清雪长老怎么越来越不对劲儿？南郭世家广邀同道参加新生儿的洗尘宴，她在洗尘宴当晚掀翻了南郭世家后院的镇魂碑，揭露了南郭世家抽出庶子和分支子弟的灵根才养出一个资质极高单灵根的嫡子的真相，放出无数惨死的孩童鬼影。

　　楼上，这不是好事吗？我清雪长老多么善良的一个散仙啊！

　　问题是她没有和正道同门一起指责南郭世家，而是抓着人家的家主一脸兴奋地问他们是怎么培养出这么优秀的鬼影的，还问这些鬼影能不能送给她？要不是钟离谦解释她在暗讽，当天的正道修士就把她和南郭世家的人一起送走了。

　　她打听到抽灵根的邪术之后，还眼睛亮晶晶地盯着百里轻淼。我当时看得毛骨悚然，生怕百里轻淼一睡醒灵根没了。

　　我不在意清雪长老和钟离谦抢傻甜花的斗争，就在乎一件事。作者你抬头看看自己的书名《虐恋风华：你是我不变的唯一》，你摸摸良心，文里的内容还对得起这个书名吗？

　　文不对题这事吧，喜闻乐见。

　　喜闻乐见，同上。

百里轻淼不懂钟离谦为何变为白发，看书的闻人厄懂，他是修习了一门克制鬼修的法术——子不语。

这是只有四大世家钻研儒家典藏的人能够习得的法术，习得此术者会在一夜之间感受人间沧桑，满头华发是证明。他修习了子不语后，鬼修不敢近身，会被大德的气势压制。

果然自钟离谦的头发变白后，清雪长老与男五号宿槐老实多了。至少裘丛雪这位在玄渊宗练就一身能屈能伸本领的前鬼修，在钟离谦面前学会了三思后行，遇到事情知道先与钟离谦商议，不会再出现三人被几十名修士追杀的惨剧了。

钟离谦修成子不语后，趁着在民间游历教导乡间小儿辩文识字，清雪长老、百里轻淼、宿槐三人也乖乖地听钟离谦吩咐，跟着一起办学堂。二十年后，钟离谦悟出自己的道，"师道者，传道授业解惑"，彻底脱离钟离世家的名气束缚，凭借自己的力量晋升大乘期。

晋升大乘期后，他随时可以令头发变黑，不过钟离谦自己觉得白发更利于教化，便没有改变，自号鹤发散人，在宗修界留下自己的名字。

三十年过后，每个人都有进境，百里轻淼也在多年的学堂生活中变得越发沉静时，作者似乎终于想起了自己这篇文的名字叫《虐恋风华：你是我不变的唯一》，百里轻淼收到师门的传信。

清荣长老说，昏迷多年的上清派掌门只剩下一味灵药锁芯草做主药即可复原，上清派得到消息，隐世多年的紫灵阁中有此药，贺闻朝已经前往紫灵阁求药，受到紫灵阁的百般刁难，恐难求取灵药。如果百里轻淼方便，希望她能前往紫灵阁帮助师兄求药。

百里轻淼看到信中的"贺闻朝"三个字，沉寂已久的心又痛了一下。

钟离谦感受到百里轻淼的心痛，淡然道："我们一起去吧，师恩要报，情孽要过。避开不是办法，游历多年，也该看看你的心境是否有成长了。"

四人组目前以钟离谦为首，见他同意，便启程前往紫灵阁。

紫灵阁在极北的太阴山上，是隐世不出的中立门派，当年正魔大战也没人出手，十分神秘。

修改版剧情到此处戛然而止，闻人厄没有忘记那位被自己暴打的紫灵阁散仙，更是想起她的夺舍之法。

散仙其实与血修有异曲同工之妙，皆是肉身消失，神魂一体，不受宗修境界束缚。不知他抢了紫灵阁的散仙夺舍之法，能否暂时缓解血修对血魂的渴求呢？

闻人厄合上书，决定也启程前往紫灵阁。

2

闻人厄不可能一声也不交代就离开玄渊宗。根据每个人的职责，尊主不在宗门时，应由新上任不过三十年的副宗主殷寒江代理门派的事务。

闻人厄是打算将殷寒江留在玄渊宗，孤身一人前往太阴山紫灵阁的。玄渊宗的繁杂事务没什么重要的，他离开后下属们反叛也没什么关系，反正等他回来后众人都会投降。殷寒江与闻人厄太过接近，又是境虚期巅峰的实力，而且对闻人厄没有丝毫防备之心，若是闻人厄说"本尊需要吸收血魂"，殷寒江只怕会心甘情愿地将自己的血魂奉上。

与殷寒江一同启程实在太过凶险，他孤身一人的话，反倒更容易克制自己。

　　于是临走之前，闻人厄叫来殷寒江，直言自己要前往太阴山。

　　殷寒江完全没有意识到闻人厄这次是打算甩开自己的，沉默地跟在尊主身后，准备与闻人厄一起出发。

　　见他这个样子，闻人厄停下脚步，斟酌着措辞，缓缓开口道："殷副宗主，本尊离开玄渊宗后的宗门事务及调查叛徒的事……"

　　他说到这里，殷寒江的表情变得有些呆滞，静静地望着闻人厄，似乎什么也没有想，只等待尊主下令。

　　只要闻人厄下令，殷寒江一定能够完美执行命令，即使他不愿意。

　　闻人厄没继续说下去，殷寒江依旧保持着聆听的姿势，等待尊上宣告最终结果。

　　"可交给舒护法，她已经很熟练了，几位坛主被她坑过，他们一定相互防备，不会轻易出手打破平衡。叛徒的事倒也不急，毕竟现在没什么线索，说不定你我二人离开玄渊宗后，岑正奇反倒会露出马脚。"闻人厄对上殷寒江的表情，终于如此说道。

　　此言出口，殷寒江的脸上才有了些精神，他深深低下头道："属下遵命。"

　　闻人厄皱皱眉头，以往他也不是没与殷寒江分开过。魔尊素来我行我素，想去哪里就去哪里，也无须向殷寒江报备，殷寒江也从不过问。倒是得到《虐恋风华：你是我不变的唯一》后，因为担心殷寒江发狂，鲜少与他分开，此刻想甩手走开却多了份束缚。

　　这不对。

　　本来是希望殷寒江的情绪被安抚下来，不至于在他死后做出一些闻人厄不喜的事情，所以才会关注。可是现在，反倒变得更加不放心了。

　　以往闻人厄想去哪里的时候，何曾观察、在意过殷寒江是否出现如此落寞的神情，又何曾心软过？

　　"殷寒江，"闻人厄直呼他的名字道，"本尊并非你的神，不过是与你一样，通往登天之路的无数修者之一罢了。"

　　"属下知道。"殷寒江依旧低着头道。

　　"憧憬是一回事，自己的道也要走，你可否明白？"闻人厄靠近他，伸手按住殷寒江的后颈，掌劲令殷寒江不得不抬头。

　　过于靠近令两人都不由得察觉到一丝异样，闻人厄只觉得胸腔中涌现出一股腥甜，殷寒江那股独属于剑修的真元气息扑面而来，对于血修而言，那是最上等的真元。足足有三十年没能吸收到天地灵气的闻人厄感到一阵眩晕，放于殷寒江后颈上的手掌力道变重，化血的灵诀反复在他脑海中回放，只要掌心劲力一吐，殷寒江就可以在他掌下变为血水，真元、神魂皆归闻人厄所有。

　　闻人厄因血气上涌而脸红，殷寒江却不知为何显得紧张。他抗拒了几下，自闻人厄掌下逃开，拱手道："属下知道，属下会早日晋升大乘期，为尊上分忧。"

殷寒江的避让令闻人厄恢复一丝神志，闻人厄压下体内不断翻腾的血气，转身道："给舒护法传音，命她暂代宗主之职。"

发过传讯符后，闻人厄没有回头，直接化为遁光离开，殷寒江忙祭出破军剑跟上。

他咬咬唇，尊上此话究竟何意？是否已经发现他的执念？方才的对话中，他的表情是露出什么破绽了吗？

殷寒江在心中反复告诉自己，日后与尊上相处时，一定要谨慎再谨慎。他身为副宗主，留在玄渊宗主持大局理所当然，不能因为无法跟随尊上而显得失落。就算内心真的难过，他表面上也要滴水不漏。

各怀心思的两人来到太阴山上，闻人厄于紫灵阁的守护阵法外降落，避开巡山弟子，拿出书观察剧情发展到什么程度。他要以此来决定自己是硬闯紫灵阁还是命紫灵阁打开大门欢迎他。

且说百里轻淼四人已经在三日前便抵达太阴山，百里轻淼在紫灵阁拜山的法器雾晨钟前转来转去，不知该不该敲响这口钟。

据清荣长老说，紫灵阁告诉贺闻朝等弟子，锁芯草在紫灵阁也只有一株，实难交给上清派。除非他们能想办法让另一株锁芯草幼苗成长起来，而锁芯草幼苗想要成长必须太阴山中的山火涌现，又不能因山火爆发毁掉紫灵阁的根基，在引动山火的同时还要注意分寸，这太难了。

贺闻朝等人这段时间一直借住在紫灵阁里，围着三千年前曾爆发过一次山火的天坑想办法，时间过去半个月，没有丝毫进展。

清荣长老来信的目的也不是拜托百里轻淼完成这件难事，而是希望她能劝动清雪长老与鹤发散人出手。清雪长老是上清派的客座长老，本就该出手相助，只是清雪长老那个性子，据说南郭世家到现在还在追杀她，上清派知道清雪长老对百里轻淼很好，希望百里轻淼能劝劝她。

而这些年，鹤发散人的名声已经传遍整个宗修界，钟离世家悔不当初，上清派也知道鹤发散人与百里轻淼因某个机缘巧合中了同心蛊，百里轻淼是可以劝动他的。

有钟离谦的帮助，相信一定能够满足紫灵阁的条件。

至于宿槐，他不过是个金丹期弟子，没人指望他能起到什么作用，百里轻淼带着他也不过是想让弟子行万里路，长长见识。

偏偏这位表情阴沉的宿槐是四人组中性格最为嚣张的。宿槐本来打算暗算百里轻淼，以报当年被驱之仇。当年要不是刚好有一个死胎出生，能够让他刚好修成鬼修，宿槐就真的魂飞魄散了，百里轻淼与他之间绝对是血海深仇。

当知道百里轻淼再次来到小镇，又打算收他为弟子时，宿槐立刻答应下来，并下定决心做一个乖巧听话的弟子。他要将百里轻淼这个正道中人捧得高高的，让这个傻女人发自内心地认为自己是她最贴心、最优秀的徒弟，这样一来，日后他暗算百里轻淼的时候，她震惊、悲伤的扭曲表情一定非常好看。

怀揣着这种想法的宿槐行了拜师礼后，就察觉到一道视线和一种毛骨悚然的感觉。

他望向那视线方向，见自己名义上的师祖正对他舔着嘴唇，吓得宿槐打了个寒战。

当晚百里轻淼打坐时，宿槐就被清雪长老拎到茅屋中。散仙的力量宿槐根本无法抵挡，清雪长老随手布下的阵法就能让宿槐逃不出去，并且连呼救声也传不出去。

"救命！"十八岁的少年拼命敲着房门，身后的高挑女人却毫不留情地将人抓过来。

"别动，让我好好看看你。"清雪长老双眼发光，将宿槐按在地上，手掌探向他的心脏，眼中发亮地道，"竟然真的有心跳，是活着的鬼修！"

"你知道我是鬼修？"宿槐惊讶地问道。

他本来以为伪装得很好，已经瞒过百里轻淼等人，没想到清雪长老竟然一眼就看透了他的身份。

"你是怎么做到有肉身却依旧能修鬼修的？"清雪长老皱眉盯着宿槐的心脏，"把心挖出来还会活着吗？"

"我也不知道啊！"宿槐在清雪长老如饿狼般的视线下崩溃道，"我在魂魄即将溃散的时候，感觉到一个死胎刚出生，趁那胎儿神识未散尽时，我附身进去，就成为现在这样活人不算活人，鬼修也不算鬼修的样子了。"

宿槐之所以能够在没有人教导的情况下无师自通地进入炼气期，是因为他经常抓小镇附近的鬼修来吸收。宿槐体质特殊，竟以这样吸收并转化为自身的真元的方式，自学成才。

听了他的解释，清雪长老沉思了许久，说道："看来问题就在你这具身体上，我若夺取你的身体，大概就能恢复鬼修之身了！"

这个看起来像个得道高人的家伙，想了一整晚，竟然只想出这么个馊主意！她的脑袋是摆设吗？

宿槐拼命想逃跑，显得弱小、可怜又无助，就在他被清雪长老按住时，茅屋外传来百里轻淼的声音："清雪师父、徒儿，你们在哪里呢？已经天亮了，我们该出发了。"

"我猜，应该是在茅屋中。"那个蒙住眼睛的男子温和的声音传来，"清雪长老是在帮百里姑娘调教新弟子。"

"是吗？我去看看。"百里轻淼笑着推开门。

她打开门的瞬间，清雪长老松开宿槐，并解开房内的阵法，让百里轻淼顺利见到他们二人。

"师父！"宿槐第一次觉得百里轻淼竟然真的是个人美心善的正道修士，扑上去暗暗发誓，他日后一定要对百里轻淼好，并且时刻不与师父分离，绝对不与清雪长老独处。

"清雪前辈定是觉得宿槐这孩子调皮，偷偷教导他要听师父的话吧？嗯？"钟离谦最后用鼻音发出的一个"嗯"字，令清雪长老和宿槐均身躯一震。

清雪长老的功力是比钟离谦要高的，每次见到他的蒙眼布，她却都会觉得心里发怵。与闻人厄直来直往暴力镇压的处事方式不同，钟离谦是温和的，不会给任何人压力，与他相处很舒服。但他洞察一切的样子总是让人心生畏惧。

经过这件事，宿槐抛却了被打到险些魂飞魄散的仇恨，真心认百里轻淼为师，并且一直真心实意地照顾师父。

此刻见百里轻淼在雾晨钟前来回踱步，他眯眯眼道："师父，可是近人情怯？"

百里轻淼被说中心事，脸红了下道："倒不是真的会再次迷恋师兄，师兄与柳师姐在上清派是恩爱眷侣，我不会插足的。我只是担心三十年未见，心绪不宁，影响钟离大哥罢了。"

宿槐本来是害怕清雪长老的，后来钟离谦修了子不语，他与清雪长老的斗智斗勇就变成了抱团取暖，两人的关系缓和，宿槐也知道清雪长老曾经是鬼修，而且是玄渊宗冥火坛的坛主。

玄渊宗冥火坛啊！这是他们这些小鬼修想都不敢想的大组织。从此宿槐便开始向清雪长老学习，行事作风渐渐染上了裘丛雪的做派。

"师父放心，到时你若是糊涂，我们会打晕你把你拖走的，绝不会影响钟离前辈。"宿槐干脆地道，并且帮助百里轻淼敲响了雾晨钟。

百里轻淼想：这是隔辈亲吗？

她的徒弟越来越像清雪师父了呢。

雾晨钟响起，百里轻淼送上上清派秘传心法才能制作出来的拜帖表明身份，紫灵阁弟子引四人入内见贺闻朝，紫灵阁主事却无一人在场。

贺闻朝是和柳新叶一同来的，还有几个与他关系好的上清派掌门的弟子。他见到三十年未见的师妹顿时呆住了，遥遥望着她，无法移开视线，柳新叶在一旁掐他的手臂他都没有感觉到。

百里轻淼亦是如此，这些年，她连续经历了化神期、合体期两次天劫，每次天劫后她都想要放下自己的固执去找师兄，哪怕只能远远看一眼也是好的。

若不是钟离谦一直能感受到百里轻淼的心意，及时在她耳边洗脑，另外还有实力强大的清雪长老守着，百里轻淼早就偷偷跑回去了。

这一次又见到贺闻朝，钟离谦只觉得心脏狂跳，即使双目不能视物，他也能感觉远处那人轮廓是多么温柔，多么英俊。

积压三十年的感情太过强烈，以钟离谦的心境他一时竟没有控制住百里轻淼。

好在百里轻淼刚向前移动半步，便感觉背脊发寒，一道冷风袭来。她侧头避开，回身一看，只见宿槐手持他的本命法宝灭情棒挥了过来。

灭情棒全长四十米，足足有百里轻淼的腰粗，炼制时更有钟离谦与裘丛雪相助，可大可小，可长可短。

宿槐直接将灭情棒变成最大，百里轻淼是及时避开了，可三十九米外还看着百里轻淼失神的贺闻朝被当头一棒击中。足有人腰粗的金系法宝砸在脑袋上，就算贺闻朝已经是境虚期高手，也不好受啊！

宿槐一击没打中百里轻淼，手中的灭情棒一晃，化为两根细长的棒子就要砸百里轻淼的天灵盖。百里轻淼此时已经在钟离谦的帮助下恢复冷静，忙伸手接住徒弟的武器道："徒儿，不要打了，我没事了。"

钟离谦这才浅笑一下道："宿槐这本命法宝还要多亏清雪长老，吸收了上千怨气融入灭情棒中，使得灭情棒虽不过是个准仙器，却有特殊的威力。"

"女子被灭情棒打中，会将爱意化为恨意，越爱那个人就越想杀了那个人。男子若是被打中，则是会阴气入体，失去某方面的能力。"钟离谦不好解释特殊效果，裘丛雪得意地帮他说了下去，这可是她与徒孙的得意之作。

贺闻朝被打的明明是脑袋，另一处却奇痛无比，当着几位师弟的面他也不好查看伤处，只能忍痛咬牙问道："师妹，你身后那小子是什么人？为何要打你？"

3

贺闻朝边说边用真元逼出体内的阴气，他终究是个境虚期修者，宿槐的功力太低，就算起到某种作用也不过是一会儿而已，逼出阴气就没事了。

不过宿槐让贺闻朝在同门和妻子面前出了一个大丑，贺闻朝的脸色并不好看，若不是有百里轻淼护着，他早就出手教训这个不过金丹期的修者了。

"他是我的弟子，宿槐。"百里轻淼恢复冷静后，激动的情绪被钟离谦压制下来，可以正常与师兄对话了，她的手搭在宿槐的肩膀上介绍道。

"那还不过来拜见师门长辈？"柳新叶走到贺闻朝的身侧，脸色也不好看。

宿槐的脸扭曲着，百里轻淼都是他勉强才认可的，他一个鬼修，对上清派根本没有什么归属感。反倒是他与裘丛雪和好后，裘护法许诺，将来引荐他进入玄渊宗冥火坛。若是他表现得好，裘丛雪还能帮助他杀了现任的师坛主，让他成为冥火坛的新坛主。

这种心态下，宿槐可不愿意对面前这些自己从来没见过的人叩拜。

百里轻淼是受正派传统教育长大的，刚要叫宿槐行礼，就听清雪长老道："咦？我也是长辈吧，你们见了长辈怎么不拜？"

宿槐适时地对清雪长老行大礼："拜见清雪师祖。"

上清派众人无声看着。

"还有你,"清雪长老拿出一块缚魂玉,里面锁着柳新叶的一缕神魂,"你什么时候还我灵药?才晋升化神吗?化神期的元婴抵不上七彩碧莲心,加上你的道侣倒是够了。"

贺闻朝闻言忙牵起柳新叶的手,带着众弟子向清雪长老拱手行礼:"拜见清雪师叔。"

在他们拜的时候,宿槐遵照钟离谦的指示,站在清雪长老身侧,拱手行礼,双方一起行礼,谁也不亏。

"师叔,这三十年来我们为了帮师父寻找药材,无暇顾及您的仙草。好在锁芯草是最后一味药,等师父清醒后,弟子卸下师门的事务,就可以陪着妻子去帮您寻找天材地宝了,希望您见谅。"尽管接连在师徒三人面前碰壁,贺闻朝还是控制住了情绪,体贴地拉着妻子向清雪长老允诺。

师兄他……真是个好丈夫啊。百里轻淼心中暗暗想道,不由得又有些痴迷。

钟离谦用竹简敲打了一下掌心,宿槐立刻抽出灭情棒,百里轻淼忙道:"不要打、不要打,我已经冷静下来了!"

贺闻朝见到那个巨大的法器,也迅速拽着柳新叶躲开,宿槐打不到人,无聊地撇撇嘴,收起灭情棒。

双方的形势变得紧张起来,钟离谦朗声开口:"我们不如去看看该如何点燃地火吧,还是上清派掌门的事情比较重要。"

这句话化解了眼下的尴尬,众人一同前往天坑。

根据贺闻朝等人所说,他们来到紫灵阁后,那位阁主隔着帘子看了他们一眼,就将众人打发到天坑,让他们自己想办法,培育成的幼苗可以直接带走。这些天大家在山顶想尽各种办法,虽点燃了地火,却无法把地火控制在一个适当的范围内。

百里轻淼四人更是连大殿都没进去,被人直接领到天坑。

没人敢说紫灵阁无礼,毕竟紫灵阁隐世多年不与正道接触,又是他们有求于人,人家能让他们来到天坑已经不错了。

听说天坑已经沉寂三千年,十分安全,百里轻淼四人便大胆地走上前,钟离谦、清雪长老、宿槐三人看过后没发现任何异状,谁知百里轻淼刚把头探过去,一道火焰便冲天而起,直冲百里轻淼的头部而去。

她惊呼一声避开,险险地避开地火,黑色的眼罩却被烧毁,落入天坑中。

"师妹,你没事吧?"贺闻朝丢开柳新叶,快步冲上去查看百里轻淼的面容是否有被烧伤。

百里轻淼一睁眼,右眼看到师兄关切的神色,还没来得及心动,左眼便糊了一张钟离谦的大脸。她一只眼睛看见钟离谦,一只眼睛看见贺闻朝,险些成了斗鸡眼。

她一把推开贺闻朝,闭上双眼,侧开头道:"为我拿个眼罩。"

宿槐递上一块黑布,百里轻淼缠上后长舒一口气,这时才看到贺闻朝受伤的神情。她本想解释,向前踏出半步,忽然看见柳新叶上前扶起被推倒的贺闻朝,还挑衅地看了百里轻淼一眼。

百里轻淼又退回那半步，心想这样也好。

"来了这么多天，地火终于有反应了！"姚闻丹没注意到几人之间的尴尬气氛，对百里轻淼道，"师妹，你方才做了什么让地火燃起来，而且如此准确，只向一个方向喷发？"

"我什么也没做……"百里轻淼也很疑惑。她只是轻轻一探头，地火就烧过来了，而她退下去之后，地火又消失了。

地火就像是直接冲着百里轻淼去的一般……站在天坑旁的钟离谦沉思着。

与百里轻淼相处三十年之久，他其实也隐约有种感觉，跟着百里轻淼似乎特别容易得到天材地宝。他短短三十年便从合体期晋升至大乘期，除了修炼子不语领悟师道，也有经常遇到宝物补充真元的原因。

他忽然想到闻人厄，百里轻淼的口中，她两次与闻人厄相遇全是闻人厄说一些宝物与她有缘，希望她能帮忙寻宝，这才有了接触。

莫非闻人厄早就发现了百里轻淼的特殊之处？钟离谦皱眉思索着。

正在众人商讨该如何引燃地火时，一道香气传来。

"这股药香……之前见紫灵阁阁主时闻到过。"姚闻丹道，"难道是天坑的异动惊动了紫灵阁阁主吗？"

说话间，不远处便飞来数人，几名紫衣女子护着一辆宝光四溢的辇车，车中坐着一人，被帘子挡住脸，看不到容貌。

到了天坑附近，四位紫衣侍女降落下来，为首的一位女子道："不知方才是谁引动地火？"

众人退开，露出百里轻淼，辇车帘子中传出一个低沉的声音："果然是你。"

百里轻淼歪歪头，抱拳有礼地道："在下百里轻淼，听阁主之意，莫非过去与百里有过一面之缘？"

"谁知道呢？"一只手掀开帘子，一位身着银袍的男子走出来，视线扫过百里轻淼的脸道，"或许前世见过。"

他乌黑的长发被银色发带随意束起，几缕长发散在肩膀上，狭长的凤眸中闪烁着一丝冷意，薄唇没有半点血色，见到百里轻淼才勾起一个不带任何温度的笑容："上清派乃是正道魁首，这次来了这么多高人，紫灵阁也不敢怠慢。不如暂住在紫灵阁中，我们一起想办法催熟锁芯草幼苗。实在没办法也没关系，不是还有一株成熟的锁芯草吗？只要上清派能拿出等价的物品交换，倒也不是不能赠予你们。"

众人沉默。

不对，你前几天可不是这么说的。

不仅在场的人不解，翻书观察的闻人厄、《虐恋风华：你是我不变的唯一》与《灭世神尊》（第一卷）的读者也齐齐傻眼。

两本书的书评区空前统一，齐刷刷的"帅哥你是谁"，连闻人厄都不敢相信自己的眼睛。

紫灵阁阁主,《灭世神尊》中贺闻朝的大老婆,《虐恋风华：你是我不变的唯一》中头号恶毒女配,万里冰原上被闻人厄掀起万年寒冰狠揍一顿的女性散仙,现在怎么变成男的了?

殷寒江见尊上站在紫灵阁的雾晨钟前翻书,翻了好几个时辰后,突然愣住,脸色忽青忽白,似乎遇到了什么难事。

"尊上?"殷寒江不解地看着闻人厄,无法想象这世间有什么事可以难倒闻人厄。

"无事。"两本书的修改版都是到此为止,闻人厄收起书,站在雾晨钟前想了想道,"殷副宗主,看来你我要改变计划了。"

来到紫灵阁,闻人厄有两个计划,第一,暴力毁掉紫灵阁的阵法,闯进去找到那个散仙,逼问出夺舍的方法；第二,用大法力炸碎半座太阴山,用传音之术说出自己的要求,让紫灵阁将法诀双手奉上。

谁知此刻剧情发生了前所未有的转变,闻人厄决定改变主意,换个身份"礼貌"地进入紫灵阁。

"你我需要改变一下相貌,假扮成……就钟离世家的门客吧,规规矩矩地递交拜帖,进入紫灵阁。钟离谦应该能猜出来,并帮我们掩饰。"闻人厄飞快地想出新计划,对殷寒江说道。

他与这位紫灵阁阁主有过一面之缘,若不掩饰好,会被那个人发觉,就难以猜出剧情为何会出现如此重大的改变了。

若紫灵阁主不像原书般嫁给贺闻朝,她身为重要女配的命运改变,那么闻人厄与殷寒江两个重要男配的命数是否也可以发生改变?

玄渊宗自然有不少改变容貌的法宝,殷寒江取出两个面具。这与江湖上的人皮面具不同,平时像两个面团般,贴在人脸上可捏成自己想要的样貌。这个法宝是最低级的宝器,灵气极低,除了改变外貌没有其他用处。唯一的好处是,戴上的人只要不被碰到脸,就绝不会被人识破。

"殷副宗主为本尊捏一张脸吧。"闻人厄吩咐道。

殷寒江把"面团"贴在闻人厄的脸上,用指尖轻轻按揉,问道:"尊上要变成什么样子?"

"随意。"闻人厄道。他对钟离谦的智商非常有信心,不管他们变成什么样子,钟离谦都可以识破并帮助他们掩盖身份。

殷寒江不矮,只比闻人厄稍低一寸,望着闻人厄的脸,捏了半天,捏出一张脸后愣了一下,忙打算揉开重新捏,闻人厄却问道:"好了没有?我看看。"

他随手一指,一面冰镜出现在眼前,闻人厄看着镜中的脸沉默了。

这是一张与他一模一样的脸,唯有眉眼与现在略有不同,多了一点豪迈的感觉,更像一百多年前边陲小镇上的闻人将军。

"殷副宗主眼中，本尊一直是这样吗？"闻人厄心中隐隐闪过一丝不知从何而来的不悦，"闻人将军不过是本尊历练红尘时的一个缩影，本尊早已走出当时的心境，殷副宗主的印象若还停留在那个时段，永远不可能晋升大乘期。"

"并非如此，只是……"殷寒江自己也不知该如何解释，方才尊上看着他，他的手便不由自主地动了。

"属下这就为尊主换一张。"殷寒江忙道。

"不必。"闻人厄抬手一抹，便出现一张平平无奇的脸，黑衣也成为钟离世家门客的灰袍。

殷寒江把"面团"贴在脸上，刚要为自己也弄张平凡脸，却听闻人厄道："本尊来吧。"

一只有力的手捏上殷寒江的面部，他全身僵硬，一动不敢动。

闻人厄为殷寒江捏了张平庸的脸，收手后道："殷副宗主，莫要一直追逐本尊的幻影。"

"属下没……"最后一个"有"字殷寒江无论如何也说不出口。他曾告诉钟离谦，不去强求，就不会有求不得。可事实上妄念一起，便再难消除。

他渴望成为那位闻人将军的亲兵，哪怕他与尊上皆是寻常人也没关系，他们在战场上同袍同裳，哪怕就这样一同战死也是值得的。

魔尊太强大，殷寒江不敢妄想，只能怀抱着小小的愿望，愿来世能有这样的机会。

闻人厄见他这副样子，不由得微微叹气。

破军剑炼成之日，他明明感觉到殷寒江逐渐解开心结，不再是过去那个愚忠的左护法。当时一切全部向好的方向发展，殷寒江为何忽然又退回去，且比之前退得还远呢？

"殷副宗主，你有什么心事瞒着本尊吗？"闻人厄问道。

"没……"殷寒江又说不下去了。他的确有事瞒着尊上，而且一生也不会说。哪怕他死了，被人抽出魂魄炼魂，也不会说。

他抬头看向闻人厄，眼中满是坚定神色，死死瞒住的坚定："属下确有心事，不过与尊上无关。尊上不必挂怀，属下一定能处理好。"

"你……"闻人厄化掌为爪，在掐住殷寒江的脖子的瞬间停下。

殷寒江不避不躲，反而顺从地露出脖子，方便尊上掐住。

"回玄渊宗后，去禁地思过五十年。五十年后若还未解开心结……"闻人厄顿了下，也不知该如何处罚，最终只能道，"五十年后再议。"

思过五十年……也好，殷寒江低头苦笑了下。

闻人厄见无论如何也说不动殷寒江，心中生出一股无力感，一掌敲响雾晨钟，借着钟声朗声道："钟离世家，钟离谦公子门客闻尊、殷江寻访钟离公子，望紫灵阁帮忙通传。"

听到消息的钟离谦想：闻尊、殷江……

尊主这名字起得是生怕别人不知道他们的身份吗？

4

钟离谦只能尴尬地解释道："是钟离世家的钟离问遵与钟离音将，这二人曾是两百年前的钟离家分支，后来以门客形式成为我的幕僚。在下听说地火一事后便向此二人传讯，希望他们能帮忙想一想办法，不知可否放他们入内？"

他的态度彬彬有礼，他又是大乘期修者，说话很有分量，紫灵阁弟子便带着钟离谦向那位男性阁主上报此事。

"钟离问遵、钟离音将？这两个名字……"紫灵阁阁主将手掌握成拳抵在眉心上，望着钟离谦手写的拜帖。

钟离谦表示，两位门客没有拜帖就拜访实在无礼，他特意补上拜帖，将二人的名字写在上面，希望阁主见谅。

紫灵阁阁主在"问遵"与"音将"二字上反复看了数次，钟离谦浅浅一笑道："阁主有所不知，钟离世家修圣人道，每个弟子都会选一门学问作为修炼的根基。礼、乐、射、御、书、数等君子六艺皆在范围内，这位钟离问遵修的是礼，钟离音将修的则是乐，这二人的性格也有读书人的轻狂在其中，生怕别人不知道自己所治的学问，及冠后特意取了'问遵'与'音将'的字，他们的真名是钟离问与钟离音。

"这二人拜访的方式实在有些无礼，谦先替二人告罪了。"

他将双手叠在一起，弯腰的同时双臂前伸，行了一个极为恭敬的礼。

紫灵阁阁主直起腰，看了一会儿钟离谦的脸道："这三十年来，宗修界传钟离世家有眼无珠，错把珍珠当鱼目，竟然将钟离谦逐出家门。我本来以为这不过是宗修界的谬传，今日见了鹤发散人，才知真君子当如是。"

"阁主过誉了。"钟离谦轻笑道。

"紫灵阁多年避世不出，今日来紫灵阁的人倒是有些多了，加之地火无缘无故地爆发，我本欲封山不再接待外客，不过看在钟离公子的面子上，倒是可以让他们小住几日。"紫灵阁阁主道。

"多谢阁主。"钟离谦见紫灵阁阁主放下那张拜帖，心中悬着的石头终于放下来。

他与紫灵阁弟子一同前往雾晨钟前，几位女弟子看着钟离谦脸红了下，一路问这问问那，问他的头发为什么是白的，问他与百里轻淼是什么关系，钟离谦一一照实回答。一听说他和百里轻淼相处三十年还只是义兄妹的关系，几位女弟子眼睛都亮了几分。

紫灵阁护山阵法内除了阁主的辇车和飞舟外，其余人不许飞行，飞舟比钟离谦自己的速度要慢很多,又与几个美丽的女修同乘,钟离谦一路如坐针毡,可算是熬到雾晨钟了。弟子们打开阵法,钟离谦的神识感觉到闻人厄等人进入,忙率先开口道:"两位钟离兄,许久不见了。"

他还抢在紫灵阁弟子前飞快地捏住两人的手,疯狂暗示。可只捏这一下,钟离谦便愣住了。他转向闻人厄,虽然蒙着眼睛,疑问却写在脸上。

闻人厄冷冷地道:"钟离公子,多谢相迎,不如我们进去再说?"

方才闻人厄没想到钟离谦会主动握手,没能及时避开,钟离谦握住了假臂,一下子察觉到闻人厄的状况不对。

钟离谦也知道不能在此处说这件事,忙向几位女弟子引见闻人厄两人。紫灵阁弟子见改变容貌后的二人生得平平无奇,还不如钟离谦,态度比较敷衍,一路上还是向钟离谦身边靠。

回了房间后,钟离谦立刻传音道:"闻人尊主,你的手……"

"此事过后再谈,说说紫灵阁阁主吧。"闻人厄也飞快地传音道。

钟离谦只得不再过问假臂之事,见殷寒江已经布下隔音阵法,便放心地开口道:"紫灵阁阁主有三个疑点,第一,紫灵阁皆是女弟子,唯有他一人是男子。

"第二,地火燃得太过突然,紫灵阁阁主出现的时间也太巧,地火刚刚燃起不过瞬息他便抵达了,我看过那辇车的速度,他绝对是在地火燃起之前就出发了。谦计算时间,若是从百里轻淼进门他就做好去天坑的准备,时间倒是刚刚好。

"第三,我们的住处安排。"

钟离谦以茶水在桌子上绘制紫灵阁内部的结构图,画好后,点了点某个房间道:"这是百里轻淼的住处。"

"客房在紫灵阁主的住处旁?"闻人厄看过地图后,微微眯眼,倒是想起了一个人。

"我怀疑对方就是冲着百里姑娘来的,"钟离谦道,"不知闻人先生是否发现,百里姑娘的机缘总是特别好?"

"本尊知道,"闻人厄挥袖令桌上水渍蒸发消失,不留任何痕迹,"不仅本尊知道,还有一人知晓。"

他简单讲述了下四十多年前万里冰原取雪中焰以及暴揍紫灵阁无上长老的事情,钟离谦略一思索后道:"这就对了,我怀疑紫灵阁阁主是男身女魂。"

闻人厄:"她若是当年本尊打伤的散仙,为何要附身在男子身上?"

"相信过几日就知道了。"钟离谦手握竹简道。

没等到几日,第二天紫灵阁阁主就迫不及待地拿出那株被保护好的锁芯草,召集了上清派众弟子以及钟离世家三人,对众人道:"我已经挖出锁芯草,愿意交给上清派救人,只是有个条件。"

"只要不违背公理正义,上清派绝对会办到。"贺闻朝起身道。

这段对话与两本书上的描述一模一样,按照原书剧情,接下来就该是紫灵阁阁主要求嫁给贺闻朝，这一次他变成男的，剧情会怎么发展呢？闻人厄眯眼观察着。

"很简单，百里轻淼嫁入紫灵阁即可。"紫灵阁阁主看看坐得离自己最近的百里轻淼，凤目含情，笑得极为温柔。

"不行！"

"可以！"

两个声音同时响起，正是贺闻朝与柳新叶。

说"不行"的自然是贺闻朝，他听见妻子竟然说"可以"，怒视着柳新叶。不过在外人面前，他不会与妻子吵架，只是怒视一眼后，就压着气转头对紫灵阁阁主道："此事虽不违背公理正义，可也是我师妹的终身大事，我断不能答应的。"

"答不答应轮不到你吧？"紫灵阁阁主没理会贺闻朝，而是看向百里轻淼，将锁芯草放在她眼前道，"只要你点头，与本座结了魂契，这东西就是你的。"

嫁给他，还要结魂契！修者同修鲜少结魂契，一旦结了魂契，真是生死与共，同生同死。就算是贺闻朝与柳新叶成婚，他也没有与妻子结魂契。《虐恋风华：你是我不变的唯一》里，贺闻朝与百里轻淼直到结局也没有结魂契，《灭世神尊》（第一卷）里血魔老祖教导贺闻朝千万不要为情结魂契，从此生死拴在一个人身上，是累赘。

"师兄，那可是师父的命。"柳新叶盯着自己的丈夫，一字一顿地说道，"阁主乃是大乘期修者，与他结魂契对百里师妹只有好处没有坏处。而且魂契之下，双方都不能背叛彼此，阁主既然提这个要求，就绝不是将百里师妹视为炉鼎，而是真心实意的，师妹还没拒绝，你激动什么？"

"你！"贺闻朝指着自己的妻子，险些给柳新叶一巴掌。

他尽力压住自己的怒意，跑到百里轻淼面前道："师妹，你要想清楚，决不能委屈自己啊！"

原书中，百里轻淼听到紫灵阁阁主要嫁给贺闻朝时痛不欲生，哭着求他不要娶。这时贺闻朝说了与柳新叶相差无几的话："师妹，那是师父的命！"

此刻因紫灵阁阁主性别转换，贺闻朝却说出了截然相反的话。

闻人厄心下已经猜得七七八八，没有说话，眯眼看着百里轻淼如何抉择。

宿槐是低辈弟子，在这样的场合是没有说话资格的。他也知道师父是个傻子，他突破金丹期时，因鬼修之身，引来堪比化神期的天劫，身受重伤。为了救他，师父背着他去若怀谷求一医修散仙，被那位医修百般为难，医修不仅用阵法隔开了他们师徒与清雪长老和钟离谦，还要她的元婴做交换，而傻师父竟然真的打算将元婴交出去。

好在钟离谦聪明，及时破阵赶到，清雪师祖狠狠地揍了散仙一顿，还说要把他炼成鬼修吃掉，那位医修迫于清雪长老的压力，救下宿槐。

从那次之后，宿槐就真的认下百里轻淼这个傻师父，也是因为师父蠢，才愿意让清雪长老在自己的本命法宝上瞎折腾的，否则哪个修者愿意用那种本命法宝，他还不是为了师父！

宿槐生怕师父答应，便伸出手狂掐清雪长老的手背。在这里她是功力最高、辈分最高的人，是唯一有资格替百里轻淼拒绝的。

"你掐我干吗？"清雪长老盯着宿槐，"有话直说。"

宿槐有些无措。

好在钟离谦已经习惯三位同伴的相处模式，忙起身道："阁主有所不知，百里姑娘是没办法与人同修的。"

"哦？为何？"紫灵阁阁主懒散地坐在椅子上，专注地望着钟离谦，眼神比看百里轻淼还温柔。

百里轻淼也起身道："阁主，我之前因机缘巧合，与钟离大哥同种同心蛊。这同心蛊厉害得很，过了三十年，钟离大哥已经是大乘期修者，却依旧没办法解开这同心蛊。实不相瞒，钟离公子的功力进境飞速，距离渡劫也不过是一步之遥，之所以一直压着功力，全是因为我。"

见百里轻淼拒绝，宿槐这才松了口气。

"哦？我来看看你的同心蛊。"紫灵阁阁主道。

他双手分别扣住百里轻淼与钟离谦的脉门，注入真元后，见果然有蛊虫共鸣，且以他的功力根本无法同时将其灭杀。

他喃喃地道："不应该啊，怎么会呢？不是这样的。"

闻人厄听到紫灵阁阁主的话，神情微微一变，专注地看着此人。

这个人看起来与当日他教训的散仙有些相似，却又不完全相同。而且那个散仙四十多年前就看中了百里轻淼的神格，却一直没有出手，隐忍到现在，是有了什么变故吗？

闻人厄略一思索，心中浮现出一个大胆的念头。

于是这位"钟离问遵"伸了个懒腰，状似对上清派内务不感兴趣的样子，从衣袖里拿出一本书。

周围人见他看书，虽然觉得他有些无礼，却也不好说什么，毕竟结婚的事情，他们确实帮不上忙，冷眼看戏似乎也不好。钟离世家的人手不离书，钟离谦的本命法宝更是一个竹制书简，说不定这本书也是钟离问遵的法宝呢？

看那本书多古怪，封面上头绘制着一名男子，还不是时下凡尘流行的水墨画，是彩色的，人物眉眼比例有些夸张，不过很英俊就是了。

封皮上书几个大字——《灭世神尊》（第一卷）。

紫灵阁阁主见到这本书顿时放开百里轻淼与钟离谦，猛地起身，盯着闻人厄手中的书不放。

"你是如何得到……"他开口刚说了几个字便停下来，冷冷地扫了众人一眼道，"既然你们不同意百里轻淼嫁给我，今天就没什么可谈的了，等你们改变想法再来找我吧。"

说罢紫灵阁阁主便转身离去，留下几位客人面面相觑。

闻人厄向看出问题的钟离谦与殷寒江分别传音道："一会儿不要来我的房间，给这人一点露出马脚的时间。"

他拿着书独自回房，躺在床上看了一会儿，就听外面有人敲门，打开门见是一女子，说紫灵阁阁主有要事相商，希望钟离问遵先生能独自去阁主的房间。

闻人厄毫不畏惧，拿着书只身前往。

他进了房间后，紫灵阁阁主紧锁房门，布下数个阵法，这才森然道："你的这本书是从何而来？为何故意拿出来，你看出了什么？"

"阁主说的话，我怎么不懂呢。"闻人厄道，"我不过是捡到一本闲书，写得还挺有趣的，无聊时拿出来看看罢了。"

"你能得到这本书，肯定不叫钟离问遵。钟离狂、岑正奇、药嘉平……你是钟离狂！"紫灵阁阁主急道，"传闻你已经被钟离家家法处置，难道你借钟离问遵的身体夺舍重生了？对，你有这本书，应该也会重生之法。"

"你说我是钟离狂，那就当是吧。"闻人厄翻着书道，"不过这本书里有个地方写得真有趣，这上面写，紫灵阁阁主是个大美人，还是贺闻朝的妻子，一位温柔贤惠的女性。我来到紫灵阁，见到紫灵阁阁主是位男性，还有些奇怪呢。"

"你把这本书给我！"紫灵阁阁主怒道，伸手就要夺取。

闻人厄闪身躲开，直接道："话都说到这个份上，你也不要隐瞒了。我拿到的是《灭世神尊》（第一卷），你是否也拿到了其他书卷？我们彼此交换阅读如何？"

紫灵阁阁主被闻人厄说中心事，沉默了一会儿道："我拿到的是《灭世神尊》的第三卷，本书终卷，你想不想知道这本书为什么要叫《灭世神尊》？终卷中提到了，想知道的话，把第一卷先给我看。"

第十一章

焚天仙尊

1

对于闻人厄而言，交换是不可能的，莫说此生，加上前世、来世都不可能。他只要确定《灭世神尊》（第三卷）在紫灵阁阁主手中就可以，至于在哪里、是真是假、对方是否愿意拿出来，这并不重要，反正对方肯定会拿出来的。

于是闻人厄自然地摊开手："既然如此，就将《灭世神尊》（第三卷）拿给我看看吧。"

"什么？哈哈，可笑！"紫灵阁阁主摇摇头，对闻人厄道，"钟离狂，你真不愧这个名字啊！你知不知道自己面对的是什么人？！"

说罢对方抬起双手，腕间系着一对金铃。紫灵阁阁主微微晃动铃铛，清脆的铃声伴随着可怕的真元与音波袭来。周围阵法也跟着嗡鸣起来，房间四角中放着的维持阵法的灵石上刻着独属于紫灵阁的花纹，花纹被音波激发出可怕的力量，虚空中出现无数道金色的阵纹将闻人厄困在其中。

紫灵阁阁主手腕微一用力，金色阵纹紧紧收束，将闻人厄牢牢缠住。这是对肉身与神魂的双重攻击，他早在"钟离狂"进门前就布下阵法，哪怕"钟离狂"这几十年利用第一卷书得到宗修界天材地宝晋升到大乘期巅峰，也不过是宗修界的水准。他从《灭世神尊》（第三卷）中研究出的阵法可是神阵，就算以他的功力无法发挥神阵的全部力量，只要做好准备，也能困住一个天仙！

"钟离狂，我和你并没有什么利益冲突，我不过是想看一眼《灭世神尊》（第一卷）而已，你何必硬撑着呢？"紫灵阁阁主见"钟离狂"已经完全被金纹困住，袖子落下，挡住腕间金铃，胸有成竹地说道。

"本尊不是硬撑，"闻人厄在阵法中心悠然地道，"本尊在思考一件难事。"

"本尊？"紫灵阁阁主蹙眉，这个自称让他想起了并不愉快的往事，不过没关系，今天就算真的遇到那个人，他也不会再怕了，"就凭你也敢自称本尊？"

闻人厄收起书，叹道："从你动手开始，本尊就在思考如何能在不惊动旁人的情况下让你束手就擒。本尊功法威力过大，实在是件麻烦事。"

"好大的口气！"紫灵阁阁主虽然口中强撑，却还是显出金铃，警惕地看着"钟离狂"，担心他真的从《灭世神尊》（第一卷）中得到什么秘密的功法。

"本尊真的不想暴露行踪，不过嘛……既然已经知晓你为何会由女变男，暴露身份大概也没关系。"

闻人厄缓缓起身，衣袍无风自动，读书人的儒雅衣服化为他那黑底金纹的法袍，同时掌心里出现一相同颜色的战戟。

"你不是钟离狂，你是闻人厄！"紫灵阁阁主惊道，瞳孔微缩，仿佛想起了什么惨痛的经历。

"四十二年，本尊曾与你有百年之约，希望百年后你能有与本尊一战之力。"闻人厄笑道，"现在看来，就算再给你千年时间，你也不过如此，本尊没耐心等了。"

说罢，七杀戟绽放出刺眼的光芒，天上的星辰之力被引动，整个太阴山晃动起来。

"怎么回事？"正围在百里轻淼的房间里商议要事的上清派众人感受到脚下的震动，不由得问道。

"难道是地火要喷发了？"姚闻丹疑惑地问道。

此时的裘丛雪身体的反应速度比脑子要快，她立刻一手拎起宿槐，一手拎起百里轻淼，大喝道："快跑，离太阴山越远越好！"

这句话她也不是提醒上清派众人的，而是提醒钟离谦的。

钟离谦自地动开始便隐约猜到发生了什么事，听到裘丛雪的声音，也没有犹豫，果断随着她离开。

从地动到裘丛雪与钟离谦逃出房门再到紫灵阁的雾晨钟突然破碎不过是一瞬间的事，雾晨钟碎，紫灵阁的护山大阵被破解，众人没有阵法压制，可以飞行。裘丛雪与钟离谦不再犹豫，直接飞到近千米的高空中才停下。

"师祖，发生什么事了？"从未见过闻人厄的宿槐慌张地问道。

裘丛雪放下宿槐与百里轻淼，冷声道："你看天空就知道了，这样的天象，我只在三十一年前见过。"

宿槐仰头望天，只觉得天空乌沉沉一片，满天星辰暗淡无光，唯有两颗星灿若明月，那便是七杀与破军两颗星。

三十一年前，正魔大战时，闻人厄与二十一位高手倾力一战的最后时刻，天上七杀星刺目异常。

"轰"的一声，太阴山山顶，紫灵阁的楼阁全部陷落，天坑地火喷薄而出，地火的温度极为可怕，化神期以下的修者沾上就会神魂俱灭。贺闻朝带着几个化神期以上的师兄弟狼狈地救人，灰头土脸地抢在地火袭来前与裘丛雪等人会合。

不到半刻钟的时间，原本白雪皑皑的太阴山顶已经岩浆遍布，火红色的岩浆、可怕到令空气扭曲的高温，让紫灵阁瞬间变为人间炼狱。

"发生了什么事？"贺闻朝一手搂着吓哭的柳新叶，惊魂未定地问道，"为何地火会突然喷发？钟离问遵与钟离音怎么两位道友呢？"

裘丛雪冷冷地扫视他一眼，手指微微抬起，指向岩浆中央。

贺闻朝看去，只见一身着黑底金纹长袍的男子手持一柄长戟，立于熔岩之上，而他身后，是一道森寒剑光。

就在天塌地陷的瞬间，所有人全部向上空逃窜时，唯有殷寒江顶着喷薄的地火寻到了尊上，与紫灵阁阁主对峙。

"你、你们，竟然是你们，果然是你们！"紫灵阁阁主指着他二人，四十二年前被暴打到体无完肤的记忆再次涌现。

仿佛是场景重现一般，依旧是冰雪化为火焰地狱，依旧是一戟一剑，依旧是碾压式的败北。

"你猜得不错，这本书的确是属于钟离狂的，"闻人厄道，"钟离狂被本尊所杀，他的书自然归本尊，你也一样。"

闻人厄一把捏住紫灵阁阁主的手臂，紫灵阁阁主还未来得及反抗，便觉得手臂一阵剧痛，那不单单是身体上的疼痛，还有神魂被撕裂的痛。他忙用一道真气斩断自己的手臂，但未能阻止神魂被侵蚀。他只能忍着剧痛硬生生割裂神魂，喘着粗气看到自己的手臂与部分神魂化为一道血水，落入闻人厄的手中。

一道香甜的血腥之气涌入闻人厄的鼻子中，他凝视着掌心上飘浮的血色，知道只要吸收它，方才消耗的真元以及损失的手臂均会复原，这毕竟是散仙的神魂。

闻人厄看了一会儿，淡淡地一笑，手轻轻一松，那道血水便落下去，没入熔岩中不见了。

地火吸收了紫灵阁阁主的神魂，冒出灰烟，紫灵阁阁主看着熔岩中的烟，明明身上已经不痛了，心里却仿佛被灼烧一般疼，似乎眼睁睁地看着有人将他的手臂放在火上烤，还发出"嗞啦""嗞啦"的出油声。

"你是血修，你为何会是血修？"紫灵阁阁主问道。

他还想问一些事情，可惜殷寒江没有给他发问的机会。破军剑势不可当，一剑自紫灵阁阁主口中穿喉而过。

"尊上要你的书，你只有给与不给的回答。"殷寒江冷冷地道。

两个魔道中人那毫无感情的视线，令紫灵阁阁主深深地意识到，他在此二人面前根本没有狡辩的资格。交出书，或许他能保住一条命；不交，死路一条。

"你们很强，大概整个宗修界没有人比闻人厄更强了，这点我承认，"紫灵阁阁主惨笑一下，他的喉咙已经无法发出声音，只能单独向闻人厄传音道，"可是魔尊，你终究会死的，大家都会死，能活下来的只有一个人。我还是那句话，用《灭世神尊》（第一卷）交换《灭世神尊》（第三卷）！"

"你是觉得只要你不交，本尊就投鼠忌器，不敢为难你吗？"闻人厄冷冷地道，"你大概不知道何为魔尊手段，摄魂、搜魂、傀儡、蛊虫……应有尽有。殷副宗主，带他回玄渊宗！"

殷寒江拎起奄奄一息的紫灵阁阁主正要离开，贺闻朝竟不自量力地冲上来道："你们是何人？要对紫灵阁阁主做什么？今日有我上清派贺闻朝在，就绝不允许你们伤害紫灵阁的人！"

不管闻人厄与《虐恋风华：你是我不变的唯一》的读者如何鄙视贺闻朝，身为两部话本的男主角，贺闻朝的容貌几乎是无可挑剔的。他不比闻人厄气势强大到令人难以忽视，不及钟离谦睿智谦和，不及殷寒江沉默忠诚，甚至不及宿槐少年感十足，但他生得英俊，而且正气十足。

　　作者给了他一张完美无瑕的脸，让人一看就知道是正道精英、宗修界未来栋梁。他剑眉星目，眉宇间满是对紫灵阁的痛心，一副就算闻人厄再强，拼了命也决不能让他伤害紫灵阁阁主的样子。

　　闻人厄知道，贺闻朝的确是这样的人。不管是哪部话本都承认过，贺闻朝是个有大义之人，为了兄弟可以两肋插刀，甚至会牺牲心上人去救兄弟及师门长辈。书中他好心办坏事也不是品性坏，是被人误导欺骗。

　　《灭世神尊》（第一卷）中曾有一些评论，说这是古早话本的传统套路，男主正义感十足，兄弟情写得也好，就是对女性十分不友好，以及三观有点封建社会的糟粕残留。

　　此刻贺闻朝是真心实意要保护紫灵阁阁主的，他也是第一次见到闻人厄的真实样貌，第一次直面魔尊的力量。脑海中的师父不断告诉他逃跑，说现在的他根本打不过闻人厄，贺闻朝却半步不退。他今日就是死在此地，也要救紫灵阁阁主。

　　百里轻淼等人也跟了上来，她怔怔地望着师兄和凶相显露的闻人前辈，想要开口求情。

　　闻人厄道："百里轻淼，你敢说一句话，本尊就杀你上清派一人，本尊不喜人多嘴，我倒要看看，上清派有几个人够你求情。"

　　百里轻淼忙捂住嘴，生怕自己多说一个字。

　　倒是有不怕死的上清派弟子喊道："小师妹，不要怕，我们一起上，就算他再强又能如何？决不能让他带走紫灵……"

　　他边说边靠向此刻最强的清雪长老，希望能够得到一点依靠，谁知话音未落，胸前就被一只仅剩下白骨的手贯穿。他艰难地回头，见暗杀自己的，正是他想要依赖的清雪长老。

　　"玄渊宗中人，从不会背对同门。"裘丛雪收回手，将那名弟子的神魂抽出来，阴森森地道，"有多大实力，就说多大口气的话，靠天靠地不及靠自己。"

　　热浪吹起她的黑袍，露出她半具肉身半具枯骨的身体。

　　这三十年，裘丛雪其实可以通过修炼长肉的，但她对自己现在这样很满意，一直在研究如何半身施展散仙的功力，半身做鬼修，坚定地走在修罗道的路上不动摇。这还是宿槐给她的灵感，宿槐就是一个很特殊的修者，神魂是鬼修，肉身却在修炼上清派的功法。若是原书中他不死，又不知道会修炼出怎样的道。

　　裘丛雪将那个上清派弟子的身体丢到岩浆中，贺闻朝忙追上去，在最后一瞬抢过那弟子的身体，手臂被地火烧伤。

　　"清雪长老，你为何要这么做？"贺闻朝惊道。

"吾乃玄渊宗左护法，裘丛雪，"裘丛雪半张脸渐渐变为枯骨，她对百里轻淼露出一个半边和蔼半边惊悚的笑容，"三十一年前，多亏百里姑娘相救，否则本护法早就入轮回了。"

"清雪师父，你……"百里轻淼的眼泪唰地流下来，她完全不敢相信，自己的师父竟然是魔宗中人，还如此无情。

"这东西还你，"裘丛雪将那个上清派弟子的魂魄丢给百里轻淼，"本护法欠你一条命，来日你若是有难需要我相助，我一定会出手。"

百里轻淼接住师兄的魂魄，整个人的表情仿佛如遭雷击。她当年拼命救下来的人，竟然是当年杀了无数正道修士的魔宗中人；她一直敬仰的师父，竟然会无情地对师兄出手。

钟离谦感受到她痛苦的心情，幽幽地叹口气。他这些年略有成长，对很多事情了然于心，却依旧无法猜到这位闻人尊主的心，不明白他究竟在干什么。

他走到紫灵阁阁主身前，劝道："阁主，无论闻人先生要什么，谦劝你还是交给他。以我对闻人先生的了解，他若是答应不会伤害你，就绝不会食言。"

"你知道什么？"紫灵阁阁主的嗓子被贯穿，发出"嚯嚯"的声音，他还在坚持道，"我不想那么活着，就算现在死了，也不想那么活着。"

说罢他一把抓住破军剑，用力将那把剑抽出来，眼睛死死地盯着闻人厄，体内真元逆转，准备自爆元婴而死。

谁知闻人厄一抬手，一缕血气进入他体内，立刻控制了紫灵阁阁主的身体，紫灵阁阁主想死也死不了。

"你这样，倒是叫本尊好奇了，《灭世神尊》（第三卷）究竟写的是什么？让你宁死也不愿意把书交给本尊。"闻人厄暗中传音道。

2

无论如何，闻人厄今日都是要带走紫灵阁阁主的。至于上清派弟子没有得到锁芯草就无法救上清派掌门之事，与他无干。当年上清派掌门就是被他亲手打伤，闻人厄要是出手相助真是笑话了。

贺闻朝见殷寒江要带紫灵阁阁主走，还想冲上前去救人，却被周围的同门拉住。

"师兄，连清雪长老都是玄渊宗卧底，我们还有什么胜算？倒不如……忍下吧。"柳新叶抱着贺闻朝的腰说。

贺闻朝的身体软了下来，拳头却捏得死紧，他在懊恼自己的无力。

他们不在魔尊面前叫嚣，闻人厄自然也不会赶尽杀绝。何况贺闻朝还关系着《灭世神尊》（第三卷）的剧情，在看到《灭世神尊》（第三卷）之前，闻人厄决定暂时留着他。

临走之前，闻人厄瞧了失魂落魄的百里轻淼一眼传音道："你可随本尊回玄渊宗。"

裘丛雪为了不被人推出来与闻人厄对抗故意暴露身份，闻人厄并不在意。他从未期待裘丛雪能卧底出什么效果，能搅和贺闻朝与百里轻淼之间的感情已经远超预期了。不过她的身份势必会令百里轻淼处境尴尬，若是回到上清派，等待百里轻淼的不知是什么后果，于是闻人厄有此一问，让百里轻淼选择。

百里轻淼摇摇头没说话。她受到的打击非常大，若不是钟离谦强行控制住百里轻淼的情绪，她只怕会当场哭出来。

裘丛雪对宿槐伸出手。她是打算将宿槐当成冥火坛坛主培养的，至于师从心，管他去死。

宿槐也默默地拒绝了，师父太傻了，他得跟着。

钟离谦对闻人厄点点头。有同心蛊制衡，他必须跟百里轻淼回到上清派，有他在，百里轻淼不会有性命之忧。

上清派众人只能眼睁睁地看着闻人厄等人离去，呆滞片刻后，百里轻淼祭出映月玄霜绫冲到火海中，贺闻朝大吼道："师妹，你做什么？"

"救人！"百里轻淼擦了把眼泪，钟离谦的冷静让她明白现在该做什么。

不是悲伤于清雪师父的背叛，不是震惊于闻人尊主的狠辣，而是在火海中寻找生还者，能救一个是一个。

钟离谦感受到百里轻淼的心情，暗暗地叹气，对宿槐道："你知道为何不管百里姑娘如何糊涂，我都会想办法帮助她摆脱情蛊吗？"

宿槐摇摇头。

"因为她有大爱，"钟离谦取下蒙眼的白布，低头望着脚下的火海，"明知裘丛雪是魔宗中人，明知自己曾经救错人，她也不后悔，还会对需要帮助的人伸出援手。"

同行二十二年，宿槐第一次看到钟离谦的眼睛，那是一双睿智的眼睛，眼神中满是淡然与透彻。

借助追踪咒，钟离谦清楚地看到了别人看不到的事情。

他看见当百里轻淼冲进火海中时，地火退开，为她开辟出一条道路。地火畏惧她，又忍不住要伤害她。她在火海中不断被烧伤，却没有退缩，依旧在找人。

上清派弟子都没有去找人。贺闻朝倒是想跟百里轻淼入火海，却被柳新叶牢牢地抱住腰，表示"你跟她下去，我也去陪你去死"。贺闻朝十分愤怒，却终是不能将柳新叶推开。

钟离谦看了一会儿后，闭上眼，重新用布条蒙住眼睛，不再看了。

"钟离先生？"宿槐疑惑地看着他。

钟离谦对上清派众人道："自己看吧。"

只见火海中冲出一个全身黑乎乎的人，她的掌心里拽着一根银色的布带，正是映月玄霜绫。映月玄霜绫的另一端拴着几十个昏迷的紫灵阁弟子，其中一个弟子怀中抱着一株已经成熟的锁芯草。

百里轻淼的双腿被地火烧伤，靠宿槐才能站稳。她蹭了把脸上的烟灰，灰头土脸地说道："紫灵阁弟子竟然一个也没死，她们不知被谁转移到了那株未成熟的锁芯草附近。锁芯草被地火催熟，成熟时爆发的力量保护了她们。"

她又见贺闻朝已经帮那位被衮丛雪所伤的师兄将魂魄导入身体中，闻人厄出手便是天翻地覆，却一个人也没死，只带走了紫灵阁阁主。

百里轻淼看了眼钟离谦便晕了过去，为了抵御地火，她的真元已经消耗殆尽了。

上清派众人总算是得到了锁芯草，带着紫灵阁弟子与百里轻淼返程，一路上谁也没说话，心情十分复杂。

贺闻朝握紧拳头，在脑海中对自己的师父说道："师父，魔宗太嚣张，当年就以美人计陷害我导致绝灵阵被破，现在又险些害死上清派众人以及紫灵阁弟子，我该怎样才能变强？怎样才能除掉闻人厄这个魔宗魁首？"

"这个嘛……"血魔老祖在他的脑海中道，"其实也不是没有办法。"

"什么办法？"贺闻朝眼睛一亮。

"因为我是上古修者，所以能看出闻人厄在修炼一种很容易入魔的心法，他的修炼已经出了问题，还是很好对付的，只是需要一个帮手。"血魔老祖道。

他才是宗修界血修第一人，自然看出闻人厄始终没有吸收其他人的血魂，早已是强弩之末。

"什么帮手？"贺闻朝问道。

"这个嘛……我对现在的修者不太熟了，不过前些日子，你不是结交了一位无名道友吗？我总觉得，他有点不对劲儿呢。他是不是留给你传讯符了？"

"是的，那位道友亦正亦邪，不过为人非常讲义气，我觉得他值得结交。"

血魔老祖"呵呵"笑道："我倒是觉得，他的功法似乎像是魔道中人呢。"

上清派众人返程时，闻人厄已经带紫灵阁阁主回玄渊宗了。他直接叫来苗坛主，将人丢给苗坛主道："本尊要做两件事，第一，让他自愿交出一本书；第二，暂时不要毁了他的神魂，用温和一点的手法。"

苗坛主听到闻人厄的命令，竟然露出一个开心又兴奋的笑容："遵命。"

旁边的阮坛主不由得打了个冷战。

谁都知道，整个玄渊宗最喜欢死人的是衮护法，最不喜欢杀人的是苗坛主。正魔大战十年间，苗坛主就一直絮絮叨叨地表示这些正道修士死掉太可惜了，留一两个活口给他做养蛊的材料多好。

这么多年闻人厄一直压制着魔宗的护法与坛主们，不允许他们对普通人出手。

就算是对修者出手，也要讲究天道轮回、因果循环，不是什么人都可以拿来磋磨的。

苗坛主憋了很多年，没有蛊人培养不出新的蛊虫，只能拿自己的身体培养。偏偏他的身体万毒不侵，养出的蛊虫看不出效果，空养出几百种蛊虫却没人做实验，让他变得越来越阴阳怪气。

今日有人给他，可以喂蛊虫，苗坛主喜不自禁，一再保证他一定不会让紫灵阁阁主死，绝对让人活得好好的。

阮坛主看着苗坛主喜气洋洋的表情，忍不住祭出玄武甲裹在自己身上，像个龟壳一样滚起来，离苗坛主越来越远。

将人丢给苗坛主后，闻人厄便不再理会。他只要结果，至于过程如何，不在意。

赶走总坛的弟子，他缓缓走回房间。殷寒江依旧跟在他的身后，对尊上所做之事没有一丝疑问。

"你出去吧。"回房后，闻人厄负手背对殷寒江道。

"是。"殷寒江转身离开，正准备关上房门，却被一股巨力又拽回房中。

只见眼前的人双目赤红，手掌掐在殷寒江的脖子上，仔细端详他，似乎在犹豫从哪里下口。

"尊上？"殷寒江没有任何危机感地看着闻人厄，掌心握着的破军剑发出护主的剑吟声。

神器护主，但凡宝剑感受到危险，都会铿锵争鸣来提醒主人。殷寒江一般不会将本命法宝收入体内，破军剑震动着弹出剑鞘，剑尖直指闻人厄。

闻人厄体内的七杀戟感受到破军剑的敌意，也颤动起来，提醒着闻人厄。

闻人厄舔了下干裂的唇，静静地闭上眼睛，松开了殷寒江。

"尊上？"殷寒江双手扣住手臂，强自镇定地问道，"尊上有何吩咐？"

"殷副宗主，过段时日，本尊会去一次幽冥血海，你留在玄渊宗，代理宗主之职。在此之前，本尊希望你能尽快晋升到大乘期以服众。"闻人厄背过身，没有直视殷寒江。

殷寒江的目光呆滞一瞬，他知道闻人厄是血修，未来必定要去幽冥血海修炼。他也知道自己的功力不足，根本无法在那里生存，留在玄渊宗为尊上清除后顾之忧更好一些。

可是……

他低下头道："属下遵命。"

离开闻人厄的房间后，殷寒江立刻感觉到身后布下一道阵法，让他无法感受到尊上的气息。

他盯着自己略微颤抖的双手，从怀中拿出一个鬼面具戴在脸上。

戴上鬼面具后，殷寒江奇迹般冷静下来，脑海中仿佛有一个声音在说："没关系，等尊上出发后，你偷偷跟上去就是。"

摘下鬼面具后，殷寒江心中又想：可尊上离开那么久，玄渊宗该怎么办？

戴上鬼面具，脑海中的声音又说道："治理玄渊宗还不容易吗？舒护法与裘护法不和，裘护法想杀了师坛主培养新的冥火坛主，阮坛主与苗坛主有仇，师坛主能克制苗坛主的蛊虫，袁坛主担心舒护法干掉自己培养新的总坛坛主。想个办法让他们自相残杀百年，那时尊上也该回来了。"

殷寒江取下鬼面具，双目无神，过了一会儿，像个傀儡般僵硬地动动脖子，露出个灿烂的笑容。

屋内闻人厄唤出七杀戟，握住自己几乎要逃窜的本命法宝，已经与他融为一体的法宝，在他血气沸腾之时，竟然要破体而出，不再认他为主。而闻人厄盯着七杀戟，脑中忽然浮现出将七杀戟化为血水吸收的法门。

他以巨力拍击额头，这才勉强冷静下来。

他不能入魔，至少现在不行。

闻人厄最初认为，《灭世神尊》（第一卷）末尾讲述男主飞升仙界，那么在宗修界就不会再出现《灭世神尊》（第二卷）和《灭世神尊》（第三卷）了，应该等他飞升仙界后才能找到《灭世神尊》（第二卷）。谁知《灭世神尊》（第三卷）竟然早早出现了，由时间来看，竟然与《灭世神尊》（第一卷）出现的时间相差无几。

有没有可能，三卷书是同时出现的，他运气好抢到第一卷，另外两卷则是早已被其他人翻烂了？

《虐恋风华：你是我不变的唯一》选择的人是重要男配角闻人厄，《灭世神尊》（第一卷）所选择的是男主的好兄弟钟离狂，《灭世神尊》（第三卷）则是男主的大老婆紫灵阁阁主，全部是重要配角。同理可推，《灭世神尊》（第二卷）的得主应该也是配角。

得到几本书的配角全部是书中看似对男主或者女主极好之人，以目前的情报来看，最有可能得到《灭世神尊》（第二卷）的便是书中与贺闻朝交好的魔道修者岑正奇，或是医修散仙药嘉平。

他已经着手去找岑正奇，药嘉平是散仙，行踪不定，很难找到这个人。

其实《灭世神尊》（第二卷）落在药嘉平的手中还好，他一个散仙想要对付玄渊宗或者上清派这样的大门派还是有些难度的。最坏的结果是在岑正奇手中，若那位魔宗叛徒得到《灭世神尊》（第二卷），从中推出第一卷中的部分内容，又是敌明我暗的局势，相当不妙。

为此，他必须得到《灭世神尊》（第三卷），哪怕将嘴硬的紫灵阁阁主抽筋扒皮也在所不惜！

苗坛主审问紫灵阁阁主时，闻人厄一直修身养性，默念清心咒。独处和平心静气令他的状况好了很多，如此七日后，苗坛主传讯表示，紫灵阁阁主撑不住了，要见闻人厄。

为了压制魔性，闻人厄封了五感中的嗅觉、味觉与触觉，只留下视觉与听觉，带着面色如常的殷寒江去找苗坛主。

苗坛主的分坛中，一间明亮的屋子里，紫灵阁阁主宛若死了般躺在地上，身上没有任何伤痕，面皮下偶有什么鼓起又平复下去，体内不知被种了多少蛊虫。

闻人厄让众人在房间外守候，与紫灵阁阁主独处。他封闭嗅觉和味觉后口不能言，只能传音道："想清楚了？"

"呵呵……"紫灵阁阁主艰难地道，"你……真不愧是魔尊，让人生不如死的法子太多了，我以往想都想不到。你命苗坛主把我体内的蛊虫全部取出来，我就把书交给你。"

"本尊给过你机会，你拒绝了，现在你没资格与本尊交易。"闻人厄传音道，"交出《灭世神尊》（第三卷），本尊看过后再决定是否为你取出蛊虫。你可以再次拒绝，本尊并不着急。"

但是这种痛苦紫灵阁阁主一天也不想忍受了，他只犹豫了片刻就放弃抵抗，手掌向怀中一探，拿出一本书，也不知他将储物法宝放在了哪里。

闻人厄也不怕他做手脚，身为鱼肉，他没这个胆子。

魔尊伸手接过《灭世神尊》（第三卷），封面是一片废墟的神庙前立着一个人，那个人只有背影，显得无比落寞。

他掀开书卷，扉页上写着：由于剧情出现巨大的漏洞，因此选择一名与男主最亲密的角色，帮助男主与百里轻淼结魂契。

这一卷的任务，竟然是撮合男、女主，这又是为何？

闻人厄打开第二页，与《灭世神尊》（第一卷）不同的是，《灭世神尊》（第三卷）多了个前情提要，讲的还不是《灭世神尊》（第一卷）的提要，而是第二卷的内容。

前情提要：贺闻朝历尽千辛万苦除掉焚天仙尊后，带着妻子紫灵仙君与百里轻淼前往神界。

焚天仙尊？应该与他一样，是某一卷最终的幕后黑手，贺闻朝最终铲除的对象，读者称其为大Boss。

焚天……看着这两个字，闻人厄不由得想起玄渊宗禁地中的顶级仙器焚天鼓。

3

他暂时放下疑问，继续往下看，期望能够在《灭世神尊》（第三卷）中得到关于焚天仙尊的信息。

谁知《灭世神尊》（第三卷）除了主角们的对话中提到焚天仙尊的名字两次，便再也不提了。闻人厄快速浏览了《灭世神尊》（第三卷），整本书的故事大概是进入神界后，贺闻朝被后天神人认出是当年的神人转世，又结交了前世的好友，不断升级并打一些后天神人的脸，整个神界已经全部是后天神人，先天神祇全部陨落。

前三分之二的故事还算和谐，贺闻朝以前的朋友和老婆陆续飞升神界，在神界又结交新朋友和娶新老婆。《灭世神尊》（第一卷）中还有不少戏份的百里轻淼几乎消失不见，倒是紫灵阁阁主一直跟在贺闻朝身边，与他的新老婆们关系很好。

后三分之一的内容，剧情直转而下，先是有一日贺闻朝的某个后天神人朋友忽然狂化入魔，大家不得不忍痛杀掉自己的同伴。与此同时，传出了幽冥血海结界被破的消息，上古神人封印的十八万魔神已从魔界冲出，毁掉了人间。

那位入魔的朋友在人间还有直系血脉，血脉被人利用，他在咒术之下也跟着入了魔。

先是宗修界沦陷，接着是仙界沦陷，后天神人们也顽强抵抗，可魔神的感染力和破坏力太强，大家不是被杀死吸收就是入魔。为了不让十八万魔神入侵神界，贺闻朝的朋友们纷纷前往仙界抵抗，此时已经是神人首领的贺闻朝也想下界，脑海中一直信任的师父却反噬了。

原来这位师父也是一个魔，是血魔，他之所以耐心地培养贺闻朝，就是想要借机吞噬贺闻朝的身体。血魔老祖一直隐忍着，直到天下大乱才出现，借助外界的魔气要一举占领贺闻朝的肉身。

就在贺闻朝抵抗不住时，神隐了八十多万字的百里轻淼出现，为了保护贺闻朝，与贺闻朝结了魂契，两个人合力将血魔老祖彻底灭除。

可是百里轻淼也被血魔老祖重创死去，与她结魂契的贺闻朝本该跟着一起死去，不过百里轻淼临死前也不知用了什么办法保护了贺闻朝，让他既能与自己结魂契，又不会同生共死。

百里轻淼死后，贺闻朝痛哭流涕时，天地异变，三界坍塌，人间、仙界、神界瞬间融为一体，三界生灵死伤殆尽，后天神人一败涂地。

直到此刻，大家才发现，百里轻淼的前世竟是最后一个与天地同生的先天神祇。她主灾厄，为人间降下死亡与灾难，平衡过度生产，让创造与破坏达到一个平衡，这是百里轻淼的使命。

她在人界时已经得到神格，可以回到仙界，却因深爱贺闻朝，放弃了先天神格。没有百里轻淼的神力控制的神格开始无差别地在人间掀起灾厄，在无数生灵的怨怒中，神格染上魔性，释放出幽冥血海中的十八万魔神。

即使如此，百里轻淼与神格也还是有关联的，她的存在维持着三界的秩序。当百里轻淼为救贺闻朝死去的瞬间，最后一个先天神祇陨落，神格彻底摆脱束缚。它循着本能，想让天地重归混沌，要融合三界，利用魔神吸收三界所有的能量，再将这些魔气转化为混沌能量，令一切归于虚无。

贺闻朝知晓一切后，带着所有老婆、朋友迎战，大家全部死了，甚至包括魔神们也全部死了。

贺闻朝的最后一个老婆紫灵阁阁主死后，天地间只剩下贺闻朝一人。他站在已经变为废墟的神界庙堂前，望着遍地焦土的苍茫大地，只身冲进了正在转化为混沌能量的魔气中。

在全身被分解即将变为混沌的最后关头，贺闻朝与百里轻淼的魂契起了作用，他竟然吸收了百里轻淼的神格，获得了天地间最原始的混沌力量，一举突破，成为神尊。

然而天地间已变为虚无，贺闻朝已经是神尊，拥有创世、灭世之力。他按照记忆，将天地重新分为三界，又按照记忆重新创造了自己的朋友和老婆们，紫灵阁阁主和百里轻淼也复活了，大家其乐融融地生活在一起，度过快乐的每一天，全文完。

闻人厄无言。

这个结局，看似圆满，实则细思极恐。

每个人眼中的世界不同，看过《虐恋风华：你是我不变的唯一》与《灭世神尊》两本书的闻人厄更是深谙其中的道理。贺闻朝记忆中的亲朋好友、印象中的三界，又怎么可能是真正的三界与亲朋？！

最终的结局，贺闻朝若是选择接受一切，任由混沌三界自生自灭，孕育出新的生命，倒还算新生。可依照记忆创造世界，这究竟是团圆和美，还是贺闻朝抱着他的想象孤寂亿万岁月？他的选择，到底是创世还是灭世？

不仅闻人厄发出这样的疑问，连《灭世神尊》的读者也在质疑这个结局——

　　我这个人是不管感情戏多不多的，只要剧情好看，主角升级打脸爽就会追下去，可是这个结局……你们确定是好的？

　　翻到封面看书名《灭世神尊》，再去看结局，感觉不寒而栗。

　　明人不说暗话，我俗，就喜欢主角娶无数老婆。可我要老婆们都是活人，不要想象出来的老婆啊！就算神尊有力量创造生命，那不也是他脑子里幻想的？

　　想了半天结局，烂尾了吗？好像也没烂，人都复活了啊！但……我怎么就感觉不对劲儿呢？

当然也有夸奖作者的神结局、书名与结局完美契合的读者在，不过更多的是质疑以及不解。

身在局中的闻人厄也想知道，怀抱着虚假的人度过亿万年岁月后的神尊，还能保持理智吗？他能够不入魔吗？故事可以到此为止，可故事中的人，真的幸福吗？

至少紫灵阁阁主不这么认为。

闻人厄之前有过看其他话本的经历，已经不必像看《虐恋风华：你是我不变的唯一》时一样，连看七天七夜。他学会了一目十行和抓取重点，以他强大的神识，不过半日就将《灭世神尊》（第三卷）草草看完，此时紫灵阁阁主还苟延残喘着。

他见闻人厄放下书本，看着闻人厄说道："这本书上提到你在宗修界时，就被贺闻朝除掉，其中也有我参与，我并不希望你知道这件事，不敢将书交给你。"

"本尊知道，如果你想以此激怒本尊，大可不必。"闻人厄道。

他从《虐恋风华：你是我不变的唯一》时就知道命数或者作者给魔尊闻人厄的结局，并没有在意。

在杀戮道上逆行的闻人厄早已看淡生死，生则全力而为，死则安然赴死，能逆天改命便着手去做，注定要走也不必过度忧伤。

"是吗？"紫灵阁阁主看着闻人厄的表情，苦笑了一下说道，"我与你不同，我怕死。我不仅怕死，更怕死后还要被人'创造'出来，循着一个人的意志活下去。大老婆？呵呵，我了解自己，能够嫁给贺闻朝，一定是发现百里轻淼对他痴心一片，想要利用这份感情逼死百里轻淼霸占神格。"

可惜神格注定属于百里轻淼，书中的紫灵阁阁主无论怎样陷害百里轻淼，她都能顽强地活下去。原本在她的股掌之中的贺闻朝也变得越来越强，反倒超越她的力量，她也不得不继续戴着假面具，做温柔大方的大老婆。还好跟着贺闻朝能一直得到好东西，飞快地提升实力，她便也忍下来了。

"现在不一样了，若是早知道与百里轻淼结魂契有这等好处，我为什么还要抓着贺闻朝不放？倒不如选个男子的身体夺舍，自己娶了百里轻淼。至少我不会像贺闻朝一样娶数十个妻子，我会对百里轻淼一心一意，如何比不上贺闻朝？届时神格是我的，神尊也是我的，最后活下来的人也一定是我！"紫灵阁阁主英俊的面孔扭曲着，因为情绪激动，皮肤下无数蛊虫涌动起来，痛得他全身抽搐。

"能有这种想法，你倒也是明事理的。"闻人厄没有鄙视紫灵阁阁主，反而给予赞赏。

敢于夺舍改变性别，不受男女限制，紫灵阁阁主当真是个狠人。只可惜《灭世神尊》中描述的女子，一直都是他伪装出的假面具，所有读者都认为她是个无怨无悔的贴心大老婆，比爱闹的百里轻淼强多了。

他自然无怨，没有爱何来怨？不过是为了从贺闻朝身上榨取好处，紫灵阁阁主巴不得贺闻朝多娶几个老婆，少来碰自己呢。

唯有百里轻淼，一片痴心，却被人说成不懂事。

事情往往不是表象那么简单，平静无波的水面下隐藏着多少真相，又有几人能看清？

闻人厄收起书，扫了狼狈的紫灵阁阁主一眼道："本尊素来说一不二，既然你交出书，便不会杀你。而且本尊还有一事要问你，你这可男可女的夺舍之法，本尊有些感兴趣。"

最大的秘密已经让闻人厄知晓，紫灵阁阁主也不再抵抗，很痛快地交出了心法。闻人厄听了心法后就知道不适合自己，散仙的夺舍是利用秘术将自己的散仙之体变成仙灵，驱赶对方的魂魄后，将仙灵注入百会穴，既可以保留散仙的实力，又能拥有肉身。

心法是不错，可惜只对散仙有效，于闻人厄无用。

他暗暗叹气，唤来苗坛主，命苗坛主为紫灵阁阁主解蛊。

苗坛主一脸失望表情，痛心疾首地走到紫灵阁阁主的身边，低声嘟囔道："你就不能争点气，再嘴硬一段时间吗？"

紫灵阁阁主略感无语。

玄渊宗都是些什么人？！

"尊主，此人杀了还是废了？"苗坛主一副属下愿为尊主分忧的样子。

紫灵阁阁主咬牙道："闻人厄，你说过交出书就放过我的！"

"本尊从不食言，不过本尊答应的是留你一命，并未说过要放你。"闻人厄冷冷地道。

紫灵阁阁主这个人物在书中能一直忍到神界，知晓剧情后狠心改变性格，这份心境，闻人厄自愧不如，此人不能轻易放掉。

他想了想道："将人交给裘护法，她在上清派卧底立了……没有功劳也有苦劳，又失去冥火坛属下，算是本尊为她攒点家底吧。"

"家底？"紫灵阁阁主大惊失色。

人交给裘护法，裘护法是杀还是把紫灵阁阁主炼成鬼仙，抑或是握手言和准备联手暗杀魔尊，闻人厄都不予理会了。

苗坛主满脸失望之色，却不敢违背闻人厄的命令，带着紫灵阁阁主去找裘丛雪了。

闻人厄也领着越发沉默的殷寒江回到房间，思索接下来该如何行动。

《灭世神尊》（第三卷）的内容告诉闻人厄，百里轻淼不仅不能死，还必须接受神格并有足够的力量压制这份先天神力，否则生灵涂炭，三界归于混沌。

百里轻淼，必须得修无情道。

偏偏冥冥中有股力量在不断地阻止百里轻淼入道，每一次经历天劫后，她的感情就会全部被清洗，只留下对贺闻朝的眷恋，这是谁做的，是天道还是前世的贺闻朝？

不，都不是。

不懂感情的闻人厄思考着自己完全无法理解的问题，忍不住询问自己身边的人："殷副宗主，一个人要怎样才会无数次告诉自己忘记某个人，却又忘不掉，每次下定决心后，都会重蹈覆辙，摆脱不开？"

他也只是随便问问，毕竟殷寒江也是个不懂情爱的人。

闻人厄没有期待得到答案，殷寒江却回答了："是他自己忘不掉，不想忘。"

闻人厄惊讶地回身，见殷寒江望着他，两人的视线交错，殷寒江抿了抿唇道："属下……"

"殷副宗主说得对！"闻人厄一击掌道，"你提醒本尊了。"

能够让百里轻淼执迷不悟的只有她自己！神格是她生来就有的一部分，被先天神祇剥离之后，强大的神格拥有了自己的意识，它顺天而生，与天地一体，无数次利用天劫时的力量影响百里轻淼的心智，强行将对贺闻朝的感情注入她的神魂中！

天地需要无情无爱，先天神祇亦是如此，专注一人的情感，根本无法收服神格。

《虐恋风华：你是我不变的唯一》的结局，百里轻淼明明已经得到神格，却突然冒出"师兄不喜欢我杀人""师门教导要为天下苍生着想"的想法，其实就是她没能成功收服神格的表现。

只有具备强悍的心志、纯粹的无情道、对世间万物毫无差别的大爱，她才足以拥有先天神格。百里轻淼在时机不成熟时强行容纳神格失败，才导致后续一系列事情发生。

没有人影响她，控制百里轻淼的一直是她自己，或者说，是这个天地。

百里轻淼必须得修无情道，若是她做不到容纳神格，倒还不如直接杀了她，不让她与任何人结魂契，令天地重新洗牌，也比终卷中一个人空想出世界的结局要好。

4

想通这一节后，闻人厄拿出《虐恋风华：你是我不变的唯一》，想看看百里轻淼此时在上清派的待遇如何，裘丛雪暴露身份一事，上清派势必要处理的。他已经多次在殷寒江面前看书，没有避开对方。殷寒江也没偷看书本上的内容，而是静静看着闻人厄。

紫灵阁发生的事情引起读者们的热情讨论——

等一下等一下，这剧情怎么回事？男主的老婆，本文最终的恶毒女配，变成男的了，还要娶女主，作者你到底受了什么刺激？

作者受到啥刺激我不知道，我就知道这文的数据真刺激，已经开始爬收益金榜了。

开帖讨论紫灵阁阁主还是不是原来那个女人，难道原书他暗害女主是因为爱女主，为了让女主看出贺闻朝是个花心大萝卜？

我觉得不是原来的紫灵阁阁主，发生什么变故了吧，原来的阁主死了，新阁主上位，对百里轻淼一心一意，各种霸总高富帅，强取豪夺，想想就期待呢！

楼上醒醒，真霸总闻人厄表示不服，并潜伏紫灵阁，一巴掌打爆紫灵阁阁主，掀翻半座太阴山，魔尊真帅！

我现在看这文就像坐过山车，上一秒还在为想娶女主的紫灵阁阁主心动，下一章他就被闻人厄像死狗一样拎在手里。这文就不能粉角色，你刚刚真情实感下一秒他就变脸。

楼上说得对，我粉的清雪长老变脸，她、她、她竟然是魔宗左护法裘丛雪，直接手刃百里轻淼的师兄，下手比舒姐还狠啊！我舒姐最多掏元婴，裘丛雪直接掏魂魄！你们玄渊宗的左、右护法练的都是九阴白骨爪吗？成名绝技都是回首掏？

我有个疑问，为啥修改前贺闻朝虐女主，我只想暴打他们，可是修改后裘丛雪背叛轻淼，我却只想疼爱女主呢？而且我竟然不恨清雪姐姐，捂脸……

因为立场不同，错的是世界不是女主和清雪长老。而且清雪长老，她好像一直没有掩饰魔修的身份，只是我们读者都瞎，选择性地忽略她不对的地方，大概是……太直白的原因吧。

闻人厄拎着紫灵阁阁主走了，留下钟离谦。所以男二出场到底是为啥？你要娶我女儿，我老父亲不答应，我只喜欢我相中的谦，来棒打鸳鸯了？

嗯……楼上角度清奇，但不失为一个理由。

百里小甜花振作起来了，只身闯入火海救了紫灵阁几十条人命，还冒险取出了另一株成熟的锁芯草，呜呜呜，这是什么绝世好女主？我错了，我不讨厌"圣母白莲花"，前提是"白莲花"真的善良无私。

真圣母真香，我好害怕百里轻淼回门派会被虐啊，但是我要坚持看下去！

应该不会吧，女主毕竟找回了锁芯草，是上清派的大功臣，怎么也不会太虐的。

正如读者们猜测的，关于如何处置百里轻淼师徒，上清派内部的争议也很大。

拿到锁芯草回门派后，贺闻朝便去请宗修界有名的医修散仙药嘉平，上清派掌门的药方就是他开的，贺闻朝也是在寻找救人的方法时偶遇药嘉平，与他不打不相识，成为忘年之交。

至于百里轻淼则是暂时被软禁在执事堂内不得外出，等上清派掌门苏醒后再决定如何处置她。

至于紫灵阁弟子，上清派在外院为她们安排了一个住处，等她们接受门派被毁的事实后，再决定未来。如果她们愿意加入上清派，正魔大战后正在休养生息的上清派是非常欢迎的，只不过她们要交出紫灵阁的心法才可以加入。

原书中紫灵阁阁主嫁给贺闻朝后，也是两派合并，互换心法，这个剧情改动不大。

贺闻朝只一日便带着药嘉平返回，药嘉平一身青衣，生得极瘦，由于是散仙，面容十分年轻，还算英俊，较《虐恋风华：你是我不变的唯一》的男主、男配差了不少，不过也算中上了。

他很快炼制出丹药，给上清派掌门服下后，上清派掌门苏醒过来，百里轻淼算是立了大功，要如何处置她就更加为难了。

上清派掌门清醒后，听说自己昏迷这三十多年中发生的事情，虚弱地叹了一口气道："正魔一战并不是小事，不是我一人能决定的，还是请执事堂长老请来门派内化神期以上的门人商议此事吧。"

于是执事堂在议会大厅决议，百里轻淼与其弟子宿槐坐在大厅中间，周围是二十多位化神期同门。鹤发散人钟离谦地位特殊，上清派邀请其为客座，可以看，也可以发表意见，但是否采纳，要由上清派决定。

百里轻淼面色苍白，坐在众人中间，还能抽出精力安慰地拍拍宿槐的手。她眼神坚定，已有充足的心理准备。

清荣长老终究是心疼弟子的，第一个发言道："百里轻淼当时也不知道裘丛雪是魔宗之人，她负责救援弟子，救人本没有错。裘丛雪加入上清派不是百里轻淼决定的，而是当时的长老一致同意的。这一次锁芯草也是百里轻淼冒险从火海中采到的，我以神魂保证，百里轻淼绝没有背叛上清派，她是我的好弟子。"

百里轻淼听了师父的话，脸颊染上一丝血色，露出个浅浅的笑容。

"但是，我的神魂在裘丛雪的手上。"柳新叶突然脸色阴沉地道，"是百里轻淼将七彩碧莲心交给裘丛雪，裘丛雪硬逼我的。"

上清派的意见主要分两派，一派以清荣长老为首，她关心弟子，认为百里轻淼无罪。一派以柳新叶为首，觉得裘丛雪一定暗中做了什么事情，百里轻淼同裘丛雪游历三十年，说不定早就加入魔宗了，回到门派中就是为了继续做卧底，救上清派掌门也是做戏罢了，说不定她拿到的那株锁芯草根本不是刚刚成熟的，而是闻人厄从紫灵阁阁主手中夺取交给百里轻淼取信上清派的。

其间钟离谦没有发言，似乎百里轻淼被如何处置他并不在意。

贺闻朝也一直没说话，毕竟主张严惩百里轻淼的人是他的妻子柳新叶。他望着百里轻淼惨白的脸，小师妹始终没有与他对视。

他终于忍不住，无视柳新叶哀求的目光，上前站在百里轻淼身边道："师父、师叔、各位同门，大家的话闻朝全部记下来了，不知道大家能否听我一言？"

贺闻朝这三十年在门派中地位日渐稳固，他虽是晚辈，法力却比很多长老还要高，他的话是很有分量的。众人的视线集中在贺闻朝身上，他说道："百里师妹取得锁芯草一事是毋庸置疑的，这证明她对师门是忠心的。目前大家的争议是师妹在三十年的游历中是否被裘丛雪控制，这也很好解决。师妹对裘丛雪有救命之恩，手中也有她的信物，不如让师妹约裘丛雪出来，我们暗中伏杀，既可以解除内子柳新叶的魂誓，又能重创魔宗护法！"

他的方法既救了小师妹，又可以帮助柳新叶解除魂誓的危机，对于贺闻朝和上清派而言，可以说是两全其美了。上清派的几位长老商议后觉得有道理，柳新叶派也没有反驳的理由。

"百里轻淼，你可愿意？"执事堂清越长老问道。

百里轻淼在众人的视线之中，从椅子上站起来，双膝跪地，双手贴于地面上，深深低下头道："弟子不愿。"

"为什么？"清荣与贺闻朝异口同声地道。

明明知道裘丛雪是魔门中人时，百里轻淼也很受伤，她也被骗了！

百里轻淼这个头磕得太重，抬起头时额上已经红了，她摇摇头道："清雪师父来到上清派后，从未做过一件伤害上清派之事。正魔大战后上清派损失惨重，正道魁首地位岌岌可危，直到有散仙客座长老坐镇的消息传出去，其他门派才没有对上清派的地位质疑，给了门派三十年的喘息机会。

"百里随清雪师父游历三十年，一桩桩、一件件事情看在眼里，记在心上。她是魔道中人，可没有欺骗我，从未说过自己是正道，是百里一意孤行地救人。是，正魔不两立，若是再起纷争，我与师父于战场上相见，立场不同，百里绝不会手下留情。

"可是利用救命之恩，利用清雪师父对我的信任去陷害她，百里轻淼不愿！"

她眼神坚定，直视着上首诸位长辈道："百里轻淼识人不清是罪，害师兄被清雪师父所伤是罪，害柳师姐魂誓落于魔宗中人手里是罪，百里轻淼愿承受师门的所有惩罚。"

她的脊背笔直，小小的肩膀仿佛可以扛起整个世界。

钟离谦轻轻鼓掌，对上清派众人道："百里姑娘令谦敬佩，谦不会为她求情，不会影响她的决定。"

他说完这句话便不再发言，仿佛百里轻淼的死活与他无干。但大家都知道百里轻淼与鹤发散人中了同心蛊，他们真要杀百里轻淼，钟离谦一定不允。

"师妹！"贺闻朝蹲下身抓住百里轻淼的肩膀道，"你怎么这么傻呢？"

"别碰我师父！"宿槐随手拿出一根细铁棒，贺闻朝一见那棒子就觉得某处生疼，忙放开百里轻淼。

柳新叶见贺闻朝竟然当着自己的面去碰百里轻淼，气得面目狰狞，尖叫道："百里轻淼已经被魔宗蛊惑，弟子求师门为我做主！"

上清派掌门也很为难，钟离谦在一旁，他们不好轻易处置百里轻淼。商议了一阵后，清越长老道："百里轻淼，师门决定将你与宿槐囚禁在后山思过崖上，给你一段时间思考，希望你能早日想清楚。若是最后执迷不悟，也不要怪师门清理门户。"

"百里轻淼明白。"百里轻淼面色淡然，接受了惩罚。

她与宿槐被押到后山禁地，如原剧情一般，被囚禁起来。

原剧情是紫灵阁阁主救醒上清派掌门后，要嫁给贺闻朝。她说，百里轻淼乃是灾厄之体，必须将其关起来，否则会牵连整个上清派。上清派掌门是不相信的，认为她忌妒百里轻淼与贺闻朝的关系。谁知请来懂术数的修者一算，百里轻淼的命数竟是赤红一片，天煞灾星都不及她身上的灾厄重，也不知是哪路魔神转世。

　　这段剧情，读者一致认为是恶毒女配紫灵阁阁主陷害，实则不然。闻人厄清楚那位卜算高手没有说谎，百里轻淼根本就是灾厄本厄，她的命数就是如此。

　　书中的百里轻淼不相信这是自己的命运，不服门派的处置，被抽了琵琶骨关起来，要多惨有多惨。

　　现在的她却截然不同，百里轻淼坚持了自己的原则，又有钟离谦保护，虽然身在后山，心中却一片清明。

　　她被关起来之后，贺闻朝当晚便来劝她，她却对贺闻朝说：“师兄，你莫要让我做一个背信弃义的人，莫要明明有妻子却对其他女子关爱有加，莫要毁了你在我心中的形象。”

　　如此，贺闻朝只能败兴而归。当夜他没有与柳新叶同房，咬牙道：“一定是闻人厄、袭丛雪害了师妹，他们肯定用了什么卑鄙的办法控制师妹，我该怎么做才能救师妹？”

　　"这个嘛……"寄宿在贺闻朝体内的血魔老祖阴阴地一笑，"我倒是有个法子，不过需要你把身体暂时借给我。"

　　贺闻朝犹豫了一下便答应了，余下剧情，不管是《虐恋风华：你是我不变的唯一》还是《灭世神尊》均未表。毕竟这两本书是以男、女主的视角描述的，贺闻朝将身体借给血魔老祖的数日中发生了什么，《灭世神尊》（修改版）竟然故弄玄虚，采用了悬念手法，完全没有提到会发生什么。

　　看过全部修改剧情的闻人厄心中隐约有种不妙的感觉。他手握三本书，可以随时观看剧情，可是谁知竟然会在贺闻朝想要对付自己时，书中忽然出现剧情空白。

　　剧情空白的情况闻人厄清楚，毕竟书中能够写到的东西只是冰山一角。但剧情偏偏在针对玄渊宗时留白，这令闻人厄不得不警惕起来。

　　莫非……

　　他想起至今没有找到的《灭世神尊》（第二卷），难道《灭世神尊》（第二卷）与其他两本书不同，或者得到此书的人过于聪慧，竟然从其中想出了如何隐藏自己行迹的方法？

　　闻人厄翻遍全部修改版的内容，发觉一个人的名字竟然完全没有在修改版中出现。

　　正是岑正奇！

第十二章

本尊不允

第十二章 本尊不允

1

自闻人一族被满门抄斩后,闻人厄早已养成凡事做好最坏准备的习惯,对任何事情都不会存有侥幸之心。

他绝不会产生"或许不是岑正奇,就算是对方也不一定会知道剧情已经改变"等想法,他需要一个最坏的结果。

目前已知,紫灵阁阁主不知道《灭世神尊》第一卷和第二卷在谁手中,同理,《灭世神尊》(第二卷)拥有者绝对不会知道百里轻淼与神格一事。根据手中两卷的剧情,闻人厄可以推测《灭世神尊》(第二卷)是贺闻朝与百里轻淼飞升仙界后发生的故事,《灭世神尊》(第一卷)中贺闻朝的小弟也是陆陆续续飞升的。第二卷所有者最有可能知道的事情是,前情提要中《灭世神尊》(第一卷)最后死去的是闻人厄,第二卷最厉害的人是焚天仙尊。

拿到书后的岑正奇有两种选择,一是认定贺闻朝为主角,专心当他的小弟,跟着男主混日子;二是不甘人下,在适当的时间夺取男主的机缘,成为最强的人。

从《灭世神尊》第一卷和第三卷出现的时间可推测,第二卷也是在三十年前出现的,三十年中,《灭世神尊》(第一卷)的修改版都没有出现岑正奇的名字。一个人如果费尽心思想巴结另外一人,一定会早早出场,倾力相助。例如闻人厄,虽然没有巴结百里轻淼之意,但因无恶感,而且需要帮助她,便提前书中剧情十多年出场,读者在评论区也表示闻人厄的出场远比原剧情发展要早。

岑正奇没有,这代表第一种想要当小弟的可能性微乎其微,大概率是第二种。

他应该是个有野心而且有脑子的人,这个时候会怎么做呢?闻人厄向来野心不大,不太理解玄渊宗下属的想法,不过可以问。

岑正奇是一个男子,四位坛主皆不可靠。两位护法,裘护法还是算了,舒护法在书中甚至被贺闻朝与岑正奇联手杀死,她一定不可能是此人。

"叫右护法来。"闻人厄道。

殷寒江听令传讯给右护法,舒艳艳飞快地赶到总坛正殿,她的衣着倒还算得体,只是面色红润,显然刚才正在修炼。

"舒护法,本尊有一事不解,需要你解惑。"闻人厄道。

"尊主请问,属下定知无不言,言无不尽。"舒艳艳道。

闻人厄："若有一日，你得到一本可预知未来的天书，书上明确写着闻人厄会死，而你将成为玄渊宗的新宗主。随后你飞升仙界，成为某个人的下属，一路辅佐此人杀掉仙界的仙尊。有了这本书，你可预知未来，你该如何行动？"

舒艳艳闻言有些害怕。

她的心头大乱，尊主难道是知道我想伺机杀死他成为新魔尊，并带着班底飞升仙界在仙界潜伏多年后干掉仙界魁首的野心，因此来试探我？

她转念一想，又觉得不对，她想当魔尊的事情，还有人不知道吗？这还需要隐瞒吗？不，尊主不是这么小气的人，他是鼓励玄渊宗门人有上进心的，这件事绝不会这么简单。

于是舒艳艳笑道："尊上说笑了，属下若是得到这么一本书，绝对不会让尊上死的。尊上法力高强，属下怎么舍得杀了你，要是能……"

她抬头看了眼闻人厄，视线还没碰到尊主，就被殷寒江的杀意刺痛了眼睛。

舒艳艳看到殷寒江不知什么时候戴上了一个鬼面具，鬼面具下的眼睛变得赤红，与平日的样子判若两人。

"尊上……"她指了指殷寒江。

"怎么了？"闻人厄回头，见殷寒江握剑如寻常一样站在自己身后，唯有握剑的指尖泛白，似乎很痛苦的样子。

闻人厄按住他的手掌，声音温和地说道："殷副宗主莫要担忧，本尊不会轻易死的。而且本尊允过你，我死后，你可随本尊同赴黄泉。"

殷寒江扯出一个似傀儡般的笑容，仿佛每一块肌肉都是硬生生用真元推出来的形状，他的声音中没有任何感情："属下遵命。"

有了这样的命令，殷寒江大概不会发疯了吧。闻人厄点点头，回身继续询问舒艳艳。

舒艳艳有些无语。

不是，尊上，殷副宗主这副样子就完全不像是要遵守你的命令的样子啊。他又戴上面具了，他的眼神好像是非常想杀人的样子。

舒艳艳身在魔宗多年，当年跟着老宗主，也是见惯了各种魔道修者的样子，却从未见过殷寒江这宛若从无间地狱中爬出来的一般，阴森恐怖的模样。

她的实力已经接近大乘期巅峰，竟被区区一个境虚期的人吓得后退半步，殷副宗主的实力不对啊！

"舒护法？"闻人厄的声音带着不耐烦，他在等舒艳艳的回答。

舒艳艳平复一下剧烈的心跳，总觉得这个回答似乎不管怎样都是送命题。她说假话奉承尊主，闻人厄会不满意；说真话，殷寒江现在这样子，她应该打不过的。

两边为难之下，舒艳艳道："若是其他护法或者坛主，大概会借助预知的能力暗中潜伏，等待机会杀掉尊上后铲除异己。仙界的话……应该会将仙尊与自己跟随的人一起杀了，夺取两人的机缘，一举成神。但这是其他人，如果是属下，一定会将书交给尊主，绝不能让尊主遇到一丝一毫的危险。"

她对着殷寒江的鬼面具道："属下对尊主绝对忠心。"

她说过这句话后，殷寒江才当着舒艳艳的面缓缓取下鬼面具，歪歪头看着她，缓缓扯出一个笑容。

舒艳艳看着这个笑容。

她突然觉得，尊主一定要好好活着，尊主若真是死了，大概没人能控制住殷寒江这头凶兽了。

听了舒艳艳的话，闻人厄已经充分了解岑正奇的想法。第一步，与血魔老祖勾结，杀闻人厄，夺玄渊宗；第二步，打探焚天仙尊的底细，杀焚天仙尊，表面对贺闻朝恭顺，实际伺机下手；第三步，杀贺闻朝。

既然对方会隐藏，他找不到对方的踪迹，倒不如将计就计，打草惊蛇，引蛇出洞。

闻人厄下定决心后，对舒艳艳道："唤左护法及四位坛主来总坛，本尊有要事相商。另外，舒艳艳，方才的问题……"

"什么问题？"舒艳艳一脸失忆的样子，"方才尊主问过我问题吗？"

"很好。"闻人厄冷笑道。

右护法的效率非常高，不到一个时辰，玄渊宗几位重要的人全部集中在总坛正殿上。上一次大家齐聚总坛还是决定闭关封山时，上上次是正魔大战，不知这次有什么大事。

闻人厄扫视众人的表情，除了师从心比较尿外，其余人看起来皆是野心勃勃的样子，对魔尊之位虎视眈眈，裘丛雪是其中最不加掩饰的。

"相信大家也知道，本尊看中了一名弟子，名为百里轻淼，是上清派弟子。"闻人厄道，"她的资质奇高，本尊十分重视她，想将她培养成对手。可她现在因为裘护法被上清派处罚，本尊担心我看中的弟子被上清派抽了灵根，不知诸位有何高见？"

裘丛雪想提议，被舒艳艳一把拉住，传音道："我知道你没脑子，但这次听我一句劝，先别说话。"

裘护法愣了一下，就这么一犹豫，被阮坛主抢先。

阮坛主道："上清派早已是强弩之末，我们逼他们交出百里轻淼就好。"

"本尊担心他们不从，若是伤到百里轻淼……我的弟子就不好了。"闻人厄道。

舒艳艳无言听着。

是不是她的错觉，尊主方才的话中，似乎透出一丝对百里轻淼的感情？不是，是故意让人觉得他似乎对百里轻淼暗生情愫又不想让人知道，尊主这是要用百里轻淼钓鱼啊！

她把嘴闭得紧紧的，一句话也不敢说。

"可以改修鬼修。"裘丛雪为闻人厄分忧。

"本尊不希望她受到半点伤害，"闻人厄盯着裘丛雪，"裘护法，你是百里轻淼的师父，竟然对她一点怜悯之心也没有吗？嗯？"

最后一个"嗯"字，竟是带着前所未有的怒意。

裘丛雪愣住，将人改成鬼修不正体现了她对百里轻淼的关爱和喜欢吗？她可是把压箱底的办法都拿出来了，紫灵阁阁主已经炼制好了，等百里轻淼转为鬼修，吞了紫灵阁阁主，能够立刻成为大乘期修者，她是关心徒弟的！

"尊上，我……"

裘丛雪的话音未落，闻人厄一挥衣袖，将裘丛雪打飞，裘丛雪吐出一口鲜血。

"够了，一群没用的东西，本尊自己想办法！"闻人厄"愤然"起身，临走前还特意看了舒艳艳一眼。

全玄渊宗最有脑子的女人舒艳艳觉得自己看透了一切。

"喀喀，尊主，这是怎么了？生这么大气？"师从心瑟瑟发抖，靠在舒艳艳的身边道，"舒护法，我成为坛主的时间短，没见过尊主几次，不太了解他，您可不可以指点一二？喀喀！"

舒艳艳领悟了尊主交代的任务，正愁没有机会开口，见师从心发问，心下满意，摸了把他的下巴道："你算是问对人了，依我看啊，尊主红鸾星动，情劫到了。"

"你是说……"除裘丛雪之外的四位坛主眼睛都亮起来。

"谁想到我们尊主这样的铁血硬汉，喜欢的竟是这样一个干净、简单、单纯的女人呢？唉，早知道尊主喜欢这模样的女人，我就照着扮演了。"舒艳艳故意一脸遗憾地说道，"男人我见多了，闻人厄这样数百年没动过心、不解情爱的男子，一旦动心，那可就是老房子着火，一发不可收拾。他要是喜欢我呀，那真是为了我命都能豁出去。"

"谁？喜欢谁？"裘丛雪爬起来问道。

舒艳艳见到她，笑容消失，一脸漠然的表情："反正不是你。"

"所以呀，百里轻淼现在可是尊主的心头肉，碰不得啊。"舒艳艳狡黠地一笑，留下这句话后离开了。

当夜，一个人在房中拿着本书，翻看其中的几句话，低声道："我本以为这上面所说的闻人厄痴情于百里轻淼，为了她与贺闻朝为敌不过是虚谈，闻人厄那种人，冷心冷血，怎会痴恋一个女子？现在看来，竟是情劫吗？"

虚影中看不出这人的样貌，他看着书，喃喃地道："可是闻人厄应该也有书，会不知道自己死去的事情吗？这究竟是陷阱，还是机会？"

他拿起一个传讯符，这是当初血魔用贺闻朝的身体送来的。根据他的推测，只要血魔老祖占据贺闻朝的身体，所发生的事情书中应该不会记载。因此他与贺闻朝接触时并未说出真名，只有血魔占据贺闻朝的身体时，他才会显露身份。

闻人厄、血魔、贺闻朝、百里轻淼……你们谁也不会知道我的目的，就算是陷阱，只要我小心一些，时刻不暴露身份就好。那人犹豫地想道。

"好，你想引蛇出洞，我便做个渔翁，管你鹬蚌相争谁胜，得利的终究是我。"灯影下的那个人最终下定决心，偷偷向血魔发了传讯符。

闻人厄怒斥众人后回房，殷寒江道："尊上想救百里轻淼，属下可闯上清派，拼死也会救出她。"

听了这句话，闻人厄一愣，见殷寒江表情诚挚，一副愿为尊上去死的样子，像极了书中默默守护百里轻淼的男四号。

闻人厄动了动嘴唇，不知该怎样对殷寒江解释。

他一直避免殷寒江看到《虐恋风华：你是我不变的唯一》，是因为书的内容才改了一半，后半部分依旧是原剧情，写着无数闻人厄为百里轻淼舍生忘死、含情脉脉并在最后献出生命的情节，这段剧情闻人厄自己都不想看，更不可能给殷寒江阅读。

不管是《虐恋风华：你是我不变的唯一》还是《灭世神尊》（第一卷），后半部分闻人厄死去的情节均未删改，天命之下，闻人厄没有把握逆天改命，他没办法对殷寒江承诺他不会死。

他想了想，只能坦白地道："百里轻淼很重要，不仅是对本尊，更是对整个三界，所以本尊要帮助她。"

殷寒江半跪在闻人厄面前，静静地聆听尊上的话。

"本尊不瞒你，或许有一人知道的事情比本尊还多，他隐藏在暗处，本尊这次就是要引出他来。方才的话有真也有假，确实是演戏给他看，但是否能成功，本尊也没有把握。"闻人厄道。

殷寒江大着胆子问闻人厄，声音十分压抑："尊上可有危险？"

"我不确定。"闻人厄摇了摇头，"对方的实力未必弱于我，而且本尊也要利用此次机会解决一个隐患。"

"尊上不会死。"殷寒江近乎固执地说道，"属下不会让尊上死。"

"谁知道呢？谋事在人，成事在天。"闻人厄叹口气，血修的功法，终究还是有隐患。

殷寒江看到他的表情，感觉破军剑跳了一下。他捏住剑柄，隐去眼底的情绪。

2

"岂有此理！"贺闻朝拿着一个传讯符怒道。

这道传讯符不知什么时候出现在他的房间内的，上面写着闻人厄一直在觊觎百里轻淼，恐怕会来上清派抢人，提醒上清派多加防范。

就算已经娶了柳新叶多年，贺闻朝依旧喜欢着小师妹。况且随着功力日渐提升，在上清派的地位逐渐提高，他慢慢认为男人三妻四妾也是可以的。南郭世家的家主是一位大乘期修者，妻妾成群，对妻子敬爱有加，妻子也为他打理好后院。自己现在是宗修界最年轻的境虚期高手，未来肯定是要晋升大乘期的，完全可以多娶几个妻子。

在贺闻朝心中，他的正妻的位置始终为小师妹保留着，他也一直视小师妹为妻子，听到闻人厄喜欢百里轻淼，自然怒不可遏。

贺闻朝回忆起太阴山上一遇，闻人厄临走前说过要小师妹跟他走，还好小师妹拒绝了。

一想到有这样一位高手在惦记小师妹，贺闻朝便觉得难以忍受，问道："师父，我要怎样才能除去这个宗修界的败类？"

"这个嘛……"血魔老祖在他的识海中"呵呵"一笑，"你的掌门师父不是刚刚苏醒吗？你把身体借给我，我用你的身份告诉他一件事。"

"为什么我要把身体借给你？"贺闻朝有些不愿意，每次随身师父借用身体后，他都会失去一段时间的记忆，不知道发生了什么事情，这令他有些不安，内心深处也对随身师父有一种抵触感。

"因为我怀疑太阴山一遇后，闻人厄给你下了蛊虫，恐怕能够知道你在想什么。所以最好是我用你的身体，你暂时从这件事中隔离开来，否则我们的计划失败，就没办法对付他了。到时你的小师妹被人抢走，魔宗的秘法可是太多了，随便一个邪术就能让她彻底忘记你。"血魔说道。

贺闻朝犹豫再三，终于咬牙道："好，这些日子我就将身体借给你！"

《灭世神尊》（第一卷）修改版到此为止，而《虐恋风华：你是我不变的唯一》的剧情比《灭世神尊》（第一卷）多一点，写了贺闻朝去探望百里轻淼，百里轻淼隐约觉得师兄与以往有些不同，刚要询问就被贺闻朝打晕，宿槐似乎也被敲晕了。

《虐恋风华：你是我不变的唯一》的读者都在问发生了什么事，是不是柳新叶假扮贺闻朝要害百里轻淼，评论区一片疑问和剧情讨论。闻人厄却知道，那个贺闻朝应该是被血魔附身了，根本不知道自己在做什么。

奇怪，如果是岑正奇，他知道贺闻朝是主角，占据男主的意识无可厚非，可他为何要打晕百里轻淼呢？闻人厄本以为让对方将视线放在百里轻淼身上，就可以将剧情更多地集中在《虐恋风华：你是我不变的唯一》中，他便能从这本书中窥探一二，岂料对方竟想到了百里轻淼这一节！

这情形，有些不对。

闻人厄面前放着一个棋盘，他拿起两枚白子放下，棋局瞬间变幻莫测，黑子正在被白子围困而不自知。

《灭世神尊》有三卷，对方能猜到他有《灭世神尊》（第一卷）这并不难。可是《虐恋风华：你是我不变的唯一》只有一卷，而且他是最早拿到书的人，唯一知道这件事的便是他最信任的殷寒江，应该不会暴露才对。

闻人厄拿着两枚黑子，静静地闭上眼睛，思考着该如何落下这两颗棋子，才能改变黑子的劣势。

岑正奇、闻人厄、血魔、贺闻朝、焚天仙尊……

他猛地睁开眼，果断地落下两子，形势立转。闻人厄微微一笑，不管对方是谁，自己以不变应万变就是！

两个月后，袁坛主收到散布在外面的弟子传讯后，忙拖着胖胖的身体求见尊主。

"尊主，大事不好了！"袁坛主慌乱地道，"'信枭'在宗修界听到一个传音，这两个月，正道和四大宗修世家死了足足十七个合体期以上的高手，其中一个竟是大乘期，他们的死状皆是、皆是……"

"信枭"是玄渊宗的一个特殊组织，由掌管总坛事务和玄渊宗人员名册的袁坛主管理，对外称散修，有时也会成为四大宗修世家的门客，负责打探宗修界的各种消息。

"皆是如何？"闻人厄不慌不忙地说道。

"皆是被血修化为血水吸收而死……"袁坛主害怕地看了眼闻人厄，退后两步道，"上清派公布了万年前剿灭血魔的详细记录，昭告天下，说血修只能靠吸收其他高手提升功力，而且血修必成魔。若是有人死于这种原因，就代表……魔将现世。"

"你闭嘴！"立在闻人厄身后的殷寒江一脚踹翻袁坛主，用剑尖指着他的脖子。

玄渊宗的大部分人知道闻人厄改修血修，大家相安无事也是不知道血修的修炼方法，现在听到上清派公布的消息，袁坛主恐慌是理所当然的，但殷寒江绝不允许他暗指这些人是闻人厄杀的。

尊上虽身处魔道，却绝不会成魔。他就算杀人，也定会像正魔大战或是毁掉太阴山一样与人正面交战，绝不会做暗算他人那等宵小之辈才会做的事！

"殷副宗主不必发怒，袁坛主也不过是如实禀报罢了。"闻人厄安抚殷寒江道。

见殷寒江压抑着收回剑，闻人厄拊掌道："这一招倒是妙，直接将本尊陷于万劫不复之地了。"

血魔占据贺闻朝的身体后，暗算宗修界的高手，以此提升自己的力量，又引导上清派公开血修心法的秘密，令人认为这十七名高手是闻人厄杀的。

消息一公布后，正道修士以及宗修世家必然会想办法集中力量灭魔。

玄渊宗众人听说血修心法后定然会恐慌，不会有人为了闻人厄迎战整个宗修界，说不定还会暗中捅刀子。

同时，吸收十七名高手的血魔，大概已经恢复到大乘期巅峰的实力了。

这计策既将闻人厄孤立起来，又让正道修士与宗修世家联合起来，还以闻人厄为挡箭牌提升自己的实力，而且避开修改版剧情，一切在暗中行动，真是高明啊。

"尊、尊主,听闻他们已经要讨伐您了,我、我们该如何应对?"袁坛主起身,又向后退了几步,离闻人厄远一些才问道。

"我们?"闻人厄扬眉,"玄渊宗众人此刻还愿意与本尊一同作战吗?"

"吾等自然对尊主忠心耿耿,就算尊主吸收我们提高功力,我们也没、没有任何怨言!"袁坛主边后退边说。

"你听听,"闻人厄笑着对殷寒江道,"真带着这群人应敌,他们只怕会在背后捅本尊一刀。"

"尊上,属下不会。"殷寒江放下破军剑,手无寸铁地走到闻人厄面前,用行动证明他对闻人厄的忠心以及信任。

"也就你还相信本尊了。"闻人厄拍了拍殷寒江的脖子,发觉手掌下的皮肤不经意地颤抖了数下。他敛起笑容,冷冷地道:"既然相信,你又为何要发抖呢?"

"属下没有,属下是……"殷寒江不知道该如何解释。

见他没有说话,闻人厄道:"罢了,你们不相信本尊,本尊亦无法信任你们。殷副宗主,你令本尊很失望。"

说罢他化为血光,血遁离开玄渊宗。

"这……尊主走了,我们该如何是好?"袁坛主看向殷寒江问道。

"尊主不在,副宗主代理;副宗主不在,右护法代理,该怎么办就怎么办!"殷寒江说罢捡起破军剑,御剑飞向那血光离去的方向。

袁坛主没法子,只能将这件事传讯给右护法。

舒艳艳收到传讯时,正窝在赫连褚的怀中吃灵果,赫连褚与她一同听到了这个消息。

"护法,尊上真的会吸收其他人的血魂吗?"赫连褚一脸后怕地将舒艳艳抱得更紧。

舒艳艳一把推开他道:"明明不怕就别装了,尊上想吸你的血魂,你还逃得了不成?"

赫连褚脸红了一下道:"属下这不是借机与护法多亲近亲近嘛。护法,尊主是那种偷偷吸食人神魂的性格吗?我看着……不像。"

"怎么说?"舒艳艳问道。

"三十多年前,正魔大战后,尊主回山时曾以血魂状态附身到属下身上这件事,护法可还记得?"

"哦?你不是一直不愿意提起这事吗?"舒艳艳饶有兴致地问道,赫连褚自被闻人厄附身,害得舒艳艳没有第一时间发现尊主回到玄渊宗,暴露了自己的野心后,地位便一落千丈,被舒艳艳冷落了很久,靠着苦读三十年,会背两首诗,这才又重新得到宠幸。

"情况不同了。"赫连褚正色道,"尊上附身时,就可以灭属下的神魂,他却没有这么做。我认为尊主不是暗害其他人的性格,他若是想吸收某个人的血魂,大概会先递拜帖提前宣告，再光明正大地战胜对方后吸收，绝不会如此鬼鬼祟祟。"

"你读书倒是读聪明了，"舒艳艳摸了一下他的脸，脸上的笑容渐渐消失，严肃道，"连你都这么想，大概只要有脑子的人都不会相信这件事吧。"

舒艳艳穿好衣服，起身去正殿接手玄渊宗事务，其余人也收到袁坛主的传讯，齐聚总坛。

最先到的是裘护法，见到舒艳艳就说："我不信，用脚指头想就知道不是闻人厄做的。"

舒艳艳露出一个灿若桃李的笑，指着她对赫连褚道："你瞧，没脑子的人都不信。"

裘护法和赫连褚对视一眼。

觉得自己被影射了。

大家来到总坛后，舒艳艳道："我明白诸位心中有疑问，也有人想趁机做点什么。不过我劝大家先忍耐一下，就算想争魔尊之位，也得等确定的消息传来再说。上一次受的罚，大家心里都有数吧？本护法短期内不想再受罚了。"

想起上次的惩罚，阮坛主打了个寒战，第一个喊道："你们谁爱去捅刀子谁就去，我是不敢了。"

几位坛主也纷纷表示不敢。

这时有一个传讯符飞到总坛，是"信枭"发来的。袁坛主打开传讯符，放给大家听："收到消息，百里轻淼被血魔掳至幽冥血海，生命垂危。"

传讯符还附有一个幻象，袁坛主释放幻象，虚空中出现一幅画面——百里轻淼与宿槐被吊在幽冥血海上空，两人昏迷着，时不时有血海溅起的水花落到二人身上。

幽冥血海是先天神人联手布置的封印，其中蕴含着天地最初始的混沌能量。幽冥血海看似是红色的海水，实际上全部是混沌能量的虚影，每一滴海水都蕴含着可怕的混沌能量。

被封印的十八万魔神不断冲击着幽冥血海的封印，多年过后，魔气与混沌能量融合，成为一种足以吞噬天地的力量。百里轻淼的腿被一滴海水溅到，半条腿的血肉立刻被腐蚀，她痛得惊醒过来，四下张望，发觉她已经不在上清派后山上。

这时又是无数水花飞起，百里轻淼忙一把抱住身边的宿槐，撑起映月玄霜绫挡住水花。谁知她的功力根本不足以抵挡幽冥血海的力量，映月玄霜绫碎成无数段。本命法宝被破坏，百里轻淼的丹田受到重创，猛地吐出一口鲜血，抱着宿槐又昏迷过去了。

"太不是东西了！"裘护法看到这幅画面，也不管究竟是谁的陷阱，化为一道清风冲了出去，显然要去幽冥血海救人。

"哎哟，真是残忍。"舒艳艳揉了揉自己的太阳穴道，"裘丛雪这个傻子竟然要去送死，我还是赶快去阻止她吧。"

说罢她带着赫连褚追了上去,留下四位坛主面面相觑。

四位坛主可不打算去帮忙,又摸不清状况,不敢随意行动。商议了片刻后,袁坛主道:"要不我们还是各自守住自己的分坛,静观其变,等尘埃落定后,再决定谁做魔尊,如何?"

几人一想也是,就算乱也不该这个时候乱。而且这件事发生得太突然,背后说不定有阴谋,谁也不想被人利用,倒不如都学着阮坛主龟缩不出。

众人离开后,一个身影来到玄渊宗禁地,这里有玄渊宗唯一的仙器——焚天鼓。

"闻人厄被引走了,殷寒江跟随着,裘护法和舒护法也不在,这段时间刚好够我收服焚天鼓。"

那个人从怀中摸出一本书,正是《灭世神尊》(第二卷)。

他翻到很后面,打开其中一页,上面写着:焚天仙尊竟然是宗修界玄渊宗左护法殷寒江,他在宗修界被重伤,只剩下一缕神魂躲在焚天鼓中休养。焚天鼓为仙尊遗落的法器,仙尊于宗修界找到焚天鼓,想将其重新炼化时,被已经与焚天鼓融为一体的殷寒江吞噬,殷寒江夺舍后成为焚天仙尊。他忠心于闻人厄,对贺闻朝等人充满敌意,所以在仙界不断暗害贺闻朝与百里轻淼。他一开始没有炼化仙尊的仙灵,只能派手下暗杀。千年之后,殷寒江终于吸收了仙灵,这才亲自出马,要将贺闻朝置于死地。

"焚天鼓虽然是仙尊的本命法宝,却遗落宗修界多年,早已与仙尊断了联系。只要有人将心头血与一丝分魂融于焚天鼓中,从其中封印着的弱小魂魄开始吞噬,就能炼化其中的仙、魔二气,成为天上地下独一无二的仙尊。"那人边念着书中的内容边道,"自从得到这本书后,我等这个机会很久了。闻人厄迎战血魔,就算不死也会变成一个只想吞噬生灵的怪物,殷寒江只怕是第一个被吞噬的,哈哈哈哈……"

"你说谁第一个被吞噬?"那个人的笑声未落,他就听到禁地深渊的下方,焚天鼓之上传来说话的声音。

一个人从深渊中跃出,正是殷寒江!

"你、你不是追随闻人厄而去了吗?"那人不可思议地道。

"尊上命我守护焚天鼓,"殷寒江举起剑道,"你又为何而来,袁坛主?"

3

闻人厄并不像钟离谦是个考虑周全、事无巨细的人,单论智谋,他自知绝不及钟离谦,甚至比不上洞察入微的舒艳艳。

但古往今来的帝王,鲜少有多智若妖之人,作为玄渊宗的尊主,闻人厄不需要方方面面都想到，只要将适合的人放到适合的位置，并做到"信任"二字就可以。

当所有的疑点全部指向殷寒江时，事情反而简单了，闻人厄只要相信殷寒江不会背叛自己就好。

于是闻人厄唤来殷寒江询问，让他回想，除了他之外，还有谁会知道自己拥有两本书的可能性，以及谁在玄渊宗能够没有任何痕迹地掩盖自己的身份。

第一件事殷寒江想到了，他的记忆力极好，尊上得到《虐恋风华：你是我不变的唯一》当天，只有他在，但是有一个人反复询问过他"尊上究竟得到什么秘籍，要不要开庆功会"。事关闻人厄，任何一件事殷寒江都不会忽视，他还记得闻人厄闭关看书时，袁坛主来来回回地在尊主门前走了好几次。

而袁坛主提出开庆功会只有这一次，正魔大战尊上回到门派后，法力大增，也没见袁坛主要庆功，闭关三十年后出山，也未听他提起过。

殷寒江说起这件事后，闻人厄分析着玄渊宗几位下属的性格。舒护法精，裘护法直，苗坛主阴，阮坛主莽，师坛主戾，袁坛主滑，野心大家不分上下，但得到书后能隐忍三十年不动手的，大概只有舒护法、苗坛主、师坛主和袁坛主。

舒护法在书中死于岑正奇的陷害之下，她与贺闻朝势不两立，《灭世神尊》挑选的宿主全部是书中表面上与贺闻朝关系好的人，因此舒护法绝对不可能得到书。

苗坛主若是得到书，一定会怀疑男主的大老婆为何是男子，用蛊虫拷问紫灵阁阁主时一定能问出《灭世神尊》（第三卷）的下落。但他没有这么做，嫌疑也降低了。

剩下师坛主与袁坛主，闻人厄为了确定自己的猜测，特意传讯钟离谦，向他请教，什么样的人可以在玄渊宗改名换姓数百年不被人发现。

收到传讯符的钟离谦有些无语，为什么玄渊宗的内部事务要请他一个外人来分析？

即使如此，钟离谦还是认真地思考了一下，列举了无数可能性后，得出结论——掌管名册的人可能性最大。

至此，袁坛主的嫌疑是最大的。当然，闻人厄没有证据，可玄渊宗尊主做事还需要证据吗？他杀个把手下，难道还需要理由？

不过为了完美地得到《灭世神尊》（第二卷），为了一举消除隐患，闻人厄还是暂时忍了下来。

手握《灭世神尊》（第二卷）的人一直隐藏自己的身份无非有两个目的，一是想要闻人厄死，二是想提高自己的实力。

《灭世神尊》（第二卷）仙界篇中能够提到的宗修界机缘必然很少，根据目前的线索，唯一可以确定的便是焚天仙尊与焚天鼓的名字。焚天鼓是仙器，如无关系，怎么可能与仙界至尊一个名字？最起码也要避讳一些。

因此，岑正奇会去的地方有两个，一是幽冥血海，帮助贺闻朝杀死闻人厄；二是趁着众人不在，前往后山禁地，夺取焚天鼓。

事已至此，岑正奇与袁坛主是否为同一人已经不重要，只要守住这两处要地，就能抓到他。这便是闻人厄的谋略，有些简单，也有疏漏，不过大方向是对的。

刚好，他也要趁此机会闯一闯幽冥血海，支开可能会跟着自己的殷寒江，等殷寒江守护焚天鼓后来寻找他时，不管成功或是失败，一切皆已尘埃落定。

不知道以上分析的袁坛主笑呵呵地说道："殷副宗主你在说什么？我是担心尊主的安危，想利用焚天鼓帮助尊主啊！三十多年前，殷副宗主不也是用焚天鼓为尊主助威，帮助尊主战胜正道二十一位高手的吗？怎么，这件事殷副宗主做得，我袁坛主就做不得了吗？"

殷寒江不为所动，眼睛盯着袁坛主手中那本书道："这么多年，似乎没人知道袁坛主的本名啊。"

舒艳艳、袭丛雪、阮巍奕、师从心、苗秋青，所有人的名字殷寒江全部在名册上见过，袁坛主的呢？

宗修界的名册与现实名册不同，名册本身也是一个法宝，记录名字的时候要留下一滴心血，这样一来，此人若是在外面死去或者修炼出了岔子陨落，名册上便能体现出来。姓名也不是随便就能改的，姓名是父母亲缘所赐，古时就有喊名字叫魂之说，这代表姓名与神魂之间是有因果的，法宝上的姓名与心血若是不符，是能够被发现的。

"这个时候还话家常做什么？我们得快去幽冥血海找尊上啊。"袁坛主胖嘟嘟的脸上满是焦急之色，心中却无比镇定。

他深知此刻应该已经没办法隐瞒了，殷寒江藏在这里，就代表闻人厄在怀疑他。

袁坛主有些不明白闻人厄为何会怀疑他，毕竟他猜到闻人厄手中有一本以百里轻淼为主角的书，也是个巧合。

当年闻人厄拿着一本书闭关修炼的时候，袁坛主便有些疑惑。闻人厄修杀戮道，每次提升实力全部是在战场上，平日里下属献上秘籍心法他也只是略扫一眼，很少会因此闭关修炼。他当时只当闻人厄真的得到仙法，找殷寒江试探几次无果，便记在心上，想着以后找机会偷来看看。

谁知三十多年前，闻人厄与殷寒江外出绑架钟离谦之时，一日袁坛主头顶忽然掉下一本书，便是《灭世神尊》（第二卷），开篇的前情提要就是闻人厄被贺闻朝杀死在幽冥血海中的字样，袁坛主看到这个非常开心。

然而，书本的第一页任务却是：第一卷剧情发生大幅度改变，闻人厄的死亡概率降低，百里轻淼与贺闻朝日渐离心，选择书中对闻人厄恶意最深的人改变剧情，帮助男主杀死闻人厄，赢得百里轻淼的芳心。

看过《灭世神尊》（第二卷）的剧情后，袁坛主发现自己的本名岑正奇出现在书上，又知道他是贺闻朝的小弟，这令他心生不满。袁坛主对闻人厄都有杀心，怎么可能甘愿做贺闻朝的小弟？他决定借机让贺闻朝与闻人厄两败俱伤，并夺取殷寒江的机缘，抢到焚天鼓。

谁知刚得到书，闻人厄便宣布玄渊宗封山三十年，三十年后袁坛主想动手时，却传出了紫灵阁阁主是男子的事情。

通过紫灵阁阁主他推测出《灭世神尊》第三卷出现的时间与第二卷出现的时间相差无几，那么《灭世神尊》（第一卷）应该也是同时出现的。可这样一来又不对了，闻人厄明明多年前就拿到了一本书，已经开始改变天命了。

袁坛主反复思考，发现最开始闻人厄根本没有伤害贺闻朝，反倒对百里轻淼另眼相看，于是产生一个大胆的想法，闻人厄手中会不会有两本书，另外一本不是《灭世神尊》的其中一卷，而是以百里轻淼为主角的书？

不管猜测是否正确，稳妥起见，他立刻修改了名册中自己的真实姓名，之后又联络血魔打晕百里轻淼，避免计划败露。

血魔是他暗中观察贺闻朝时结识的，两人暂时达成共识，有了短暂的合作。

袁坛主不明白，他已经算无遗策，为何闻人厄还能猜到？

当然，他现在说这些降低殷寒江的防备之心的话，不是期望能够让殷寒江相信从而暂时放过他，而是为了让殷寒江觉得自己还存有侥幸之心，从而放松警惕。

但仅说了几句，袁坛主便明白这是行不通的。殷寒江宛若没有感情的傀儡，无论他说什么都不动摇，紧盯着他不放，要找出他的破绽，伺机攻击。

袁坛主叹了口气道："看来殷副宗主是不相信我的，那我唯有自保了。"

说罢，他祭出毒龙鞭，这是袁坛主的本命法宝，这么多年来，玄渊宗根本没有人见过。

对外，袁坛主表现出来的功力一直是境虚期，在两位护法四位坛主中是最弱的，袁坛主早年练功时伤了根基，无法晋升到大乘期。书中描写他遇到贺闻朝后，因成为男主的小弟，在贺闻朝的帮助下找到机缘，成功晋升大乘期。

他在《灭世神尊》（第二卷）中找到晋升的线索，三十年间早就找到无数机缘，治好暗伤并晋升大乘期。没有足够的实力，他也不敢对焚天鼓下手。

毒龙鞭一吐，四周灵气中弥漫着毒气，普通毒药对修者是没有效用的，但袁坛主的毒非常厉害，沾上越久，力量就会越弱。修者战斗中势必要吸收天地灵气，交战起来殷寒江的实力会越来越弱。

袁坛主使用的是一个"拖"字诀，不断丢出符咒、灵石、一次性防御法宝以及布置速成的阵法，目的就是逼殷寒江吸收天地灵气，拖延战局。

殷寒江也不过是境虚期，法力本不比袁坛主高多少，好在他是剑修，出招极为凌厉，是同境界的人中战力最强的。可他最怕的就是遇到袁坛主这种拖延式打法，剑修每一招都会消耗大量真元，出招后吸收天地灵气是本能，殷寒江的招数本就是不要命的打法，就算明知灵气有毒，也不得不去吸收。

他十招之内拿不下油滑的袁坛主，心中越发焦急，更多的灵气涌入丹田，令他行动一滞。

高手交战，哪怕只是一瞬间，也会露出破绽。袁坛主抓住这个机会，毒龙鞭猛甩，带着毒刺的鞭子重重地抽在殷寒江身上。他不避不闪，知道被攻击时，袁坛主也必然没时间和精力保护自己，殷寒江也在等着这个机会！

毒龙鞭打在身上的同时，破军剑裹着殷寒江的全部真元直直地击向袁坛主。这一剑足有破天之力，就算是刚刚飞升的仙人，中了这一招也会受重伤。

然而袁坛主胸有成竹，一拍胸口，一道金光闪过，虚空中出现一道金甲牢牢挡住殷寒江的剑。

"闻人厄只留下你一个人，真当你能战胜我呢？"袁坛主阴恻恻地笑了下，身形不断变化，竟从矮胖子变成一个身量高瘦、样貌普通的男子。

修者晋升元婴期后容貌不会改变，可魔修自有无数缩骨的法门。袁坛主习惯于用两副面孔，一高瘦、一矮胖，也不是要做些什么，而是以防万一。

《灭世神尊》（第二卷）中提到最先飞升的是贺闻朝与百里轻淼，后来他的小弟陆陆续续飞升，飞升后会向贺闻朝简略地讲述他们在宗修界的经历。袁坛主利用这些经历，抢先找到剧情安排给贺闻朝的大老婆紫灵阁阁主的大罗金仙护甲，穿在身上，挡住了殷寒江这一剑。

莫说殷寒江是境虚期实力，就算是晋升大乘期，又怎么可能突破作者为男主的大老婆准备的护甲？

袁坛主可不会留手，仗着护甲保护，毒龙鞭一鞭又一鞭地抽在殷寒江的身上。丹毒入体，殷寒江只觉得丹田一片冰寒，半点真元也没办法调动起来。

"呵呵呵，"见殷寒江趴在地上一动不动，袁坛主终于得意地笑起来，"殷副宗主，你倒是对闻人厄忠心耿耿，可惜你要先他一步而去。待我料理了你，就去幽冥血海欣赏闻人厄的死状。"

说话间他的手也没停过，袁坛主何等小心之人，自然不会给殷寒江一丁点儿站起来的机会。毒龙鞭的长度近三十米，他是能离殷寒江多远就多远。

破军剑落在地上，殷寒江已经无法隔空御剑。他听到袁坛主说之后尊上也会死时，忽然不动也不挣扎了。

"怎么，已经死了吗？还是假死骗我？"袁坛主可不会上当。他不抽出殷寒江的神魂，是绝不会停手的。

毒龙鞭在袁坛主的催动下，变换形状，化为一道蛇的虚影向殷寒江扑去，这道虚影会将殷寒江的神魂从体内生生拽出！

蛇牙刚要咬中殷寒江的脖子时，一道悠远的鼓声传来："咚！"

毒龙鞭被某种力量挡住，停了下来。

"怎么回事？"袁坛主没来由地感到心慌，再次挥鞭攻击殷寒江，却见原本安分地落在地面上的破军剑猛地刺穿毒龙鞭，而且此刻的破军剑已经改换形状，不再是当初那柄长剑的样子，而是变成一柄极为歹毒的三棱刺。

这已经不能称之为破军剑，而是破军刺。

"咚咚！"两声战鼓争鸣，早已趴在地面上无法动弹的殷寒江站了起来，此时

第十二章 本尊不允

的他，脸上不知何时戴上了一个鬼面具。

袁坛主倒退几步，用真元催动护甲，疯狂地想要唤回毒龙鞭。他见势不妙，已经准备逃跑了。

一个大乘期修者是很难死去的，就算他打不过殷寒江，只要下定决心要逃，也是逃得掉的。

"咚咚咚！"战鼓声越来越响，一面巨大的战鼓自山谷中飞出，凌空飘在殷寒江的身后。

鬼面具下的人看不到表情，殷寒江此时似乎早已不受丹毒的影响，一个闪身出现在破军刺的旁边，单手握住了毒龙鞭，用力一扯，竟然将袁坛主的本命法宝从他的手上夺走！

鬼面具下的眼中透出一丝无情的笑意，殷寒江随手一挥，竟然用毒龙鞭敲动了焚天鼓。

"咚！"这一下哪里是打在焚天鼓上，分明是借助本命法宝之力重重敲击袁坛主的元神。

袁坛主见势不妙，当机立断切断自己与本命法宝的联系，拼着受重伤也要逃。可就在他甩掉毒龙鞭要跑时，返程之路上已经绽开无数彼岸花。

"哎呀，"舒艳艳那张艳压群芳的脸自花丛中出现，她笑着道，"吓死我了，还真以为殷副宗主拿不下你呢，那我可就要背叛尊主了。"

她一直躲在暗处，早就做好袁坛主胜就帮袁坛主、殷寒江胜就帮殷寒江的打算。

"你是大乘期修者，实力强大，我可不敢靠近你。可是你刚刚忍痛切断本命法宝，正是虚弱的时候，本护法怎么会错过这个机会呢？"人面桃花之下，是舒艳艳毫不留情的招式。

彼岸花的花蕊将袁坛主牢牢地捆住，花蕊吸血，花瓣吸收功力，舒艳艳立于花丛中，笑看着不断挣扎的袁坛主，像一朵娇艳的食人花："幸好胜的是殷副宗主，我就不必委屈自己了。"

她望着袁坛主那张平平无奇的脸摇摇头道："就算屈居人下，我也要选个好看的呀。"

随着她的话音落下，袁坛主的身体彻底消失，唯有大乘期的元神飞出来，想要最后一搏。

然而他没有机会了，一柄军刺狠狠地刺入袁坛主的元神中，三道剑光将元神撕裂，一个大乘期修者，就这样神魂俱灭。

戴着鬼面具的殷寒江捡起袁坛主没来得及收起的《灭世神尊》（第二卷），随后翻开，正看到最开始的前情提要。

贺闻朝将闻人厄杀于幽冥血海后，终于为家人报仇，夺回小师妹百里轻淼，这一对神仙眷侣，一同飞升仙界，在宗修界留下无数美谈。

面具下的双眼，立刻变为赤红色。

4

离开玄渊宗后，闻人厄便嚣张地在外面闲逛。他要让正道人士知晓他在哪里，方便对方设下陷阱引诱他前去。

果然没过多时，正在玄渊宗山下酒楼喝酒的他，听到身边有人用唯恐他听不到的声音说："听闻近日暗杀十七位正道高手的人正是玄渊宗的闻人厄，他现在绑了上清派的百里轻淼去往幽冥血海。"

"百里轻淼？她的法力很高吗？为什么要绑她？"另一个人配合地问道。

"这你就有所不知了，百里轻淼不到百岁就晋升到了合体期，闻人厄专杀合体期以上的修者。她的资质那么好，闻人厄怎么会放过她？！"那人绘声绘色地说道。

"你说谁抓了百里轻淼？"闻人厄适时地插嘴。

"当然是血魔闻人……"那人"不经意"地转头，惨叫一声，"闻人厄！"

他的同伴连忙缩进角落里道："别、别、别杀我，我只是金丹期，你吸收我都不够塞牙缝，没用的。"

闻人厄象征性地挥挥袖子，将两人打成重伤，起身前往幽冥血海。

此时百里轻淼才睁眼。她与宿槐昏迷了两个月，睁开眼就看见自己被吊在一个陌生、恐怖的地方。百里轻淼在危险袭来前先叫醒了徒弟宿槐，忍着丹田的伤痛晃醒宿槐，咬牙道："徒儿，你醒醒，我们必须逃出去！"

宿槐迷迷糊糊地睁开眼，抬头看到昏暗的天空，以及脚下暗红的血海，震惊地道："这是什么地方？"

"我也不清楚，"百里轻淼道，"但我们必须爬上去。"

他们是腰间系着绳子，被吊在崖上，下方是幽冥血海。这里很古怪，她几次提气想飞上去都做不到，不是功力被封住，而是飞不起来，下方仿佛有无尽的吸力，吸收着周围的灵气，他们想要上去必须用双手双脚一起爬。

百里轻淼本来应该害怕，但此刻心中无比平静，大概是钟离谦的情绪十分稳定吧。

没关系。百里轻淼在心中告诉自己，看准左上方的石块，抓住那块石头向上爬。她身为师父，必须先为徒弟探路。

谁知手掌刚一碰到石块掌心便传来灼烧、腐蚀的痛，百里轻淼连忙缩回手，只见原本白嫩的左手已经焦黑一片，隐约可以看见焦黑的皮肉中一个个血泡不断爆开。

第十二章 本尊不允

"师父！"宿槐见百里轻淼受伤，忙拿出丹药为她治疗。将他们吊在这里的人很奇怪，没有封住他们的功力，也没拿走他们的储物法器，只是把他们吊在这里而已。

上了药后百里轻淼感觉好了很多，向上看，却看不到一个人影。

"这里究竟是哪里，我们明明在上清派后山，为什么会出现在此处？"百里轻淼抱着头问道，"难道上清派遭遇不测了？"

宿槐简直想狠狠敲师父这个不管什么事都往好的方向思考的脑袋，气道："钟离先生在上清派做客，若是上清派遇难，他怎么会放任你被带走？现在很明显他没有出事，甚至对你的境遇一无所知或者是一筹莫展。以他的实力、上清派的护山阵法，你觉得可能是上清派被攻击吗？"

"这……那到底是为什么？"百里轻淼其实已经想到了，却不敢相信。

"还能为什么？你昏迷前最后一个见到的人是谁？"宿槐几乎是吼道。

是师兄……百里轻淼早就想起来了，师兄去后山看她，她就晕倒了，醒来后便被吊在这里。

"现在很明显是上清派的人将你吊在这里要做什么事情，"宿槐道，"你看看我们现在像不像两个鱼饵？"

他做鬼修的时候，用诱饵引诱普通人的事情做得太多了，一睁眼看到这情形，简直不能更熟悉。

"师门要用我做什么？"百里轻淼难以置信地问道。

"还能有什么？！你昏迷之前他们要你做什么事情你没有答应，那肯定就是这件事！"宿槐气道，为什么师父这么傻？

"我……"百里轻淼摇摇头。她不是没想到，是不敢相信。

她昏迷前，上清派要她把清雪师父引诱出来，她没有同意，这才被关到后山中。师兄劝了她一次，她依旧没同意。师兄第二次来探望她，就将她打晕了。

宿槐怒道："用自己的弟子引诱魔道中人，上清派算什么名门正派！不过是宵小之辈罢了！"

他说话的声音很大，并用真元之力将声音传得很远，就是要让崖上设埋伏的人听到。

崖上不少人早就设下天罗地网等待剿灭血魔，听到宿槐这样一个年轻弟子的喊声，一些人的脸上微微泛红，不敢出声。

倒是与百里轻淼一行人有仇的南郭世家长老站出来，走到悬崖旁边对两人说："一切都是为了除魔，牺牲个把弟子算什么？"

"是你这个老东西！"宿槐骂道，"你们南郭世家被我师祖揭露真面目一直怀恨在心，利用这个机会想把我们这些当日参加宴会的人一网打尽吧？上清派已经沦落到和南郭世家同流合污的地步了吗？我呸！真是羞于做上清派的弟子！"

他是鬼修，还是一直混迹在市井中的鬼修，真骂起人来像个泼皮小流氓，什么话都能说出口。

　　反正也要死了，宿槐再不掩饰，拼命大骂上清派和南郭世家，措辞之粗俗、骂人的词汇之多令百里轻淼瞠目结舌。她的徒弟一直很乖巧，偶有些叛逆举动也无伤大雅。更何况徒儿一直跟钟离先生习文识字，从未见他说过脏话，今日真是吓到百里轻淼了。

　　她细声细语地道："钟离先生若是听到你这么骂人……"

　　宿槐身体一僵，说话顿时"之乎者也"起来，不过还是在骂人，只是不带脏字而已，词汇量依旧丰富，什么"鼠辈""龌龊""鸡鸣狗盗"之类的话不重样地骂。百里轻淼也不知他怎么背不下来诗文，却不知何时背了如此多的骂人词汇。

　　宿槐道："你们这些老东西今日这般做派，比魔道还不如！"

　　正道修士都装作没听到，南郭世家的长老骂不过他，气得指着宿槐说了几句"黄口小儿"后便退了下去。宿槐骂到嗓子哑了，也没人回应，就对百里轻淼道："你的师门的人都不是好东西，你师兄更不是好东西，你别喜欢他了。"

　　百里轻淼幽幽地道："师兄……也是无法违背师门命令的。"

　　宿槐被她说得险些产生欺师灭祖的念头："上清派要你暗算裘丛雪时，你宁愿被关在后山中也不同意，怎么上清派让贺闻朝拿你当诱饵，他就无法违背了？"

　　百里轻淼顿时哑口无言。

　　徒儿说得好！
　　女主这迟钝的脑瓜子就得有人狠狠骂她才行。
　　宿槐这个男五号可以啊，修改前不显山不露水地就被贺闻朝杀了，一直当他是隐形人，修改后才发现，小东西这张小嘴怎么这么会说话呢？
　　上一秒百里轻淼还在后山思过，下一秒就晕倒出现在这里，我当时还以为自己少看了一万字呢，现在解释清楚了，原来是贺闻朝这个不要脸的，打着"为你好"的旗号逼女主做她不愿意做的事情。

　　为了时刻了解剧情，闻人厄赶往幽冥血海的路上也在翻书。百里轻淼苏醒后，《虐恋风华：你是我不变的唯一》的剧情就有了变化，《灭世神尊》（第一卷）的剧情却未有改动，贺闻朝此时应该还在被血魔附身。

　　他收起书，直接在幽冥血海现身，装作不知道此处有陷阱的样子，冲进去出现在百里轻淼的面前。

　　百里轻淼正失魂落魄地被徒弟骂，忽然看见一个人出现，定睛一看竟然是闻人厄，惊讶地道："闻人前辈，你怎么来了？"

　　"本尊说过，欠你一个人情。"闻人厄道。

　　他在幽冥血海也不能飞行，感受到下方血海对自己有无尽的吸引力，将一柄长枪插入崖壁，以枪杆为立足点，站在上面拉住百里轻淼，对她道："你师徒二人抓紧本尊，我带你们上去。"

"魔尊，上面有埋伏！"宿槐只来得及提醒一句话，他们的头顶就出现一张金网。

九名高手出现在上空，其中还有刚苏醒不久的上清派掌门。

闻人厄冷笑一声道："名门正派也会用这种卑鄙下作的手段？不过你们要杀本尊，总该多出点高手吧，九个人算什么？哦，本尊想起来了，正魔大战时，你们的高手已经被本尊杀得差不多了，现在竟然连十个人也凑不出来，哈哈！"

他仰天大笑，对百里轻淼道："你且安心，这么几个人奈何不了本尊。"

"闻人前辈，我不过是帮你找了雪中焰和破岳陨铁罢了，你不必为了救我身陷险境的。"百里轻淼看着闻人厄，脸上满是泪水。

"本尊可不是为了救你，"闻人厄冷冷地道，"本尊不过是为了让你看清一件事罢了。"

面对九位高手，闻人厄毫不畏惧。他身上的法器可不只有七杀戟，他随手抛出一对双剑，先割断百里轻淼和宿槐腰间的绳子，将双剑插入崖壁上，作为踏板向上跳跃。

四周悬崖多年受幽冥血海的混沌力量和魔气影响，有极强的腐蚀之力，强如闻人厄也不敢直接接触悬崖，只能用这样的方法做立足点向上跳。

即使是顶级法器，插入悬崖后不过半刻钟就会化为血水，落入血海中。百里轻淼见方才的双剑和长枪已经消失不见，想起自己的手，不由得后怕地咽了下口水。

师兄……将她带到这里的时候，知道此处如此凶险吗？百里轻淼迷惘地想着。

好在闻人厄的法器多，刀枪剑戟不断丢到崖壁上，几个起落就到达金网附近。

"区区天罗地网阵罢了。"闻人厄看着金网，手持七杀戟，全力一挥，星宿之力下，天罗地网阵被划出一道裂口。

他拎着百里轻淼向上空跃去，眼看就要冲上去，几大高手联手攻击也不能伤害到闻人厄，甚至无法让他的脚步慢一点。

就在此时，贺闻朝出现了。他的眼神很冷，见闻人厄一直在保护百里轻淼，他眼珠一转，祭出一柄剑，狠狠地刺入百里轻淼的心口。

闻人厄认得出来，这不是贺闻朝，而是附在他身上的血魔老祖。

不过这足够了，有了这一剑，百里轻淼也该死心了。

闻人厄翻身保护百里轻淼，用后背接了这一剑，百里轻淼见师兄毫不留情地对自己出手，整个人都呆住了。

这时血魔老祖将意识还给贺闻朝。贺闻朝看看自己的手，似乎想起方才发生了什么，对着百里轻淼大喊道："师妹，不是我做的，不是我！"

这一剑中藏着血魔老祖的力量，能够破坏闻人厄刻在神魂上的血纹。血修最了解血修，也只有血魔老祖才知道如何毁掉闻人厄的血修之力。

出口就在眼前，闻人厄却已经受了重伤。他抓着百里轻淼和宿槐，一手拿七杀戟挡住九位正道高手的攻击，一手将百里轻淼和宿槐丢上天空，大喊道："接着！"

天上出现一个人抓住百里轻淼和宿槐，正是及时赶来的裘丛雪！

"清雪师父……"一天之内接连遭受打击的百里轻淼抓住裘丛雪的黑袍，哭着道，"求求你救救闻人厄前辈，求你……"

"晚了。"裘丛雪立于云端，静静地向下看去。

只见金网之中，闻人厄身上插着九柄不同的法器，已经被刺穿心脏。

而那柄刺入体内的剑，正在不断破坏着他的血纹，让闻人厄想将周围的人化为血水吸收他们的力量疗伤都做不到。

感受到体内血修的力量不断流失，闻人厄不由得朗声大笑起来。他就知道血魔老祖一定知道如何杀死一个血修，此番血纹被破，也不枉他费尽心力与钟离谦联手定下这一箭三雕的苦肉计。

第一，让百里轻淼亲眼看着贺闻朝攻击她，从而对贺闻朝死心。

第二，利用血魔老祖和岑正奇的联手，揪出叛徒，得到《灭世神尊》（第二卷），同时破坏自己身上的血纹，控制吸收血魂的欲望。

第三，血魔老祖之前被贺闻朝压制，不敢吸收其他正道高手恢复力量，正道的人无法发现他。这一次他主动暴露，就算正道的人一时被迷惑，日后也会察觉到的。他现在可以将那十七位高手的死嫁祸给闻人厄，可等闻人厄"死"后，血魔老祖就能不去吸收其他人吗？他做不到的，血修一旦开杀戒，就停不下来。原书上血魔老祖到了神界都没有占据贺闻朝的身体，没有作恶，这一次可不一样了，他不可能熬到神界。

一切计划十分完美，剩下的，就是他能否利用幽冥血海中的混沌能量恢复了。

闻人厄全身插满法器，在九位高手的无数道符咒下，重重地摔落到血海中。

对于吸收混沌能量，他还是略有把握的，因为他在《灭世神尊》（第三卷）中发现了一件事。只要给他一段时间，他就可以恢复力量。

没有任何疏漏……闻人厄暗暗想道。

就在此时，他突然听到一声撕心裂肺的吼声："尊上！"

闻人厄猛地睁开眼睛，落入血海中的瞬间，只见一个鬼面人毫不犹豫地冲破天罗地网阵，跟着他跌入幽冥血海中！

鬼面具之下，是殷寒江变得赤红的双眼。

"若本尊去了，你就来陪我吧。"闻人厄忽然想起，他曾经对殷寒江说过这样一句话。

殷寒江是个偏执的人，闻人厄允诺过，他就会执行。

"不行！本尊不允！"闻人厄对着不断靠近他的殷寒江命令道。

闻人厄心念一动，身上的防御法袍自动落下，裹住殷寒江。

落入血海的瞬间，闻人厄抬起手，用尽全力一掌击在法袍上，将殷寒江推到悬崖上。

殷寒江被闻人厄保护着离开幽冥血海，却眼睁睁地看着他的尊上遍体鳞伤地坠入这世间最可怕的无间地狱中。

"啊啊啊啊啊！"痛苦的吼声响彻幽冥血海。

七杀殒，破军狂。

第十三章

虛影妄念

第十三章　虚影妄念

1

闻人厄并不愿意向殷寒江隐瞒自己的计划，只是不确定计划是否能够成功。

破而后立不是谁都能做到的，闻人厄虽然对幽冥血海中的情形有一点猜测，但也只有三五成的把握。

两本书对闻人厄的结局的描述，都是死在幽冥血海中，他这一次兵行险着，主动来到死地，等同逆天而行，与命数争夺自己的命。

他若是必死的结局，绝不会瞒着殷寒江。殷寒江知晓后，愿意为他死或是活下去，皆是殷寒江的选择，闻人厄不会强求。他要是成功活下来，那倒是皆大欢喜。

可是生与死之间，需要一个等待的时间，闻人厄不确定这段时间殷寒江会做什么，也担心他会在自己不知生死的情况下进入幽冥血海。闻人厄深知，自己在幽冥血海中尚有一丝生机，殷寒江却绝无生路。

于是他想了一个两全其美的办法——引殷寒江去对付袁坛主。

殷寒江的实力与袁坛主在伯仲之间，就算袁坛主利用《灭世神尊》（第二卷）得到一些机缘，法力稍胜殷寒江一筹，有舒艳艳相助，殷寒江也不会输。闻人厄了解舒艳艳，右护法这个时候绝对会选择好看的人那一边。

殷寒江与袁坛主一战后，必定会身受重伤，短时间内是难以痊愈的。闻人厄已经以救百里轻淼为交换，请钟离谦前往玄渊宗，在殷寒江昏迷时劝住他，告知他闻人厄的目的，请他耐心等待。

届时，等殷寒江伤愈也需要数年，数年后闻人厄不管是活着抑或是死去都有了定论。

到那时，闻人厄若是回不来，殷寒江依旧愿意随尊主入幽冥血海，钟离谦是不会阻止的。

闻人厄万万没想到的是，殷寒江竟以远超袁坛主的力量碾压式胜利，并且几乎是瞬息便赶到幽冥血海。殷寒江不善遁光，平日里就是全速御剑飞行起码也要一整日才能到，谁知此刻他竟可以瞬息万里，跨越整个九州大陆的距离，只用了不到半刻钟。

闻人厄听到最后的声音是殷寒江绝望的嘶吼，落入海中时想，这真是最糟糕的结局。

似乎闻人厄身死、殷寒江发疯的结局是定数，不能改变。

殷寒江看到闻人厄掉进血海里，连个水花都没有溅起来，就那样仿佛整个身体被吞没般消失了，此时此刻，他再也无法压制体内的魔性。他想跟进去，但是尊上不允。

他抓紧身上黑底金纹的法袍，猩红色的眼睛扫向周围九位高手以及还在同袭丛雪争抢百里轻淼的贺闻朝，口腔中满是血腥味，缓缓开口道："正道之人，死！"

说话间，一道银光划过，破军刺直接刺入南郭世家长老体内，他甚至连反应的机会都没有，就被重伤。

不过这种武器造成的肉体外伤是很容易痊愈的，南郭长老服下一颗丹药，运转真元，要逼出腹部内的武器。

谁知就在此时，三棱刺三道锋利的棱角忽然释放出三道凌厉的剑光，立刻将南郭长老的身体分为三截，肉身顿时死亡。

他的神魂刚逃出去，就看见天空中出现一面巨大的鼓，殷寒江不知何时已经半跪在鼓上，手掌用力拍击鼓面。

"咚！"鼓声之下，仙、魔二气荡开，南郭长老的元神在焚天鼓的音波攻击下，立刻四分五裂，残魂被焚天鼓吸收。

"这是仙器，竟然有人能在宗修界驱使仙器！快退！"上清派掌门见多识广，当机立断道，"天劫将至，有天劫阻挡，我们还有时间撤退！"

他的话音刚落，天上的雷云便轰鸣着向殷寒江袭来。在宗修界使用仙器，已经违背三界法则，天道必会惩罚殷寒江。

"可是师妹还在魔宗的人手上！"贺闻朝焦急地对师父道。

"管不了了，快走！"上清派掌门一把抓住贺闻朝，带着他回山门，上清派有仙器守护，护山大阵轻易不会破。

还活着的八位高手与贺闻朝分成八个方向退走，殷寒江已经记住这九个人的脸，他的第一个目标便是上清派的贺闻朝。

天劫出现在殷寒江的头顶，他却不闪不避，操纵焚天鼓硬生生挡下第一道天劫。他伸手一招，破军刺回到手上，他紧紧追着两人冲向上清派。

"他的速度为何如此之快，他不怕天雷吗？"上清派掌门震惊地喊道。

就在殷寒江即将追上落后半步的贺闻朝时，第二道足有数十米粗的天雷从天而降，挡住他的脚步。

殷寒江仿佛感觉不到痛一般立于天雷之中，仰头看天。劫云越来越厚，他不解决天劫，根本不可能追上他们。

他张开双手，无尽的天地灵气涌入他的双掌之中，掌心渐渐出现两道旋转的气流，正是两个鼓槌的形状。他松开手，以灵诀控制鼓槌敲击焚天鼓。

"咚咚咚咚咚！"急促的鼓声中，焚天鼓燃起金红色的火焰。

火焰闪着纯粹的金色光芒，这不是人间之火，而是藏于焚天鼓中数十万年之久的仙界圣火。火焰化作一道金色巨龙迎着天雷冲上云霄，刺目的光芒闪过，一道道金色波纹层层荡开，雷云竟然被这条火龙一击溃散，天空中淅淅沥沥地下起雨来。

火龙回到焚天鼓中，殷寒江只觉得五脏六腑皆已乱成一团，以大乘期的实力强行使用焚天鼓，他的每一招都在透支自己的体力。

还不够，他擦掉下巴上的血迹，直接向上清派众人追去。焚天鼓的遁光极快，很快他便赶上二人，上清派掌门见殷寒江追上来，急忙拉着贺闻朝冲进护山阵法中。

阵法在殷寒江赶到前关闭，拦住了他的脚步。

殷寒江双目赤红，隔着阵法望着贺闻朝与上清派掌门。他知道策划杀害尊上的真凶就在贺闻朝的体内，正是那血魔老祖。

他指贺闻朝道："出来。"

贺闻朝持剑道："殷寒江，闻人厄是血魔，血魔会毁掉整个宗修界，这不是正道一道之事，杀了他对魔道也有好处，你……"

"闭嘴！"殷寒江手掐灵诀，焚天鼓巨响，生生震人心魂，一道道音波冲击上清派护山大阵，阵法开始摇摇欲坠，眼看便要崩溃。

"当！"浑厚的钟声传来，是上清派护山大阵的守护仙器荡月钟。

清越长老见势不妙，催动荡月钟抵御焚天鼓，同是顶级仙器，焚天鼓的力量其实比荡月钟强，但使用者殷寒江已经无力再催动焚天鼓。

"咚！"第十声鼓声被荡月钟的钟声抵消，殷寒江油尽灯枯，再无力气施展绝招。

他戴着鬼面具，凶狠地盯着贺闻朝，抱紧闻人厄的法袍。

仇人太多了，来日方长。

殷寒江手持破军刺，指着上清派掌门与贺闻朝道："我要此二人的性命，今日你们躲在阵法中，我奈何不了你们，但我就不信你们一辈子藏在这里龟缩不出。我殷寒江必要用你们的尸身炼油，为我尊上点燃一盏长明灯！"

说罢，破军刺泄愤般狠狠刺向护山阵法，又被荡月钟挡住。

殷寒江收起焚天鼓，化作一道遁光离去。见他远去，上清派掌门才松了一口气，脸色难看地说道："刚除掉一个闻人厄，竟然又出了个殷寒江，此子神魂涣散，已有入魔之相。"

他缓了下，忽然想到一件事，忙道："快去看看清越长老！"

他带着贺闻朝及几位还能动的弟子跑向荡月钟，只见清越长老半跪在钟前，白发苍苍，显然已经将真力耗尽。

清越长老抬起头，原本年轻的面容此时已经满是皱纹，他喃喃地道："还好天佑上清，若是他再敲击一下，我真的无力催动荡月钟了。"

"师弟！"掌门扶起清越长老，看着他苍老的脸，知道师弟的根基已经被毁，再也不可能恢复到以前的实力了。

殷寒江究竟是何人，为何实力如此强？正魔大战时也未见他展现出这么强的实力啊！

遁光离去的殷寒江本想赶往幽冥血海，飞到半路就没了力气。他也不知这是哪里，自半空中落下，重重地摔进雪堆中。

殷寒江自雪堆中起身，摘下鬼面具，方才激烈交战，这个普通的鬼面具早已经满是裂痕。

他看着鬼面具，苦笑了一下。尊上不在，他不必再戴鬼面具了。

将鬼面具放回储物腰带中，殷寒江坐在白雪中，呆呆地望着四周的一片苍茫景色。

"是万里冰原啊……"殷寒江认出了此处。

三十年后的现在，被闻人厄折腾了两次的万里冰原已不再是万里，只有百里之地在冬季会被白雪覆盖，第二年春季冰雪消融，又会春暖花开。

放眼望去，到处是一望无际的白。殷寒江在白茫茫的大地中仿佛看到一个人影在对他招手，走近一看，竟然是尊上。

尊上露出手腕，划出一道伤痕，递到殷寒江面前，声音温和地说道："你体寒，在万里冰原会受不住，喝下我的血，能撑一段时日。"

殷寒江呆了一下，顺从地低下头，张开嘴却灌了满口风雪。

方才还对他关怀备至的闻人厄消失了。

是幻象。

殷寒江捂住自己的脸，又听到一个声音在耳边说："这是雪中焰，你吸收它，就可以驱散体内的阴气。"

他放下手看向四周，似乎每一片雪花都变成了闻人厄的样子，将他团团围住。他伸手探去，这些身影又会变成雪花，被风吹走。

假的，这些全是他的心魔幻象。

只有这个是真的。殷寒江紧握那件法袍，蜷缩在雪中，闭上眼不去看，捂住耳不去听。

他不敢睁眼，否则到处都是尊上的形象。他只能将自己缩在雪中，冻在冰里，一点点吸收天地灵气，恢复伤势。

也不知他在雪中睡了多久，直到冰雪消融，春暖花开。

殷寒江自解封的冰雪中醒来，还没走出千米，就看见一株杏树开了花。

他看到闻人厄仿佛坐在树上向他伸出手，殷寒江也抬起手用力一抓，没有什么尊上，只摘下一朵杏花。

"假的。"殷寒江攥起拳头，稚嫩的花朵在他的掌心中被碾碎。

殷寒江摊开手，碎花被风吹走，纷飞的花瓣中他又好像看到闻人厄正在离他而去。

"还是假的。"殷寒江告诉自己，不要去看不要去听，这一切都是他的心魔幻象，不能相信。

他还有事没有做完，不能被心魔击倒。

殷寒江一步步走出被春日温暖的万里冰原，这里早已不是他和尊上当年来时的模样，尊上也不在了。

上穷碧落下黄泉，两处茫茫皆不见。

2

殷寒江在雪中埋了三个多月，真元却没有恢复多少，强行以焚天鼓迎击天劫掏空了他的真元。若是他不顾冰原附近生活的百姓，强行吸收天地灵气，倒是能恢复七七八八，可殷寒江不会这么做。

他在空中慢慢飞着，足足赶了半个多月的路才来到幽冥血海。

几个月前他大闹幽冥血海时就发现了，他可以吸收这里的混沌能量。想要恢复力量，他来此处最好。

殷寒江慢慢爬上山崖向下看，入目的暗红色水面令他眼晕，他无力地坐在悬崖边上，眼中出现无数个闻人厄，他们一个又一个地向下跳，还温和地对他招手，要殷寒江陪他们一同下去。

"没有殷副宗主，本尊感到很寂寞。"一个闻人厄坐在他身边，温和地道，"殷副宗主不是要追随本尊生生世世吗？"

殷寒江望着"闻人厄"专注的脸，摇摇头道："尊上，我很想陪你下去，可是不行，你不允。"

"本尊现在允了。""闻人厄"道。

"属下还有事没做完。"殷寒江轻声道。

他自怀中取出那个已经满是裂痕的鬼面具，望着它就好像在看过去的自己一样。

身边的"闻人厄"也陪着他看。

"尊上，你还记得这个鬼面具吗？"殷寒江问道。

自然没有人回答，因为身边的人只是殷寒江臆想出来的。

"你是否认为属下是个忠心之人，虽然不像钟离谦是个君子，但起码光明磊落，沉默稳重？"殷寒江摸着鬼面具上的裂痕，声音极为压抑，"不是啊……"

一个五岁便全家被屠杀，在尸山血海中躺了数日，被闻人厄捡回去后不闻不问十多年的孩子，怎么可能光明磊落，怎么可能不恨？

十八岁之前，殷寒江一直活得很扭曲。他知道自己被一个很厉害的人救下来，他与那个人的接触很少。那个人要他做个剑修，他明白想活下去必须讨好那个人，便专心练剑。

但殷寒江从未说过自己喜欢剑。

十八岁前，他想要活下去，想要变强，努力讨好那个人。十八岁之后，他回到自己的家乡，见到那个曾经救过自己的人，知道他原来叫作闻人厄。

他在一旁静静地看着，看见闻人厄带着将士守护他的家乡，憧憬、崇拜、尊敬这样的感情涌入心中，殷寒江渴望做一个像闻人厄一样的人，但是做不到。十八年的时间过去，性格已经养成，他终究是个心理阴暗、扭曲的人。

闻人厄不知道的是，每一战之后，那些逃走的异族败将，都被殷寒江一个个抓回来，用三棱刺一一刺死。

他找到当年的乱葬岗，将已经变成白骨辨认不出身份的家人埋起来立碑，又把异族人的尸身拖到墓地前，一个又一个地点燃，照亮整个墓地。

火光中殷寒江的脸阴晴不定，炽热的火焰无法温暖他的身体。

等到闻人厄带领战士们彻底驱赶走异族后，他与许多幸存下来的士兵一起喝酒时，殷寒江偷偷藏在角落里看他。

闻人厄身边的人全部醉倒了，封住法力的他也不胜酒力，醉醺醺地看着唯一一个没有喝醉的人，拉着对方一起喝酒。

殷寒江只用闻人厄的碗沾了一点酒便脸红了，狼狈地落荒而逃。为了掩饰自己的脸红，他取走闻人厄腰间挂着的一个鬼面具。这是边陲小镇的风俗，战后要戴着鬼面具祈福，防止异族恶鬼作祟。庆功时，闻人厄也跟着戴了个鬼面具祈福。

戴上鬼面具后，殷寒江忽然觉得安心，没有人看到他此时的表情，他不必再装出很正直的样子。

他藏起了这个鬼面具，每当装不下去时，都会偷偷戴一戴。

伪装得久了，他真的以为自己变成了尊上期望的那种人，唯有这个鬼面具的存在一直在提醒他，他不是。

现在不必再伪装，他想要隐瞒的那个人已经离去了。

殷寒江松开手，那个满是裂痕的鬼面具坠入血海中，化为虚无。他不再理会身边尊上的幻象，唤出焚天鼓，布下防御阵法，盘膝坐在鼓上调息。

玄渊宗的人一直认为焚天鼓是顶级仙器，实则不然，这是神器。

殷寒江原本也不清楚。他曾经在焚天鼓上修炼三个月，也没有发现这件事。直到正魔大战时他为了激起闻人厄的战意强行敲动焚天鼓，煞气入体，才与焚天鼓有了一丝联系。

闭关修炼的三十年间，舒艳艳得到一年在焚天鼓上修炼的奖赏，一年期满时，闻人厄闭关未出，是殷寒江去禁地唤醒闭关中的右护法，将她赶走的。

舒艳艳离开后，殷寒江跳进山谷，站在焚天鼓上，战鼓声在他耳边回荡。他想快些提升实力，在焚天鼓上修炼，希望能磨炼出更凌厉的剑意，成为尊上的力量。

谁知这一次，他却无法提升实力。

殷寒江不明白为什么，之前用魔剑时，他还能修炼，这一次换成破军剑反而不行了。他盯着破军剑，心底有个声音仿佛在告诉他，这个武器不对。

殷寒江心里清楚，他不适合用剑，用剑杀人太慢了。三棱刺不同，刺入人体后，伤口不易愈合，血流不止，这才是他该有的武器。

他取出鬼面具戴在脸上，掩盖住表情后，心境莫名地开阔起来，与焚天鼓完美地融为一体。

这一次，他的修炼速度一日千里，闭关十年后，破军剑化为破军刺，真正成为适合他的武器，殷寒江也晋升到大乘期巅峰。

但当离开焚天鼓取下鬼面具的一瞬，他的境界莫名跌落回境虚期，本命法宝也变回剑。

闻人厄曾说过，心境与本身的境界不符合，有如三岁小儿空有屠龙宝刀，身负奇宝却无法发挥力量。殷寒江清楚，摘下鬼面具拼命压抑的自己，心境完全不足以施展大乘期的法力，想要变强，必须抛却这层顾虑。

他不敢，无法想象尊上看到自己手上是军刺而非剑的表情，于是决定暂且这样吧，这样就好。

直到袁坛主打伤他要夺走焚天鼓时，殷寒江迫不得已才戴上鬼面具，发挥出真正的力量。

鬼面具并不是什么法宝，不过是殷寒江恢复本性的一层保护而已。现在用不上了，就让它先陪尊主而去，等他做完该做的事情，再来幽冥血海。

闭关十个月，殷寒江于焚天鼓之上睁开眼。唯有神人可吸收混沌能量，他借助神器的力量已经完全恢复，甚至又有突破。

殷寒江也不知道他如今究竟有多强，隐约感觉自己仿佛已经突破渡劫期，一年前追杀贺闻朝时遇到的天雷，除了违背天道规则外，也有渡劫期的天雷之意。

他似乎有了仙气，又不太像。

没关系，这并不重要，只要他的实力足够就可以了。

殷寒江收起焚天鼓与闻人厄的法袍，深深地看了一眼幽冥血海，化为遁光返回玄渊宗。

玄渊宗这一年有点乱，先是殷副宗主与右护法合力击杀总坛坛主，然后是魔尊被正道围杀于幽冥血海中，原本低调如影子般的殷副宗主爆发，将上清派掌门与其首席大弟子逼得龟缩门派内一年多不敢出来，一战震惊整个宗修界。

殷副宗主一战成名后便消失不见，玄渊宗群龙无首，总坛袁坛主的手下为了争抢坛主之位杀红了眼，另外三位坛主见殷寒江一年未归，对新宗主之位蠢蠢欲动，一个月内三位坛主与裘丛雪打了数次，目前正在养伤，为下一次交战做准备。

当年一力挑拨四位坛主的右护法舒艳艳如今坐得倒是稳，这几个人的战斗她一次也没参与过，每日懒洋洋地瘫在新打的大床上，偶尔去调戏一下百里轻淼和钟离谦。

百里轻淼的本命法宝在幽冥血海被毁，受了很重的伤，被裘丛雪救回来之后一直在玄渊宗养伤。钟离谦受闻人厄所托，要将一件事告诉殷寒江，没等到人之前也不会离开此处。

这两人连同宿槐一直在裘丛雪的道场中做客，裘丛雪法力高强，手下又少，他们倒是很清净。

"左护法的道场真是比鬼屋还冷静，"这一天，舒艳艳又来"探望"受伤的百里轻淼，见到钟离谦在让宿槐念书，便搭话道，"裘护法人呢？"

"与三位坛主约好今日在总坛一战。"钟离谦示意宿槐停下来，起身打招呼，"许久不见，舒护法。"

"算不得久，才三天而已，"舒艳艳懒洋洋地打了个哈欠，"她是真能打，好不容易长出来的肉又变成骨头架子了，还在打。"

钟离谦为舒艳艳倒了杯清茶，温和地道："裘护法性格直率，倒是坦荡的女子。唯有细节上略有疏漏，这一年多亏舒护法照料。"

"举手之劳而已。"舒艳艳不当回事地摆摆手。

"舒护法今日前来，可是有事？"钟离谦问道。

"真是瞒不了你，"舒艳艳看着钟离谦的脸道，"钟离公子是聪明人，你说我要做什么呢？"

钟离谦自己也拿起茶杯，不急不缓地道："玄渊宗人心浮动，舒护法有心加入，希望谦站在你这边。"

"与聪明人说话就是省事，"舒艳艳托腮望着钟离谦道，"不知钟离公子意下如何？我知道你与裘丛雪关系更好一点，但她那个人没脑子，当上宗主三天不到就能把玄渊宗折腾散了。"

钟离谦道："我的意见嘛……谦劝舒护法耐心等待一段时日再议。"

他话音刚落，舒艳艳便感觉到玄渊宗的护山阵法被破开，一股极为可怕的力量硬闯入玄渊宗。

舒艳艳起身严肃地道："钟离公子等的就是这个？"

"正是。"钟离谦放下茶杯，对宿槐道："去准备伤药并布置聚灵阵，你师祖今天受的伤轻不了。"

3

玄渊宗总坛之上，四方混战相当精彩。

苗坛主企图拉拢师坛主对抗阮坛主，师坛主原地放水，两不相帮，阮坛主想联合裘丛雪，裘丛雪却一定要一挑三，最终演变成苗坛主、师坛主和阮坛主联手打裘丛雪，苗坛主与阮坛主还时不时暗算对方一下，师坛主能躲就躲的画面。

忽然一道寒光闪过，几乎撕裂空间的力量让四人同时停手退开，以最快的速度向远处躲去。只见三道锋利的剑光在四人方才决斗的位置划过，阮坛主还没来得及捡起的龟甲片遇到剑光顿时四分五裂。

师坛主后怕地拍拍胸口，幸好躲得快，这道剑光可怕得很，沾上半点就是骨肉分离。出招者丝毫没有留手，好像他们四个不管谁被这一剑劈成两半都无所谓。

究竟是何人如此狠毒？师从心怀着这样的疑问抬头，只见殷副宗主身着一件血红色的袍子，腰间系一条银色的带子。

"殷寒江，你要死啊！"阮坛主心疼地看着未来得及收回来的龟甲，怒吼道，"你也想当魔尊是吗？来呀！谁的拳头硬谁就是新魔……"

他话音未落，殷寒江随手一挥，一道无形的气流化作透明的鼓槌重重地击在阮坛主胸口的甲胄上。

阮坛主的护身法器是传说中的玄武甲所制，是顶级的防御法器，很多小门派的护山阵法都未必有他的玄武甲坚固。谁知殷寒江这一槌下去，阮坛主的护心镜顿时碎裂，他的胸口宛若被整座山峰撞击一般，当场便飞出去，若不是有护山阵法挡了一下，阮坛主不知要飞到哪里去。

他灰头土脸地从山石中爬起来时，正听到殷寒江冷静的声音响彻整个玄渊宗总坛："闻人厄之后，无人可称尊。"

"你是什么意思？"裘丛雪怒道，"闻人厄死了，你想当魔尊没问题，谁的拳头硬谁就是。你不想当，难道还能碍着旁人？"

察觉护山大阵被破便立刻赶来的舒艳艳闻言一怔。

她对钟离谦道："我本以为还来得及救她的，还是算了吧，被打一顿就好了。"

说罢舒艳艳便要拉住钟离谦的手向后撤，这一摸却扑个空，回身一瞧，只见方才还与她并行的钟离谦已经牵着宿槐退到百米开外了。

舒艳艳欣慰。

好看又聪明的男人真是做得滴水不漏呢。

她退得已经够快了，却还是被迎面飞来的裘丛雪砸到，柔软的身体接住裘丛雪又一次只剩下骨头架子的身体。

舒艳艳祭出彼岸花才没有像阮坛主一样被裘丛雪撞飞到山外去。她勉强站稳，将裘丛雪丢到脚边，低头细看，见裘丛雪果然就剩下半条命了，脸上仅剩下的肉也被削没了。

舒护法对裘丛雪道："你呀，哪壶不开提哪壶，不摔个跟头学不会教训。"

说完她还用纤细的脚踹了下裘丛雪的脸，这才眼睛弯弯地笑了下，彼岸花绽开，落在师坛主与苗坛主的身后，威胁之意相当明显。

用法器挟制住两位坛主后，舒艳艳看了眼殷寒江，恭敬地半跪下去道："属下恭迎殷副宗主。"

苗坛主和师坛主二人见阮坛主和裘护法已经那么惨了，舒艳艳这个墙头草又完全没有与他们联手的意思，尽管心中略有不忿，也不得不承认殷寒江已经今非昔比。

二人没有反抗，认命地随着舒艳艳跪下。

殷寒江落下来，扫了眼舒艳艳，旋即紧闭双目。他这一年没有与任何人接触，睁眼闭眼皆是心魔幻象，看谁都像闻人厄，舒艳艳竟然也长着一张尊上的脸，真是大不敬。

"唉，"钟离谦几不可闻地轻叹一声，对宿槐道，"带你师祖回去治疗，把你师祖与你师父摆在一起吧。"

宿槐上前扛起裘丛雪，此刻裘丛雪已经轻得只剩一把骨头了，也不知何时才能恢复。

舒艳艳也让属下赫连褚带阮坛主下去，又命人整理总坛。裘丛雪等人打了好几个月，总坛一片狼藉，舒艳艳也懒得去修缮，修完没几天就坏，还不如放着呢。

此刻殷寒江力压群"熊"，总坛可算是清静了，舒艳艳这才敢放手去整理。

殷寒江见总坛大门已经被打成碎片，正殿与闻人厄的房间满是灰尘，还有根横梁砸在闻人厄的床上，手掌轻轻一挥，苗坛主倒飞出去，与阮坛主和裘护法一个结局。

唯有很少动手的师从心缩起身体，战战兢兢地跟着殷寒江。

殷寒江提气让声音传到总坛的每个角落："玄渊宗总坛可斗法的规定维持不变，但谁若是再敢毁掉总坛建筑，他砸碎几块石头、几根横梁，我就敲碎他几块骨头、切断他几根经脉！"

说话间他微一招手，破军刺回到他手中，三棱刺锋利的刃令人心里发寒。方才就是这柄法器一瞬间将裘护法身上的肉全部卸掉，犹如庖丁解牛般熟练。

裘丛雪血淋淋的例子摆在眼前，没人敢反驳。总坛中原本袁坛主的手下也不再内斗，规规矩矩地施法修房子、打扫房间，不到一个时辰便把总坛打理干净。

"尊……殷副宗主，正殿的椅子是否更换？"袁坛主曾经的手下小心翼翼地问道。

"不必。"殷寒江道。

"那闻人尊上房间中的摆设呢？殷副宗主是要搬进尊主的房间吧？"他又问道。

"当然不……"殷寒江本想拒绝，中途却顿住，抿抿唇道，"维持原状不变即可，我住在哪里你们不必管。"

众人依照殷寒江的吩咐收拾过总坛后便退下，正殿只剩下钟离谦与舒艳艳。舒艳艳经历袁坛主一战后，对殷寒江有些畏惧，后退半步不语，将一切交给钟离谦。

殷寒江倒是没理会二人，看着闻人厄平日在正殿上首坐着的椅子，不愿坐上去。

过去，他都是站在这把椅子左后方的。

钟离谦察觉到他一直站在椅子旁，出言点醒殷寒江："殷副宗主，谦这些时日一直在玄渊宗做客，是受闻人先生所托，有一句话要转述给你。"

听到闻人先生这个名字，殷寒江的身体一僵，他站在椅子前，冷声问道："什么话？"

"闻人先生说'幽冥血海本尊必须闯，本尊有三成生还把握，暂时不需殷寒江相伴。本尊离去一年未归即可立衣冠冢，届时是陪伴本尊还是其他，殷寒江可自行决定'，就这些，一字不差。"钟离谦道。

钟离谦看不到殷寒江的神色，却能察觉到对方的心情。他这些日子也觉得留在玄渊宗的自己可笑，一年已过，这句话早已成空谈。

即使如此，受人之托忠人之事，钟离谦还是等到殷寒江回来，将这番话转告他。

"一年未归可立衣冠冢……"

殷寒江的手放在座椅的扶手上，放了好久，他才缓缓坐上这把象征着玄渊宗至高无上权力的椅子。

"暂不立衣冠冢，"殷寒江咬牙道，"我要杀了贺闻朝，杀尽当日围剿魔尊之人，用他们的元神祭奠尊上！"

钟离谦听到他戾气十足的话，不由得劝道："殷副宗主，闻人先生本可自己入幽冥血海，却一定要让正道误以为他就是血魔，是为在正魔两道面前揭露贺闻朝体内的血魔。闻人先生曾说，血修一旦开始吸收血魂，绝不可能停止。血魔吸收十七位高手，完全消化他们的力量需要五年时间，五年后他必定还会下手，届时才可行动，谦……劝殷副宗主暂且忍耐，莫要辜负闻人先生的计划。"

舒艳艳眼看殷寒江的神色越来越差，直到钟离谦提到莫要辜负闻人厄的计划，殷寒江才勉强忍下来。她心中有些担忧，殷寒江现在能控制住自己的魔性是还有闻人厄的话在，若是连仇都报了，这世间真的再没有什么能阻止殷寒江了。

"我知道了，"殷寒江深吸一口气，逼自己冷静下来道，"尊上宅心仁厚，心中只有天下苍生，不在意谁暗算他，可我不同。"

宅心仁厚？舒艳艳微怔，殷寒江在说谁？闻人厄吗？他对闻人厄是不是有什么误解？

疑惑间，舒艳艳见殷寒江紧紧地捏住扶手道："五年，我等得起，但不能白等。

"当日还活着的九个高手我记得，分别是上清、天剑、九星、碧落、无相寺五大门派以及公西、梁丘、南郭三大世家的人，南郭世家长老已被我杀了，还剩下八个人，我要将这八个人送给血魔老祖当礼物！"

舒艳艳隐约猜到殷寒江要做什么，咽了下口水道："殷副宗主，以玄渊宗目前的实力，应该没办法对抗这么多门派和宗修世家的联手。而且……而且上清派的人闭门不出，你上次也没能成功破坏对方的护山阵法。"

正魔大战是一回事，毁掉一个有根基的门派是另外一回事。几乎每个门派和世家都有仙器坐镇，若是真的不要面子地躲着，很难从一个门派中抓住他们的长老或是弟子。

殷寒江面无表情地道："大门派枝叶繁多，总有门下弟子在外游历，我们先蛰伏数年，这几年找机会用摄魂术、蛊术或是咒术等方法控制他们的神魂，以他们引诱门派高手，逐个击破。"

钟离谦听了殷寒江的话，立刻道："殷副宗主，话已带到，接下来是玄渊宗门派内务，谦不便插手，我在玄渊宗已经打扰多日，就此别过……"

殷寒江打断他的话道："钟离先生智计非凡，玄渊宗总坛正缺个坛主。既然钟离先生已叨扰一年，不如索性留下来。舒护法，为钟离坛主准备住处。"

舒艳艳眼睛一亮，顺势道："属下遵命！"

钟离谦当即明白，情况不妙。

4

钟离谦还想拒绝。他是大乘期修者，以他的法力与智谋，除非殷寒江废掉他的功力，否则没人能拦住他。而殷寒江既然想要钟离谦为他办事，就必须礼遇，不可能像对犯人一般对待自己。

他正要据理力争，劝服殷寒江时，就听上首的红衣男子道："钟离谦，你可知我回到门派后想做的第一件事是什么吗？"

钟离谦心中微微一颤道："略知一二。"

"依我的计划，先派玄渊宗门人收拢正道门派外的一些散修和小门派，愿意加入玄渊宗的人立下魂誓后可收下，不愿意的逼问出心法秘籍后便杀掉。"殷寒江毫无感情地说道，"三年内，除大门派和宗修世家外的修者皆归于玄渊宗门下，届时再从势力相对弱小的门派下手，控制其门下弟子，逐个击破。"

殷寒江自嘲地笑了下道："我不是尊上，不会在意玄渊宗门人的死活，也不会在意无辜者的性命。只要能达到目的，要我做什么都可以。"

"钟离谦，是你的话劝阻了我，你打乱我的计划，就要承担起责任。"

"这……"钟离谦以神识查探殷寒江的状态，确定他所言非虚。

"仇一定要报，你既然不想我搅乱宗修界，就尽力阻止我吧。我不会禁锢钟离先生，是否做这个总坛坛主，你自己决定！"殷寒江说罢便起身，转身离开正殿，将选择权交给钟离谦。

钟离谦苦笑了一下、他知道，殷寒江是在告诉他，一旦他离开，殷寒江就会按照原计划行事。

殷寒江没有说假话，他是真的不在意玄渊宗，不在意宗修界，甚至不在意天下苍生，为了给闻人厄报仇，这一切殷寒江都可以不要。

"钟离公子还想走吗？"舒艳艳笑吟吟地说道。

钟离谦叹气："殷副宗主与闻人先生一样深谙人心，不屑用阴谋诡计，他们向来光明磊落，可这阳谋……比阴谋更难对付。"

第十三章 虚影妄念

"那艳艳便去为钟离坛主准备住处了，老是住在裘丛雪的道场里也不太好，是不是？"舒艳艳道。

"舒护法似乎并不在意殷副宗主的状况，你不担心天下大乱吗？"钟离谦问道。

舒艳艳道："有钟离坛主操心，艳艳又何须杞人忧天？天塌下来还有聪明人撑着呢。我呢，凡事不强求，但身边有个长得好看的人，至少也养眼不是？"

听着她清脆的笑声，钟离谦不由得道："舒护法有大智慧。"

他认命地随着舒艳艳去接手总坛。没人担心钟离谦会无法收服袁坛主的手下，以他的能力，整顿总坛也不过是月余的事情。

将一大堆记载着玄渊宗历史、人员名单以及规定的玉简丢给钟离谦，宗修界一个玉简能够容纳的信息足有一车书，此刻单是玉简就有上百个，舒艳艳把这堆玉简放在桌子上后也有些脸红，略带感慨地说："钟离公子适可而止，莫要太发愁了。白发的你别有一番风味，但若是秃了顶，那艳艳可就没办法喜欢你了。"

钟离谦："谦尽力……"

舒艳艳这边肆意调戏钟离谦，殷寒江却来到闻人厄原来的房间，现在这里已经属于他了。

闻人厄是个在生活方面极简之人，不像舒艳艳将床摆得满道场都是，他的房间里只有一张桌子、四把椅子、一张床。

余下偌大的空间皆是修炼之地，地面上画满了阵法的花纹，只要在阵眼放好灵石，阵法立成。

殷寒江来到床前，尊上鲜少躺下，这张床的用处也不过是打坐修炼而已。

他盯着这张简单的木床看了一会儿，脱下靴子，和衣躺下，头枕着尊上很少用到的枕头。

"扑通、扑通。"此刻的心跳声比焚天鼓的鼓声还要响，殷寒江数着自己的心跳，痛苦地合上眼。

尊上在的时候，他经常在这间房中听尊上的教诲，有时闻人厄看书不语，静静等待他的殷寒江就会走神。那时他在想什么呢？殷寒江静静地想着。

他不记得了。

"你记得的吧？"床前传来一个熟悉的声音，正是尊上，殷寒江没有睁开眼，知道这是假的。

"殷副宗主，你当时想的是若是能离本尊更近一些就好了，是不是？"那个声音变本加厉，越来越靠近。

殷寒江猛地睁眼，见"闻人厄"只着一件白色单衣站在他面前。

他定定地看着"闻人厄"，只见这道幻影竟冲他而来，并低声道："本尊允了。"

殷寒江一拍床榻坐起身，视线锁住这个"闻人厄"不放，仿佛在面对自己内心的执念。

他对钟离谦说过："未曾求，何来不得；犹执着，绝不怨憎。"

他一直认为这是心里话，半点不作伪。可正是因为妄念难掩，他怎么可能不求？

"殷副宗主，过来。""闻人厄"对殷寒江招手道。

"够了！"殷寒江怒喝道，扑向"闻人厄"，却扑了个空。

虚影消散，没有尊上。

他愣了半晌，慢吞吞地躺回床上。心中似乎有一个填不满的巨兽吞噬着殷寒江的所有思绪。

他狼狈地坐在桌子前，身旁的座位上又出现一个"闻人厄"。

"闻人厄"拿着酒杯，自斟自酌，饮了半杯后，看向殷寒江："寒江，你怎么这般盯着本尊？是想喝酒吗？给你。"

殷寒江低下头，想听从命令去喝酒，却依旧扑了个空。

这一次他没有失落。他知道是假的，却放任自己，是要告诉自己，一切皆为幻象，不必当真。他抹了把脸，自储物腰带中取出《灭世神尊》（第二卷），在尊上的房间中，他必须给自己找些事做。

殷寒江曾听闻人厄说过，《虐恋风华：你是我不变的唯一》与《灭世神尊》分别是记载着百里轻淼与贺闻朝的命数的两本书，他二人似乎是世界的中心。殷寒江亲眼见到仙灵幻境随着百里轻淼的苏醒和昏迷展现出不同画面，明白这本书中记载的皆是命数。

他要对付贺闻朝，就必须知己知彼，虽然《灭世神尊》（第二卷）讲的是仙界之事，但起码能够从中看出贺闻朝的性格弱点。

之前的一段日子殷寒江在受伤，他不敢打开这本记载着尊上的死讯的书，害怕看过后会影响心境，伤势难愈。

也只有回到玄渊宗，在尊上的房间里，这个令他稍稍安心的地方，殷寒江才敢再次打开书。

尽可能无视前情提要里闻人厄的死讯，殷寒江快速地看起书来。

书里写的是贺闻朝与百里轻淼进入仙界后，先是低调行事，随后慢慢崭露头角的故事。百里轻淼年轻貌美，资质又好，总有仙人不长眼睛地来调戏她，前期剧情基本靠百里轻淼推动。有人欺负百里轻淼，贺闻朝出头；再被欺负，贺闻朝再出头。

贺闻朝的功力几次突破，几乎全是为了救百里轻淼。

女人，是贺闻朝的弱点。殷寒江看过后，在心中暗暗确定。

随后紫灵阁阁主、公西大小姐、钟离狂、药嘉平、岑正奇陆续飞升，贺闻朝又在仙界认识了几个法力高强的女仙以及看焚天仙尊不顺眼的男仙，他的势力逐渐壮大，足以与焚天仙尊抗衡。

在这个过程中，殷寒江发现贺闻朝对女性几乎是没有任何防备心的，哪怕曾经是敌人队伍的女性，他都会温柔对待，前提是这位女性没有其他男性伴侣。一开始百里轻淼在书中还有些戏份，随着其他女性增多，她渐渐变得暗淡无光，与贺闻朝因为其他女子的关系吵了几架后，愤然出走，被焚天仙尊绑架了。

焚天仙尊将百里轻淼丢进仙界天火中，要将她炼制成一盏魂灯。

见到"魂灯"二字，殷寒江眉头一挑，总觉得这个焚天仙尊有些眼熟。

果然翻过下一页，他就见书上写着——焚天仙尊阴恻恻地看着百里轻淼，口中道："既然闻人厄喜欢你，你也莫要辜负他对你的感情。我就将你变成一盏长明灯，将这盏灯放到幽冥血海上空，长长久久地照亮那里，让你一直陪着他，好不好？"

这番话加上焚天鼓，殷寒江已经完全确定《灭世神尊》（第二卷）中的焚天仙尊就是自己，可是未来的自己在说什么？

他放下书，怔怔地坐在桌前，双目无神。

百里轻淼在玄渊宗养伤已经有一年多，多数时间在昏睡。她的本命法宝被混沌能量毁掉，强行切断本人与法宝的联系，丹田受到重创，很难痊愈。

不过这对于裘丛雪来说不是什么问题，肉身而已，毁掉炼魂，她做鬼修多好，自己可以将压箱底的功法交给百里轻淼，还能帮百里轻淼打开投身鬼修的通道，把百里轻淼丢进去修炼，那里可是鬼修的圣地。

裘丛雪是个说到做到的人，行动力非常强，还好钟离谦及时赶到，告诉裘丛雪百里轻淼最重的伤不在身上，在心里。就算炼魂，灵魂中的伤也无法痊愈，百里轻淼以这种状态去修鬼修，十死无生。

钟离谦当时状态也不是很好，他自述百里轻淼心如死灰，连他都受到了影响，每天都有往生的冲动。

事实上若不是有钟离谦控制着心情，百里轻淼可能自绝无数次了。

后来还是舒艳艳请来苗坛主，帮忙压制住同心蛊。由于苗坛主当时不确定闻人厄的生死，不敢为他彻底解开同心蛊，只能用药物缓解。钟离谦服药后暂时摆脱想死之心，百里轻淼的状态却更差了。

钟离谦只好拜托顾师坛主照顾百里轻淼一夜，一夜过后，百里轻淼患病，一直处在昏睡状态中，始终迷迷糊糊的。

这段日子百里轻淼时醒时睡，根本不知道自己在哪里，也不清楚过了多久。半昏迷中，她隐约感觉到宿槐将一副白骨摆在自己旁边。宿槐边给白骨擦身体边嘟囔："你是不是傻，哪壶不开提哪壶，你脑子里除了打架和吃还剩下什么？"

白骨动了动下颌骨，"咔啦咔啦"的，好像在说话。

百里轻淼听不懂，但宿槐与这副白骨交流无碍，自然地说道："你还得意自己终于变回骨头架子了？我拼命才得到一具肉身，高兴得不行，你好不容易变成散仙之体，就这么祸害吗？"

"咔啦咔啦……""咔！"白骨的下颌骨掉下去了。

宿槐的声音里都泛着愁："你这样子要多久才能好啊？你能不能偶尔想起一下，自己已经不是鬼修了？你是个散仙，身体由肉灵芝组成，少一块肉功力就减一分，你的实力已经被殷副宗主削弱得不到元婴期了，再这样下去，你的护法之位都保不住了。"

宿槐边叹气边为白骨接上下巴，喃喃地道："舒护法说，你最开始吸收肉灵芝是用骨头泡汤吸收的，精华都在骨头里，只要用上品灵石细心养护就能复原。钟离先生正在帮你布置聚灵阵，我一会儿抬你过去，你好好修炼，可别再折腾自己身上的肉了。"

他长长地叹一口气。宿槐一个金丹期修者，扛起了金丹期难以承受的重量。

照顾好袭丛雪，他又去给百里轻淼喂下一颗灵药，熟练地掐住师父的下巴，将药塞进去，用真元催动百里轻淼的喉部，逼着她把药吞下去。

做好这一切后，他扛起那副白骨去找钟离谦了。

百里轻淼此刻有了些意识，猜到那副白骨可能是袭丛雪，想问宿槐师父怎么了，为什么受如此重的伤，嘴微微动了下，却张不开口。

宿槐离去后，百里轻淼感觉全身沉甸甸的，忽然感觉有人坐在她身边，一个冰冷的金属物品在她的脸上碰了两下。

她感觉到强烈的杀意，生存的本能逼着她睁开眼。

她刚睁开眼，就看见殷寒江坐在她的床边，一柄破军刺悬在她的鼻尖上。殷寒江的眼神很诡异，他似乎正犹豫着要不要刺下去。

第十四章

是我迟了

1

殷寒江看见书中的记载后,呆滞许久,那段时间他在想什么,事后已经记不起来了。

恍惚间他想起来,尊上曾说过,百里轻淼与他有因果,需要帮助她成神才能偿还,又想起钟离谦告诉他,闻人厄之所以拼命救百里轻淼,不是轻视自己的生命,而是有计划的。

他坐在桌前歪了歪头,有点弄不清楚这段回忆是真实的,还是自己臆想出来的。

殷寒江扭头对坐在自己左边的"闻人厄"道:"尊上喜欢百里轻淼吗?"

"闻人厄"道:"本尊同你说过什么,你不记得了吗?"

殷寒江又偏头问坐在自己右侧的"闻人厄":"尊上觉得呢?"

"闻人厄"道:"本尊曾告诉过你,书中记载的就是命数,命数难改。"

两个"闻人厄"在殷寒江耳边重复着尊上之前说过的话,殷寒江觉得脑子有些乱,不知道谁说得更正确一些,甚至不知道身边的两个人是不是真实存在的。

他收起书,盘膝坐在床上,默念清心咒,企图平心静气,驱除妄念。

可是两个"闻人厄"坐在殷寒江身边,问道:"殷副宗主念清心咒,是不想再见本尊了吗?"

殷寒江只觉得体内经脉滞涩,甚至连真元在体内顺着经脉运转一个周天都做不到。他强行打通经脉,却猛地一口鲜血吐出来,丹田剧痛,再难运气。

"假的,都是假的。"

他静静地闭上眼睛,不知是昏迷还是睡着了。

恍惚间他好像做了个梦,又似乎不是梦,是真实发生过的事情。梦里尊上在正魔大战后被一个正道女子所救,尊上很喜欢那个女子,最后为了救身陷幽冥血海的那名女子死了。

跌入幽冥血海之前,尊上将裹着自己法袍的那名女子连同一块血红色的石头丢在殷寒江怀里,最后的话是:"替本尊保护她。"

撕心裂肺的痛让殷寒江醒来,他盯着自己的怀里,没有女子。

奇怪,尊上是怎么去的?

殷寒江晃晃脑袋，有些想不起来。

他的记忆里出现两段记忆，一段是，尊上对自己非常好，为他取雪中焰，为他炼制本命法宝，还把法袍送给他；另一段……另一段记忆里他静静地看着尊上对一个女子好，好到他无数次在深夜里戴上鬼面具，用剑将木头刻成那女子的模样，又一点点把木雕抠成木屑。

哪个是真的？

殷寒江翻了翻储物法宝，看到好多闻人厄的木雕，是他私下偷偷刻的，每一个都很丑，他不敢拿出来给尊上看。

木雕？所以，尊上喜欢那名女子才是真的，尊上对他好只是他妄念之下的心魔幻象？

"殷护法，你体寒，饮下本尊的血可暖一些。"一个"闻人厄"站在殷寒江面前，伸出手，要他饮自己的血。

殷寒江没理会"闻人厄"，伸出两根手指，试图毁了自己的双目。失去眼睛，他就看不见幻象了。但下一秒，刺痛令他猛地惊醒过来，稍稍恢复了些神志。

殷寒江将法袍与木雕全部收起来，推开门走出房间，正遇到扛着白骨架去找钟离谦的宿槐。白骨架见到殷寒江，所有关节一起"咔啦""咔啦"响起来，不知是害怕还是在骂殷寒江。

"你不要动了，骨头再被打碎肉灵芝的精华流失就真的没救了！"宿槐按住裘丛雪的骨架，不让师祖说话。

见殷寒江直直地走过来，宿槐忙压着白骨架半跪下去道："参见殷副宗主。"

"你是谁？"殷寒江的眼角有血，他定定地望着宿槐。

宿槐忙道："我是百里轻淼的弟子、钟离谦的学生，目前还没加入玄渊宗，名册在上清派挂着……也不知道算不算玄渊宗门人，如果可以的话，我希望能进入冥火坛，嘿嘿……"

玄渊宗对于宿槐这等鬼修来说可是大门派，什么闻人厄、殷寒江一类的，都是传说中的人物，见到他们是三生有幸那种。原本裘丛雪也属于这个范围，可惜相处太久了，宿槐深知师祖是什么德行，实在尊敬不起来。

"我不记得你。"殷寒江盯着宿槐，不确定是自己的记忆出了岔子，还是真的没见过。

"我与殷副宗主在太阴山紫灵阁有过一面之缘，我只是个小人物，殷副宗主不记得我很正常。"宿槐挠挠头道。

"你是百里轻淼的弟子？"殷寒江抬起手。他记得百里轻淼就是尊上喜欢的女子，杀不了她，杀个把弟子可以吧？

宿槐没察觉到危险，诚实地回答道："是的，我和师父之前被上清派暗算，还要多谢闻人尊主相救，宿槐愿意加入玄渊宗，为殷副宗主效犬马之劳。"

"尊主……救了百里轻淼？在幽冥血海吗？"殷寒江收回即将落在宿槐身上

的手。

"正是，当时好凶险，正道那些人真不是东西，还有那个贺闻朝……"提到这件事，宿槐趁着钟离谦和师父不在身边又开始破口大骂。

很多词语殷寒江都没听过，不过不妨碍他理解，听了一会儿后，他拍拍宿槐的肩道："骂得很好听。"

"嘿嘿……"宿槐不好意思地笑了下，"师父和钟离先生都不爱听我说脏话，殷副宗主要是喜欢的话，我私下里偷偷骂给你听如何？"

"可以，"殷寒江道，"百里轻淼住在哪里？"

"裘护法的房间里，那里的灵气比较足，钟离先生说有助于师父恢复，"宿槐有些疑惑地说道，"师父从幽冥血海回来后，精神好像不太正常，钟离先生说好像还有什么东西在控制她的神魂。"

"嗯。"殷寒江没再与宿槐多说什么，径直向百里轻淼的住处飞去。

玄渊宗没有一个人敢拦他，殷寒江顺利地进入裘丛雪的房间，见一个美貌女子躺在床上，眉头紧锁，似乎在做噩梦。

他坐在百里轻淼的床边，专注地盯着这个女人，这个女人生得很美很美。

殷寒江取出破军刺，冰冷的手柄碰了碰百里轻淼的脸，他用刺尖对准百里轻淼的鼻子，忍不住想要将其毁去。

不行，她不是木雕，不能毁，尊上要他照顾好百里轻淼。

一起丢过来的还有一块血红色的石头，那是什么？石头呢？在百里轻淼身上吗？

殷寒江看似平静，脑子里的念头已经转了千万次。他的杀意时强时弱，百里轻淼受到杀意的刺激，终于缓缓睁开眼睛。

一睁眼就见到破军刺离她的脸那么近，百里轻淼深吸一口气，虚弱地说道："殷、殷副宗主，你、你要做什么？"

独处时，殷寒江可以肆意发疯，但在外人面前，他需要做一个完美的玄渊宗副宗主，这样才能稳定人心。

"来探望你。"殷寒江说话很慢，每一句话都需要想很多才能开口。

他说话时，破军刺依旧悬在百里轻淼的脸上面，她本来想着，就这么死去也无妨。可在看到殷寒江时，百里轻淼全身上下的汗毛全部竖了起来，不知从哪里来的力气，手臂撑住身体，一点点向床边移动，想要将自己挪出破军刺的攻击范围。

殷寒江见她动了，又挪了挪法器，使其继续对着百里轻淼的鼻尖。

刻骨的寒意传至内心，百里轻淼颤抖着声音道："殷、殷副宗主，我想坐起来，可否移开武器？"

"哦。"殷寒江看了一眼破军刺，好像才注意到它一样，恍然大悟道，"这是尊上用破岳陨铁为我炼制的法器。"

"是是是！"百里轻淼忙道，"破岳陨铁是闻人前辈、殷副宗主、清雪师父和我一起拿到的！"

"那这个就是真的。"殷寒江面上似乎露出一丝笑意，移开了武器。

百里轻淼坐起身，总觉得自己逃过一劫，大口大口地喘着粗气。

于是她看到殷寒江拿着破军刺在她眼前晃了晃，像小孩子炫耀什么东西一般说道："这是尊上用破岳陨铁为我炼制的准仙器，非常适合我，又是十分强大的本命法宝。"

"是的，闻人前辈取雪中焰也是为了驱除你体内的阴气，"百里轻淼道，"都是我的错，才害得闻人前辈他……"

她想起来了，幽冥血海时，她看到贺闻朝对自己狠狠地出招，顿时心如死灰，想着师兄既然要杀死她，那不如就这样死了算了。

当时那个想法钻入她的脑海中，无论如何也甩不掉，那一刻百里轻淼什么也感觉不到，只想死。

"我怎么会这样呢？"她抬起自己的双手，不可思议地说道，"这不是我，我就算自己想死，也不可能如此自私。我与钟离大哥被同心蛊连接着，不解除同心蛊，我怎么会去影响钟离大哥的神志？"

直到此时，在殷寒江的杀意影响之下，百里轻淼才仿佛从梦中惊醒，回忆起这一年发生的事情，不寒而栗。

"我疯了吗？还是被什么控制了？心魔？"眼前没有别人，百里轻淼只能去问唯一的听众殷寒江。

"不清楚，"殷寒江拿百里轻淼的裙子擦了破军刺的刀刃，"我只知道，一个修者若是疯了，那必然是自己想疯。"

三棱刺冰冷的金属面，照映出殷寒江有些扭曲的脸。

2

百里轻淼没理会裙子已经被殷寒江划出好几道裂口的事，回想这一年多的经历，发觉这段时间她好像被谁控制了一般，除了觉得师兄想杀死她那还不如顺着师兄的意图死掉算了之外，再无其他念头，整个人失去了斗志，一颗心悬在贺闻朝身上，偶尔有其他念头生出，也很快被自我了断的想法压了下去。

"不，"她认真地反驳殷寒江，"正常的修者不会想疯的，除非他已经不正常，理智被心魔侵蚀，脑海中只剩下'欲望'，心魔才能乘虚而入的。"

殷寒江一点一点地将视线从破军刺上转移到百里轻淼身上，无声地笑了："你说得对，是我心甘情愿。"

"嗯？我？"百里轻淼无辜地眨了眨眼。

殷寒江缓缓地起身道："我不清楚究竟哪一个是真的，既然不清楚，倒不如不去辨别了。"

"辨、辨别什么？"百里轻淼这才隐约觉得哪里不对。她想逃跑，一提气便觉得丹田剧痛，根本无法使用真元。

她只能慢慢地向床里侧缩，抓住被子蜷缩身体，看起来显得弱小、可怜又无助。

殷寒江脸上的笑容没有消退，他说道："其实仔细想想，我没有必要去分辨什么是对，什么是错。因为有一件事是不变的，那便是尊上已经……"

他没能说下去，不愿说出口。

"闻人前辈是为了救我，都是我的错，呜呜呜……"百里轻淼听到殷寒江的话，眼泪不由自主地落了下来。

"所以我要做的事情只有两件，第一，替他报仇；第二，将他可能喜欢的东西送下去。"殷寒江的视线落在百里轻淼身上，"送下去后，喜不喜欢，就由尊上自己决定，你说如何？"

说话间，他慢慢地举起破军刺，金属折射出的冷光刺痛百里轻淼的眼睛。

"谦以为不如何。"就在此时，一个声音从门边传来。

殷寒江维持举着武器的姿势不变，转头就见白发蒙眼的"闻人厄"站在门前，向自己微笑。他知道眼前的人是钟离谦，可辨别不出来。

钟离谦身后冒出一个脑袋，正是宿槐，他看了看殷寒江的脸色说："殷副宗主，你的眼睛受伤了，我特意请钟离先生为你治眼伤的。"

"原来是这样。"殷寒江摸摸自己眼角已经风干的血迹，淡淡地道，"没什么大碍，很快便会痊愈。"

"至少擦擦血迹。"钟离谦不急不缓地道，拿出一块帕子，似乎没有看到百里轻淼已经苏醒一般，坐在床边，在宿槐的指点下帮殷寒江轻轻擦拭血迹，顺便上了些药。

当他要包扎时，被殷寒江拒绝了："眼睛蒙上，就看不到他了。"

钟离谦也没有问"他"是谁，转移话题道："玄渊宗的历史悠久，谦接手总坛还需要些时日，宿槐这孩子蛮机灵的，又喜欢玄渊宗的氛围，我想让他来总坛帮忙，望殷副宗主首肯。"

"宿槐是上……"

百里轻淼刚要开口，钟离谦便将一个玉简丢到她的手上，打断她的话道："百里轻淼是裘护法的弟子，也算是半个玄渊宗的人，她与我心意相通，等伤愈后，也可调她来帮忙，殷副宗主以为如何？"

"不如何，"殷寒江道，"她，我留着有用。"

有用？怎么用？用在哪里？钟离谦的眉角一跳，他虽然看不见，心中却一片清明，殷寒江目前的状况很不好。

他能及时赶到救下百里轻淼，也多亏宿槐扛着裘丛雪去找钟离谦时，提到了偶遇殷寒江一事，还简略讲了下殷寒江与他的对话和眼睛受伤的事情，钟离谦听后便暗道不妙。幸好玄渊宗总坛是允许飞行的，而殷寒江似乎有些犹豫，钟离谦这才及时赶到，没酿成大祸。

此刻为了安抚殷寒江的情绪，钟离谦道："除了总坛事务之外，谦还有一事想禀报殷副宗主。殷副宗主曾说过，留我在玄渊宗是为了阻止你搅乱宗修界，妨碍到闻人先生的计划，对吗？"

"对。"说话时，殷寒江的视线始终没有离开百里轻淼，手中也没有放下破军刺。

殷寒江的法力高强，他若是想杀百里轻淼，谁也无法阻止。他说的与做的截然相反，显然内心还在挣扎。

不能硬来，钟离谦思索后道："殷副宗主可还记得，闻人先生一直想要弄清楚百里姑娘身上的秘密？"

"不太清楚了。"殷寒江道。

钟离谦无视他的异状，继续道："谦与百里姑娘曾一起游历三十年，在她身上发现两个疑点，第一，百里姑娘似乎对各种天材地宝、洞天福地有着先天吸引力，不管遇到怎样的危险都能化险为夷；第二，谦与闻人先生一直努力让百里姑娘摆脱情孽，百里姑娘刚离开上清派时，状况很好，但每次她进阶天劫后都会变差，好在谦与百里姑娘中同心蛊，可以引导她的感情，她才能忍着三十年不回门派。"

"那又如何？"殷寒江伸出手，抓住百里轻淼的小腿，想把人抓过来。

"在幽冥血海时，这两点全部发生了变化。"

听到"幽冥血海"几个字时，殷寒江终于有了反应。他放开百里轻淼，专注地望着钟离谦。

"说起来，这件事也有谦的疏忽。当初贺闻朝带百里姑娘到幽冥血海时，我早就知道了，毕竟这是我与闻人先生事先商议好的。那时我之所以认同这个计划，是因为深知百里姑娘体质特殊，认为她在幽冥血海不会受什么伤，或许还有可能得到一些机缘，岂料她竟在此受重伤，连本命法宝都赔了进去。"钟离谦叹气，脸上的表情充满歉意，"我更没有想到，从幽冥血海归来后，百里轻淼心存死志，宛若着魔一般只想自尽，连我都无法压制，这也不对。"

殷寒江认真地听着。

百里轻淼也说道："我也觉得哪里不对，之前脑子昏昏沉沉的，仿佛做这些事情的完全不是我。"

"谦以为，幽冥血海中必有什么东西在影响百里姑娘。闻人先生之所以甘冒奇险闯入死地，除了要解决血修之事外，应该还有别的事情要调查。"

"方才我碰你的腿时，感觉你的皮肤很烫，是在发烧吗？"殷寒江突然问道。

"这是我的不是，"钟离谦解释道，"我拜托师坛主将病气过给百里姑娘，让她高烧昏迷，没有心思寻死。"

百里轻淼有些无语。

她心中清楚钟离谦是好意，可为什么感觉这么别扭呢？

关于师坛主的事情，殷寒江记得还很清楚，他混淆的记忆全是关于闻人厄的。听到师坛主将病气过给百里轻淼，他摇摇头道："不对，师坛主的病气不可能影响到她。"

"为何？"这件事钟离谦倒是不知道了。

殷寒江伸出一根手指点在百里轻淼蒙着的眼罩上，动作突然，钟离谦惊得袖中滑出一个竹筒，生怕他的手指按进去，百里轻淼的这只眼睛就真失明了。

好在殷寒江的手指落在眼罩上便不动了，他说道："师从心无法对百里轻淼下咒，只废了一只眼睛就停手，他的病气怎么可能过给她，她还一病一年多？"

钟离谦对此事不太清楚，听殷寒江解释后立刻对宿槐道："去请师坛主。"

"不必。"殷寒江随手绘出一道传讯符，传讯符的内容是：滚过来！

钟离谦瞠目结舌。

眼前的殷寒江，与他最初认识的殷寒江，已经判若两人了。

师坛主收到传讯飞快地赶过来，惶恐地听钟离谦说明事情的原委后道："其实钟离坛主说明要求时，属下非常为难，照顾百里姑娘那一晚，我始终没有靠近她，一直坐在角落里的。"

师坛主指了指离百里轻淼最远的那个角落。

"你没有刻意将病气过给她，为何第二天她就发烧了？"钟离谦问道。

师坛主："是她自己夺走的！那天晚上她被裘护法打晕，半夜突然睁开眼睛，来到我的面前，主动吸了我的病气。"

"什么？"百里轻淼难以置信地说，"我完全不记得这件事。"

"我、我也不知道为什么啊！"师坛主裹紧外袍，"你没听我最近都不太咳嗽了吗？大半病气全被你吸入体内，我的功力大减，生怕被人发现，苗坛主与阮坛主拉拢我时，我都不敢出手！"

几人听了师坛主的话大为不解，却不知道在他们询问师坛主时，幽冥血海发生了巨大的变化。

由于是先天神祇封印十八万魔神之处，幽冥血海的天空受魔气影响，一直是灰蒙蒙的。这一层灰雾不是云层，而是混沌之力与魔气融合而成的吞噬能量，这股能量挡住了阳光和乌云，使得幽冥血海方圆百里的天气百万年间没有任何变化。

而今天，一道劫云试图在血海上空凝结，几次妄图成形皆被吞噬能量吸收，它无力地释放了九道小小的火花便消失了。

劫云消失的瞬间，波涛汹涌的海面忽然卷起漩涡，一人手持黑色长戟自漩涡中飞出。

他竟然无视幽冥血海上空无法飞行的限制，一举冲至悬崖上。

那人闭目静思，似乎在回想这段日子的记忆与体悟，足足过去十二个时辰，才缓缓睁开眼睛。

他的身上只着一件白色单衣，单衣上满是被法宝刺穿的洞。他随手一招，一件灰袍披在身上，随着灰袍一同出现的，还有三本书以及一块红色的石头。

那人先是拿起《灭世神尊》（第一卷）翻了翻，低声道："已经过去一年半，却是我迟了。"

3

这个人自然正是闻人厄。他委托钟离谦转告殷寒江一年后自己便可归来，一年时间是他反复琢磨确认过的，认为足够了，怎奈人算不如天算，总有一些事情是他无法预料到的。

他看着手中的红色石头，低声自语："总算是拿到此物，不虚此行。"

这块石头便是他进入幽冥血海的又一目的了。

无论是《虐恋风华：你是我不变的唯一》还是《灭世神尊》，幽冥血海都是相当重要的地方。《虐恋风华：你是我不变的唯一》中，闻人厄死在幽冥血海中，临死前将一块红色的石头丢给百里轻淼，百里轻淼只当这块红色的石头是闻人厄的遗物，贴身收藏着。殷寒江想杀百里轻淼，第一次误杀柳新叶，第二次假扮成鬼面人追杀女主，中途摘下鬼面具假意保护百里轻淼，实则是将她引到幽冥血海附近。

当时书中的殷寒江已几近得手，幽冥血海附近没有任何人，百里轻淼的功力远不及他，根本不可能有人来救女主。正因为胜券在握，殷寒江才故意让百里轻淼看到鬼面具。他要在离闻人厄最近的地方，杀死已绝望的百里轻淼。

就在殷寒江重创百里轻淼，要将这个女人的元神抽出来炼成灯油时，百里轻淼带着那块红色的石头逃到了幽冥血海之上。她望着那块石头，想起为了救自己死去的闻人厄，听到殷寒江阴恻恻地要她去陪闻人厄，说道："你说得对，我欠闻人厄一条性命，是该还给他，不过不是让你动手。"

说罢她双手捧着那块足有男子拳头大小的石头跳入幽冥血海中，一入海里，那块石头绽放异彩，护住百里轻淼，让她不被吞噬能量伤到。

与此同时，幽冥血海的深处，一道光芒自海底封印处飞出来，没入百里轻淼体内。与神格融合的百里轻淼在无意识中打了殷寒江一掌，神人之力让殷寒江直接魂飞魄散，唯有一缕残魂裹着执念逃出来，回到玄渊宗，藏入焚天鼓之中，隐忍千年，最终成为焚天仙尊。

百里轻淼融合神格的同时立刻恢复了前世的记忆，原来当年的她竟是将神格藏在幽冥血海底部。神格力量强大，又有可能被有心人觊觎，三界之中，唯有幽冥血海是最安全的地方。混沌能量可以融合一切能量，自然可以掩盖神格的力量。

而她放弃神格后，也自然而然地将神格藏回血海中，想要永远封存这个秘密。

一直到最后，书里也没有提到那块红色的石头是什么，为什么可以在血海中保护女主，还能让百里轻淼提前得到神格。书里没有明确解释，读者被百里轻淼放弃

第十四章 是我迟了

神位追随男主的行为气到神志失常,也没有心情追问红色石头的事情,这件事便成了悬案。

闻人厄始终不明白,书中的自己究竟是如何做到这一点的,因为从书里的描写来看,落入血海前的闻人厄对神格一事一无所知,怎么可能突然冒出一块石头来?

读者评论说这块石头是作者编不下去给女主加的金手指,闻人厄倒不这么认为。

这个世界一切存在都是合理的,百里轻淼爱贺闻朝,闻人厄、钟离谦、殷寒江爱百里轻淼,钟离狂与岑正奇对贺闻朝表面上无条件崇拜,紫灵阁阁主甘愿成为男主的大老婆等事件,背后全部有其合理的缘由,这块红色的石头也一定不是突然出现的。

如果书里没有任何描述,那么只有一个可能,即当且仅当闻人厄刚刚落入幽冥血海,还有意识的瞬间,才能拥有此物。

闻人厄在看过《灭世神尊》(第三卷)后又生出两个疑问:第一,当年屠杀贺闻朝居住的小镇居民的所谓神人究竟是谁?第一卷时贺闻朝被血魔误导认为是闻人厄,《灭世神尊》(第三卷)完全没有提到这件事;第二,《灭世神尊》第二卷和第三卷里贺闻朝明明已经成神,却没有恢复前世记忆,直到最后关头直面神格,才明白前世的种种,这合理吗?

也有读者在评论里提到这两个问题,不过大家都说作者写得太长到后面已经忘记前面的设定了。闻人厄了解凡人的记忆,这个情况倒是有可能出现,当世界变成真实的后,这两个完全没再提到的疑点必有原因。

似乎所有的事件全部推着闻人厄去幽冥血海。他做足准备后,落入海中。

"原来如此。"闻人厄握着红色的石头,明白了一切。

看过《灭世神尊》(第一卷)修改后的剧情,他见到殷寒江发狂,操纵焚天鼓将贺闻朝与上清派掌门逼得闭门不出时,微微叹气,不管是他的死还是殷寒江的疯狂,似乎都是无法避免的。

《灭世神尊》的读者在文下狂骂,说作者简直有病,好好一个文被他改成什么样子了?《灭世神尊》第一卷就把第二卷的主角仙尊搬出来虐男主,大老婆变成男的,小师妹被魔宗抢走一年,柳师妹也不知道怎么了,在门派里一直绕着贺闻朝走。堂堂一个男主,被反派打出黄白之物来,妹子和小弟也离男主而去,作者修改旧文简直是在报复社会。

收起《灭世神尊》,闻人厄打开《虐恋风华:你是我不变的唯一》。他目前的状况有点特殊,需要通过百里轻淼的视角确定玄渊宗是谁在做主,才能决定是否回去。

修改版用了足足三万字描写百里轻淼因为贺闻朝的举动如何如何伤心,如何如何不想活了,做梦都是哭哭啼啼的,与之前那个虽然傻但还算纯真的女主简直判若两人。

书评区一直在骂作者虐女主的老毛病犯了，直到殷寒江唤醒百里轻淼，钟离谦说出猜测后，书评才缓和不少——

　　前面十章寻死觅活的情节吓得我差点追不下去，正要弃文时，谁料到作者来了这么一个神转折，不愧是修改版神文！

　　果然有聪明的谦就不会有事，玄渊宗真是机智，收了我们谦当坛主，有眼光。

　　有点心疼我们谦，一个人带一群，还带不动。

　　男五号阴森鬼修宿槐已经变成未成年小保姆了，这边擦擦师祖那边照顾师父，贤惠得不行。突然想吃嫩草，我是不是老了？

　　等一下，聪明谦的猜测是不是在告诉我们，女主喜欢男主是有原因的？被什么控制了？

　　谁知道师从心是谁？之前的剧情里有他吗？为什么他一副好像很喜欢女主的样子？

　　师从心说百里轻淼昏迷后抽他的病气，好好一个女主为什么被描写得像吸人精华的女魔头一样？

　　我本来以为老父亲闻人厄像原书一样死了，现在聪明谦说闻人厄可能还活着，他能回来吗？他回来后能解谜吗？我看的不是部言情虐恋小说吗？为什么变成了悬疑推理？

　　楼上说悬疑推理的笑死我，加上殷寒江就是恐怖悬疑了，哈哈！

　　不管剧情怎么变化，殷寒江真是一如既往地视女主为死猪肉啊，看他拿武器对着傻甜花脸比画来比画去的样子，很有恐怖杀人狂的感觉呢。

　　我想知道殷寒江和闻人厄究竟是什么关系，怎么闻人厄死掉后殷寒江必定会黑化呢？

　　翻了半个小时书评，出现最多的就是"知道"两个字，这文改名叫《读者也想知道》算了。

　　见目前玄渊宗的宗主还是殷寒江，闻人厄微微松了口气，以他现在的状况，若是其他人统领玄渊宗，事情就不太好办了。

　　他看着那块石头，微微皱眉，运转真元将它与书本放入储物腰带中，石头一离开闻人厄的身体，他身上的衣服也随之滑落。

　　就像是原本穿着衣服的人凭空消失一般，灰色的外袍与白色里衣穿过闻人厄的身体软软地堆在地上，而明明两件衣服都掉下去了，闻人厄身上竟然还穿着当初用来保护殷寒江的法袍。

　　他微微叹气，化为遁光来到玄渊宗。宗门外有阵法，他想要进入要么强行突破，要么打倒守阵门人，要么趁有人出入时偷偷潜入。当然，玄渊宗自己人是有各自的开阵法诀的，谁打开法阵，守山弟子立刻知道来人究竟是谁。

闻人厄没有用任何办法，无声无息地穿过阵法，没有惊动任何人。他先要找到殷寒江，告诉对方自己还活着。

从书中可以看出殷寒江已经入魔，这是闻人厄最不希望看到的结果。

他先来到殷寒江的房间，这里很久没有人住的样子。

闻人厄想到殷寒江已经接手玄渊宗，此刻应该住在宗主的房间。两人的房间仅一墙之隔，闻人厄直接穿墙而入，也没有发现殷寒江的踪迹。

他又来到后山灵泉处，这才终于见到殷寒江。

只见殷寒江静静地坐在灵泉边上，拿着一个空着的酒杯，低着头，看起来还算正常。

闻人厄微微松口气，唤道："殷副宗主，本尊回来了。"

殷寒江没有回头，像是没听到一般，向酒杯里倒了点酒，一饮而尽。

4

闻人厄绕到殷寒江的身前，见他握着一块巾帕，身边放着酒壶，另一只手抓着空酒杯，怀里放着闻人厄的法袍。

"殷副宗主，你是不胜酒力吗？"闻人厄问道。

修者若是不想喝多，完全可以用真元逼出酒气，根本不会喝醉。如果他喝醉了，要么是没有逼出酒气，要么他喝的是仙酒。

闻人厄嗅了嗅酒壶，是他常喝的那种灵酒，用后山的灵果酿成，算不上多好的酒，不至于醉人。

殷寒江醉眼惺忪，半抬眼瞧着闻人厄，又给自己倒了杯酒，饮下后道："这段时间你不是改口叫我寒江了吗？怎么又叫上殷副宗主了？"

"寒江？"闻人厄反问道。

他从未见过殷寒江这副样子，印象里的殷副宗主总是穿着一身黑衣，沉默得像个影子，即使闻人厄知道他外表英俊，平日他却也是不显山、不露水的，容易让人忽略。

现在的殷寒江，红衣胜血，墨发随微风轻扬，眉宇间透着一股邪气，倘若出现在人群中，一定是最吸引人的那个。

闻人厄记得，殷寒江平时不喝酒，只敢趁着自己不注意时偷偷抿一口，没想到现在他竟然一杯接一杯地喝起来。

"这酒壶和酒杯……"闻人厄挑挑眉，隐约记得是那次殷寒江偷喝酒后，他递给对方的。

"是尊上喝过的。"殷寒江将唇贴在空酒杯上，嘴角露出一抹轻笑。

闻人厄心中生出一丝异样的感觉，他观察着眼前这个他从未见过的殷寒江，比曾经沉默的样子更加引人注目。

"本尊以为你不爱喝酒。"闻人厄也坐在殷寒江左侧，事态的发展已经出乎他的意料，不过他不介意与殷寒江畅谈一番。

"对，我不爱喝酒，"殷寒江看向自己右边，对着空无一物的夜色举杯道，"我只喝尊上喝过的酒。"

闻人厄这才注意到，殷寒江每倒一杯酒，总是先对着没有任何物品的右侧倾斜一下，洒掉一点酒，动作像是在敬谁喝酒。

敬过空气酒后，殷寒江再将酒杯贴在自己的唇上，慢慢饮下。

"殷副宗主，你在敬谁喝酒？"闻人厄察觉到不对。

"怎么，你也想喝吗？"殷寒江蒙眬的醉眼望着闻人厄，他拎起酒壶晃了晃道，"可惜已经没有酒了。"

他抱起酒壶，拿红衣擦了擦并没有灰尘的酒壶，闭起眼睛道："这是尊上送我的酒壶和酒杯，他喝过的。"

他又拿起掌心攥着的帕子道："这是尊上擦过手的巾帕，上面有舒护法的血，我洗干净收了起来。"

闻人厄皱眉，想了好半天，才忆起舒艳艳曾误以为他喜欢百里轻淼，引诱他去追求百里轻淼。当时闻人厄为了警告舒艳艳，五指几乎穿透她的头骨，指尖留下舒艳艳的血。站在闻人厄身后的殷寒江递出一方帕子，闻人厄擦手后随意丢掉了。

殷寒江用帕子擦了擦脸，满意地笑笑，这才小心翼翼地将巾帕与酒杯、酒壶全部放入芥子空间中，破军刺随意地丢在身边。

破军刺炼制时有闻人厄的血魂融入其中，他一眼便看出这就是当初的破军剑。闻人厄不由得问道："殷副宗主，这是你的本命法宝？原本不是剑吗？为何会变成现在这般模样？"

"尊上要我练剑，我就练剑。尊上觉得我适合做剑修，我就是剑修。"殷寒江抱着闻人厄的衣服，眼神迷离地道，"尊上不允许我陪他去死，我就活着。"

"殷副宗主，本尊仅是建议，但本尊认为的并不一定适合你，你不必一切按照我的想法行事。"闻人厄望着殷寒江，忽然发觉自己从未看清过这个忠心的属下。他眼中的殷寒江，是殷寒江依照他的期待表现出来的自我。

他以为自己表达清楚了，谁知殷寒江并没有看向他，反而对着前方的空气伸出手，似乎在碰触谁，低声道："尊上喜欢百里轻淼是吗？我送她去见你可好？"

"本尊不喜欢她。"闻人厄肯定道。

这一次殷寒江的视线终于落在闻人厄的身上，他抬起手，去抓闻人厄的衣袖，手掌却从闻人厄的身体中穿过。此刻的闻人厄是混沌能量的凝聚体，并无实体，是碰不到的。

"本尊……"

闻人厄刚要解释他现在的状态，就听殷寒江道："假的。"

殷寒江的表情是那般平静，就像经历过千次、万次般，他不断向前方、后方以及右侧伸手，每一下都挥空。他仰天狂笑："假的，全是假的。"

"只有这个是真的。"他紧紧抓住闻人厄的衣袍，蜷缩起身体，躺在灵泉边上，静静地闭上眼，似乎已经睡着了。

"殷副宗主，你眼中有多少个我？"闻人厄此刻已经大致明白殷寒江的状况，不由得问道。

殷寒江没有回答。对于幻象，他寂寞时会说说话，不过更多的时候是不予理会。尤其是现场有人的时候，殷寒江更不可能暴露自己的弱点。

闻人厄坐在沉睡的殷寒江身边，回想起《虐恋风华：你是我不变的唯一》后期的鬼面人，与眼前的殷副宗主结合起来，他似乎明白了什么。

不是殷寒江入魔癫狂，而是殷寒江为了闻人厄，始终压抑着自己的个性。

他自从看到书后，一直告诉殷寒江，他需要的不是言听计从的下属，而是能与自己并行的战友。从捡回这个孩子，告诉他练剑开始，闻人厄始终将他认为的对的观念灌输给殷寒江，但这并不是殷寒江想要的。

闻人厄认为殷寒江的资质适合做剑修，殷寒江便去练剑；闻人厄认为殷寒江是他最信任的下属，殷寒江就将自己的性格伪装成最令闻人厄放心的样子；闻人厄认为殷寒江能够在他离去后撑起玄渊宗，殷寒江就努力按照他的想法去做。

每当闻人厄的想法与殷寒江的本性相悖时，殷寒江选择的永远是闻人厄。

魔尊坐在灵泉边，见天边圆月升起，他用真元自芥子空间中托出一捧水，水中映出天上圆月。

这是殷寒江小时候最喜欢的东西，在正魔大战后，送给了闻人厄。

闻人厄眼前仿佛出现一个画面，年少时的殷寒江看着水中虚假的月亮，安静地笑了。

"是本尊错了。"闻人厄收起那捧水，轻声道。

他捡回这个孩子，将其养成自己想要的样子，将自己认为最好的给对方，却从未想过，殷寒江是否需要这些东西。

心魔绝不是一朝一夕形成的，从一开始，闻人厄便将心魔种在殷寒江心里了。

他拿出那块红色的石头，握在手心里，低声道："借用一下。"

握住石头的闻人厄凝成实体，混沌能量幻化出的衣服消失。他指尖轻点，将殷寒江手中的衣服穿在身上，坐在殷寒江身边，伸出手掌轻抚殷寒江的头发。

"嗯？"殷寒江的灵觉很强，一下子便清醒过来，他发现衣服不见了，神色慌张，完全没有方才那硬撑着的坚定从容模样，四下乱抓，寻找着那件法袍。

闻人厄挥袖，衣袖于殷寒江脸上划过，殷寒江一把抓住这袖子，低声道："在这里。"

他见眼前的闻人厄竟穿着真实的衣服，一把抓住闻人厄，发现竟然是实体！

"心魔已经强到这个程度了吗？"殷寒江失神地摇摇头，心中认为是假的，手掌却握着闻人厄的手不放。

"殷副宗主，本尊是真的，我从幽冥血海回来了。"闻人厄坚定地道。

"是啊，尊上回来了。"殷寒江并没有相信，随口答应着。

闻人厄也不介意他将自己当成假的，借着这个机会说道："闻人世家世代忠君爱民，却落得满门抄斩的地步，我在乱葬岗中拼凑出无数断头的尸骨，每翻到一具尸骨，都会期待还有人活着，可是一个也没有。大概从那时起，我心中便有了执念，希望哪怕有一个闻人家的人幸存。

"多年后，我自认为已经放下心结，脱离红尘俗世的纷扰，斩断亲缘走上修仙的大道，却不知执念始终藏在心底。

"我在乱葬岗中捡到你时，第一个反应便是去摸你的脖子。从那时起，我便将你与闻人家的幸存者混淆，用培养一个出色将军的手法去养育你。

"是我的错，是我的执念，将你变成现在这副样子。"

闻人厄将殷寒江扶起，轻声道："从现在起，殷寒江可不必为闻人厄活，用你的眼睛去观察，用你的耳朵去听，不必戴面具，不必伪装，做你想做的事情。"

温柔的声音、从未听过的话语，令殷寒江明明知道这是心魔，却依旧甘愿深陷其中。

"我想为尊上报仇。"殷寒江道，"我心性残忍，可能会坏了尊上之前的计划，我必须忍耐，不能任性。"

"你可以任性，"闻人厄道，"本尊允许，你想做什么，我帮你。"

"我想把尊上喜欢的东西都献给你，送下去陪你，可以吗？"殷寒江抬起头，期待地望着闻人厄。

"本尊不喜欢百里轻淼，不用烧她。"闻人厄澄清道。

"真好，"殷寒江轻声叹道，"难怪无数人沉溺心魔幻象无法自拔，竟是这般美好的事情。"

"本尊不是心魔。"

殷寒江完全没把这句话当真，抿抿唇，鼓起勇气道："属下想与尊上并肩，属下想让尊上只信我一人，可以吗？"

第十五章

心魔入体

1

殷寒江的话令闻人厄震惊，他还记得，贺闻朝欺骗百里轻淼其与舒艳艳并无男女之情时，闻人厄曾问过殷寒江："殷护法，这种话你会相信吗？情爱就真的如此让人失去理智吗？"

那时殷寒江回答："尊主说什么，属下都信；旁人说什么，属下只当耳旁风。"

闻人厄一直认为殷寒江与他同样无情无心，而今天，殷寒江却对他表现出如此执念。究竟是心魔作祟，还是殷寒江自己的想法？

见闻人厄久久不答，殷寒江有些不悦。

他一掌将闻人厄推倒，居高临下、略带阴狠地盯着闻人厄："区区一个心魔，也敢搪塞我？"

殷寒江揉了揉太阳穴，捧了把灵泉水拍在脸上，低声自语道："我与一个心魔计较什么？"

他斜眼看着闻人厄，眼神冷冷的，嘴角勾起一丝不带温度的笑，像是在嘲讽自己。

红衣男人站起身，趁着闻人厄发愣之际，头也不回地走了，徒留闻人厄一人吹着夜风。

红色的石块掉落，闻人厄重新变回混沌能量体。后山不会有人前来，闻人厄愣了许久，忽然想到一件事，捡起石头，取出《虐恋风华：你是我不变的唯一》，再次翻看。

百里轻淼白天与钟离谦、殷寒江等人聊过后，差点被殷寒江杀死，还是钟离谦及时劝阻他，殷寒江才勉强压住杀意。临走前他恶毒地看了百里轻淼一眼，那个眼神吓得百里轻淼当场发起高烧来。

钟离谦赶走师坛主，防止他令百里轻淼的病情加重，又命宿槐给百里轻淼喂药，见她病情稳定下来后，才对宿槐道："随我去总坛聚灵阵，你师祖还等着救命呢，真是一个两个都不让人省心。"

他嘱咐百里轻淼静养，明日宿槐就能脱身回来照顾她。

百里轻淼又迷迷糊糊地睡过去，半夜蓦地一股寒意涌上心头，她猛地睁开眼，借着夜色，看见一个人站在她的床前，正静静地看着她。

上一次被惊醒时，见到的是殷寒江拿着三棱刺在她脸上比画，这次百里轻淼还没看清人脸，就拉起被子抱紧，哆哆嗦嗦地说道："你是什么人，要做什么？"

"是本尊。"闻人厄抬手一掌点亮室内的油灯，露出自己的脸。

"闻人前辈！"百里轻淼满脸惊喜，"是你还活着，还是我在做梦？"

"本尊还活着。"闻人厄道。

"您还活着真是太好了，是我害你跌入血海中。那时我曾发誓，若你能幸存，百里愿为你做牛做马，无论你要我做什么，我都答应。"百里轻淼激动得哭了起来，趔趔趄趄地下床，对着闻人厄要磕头。

"不必。"闻人厄可不能让百里轻淼对自己磕头，侧身避开道，"本尊来此，只是想知道一件事。"

百里轻淼："前辈请问，晚辈定知无不言，言无不尽。"

"何为情不知所起，一往而深。本尊明白这句话的意思，要的不是字面意思。"闻人厄道。

他方才在后山思考许久，便想来问问清楚。他想，大概还是他理解得不透彻，始终没能悟透第三句话的内容。也正是因此，他撮合的百里轻淼与钟离谦相处三十年还是兄妹情。他始终不能理解百里轻淼为何对贺闻朝死心塌地，究竟何为情，何为感？

这……不让解释字面意思，她还能说什么？百里轻淼眼前一黑，十分希望此时她能拥有钟离大哥的智慧。

"你不懂？"闻人厄看着百里轻淼，"你对贺闻朝不正是如此？不仅一往而深，你还痴心不悔。贺闻朝娶了妻子，你对他还念念不忘；他将你囚禁在后山中、吊在幽冥血海上，你还为他寻死觅活。本尊想知道，这是一种怎样的感情？能叫人……"

他顿了一下，才接着说道："能叫人魂不守舍，不能自已？"

闻人厄本以为百里轻淼能给自己答案，谁知她抓了抓头发道："我、我不知道啊，我只晓得自己爱师兄，就算他成婚了也爱，可我为什么爱呢？他未婚时我爱他温柔体贴，爱他是偷偷照顾我的大师兄，可是现在，他婚后依旧纠缠我，既对不起我也对不起柳师姐，我爱他什么？这是我最唾弃的行径，我爱他什么？"说罢她还扇了自己一个嘴巴，恨其不争地说道，"我还要为他寻死，我图什么？"

闻人厄无语。

百里轻淼一副快崩溃的样子，似乎不能为他解惑了。

百里轻淼越想越觉得不对，把头发抓得乱糟糟的，在屋子里走来走去，疑惑地说道："奇怪，我……好像分成了两份，一份理智地告诉自己当断则断，另一个自己却还恋着师兄，甚至盼着柳师姐哪日去了，师兄还能与我共结连理。我究竟在想什么？前辈，我……"

她走到闻人厄身边，求助地想抓住闻人厄的手，闻人厄及时避开，袖口却扫过百里轻淼的指尖，从她手上穿了过去。

百里轻淼顿了一下。

"罢了，看你自身难保，本尊问错人了。"闻人厄避开百里轻淼，取出一块石头对她道，"此物我需要借用一段时日，待你需要时，定会还你。"

"这是什么？"百里轻淼盯着那块红色的石头咽了下口水，觉得自己想要，从未这般渴望一个物品，好像这个东西本来就是她的！

"这是神血，"闻人厄道，"能够帮助本尊稳定混沌能量，早日修成神体，没有它，本尊就是一具虚影，旁人看得到碰不到。"

这便是先天神祇除神格外为转世的自己留下的另一份保障，她将神血也藏在幽冥血海的混沌能量中，等她修成仙尊即将踏入神人境界时，自然能够感受到神血的呼应，届时在蕴藏先天神祇精华的神血的帮助下，便能够顺利融合神格。

书中闻人厄坠入幽冥血海的瞬间，因为与百里轻淼有因果，竟然直接碰到了神血，并在接触到神血的瞬间明白了很多事情，于临死前将神血丢给百里轻淼。百里轻淼接到神血的那一刻，闻人厄欠下的因果还清，从此与女主再无干系。

今生的闻人厄如书中一般，被血海吞没后神血便自动送上门来。拿到神血的时候，闻人厄终于明白他与百里轻淼的因果在哪里。

三百多年前，先天神祇的神意助闻人厄踏上杀戮道，三百多年后，修成魔尊的闻人厄，必须为百里轻淼取得神血。

一饮一啄，皆有定数。

所谓深情不悔，不过是因果下的孽债，为的是确保闻人厄不会贪图神血中的力量，将其据为己有。

闻人厄本来打算见到百里轻淼就将神血还给她，从此与女主再无瓜葛。然而此时此刻，他需要这块神血，才能让心魔缠身的殷寒江相信自己还活着。

"这么重要的东西，怎么能由我来做决定呢？前辈拿去用就是。"百里轻淼忍下对神血的渴求说道。

"多谢，"闻人厄点了点头，"本尊定会倾尽所能，帮助你得到一切。"

说罢人影一晃，油灯熄灭，闻人厄消失了。

百里轻淼正发着烧，呆坐在床上，抓了抓乱七八糟的头发，愣愣地道："这是梦还是真的？"

没过一会儿，她躺回原位，又昏迷过去。

闻人厄借到神血，来到他原来的房间，见殷寒江规规矩矩地睡在床边，局促僵硬的模样倒与刚才大胆推倒"心魔"的殷寒江判若两人。

"殷副宗……殷寒江，"闻人厄轻声道，"你的执念，是你的权利，本尊没有允诺的资格。至于我……又该如何回应你呢？"

不论他拒绝还是答允，都不是一句轻飘飘的话能够了结的。

殷寒江的执念，需要珍之慎之。

殷寒江这一醉，睡到日上三竿，他屈起食指敲敲眉心，扫到身旁看着他的闻人厄，看着闻人厄手里不知为何拿着的法袍，冷漠地抽出法袍后说道："这件法袍岂是你能碰的？"

闻人厄无言。

2

幸好闻人厄没有使用神血将自己转化为实体，殷寒江一抽便将法袍抽了回去。

其实要殷寒江察觉到闻人厄是真实的很简单，只要叫来钟离谦、舒艳艳、裘丛雪等人，随便谁都可以揭穿真相，但真的可以这样吗？

殷寒江是个内敛的人，正常状态下的他始终隐藏着自己的本性，偶尔有忍不住时才会戴上鬼面具卸去伪装。从《虐恋风华：你是我不变的唯一》的剧情来看，殷寒江在钟离谦与百里轻淼面前，丝毫没有表现出自己已经满眼都是心魔幻象的征兆，除了对百里轻淼展现杀意外，再无其他。

即使自己已经神志不清，却依旧在人前保持冷静，绝不露出半点破绽，这样的殷寒江，若是所有人都告诉他，他看到的不是心魔，他又会如何？是欣然接受，还是彻底崩溃？

闻人厄不敢去赌。

要是一开始回山后，他直接进入正殿，向所有人宣告闻人厄归来，大家同时知道这件事，殷寒江也会欣然接受。但如果那么做了，殷寒江还会选择继续隐藏自己的执念。而且已经影响神志的心魔绝不会因为闻人厄还活着便消失，始终被压抑的本性迟早会毁掉殷寒江。

这样也好，至少他可以在旁边暗中观察殷寒江，了解自己最亲近的下属、最信任的人，慢慢驱除殷寒江的心魔。

素来直来直往，遇事从来不会犹豫不决，经常暴力碾压别人的闻人厄，第一次有了束手无策的感觉。仿佛在用足以举起一座山峰的力量，去拿一根针绣一朵花。

他满头大汗，轻拿轻放，生怕绣坏了这朵会刺人的花。

殷寒江起身后也没再去看闻人厄，他眼中不知有多少个"闻人厄"，每个"闻人厄"都在对他说话，他已经学会无视。独自一人时，他愿意搭理哪个就搭理一下，在旁人面前，他一定要是那个强到足以碾压正道高手的殷副宗主。

他醒了醒酒，用灵诀清理了一下身上的酒气，神清气爽地坐在桌前，发了几个传讯符。

第一个给钟离谦："钟离坛主，治好裘护法后立刻给我一个除掉正道八位高手以及贺闻朝的计划，在我的耐心耗尽之前，若是不能给我一个满意的答案，我便按照我的想法行事。"

第二个给舒艳艳:"舒护法,你与贺闻朝有过接触,他的弱点是女人,你与百里轻淼尽快商议出一个引贺闻朝上当、逼他出卖血魔的方法。"

第三个传讯符是给闻人厄的,殷寒江只是炼制好,却没有发出去。他只说了简简单单的一句话:"已经请钟离先生做总坛坛主,玄渊宗一切安好,请尊上安心修炼。"

炼制好传讯符,殷寒江手中握着那道符咒,却没有引燃。要发传讯符必须先确定对方的位置,以法力唤醒对方的灵觉,主动接收传讯符,才能发到对方手中,这道符他是没有办法传送给闻人厄的。

"我知道了,你做得很好。"闻人厄坐在殷寒江对面,认真地对他说。

殷寒江根本不会理会这个连"本尊"都不会自称的幻象,忙完这一切后,起身离开房间。

闻人厄在房间内施展幻象让其他人也看不到自己后,这才跟了出去,见殷寒江来到总坛,拿到"信枭"的全部名册。信枭本来是袁坛主培养的势力,很大一部分人直接听令于袁坛主而不是玄渊宗,这本名册记载的也未必是全部人员。

殷寒江拿着名册,一身寒气地传讯给苗坛主,飞快地离开玄渊宗总坛,想也知道是清理门户去了。

闻人厄想跟上,又担心被人察觉,而且他这边也要做些准备,只能暂时分开行动。

他清楚殷寒江绝对可以找出信枭中的叛徒并重新梳理玄渊宗的人员,只是不免有些担忧,与信任与否无关,单纯挂念而已。此时闻人厄不由得感叹,若是有一本以殷寒江为主角的书就好了,他便可以一直关注着殷寒江的行踪了。

殷寒江一走,闻人厄立刻前往总坛聚灵阵,这个时候唯一能帮他出谋划策的人,也只有钟离谦了。

钟离谦这边刚帮裘丛雪恢复伤势就收到殷寒江的传讯符,忙捡起总坛那堆玉简,拣着重要的信息阅读。就算他机智非凡,也要先知己知彼才能展开行动,最重要的是,如何既让殷寒江满意,又能打消对方时刻想毁掉大半个宗修界的念头。

正埋头苦读时,钟离谦忽然感觉一阵风吹过。他封闭视觉三十多年,灵觉反而比以往更敏锐了。

钟离谦放下玉简,神识外放,竟然感觉不到房间内有人,倒是觉得这间房内灵气比以往浓郁了许多倍!

不、不是灵气,甚至连仙气也不是。钟离谦身为大乘期修者,又接触过散仙裘丛雪,早已对仙气有所了解,房间内的气息竟比仙气还要强大。

"何方高人?"钟离谦问道。

"鹤发散人当真名不虚传,本尊隐去身形,就算是目力有灵通的修者也未必能够看到本尊,你竟然能发现。"说话间,闻人厄现出真身,钟离谦的神识立刻察觉到。

他深吸一口气，拱手道："闻人先生破而后立，谦倒是不知要恭贺尊主死里逃生还是功力大增了。"

他又道："尊上归来之事，可曾告知殷副宗主？殷副宗主为了尊上险些掀翻上清派，他得知你安然无恙，一定会很开心。"

钟离谦先恭维闻人厄一番，紧接着便巧妙地告诉魔尊：你赶快去看看殷寒江吧，再过两天他就忍不住要大开杀戒了。

"本尊知道。"闻人厄道，"本尊来此，是有一事与钟离坛主商议。"

听到闻人厄称呼自己为坛主，钟离谦脸色微僵，谦虚地道："坛主实在当不得……"

"殷寒江说你当得，你就当得。"闻人厄打断钟离谦的话，"本尊也有事要你去做，事成后便为你解开追踪咒和同心蛊。"

原以为闻人厄回来后就会主持大局，殷寒江不再执着于报仇，宗修界恢复宁静，从此皆大欢喜，等除掉血魔，帮助百里轻淼摆脱情孽后，钟离谦便可以传道天下，做一个自由的师者。

可是现在……

唉，人生不如意事十之八九，宗修宗修，修的便是一个豁达通透，钟离谦调整一番心态，依旧好脾气地问道："不知尊主有何事吩咐？"

"两件事，第一，收集所有关于心魔的秘籍，寻找能够治愈心魔的医修；第二，全力配合殷寒江，帮助他收服玄渊宗，他想做什么就让他放手去做，不必理会本尊之前的计划。"闻人厄吩咐道。

闻人厄清楚，殷寒江的状况是瞒不了钟离谦的，钟离谦或许已经察觉到，只是没有说出来而已。与其隐瞒钟离谦，倒不如拉一个帮手，有钟离谦掩护，闻人厄便可以暗中行动，慢慢引导殷寒江恢复。

"尊主，你可知殷副宗主原来的计划是什么吗？"钟离谦小心翼翼地说，"他本打算以高压的手段一统宗修界，杀尽所有不服玄渊宗统治的人，铲除那几个参与围剿你的门派。"

这件事闻人厄倒是真不知道，他看到的书中只写了殷寒江要杀贺闻朝而已。他想了想，低声笑道："他倒是有志气。"言语中没有丝毫责怪之意，甚至还有些许赞赏。

钟离谦沉默。

他大胆地释放出一缕神识围着闻人厄转了一圈，仔细观察闻人厄此时的状态，心中生出一个猜测："尊上见我之前，是否先找过殷副宗主？他……是否对你说了什么？"

闻人厄微微一愣，仔细看向钟离谦，见他一脸笃定，仿佛看透了一切，不由得道："钟离坛主真是眼盲心不盲，不过本尊劝你不要再猜下去，猜到也不用多说，本尊心中有数。你只要配合本尊暗中行事即可，不要让任何人知道本尊已经回来了。"

"但殷副宗主若是执意要生灵涂炭，谦也定会阻止。"钟离谦看出闻人厄是要全力支持殷寒江的所有决定，也表明自己的立场。

"他不会。"闻人厄笃定地道，殷寒江是他教出来的孩子，即使有些自卑、沉默，也是个好孩子。

"万一呢？"钟离谦执意要一个答案。

万一吗？闻人厄想了下道："那钟离坛主大可联合整个宗修界对抗殷寒江，本尊与他共进退。"

这……钟离谦不由得摇头笑笑。

"钟离坛主笑什么？"闻人厄不解地看向钟离谦。

"没什么意思，等尊上想知道时，自然会懂得。"钟离谦道。

莫名其妙、没头没脑的，闻人厄催促着钟离谦赶紧办事，忙得焦头烂额的总坛坛主只好将压力分担，传讯给右护法，谎称百里轻淼寻死心切，继续下去恐生心魔，拜托舒护法去寻找医术高超的医修。他又叫修七苦的师坛主去收集关于"怨憎会、求不得"两苦的秘籍，同时委托阮坛主打探有关治疗心魔的术法。

他则继续以极快的速度阅读玉简上的内容，等殷寒江带着一身血腥气回来时，钟离谦已经对玄渊宗了如指掌。

殷寒江将剩下值得信任的"信枭"人员全部丢给钟离谦，由他去管理这些人，自己则回到灵泉，清洗这一身的血气。

闻人厄见他毫不避讳自己，没入泉水中，坐在边上道："一日之内便令信枭俯首，殷副宗主真是令我刮目相看。"

闻人厄本来以为他还会像以往一般不理自己，谁知殷寒江忽然看向他，冷冷地命令道："进来。"

"我吗？"闻人厄不确定殷寒江指的是哪个心魔，毕竟他看不到殷寒江眼中的世界。

"就是你，最不像尊上的那个。"殷寒江道。

3

本尊竟然是最不像自己的……闻人厄一时感到无语，十分想知道殷寒江眼前的心魔究竟是什么样子的，或者说，殷寒江想象里的闻人厄是何等模样。

此刻闻人厄是混沌能量状态，进入灵泉，没有激起半点水花，好似与水融为一体。

他与殷寒江的肩膀保持一掌宽的距离，并排泡在灵泉中，闻人厄扭过头，望着殷寒江。

这是他从未见过的殷副宗主，偏偏奇妙地能够与过去的殷寒江完美地融合为一体，没有丝毫违和感。

以往闻人厄直视殷寒江时，他向来是回避的，不是侧过脸，就是低下头，鲜少与闻人厄对视。这一次，殷寒江却直直地看着闻人厄，眼中还有未散尽的杀意。

他今日处理了很多信枭，这些人明明是玄渊宗的下属，却吃里爬外，与袁坛主联手勾结宗修门派以及几大世家。殷寒江审问了不少信枭，才知道宗修门派和世家中有不少败类，暗中做一些伤天害理的事情，又通过袁坛主和信枭，将所做的坏事全部推给玄渊宗。

尊上一般不在意这些小事，琐事大部分交给四位坛主，苗坛主、阮坛主、冥火坛的前坛主袭丛雪和现坛主师从心的脑子都有问题，懒得理会这些事情，便全部推给看似老好人的袁坛主，袁坛主可是泼了不少脏水在闻人厄身上。

殷寒江耐着性子把这些"脏水"记在心里，将那些做坏事的散修和正道、宗修世家门人的名字记下来，杀了一堆信枭泄愤，剩下的首脑送给苗坛主当礼物。

苗坛主喜滋滋地领了人，连残魂都没放过，号称一定要培养出能够控制散仙——特指袭丛雪的王蛊。

饱饮鲜血的破军刺，嗡鸣作响。殷寒江将法器强行收入丹田内，眼底的兴奋根本藏不住。

他身边的"闻人厄"有夸奖他的，也有不悦的，絮絮叨叨地在殷寒江耳边烦得很。回到玄渊宗后，他不愿带着一身血气回尊上的房间，便来到灵泉清洗，见泉边一个"心魔"安静地看着自己，在一众"闻人厄"中格外突出的样子，就想着让对方来陪自己。

杀戮令他有些失控，殷寒江需要冷静下来，他想看到尊上。又不愿被心魔所控制，倒不如选个最不像的，反而容易清醒。

"我与闻人厄哪里不像？"闻人厄问道。他很想知道殷寒江此时看到的自己是什么样子的。

殷寒江眉目凌厉，不屑地睨他一眼，似乎不愿与心魔对话。但闻人厄的问题还是勾起了殷寒江的回忆，他垂下眼皮，长长的睫毛微微扇动。

殷寒江伸手捧起一捧水，甩在自己的脸上，水花从他的眼角滑落，不知是水珠还是泪。

闻人厄将手放于殷寒江面前，看着那滴水从掌心中穿过，落进灵泉里，没入水中不见。一时间，闻人厄竟有了一股掀起这个破水池子，将那滴水找出来的冲动。

属于殷寒江的脆弱就这样一闪而逝，如果闻人厄没有一直目不转睛地看着他，大概还以为他只是在清洗面部。

闻人厄忽然想起，殷寒江送自己那捧月亮时曾说过，他过去练剑无聊时，会在瀑布边捧水玩。看似玩耍的行为中，他又有多少次像现在这样，用水来掩饰自己的情绪？

第十五章 心魔入体

闻人厄对殷寒江的印象，一开始是个伤痕累累的孩子，随后就变成了大人，默默地跟在魔尊身后。他成长的十多年里闻人厄从未参与，也无从得知那时的他是什么样子的。

闻人厄叹道："闻人厄不值得。"

这句话激怒了殷寒江，他一直不曾理会"心魔"，却没想到源自内心深处的"幻象"竟能说出这话。殷寒江一掌击向闻人厄，在即将碰到"幻象"时硬生生将手掌移了三分，劲力擦着闻人厄的脸掠过，击碎了十数米外的一块石头。

只要是长着闻人厄的脸，殷寒江连个幻象都舍不得攻击。这样下去，他如何才能斩断心魔，才能痊愈？

闻人厄素来冷硬的心钝痛起来。殷寒江对他的执念竟如此深沉。枉他一世看破天，看破地，看尽人间沧桑，却看不透人与人之间的执念。

殷寒江愤然起身，手臂一展把衣服穿在身上，怒气冲冲地回到闻人厄的房间。"心魔"说什么都可以，凭什么认为闻人厄不值得？！

闻人厄紧随其后，却只听殷寒江怒吼道："滚出去！"

被人吼的感觉十分新鲜，上一次对闻人厄吼的人是谁来着？好像是四十多年前还是散仙的紫灵阁阁主，他现在怎么样了？哦，似乎被裘丛雪炼成鬼修傀儡，宿槐不在的时候，就代替他照看百里轻淼呢。

闻人厄当然不会出去，他的房间他凭什么出去？

他站在床前，见殷寒江气得胸口一鼓一鼓的，不过除了生气倒还没因真气逆转而受内伤，便放下心来，坐在殷寒江的床边。

殷寒江拿"心魔"无可奈何，又不舍得破坏闻人厄的房内摆设，最后竟只能气得起身怒视自己的"心魔"，生了一会儿气后有些无力地自语道："我这是气什么呢？'心魔'自然要想办法扰乱我的神志，才能乘虚而入，诱我入魔。现在还不行，现在不能入魔。"

"我没想过扰乱你的思绪，只是不明白，你为何会到如此程度？"闻人厄问道。

他自认为是做得不够格的，不值得。

"你这个连'本尊'都不会自称的'幻象'懂什么？"殷寒江冷冷地道。说罢他不再理会闻人厄，盘膝默念清心咒，入定了。

闻人厄盯了他好一会儿，见他入定不知要多久，转身便去寻钟离谦："有解决心魔的方法了吗？"

钟离谦："您这才给了我半天时间。"

他敏感地察觉到闻人厄的不耐，说道："有个叫药嘉平的散仙，是宗修界数一数二的医修，舒护法已经将他请到玄渊宗了，目前正在交流。"

药嘉平？闻人厄皱眉，这人他记得，这是贺闻朝的小弟之一，原来是个性格古怪的散仙，医术高明。贺闻朝有一次下山偶遇公西世家的大小姐，这位大小姐简直是个作天作地的性子，一路上她先是瞧不起贺闻朝，只是不得已才与他同路而已。

一路上她闯出了不少祸，并成功地把自己折腾到险些断气，贺闻朝带着她去求药嘉平相助，药嘉平欣赏他对这女子的付出，就帮了贺闻朝，从此公西小姐也对贺闻朝倾心，从刁蛮大小姐变成贺闻朝的老婆之一。

药嘉平此人也有段过去。他曾有个心上人，受了与公西小姐同样的伤，当时药嘉平的医术没有那么高明，只能眼看着心上人死去。从此他变成一个性格古怪，一心扑在医术上的散仙，对谁都没有好脸色，唯独贺闻朝入了他的眼，两人竟然成了至交好友。

贺闻朝见药嘉平对心上人痴心一片，心中十分敬佩，多次帮助药嘉平解决一些麻烦。而药嘉平呢，是个……令人一言难尽的人。

他身上穿的、平日用的，皆是当年心上人送给他的，整日睹物思人，恨自己当年没用，像个痴情的浪子。但他的做派也让闻人厄完全无法理解，这个人的医术宗修界无人能及，不少人上门求救，药嘉平救人的要求也很随意，有时要一个人重要的东西，有时又会要对方的妻女相陪，一切全看当时的心意。

一般药嘉平选中的女子，皆是与他心上人的容貌或是性格略有相似之人。

贺闻朝认可药大哥是个痴心人，许诺将来若是成神就会帮助药嘉平寻找他心上人的转世身。《灭世神尊》（第三卷）的剧情里，药嘉平还真的找到了心上人，两人毫无芥蒂地在一起，幸福甜蜜。

闻人厄看过书之后倒是只想说，药嘉平真是与贺闻朝趣味相投，一丘之貉！

4

钟离谦是以治疗百里轻淼为借口委托舒艳艳寻找医修的，但右护法是何等人物，略一思考便明白了。

百里轻淼在玄渊宗寻死觅活一年多，也没见谁请医修，倒是把师坛主弄过去待了一晚，反倒加重了百里轻淼的病情，让人家昏睡了一年多。

而殷寒江回到玄渊宗不超十日，钟离谦便央求右护法找医修，这大夫是给谁请的不言而喻。

舒艳艳没有揭破这件事，毕竟她也认为殷寒江当下的状态不妥。闻人厄还在的时候，她便察觉到殷寒江有入魔的倾向了。

她没想到的是，她才派人下山就遇到宗修界有第一医修之称的药嘉平，这令她有些警惕。

入道六百多年，舒护法连续辅佐三位玄渊宗宗主，经历过的事情数不胜数。作为经常给别人使绊子的魔女，她坚信太容易得来的东西多是陷阱，主动送上门的不是诱饵就是毒药。

于是她立刻将这件事禀报殷寒江，说钟离坛主寻了个医修治疗百里轻淼。一来

第十五章 心魔入体

是让殷寒江帮她掌掌眼,将事情推到钟离谦与殷寒江的身上,这样一旦药嘉平有问题,责任就不是她的了;二来若药嘉平真是来治病救人的,也可以让他与殷寒江见一见,暗中观察殷副宗主的病灶。

上报后,舒艳艳亲自为药嘉平送上一杯上等的灵茶,并命下属奉上灵果无数,姿态婀娜地坐在椅子上说道:"听闻先生向来不出诊,今日愿来玄渊宗做客,舒某真是万分感激。"

药嘉平道:"今日也是赶巧,我刚好外出寻药,遇上你们的人,正巧我心情好,便来看看。不过我医人有几个规矩,给旁人看过治不了才知道来求我的,不医;病症不够稀奇的,不医;出不起诊金的,不医。"

他的容貌倒是中上,与钟离狂不相上下,口气却更加狂妄。

这倒也合理,药嘉平是散仙,在宗修界实力不算低,他的医术又高明,总有人会上门求医,他自然有狂的资本。钟离狂自己的实力虽然不够,但钟离世家整体实力雄厚,自然也可以狂傲。

"前两点自是符合的,"舒艳艳道,"不知药先生想要什么诊金?"

药嘉平扫了眼舒艳艳的手指,傲慢地道:"那倒是要先看过病症才能确定。"

"我已经派人将她带来了。"舒艳艳仿佛没感受到药嘉平的视线一般,轻轻拍手,两个下属将百里轻淼抬了上来。

与此同时,一身红衣的殷寒江也来到待客厅。他站在门外没有入内,在门前见到了匆匆赶来的钟离谦。

钟离谦过去与药嘉平打过交道,游历三十年时,宿槐曾经受过伤,百里轻淼带宿槐求医,恰好求到药嘉平头上。药嘉平的性格古怪,他要百里轻淼以元婴或是身体交换,百里轻淼为救宿槐选择将元婴交给药嘉平。幸好裘丛雪及时赶到,"说服"药嘉平救人,自此几人结下梁子。

听闻舒艳艳将此人请上山,钟离谦的原意是先稳住药嘉平,看看这人是否有本事医治殷寒江。若是没有,将人赶下山去就是;若是他有本事,那……凡事都可以商量嘛。

巧的是,闻人厄也是这个想法。药嘉平的品行如何与闻人厄无关,而且谅他也不敢在玄渊宗狮子大开口。于是闻人厄便隐去身形,随钟离谦来到待客厅,不想竟然遇到了殷寒江。

钟离谦微讶,神识探向舒艳艳,并刻意让她察觉到自己的试探,以示疑问:医治百里轻淼,不至于禀报殷副宗主吧?

舒艳艳眼观鼻、鼻观心,装作完全没有发现钟离谦的样子,打定主意装死,反正她不得罪殷寒江。

"竟然是你?"药嘉平见到钟离谦眉毛一挑,又看向昏迷的百里轻淼,惊讶地道,"你们要我医治的人竟是她?"

他见到百里轻淼后脸上闪过一丝惊喜,不过很快掩饰下来。他也不理会钟离谦,直接上前细细查看她的伤势,态度认真负责,完全不像两人曾经有仇的样子。

药嘉平异常绅士地按着百里轻淼的脉搏,皱眉道:"本命法宝被毁,丹田受到重创,体内有股隐藏的魔气,神魂不稳,竟然还得了痨病,发高烧,一个修者会患上凡人的病,真是奇怪了!另外,她似乎中了蛊虫和咒术,具体是哪种我暂时无法确定。"

钟离谦面无表情,百里轻淼这一身病,其中也有他的功劳。

"目前能看出来的就是这些,是否还有其他问题,还需要进一步查看。"药嘉平收回手道,"我需要一个安静的房间,不要有人打扰。"

钟离谦与舒艳艳都是一怔,药嘉平的态度与他们所想的完全不同。

药嘉平心胸狭窄,睚眦必报,与百里轻淼有仇,就算要救人,最起码也会狮子大开口,又怎会如此轻易而且关切地治疗百里轻淼呢?

"药先生还没提诊金呢?"舒艳艳率先问道。

"倒也不急,救人要紧,至于诊金嘛,反正还没有开始诊治。"药嘉平道。

"药先生当真医者仁心,不计前嫌,谦为之前的不是道歉。"钟离谦也说道。

"那倒不必,之前不过是小冲突罢了,谁还记得那么久之前的事了?"药嘉平大度地摆摆手,"我医病需要安静的环境,快些准备一个单独的房间就是。"

"我这就命人准备。"舒艳艳道。

"不用。"一直收敛气息地站在门外的殷寒江推门走进来,看着药嘉平,露出一个微笑,"我正愁没机会引出贺闻朝,你倒送上门来了。"

钟离谦听到殷寒江的声音眼皮一跳,忙道:"殷副宗主,他……"

殷寒江打断钟离谦道:"我知道你想说什么,你觉得药嘉平虽然品行不端,但医术还是一流的,这也是他在宗修界横行这么多年还没被人打死的原因。你知道他'偶遇'玄渊宗弟子另有目的,可钟离坛主认为,管他什么目的,只要能医好人,就有可以商量的必要,对吗?"

他没等钟离谦回答,就看向舒艳艳道:"还有你,右护法是害怕我吗?"

舒艳艳神色一凛,原本慵懒、随意的表情立刻变得严肃起来,她本来穿着一件淡紫色薄衫,将完美的曲线展露无遗。而当殷寒江的视线扫过来时,舒艳艳的身上立刻多了一件白色的斗篷,将自己从脖子到脚捂得一块肉都不敢露。

"身为下属,敬畏殷副宗主,不是应当的吗?"舒艳艳端庄地笑道。

她不敢对殷寒江施展媚术,每当看到那双无情的眼睛,都会觉得牙疼。以往有闻人厄在,殷寒江沉默内敛,舒艳艳还敢放肆一下。现在殷寒江宛若凶兽没了枷锁,真不知他会做出什么事来。

"你不是敬畏,是惧怕,"殷寒江露出一个不带丝毫温度的笑容,"之前你见过我的眼神,认为我有入魔倾向。怎么,以百里轻淼为借口,找人来为我诊治吗?钟离坛主也是这个想法吧?"

两人被殷寒江说中心中所想,心中一颤,不敢再开口。

第十五章 心魔入体

闻人厄还是第一次见到殷寒江处理玄渊宗的事务，此刻殷寒江不再按照魔尊的想法处事，肆意飞扬，光彩夺目。

"你们认为本座有心魔，我承认。"视线扫过二人的脸，殷寒江道，"可这既不影响本座掌控玄渊宗，又不会阻碍本座除掉正道高手，你二人不必再为此挂心，本座不需要治疗。"

闻人厄一惊，殷寒江这是何意？有病就要医治，难道他要放任心魔继续下去，迟早有一天走火入魔爆体而亡吗？

"至于你……"殷寒江压下两个聪明人的气焰后，看向药嘉平，笑得开心又残忍，"真当本座不知道你是贺闻朝的至交好友吗？"

药嘉平见他向自己走来，被殷寒江的气势所迫，倒退几步，撞在墙壁上。他捏住腰间的药囊，一道银光闪过，护住药嘉平的身体。

"护体仙玉？"殷寒江道，"你这些年医人，倒是搜刮了不少好东西。可惜，没用。"

他随手一招，破军刺出鞘，破空疾行，一招便破了那块护体仙玉，锋利的刀尖在药嘉平的面前停住，药嘉平大喊道："这不可能，这是能够抵挡天仙全力一击的仙玉！"

"比上清派的护山大阵还差上一点。"殷寒江说话间一道真气打入药嘉平的体内，药嘉平只觉得经脉中仿佛刺入一柄尖刀，稍一提气，经脉就好像被无数把尖刀割裂一般疼痛。

"你知道本座接连遭到天雷以及上清派荡月钟重创，必定身受重伤，就在玄渊宗附近晃悠，等人带你上山医治我对吗？贺闻朝应该是求你救百里轻淼吧？你会趁着医治我的机会，要百里轻淼作为诊金交换，这样就可以带着她去见贺闻朝。说不定你还可以在医治我时留下一点点隐患，方便以后对付我，是也不是？"殷寒江问道。

他说得分毫不差，药嘉平震惊地道："你、你怎么知道？"

他怎么知道的？这套路《灭世神尊》（第二卷）中写过太多次了！药嘉平飞升仙界后，就一直装作不认识贺闻朝等人的样子，一旦贺闻朝与谁结怨，他便假装医仙投靠对方，与贺闻朝里应外合，打倒对手。

这次也是如此，药嘉平欣赏贺闻朝对百里轻淼的"深情"，听贺闻朝说小师妹被魔道的人绑走，恐怕会惨遭不测。药嘉平见他那样子，就想起当年惨死的心上人，不忍一对神仙眷侣就此阴阳两隔，便答应来救人。他自视甚高，认为就算玄渊宗的人识破他的意图，也会顾忌医修的身份，不会拿他怎么样。

没想到殷寒江毫无顾虑，对药嘉平半点没客气，药嘉平忍着剧痛喊道："殷寒江！你别以为我看不出你心魔入体，就算有堪比上仙的实力又如何？不出十年，你定会经脉错乱爆体而亡！越是强行使用超出宗修界的实力，你死得就越快。我敢断言，宗修界只有我一人能医好你，早晚有一天你会跪着来求我治你！"

"用不着。"

一柄破军刺穿喉而过，药嘉平被钉在墙上，血流不止。

散仙当然不会这么简单就死去，药嘉平挣扎了两下，发觉破军刺竟同时刺穿了他的神魂，越是挣扎神魂越容易分裂。

见他终于老实了，殷寒江撕下百里轻淼的一块衣角擦擦手，丢在药嘉平的脸上。

"师坛主，"殷寒江道，"我记得你有一招剥皮换形的法门？"

这时毫无存在感地一直躲在门口发抖的师从心弯腰小步跑进来，乖巧地道："是，皮上沾了对方的气息，很难辨别真假。"

"我要这张皮。"殷寒江舔了下嘴唇，"丑是丑了些，不过身量与我差不多。百里轻淼在玄渊宗做客一年多，也该有个人送她回上清派了，是不是？"

"我、我自己就能回去。"百里轻淼不知什么时候清醒过来的，抱着膝盖坐在地上，满脸惧怕地看着殷寒江。

"那多不好？"殷寒江冷冷地扫了她一眼，百里轻淼顿时不敢说话了。

"殷副宗主，药嘉平虽心怀不轨，可他的话确实不假，你需要他救治。"钟离谦收到闻人厄急促的传音，顶着压力硬着头皮说道，"殷副宗主可能不在乎自己的性命，但闻人尊主若是有万分之一的机会回来，一定不愿意看到殷副宗主受伤。"

钟离谦的这句话说动了殷寒江，红衣男子身上的戾气没有那么重了，他问道："师坛主，剥皮会死人吗？"

"不会，一个散仙怎么会因为剥皮就死？"师坛主郑重地说道，"属下一定小心翼翼，绝对不会伤到他的性命。"

"殷……你敢……动……我，就……等死……吧，我……绝不会……医……你……"药嘉平因喉咙被穿透，艰难地说道。

殷寒江根本没理会他，让药嘉平点头的方法太多了。

"三日内，本座要一张完好的皮。另外，钟离坛主，'信枭'我已经交给你了，那些曾将做过的坏事扣在玄渊宗头上的修者名单我也给你了，一个月内，本座要见到这些人，活着的。借了玄渊宗的名，也该收些利息。"

殷寒江将事情吩咐下去便不再烦心，转身走出待客厅。尊上曾说过，术业有专攻，麻烦的事情交给手下去做就好，当宗主的人等结果就够了。

闻人厄没去理会为难的钟离谦，紧跟着殷寒江回到房间，立刻显形问道："你为何不让药嘉平医治你？治好了再剥皮也可以，不是吗？"

殷寒江这次总算回答了，低声道："治愈后，就见不到尊上了。"

第十六章

入魂之术

第十六章 入魂之术

1

即使明知眼前是幻象，殷寒江也不会攻击闻人厄的虚影；即使命不久矣，殷寒江也不希望见不到闻人厄，哪怕他知道这一切是虚幻的。

心魔之所以为魔障，正是因为深陷其中者不愿抽离。

闻人厄取出神血，紧紧地握住那块石头，抓住殷寒江那只手，将它按在自己的脸上。

殷寒江不敢面对的，闻人厄来打破。

自己不在时的殷寒江，闻人厄看到了，光彩夺目，耀眼异常，比闻人厄在时更加吸引人的注目。殷寒江的执念，闻人厄也看到了，这不是一时心血来潮，是长达百年的执念，是早已无法拔除的根深蒂固的执念。

闻人厄轻声说道："殷寒江，本尊允许你与我并肩，并且只有你一人配站在我的身侧；殷副宗主，你又是否也能让我行到你身边去？"

他却不知，在殷寒江眼中，竟是无数个"闻人厄"在眼前剖白，混在其中真正的闻人厄，竟然显得格外虚假。

闻人厄以为，殷寒江的心魔是他的死与无法并肩而终的痛，此刻表明身份，这心魔也就不攻自破了。他没有看到殷寒江眼前的画面，不知道这一切显得多么虚假，比起闻人厄还活着，倒更似病入膏肓，不仅视觉、听觉被幻象蒙蔽，连触觉都变得不真实。

"不、不、不！不可能！"殷寒江摇头道，"你不可能是尊上，你只是心魔。"

比起眼前的人，《灭世神尊》（第二卷）中焚天仙尊的话似乎更有说服力。殷寒江眼神凝滞，歪歪头，看起来很不正常地说道："是未来的我说的，尊上曾说过记载命数的《灭世神尊》（第二卷）中的我提到的，尊上已经死了，因为……"

殷寒江没有说出"百里轻淼"四个字，不想提到这个名字。

"我是！"听殷寒江更相信书本上的内容，闻人厄拿出《虐恋风华：你是我不变的唯一》以及《灭世神尊》第一卷和第三卷，"这三本书是你亲眼见我得到的，心魔绝不会出现在你完全没有看过的书中。你打开看看，剧情已经改变了，命数是可以改变的。"

闻人厄不忘拿出一件普通的深蓝色袍子为自己穿上，一手抓着神血不放，一只手快速抓住殷寒江，不让他逃离。

当闻人厄想要得到什么时，绝不会让对方有拒绝的机会。

他现在越发确定《虐恋风华：你是我不变的唯一》中的闻人厄绝对不爱百里轻淼，默默爱她，只要看到她与贺闻朝幸福就安心了？大错特错！闻人厄从来都是霸道的，想要的人若不是他的，就算玉石俱焚，他也不会选择退让。

"殷寒江，那日在灵泉边同你一起饮酒的就是我，你的执念，我明白了。"闻人厄道。

"你说什么？"殷寒江完全无法相信，从那一天开始，面前的就不再是幻象，是尊上？他脑海中一团乱麻，头痛得几乎要裂开。

殷寒江一把推开闻人厄，双手抱住头，感觉自己被割裂成了好几份。

一个他告诉自己，相信吧，相信眼前这个人是真的；一个他又说道，闻人厄死了，你亲眼看到的，闻人厄在幽冥血海中；又一个他说道，全部是心魔，一切都是假的。

闻人厄看见殷寒江的元神分成好几个，每一个都要破体而出，不敢再逼迫对方，忙将一道混沌能量注入殷寒江体内，帮助他稳定神魂。

魔尊不明白，心病需要心药医，只要心结消失，一切不就会迎刃而解了吗？为何会变成这个样子？

"哪个是真的，哪个是假的？"殷寒江的头发披散下来，眼眶赤红，近似疯魔。

闻人厄抓着神血道："殷寒江，你看看我，看看本尊！"

殷寒江稍稍冷静下来，视线落在闻人厄的脸上，又歪歪头，看到闻人厄手上的红色石头。他将手放在石头上，问道："这是什么？"

"是神血。"闻人厄回答道。

"我见过这块石头，"殷寒江双手放在石头上，眼神迟滞，颤抖着说道，"它是真实的吗？"

"是我在幽冥血海得到……"

闻人厄尚未来得及解释神血的来龙去脉，这背后有一个很复杂的故事，殷寒江便已经将神血与记忆中闻人厄丢给百里轻淼的石头融合在一起，问道："尊上会将此物交给百里轻淼对吗？尊上入幽冥血海就是为了它对吗？"

"也不全是，我……"

"哈哈哈哈——"闻人厄的话音未落，殷寒江便喷出一口血来，发出苍凉的笑声。

他几欲分裂的元神渐渐融合起来，但并不是闻人厄想要的。

殷寒江好像听到尊上在他耳边说"信任""先天神祇""命数"之类的话，但他听不清楚了。他眼睛模糊，耳朵很难听清外界的声音，哪个是真的？

是了，尊上说书上所写为真。

殷寒江抓住闻人厄放在地上的《虐恋风华：你是我不变的唯一》，随手翻开后面的一页，见上面写着：殷寒江掐住百里轻淼的脖子，面目狰狞，神色扭曲，阴狠地说道："尊上为你而死，你难道不该为他殉葬吗？"

那一瞬间，他什么也听不到、什么也看不到了，眼中只有文字。他快速向后翻看，看到自己杀百里轻淼不成，百里轻淼抱着神血跳入幽冥血海，重新得到神格。融合神格时，百里轻淼心中暗暗感慨，要不是闻人厄临死前给她这块石头，这一次她必死无疑。

"够了！"闻人厄见殷寒江翻到的全是修改前的内容，且根本没有听他在说什么，一把夺过书，指尖在殷寒江的额头上轻点，混沌能量进入殷寒江体内，强硬地压下殷寒江几欲爆体的真元。

殷寒江昏迷过去，眉头还是皱着的，闻人厄一把拖起他，身形一晃，出现在钟离谦的房中。

"为何会如此？"闻人厄将昏迷的殷寒江放在钟离谦的床上。

钟离谦放下手中的玉简，没有询问发生了什么，探向殷寒江的脉搏，过了一会儿问道："尊主，殷副宗主为何突然心绪大乱，心境大跌，完全无法压制目前已达到仙人境界的实力，导致体内真元失控，险些自爆仙灵？"

"本尊也想知道。"闻人厄半抱着殷寒江，不明白事情为何会变成这样。不就是心魔吗？心结不是解开，心魔不是便会消失吗？莫非……殷寒江的心结根本不在此？

钟离谦沉默片刻，取下蒙眼布，看向闻人厄的表情。他忍着视野中不断出现的百里轻淼，在其中辨别出闻人厄此时的表情，愣住了。闻人厄大概不知道自己现在是什么眼神，他望着殷寒江，眼中满是惧怕。

魔尊一生没有怕过什么，唯有此刻，他害怕殷寒江死去。

"尊主对殷副宗主说了什么吗？"钟离谦重新戴上蒙眼布问道。

"本尊……"

钟离谦心下了然，依旧沉着、冷静地说道："尊上，谦初次见到殷副宗主时，便在他的身上看到入魔之相，曾劝他莫要强求，他却回答，从不求。

"谦虽不通执念，但多年来饱读诗书，倒也观出一些道理来。世间凡有执念者，就不可能不求。不求者，要么是不够执着，要么是不敢求，尊主认为殷寒江是哪一种？"

大概是不敢，闻人厄这几日暗中观察殷寒江，发觉他似乎笃定一件事，那便是心魔是妄念，是假的。

"尊主，人不论是大喜或是大悲，都容易心境失常。殷副宗主刚刚承受失去尊上之痛，又心魔缠身，此时遇到大喜之事，就好像烈火中的瓷杯遇到冷水，火焰熄灭的同时，杯子也会承受不住冷热交加的冲击而碎裂。"钟离谦道。

殷寒江不像闻人厄那般坚定强大难以撼动，他多年藏在心里的执念只敢对幻象说。若是没有心魔，闻人厄又循循诱导，温水慢慢煮，殷寒江倒有可能相信闻人厄没死，但此时太过突兀。冷热交加的确能够平衡温度，可处在冷热交替中的物体，又是否拥有承受如此庞大能量的精神呢？

钟离谦道："尊上可听说过，慧极必伤？舒护法游戏人间，阅尽花丛，为何从不留心？皆是因'情'之一字太过伤身。殷副宗主靠'执'强行提升实力，反噬也比其他法门更强烈。天地不仁，大道无情，通往天道的路上，只有无情道。"

"本尊明白了，是本尊的错。"是他忽略了殷寒江的性格，以及殷寒江受到重创的神魂是否能够承受这样的消息。闻人厄坚定地道："但本尊不会认错。"

他发出一张传讯符给师坛主："把药嘉平给本尊带来！"

殷寒江必须陪着闻人厄，绝不可以一死逃离。

2

药嘉平还没被剥皮，殷寒江是要一张完整的皮，但药嘉平的脖子被殷寒江刺穿了。为完成殷寒江交代的任务，冥火坛坛主师从心先小心翼翼地用灵药治疗药嘉平的伤口，便将人放入药水中浸泡，一定要泡够二十四个时辰才能作法提取皮肤，否则易形后容易露出破绽。

师从心在玄渊宗一直唯唯诺诺的，从未受过如此重用。今天舒护法与钟离坛主都被殷副宗主训斥了，而他得到了任务，还有点小开心呢。

自从顶了裘丛雪的位置成为冥火坛坛主，师从心一直胆战心惊。提拔他的袁坛主勾结正道被殷副宗主杀了，裘护法带回一个叫宿槐的有肉身的鬼修，说是等着日后宿槐的修为高了，就帮宿槐干掉师从心，接管冥火坛。

殷副宗主新任命的总坛坛主钟离谦还视宿槐为亲传弟子，师从心在心中默默流泪，觉得自己早晚有一日会被干掉，身居高位的日子一点也不好过。

好在一朝天子一朝臣，殷副宗主上位后逐渐重用他，他一定要好好完成殷副宗主交办的任务，喀喀喀！

谁知不过三个时辰，他刚将药嘉平泡好，就收到了闻人尊主的传讯。

尊主回来了？那他以后听谁的？

师从心哪个也不敢得罪，只好拎起半死不活的药嘉平，将人带到闻人厄面前。

闻人厄回来后竟然在钟离坛主的房中，难道两人正密谋如何从殷副宗主手中把玄渊宗抢回来？是他站队的时候了，师从心下定决心，要暗中向殷副宗主传递消息，好让殷副宗主有个准备，到时候……裘丛雪、舒艳艳、钟离谦、宿槐……喀喀喀！

正得意地想着的师从心走进房间，见到他想要投靠的殷副宗主已经受了重伤，无力地躺在床上，顿时咳得更厉害了。

"闭嘴。"身着蓝衣的魔尊较过去威势更强，看都没看师从心，视线落在殷寒江的脸上。

　　心机深沉的钟离谦将师从心拉到一边，传音道："暂时不要打扰尊主，药嘉平还没死吧？"

　　他一定是不希望我在魔尊面前表现！师从心暗暗想道，不过表面上还是传音道："多谢钟离坛主提点，还没死，咳咳咳。"

　　钟离谦的脸转向师从心，他明明蒙着双眼，却令师从心有种所有想法都无所遁形的感觉。这一定是错觉，不过是月光恰好透过窗子照在钟离谦的脸上，才让他有这种错觉的！

　　师从心传音问道："钟离坛主这么看我，有什么事吗？咳咳咳。"

　　"无事，只是没想到你传音时都会带上咳嗽。"钟离谦传音道。

　　师从心顿时无语。

　　他、他只是习惯而已，修人间七苦，自然要时时刻刻苦，就算病气被百里轻淼吸走，装也要装出生病的样子啊！咳咳咳！

　　师从心不敢去看钟离谦，生怕被这人察觉到自己的小心思。他专注地看着尊主，只见闻人厄低下头，他瞪大眼睛想要瞧清楚尊主究竟要做什么时，闻人厄的长发滑下，挡住了他的视线。

　　过了一会儿，闻人厄才抬起头来，用极为痛苦压抑的声音道："是本尊操之过急了。"

　　师从心缩在墙角里，吓得用牙齿咬住四根手指，不让自己发出声音。

　　尊主这是在做什么？

　　闻人厄看都没看师从心，他的手对着药嘉平一伸，药嘉平向他飞过去。闻人厄五指抵在药嘉平的天灵盖上，随手一抽，抽出了药嘉平的元神。

　　"这是……"钟离谦忍不住发出疑问。

　　"本尊自幽冥血海学到的心法，可以完整地抽出一个人的记忆、能力并收为己用，旁门左道罢了，不值得一提。"闻人厄不在意地说道。

　　幽冥血海中封印着十八万魔神，闻人厄这一年多过得并不轻松。他利用血魔破坏身上的血纹，等于破坏一个血修的根基，又被九大高手重伤落入血海之中，功力尽失。

　　他赌的便是书中提到的那块保护百里轻淼且能唤醒神格的石头，只要能够得到神血，他就可以在血海中修炼，吸收混沌能量。

　　果然，得到神血后，闻人厄的神魂暂时被神血保护起来，可同样，血海深处的神格也与神血呼应，不断将闻人厄拖入血海底部。

　　闻人厄这一年多从神血中悟出修神之法，一边吸收混沌能量，一边与神格对抗。

　　幽冥血海底部游离着无数魔神，他们想要杀死闻人厄取代他进入宗修界，闻人厄越战越勇，杀死不少魔神并得到了他们的心法。

他早就想回宗修界了，只是神格束缚着神血，不让闻人厄离开。

直到前些日子神格的力量忽然变弱，闻人厄才有机会凝聚力量冲出幽冥血海。

后来他从书中知道，百里轻淼在幽冥血海心神受到重创，又与神格距离极近，被神格控制，一心求死。直到殷寒江的杀意唤醒百里轻淼，她的意志力占了上风，神格对神血的束缚力才变弱的。

殷寒江做得真的很好。他没有因为仇恨将百里轻淼炼成灯油，还在不经意间唤醒她的神志，给了闻人厄逃出幽冥血海的机会。

药嘉平自视甚高，认为自己的医术无人能及，哪知道闻人厄根本不在意他是否愿意医治殷寒江，只需要药嘉平能治就可以了。

也是闻人厄知道殷寒江的心魔有救，才敢对他说可以先治疗再易形，又在听到殷寒江的理由后，再难自控。

是他过于托大了。

闻人厄安静地吸收了药嘉平的记忆，略过他与小怡的过去，以及每次见到与小怡相似的女子时就会痛苦难当的心情。

很快，他找到了治疗殷寒江的方法。

殷寒江的问题不在身，在心。他的修炼没有任何问题，唯独心境撑不住修为。

强大的力量更需要强大的心境，一旦心境压制不住境界，人就会走火入魔。走火入魔者一般分两种，一种六亲不认，为了纾解体内狂乱的真元变得嗜杀；另一种则是将真元控制在体内，无论多难受都不会伤到其他人。

殷寒江很明显是后者，他的忍耐已经成为习惯，这种伤需要双管齐下，一方面疏导他体内的真元，另一方面以入魂之术找到症结所在，破除心魔。

疏导真元容易，闻人厄的混沌能量可以转化成各种力量，这是最本源的能量，任何狂乱的真元在混沌能量面前都变得服服帖帖的。

闻人厄将元神塞回药嘉平体内，又丢还给师从心，让他该干什么干什么去，趁着药嘉平还有一口气，尽快施展易形之术。

他又瞧了钟离谦一眼，钟离谦忙离开房间，为闻人厄布置守护阵法，将空间留给两人。

闻人厄小心翼翼地让殷寒江躺平，弯下腰正对殷寒江的眉心。

此刻的他没有实体，身既是魂，魂也是身，光芒闪过，闻人厄消失不见，只留下一件蓝色的衣服盖在殷寒江身上。

药嘉平的经验告诉闻人厄，他不可能一次治愈心灵的伤痛，要多次入魂才行。现阶段闻人厄要做的是在殷寒江的记忆中，寻找那个让他疯狂的点，暂时让殷寒江恢复正常。再一点点向前，不断地在殷寒江的记忆中灌输"闻人厄没有死"的信息，等殷寒江慢慢接受后，闻人厄就可以现身，亲口告诉殷寒江这件事了。

他循着殷寒江的记忆，来到几个时辰前，"看"殷寒江正与自己对峙。

这一次，通过殷寒江的记忆，闻人厄终于"看"到当时还有多少幻象在殷寒江身边。"见"到这一幕，闻人厄苦笑了下，笑殷寒江的心魔，也笑自己的自负。

殷寒江的眼中起码有十几个闻人厄，在这种情况下，他要如何才能分辨出哪个是真，哪个是假？这太难了。

他看着记忆中那个自己说了话后，殷寒江发狂，明明可以在说出口之前改变这段对话，闻人厄却没有这么做。

他不希望随便改动殷寒江的记忆，更不愿意抹杀自己曾说过的话，已经发生的事情，他不会去改变。

入魂中的殷寒江翻着《虐恋风华：你是我不变的唯一》，口吐鲜血，目不能视，耳不能听。只有在深入他的魂魄中时，闻人厄才能体会到他究竟有多痛。

殷寒江不是不想相信，而是没有办法。当视觉、听觉、触觉全部都在背叛自己时，他要如何才能相信身边发生的一切？

望着跪在地面上翻书的殷寒江，闻人厄走过去，低声道："你可以将我看作心魔，我不再强求你相信，此刻至少允许我对你说句话，至少听到我的话，不要推开我。"

入魂不过是进入魂体的记忆，是已经发生过的事情，殷寒江不会因为这个回忆再度崩溃。他停了下来，感受到身后的人。

没有人再逼他去相信什么，殷寒江静静地闭上眼。

魂体中，闻人厄柔声道："你可以不相信，但至少期待一下，期待一下我还活着，好吗？你要知道，这世间能够伤到本尊的事物寥寥无几。"

尊上还活着，这样的话仅是听到就令殷寒江无比开心。他闭着眼温顺地点头："嗯。"

见他愿意相信这一点，闻人厄放心不少。现在殷寒江的元神受创，入魂时间太长反而会伤害到他的魂体，闻人厄见时间差不多，有些事情来不及解释，心念一动，低声提醒道："殷寒江，你翻错书页了，等你醒来后，打开《虐恋风华：你是我不变的唯一》，看本尊已经修改过的内容。"

说罢，闻人厄离开殷寒江的魂体，回到现实中。他将人带回自己的房间，把殷寒江轻轻地放在床上，留下《虐恋风华：你是我不变的唯一》《灭世神尊》（第一卷）和《灭世神尊》（第三卷）三本书后，转身离去。

百里轻淼不知第多少次从昏迷中惊醒。她白天被殷寒江吓得高烧退不下去，一直在做噩梦，这会儿可算好受一点，迷迷糊糊地起身想喝口水，却看见一个人于黑暗中站在她的床头。

"闻、闻人前辈！"百里轻淼吓出一身冷汗，烧倒是退了不少。

"本尊来只是为了告诉你一句话，你不需要理解，只要听到就好。"闻人厄说道。

"晚辈听着呢，闻人前辈你究竟是生是死？"百里轻淼问道。

"本尊还活着，"闻人厄道，"本尊要你听到的话是，闻人厄只允许殷寒江一人与我并肩而行。"

3

殷寒江在闻人厄的房间里醒来，体内还残留着真元错乱留下的隐痛，不过已经好多了。

他的心情意外地十分平静，仿佛做了一个很长很长的梦，梦到尊上回来了，他悲喜交加之下险些走火入魔而亡。好在梦醒后，他能够回想起"尊上还活着""没有什么能够难倒他"这两件事。

只要闻人厄还活着，殷寒江便心安了。至于其他事情，他不太敢去回想。

床头放着三本书，第一本便是《虐恋风华：你是我不变的唯一》。

殷寒江没有去动那本书，而是将眼前的每个心魔幻象都碰了一遍，发觉全是无法接触到的虚影，心中竟稍稍安心了不少。他现在有些无法面对这些心魔，一想到其中可能藏着个真的尊上，便觉得全身不适。

以往他跟着闻人厄，隐忍已经成了习惯。前些日子他过于放纵了，也不知被尊上看到了多少，殷寒江一想到这点便喉头一腥，又想吐血。

不对，梦里尊上似乎也有碰不到、摸不着的时候，根本不能用是否有实体来辨别心魔和本体。殷寒江略带慌张地看向那些心魔，他们每个都望着殷寒江，一双双眼睛令殷寒江觉得自己无所遁形，巴不得就地消失。

他抓住双臂，指尖划破手臂，强行冷静下来，认真回忆昨夜发生的事情。

其实他脑子里的记忆很模糊，他只记得自己似乎发了狂，尊上对他说了很多话，他都不记得。唯有一句"你翻错书页了，看本尊已经修改过的内容"殷寒江记得清清楚楚，仿佛尊上在他耳边说了很多次。昨夜癫狂冷静下来后，他已经渐渐相信闻人厄还活着。最初情绪波动过大，触动心魔，此刻平静下来，他已经可以冷静地对待此事，悲伤散去，只余喜悦。

殷寒江尽可能地板起脸，让表情变得沉静内敛，拿起《虐恋风华：你是我不变的唯一》，书里掉出一张字条："在钟离坛主处，心魔中没有我。"

落款是"闻人厄留"。

殷寒江立刻变得安心起来，坐姿变得随意起来，倚在床上怀中抱着书，想着尊上还活着，而且已经回来了，喜悦涌上心头，不由自主地笑了出来。

"本尊回来这么让你开心吗？"一个心魔靠在床边问道。

殷寒江瞧都没瞧这心魔，翻开书，从第一页开始看起。

剧情已经被改得面目全非，修改版与原版的内容大相径庭，原来剧情只能从许久前的评论中看出端倪。不过殷寒江还是从几年前的评论和后面尚未来得及改过的剧情中发现书中的自己在尊上死后做了些什么，比现在有过之而无不及。一想到尊上竟然在四十多年前便看到了这本书，殷寒江就有种想把自己点了的冲动。

他体内气血翻腾，才看了一点就看不下去，合上书默念清心咒。

幸好闻人厄不在他面前，殷寒江还能保持冷静，若是像昨夜一般，殷寒江只怕又要发疯。

也亏得是看书，看不下去他可以停下来缓一缓。殷寒江调息过后，刚要再去看时，听到有人敲门，师坛主的声音传来："殷副宗主，属下有要事禀报，是关于闻人厄的！"

殷寒江本来不想理会他，但听到尊上的名字，还是藏起书让师从心进门。

师从心走到桌旁，对面若寒霜的殷副宗主说："殷副宗主，属下昨夜发现，闻人尊主还没死！喀喀喀！"

"嗯。"殷寒江沉稳地道。

师从心见殷寒江竟然没有反应，心想他是好不容易鼓起勇气来提醒殷副宗主的！现在正是站队的时候，钟离谦显然已经跟了闻人厄，他再投靠魔尊肯定没有前途，唯一的选择只有殷寒江。

想到钟离谦、衾从雪、舒艳艳还有虎视眈眈地盯着自己的坛主之位的宿槐一脉，师坛主觉得自己怂了一辈子，也该勇敢一次了！于是他大着胆子说道："殷副宗主有所不知，昨夜闻人厄与钟离坛主已经暗算过你一次了，喀喀喀！"

"你说什么？"殷寒江眼神中藏着一丝杀意，师从心胆敢在他面前诋毁尊上，杀无赦。

对他的杀意一无所知的师从心还在说："昨晚魔尊命我带药嘉平去钟离坛主的房间，属下到了之后，见你昏迷着，魔尊对你不知做了什么，这件事你可记得？"

"不记得，"殷寒江看着师从心满是病容的脸，伸手探向对方的脖子，手掌贴着他的动脉问道，"师坛主又看到了什么呢？"

师从心道："喀喀喀，虽然当时闻人厄的头发垂下挡住了属下的视线，但我还是看到，魔尊当时恐怕吸收了宗主你的真元啊！"

他将自己透过头发看到的事情点到即止地讲了一下。

"喀喀喀！"

这次咳嗽的不是师从心，而是殷寒江。

他听到师坛主的话后，剧烈地咳嗽起来，搭在师从心的脖子上的手也收了回来，捂住正在咳嗽的嘴。

师从心不免疑惑：难道他的病气过给殷副宗主了？不对啊，他的病气早就被百里姑娘抽走，他自己都没多少病气了，功力大降，只能装病示人。

"本座晓得了，你出去吧。"殷寒江咳嗽够了之后说道。

师从心还想说些什么，见殷寒江侧过脸不再看他，只好失望地离开。走到门口，他听到殷寒江说："有木料或者其他制作面具的材料吗？"

"有的。"师从心自储物法宝中拿出一块上好的冥铁，是他留着大乘期打磨本命法宝用的。

"用不着这么好的……算了，你出去吧。"殷寒江收下冥铁，赶走师从心。

他捏着冥铁，用焚天鼓中的火焰裹住这块顶级材料，很快这块冥铁就变成了一个鬼面具。

殷寒江将鬼面具戴在脸上，挡住面庞，心中才缓缓平静下来。

这一次他做足心理准备，翻开书，挑着有闻人厄的情节看了起来。至于书中百里轻淼在门派中如何与贺闻朝相处、三十年间四人组的游历与殷寒江没有什么干系，他一目十行地扫了过去。

不到一个时辰，殷寒江便翻到《虐恋风华：你是我不变的唯一》的最后一章，看到闻人厄站在百里轻淼床头，对着她说："本尊要你听到的话是，闻人厄只允许殷寒江一人与我并肩而行。"

这句话他昨夜已经听过一遍了，当时思绪极其混乱，不知道该不该相信。现在，他先看过原版的结局和评论，知道这是未修改的部分，是没有发生过的。又有师从心的汇报，还戴上了令他安心的鬼面具，他再看到闻人厄当着百里轻淼的面说的这番话，又是另一种感觉。

他按住鬼面具，生怕它掉下去，继续向下看——

百里轻淼战战兢兢地问道："闻人前辈为何不直接对他说？"

闻人厄苦笑一下道："他可能不相信。"

百里轻淼想了想贴心地建议道："但是言语或许很难传达心情，行动往往更令人安心。像我……罢了，我是个错误示范，师兄无论做什么都无法令我安心。"

"你的反例倒也可做个警示。"闻人厄道。

百里轻淼立刻感到无比扎心，不过她是乐于助人的性子，只好坚强地讲了讲自己与师兄的事情，说起两个人从相互信任，到她被背叛，越说越想哭。

"本尊知道了，引以为戒。"闻人厄点头，"所以本尊才更要向你说清楚，希望他能明白。不管是隐忍内敛的殷寒江，还是随心肆意的殷寒江，都好。殷寒江就是殷寒江，不必伪装。"

看到这一段，殷寒江只觉得整个人的血脉都已经沸腾起来。

他再去看修改版的书评——

奇怪，看原版的时候，我本来挺害怕殷寒江的，现在怎么觉得他有点可爱？拿女主的裙子擦剑、擦手什么的，把我们甜花当成抹布吗？

抹布也比当成灯油好，我也觉得他变态到有点可爱了，天哪，我这么多年经历了什么？

已经从单纯的少女变成怪阿姨了，看到他不仅不害怕，反而有点想尖叫，啊啊啊啊，再给爷疯狂一点！

看完最新的一章了，回头去看了看文章标签，很好，作者不仅改了剧情,还把原来的标签删掉了。

楼上没看隔壁论坛的热帖吧——论《虐恋风华:你是我不变的唯一》原版与修改版中的隐藏感情线,里面已经分析得很透彻了。

已经不叫原版和修改版了,叫前世、今世。

殷寒江只觉无语。

4

鬼面具下的殷寒江看不出喜怒。他的指尖在"本尊还活着"五个字上反复摩挲数次,心中渐生狂喜。

尽管记忆还是混乱的,现实与幻象交错,但昨夜的经历告诉殷寒江,闻人厄还活着,师从心说见到了尊上,甚至这本他视作证据的书,也写着尊上尚在人世。

这比什么都重要。

他迫不及待地想要见到尊上,即使这样剧烈的情绪波动令殷寒江体内血脉沸腾,心魔肆意也没有关系。

殷寒江抓起那张字条,对,尊上在钟离谦那里。他捏紧字条,飞快地飞到总坛的议事厅,见钟离谦正独自处理事务,身旁有四五个"闻人厄",手上皆握着神血。

看到这样一幅画面,殷寒江停住了脚步。为什么会这样?即使明知尊上还活着,心魔却不会这般简单地消失,他竟然连哪一个是真正的闻人厄都认不出!

钟离谦感到殷寒江的到来,安分地离开议事厅,将空间留给两人。却不知道钟离谦走了,殷寒江更加觉得不安,没有人帮他确认,他辨别不了。

这时一个闻人厄开口道:"本尊握着神血便会有实体。"

殷寒江忙奔过去,轻轻地握住那人的胳膊,是实体的。

"尊上!"他单膝跪地,声音压抑地道,"您还活着,真是……"

一时间殷寒江竟不能言语,吐出一口血来。他不想被尊上看到,又硬生生地将血咽了回去。

昨夜是他失态,今日决不能让尊上再看到自己这副样子。

闻人厄将他拉起来,认真地道:"殷寒江,我不喜欢你跪我。"

他慢慢取下殷寒江戴着的鬼面具,笑道:"我说的话,你可看到了?"

"看……"殷寒江只说了一个字,口中便溢出鲜血,他忙用手捂住,鲜血从指缝中淌了出来。

"殷寒江!"闻人厄万万没想到,两人再次见面竟会是这样。他本以为……至少可以正常见面接触,不承想,殷寒江太能忍耐,他险些没有发现对方的痛苦。

他忙以手抵在殷寒江的心口,注入一道混沌之力,发觉殷寒江体内的真元乱得厉害。昨夜明明已经治疗过，今日殷寒江见到他，竟然又受伤。

"尊上，属下无事。"殷寒江道，"属下只是开心，我……"

闻人厄见他勉强的样子，连忙为他戴上鬼面具。有这一层阻隔，殷寒江这才好受一点。

这一刻，殷寒江内心感到无比懊恼。明明是久别重逢的日子，他竟然……

"别勉强。"闻人厄用手捂住殷寒江的眼睛，不让他再看自己。

在黑暗中，殷寒江听到闻人厄说："昨日是我心急，令你伤了根基，心境稍有起伏就会引动心魔。你在宗修界没有仙气温养，若不解决心魔，很难恢复。"

"是属下没用。"殷寒江握紧拳头。

"谁说你没用？！"闻人厄道，"本尊不在这段日子，你做得很好。你收服两位护法与四位坛主，稳定军心，没让玄渊宗乱起来，又重新整合'信枭'，揪出那些对玄渊宗不利的人，没人能比你做得更好。"

目不能视，殷寒江不用从一堆幻象中辨别哪一个是闻人厄，戴上鬼面具，让闻人厄看不到他的表情，这两个保障令殷寒江心境稍稍平稳，他问出了自己最关切的事情："尊上，你为何要靠神血才能凝固形体？"

闻人厄简单地讲了下幽冥血海中的事情，殷寒江一听便理解，等于是宗修界那些人毁掉了闻人厄的肉身。尊上失去身体支撑，只能以神魂修炼，虽然吸收混沌能量功力大增，但终究不是办法。

知道了闻人厄这一年多的经历，殷寒江心中更恨贺闻朝，鬼面具下的表情渐渐扭曲起来。

"神血中的力量还要留给百里轻淼做收服神格之用，我不能随意使用，这段时日玄渊宗还需要你管理。关于血魔之事，你想怎么做就怎么做。"闻人厄说道。

通过昨夜入魂，闻人厄深知殷寒江郁结于心，又一直活在自己的影子中，若不让他站到人前重建信心，心魔不可能消除。唯一的办法便是让他发泄出来，贺闻朝与血魔自然是最好的突破口。

一听到要保护闻人厄，殷寒江顿时振作起来。是的，决不能让玄渊宗的人发现尊上的弱点，他一定要守护尊上！

见殷寒江的精神振作起来，闻人厄又道："昨夜情况紧急，我不得不用入魂之术暂时安抚你的神魂。这个术法十五日内只能使用一次，要完全治愈还需要施法数次。你……可愿意让我再次入魂？"

殷寒江道："还要劳烦尊上耗费法力救我，这是属下的荣幸，怎会不愿意？"

闻人厄轻叹一声，无奈地道："殷寒江，我不愿你自称属下，也不愿你称我尊上。"

殷寒江顿时愣住，要他直呼闻人厄的名字，这……怎么可以？

闻人厄不想逼迫殷寒江做什么，说道："暂且如此吧，等治愈心魔后，你再这般称呼，我可就要发怒了。"

第十六章 入魂之术

闻人厄知道殷寒江现在因为无法从幻象中识别他十分懊恼，又不想让他看到阴狠的一面，便说道："我需要精修固魂，这些日子就在后山灵泉处修炼。你可放手做事，等下一次入魂的时候，或是……你想见我之时，就来灵泉。"

他刚点头应下，手心便觉得一温，碰到了什么。

闻人厄轻轻点了下殷寒江的掌心，取走他怀里的《虐恋风华：你是我不变的唯一》，便消失了。

他走了许久，殷寒江才慢慢地取下鬼面具，一个人站在大厅中，面色可怕得很。

殷寒江想了很多事情，又仿佛什么也没想。他走到桌前，桌上摆着钟离谦收到的还没来得及处理的"信枭"发过来的情报。

之前殷寒江命"信枭"调查那些诋毁玄渊宗的败类的下落，刚被血洗一番的"信枭"很卖力，才一天时间就收集到十几个人的动向，殷寒江拿着名单离开，与站在门前的钟离谦擦肩而过。

三日后，殷寒江杀气腾腾地绑着几个正道弟子回来，拎到总坛丢给钟离谦："人我弄来了，接下来我还会将贺闻朝弄来，你想个将那些高手引出来的法子，我要让血魔在众人面前无所遁形！"

钟离谦："日前殷副宗主给了属下一个月的时间，此刻才过去三日。就算你抓来这些弟子，我想办法控制他们，再潜回各自的门派造势，里应外合，也需要一段时间。"

而且他还要做闻人厄的情感指导，还要明明什么都看透了装作一无所知，钟离谦真的很累。昨天舒艳艳来探望他，在地上捡起一缕白发，话语间充满嫌弃，说鹤发散人多好听，可千万别成了秃发散人，都秃了还怎么散？

自与百里轻淼同种同心蛊后，他从此卖身玄渊宗，走上了不归路。

他在钟离世家时备受敬重，谁也不敢在他面前大声说话，文人门客对他也是推崇备至。在玄渊宗他则是被前后两位执掌者呼来喝去，昧着良心想办法帮魔道铲除正道中的败类，偶尔被右护法调戏，为左护法一脉三人头疼，还要做闻人厄的军师。

奇怪的是他竟然没有想要逃离的意思，而是一边头疼一边接下这些繁杂的任务。

大概是比起貌合心离，当面君子背后小人的宗修世家，他更向往这种坦荡的行为吧。

"人我交给你了，几位坛主、护法若是不听你的派遣你就来找本座，务必在近期内解决这件事，不能让尊上久等。"殷寒江说道。

钟离谦摸了摸头顶的头发，无奈地答应了下来。

随后殷寒江立刻去找师从心，闯进冥火坛，一身煞气吓得一众鬼修躲得远远的。

"药嘉平的皮剥完了吗？"殷寒江不耐烦地问道。

"喀喀喀，成了、成了！"师从心双手奉上一套叠得好好的人皮，将易形的口诀交给殷寒江。

殷寒江略带嫌弃地收下这层皮，拎着师从心来到总坛，把人放到百里轻淼的房里道："将她身上的病气吸回来，本座要带她去上清派，这么病恹恹的会拖累本座。"

百里轻淼知道殷寒江是要用自己引出贺闻朝，于心不忍，小声道："我听钟离大哥解释过了，那天要杀我的人不是师兄，是附在他身上的血魔，可不可以……"

殷寒江对百里轻淼可没有闻人厄的耐心，一把掐住百里轻淼的脖子，不让她出声，阴狠地道："贺闻朝与血魔勾结是不争的事实，就算他是被利用的，这份因果天道也会算在他的头上。你若是不肯配合，本座大可想办法破了护山阵法屠了上清派。整个门派与贺闻朝一人，你选一个吧。"

他丢开百里轻淼，隐约想起《虐恋风华：你是我不变的唯一》的结局，百里轻淼竟敢拒绝闻人厄，他忽然冷笑道："你因为贺闻朝教导你要爱惜天下苍生甘愿放弃一切，那当苍生和贺闻朝摆在一起时，你会选谁，百里轻淼？"

殷寒江问得太直白，将问题直接丢在百里轻淼的面前，让她难以选择："我……"

她张了张嘴，竟然无法开口做出决定。

"这还需要犹豫吗？"殷寒江逼视着她，"若是我，除了尊主不会有第二个答案。百里轻淼，你口口声声说自己深爱贺闻朝，为他甘愿无视尊上的好，现在不过是区区上清派与贺闻朝摆在一起，你就无法选择了吗？你爱的究竟是贺闻朝，还是沉醉于痴迷某人的状态中？好好想清楚！"

他的话如同当头棒喝，敲打在百里轻淼心上。

第十七章

所谓因果

第十七章 所谓因果

1

　　百里轻淼被当头棒喝的并非苍生与贺闻朝。她与殷寒江不同，殷寒江可以不在意其他人的性命，她从最开始便不是那种人。

　　点醒她的那句话是"为贺闻朝甘愿放弃一切"，她一直以来都这样是认可感情的。百里轻淼在潜意识中觉得，她为贺闻朝放弃了这么多，对他那么好，她那么爱他，贺闻朝为什么这样对她？她不甘心。

　　可是现在她忽然想到，她好像没为贺闻朝做太多事情。

　　百里轻淼问道："殷副宗主，为何你觉得我为师兄会放弃一切？"

　　殷寒江道："就是你为了他取雪……"

　　不对，尊上之前的确告诉过他，雪中焰是百里轻淼为贺闻朝取得的，可是现在被他吸收了。破岳陨铁原本也是百里轻淼帮贺闻朝得到的，现在也归他了。

　　拿了百里轻淼与尊上很多东西的人，是他殷寒江。

　　殷寒江立刻沉默下来，静静地看着百里轻淼，场面一度有些尴尬。

　　殷寒江不在乎外人的死活，但这么多年孑然一身，除了闻人厄的救命之恩、教导之义外，不欠谁什么东西。可是，仔细一想，他是通过闻人厄欠了百里轻淼的，至少雪中焰，是百里轻淼在万里冰原险些被冻死才拿到的。

　　好在百里轻淼没有在意殷寒江的态度，抱着脑袋晃了晃道："你也觉得我好像没为师兄付出什么吧？可为什么，我总有一种十分爱师兄，为他放弃了很多东西的感觉呢？

　　"师兄的根基被毁时，我的确为他取了七彩碧莲心，可最终七彩碧莲心给了柳师姐；我明知道挖掉师兄的元婴的是舒护法，现下却在玄渊宗备受舒姐姐的照顾，关系不说亲密，但也是相处融洽；师兄与柳师姐成婚后，我便离开门派，与钟离大哥、清雪师父和宿槐三人云游天下；在太阴山紫灵阁，锁芯草的确是我拿到的，但也不是为了师兄，而是为了掌门师伯。

　　"难得回到门派，师兄让我暗算裘护法，我没同意。"

　　她越说眼神越诡异，一副"到底发生了什么"的样子，将头发抓得乱糟糟的，疑惑地道："我与师兄早在他成婚时便再无瓜葛，为什么我总有一种他负了我，我不甘心放弃这段感情的感觉？他要辜负也是辜负了柳师姐吧？"

这种感觉殷寒江听着有些熟悉，时至今日，他见到百里轻淼时心中还是会不由自主地涌现出杀意，觉得她有负闻人厄。

见百里轻淼这副神经错乱的样子，殷寒江缓缓扯过她的衣袖，撕掉一块擦擦破军刺刀鞘上不存在的灰。

每当想杀百里轻淼时，殷寒江都会用这种方式克制自己。

被撕了半截袖子的百里轻淼的思绪被打乱，她有些无语地望着自己破破烂烂的裙子，不明白殷寒江对用她的衣服当抹布有什么癖好。

她咳了两声，看向正一脸渴望地看着自己的师坛主，有些不好意思地说："师坛主，我不会释放出病气，还需劳烦你亲自动手。你放心，我已经不会再寻死觅活了，多谢你的照顾。"

"喀喀喀，也没照顾你，你抢走的。"师坛主心虚地咳嗽两声，走上前手掌抵住百里轻淼的背心，抽回他修炼多年的病气。

师坛主完全抽回病气后，忽然发现自己的力量变强了。按理说病气像真气一般，传递一次就会耗损不少，师坛主已经做好实力减弱的准备，谁知病气竟然变得更强了！

百里轻淼经过这段时间的温养，伤势基本痊愈，只要找到合适的材料重新炼制本命法宝就好。她一直身体虚弱，动不动就昏迷也是由于病气影响。她将病气还给师坛主后，整个人精神了不少，思路也清晰了。

她对殷寒江说道："我可以随你回上清派，诱出师兄。不仅如此，清雪长老……裘护法已经将控制柳师姐的魂誓的法宝交给我，我可以命柳师姐做事，但我有个条件。"

"免谈。"殷寒江说道，直觉告诉他自己不可能同意。

百里轻淼却很执着，当初上清派让她陷害裘丛雪她没有答应，现在殷寒江要她做背叛上清派的事情，她也不会答应。

就算殷寒江不同意，她也要说："你的最终目的是血魔，我已经听钟离大哥说过，血魔害死正道十七位高手，成魔后只怕还要危害整个宗修界。吾辈正道修士，决不能让这样一个魔头危害宗修界，甚至危害人间。抛去我的个人感情，贺闻朝哪怕是不知情，被血魔利用，他也是难辞其咎的，不能算作无辜。"

她这番话有理有据，倒是令殷寒江刮目相看，也耐着性子听了下去。

"所以我愿意去上清派诱出贺闻朝，连带一并诱出血魔，可贺闻朝必须交由上清派乃至五大门派公开审判，我们不能随便动私刑。"百里轻淼认真地道。

殷寒江连百里轻淼都想杀，怎么可能放过贺闻朝？不过百里轻淼的想法倒是与他不谋而合，殷寒江是想要为尊上正名的，要让那些正道人士看清楚自己有多眼盲，助纣为虐，害死了尊上！

不过公开此事之后，殷寒江就没打算放过当日参与围剿的修者以及贺闻朝了，他对百里轻淼冷笑了一下，不打算告诉她自己的想法，点头道："公开审判可以。"

"殷副宗主大义,百里轻淼愿随你走一次。"百里轻淼天真地抱拳道。

有了她的配合,殷寒江决定立刻出发。她身上的衣服已经破破烂烂,便请殷寒江出去等候,她换件没擦过破军刺的衣服。

刚把上清派弟子穿的鹅黄色轻衫换上,百里轻淼就看见一个人出现在自己面前,正是闻人厄。

"闻人前辈。"她抱拳道。

闻人厄通过《虐恋风华:你是我不变的唯一》看到百里轻淼的决定十分意外。他其实已经做好了百里轻淼若是不肯答应殷寒江,便附体在百里轻淼身上,自己借助她的身体回上清派引诱贺闻朝的准备。不过这极有可能被血魔看出来,不是上策。现在百里轻淼同意配合,闻人厄放心的同时也有些不解。

"你竟然愿意协助玄渊宗设计贺闻朝,本尊以为,百里轻淼一生都不可能摆脱贺闻朝了。"闻人厄道。

百里轻淼的脸微红,在闻人厄这位有些冷酷,但一直很照顾她的"前辈"面前道出自己的心里话:"我也觉得很奇怪,十八岁时,我觉得自己可以为师兄出生入死;正魔大战后,我一看到师兄便觉得心痛,巴不得将自己的元婴给他;师兄成婚时,我痛苦万分,若不是有钟离大哥帮助,我只怕会跑回上清派偷偷看他;他与柳师姐要是过得不幸福,我或许会违背以往的原则,甘愿委身师兄,做个连自己都唾弃的人。"

闻人厄觉得她的剖析是合乎情理的,书中记载的百里轻淼,要不是有紫灵阁阁主多次阻挠,只怕早就与贺闻朝在一起,成为他的后宫的一分子了。

她与贺闻朝多次纠缠不清,又有神格作祟,根本无法摆脱这段虐恋。

可是现在,一切不同了。三十年的游历,钟离谦将百里轻淼教导得很好,裘丛雪……大概也起到了一点点作用吧。

百里轻淼静静地想了下道:"我方才仔细回想了下师兄成婚前的做法,大概是自幼认定师兄,又为他付出二十多年的青春与感情,难以割舍吧。可是现在,我已经快到七十岁了,在凡俗也是古稀的年纪,少了当年的一腔热血,多了一丝理智。有些事、有些人,越投入、越付出越想要回报,得不到回报,就会抓着不放。可一旦早早放下,就会发现当年的种种只剩下执念。

"殷副宗主的话不全对,但有一句是对的。我细细想过自己与师兄的纠葛,忽然发觉我或许没有那么爱他,而是执着于为一个人付出的感觉,被自己的爱感动了。

"闻人前辈莫要笑话晚辈,晚辈……甚至想不起来一年多前,为何要自尽了。"

百里轻淼一脸淡然,真的被殷寒江的一句话骂醒了。

闻人厄轻笑一下,想到方才在《虐恋风华:你是我不变的唯一》中看到的话,不免有些得意地说道:"关于你倾慕贺闻朝一事,本尊到处询问,近至玄渊宗门人,远至钟离谦、钟离狂,甚至从药嘉平的记忆中也找不到答案。却没有想到,最了解情爱之人，竟然就在本尊身边。"

他费尽心机，甚至连追踪咒、同心蛊这种方法都想了出来，却依旧没能点醒百里轻淼。反而是殷寒江，比闻人厄看得透彻多了。

殷寒江可以不要闻人厄的回应，只要他活着就好，哪怕书中的闻人厄深爱百里轻淼，他也可以为了尊上保护百里轻淼。

也正是因为自己有过这样的体验，殷寒江才一眼看透百里轻淼的症结所在，不过是意难平罢了。

"百里轻淼，"闻人厄拿出那块神血放在她面前，"本尊当年欠你的情，此时可以还清了。此物在身，只要你不离神格太近，就不会被感情影响神志，收好吧。至此你我，再无因果。"

百里轻淼接过神血，一时间只觉得身体充满力量，神血化为一条红色的丝带，成为她的新的本命法宝。她忙盘膝而坐，运转真元炼化本命法宝，闻人厄清楚地看到，她修炼的正是无情道！

闻人厄因先天神祇引起的战争入道，获得力量为家人报仇。百里轻淼被情孽缠身，被殷寒江一语点醒，从此彻底摆脱情孽入道。

所谓因果，似乎早在冥冥之中就已经决定好了。

2

百里轻淼说是换件衣服，殷寒江却在门外足足等了三天三夜！

等到半个时辰时，殷寒江便开始不耐烦，在门前走来走去，想一巴掌掀开大门，又担心百里轻淼正在更衣，衣衫不整，他贸然进入会一不小心看到什么。

殷寒江原本是不在意不小心窥见女子的身体的，对他而言，这不过是一具皮囊而已，莫说是不穿衣服的，没有皮肉的枯骨他都见过不少。舒艳艳与袭丛雪两位玄渊宗护法，一个穿着随性，一个视皮肉为耻辱，常年与这二人打交道，殷寒江实在难有男女有别的概念。

就在他想踹门之时，这些日子不知在哪里闲逛的舒艳艳赶来，笑吟吟地接下殷寒江踹门的劲力，挡在门前。

"殷副宗主莫急，女孩子换衣服，怎么可以随便闯入？"舒艳艳看似从容，实则在内心骂娘。

刚刚闻人厄传讯给她，说百里轻淼入定，钟离谦太忙，实在不忍再麻烦他，便命舒艳艳赶来及时阻止殷寒江破门，免得百里轻淼被打扰，好不容易悟通的无情道又要断了。

闻人厄倒是想自己出门解释，只是殷寒江见到他就会牵动内伤，自己若是从百里轻淼房中出来，殷寒江受原剧情影响，说不定又要胡思乱想。

于是闻人厄便委托距离裘丛雪的道场最近的舒艳艳来解围，至于为什么不是更近的裘丛雪……这还需要理由吗？

舒艳艳早些日子去探望钟离谦，并心疼地捡起对方的落发时，便知道闻人厄已经归来，并且依旧将掌管玄渊宗的职责交给殷寒江，而闻人厄本身对玄渊宗教众同样有威慑力。她立刻明白以后自己的顶头上司将会从一个变成两个，心中默默地感到一丝悲凉。

尤其是此次闻人厄额外点出，要舒艳艳不能提到是他的命令，舒护法更觉为难，甚至有些理解为何钟离谦一个大乘期修者，竟然会出现脱发这等症状。

轻抚自己那一头浓密秀丽的乌发，舒艳艳展开笑颜，轻柔地说道："殷副宗主你呀，强是强了些，可惜跟尊上比起来，似乎还是差了一截呢。"

她走到殷寒江身边，凑近他的耳朵，低声道："你这么闯进去，若是见到百里轻淼衣衫不整，你觉得尊上会怎么想？"

舒艳艳本来以为殷寒江会恍然大悟，谁知他竟不屑地看了眼房门，仰起头傲然道："尊上不喜欢百里轻淼。"

舒艳艳无言。

她发觉自己真是高估殷寒江了，见这人得意地瞥自己一眼，竟然又要进门，忙拉住他，咬牙切齿地传音道："我自然知道，但这件事的重点不是你看到百里轻淼更衣，而是你看到任何人更衣都不合适，无论男女！"

殷寒江的脚已经贴在门上准备一脚踹塌整个屋子了，听到舒艳艳这话，他慢慢地、慢慢地收回腿，板起脸来，仰起下巴，硬撑出一副用鼻孔看人的样子，对舒艳艳传音道："舒护法是玄渊宗的栋梁之材，此事……舒护法以为该如何呢？"

舒艳艳在心中翻了个白眼，表面上却还恭敬地对殷寒江道："不如我先进去看一眼，帮你催促一下百里轻淼如何？属下就是要这么用的，不是吗？"

"嗯。"殷寒江负手而立，一脸从容地转过身，让舒艳艳代劳。

舒艳艳进去转了一圈，出来后道："百里轻淼入定了。"

殷寒江："换个衣服还能换入定？"

"我怎么知道？"舒艳艳道，"贸然闯入可能会导致她走火入魔，殷副宗主若是等不及……"

她回想在房中见到闻人厄的情形，闻人厄让她劝住殷寒江，让他别心急，且不能刺激到对方，免得殷寒江再次走火入魔。

舒艳艳终于明白为何平日里宛若朗月清风的钟离谦最近越发憔悴。她本来想，这个世界还有能难倒钟离谦这等聪慧之人的事情吗？如今难题摆在眼前，她方醒悟，还真的有！

两大之间为难小，闻人厄要她劝住殷寒江，还要小心翼翼、轻拿轻放、切莫激怒对方。魔尊光想着殷副宗主，完全没有考虑过殷副宗主教训她的时候是否轻拿轻放啊！

还好她是舒艳艳，先后辅佐过老宗主、闻人魔尊、殷副宗主三位玄渊宗宗主的女人，她见殷寒江脸上的表情越来越不好看，笑得越发甜美，传音道："殷副宗主若是等不及，倒不如趁着这段时间，修习一下其他功法，如何？"

"本座已过渡劫期，宗修界还有何心法能对本座有益处？"殷寒江冷漠地道。

"那可不一定，比如……"舒艳艳凑近殷寒江，做了一个非常容易读懂的口型。

殷寒江肤白面皮薄，情绪稍有激动就容易上脸。他脸上刚消下去的红晕"腾"地又浮现上来，顿时红衣一甩，挡住舒艳艳的视线，等舒护法再看清殷寒江时，他的脸上已经多了一个鬼面具。

"本座虽然法力高强，可多修习些心法也不是坏处，左右百里轻淼还需闭关，本座倒要看看你的心法能否让本座打发时间。"殷寒江面具下的声音镇定又沉稳。

舒艳艳想：你就装吧，本护法的心法多到你一年都学不完！

心中暗骂一阵后，舒艳艳面上依旧顺从地将殷寒江请到自己的道场，接连向他传授了三天三夜。

百里轻淼早就有无情道的根底，只是晋升渡劫时被神格钻了空子，自己领悟的道始终被压制。此刻在神血与殷寒江、闻人厄、裘丛雪、钟离谦等人的帮助下，一举悟道，仅三天时间便大彻大悟，入定结束后眼神中都带着大彻大悟，而且一举晋升境虚期，距离大乘期只剩下一步之遥。

"看你的样子，此次合体期晋升境虚期的天劫似乎对你没有什么影响。"闻人厄满意地说道。

"多谢闻人前辈指导，百里已经心如止水。"百里轻淼淡淡地道。

"那本尊还有一事相求，"闻人厄道，"此番入上清派，本尊希望能够借助你的身体进入门派中。"

殷寒江心魔缠身，虽然实力强大，但上清派有仙器荡月钟和血魔，闻人厄担心横生枝节。他不放心殷寒江一人前去，两人见面殷寒江又会因无法分辨出他与幻象而癫狂。如此一来，最好的办法就是他附身百里轻淼跟着殷寒江，若是遇到麻烦，可暗中解决。

以往百里轻淼肯定是不能答应的，要她自己去坑贺闻朝已是为难，更别提让闻人厄借用自己的身体了。

不过此刻她的想法另有不同，贺闻朝是她修无情道上的一颗绊脚石，她好不容易悟道，见到他万一再犯浑便不好了。此方法既可让闻人前辈安心，又能避免她心境动摇，倒是个好办法。

"自是没问题，倒是百里要先谢过闻人前辈。"百里轻淼道。

闻人厄此刻与血修附身时另有不同，他早已借助血魔那一招暗袭摆脱血修之身，此刻他的神魂是混沌之体，混沌能量是开天辟地前天地间唯一的能量，万事万物皆是由混沌能量转化而来，他可以无声无息地融入任何物体之中不被人发现，血魔也做不到。

于是自此走出房门的便不再是百里轻淼，而是顶着百里轻淼的壳子的闻人厄。他知道殷寒江对原剧情之事还存着芥蒂，便不打算告诉对方他附身百里轻淼，左右不过是去上清派一个来回的事情，不至于露馅。

殷寒江此刻已经从舒艳艳处学成归来，费了好大力气，才将面上潮红以真元压下去，取下鬼面具，冷漠地对"百里轻淼"道："你倒是叫本座好等，浪费我的时间，快些启程，速去速回。"

他说罢披上药嘉平的皮，不再与百里轻淼多说一句话，起身飞向上清派。

恰好闻人厄也不擅长伪装成他人，见殷寒江不需要自己回应，便默默地跟上。

殷寒江本来可带着百里轻淼飞行，但他修习过舒艳艳传授的心法后，对与人肢体接触有排斥之心。举个例子，以往殷寒江杀人，是绝对不会排斥用手掐住对方的脖子或一爪掏心的，但了解过一些修炼的方法后，殷寒江再攻击他人时，可能就会选择用绳子勒住对方的脖子或者以其他武器挖心，会更愿意借助一些物品而不是用手。

御剑或是遁光想要带人走，遁光是用身体卷住对方，御剑则是让百里轻淼乘坐破军刺，这两者殷寒江哪个也不想，只好他先走，路上慢慢等百里轻淼了。

闻人厄遁光速度不慢，但要伪装成百里轻淼就快不起来，以她境虚期的实力，从玄渊宗到上清派怎么也要半日，神血炼制成的本命法宝血焰霓光绫也不方便拿出来，毕竟神血会让闻人厄自身显形，就很难再附身了。

因此他只能慢吞吞地控制着速度飞行，远远见到殷寒江消失无踪，心想这不是他想要的一路并行。

飞了大约一个时辰，闻人厄见药嘉平模样的殷寒江飞回来，一脸愠怒道："你的速度太慢了，本座已经在上清派山脚下的茶馆等你半个时辰了！"

闻人厄正在思考解释的理由，就见殷寒江自那根银色的储物腰带中拿出一根天蚕丝炼制而成的绳子。这根绳子可长可短，是玄渊宗用来捆人的。之前殷寒江抓住那十几个正道败类，便是用这根绳子将人捆成一团拽回来的。

"等……""百里轻淼"刚要开口，就被殷寒江捆成个粽子，一点皮肉都不露，扛在肩上带着"她"一路疾驰至上清派脚下。

到了地方之后，殷寒江冷哼一声，收了绳子，将"百里轻淼"丢了下去。

闻人厄在空中漂亮地转身，避免了脸着地的惨状，镇定地双脚落地，对殷寒江道："你御剑带我一程即可，又何必如此？"

"本座与你授受不亲，"殷寒江冷冷扫视"百里轻淼"，"本座可不会将你抱在怀中一路呵护着遁光而行。"

"你……"闻人厄刚想说什么，就想起《虐恋风华：你是我不变的唯一》原剧情中，魔尊每次保护百里轻淼时，都是"抱在怀中一路呵护着遁光而行"，这是书中原句。

殷寒江，似乎对书中的剧情还是很在意的。

闻人厄以为殷寒江在意的是剧情中的他心系百里轻淼。殊不知殷寒江怒的是，原剧情中尊上对百里轻淼那般好，这个女子竟然一心只想着贺闻朝，实在该死！

想到这里，他冷哼一声，使用净身诀洗了洗手，拿过"百里轻淼"的衣角擦擦。

闻人厄无语。

到了上清派，殷寒江倒是收敛了一些，毕竟此刻他是药嘉平。

药嘉平离开前，贺闻朝给了他自己的传讯符，一旦救回百里轻淼回到上清派脚下，药嘉平只要捏碎传讯符，贺闻朝就会下山打开护山阵法迎接二人。

殷寒江捏碎传讯符，贺闻朝见到护山阵法外的确是药嘉平与百里轻淼二人，激动地打开护山阵法，将二人迎进来，先谢过药嘉平后，张开双臂一把抱住"百里轻淼"，口中道："师妹，我不是要伤……"

最后一个"你"字还未说出口，他就被"药嘉平"一脚踹飞。

殷寒江踹走贺闻朝后还瞪了"百里轻淼"一眼，心想：你拒绝尊上后，还让这玩意儿抱你？

闻人厄更无语了。

3

殷寒江这一脚踹得可不轻，他虽控制着力气，毕竟药嘉平只是散仙，要伪装得像一点，当然他伪装得也不怎么走心就是了。

但贺闻朝只有境虚期实力，毫无防备之下，哪经得住散仙的全力一击，若不是血魔及时用真元护住他，只怕这一脚能直接踹伤他的五脏六腑。血魔对贺闻朝这个有飞升潜力的宿体还是很珍惜的，有他在，血魔就可以去仙界吸收境界更高的人了。

"你做什么？"贺闻朝爬起来怒道。

他与药嘉平是好友，之前上清派掌门是药嘉平救的，后来药嘉平感慨他对百里轻淼一片深情，就决定帮助他潜入玄渊宗救人。药嘉平素来脾气古怪，宗修界的人大都知道他的名声，不过他对贺闻朝从来是掏心掏肺的，贺闻朝从来没受过这种待遇，会生气是自然的。

要殷寒江模仿药嘉平那实在太难了，他就不是能够假扮他人的性格。好在他看过《灭世神尊》（第二卷），熟悉药嘉平的口头禅以及常说的话，便背起书中人物的台词来："呵，我只是看你夫妻和睦不顺眼罢了。"

药嘉平在原书中就是这样一个扭曲的性子，他只要看到一对情侣来求救就相当不爽。他会给病人两个选择，一是女子献身，二是交出他们最在意的东西。当初百里轻淼带着宿槐求医时，药嘉平便要她要么交出元婴要么献身，贺闻朝游历时，也是带着公西小姐求医的。

他当时言明自己与公西小姐不过萍水相逢，不是情侣，更不能让药嘉平玷污一个清白姑娘，所以愿意给药嘉平当药人。

药嘉平救好公西小姐后，折磨了贺闻朝大概一个月。贺闻朝一直咬牙忍着，后来机缘巧合下竟然突破了，在药力的作用下功力大涨。从此药嘉平便对贺闻朝极其好奇，也感叹他的侠义心肠，两人成为好友。

贺闻朝是在与百里轻淼分别的三十年内结识药嘉平的，两人已有二十多年交情，他万万没想到有朝一日药嘉平为难其他修者的话竟然会对自己说出来。

想起药嘉平的癖好，他立刻对"百里轻淼"道："师妹，他有没有对你做什么？"

回想药嘉平治疗病人的诊金，看到"百里轻淼"一切正常的表情，她明明在幽冥血海受了重伤，现在恢复得这么好……贺闻朝心中生出一个不好的想法，面色惨白，倒退两步，摇摇头道："不，不会是这样的。"

殷寒江管贺闻朝是怎么想的，他此次的目的只有一个——抓贺闻朝。现在刚好是在护山大阵附近，贺闻朝又落单，只要一招封住血魔就可以将人擒住。护山阵法易出难进，他与"百里轻淼"要离开可容易多了。

殷寒江根本没有心情与"百里轻淼"和贺闻朝纠缠，只想速战速决，快些抓人回去，好等待尊上的下一次入魂治疗。

他要在一瞬间制服血魔，破军刺的威力只怕不够，要用焚天鼓。殷寒江的幻象除了心魔外，也有焚天鼓的原因在。心魔只是让殷寒江精神错乱，而幻象显形，绝对是焚天鼓在作祟。

实力不够强行使用顶级仙器，遭到反噬再正常不过。殷寒江估算了下被焚天鼓反噬的后果，觉得自己可以承受，便暗暗摊开手，在袖子中施展催动焚天鼓的灵诀。

就在此时，上清派掌门亲自前来，看到"药嘉平"欣喜地道："方才见闻朝打开了阵法，便猜是药先生回来了。药先生回来得真是太及时了，先生这边请。"

殷寒江见到上清派掌门，脸皮抽了抽。两个仇人全在眼前，他心头狂喜，险些控制不住脸上的表情。

闻人厄见状忙上前握住殷寒江的手，担心他冲动。就算是闻人厄，上一次借用柳新叶的身体来到上清派时也是忍耐着的，甚至忍着恶心去见贺闻朝。若是只有贺闻朝一人，他二人联手将其擒下，快速带走也不是难事。

但是现在上清派掌门来了，又在对方的地盘上，上清派门派内部藏着多少底牌还是未知数，暂时不能轻举妄动。

贺闻朝见到"百里轻淼"竟然主动去握"药嘉平"的手，气得眼睛都快滴出血来。而"药嘉平"却一甩手，以森然的目光瞧着"百里轻淼"，背诵起《灭世神尊》（第二卷）中药嘉平的台词："就凭你也想和小怡相提并论？"

同时殷寒江传音道："我知道你的意思了，上清派掌门本座另有用处，的确不适合在这个时候一网打尽。"

他深吸一口气，冷静下来，冷着脸对上清派掌门道："见你这迫切的样子，是要我医治什么人吧？"

"正是、正是，"上清派掌门暂时没有理会贺闻朝、"百里轻淼"和"药嘉平"三人之间诡异的气氛，他对百里轻淼心存愧意，又不好插手小辈的感情，只好无视他们，对"药嘉平"道，"吾派弟子被困玄渊宗，药先生冒险出手相救，上清派已经欠下天大恩德，实不好再劳烦药先生。只是此时清越长老性命垂危，当世之中唯有药先生可以救他啊！不管药先生能否救回清越师弟，只要您愿意出手，来日但凡药先生有令，只要不违背天道，上清派上下定赴汤蹈火，在所不辞！"

殷寒江听到上清派掌门的话，眉毛微微一挑，倒也不用"来日"，他很快就有一件事需要上清派去做了，且不需要"违背天道"，不要"赴汤蹈火"，很小的一件事罢了。

既如此，他假装去糊弄一下也可以。

"嗯，带我去吧。"殷寒江点点头道。

他跟着上清派掌门乘坐上清派飞舟，"百里轻淼"也紧随其后，贺闻朝见"师妹"看都不看自己一眼，竟然只跟着"药嘉平"，气得险些真元错乱而吐血。

"还不快上来。"上清派掌门警告地瞪了贺闻朝一眼。

这个弟子哪里都好，就是在女色上过于放纵了。真当他不知道贺闻朝明明娶了柳新叶，却还与公西世家的大小姐暗通款曲，又和几个同门师妹有暧昧之情，心中还惦记着百里轻淼？

要不是贺闻朝将几个女子安抚得妥妥当当，没闹出事来，又功力高强，是上清派未来的支柱，上清派掌门早就惩罚他了。

现在嘛，掌门只好睁一只眼闭一只眼了。

可药嘉平是上清派的恩人，之前上清派掌门的伤便是他治好的，现在清越长老的伤也需要药嘉平出手，贺闻朝怎么能为一个女子与药先生反目成仇？

贺闻朝收到师父的警告，总算是压下心中的不甘，拳头握得死紧，心里想着夺妻之仇不可忘！等这件事后，他一定要找药嘉平讨个公道，怎么说好帮他救心上人，救着救着就自己收下了，还是不是兄弟？他和小师妹，那可是青梅竹马，从小一起长大的情谊，岂能让药嘉平插足？！

殷寒江当然不通医术，只想做做样子，不过这人受了怎样的伤他还是知道的。

来到偏殿，他扫了眼满头白发、满脸皱纹和色斑的清越长老，像模像样地号了下脉，旁边上清派掌门还在讲述清越长老受伤的前因后果："一年半前，幽冥血海除魔一战中，玄渊宗那个殷寒江竟然不要命地迎着天劫使用仙器，一路追杀我与闻朝，我们侥幸回到门派，那人又试图以焚天鼓破阵，清越师弟为了保护上清派，强行使用护阵仙器荡月钟，被仙器抽干真元后反噬，遭遇天人五衰。上清派以灵丹妙药吊住他的性命，现在实在熬不下去，师弟已经油尽灯枯了。"

原来当日是他挡住了我的脚步……

殷寒江望着长老的脸，心想这便叫因果报应吧。油尽灯枯？放心，他不会让灯枯的，第一个拿清越长老炼油不就好了？

这次来到上清派，殷寒江只觉得身入宝库，随便碰到一个人都是有仇的，妙，太妙了！

"药嘉平"的脸皮再次扭曲起来，像是皮下的肉在狂笑，皮却纹丝不动，诡异得很。

上清派掌门见他这副表情，一颗心都提了起来，焦急地问道："莫非连药先生也医治不了了吗？师弟……是师兄害了你啊！"

他为了维持掌门的威严，刻意让自己呈现出中年人的外表，墨发长须，像个清瘦的官员，是此刻凡俗中人最爱的相貌。上清派掌门淌下一行清泪，半跪在清越长老的床前，泣不成声。

"百里轻淼"上前看了眼清越长老，忍不住向殷寒江传音："能救。"

闻人厄直接用百里轻淼的身体传音，声音也是百里轻淼的。他之前吸收了药嘉平的元神记忆，知道这种病是可以救的，便传音告诉殷寒江："只要有一大乘期修者愿意耗尽自己的真元为他渡命，加上丹药辅助，他便可恢复到合体期，但至多只有合体期，再无进境的可能。还有一个办法便是找到传说中的五蕴灵。天人五衰上至后天神人下至刍狗虫豸，除却与天地同生的先天神祇外，万事万物皆有天人五衰这一劫，宗修也不过是在延缓这个过程。唯有天地孕育而出的五蕴灵，可治疗天人五衰，不过那是神界之物了，后天神人也很想得到。"

殷寒江扫了"百里轻淼"一眼，得不到的东西说出来做什么？

"我有。""百里轻淼"传音道。

原剧情里，百里轻淼误入一个先天小世界时得到的，后来自然是又给了贺闻朝。五蕴灵注定会被先天神祇吸引，这一次就算没有贺闻朝受伤做契机，百里轻淼也在游历的三十年中得到了五蕴灵，不过她、钟离谦、裘丛雪和宿槐都认不出这东西是什么，只知道是神物，便一直收藏起来。

殷寒江暗中警告道："你休想坏我的事。"

于是他转头看向上清派仅剩的大乘期高手——上清派掌门，和善地笑了下，开口道："有救。"

他压根儿没提五蕴灵的事情，只将第一种方法说了，还道："渡命的方法我可以传授给你们，辅助丹药我也可以炼制，是否用一个大乘期高手换一个永远无法进境、五百年后还是会经历天人五衰的合体期修者，就由你们自己决定了。"

"这……"上清派掌门满脸震惊地道，"难道就没有别的办法了吗？"

"上界神人都无法躲过的天人五衰，我一个散仙能有什么办法？"殷寒江施施然地坐在偏殿的椅子上，冷眼瞧着上清派掌门道，"救与不救，看你们了。"

"还有我的诊金，也莫说什么'来日'了。"殷寒江瞧着贺闻朝，恶毒地笑了，戴上手套，一把捏住"百里轻淼"的后颈，对贺闻朝道，"把她给我如何？"

4

　　身为医者的高高在上、对其他人的轻蔑，以及对小怡所谓的深情和对其他女子的不屑，构成了药嘉平这个人。殷寒江模仿得不算特别好，但加上闻人厄传音给他的治疗方法，假扮这个人已经足够了。

　　贺闻朝见"百里轻淼"被"药嘉平"捏在手上竟还是一副听话的样子，气得浑身发抖，指着"药嘉平"道："枉我视你为至交好友、义气兄弟，你竟这般对我。况且你对小怡痴情一片，你要小师妹做什么？"

　　"哦。"殷寒江慢吞吞地应了一声，享受地看着贺闻朝的表情，用"百里轻淼"的裙子擦了擦方才碰过清越长老的手，"这个女人，做个抹布还是合格的。"

　　"师妹！你竟然甘心被他这般折辱吗？"贺闻朝对"百里轻淼"吼道。

　　若是舒艳艳扮成百里轻淼，此刻必然双目含泪、欲语还休，将一个为了师门不得不委屈自己的善良女子表现得淋漓尽致。可惜此刻在这里的是闻人厄，这次伪装，让他看到了殷寒江的另外一面。

　　殷寒江不再悲伤，却依旧随性。

　　原来这才是殷寒江的本性，他……的确不适合做个剑修。剑修前期需要锋芒毕露，后期深沉内敛，最终无剑胜有剑，一举一动、一个眼神皆藏锋。但殷寒江只有锋芒毕露，所以境界低时他修炼的速度极快，到了境虚期却难有进境。反倒不再修剑后，他立刻突破大乘期，达到巅峰。

　　闻人厄一边觉得过去似乎耽误了殷寒江的成长，一边又觉新鲜，单看着他戴上手套捏"百里轻淼"的后颈的样子，就觉得守礼又可爱，此等心态下，又如何演出被迫又身怀大义的感觉？

　　闻人厄唯一能做的便是以袖子掩住几乎绷不住的笑意，侧过头，仿佛委屈般不让贺闻朝看到自己的脸，实际上心中险些笑开花。

　　他这举动，勉勉强强合格。在贺闻朝心中，百里轻淼变成了一个被人欺负后心碎欲死，觉得配不上自己，不敢与自己对视的女子。

　　"药嘉平，我与你恩断义……"

　　贺闻朝还没说完，上清派掌门便长袖一挥，站在贺闻朝身前，对"药嘉平"有礼地一鞠躬问道："师弟为救我与闻朝才受此重伤，我必须救他。虽说仅能保他五百年性命，但说不定还会有其他进境的机缘。贫道是上清派唯一的大乘期修者，自然当仁不让，由我来救治师弟。"

　　上清派掌门又看向"百里轻淼"，沉默了片刻道："药先生，至于诊金一事，贫道以为，百里轻淼不能做诊金。她是上清派弟子，就算曾误入歧途，上清派也不会将她视作物品般交换出去。贫道看着百里轻淼长大，她是个善良单纯的女子，或许容易被骗，却不会做违背天理正义的事情。药先生需要药人或是抹布，可由贫道一力承担，但百里轻淼绝不能交给你。"

听了他的话，殷寒江与闻人厄正色起来。殷寒江的性格阴沉且有些恶劣，不过他自小受闻人厄影响，对这等愿意献出自己的生命保护其他人的行为，是相当敬佩的。当然，若是不知闻人厄还活着，就算敬佩，该下手时殷寒江绝不会手软。好在闻人厄幸存，殷寒江也变得缓和不少。

他起身道："筑基期的药人有什么意思？要百里轻淼有何用？我还缺抹布不成？不过是笑谈罢了。诊金嘛……先治疗再说。"

殷寒江将渡命心法与丹药辅助的药方写下，药材均是常见的，上清派库房中备得足，随时可以炼制，不过需要三五日方能炼制成，炼丹时"药嘉平"需要守着。殷寒江哪里会炼丹，药方是"百里轻淼"提供的，他便点了"百里轻淼"做药童，帮着扇个扇子什么的。

上清派掌门得到心法和药方后如获至宝，坐在清越长老的床前，喜极而泣道："师弟，你终于有救了！"

"师兄……"清越长老伸出手，无力地抓住药方想要撕掉，"不行，你飞升有望，不该为我浪费自己的天赋，而且门派也需要你。"

上清派掌门正色道："师弟，得失有时不是靠价值来衡量的。救你是我的心愿，虽然我会落回筑基期，再次修炼也比之前艰难，可也不是没有希望。至于门派，闻朝已经大了，我可以放心地将上清派交给他。"

"药嘉平"站在一旁冷眼看着上清派掌门与清越长老，皮下的肉跳动一下，面色阴沉。

清越长老需要先服用一些丹药才能承受渡命的功力，"药嘉平"这几日便在药炉前炼丹。他不让其他人靠近，在门外布置了阵法，带着"百里轻淼"闷在房中。

此时门派内已经传出不少关于百里轻淼的风言风语，是贺闻朝回去后在房里大骂药嘉平，被柳新叶听了去，便暗中在门派里宣传百里轻淼与药嘉平的事情，说她不仅拜了玄渊宗袭护法为师，还修习玄渊宗右护法舒艳艳的采补之法，为了提升功力与散仙药嘉平同修，同修后又被药嘉平视作抹布丢弃。

更有流言说，百里轻淼的功力之所以提升那么快，是因为她在游历的三十年间，多次与钟离谦同修得到的好处，她连自己的小徒弟宿槐都不放过。甚至还有人说，百里轻淼的本命法宝都碎了，却能活蹦乱跳地回来，说不定在玄渊宗时，承受了前后两届宗主的恩宠，这才得以痊愈的。

不到两日，百里轻淼在上清派的风评就变成了个人尽可夫的女子，流言的对象除药嘉平外，刚好是闻人厄、钟离谦、殷寒江和宿槐四人，《虐恋风华：你是我不变的唯一》中的四位男配角。

原书中，柳新叶为破坏贺闻朝与百里轻淼的关系，也曾这样散播过流言，让贺闻朝一度误会百里轻淼，无论百里轻淼怎么解释都不听，狠狠虐了一把女主。

流言四起的日子里，殷寒江与"百里轻淼"专心炼丹。

干活的主要是上交药方的"百里轻淼"，殷寒江则坐在药堂里间的椅子上，拿出《灭世神尊》(第二卷)沉思。

他沉思的是要用什么手段将渡命的人从上清派掌门换成贺闻朝。

渡命要求是大乘期,贺闻朝的境界不够。不过殷寒江看出他已经有突破之相,尤其是被"药嘉平"激怒时,贺闻朝更是气得险些当场晋升。

《灭世神尊》(第二卷)中也提到过,每次百里轻淼被谁掳走,贺闻朝都会在战斗中或者战前晋升,以弱胜强,冲冠一怒为红颜。以他目前的境虚期要对抗"药嘉平"这个"散仙",就算以弱胜强也差上不少,晋升至大乘期倒还有希望。

大乘期,可就够渡命了。

让贺闻朝变成筑基期,上清派掌门眼睁睁地看着未来的门派栋梁废掉,清越长老懊悔终生,似乎比杀人更有趣。

上清派掌门与清越长老皆是传统迂腐的正道修士,被魔修杀掉,还会认为自己是为正道做贡献,死得其所,杀了没意思,倒不如看他们痛苦更好。

殷寒江推了推脸上的皮,让药嘉平的皮与他的心情一同愉悦起来。

炼丹最难的是起火和收丹,过程倒是没那么复杂,只需要稳住炉火就可以。闻人厄这两日也就是起火的时候忙了下,其余时间一直很清闲。

殷寒江私下里与"百里轻淼"无话可说,两人一个里间一个外间,互不干扰。闻人厄也趁着殷寒江不注意,借助药炉阻挡视线,拿出两本书翻看起来。

看书前,闻人厄特意屏蔽了百里轻淼的感知,不让她看到书本的内容,防止书外的读者发现书中人物已经知道这是一本书。

《灭世神尊》下面的评论一水地在大骂作者,他们完全没想到,一直被视为贺闻朝的后宫的百里轻淼,竟然被男主的兄弟给……这种头顶绿光的剧情简直恶心,不少读者弃文,不少读者说反正是修改版不用花钱,要坚持看到结局,看看这文还能怎么虐男主送妹子。

《虐恋风华:你是我不变的唯一》的读者通过百里轻淼的视角,知道药嘉平是殷寒江假扮的,而现在顶着百里轻淼的壳子的是闻人厄,女主本人是能够感知到发生了什么,却不干涉,将上清派发生的一切呈现在读者面前,评论区一时间炸了锅。

啊啊啊啊!百里轻淼修无情道,作者把文章类型改成了无CP(配对)!我追了这么久的言情小说,最后是一篇女主勘破天道没得感情的文,明明该骂作者的,但是为什么感觉这么爽?

因为是真的爽,修改版全程女主都没有受过委屈,每次恶毒女配和男主要欺负她的时候,总会有暴力妹子和帅哥哥来帮她!

楼上暴力妹子这个词用得很传神啊,完全专指某个人。

可以大声说出她的姓名,清雪长老,我们最爱的裘丛雪裘护法!一个特立独行的女人,一个视完美身材为粪土的女人,一个一心一意想把自己弄成白骨精（生物意义上的白骨精）的女人。从女主在正魔大战后没有救魔尊男二号，而是救了裘丛雪那一刻开始，剧情真正发生了改变。

是的，贺闻朝受伤，裘丛雪拖住女主不让她倒贴照顾。贺闻朝睡了柳师姐，清雪长老一手包办婚姻。贺闻朝大婚，清雪长老无间道带着女主去玄渊宗绑定钟离谦，随后四人鸡飞狗跳地游历了三十年。这文哪里还有虐恋了？一直在搞笑嘛！

首功是裘护法没错了，位居第二的一定要是我大魔尊，是什么样的脑子才能想到用追踪咒和同心蛊这两种方法拉郎配？魔尊你不懂爱。

第三肯定是我们谦谦！求求作者了，心疼一下我们谦。玄渊宗里，舒护法专心享受美男，裘护法日常虐人和被虐，苗坛主据说是在研究新蛊虫，阮坛主是乌龟在冬眠吗？出场这么少，师坛主整天做狗腿，干活的只有我们谦一个人啊！你们玄渊宗这么多人，门派内务全交给一个刚上任的总坛坛主，不内疚吗？谦的头发快没了，救救头发吧！

第四提名殷寒江，殷寒江这次真是让我刮目相看。他不仅没有拿女主炼油，还点醒女主，帮助她修炼无情道。

第一版的殷寒江让人觉得在看恐怖小说，修改版越看越萌有没有？

踹贺闻朝那一脚真是帅啊。

捏住女主的后颈皮说"我要她"的时候，真"苏"啊！我突然迷上病娇霸道总裁了。

我一直觉得，反击男的最好办法就是把他对女主做过一遍的事情，原样返回，但是那样我们女主妹子就太吃亏了。可是现在，殷寒江让我圆满了。贺夕死，这次你知道，看着心上人和其他人发生关系是什么感觉了吧？原谅，大度，做你的春秋大梦去吧！爱情里没有第三者，大度不起来！

说得好！但是有个问题，贺夕死是谁？

朝闻道，夕死可矣，贺闻朝。

要不是女主修无情道，我都快站殷寒江和百里轻淼了，捂脸。

《虐恋风华：你是我不变的唯一》虽然是女主视角，不过偶尔有恶毒女配暗害女主时，还是会稍微给一下上帝视角，让读者看到女配做的坏事，还能为女主担心。

闻人厄发现了柳新叶的做法，正在思索该如何反击时，听到殷寒江在里间道："抹……百里轻淼，你过来。"

闻人厄忙收起书，来到殷寒江的身边。殷寒江笑得很开心，对"百里轻淼"伸出手道："把柳新叶的魂誓给我，本座有个计划。"

第十八章

再度入魂

第十八章 再度入魂

1

殷寒江通过魂誓命柳新叶趁着在夜半时分来找他,不要被人发现,若是不听话,就捏碎这块记载着誓约的玉符,让她的神魂受到重创。

柳新叶没办法,只能趁着贺闻朝喝闷酒的时候跑出来,进入炼丹房,一脸惊恐地望着"药嘉平":"你、你怎么会有我的魂誓?"

"我进玄渊宗,总是要医人的。玄渊宗左护法裘丛雪受了伤,我治好她后,她拿此物当作诊金。"殷寒江把玩着魂誓玉符,漫不经心地说道,"我的诊金一般会有两个选项,一个是对患者极重要之物,另一个嘛……呵,你也该略有耳闻。"

柳新叶含着泪,竟是要将衣服扯下,委屈地道:"一次就够了是吧?"

殷寒江沉默。

他忙隔空一指真元定住柳新叶,不让她继续脱衣服。

还好药嘉平的皮足够稳重,没有爆红或是慌乱,像是戴上一个面具般,殷寒江感到十分安心。他镇定地道:"你太高看自己了,我对你没兴趣,我要的是你最重要的东西。"

"我不会任由你拿走我的元婴、元神或是本命法器的!"柳新叶不甘心地道。

殷寒江:"我对那些也不稀罕,我只要你做一件事。"

说话间,"百里轻淼"沉默地走过来,手中拿着一张透明的符咒,是闻人厄以混沌之力炼制的。他将符咒烧掉,放入一杯水中,又把水倒进一个玉瓶里,递给柳新叶。

"想办法让贺闻朝喝了这东西。"殷寒江道。

柳新叶不敢接玉瓶:"你、你要对闻朝做什么?"

"最惨不过是变回筑基期,总归是不让他死的,毕竟他是我的好'兄弟'嘛。""药嘉平"笑道,"若是你不答应,换你变筑基期也是可以的。"

"我答应!"柳新叶一把抢过玉瓶,果断地说道。

"柳师姐,你不是为了师兄,可以付出一切吗?当年你为了救师兄失去自己的根基,现在为何会做这个选择?"问出这话的是百里轻淼本人,她已经入无情道,见到贺闻朝心如止水,对殷寒江要设计贺闻朝替换上清派掌门也没有阻止,毕竟清越长老舍命救下的是上清派掌门与贺闻朝二人,上清派掌门对贺闻朝又有养育教导之恩，只要贺闻朝功力足够，于情于理都应该由他救清越长老，换作百里轻淼，也会舍身而出的。

她只是不明白，柳师姐为何做出与当年完全不同的选择？

"哈哈！"柳新叶忽然疯狂地笑起来，边笑边流泪道，"我爱他啊，我从小就爱他，努力修炼也是想配得上他，我多么希望嫁给他啊！"

她双手捏着玉瓶，眼神渐渐变得狠厉起来，声音也不再柔和："可是他呢？成婚当天，你知道他抱着我时，喊的是谁的名字吗？是你啊，百里轻淼！

"他以为我不知道他在外历练时，与公西锦之间的事情吗？他以为我没听到他和其他人私下谈心时说，喜欢公西锦的眼睛，是因为她的眼睛与你的很像吗？

"我与他做了三十三年夫妻，他仔细看过我一眼吗？明明……以前一同修炼时，他还会对着我笑，还会为了维护我与你吵架，婚后呢？我的心情他管过吗？

"我算是看清楚了，什么都没有自己强大好。"

她看向百里轻淼的视线中充满难以掩饰的忌妒，百里轻淼也不在意了。

若是嫁给师兄，她大概也会变成这般模样吧，被忌妒蒙蔽双眼、冲昏头脑，最终成为自己曾经唾弃的人。

百里轻淼摇摇头，低叹一声"我懂了"，便退回去，任由闻人厄与殷寒江操作了。

殷寒江施法，玉符化为一道光没入柳新叶体内。完成任务后，魂誓自然结束；若是没能完成，这道誓约会直接令柳新叶爆体而亡。她现在这样子，想必再没有为了贺闻朝牺牲自己生命的勇气了。

柳新叶走后，殷寒江看向"百里轻淼"问道："治疗清越长老的方法，和移形换位之法，是谁教你的？"

此刻已经换回闻人厄，他沉着地说道："钟离谦教的。"

钟离谦是玄渊宗的一块砖，哪里需要哪里搬，而且特别好用。他什么都略懂，医术虽不及药嘉平高明，但也懂得很多，袭丛雪就是钟离谦治好的，让师坛主用病气阻止百里轻淼自尽的馊主意也是他出的。百里轻淼与钟离谦相处多年，学到些本事也不奇怪。

殷寒江凝视着"百里轻淼"，戴上手套捏着"她"的下巴细细端详一阵，摇摇头道："若不是方才你对柳新叶的态度，我还真以为……"

他没再说下去，赶"百里轻淼"去炼丹，独自回到里间，心想：才过三日我便糊涂了，把百里轻淼当作尊上，真是可笑。

想到这里，殷寒江侧头看向坐在旁边椅子上的幻象，盯着他瞧了一会儿。想到回门派后尊上就会为他入魂疗伤，心中十分期待，又有些害怕，担心他见到尊上又吐血，徒惹尊上担忧。

胡思乱想了一会儿，他的心绪又有些不稳，忙默念清心咒，以防在上清派露馅。

第二次入魂时间未到，闻人厄不能与殷寒江见面，也只能借用百里轻淼的眼睛关切地看着他。

又过了两日，丹药炼成。闻人厄取出丹药，放在一个托盘上，跟着殷寒江出了房门。

上清派掌门在收到丹药时便有所感应，带着诸多弟子等在门外。殷寒江出门后，睨了角落里的柳新叶一眼，柳新叶暗暗点头。她昨夜对贺闻朝软语相劝，陪夫君喝酒，格外贴心温柔。贺闻朝不是很喜欢柳新叶，却也受不住这等软玉温香，与柳新叶饮了几杯交杯酒，好生温存一夜，一口口喝下了柳新叶为他准备的符水。

符水亦是混沌能量炼制，无味无色，倒是叫贺闻朝当夜一举突破大乘期。

殷寒江早就通过魂誓知道这件事，万事俱备，只差东风了。

他带着"百里轻淼"刚走两步，便耳尖地听到几位弟子传音说百里轻淼的闲话，说她与药嘉平这几日孤男寡女，不知做了多少伤风败俗的事情，又说她过去不知怎么取悦闻人厄、钟离谦和殷寒江等人，才有这一身功力的。

殷寒江的功力极高，合体期以下修者的传音他皆能听到。他本来不想理会此事，谁知听她们扯上尊上，当下怒不可遏，一个闪身出现在几名说闲话的弟子身边，掌心寒光一闪，几条舌头落了下来。

"啊啊啊啊啊！"上清派弟子无论受伤的还是没有受伤的都惨叫起来。

"吵。"殷寒江不耐烦地道。

顿时所有人都捂住嘴不敢再出声，上清派掌门也脸色十分难看地问："药先生，你这是何故？"

"不会说话，就别说了。"殷寒江眼神森然地盯着几名弟子，"需要我复述一下你们传音的内容吗？"

几个弟子满口鲜血，吓得疯狂摇头。见她们这样子，上清派掌门也知道这几人是传流言得罪了"药先生"，偏偏她们功力低微，还被人家事主听到了。

"药嘉平"的手段虽然狠毒，但终究是上清派理亏在先，上清派掌门低声喝道："妄言者，自捆百下，闭口十年。"

几名弟子领命，刚要捡起自己的舌头找药堂的弟子接上，就听"药嘉平"道："慢着。"

殷寒江看着"百里轻淼"，眼中充满愉悦，对她道："捡起来，归你了。"

闻人厄表示并不想要。

他只得勉强道："多谢药先生，但……百里不需要。"

"怎么会不需要呢？"殷寒江肉笑皮不笑地说，"她们说的可是关于你的流言，你去把这几根舌头风干穿好，做条项链挂在脖子上，时时看着，警醒着。好提醒自己日后不要放任流言四起，不是吗？"

"还不快去！"

最后一句令人不寒而栗，闻人厄轻叹一声，拿出块手帕，大大方方地将舌头包起来，对殷寒江道："多谢药先生教导。"

"你一直就是这么对小师妹的？"贺闻朝双目赤红，愤怒地道。

"是又怎么样？"殷寒江用眼角的余光看贺闻朝，"总比你明知她被流言所辱，也不出口相助好吧？"

不给贺闻朝机会，殷寒江对上清派掌门道："丹药给你，服下四个时辰后方可渡命，这期间我会布置好阵法，除了渡命者，还需要一位高手在门外护阵，最好是雷灵根的。"

他这话就是点明要贺闻朝护阵，贺闻朝也是被清越长老救下来的，他护阵理所当然。

正布阵时，血魔忽然在贺闻朝的脑海中说道："奇怪，最开始药嘉平并不需要人护阵，此刻为何又需要了呢？"

"届时他与小师妹也会在门外守候，他就是要折辱我，让我眼睁睁地看着小师妹受苦！"贺闻朝怒道。

"嗯，身在上清派，谅他也翻不出什么浪来。只是这个药嘉平，以往也是这么……偏激吗？"血魔问道。

贺闻朝想起曾经做药人的日子，当时不觉得有什么，此刻回想却感觉不寒而栗，说道："自然是这样的，师父你还记得我做药人时，他是怎么对我的吗？"

"倒也是，"血魔叹道，"那时只觉得他痴，现在看来，倒是个修魔的好苗子。"

"师父你说什么？"

"没什么，阵法布置好了，你过去吧。"血魔打消疑虑，意识沉了下去。

不知为何，血魔今日感到十分疲倦，总想闭关调养。

贺闻朝站在殷寒江指定的位置上，看到"百里轻淼"从身边走过，一把抓住"她"的手腕道："师妹……"

"百里轻淼"一甩袖子，避开贺闻朝的接触，对他道："师兄，男女授受不亲。"

这还是闻人厄同殷寒江学的呢，这个人连碰百里轻淼一下都要戴手套，也不知舒艳艳教了他什么！

2

上清派掌门按照殷寒江所说的位置在偏殿内站好开始施法，据说布置下这个阵法后，渡命者的真元还能保留不少，上清派掌门便一动不动。过了一会儿，他发觉真元没有想象中流失得那么多，心下大喜。

外面站定的贺闻朝怒视着殷寒江与"百里轻淼"，一开始被愤怒冲昏头脑，什么也没感觉到，后来渐渐察觉体内的真元在不断地流失，无论他怎么吸收周围的灵气，都抵不上流失的速度。

猛然间，贺闻朝发现他根本无法移动双腿离开他站立的位置。他倒也不傻，顿时看向"药嘉平"道:"是你做的手脚?"

"药嘉平"皮下的殷寒江缓缓地笑了。他早已以需要安静为由,让上清派的其他人退开,此时偏殿内只有上清派掌门、清越长老、贺闻朝、"药嘉平"和"百里轻淼"五个人。

贺闻朝急忙运转真元抵挡,却发现自己越抵抗,真元流失得越快。

"你究竟做了什么?"贺闻朝问道。

"无他,不过是心疼你师父一大把年纪还要掉回筑基期,你作为弟子,替师父分忧不是理所当然的吗?""药嘉平"悠然地道,享受地看着贺闻朝惊怒交加的表情。

这个阵法的确是药嘉平研究出来的,用处十分巧妙,里面渡命的人其实并不是在渡命,而是以他的真元维持阵法,源源不断地吸收外面守护之人的真元,有李代桃僵之意。能够想出如此阵法的药嘉平,也确实是个性格扭曲的奇人。

不过此阵法并没有困住守阵人脚步的能力,药嘉平想看到的是守阵之人为保真元逃离,室内疗伤的二人受阵法反噬一死一伤。被信任的人背叛,这才是药嘉平的本意。

殷寒江自然不想让贺闻朝逃跑,于是闻人厄炼制了符咒,柳新叶给贺闻朝服下。

符咒是专门克制血魔的,闻人厄作为世间仅有的两个血修之一,幽冥血海一战时,血魔攻击他的魂魄上的血纹,让闻人厄也领悟了限制血纹的法门。他以混沌能量制符,贺闻朝喝下后,血魔的血纹被压制,就会陷入沉睡。

至于贺闻朝为何不能动,自然是殷寒江及时施展了定身术,没有血魔的帮助,以贺闻朝的实力,他又怎么可能赢得了早已渡劫的殷寒江?

"药嘉平,你太歹毒了!"贺闻朝叫骂道。

"歹毒?""药嘉平"道,"里面是你的师父和师叔兼救命恩人,你舍身理所当然,替师父分忧不好吗?上清派还是需要一个识大体的掌门的。"

贺闻朝知道与"药嘉平"争论没有用,立刻传音给师父,想让上清派掌门停止施法,谁料他的传音被挡住了。

殷寒江早已封了这个院子,贺闻朝的声音只有他与"百里轻淼"可以听到,传不出去的。

眼见真元流失大半,他的功力已从大乘期跌至化神期,贺闻朝不再骂"药嘉平",而是对"百里轻淼"道:"师妹、师妹,求你救救我,再这样下去,我就要成为一个刚入门的普通人了!"

"你亲自回答他吧。"这一刻,闻人厄将身体交还给了百里轻淼,由她来决定。

若是至此百里轻淼仍然会被神格影响昏了头脑,那闻人厄也不想再理会她,倒不如在三界毁灭之前,珍惜与殷寒江相处的时光比较好。

百里轻淼重新掌握身体,默默地瞧着贺闻朝,随后问道:"师兄,药先生的手段的确偏激了一些，但他所做之事没有错。你承两位前辈大恩，此刻又刚好突破大乘期，理应由你出手的。

"从小你就教导我，修者不能计较一时得失，要以大义为先。我始终遵循你的教导行事，凡事先人后己，只要能救得一条性命，自己受伤也在所不惜。

"能够救下师伯的性命，些许功力，又何须心疼？掌门师伯年岁已高，若是境界降至筑基期，他口上说着还能修炼回来，可实际上他已经八百多岁了，筑基期的功力怎么可能维持住八百年的岁月？一旦渡命，施法结束后，掌门师伯的寿数会立刻结束，这是一命换一命啊！

"可你不同，你还不到百岁，筑基期的功力可以让你的寿数延长到一百五十岁甚至二百岁。你来为清越师叔渡命，是唯一让所有人都能活下来的办法。"

这也是百里轻淼没有出手阻止闻人厄的原因。她本身也认为，要是贺闻朝能代替掌门师伯出手便最好不过了。

"师妹！你是被药嘉平控制了吗？"贺闻朝心中焦急，却还维持着深情款款的表情，"师妹，你也为我想想，我是掌门的弟子，师兄弟们都盯着我，以我为榜样。我若是境界跌到连外门弟子都不如的程度，他们会怎么看我？我在门派的日子该有多难？"

听了他的话，百里轻淼眼中仅剩的迷茫与深情消失了，她摇摇头道："掌门师伯会比你更难。"

她一直认为，师兄是有大义的，就算与其他女子有牵扯，也只是在男女之事上看不破。百里轻淼自身也明白情之一字有多扰人，倒也不太责怪师兄，只是自己伤心罢了。

而此刻，贺闻朝过去说的与现在做的截然不同，他教导百里轻淼的东西，自身也没有做到。

"师兄，你着实令我失望，我本以为，你至少还有大爱在。"百里轻淼失望地摇了摇头。

她无情地转身对殷寒江道："贺闻朝与百里轻淼至此恩断义绝，两不相干。你与他有怨报怨，有仇报仇，百里轻淼绝不干涉，你我的约定就此作废。"

之前百里轻淼答应殷寒江带他来上清派的条件是要公正地审判贺闻朝，而不是动私刑。现在百里轻淼对贺闻朝彻底失望，没了感情，便觉得殷寒江报仇是理所当然的事，就不再阻止了。

"原本我也没打算遵守。"殷寒江满意地扫了一眼百里轻淼，"你能做出这个决定，本座倒是很欣慰。"

他欣慰尊上的努力没有白费，欣慰百里轻淼的决定让闻人厄终于不用再与贺闻朝相提并论。

"时候差不多了。"殷寒江见贺闻朝的境界逐渐掉至筑基期，微微点头。

室内上清派掌门眼见清越长老恢复年轻，实力也恢复到了合体期，而他竟然没有跌落境界，依然是大乘期！

只是真元消耗殆尽，但这不是问题，他吃些补充灵气的丹药，再闭关修炼月余便可恢复了。

结果比他想象的还好，上清派掌门激动地对门外的"药嘉平"传音："药先生当真是神医，师弟已经完全康复，你的阵法竟然还保住了贫道的修为！"

"痊愈了本座就可以收取诊金了吧？"门外的人说道。

本座？上清派掌门没有深思，说道："药先生但说无妨，只要我能做到，只要我有。"

"倒不是什么麻烦事，"殷寒江传音，"一个月后的初七，上清派掌门召集碧落、九星、天剑、无相寺以及宗修四大世家的掌门和重要长老相聚太阴山，本座有要事宣布。"

"这自然不是问题，只是不知药先生要做什么？"上清派掌门疑惑道。

"若是疑心我会暗中在太阴山布阵，你们可以提前派弟子去探查。你要是答允了，就立个誓吧。"

上清派掌门见清越长老已经渐渐苏醒，心中感谢"药嘉平"，也觉得那么多高手前往已经没有门派的太阴山不会有什么事情，便立下誓言，一定邀约。

"呵，这份因果，你且记下吧，本座告辞。"

上清派掌门听到"药嘉平"要走，忙收了法诀，安抚好师弟冲出房门。

一出门他便惊到了，只见自己的得意弟子贺闻朝竟然变成了四十多岁的样子，正被"药嘉平"拎在手里。

"药嘉平""百里轻淼"以及昏迷不醒的贺闻朝三人站在一面巨大的鼓上，这面鼓上清派大概没人比上清派掌门更熟悉了，十八个月前，殷寒江曾驾驭这面鼓追击他们一路。

"药嘉平"扯下脸上的面皮，露出一张英俊非凡却有些阴沉的脸，对上清派掌门从容地笑道："本座殷寒江。"

说罢将贺闻朝丢给"百里轻淼"，殷寒江双手施展灵诀，两根灵气凝成的透明鼓槌疯狂敲击焚天鼓，一道赤红烈焰冲天而起，托着焚天鼓飞上天空。

上清派有荡月钟守护，门派内不能飞行，有焚天鼓的殷寒江又怎会在乎荡月钟的些许限制？

此刻上清派能控制荡月钟的三个人里，上清派掌门的真元耗尽，清越长老大病初愈，贺闻朝修为降至筑基期被"百里轻淼"带走，护山阵法又是难进易出，还有谁能救上清派？

没有了。

上清派掌门想要阻止他们，必须赶往荡月钟，开启阵法的最大威力才行，但是他必须乘坐飞舟，等赶到飞舟之时，殷寒江早已离开了。

"殷寒江！你想再次掀起正魔大战吗？"上清派掌门喷出一口鲜血，大声道。

"那又如何？"殷寒江淡淡地道，"掌门莫要忘了，三十年前正魔大战，惨败的是谁？若不是我尊上宅心仁厚，为天下苍生寻一条生路，正道如何撑得过十年？"

"放开闻朝和百里轻淼！"上清派掌门吼道。

"百里轻淼要回玄渊宗解除同心蛊与追踪咒，至于你的弟子……他欠本座的，本座会一一收回的。劳烦转告其他门派的掌门，你们的弟子在玄渊宗，若是想要他们的命，下个月初七，太阴山见。"

说罢，巨大的火焰冲破上清派的护山阵法，殷寒江乘着焚天鼓离去。历经正魔大战与幽冥血海两次战斗的上清派，竟然再无人能够阻止他，所有人只能眼睁睁地看着玄渊宗的宗主在上清派来去自如。

3

焚天鼓一路疾驰，不到半个时辰便回到玄渊宗。

殷寒江彻底甩去药嘉平的皮，立于鼓面之上，一袭红衣在风中翻飞，赤红中露出一抹银色腰带。

抵达总坛上空，他没有立刻降落，而是朗声传音道："玄渊宗门人听令，布子午锁魂阵。"

每个在总坛的人都听到了他的这番话，皆是震惊无比。

自从被殷寒江削肉之后郁郁寡欢的裘丛雪眼睛顿时亮起来，抓起桌边抱着书睡到流口水的宿槐狂笑："来，徒孙，随我去布阵！"

"什、什么阵？"宿槐被裘丛雪晃得脑子里的大海波浪滔天，顿时抽出灭情棒道，"怎、怎么了？有外敌入侵吗？"

"是子午锁魂阵，三百年了，我只见过一次这阵法，"裘丛雪兴奋地舔了下嘴唇，"一百年前，闻人厄与殷寒江杀上总坛，老宗主被焚天鼓反噬，濒死时要我们布下子午锁魂阵封住这两个人。"

当时天地昏暗，昼夜颠倒，玄渊宗上百名高手布下阵法，伤痕累累的闻人厄与殷寒江被困于阵中。当时所有人都以为他们会死，脑子被捅了一剑的裘丛雪更是死命护阵，势要困死这两人。

阵法维持了三天三夜，大家以为他们要被子午锁魂阵耗死时，天空七杀、破军两星绽放异彩，血红色的魔剑与七杀戟合力冲出锁魂阵，闻人厄飞出来召回七杀戟，血剑化为殷寒江，奄奄一息地倒下去，被闻人厄一把捞住。

"能将我逼到这个程度，倒是令人敬佩，"闻人厄缓缓地道，"我本以为玄渊宗的人皆是孽障，一个人也留不得。现在看来，倒是可以管一管。"

长戟挥动，北斗与南斗降下星辰之力，星图于闻人厄的头顶成形。

战意让闻人厄感受不到神魂上的疼痛，星辰之力补充了他透支的真元，黑袍落下，闻人厄的后背上闪烁着星光。

那不是刻意修炼的心法，而是闻人厄还是凡人时，于战场之上九死一生后留下的伤痕。

道道伤痕奇妙地构成十四主星的星图，源源不断地吸收着星辰之力。七杀戟挥动，星辰之力荡开，当时布阵的百余名门人全部受到重创。

那一刻，闻人厄与殷寒江并肩立于天端，方才还想着合力困杀他的玄渊宗众人，但凡是能爬起来的，均双膝跪地，双手贴于地面，头颅深深低下。

他们跪的是闻人厄以一当百的实力，跪的是仅二人杀上玄渊宗的威勇，跪的是漫天星光中的奇景。

从那一刻起，闻人厄便是当之无愧的魔尊。

子午锁魂阵也成为玄渊宗的秘传阵法，只要闻人厄在，就永远不需要这个阵法，哪怕是正魔大战时也没有施展。

而今日，殷寒江要开启子午锁魂阵，是什么敌人值得他如此谨慎？

"你师祖我，也是从那时开始下定决心，一定要晋升大乘期，才鼓起勇气进入鬼修的。"裘丛雪说道，"以前怕疼怕死，那之后才知道，宗修犹如逆水行舟，唯有一'勇'字可定乾坤！"

可是师祖你的"勇"好像应该写作"莽"……宿槐抿唇，没有说出口，担心师祖揍他。

"子午锁魂阵起码要九十九名元婴期以上的高手，也不知还能不能凑出这么多人，"裘丛雪道，"走，师祖带你看热闹去。"

裘丛雪与宿槐是最先赶到的，随后是钟离谦，舒艳艳过了一会儿才带着十数位下属前来，这些人全部晋升至元婴期了。

百里轻淼轻轻落下，此刻闻人厄早已离开她的身体，她对钟离谦道："钟离大哥。"

钟离谦难得取下蒙眼布，看了看百里轻淼的状态，忍着眼晕又将蒙眼布戴回去，欣慰地道："你已入道。"

"还是要多谢各位前辈相助。"百里轻淼轻声道。

"子午锁魂阵为的是何人？"舒艳艳问道。

"是贺闻朝，也是血魔。"百里轻淼道，"殷副宗主独闯上清派，将贺闻朝擒了回来。此时贺闻朝仅有筑基期实力，但血魔难以对付，还是要封印的。"

"殷寒江擒贺闻朝，你没阻止？"舒艳艳才不在意贺闻朝的死活，略带关心地看向百里轻淼。

舒护法不沾情爱，却敬佩有情人。她对百里轻淼有一丝好感，喜欢这单纯不做作、善良不过度要求别人的女子，如果可以，舒艳艳希望百里轻淼能够得到最好的对待，只可惜造化弄人，这般炽烈的感情，却遇上个负心汉。

百里轻淼乖巧地一笑："多谢舒姑娘关心，百里已看破红尘，专修无情道。"

听她称呼自己"舒姑娘",显是想起了过往之事。舒艳艳笑道:"初次相遇时,你还是会因为我与师兄闹脾气的小女儿性子,四十多载过去,你已经成为这登天大道上的佼佼者了。"

绝美的女子微微仰头望天,低叹道:"蜀道难,难于上青天。蜀道都那般艰难了,更何况是这茫茫青天?大道之下无数枯骨,稍有差池便是神魂俱灭。若是找不到一个能与自己携手逆天之人,倒不如断情绝爱,孤身一人上路。"

她这话是说给百里轻淼听,也是说给自己听。心动是一回事,是否愿意为这份心动冒上风险,是另外一回事。

她舒艳艳,从来不是耽于情爱之人,唯有强大的实力,才是她所追逐的!

舒护法没有看钟离谦,钟离谦却也懂了。这位聪慧女子的好意钟离谦一直懂,他对舒护法也是欣赏的。钟离谦始终没有说破,是因为清楚这位蛇蝎美人活得永远自在如意,绝不会被任何事物绑住。

但……钟离谦感受着天上凌厉的杀意,心想若是像这二位,友爱地相互扶持倒也不错。

登天难,寻得知心人更难。

"人齐了吗?"殷寒江冷声道,"布阵!"

玄渊宗总坛前方的广场原本就是一个巨大的阵法,九十八位高手站在符合自身属性的位置上,中间的位置留给殷寒江。

殷寒江手提昏迷的贺闻朝落下,将焚天鼓罩于总坛上空,开启阵法。

九十九名高手的真元以殷寒江为中心运转起来,他要以一人之力控制这么多高手的力量,并将其导向贺闻朝的身上,彻彻底底地封印住此人。

按理说,贺闻朝目前仅有筑基期实力,是不需要如此严阵以待的。但殷寒江看过《灭世神尊》(第二卷),书中的贺闻朝也无数次遇难,甚至有一次被逼到自爆元婴,但只要不完全杀死他,他总能死灰复燃,并带着更强的实力碾压对手。

对此,殷寒江必须谨慎再谨慎。他不仅要防备血魔,更要防备贺闻朝。

因此,他破例开启子午锁魂阵,此阵法若是用于攻击,足有一击毁灭一个门派的力量;若是用于困住某人,纵是大罗金仙也逃不出去。

阵法一直持续了七天七夜,其间闻人厄的符咒失效,血魔清醒过来,阵中血影重重,贺闻朝一个普通修者竟然发出魔物的吼声。

"你们这些人,你们!若是老祖我全盛时,区区子午锁魂阵能奈我何!待我脱困,我要吸收你们所有人的血魂!"血魔老祖吼道。

他之前吸收了十七位高手的力量,此刻非常难对付,功力低的弟子已经有些支撑不住,就连舒艳艳也已经渐渐感到无力。

唯有殷寒江纹丝不动,一手指向血魔老祖,源源不断地将真元注入阵法中,消耗血魔的力量,另一手飞快地掐动灵诀,焚天鼓发出声声巨响,每一下都令血色淡下不少。

如此僵持七天七夜，血魔老祖耗尽真元，又被焚天之火焚烧，终于承受不住。

殷寒江其实也是强弩之末，但面色不变，硬是撑到血魔老祖力竭还维持着威严，声音丝毫不乱，低喝道："毁我尊上声誉，在幽冥血海两次企图暗害尊主，血魔老祖，跪下！"

一声怒喝，殷寒江手指硬生生下压，九十九道黑白相间的气没入贺闻朝的身体。血魔老祖借助贺闻朝的身体挣扎许久，终于体力不支，双膝面朝殷寒江跪了下去。

黑白相间的气将他的真元牢牢锁住，血魔老祖再难逃脱。

殷寒江的体内真元已被掏空，但他面色不变，对师从心道："扔进水牢，由鬼修众日夜看守，稍有异动立刻通知本座！"

收回病气后功力大增的师从心大喜道："属下遵命！"

"你们两个，"殷寒江指向舒艳艳与裘丛雪，"看住百里轻淼一个月，她修无情道尚未晋升大乘，恐怕会有什么东西惑乱她的心智，令她一时心软放了贺闻朝。"

他又道："苗坛主带着正道弟子去找钟离坛主，与钟离坛主商议一个办法，让那些正道不敢违背本座的邀请。"

"阮坛主随师坛主去水牢，布阵看守，你的防御甲最强，一旦有意外，在本座赶去之前，尽可能护住鬼修众。"

"属下遵命。"众人齐声道。

此时此刻，殷寒江已经用自身的实力证明，他绝对有能力成为一名新魔尊。

收回焚天鼓，殷寒江回到闻人厄的房间，捂着心口，强行撑住。

心魔、强行使用焚天鼓、开启子午锁魂阵，无论哪一样都让殷寒江难以承受，但他做到了。

"尊上，我终于……制服了血魔。"殷寒江笑了，虽然疲惫，却开怀畅意。

他执着于报仇，哪怕闻人厄还活着，也要复仇！不仅是为出一口气，更是要向全天下宣布，本座保护着的魔尊，你们休想动一根寒毛，要杀闻人厄，先过殷寒江。

"你做得非常好，比我还要好。"身边一个最不像尊上的"幻象"走来，轻声对殷寒江道。

"你是尊上吗？"殷寒江迷茫地望着他。

"你闭上眼睛。"

殷寒江乖巧地闭眼。

闻人厄于虚空处缓缓拍了拍他的头，殷寒江，做得真是太好了。

不知不觉，十五日已过。

闻人厄趁着殷寒江闭目时，微微低头，正对他的眉心。

发生了什么？殷寒江疑惑地想着。

想着想着他便觉困倦，连神魂都沉睡下去。闻人厄进入殷寒江的识海之内，开始第二次入魂治疗。

4

　　上一次入魂时情况紧急，闻人厄一心只想稳定殷寒江的情绪，并未深入他的魂魄。何况入魂本身也要看殷寒江的魂魄本身的状态，如果殷寒江一心抗拒对方，不肯敞开神魂，即使入魂也是枉然。

　　上次殷寒江的神魂混乱，闻人厄刚进入其中就被不断回放的记忆挡住。经过上次的治疗，加上这段时间的情绪稳定，殷寒江已经好了很多，神魂中多了无数光点。

　　闻人厄靠近其中一个光点，见到其中闪烁着闻人厄为殷寒江取雪中焰的场景。

　　他走近另外一个更大的光点，是殷寒江擒住贺闻朝时的情形。

　　多看了几个后，闻人厄明白了，大大小小的不同光点，皆是令殷寒江感到喜悦、开心的事情。喜悦感弱一点，光点便小一点；喜悦感强一点，光点就大一些。

　　最大的光点中，是殷寒江看到《虐恋风华：你是我不变的唯一》里，闻人厄通过百里轻淼剖白心迹时，那个光点挂在魂海最高处，又大又圆，像个太阳。

　　最大的光点内还有一些血色的污点，闻人厄将神识探入污点去看，发觉是一些混乱阴暗的想法，其间还夹杂着心魔幻象的痕迹，也正是让殷寒江最痛苦的地方。

　　闻人厄有些明白了，光点是殷寒江开心的事情，血色污点便是他的心魔所在。

　　他在殷寒江的魂海中渐行渐远，一直寻找着最深、最痛的根源，终于在很深很深的地方，找到了一团巨大的血污，比魂海上空的"太阳"还要大。

　　这或许就是根源吧。

　　闻人厄试图进入血污中，血污却对他有些抗拒，不愿他入内。

　　他只得轻声哄道："殷副宗主，是我，闻人厄。"

　　一提这个名字，血污缩得更紧，完全不让他进去了。

　　这是殷寒江抗拒的、最不愿让闻人厄发现的事情。

　　这该如何是好？闻人厄飘在血污前有些发愁，所有光点与血污皆为已发生的事情，换言之，面前这团最大的血污，是闻人厄不知道的、殷寒江对他封锁的事。

　　任何人都有禁区，如果对方不愿意让人触碰，他不该强行探索。但他不解决这些血污，又无法治愈殷寒江的心魔，当真是个两难的局面。

　　闻人厄想了许久，回忆与殷寒江相处的种种，又想起自己也有许多不愿被人知晓的过去，忽然明白了。

　　既然殷寒江不愿让他探索，那便由殷寒江来了解他吧。

　　闻人厄张开双臂，对血污道："本尊绝不试图入侵你的禁区，只望与你的魂海相融，化解你我之间的屏障。"

　　说话间，血污渐渐缩小，小到闻人厄可以双臂环住，抱在怀中。

　　即使是殷寒江阴暗的过去，闻人厄也坚定地将它用身体护住，那团血污便渐渐融入闻人厄的魂海中。

"阿武，阿武！"遥远、陌生又有些怀念的声音在耳边响起，有人在温柔地拍他的肩膀，闻人厄迷迷糊糊地睁开眼睛，看见一个面容姣好的女子站在面前，低声道，"该起了。"

是母亲，是那个边城告急时，可以披甲上阵，带着边城民兵死守城墙五日，直拖到援兵前来，她才昏厥在城墙上的奇女子。

闻人厄发现自己的身体变成了十四五岁的少年模样，恍惚间明白，这是他的记忆。

"练武、读书、习字……你今日的功课很多，莫要让先生等你。"母亲的手中拿着轻短双剑，闻人厄若是不起床，这双剑大概就要削上他的头发了。

"我起了，娘亲！"闻人厄忙跳起来，穿上衣服，飞快地洗漱。

他自幼在边城长大，边城人力紧张，闻人厄没有丫鬟，仅有一个一同习武的小厮。他凡事亲力亲为，只有此刻急了，才吼一声："把巾帕给我！"

一双小小黑黑的手递上白色巾帕，闻人厄接过时愣了片刻。他的小厮不见了，换成一个看起来只有五六岁的孩子，这个孩子全身青紫，半边身体都腐烂了，又脏又臭，颤巍巍地将巾帕举了起来。

那是殷寒江啊。

闻人厄将殷寒江最不愿意面对的那团血污融入神魂中，殷寒江在他的魂海内找了个适合的位置待着，变成了他的小厮。

这不是现实，是闻人厄的记忆。

他接过巾帕，却没给自己擦脸，而是抱起小小的殷寒江，浸湿帕子，用温热的毛巾轻轻为幼小的殷寒江擦拭身体。

肿胀发烂的小手一巴掌将巾帕拍开，殷寒江从牙缝里挤出一个字："脏。"

幼小的殷寒江不是在说毛巾脏，而是怕自己的身体脏了毛巾。

"毛巾是可以洗干净的，你需要疗伤，并且换件衣服。"闻人厄道。

他的心境变化是可以影响魂海记忆中的人的，闻人厄的母亲也不再催促他做功课，而是温柔地摸摸小殷寒江的头道："小江怎么伤成这个样子？阿武你快去帮他清洗一下，再送到李大夫那里去上药。"

闻人厄听话地烧水为小殷寒江清洗，还给他找出自己幼年时的衣服换上，抱着他施展轻功一路飞到边城大夫的药堂。

少年时的闻人厄是个白袍小将，有些臭美，总是穿着一件白色的锦衣。他抱着殷寒江在无数房屋上飞跃，不少边城百姓抬起头来看，七嘴八舌地讨论闻人小将军又开始飞檐走壁了。

那时的闻人厄是飞扬的少年，整个人是明亮剔透的，连边城天空的颜色都是蔚蓝一片。

"阿武？"怀中的小殷寒江疑惑地问道。

"我未入道前，父母为我起名闻人武。他们还商量及冠时的字，正好将'武'

字拆开，表字止戈。"闻人厄回答道。

可惜没能等到那一天，闻人家便遭难，闻人武也更名为闻人厄。

闻人厄踩着房檐从门前落下，吓了李大夫一跳，这位年迈却精神抖擞的驻军医生，顺手抄起身旁的扫帚挥向闻人厄："你这个鸡飞狗跳的小屁孩，吓死老夫了！就不能有一次正正经经地敲门的吗？每次不是从房上跳下来，便是从后院跑进来，我这把老骨头，禁不起你吓的！"

扫帚还没打过来，便被一双手接住，小殷寒江满脸阴沉地看着李大夫。

就算是殷寒江魂体中阴暗的部分，也是有很强大的实力的。闻人厄担心他出手，刚要阻止，就听李大夫说："哎哟，这谁家的孩子？怎么成这样子了？快进来，老夫为他包扎。"

"从尸堆里捡来的，父母亲人都被外族屠了。"闻人厄小声地对李大夫说。

老大夫满是皱纹的脸顿时充满怜爱，他让闻人厄将小殷寒江放在床上，自己则拿了烈酒与刀，为小殷寒江刮去腐肉。

闻人厄当年救下殷寒江时，随手一个丹药、一道真元，便将这孩子治愈了。凡人的伤对于修者而言实在太轻，殷寒江对于治疗没有任何真实感。

这一次李大夫细心刮腐肉，又以烈酒消毒，疼得小殷寒江的小脸直抽抽。闻人厄见状略微不解，明明是魂体，为何会觉得疼痛？此刻殷寒江在想什么呢？

李大夫怕伤到完好的皮肉，下手不敢太快，足足清理了五个时辰，日头从东移到西，他才将全部的伤都上了药，包扎好。

小殷寒江疼得满脸是汗，李大夫道一声"好了"后，他立刻昏死过去，脸痛苦地皱着。

"你捡到这孩子时，他受伤几日了？"李大夫将闻人厄拉到一旁低声问道。

"三五日，在尸堆里翻出来的。"闻人厄不知殷寒江能否听到，魂海中也不可传音，压低嗓音回答道。

"这个孩子有点问题，"李大夫凝重地道，"他的年纪太小，我怕伤到脑子，不敢用麻沸散，只能硬来。有些腐肉没有知觉，刮下去还好，可是一些半腐却没救的皮肉，碰一下就是刀割之痛。这么小个孩子，我连续治疗这么长时间，其间还用烈酒擦拭伤口，他竟然一声没吭。换作是你这个要面子的皮猴子，咬牙不号老夫倒是相信，可这么点个孩子，连哭都不会哭，我担心他这里出了问题。"

说话间，李大夫点了点闻人厄的心口。

心吗？老大夫一眼便看出的问题，当年的闻人厄却不管不顾地将殷寒江丢在山上。他以为给殷寒江充足的食物、崭新的衣服、练功的心法、报仇的能力就足够了，一个坚强的男子汉是不能懦弱的。可是闻人厄没有想到，那时的殷寒江不是男子汉，只是个年仅五岁的男孩，还是可以哭的年纪。

"这孩子，救得还是晚了。"李大夫摇头道，"左腿大概是要瘸的，脸上、身上也会满是疤痕。我知道你忙，闻人元帅和夫人管你管得严，但也还是要抽出时间多照看照看他。方才刮肉时,他疼得狠了就盯着你,显然是将你视作救世主,你多陪陪他。"

"晚辈知道了。"闻人厄低叹道。

"晚辈什么晚辈!"李大夫一巴掌拍在他的脑门上,"跟我来这文绉绉的,你都够当我的孙子了!"

"阿武知道的。"闻人厄只得捡起自己丢弃已久的称呼。

李大夫拍闻人厄的脑门时,小殷寒江已经醒了过来,阴森森地盯着李大夫拍过闻人厄的脑袋的手。

默默地观察一段时间,对殷寒江的眼神与想法有些许了解的闻人厄知道,小殷寒江在气李大夫打他。

于是他坐在床上,将小殷寒江抱起来,让他的头枕着自己的大腿,为小殷寒江介绍李大夫:"这位是李大夫,当年还是御医呢。"

"好汉不提当年勇,我不过是个医治嫔妃不当被赶出宫,流放军中的糟老头子罢了!"李大夫背对着二人,背影有些萧瑟。

闻人厄笑了下:"当年的事咱不提,李大夫医术高明,自到了边城后,救回六千一百四十八名边军的性命。前几年李大夫还随军上战场,三天之内抢救下数十名伤兵,最终累倒在后方。我父兄多次命悬一线,皆是李大夫出手相救,就是我也……"

他见李大夫的耳朵都红了,也不好再当面夸,只好在小殷寒江的耳边小声道:"当年边境告急,我母亲怀胎九月披甲登上城墙,等援兵来被抬下城墙时,身下已经见红。若不是李大夫神医妙手,我便胎死腹中了。"

小殷寒江眨了眨眼。

闻人厄低声道:"其实我是他的干孙子。"

小殷寒江的眼睛亮了,说出了进入闻人厄的魂海后对尊上以外的人说的第一句话,他对着李大夫就是一句:"爷爷!"

声音还哑着,有些虚弱,李大夫听到后开心得胡子都发抖了,转过身凑到床前道:"哎,乖孩子!"

小殷寒江一把抓住他的胡子,咧嘴一笑,牵动脸上刚包扎好的伤口,疼得"嘶嘶"直叫。

李大夫连忙抢回自己的胡子,对闻人厄使了个眼色,意思是这个孩子终于有点人气了,好好维持。

小殷寒江有些累,闹了一会儿就枕着闻人厄满是肌肉、硬邦邦的腿睡着了。

入睡前他想着:这些,便是尊上要守护的人啊。

第十九章

旧日伤疤

1

"闻人武！"闻人厄刚抱着小殷寒江回家，就听见一声暴喝，"前日偷偷砸了王胡子酒肆的歹徒是不是你？"

一个身材魁梧宽肩窄腰、比少年闻人武还要高一个头的男子风风火火地冲进来，伸手在闻人厄的额头上狠狠地弹了一下，怒道："我们边军是守护百姓的，你怎么可以在后方自乱阵脚？"

闻人厄恍惚了一下，才想起这个人是他的大哥闻人泰，国泰民安的泰。

记忆太过久远，闻人厄想了好久，才回忆起的确是他砸的。王胡子是个唯恐天下不乱的酒混子，整日在边城说这城早晚守不住，闻人家的人迟早要走，届时换个酒囊饭袋的官员过来，城破前丢下他们这些老百姓逃走，与其留在这里，倒不如早死早超生。

闻人厄前几日也在酒肆，少年的感情是简单而浓烈的，厌恶就是厌恶，喜欢就是喜欢。他尊敬父兄，认为边城只要有闻人家的人，就绝对不会有事。听到王胡子这话闻人厄气得要死，半夜蒙面去打翻了王胡子的酒，又粗暴地剃下他那把络腮胡子，弄得王胡子的下巴上全是剃须后的刮伤。

他那时自以为做得隐秘，却没想到，边城十四五岁的少年，武功又好，还整日在房顶上乱窜的，整个边城大概只有他闻人武一个。他那双愤世嫉俗的明亮眼睛，与整个城镇百姓的都不同，一眼便能认出来。

少年阿武的额头被弹得通红，小殷寒江生气了，张嘴咬住闻人泰的手臂。

闻人泰当下一慌："小孩，你松口、松口！我的胳膊太硬，你太用力别咬崩牙！"

小殷寒江咬得更紧。

五大三粗的男子在小殷寒江面前手足无措，生怕自己伤到他，最终只好拿弟弟出气："闻人武，你做错事就拿小孩做挡箭牌吗？"

"小江，放开。"闻人厄轻轻捏了一下殷寒江的脸，温柔地道，"脸上刚包扎好，别牵扯了伤口。"

小殷寒江缓缓地松开口，闻人厄一手抱着殷寒江，一手勾住大哥的肩膀，额头贴在闻人泰宽厚的臂膀上，低声道："大哥，能再次见到你，真是太好了。"

哪怕这只是他的魂海记忆。

闻人泰常年在边塞驻扎，皮肤不怎么好，有些黑又有些粗糙，他的黑脸一红，抬起满是伤痕老茧的手，摸摸闻人厄的头，旋即回神道："少给我来这套，今天这顿打你是少不了了！"

当天闻人厄挨打了，父亲在军营，大哥镇守后方。闻人泰押着他去给王胡子道歉赔钱，还当着所有边城百姓的面，在酒肆中对闻人厄施了军法，整整五十军棍，打得少年后背皮开肉绽。

小殷寒江被闻人厄的母亲抱着，气得"呜嗷呜嗷"直叫，想要挣脱那双不算柔软的手，扑上去为尊上挡住后背。

"别动！"看起来十分温柔，实则脊背挺得笔直的女子说道，"好好看着，不论什么原因，身为边军，私下做出伤害百姓的事情，就要受军法处置。也是看在他年轻，才少罚了些，否则这根棍子不打断，他休想过关！"

"心疼……"小殷寒江摸了摸心口道。

"当然心疼，打在儿身，痛在娘心。"闻人武的母亲脸上滑下一行清泪，她抬手抹掉，继续道，"但不打不行，百姓的事，没有小事！"

一滴没有擦掉的泪落在殷寒江的小手上，他舔了舔，咸咸涩涩的。

被打过后，李大夫给闻人厄上了药——使着劲上的。

包扎后闻人厄还要跪忠烈祠，跪一天一夜。

小殷寒江要在闻人厄身边陪着，下人无法，便给他准备了垫子。他的腿刚剜过肉，根本跪不下去，只能坐在垫子上，气鼓鼓地说道："尊上没错。"

"不，我错了。"闻人厄温柔地解释道。

"尊上怎么会错？"小殷寒江仰起头，眼中满是仰慕。

"你一直是这么看我的？"闻人厄笑着刮了下他的鼻子，"难怪在你眼中，我是幻象中最不像'我'的那个。"

提到心魔幻象以及辨认不出本尊，小殷寒江的脸又皱成一团，非常懊恼的样子。

好在这里是闻人厄的魂海，殷寒江也是魂体，不会受到心魔影响。他的眼中只有少年闻人武一个，不会再有其他多余的"尊上"。不过……有生得好像尊上的母亲和大哥，他们伤害尊上，却因为生得太像了，小殷寒江都舍不得教训他们。

闻人厄摸摸小殷寒江的小脑袋，认真地道："殷寒江，我并非生来强大，也不是自小睿智。少年时，我以为父母、兄长是天，能够挡下世间的所有灾难，边城永远岁月静好，却是大错特错。"

哪有全能的人呢？强大的人不过是撑起脊梁，即使脊骨碎裂，也不让人看出自己的软弱。

闻人厄告诉小殷寒江，被打之后会发生什么。被罚一个月后，他的父亲，闻人元帅轮休回边城，听闻此事，将少年阿武又揍了一顿，揍过之后才从严父变为慈父，为他讲述了王胡子的过去。

这个酒癞子今年五十岁了,四十年前,闻人元帅也只是个孩子,当时边城告急,地方驻军溃逃,异族铁骑入侵,年仅十岁的王胡子被母亲藏进了酒窖里。幼童本该稚嫩天真的双眼,见证了无数罪恶。

听到这里,殷寒江也想起自己的过去,心痛得呼吸都变得艰难起来。

闻人厄将他抱在怀里,继续说道:"但他活下来了,撑到我祖父临危受命,带兵出征,夺回边城。他是战时遗孤,可以随军去附近府衙,那里有善堂收留这些孩子。他没有离开这座边城,留下来做了个民兵,十几年前我出生前,他随母亲在城墙上丢石头挡住外族。"

"那他为什么还要那么说?"殷寒江问道。

"因为他说的全是真话,闻人一族守不住这座边城。"闻人厄的声音中满是痛楚之意。

这是他从来不敢回忆起的往事。这一个个鲜活的生命,有善有恶,有奸诈狡猾也有市侩油滑,每个人就是非黑非白的色彩,绘制出一幅充满生机的边塞图。

最终,闻人一族被满门抄斩,朝廷将边境九个州割让给异族,割让后第一天,外族便屠了这座边城,男女老少无一幸免。

"你别看我的脸。"闻人厄将小小的殷寒江抱在怀里,让他的头紧紧埋在胸口,殷寒江几次想抬头,都被少年闻人武按了回去。这一刻,他仍是少年,可以软弱。

一滴滴冰冷的水落在殷寒江的头发上,殷寒江想,这些水滴,应该也是咸咸涩涩的吧?

"尊上……"殷寒江在少年干净充满阳光气味的胸膛前发出闷闷的声音。

"在这里,叫我阿武。"闻人厄道。

"阿、阿武……"

闻人武的身体太好了,受罚过后没几天他就活蹦乱跳,每日继续与夫子斗智斗勇,偷了家里给十岁的妹妹埋的女儿红,坐在房檐上喝酒,还喂给殷寒江喝。被母亲发现后揪着耳朵打屁股,小殷寒江坐在一旁的椅子上,双手蒙着眼睛看阿武哥哥被打屁股,手指缝张得大大的,中指与无名指之间,露出一双灵动的大眼睛。

"娘亲,别让他看我挨打。"少年阿武郁闷地说道。

"你还知道丢人啊?!"说话间为娘的又抽了他一下,"知道丢人你还偷妹妹陪嫁的酒喝,真是气死我了!"

被打后就是罚写大字,少年是坐不住的,闻人武的屁股又疼,他只好趴在床上写大字。小殷寒江在一旁看着他歪歪扭扭的字,尊上的字,一直是好看的。

"字好是长大以后的事情了,这会儿一心只想练武,看不上这些之乎者也什么的,每天都想把夫子的胡子剪下来做毛笔送给他。"闻人厄笑道,"后来才知道这些东西多有用,武可保家卫国,文可教化天下。"

"所以才对钟离谦另眼相看？"小殷寒江托着下巴问道，身上的伤已经好了大半，只是满身的疤痕有点吓人。

"乱世需要闻人家，盛世却需要钟离谦这样的人。没有我们，乱世永远不会变为盛世，没有他们，盛世很快就会转为乱世。"闻人厄道。

一个月后，闻人元帅归来，果然如闻人武所说，又挨打了。这次小殷寒江已经不生气了。他发现在这里，谁都能打阿武哥哥两下，阿武哥哥被三天一小打、五天一大打，就连十岁的妹妹闻人嫣在被哥哥偷喝了其陪嫁酒后，都能张牙舞爪地抓哥哥一手抓痕。

小殷寒江的脸上满是伤疤，他本来想弄个面具戴戴，却发现边城的不少人的脸上都有伤疤，有些人还断腿断手，却没人对他们另眼相看。

阿武哥哥告诉他，这些是伤兵，也有被误伤的百姓。这里的每个人都是带着伤疤笑对人生，没人觉得自己可怜，因为一旦这么想了，就真的可怜了。

于是殷寒江也学会了不戴面具面对人，周围没有人用异样的眼光看他，就连十岁的闻人嫣都很喜欢小弟弟，经常偷偷给他吃自己不喜欢吃的青菜。

殷寒江知道，这些人不过是尊上的记忆，尊上深藏的记忆竟是这般柔软。

他们就这样开心地生活了一年多，该来的总会来的。已经发生的事情无法改变，闻人厄的记忆也忠实地呈现了那一幕。

撤回边军，闻人武伤愈后跑回京城，看到了城头上挂着的无数头颅。

他在尸堆里翻找，在乱葬岗上放声大哭，小殷寒江静静地看着这一幕。

一个个与尊上长得非常像、有点像、不太像、完全不像的人，就这样离开，生命便是这般易逝。

此刻他们两个孤独的人靠在一起，点起了火。被斩首而死之人不配入墓，少年闻人武也没有为族人买棺木的能力，他自己还是通缉犯。

他将无数无头尸身摆成一排，一个个用火点了，小殷寒江没有帮忙，只是看着他。

"我记得，你似乎很爱点火。"闻人厄点燃最后一具十来岁的、疑似闻人嫣的小身体，转身问殷寒江。

殷寒江沉默了下，摇摇头，哑声道："我是将有罪的人焚烧，看着他们曾经作恶多端的身体照亮夜空，我觉得这是他们唯一的用处，和现在不一样。"

闻人家族的人，没有作恶，活着更好。

"我不喜欢他们被烧……"小殷寒江捂住嘴，咽下哽咽。

闻人厄擦掉他无声的泪水，轻声道："我也不喜欢。"

殷寒江还记得，刚接手玄渊宗时，闻人厄命令下属不许伤害普通人，有违背的属下，被闻人厄以极其残忍的手段杀了。

殷寒江那时冷漠地建议道："尊上，玄渊宗是魔道，过于压制可能会反弹。"

"敢反就都死，"闻人厄冷冷地说道，"苍生何辜？"

那时的殷寒江懵懵懂懂的，只知听从命令。这一刻，他明白了闻人厄甘愿坠入杀戮道，在鲜血与死亡中要守护的是什么；在闻人厄背后支撑他拥有无尽战意的东西是什么。

闻人厄所守护的苍生，化成他永不言败的战意，他守护的东西，也在守护着他。

2

闻人厄骑着一匹马，怀中抱着六岁的小殷寒江，拿上路引慢慢地向边关的方向前进。

小殷寒江抬起手，碰了下闻人厄脸上的绷带。

"很吓人吗？"闻人厄问道。

他的脸上、手上满是烧伤，是少年闻人武自己烫的。

闻人家被满门抄斩，闻人武在闻人元帅旧部的帮助下赶回京城，什么也没做到，仅仅是为父母收尸罢了。

父亲的友人帮不了他什么，只能帮他准备一个假身份，要他有多远走多远，闻人一族平冤昭雪之前，绝不能回来。

闻人武还是个通缉犯，为了不给人添麻烦，也为了保护自己，狠心扑入火堆中，将面部烧伤。伤还没好，他就快速离开京城，方才路过关卡时，被不相信他有烧伤的官兵撕下绷带，露出翻红的血肉。

"不吓人。"小殷寒江缩在他的怀中，想着那个时候少年闻人武是怎样度过那段岁月的。

满门忠烈仅剩下他一人，他自己也不过是个十五岁的少年，不久前还顽皮捣蛋，整日闹得帅府鸡犬不宁，现在却要一个人隐姓埋名，压下所有的张扬潇洒，硬生生烧毁自己那张俊逸非凡的脸，独自面对这个充满恶意的世界。

修者可治愈任何伤口，殷寒江遇到闻人厄时，已经修炼二百年，功力超绝，宛若神人。闻人厄在整个宗修界都是无人能敌的，他身体力行地诠释着何为强大。没有人能想象到，他曾有这样的过去。就算殷寒江听闻人厄偶尔提起过往事，也没法将两者联系起来。

唯有此刻，殷寒江比任何时候都明白，他的尊上不是神，是一个有血有肉的人，闻人厄比谁都明白什么叫痛。

小殷寒江努力向上爬了爬，双手揽住闻人厄的脖子，低声道："疼。"

"在想什么呢？"闻人厄点点殷寒江的脑袋，"已经是三百五十多年前的事情了，怎么可能还会疼？"

在魂海中，某些特定的场景是无法改变的，毕竟是已经发生过的事情。当魂海记忆中闻人武的情绪过于激动时，闻人厄也会不由自主地做出同步反应。但在这样的空白印象并不深刻的时间中，闻人厄倒是可以保持平静的心态。

小殷寒江什么也没说，只是将头埋在闻人厄的肩膀上，一言不发。

他们一路足足走了半年才赶到边疆，此刻的边城已经不再是当年的边城，边境九城都被割让给异族了。

"当年我自知杀不掉狗皇帝，就跑到边塞，混进被割让的九城中，想刺杀异族大将，杀一个算一个。"闻人厄对殷寒江说道，"帅府中有我常用的战戟，我一心想着回边城，回家拿回我的武器。"

小殷寒江的心紧紧一缩。

他安静地看着少年闻人武没有拿着荐书去做一个小吏，而是仗着武艺高强，深夜独自一人越过城墙。闻人武靠着双腿狂奔数百里地，赶了几天几夜，一路避开异族军队，终于赶回当年的边城。

少年闻人武想着，回家。家人虽然已经不在了，但边城还有他生活的痕迹，还有他的武器，还有父母为妹妹藏下的女儿红。

但他赶到边城的当晚，远远地便看到火光。

他杀了一个落单的异族士兵，换上对方的衣服摸进城中，见到的是一座火中的废弃城市。

李大夫、王胡子以及许许多多他见过的人，变成尸身横七竖八地躺了一地。异族士兵在帅府翻出了闻人嫣的女儿红，正喝得尽兴。

闻人嫣年纪小，对嫁娶没什么观念，只知道嫁人是找个像父亲一样的人宠她。她知道父亲爱喝酒，就特别宝贝自己的女儿红，想着将来嫁人时挖出来，带回去。她还整日在闻人武面前炫耀自己有好酒，气得闻人武偷挖她的酒喝。

小姑娘像命根子一样宝贝的酒，被人糟践光，一个个酒坛子砸在残破的帅府大门上，碎了。

"杀！杀了他们！烧了，做灯油，点长明灯！"小殷寒江扭曲着脸，在闻人武的身边说道。

这里是闻人厄的魂海记忆，当闻人厄陷入某种特定情绪中时，殷寒江便会从这个世界中隔离开来。闻人厄能看到他，周围的人就能看到他，闻人厄见不到他，其他人便也见不到。

此时的闻人武没有看到殷寒江，而是看着残忍的一幕，双手紧紧抓住双臂，指尖抓破手臂，强行让自己忍耐。

不能去，不能去！全家只剩下他一个人活下来，他必须活下去。杀个把人没有任何用处，他只有活下去才有机会。

他捂住眼睛，转身发足狂奔，逃离这座城镇，一直逃到无人之处，才无力地瘫在地上，蜷缩起身体，头深深埋进臂弯中，发出不似人类的哀号声。

小殷寒江在一旁看着阿武哥哥，只能看着。

他看到一个人从天上落下来，站在闻人武身边，以高高在上的姿态说道："我本是被这城镇的血腥气吸引来的，想着抓几个怨魂修炼，谁知这些死人的怨气不够。我本以为白跑一趟，却不想遇到了你这么个好苗子。"

殷寒江看得出来，这是个魔修，还是元婴期的魔修。

忽然听到有人说话，闻人武忙收起所有悲伤情绪，抬起头冷冷地道："你是什么人？"

"我对于你们这些凡人来说，应该算是神仙吧，哈哈哈！"那个魔修高傲地笑着，对闻人武道，"怎么样？想不想报仇？我这里有一套杀戮道的心法，与我修的道不同，丢了又可惜，恰好需要个人试试，你要不要练？"

闻人武竟然拒绝了，说道："一个人武力再高也敌不过千军万马，我家传的武功够高了，用不着你的。"

"哈哈！就你们那点外家武功？"魔修诱导道，"战场上刀剑无眼，就算武功再高的人也会死，这个功法可不一样。"

"我不会拜师的。"闻人武不傻，接踵而至的遭遇令他防备心十分强。

"我也不需要你拜师，我就是想看看这套心法的力量。"那个魔修道，"看看这心法总纲上写的，杀戮道乃魔道无上心法，修成者将魔道第一杀星，宗界界无人能敌。啧啧啧，多能吹啊，最后还有一句，古往今来，修炼此法者过千人，无一人修成元婴。没有一个人修成元婴还敢吹魔道至上？我怎么就不信呢？"

"怎么样，要不要？你要的话，交出一滴心血即可。"魔修将书在闻人武面前丢来丢去。

那魔修将第一页翻开，摆在闻人武的眼前，闻人厄只看了一眼便被其中记载的神秘心法所吸引，才看了几行，魔修便合上书，对闻人武恶意地摊开手。

"我也不瞒你，我可以用你这滴心血控制你，你若成功结婴，我就可以夺取你的元婴，转修杀戮道。你若没能结婴，就会熬不过天劫死掉，我挖了你的金丹炼个丹药也行。"魔修道，"但无论哪一点，你都有足够的时间提高实力报仇，怎么样？"

闻人武犹豫了许久，终于伸出手，奉上一滴心血，接过那本书。

魔修笑着飞走了，闻人武看到这个魔修竟然可以飞行，更加抓紧修炼这个魔修给的心法，面容扭曲，眼神中满是阴郁之色。

"阿武哥哥。"小殷寒江抱住闻人武的腿牢牢不放，方才不管他怎么喊，都无法叫醒尊上。

"放心吧，没事了，都过去了。"闻人厄放下书，弯腰抱起小殷寒江，点点他的额头道，"不过是记忆罢了，三百多年前的事情，我现在不是活得好好的吗？而且那套心法也确实如魔修所说，练成者有以一当百的实力。"

谁知小殷寒江搂住他，喃喃地道："阿武。"

他叫的不是尊上，而是阿武。

这一刻殷寒江在用力地心疼闻人厄，并不是过去那般将人捧上云端的崇敬，不是下属要守护主上那般忠诚，而是想用自己小小的身躯呵护闻人厄，为他挡住这世上的无尽恶意。

"别哭啊，阿武都没流泪。"闻人厄摸摸小殷寒江的脑袋，意外地发现殷寒江脸上和身上的伤疤消失了。

李大夫之前为小殷寒江医治时曾说过，医不好，这孩子肯定会留疤，腿也会瘸。这里只是闻人厄的魂海，不是殷寒江的，殷寒江若是想痊愈，是完全可以恢复的。但他没有，而是像李大夫说的那样，又丑又瘸，还阴沉沉的，很少说话，也不知在想些什么。

谁知现在，他的伤竟然自动好了，闻人厄端详着他光滑的小脸问道："怎么突然好了？"

殷寒江摸了摸脸，也是一脸莫名其妙的表情。他没有产生任何想要痊愈的想法，却在不知不觉中慢慢恢复。

两人都不懂，闻人厄想了许久也没能明白，摸摸殷寒江的头道："你在恢复，真是太好了。"

他看着殷寒江，再次感受当年的情绪，才明白自己在救下殷寒江之后，为何会将人放置在山上不管不问。

殷寒江对他而言，是一个未尽的誓约。闻人厄在捡到殷寒江的同时，旧时尘封的记忆苏醒，勾起他心中的痛。历史在面前重演，望着这个年幼的孩子，他不知该如何去安慰。

闻人厄能做的，只有将自己没有得到的东西都给他：一个被治愈的身体、一个安全的环境、一份绝对安全的心法、一柄可以提升实力的剑，以及……一个当殷寒江成年后，已经安稳的边塞。

于是他再次披甲上阵，为了自己久久不能提升的境界，也为了让一个孩子不再仇恨这世间。

3

魂海的时间流逝与外界完全不同，它的时间流速是与闻人厄的记忆深刻程度相关的。之后的十年一晃而逝，殷寒江仿若只经历了一瞬。

他是这个世界的旁观者，看着十年光阴在面前飞速掠过，看到闻人武改名换姓，奔波在被割让的九城中，尽力拯救自己面前的人，暗中积蓄力量，等待机会。

同时，朝堂这十年间也发生天翻地覆的变化。新皇登基，国家逐渐变得富强起来，兵力也再次增强。新皇有收回失地的野心，待积蓄足够的力量后，战斗一触即发。

闻人武趁此机会联合九城的地下势力，里应外合，一举将异族赶了出去。他武

第十九章 旧日伤疤

功高强，用兵如神，又有九城百姓的拥护，在军中建立足够的威势，待时机成熟时，又公布自己闻人元帅遗孤的身份，顿时一呼百应。在他的声势之下，朝廷不得不为闻人家翻案。

闻人武蛰伏十年，终于挂帅出征，一举夺回九城，又将异族一路打到草原深处龟缩不出。

而此刻，这位宗修奇才已经是金丹期巅峰了。

借着征战，闻人武很快便晋升到了金丹期，但就在那一刻，他感受到了瓶颈，无论杀多少人、夺回多少失地都无法突破的瓶颈。正如那心法所说，杀戮道很难突破元婴期。

这时那位魔修又出现了，出了个主意，闻人武还没有炼制本命法宝，刚好当时草原上天降陨石，陨石自带的火焰逐渐形成燎原之势，草原大火足足烧了半个月，异族再无放牧的场所，牛羊饿死无数。闻人武自陨石中找到神铁，利用天火炼制本命法宝，战戟早已炼成，却无论如何也无法融入体内，不能作为本命法宝使用。

草原大火令异族国力空虚，失去后援，只得向朝廷递了降书，愿为属国，每年向朝廷纳贡。

新皇下令议和，长达三年的征战终于结束，闻人武却无论如何也不能接受。

边城被屠之日，他发誓要杀光异族人，无论是异族兵士，还是牧民百姓，他都要屠杀殆尽。

朝廷前来招降的官员正是钟离世家的旁支，名为钟离初。他竟然也是个入世的金丹期修者，有声望加身，闻人武竟被他一招制服，被押着交了兵权，软禁在帅府中。

他心中窝着一股火，手中握着刚炼成的战戟，眉宇间满是凶煞之气，隐隐已有走火入魔之相。

时隔十五年竟然还是矮小的殷寒江从未见过尊上这般模样，上前担忧地抱住尊上的腿，想要他恢复神志，而沉浸在魂海记忆中的闻人武没有看到他。

"啧啧啧，你这个样子好像是没办法突破元婴期了。"那魔修又出现了。他估算着这些日子闻人厄也该结婴，便经常在边境游荡，等待那个时间的到来。

他探究地说道："杀戮道修炼的确快，短短十年便从引气期到金丹期巅峰真是闻所未闻，可是之后五年，你却没有丝毫进境。嗯……杀戮道的修炼相对其他心法更加轻松，只要杀人就可以了，但越是嗜杀，心魔越盛，是很难熬过晋升元婴期的心魔劫的。难怪修杀戮道者晋升元婴期是个门槛，无人能成，原来如此。"

闻人武对他挥动战戟，魔修忙退开道："哎哟，瞧你杀气重得连我都要杀。这样吧，我给你想个办法，你那法器无法融入体内，应是没有灵性的缘故。这灵性嘛，要么是天地滋养，要么是将血魂封入其中。你不是抓了很多战俘吗？还有那些因大火逃难到九城的牧民，都被关在战俘营中，加起来足足有十万人呢。

"非我族类，其心必异，他们和你有仇，不算人的。你想想，十万鬼修炼入战戟中，十万杀孽，难道还不能突破元婴期吗？晋升到了元婴期，钟离家那个入世的弟子，又能奈你何？

"闻人一族上百条人命，只是沉冤昭雪就足够了吗？你还不如自立为王，杀入京城，屠掉那些贪官污吏，架空帝王，自立为王不是更好吗？"

仿佛浸了毒一般的话一点点蛊惑着闻人武，他提着战戟趁夜离开帅府，冲进战俘营，视线一点点扫过那些伤痕累累、疲惫至极地靠在一起沉睡的战俘。

异族人的长相有些难以分辨，在闻人武的眼中，这些人的面容竟渐渐与当日屠城的异族士兵重合起来。

"阿武！"依旧保持五六岁孩童身高的殷寒江狂抓闻人武的腿，希望将他唤醒。

可这里只是记忆，殷寒江所做的一切都没有意义。

闻人厄举起长戟，对准一个穿着残破衣服的异族战俘，正要下手时，忽然一声孩童虚弱的"阿姆，我饿了"令他清醒过来。他望着自己手中的战戟，身体止不住地颤抖起来。

他在做什么？

他要对残兵败将、老弱妇孺下手，要将他们的血魂永远封存在这柄战戟上，像异族残暴的军队曾对边城做的一样？

"咦？你在想什么？"那魔修问道，"怎么不动手呢？"

曾几何时，发誓要守护边城百姓的他，已经变成与异族士兵同样的刽子手了？

他抗旨不遵，执意要屠掉异族满族时，钟离初说了什么？

钟离初说："闻人元帅，你用兵如神，武功盖世，可以一个人杀光整个草原上所有的生灵，可那又如何？明年春风吹过，又有嫩草生长出来，偌大的草原需要打理，需要有人来放牧牛羊、培育马匹。你杀了这些人，朝廷从何处找人来放马牧羊？是让边军管理，你想占地为王吗？还是让被流放的犯人来牧羊，你想再培养出一个新的异族吗？

"你是武将，想上阵杀敌，保家卫国。可连年征战只会掏空国库，与异族敌对只会让边境民不聊生。唯有打到他们痛之后，再进行教化驯服，开互市，通贸易，使其成为我们边界草原上的一道防线，才能真正守卫边疆！

"你说十五年前边城被屠之仇未报，我明白，可从长远来讲，这仇只能到此为止。"

当时，闻人武听不懂钟离初的话，只当痛没有在他身上，他不明白这仇恨有多难化解。

可是现在，他立在空中，俯视着下方战俘营中活得人不像人、鬼不像鬼的俘虏们。

杀掉他们，炼制本命法宝，他就可以突破元婴期，真正成为一尊杀神。放掉他们，他永远没有进境的可能性，旁边这个魔修还在虎视眈眈地等着挖他的金丹。

闻人武的视线缓缓地从战俘身上转移到魔修身上，这位自称阴煞散人的魔修疑感地道:"你看我做什么?下面那些蝼蚁才是你的目标,这么多人,你不杀我也要收他们的魂魄。你看看他们饱受战乱与火灾的折磨,一个个满怀怨恨,是多么好的炼器材料啊,我可是忍痛让给你的!"

说话间,闻人武举起长戟,这一次并未对准战俘,而是对准了阴煞散人。

"你做什么?"阴煞散人问道。

"蛮夷既降,教化后便是我朝子民。为将者,当以守护黎民百姓为己任。我不杀战俘,也绝不允许有人利用两国交战,对战场残魂施展邪法!"

说罢,黑色长戟向阴煞散人刺去。

元婴期的阴煞散人不慌不忙地取出一物,是个涂了闻人武的心血的娃娃,他一针刺在娃娃的胸口,闻人武的胸口恍若受到重击,他忍着疼痛继续出招,却根本无法战胜境界高他一个等级的魔修,没几招便被人擒住。

"罢了,浪费十五年也没什么意思,这杀戮道心法也没有传说中那般强,不过是吹嘘而已。好在还有个金丹和这些怨魂,炼化了正好助我突破化神期,也算没白费工夫。"阴煞散人说着,一掌击向闻人武的丹田,要取他的金丹。

那个涂了闻人武的心血的娃娃早已被阴煞散人拆卸了,每拆掉一个关节,闻人武的身体的某个部位便失去行动能力。现在他全身无力,一动也不能动,只能任人宰割。

他仰头看着草原上数不尽的繁星,不甘之念涌上心头。十五年前他没能守护父母亲人、边城百姓,十五年后他依旧无法守护曾经的敌人、现在的战俘。

闻人武紧紧握着长戟不放,鲜血染满长戟。这柄长戟是天降陨石中的陨铁炼成,无论怎样滴血吸收都无法被收服,他难以隔空驾驭。

这一刻,闻人武仅有一个念头,天下苍生已经不再需要闻人武,那么他这条命唯一的用处,也只剩下促成议和,守护来日了。

杀!杀掉眼前的魔修!

杀意涌上心头,却因那守护之义令闻人武在杀意充斥内心时保持冷静。

金丹被阴煞散人取出来的瞬间,那柄从来无法被驱使的战戟竟然动了一下。鲜血被长戟吸收,绽放出点点金色光芒。

空中七杀星绽放异彩,星辰之力受长戟的光芒吸引降落,战戟凌空,一道金色光芒划破夜空,斩断阴煞散人的手臂,金丹落回闻人武的丹田。

闻人武的上衣滑落,身上的道道伤痕是他多年在边疆杀敌留下的,是守护家国土地的证据。

星辰之力降下,闻人武默默运转心法,趁着长戟借助星辰之力与阴煞散人缠斗时,他要突破元婴期。

唯有拼死一战,他才有机会除掉此人。

此时此刻,是否能够渡过心魔劫、是否可以活下去他已经不在意了,他只要结婴那一瞬间的力量便足够了。

庞大的星辰之力修复着闻人武受创的身体，他心念一动，长戟回到手中。以往种种杀孽自眼前滑过，闻人武不为所动，牢牢地抓着长戟，凭借结婴的真元，以划破长空之势袭向阴煞散人。

道道冷光闪过，黎明前的最后一刻，长戟穿透阴煞散人的丹田，闻人武依旧站在空中，静静地望着大地。

七杀星于头顶闪耀，与战戟上金色的光纹相映生辉。

阴煞散人在星辰之力之下魂飞魄散，闻人武的眼角流下两行血泪，他的仇终究是不能报的。

"闻人元帅大义，初钦佩万分。"钟离初缓缓走向闻人厄，恭敬地道，"初跟随元帅来此，本抱着玉石俱焚之心，未承想元帅高义，放下仇怨舍身成圣。元帅今日以武止戈，不愧'武'之名。"

闻人武看向钟离初，沉声道："你也不必担心我以修者之力干涉朝堂之事，自此世间再无闻人武，只有闻人厄。"

唯有再起战乱，灾厄降世，才有他闻人厄。

当夜，闻人武旧伤不治，卒于议和前一夜，朝廷追封其为镇北王。

不久后，魔道突然出现一位元婴期高手，短短数月便灭掉几个偷偷残害百姓的魔修宗门，这人手持七杀戟，一身凶煞之气，名唤闻人厄。

记忆结束，殷寒江被弹出闻人厄的魂海，重演了一遍过去的闻人厄也睁开眼。

他还在殷寒江的魂海中，只是眼前不肯让他靠近的血污已经变成一个巨大的光团。闻人厄定睛看去，竟是他魂海中与小殷寒江相处的点点滴滴。

光团载着闻人厄向天空飞去，最终高高悬挂于殷寒江的魂海上空，并开始吸收周围所有的光点。

星星点点的光芒被光团吸收，化作一轮艳阳，原本漆黑一片的魂海被艳阳照亮，所有血污于光明之下消失得无影无踪。

闻人厄笑了笑，离开殷寒江的魂海，回到现实中。

殷寒江睁开眼睛，恍惚间不知自己身在何处。他四下张望一圈，视线所及之处的"闻人厄"一个个消失，仅剩下眼前一个最不像的。

不对，不是不像，是他从来没有看到过真正的闻人厄。

憧憬与尊敬令他将这个人神化，自愧不如，主动划清了界限，退避三舍。

殷寒江对眼前的人伸出双臂，将他紧紧抓住，轻声道："阿武。"

即使无法碰触到实体，他也要牢牢抓住这个人。谁知竟然碰到了一个坚实的臂膀。

莫说殷寒江，连闻人厄都惊讶万分，神血已经归还给百里轻淼，他是靠什么凝聚身体的？

"七杀戟呢？"闻人厄在芥子空间中探了探，由于没有实体，无法收入体内一直放在芥子空间中的七杀戟不见了。

放于床边的破军刺对着闻人厄的心口嗡鸣，仿佛在向什么打招呼。

殷寒江与破军刺心意相通，将手放在尊上胸前道："在这里。"

炼制七杀戟的材料是天降陨石，那是当年执掌灾厄的先天神祇随手为草原降下的灾难。陨铁中蕴藏着先天神祇的神力，由于这股力量的存在，当年闻人武无法唤醒将其收为本命法宝。又因这股神力，被唤醒后七杀戟引动星辰之力，吸收了闻人厄的鲜血。

魂海记忆中，闻人厄重现当年的种种，再次唤醒七杀戟中的神力，与混沌之体融合起来，在不知不觉中重塑肉身，修成神体！

宗修即修心，闻人厄在为殷寒江治疗的过程中，又何尝不是回到最初，找回修炼的初心？

闻人厄微笑道："殷寒江，我回来了。"

"恭迎尊上。"殷寒江口中说着恭迎，实际上却抓着闻人厄的双臂不放。

"殷副宗主可以将本尊的法袍还本尊我了吧？"闻人厄说道。

他重新凝结身体后，之前幻化出来的衣服便消失不见，闻人厄难免有些尴尬。

"不还！"殷寒江拒绝道，"是尊上曾亲手赐给我的。"

"尊上刚回玄渊宗，已经被属下架空到连法袍都没有的程度了吗？"闻人厄笑道。

"对。"殷寒江盯着闻人厄道，与小殷寒江的眼神一模一样。

闻人厄笑着去抢夺自己的法袍。

4

殷寒江自上清派回来后便闭关不出，已经足足一个月了，眼看明日便是初七，钟离谦这边早将事情安排好，各大门派被他逼得想不来都不行，殷寒江明日却不知道能不能出关到场。

钟离谦在两位宗主闭关时，用各种手段"安抚"几位坛主，敲打一个比一个有个性、一个比一个懒的玄渊宗要员办事，好不容易将两位宗主交办的事情完成，心想终于可以解脱时，这二位却不肯出关了。

其实追踪咒和同心蛊倒不是什么大事，左右也中了三十多年，他早已习惯。况且等百里轻淼到大乘期后，不需要两位坛主出手，钟离谦与百里轻淼合力也可以同时解除诅咒，并且将同心蛊逼出体内。

倒是总坛坛主这个位置，钟离谦实在不想做了。他十分希望血魔之事结束后，两位宗主能放他离开，让他云游四海，为渡劫做准备。

"钟离坛主，"生得阴柔的苗坛主凑到钟离谦身边问道，"前几日你帮我改善的培育王蛊的方法，确实有些效果，它已经结茧，过几日破茧有望拥有灭杀散仙的能力，真是多谢坛主。另外，我这里还有几个想法，等王蛊破茧后，我要多培育出几种不同功效的蛊虫，届时还请钟离坛主相助。"

钟离谦保持微笑，绝口不提明日过后他一定要请辞离开玄渊宗。

"走开！"阮坛主挤走苗坛主，"钟离坛主，你说得对，物极必反，凡事都要达到一个平衡才能成为最强。我的玄武甲加入一丝柔力后，防御更胜以往，我抓了几只蛊虫过来，它们根本没办法突破我的玄武甲，以往它们都能想办法钻进来的。"

苗坛主脸色一青："阮巍奕，你偷了我的蛊虫？"

"才没有，就是借了几个正道弟子。"阮坛主梗着脖子否认。

"钟离先生、钟离先生！"赫连褚拿着本书凑来，"多亏您的指点，我昨日将您指点后作的新诗赠给护法，护法格外喜欢我，今日我又作了首诗，您帮我改改？"

钟离谦微笑。

"喀喀喀！"师坛主咳嗽着挤上前，"钟离坛主，我对于七苦中的'求不得'还有一点不解，你帮……"

钟离谦依旧微笑着。

他没有闻人厄与殷寒江那远超宗修界的实力，为了让几位坛主做事，自然是对症下药，随意忽悠了几句，让他们心甘情愿地帮忙。

玄渊宗四位坛主其乐融融地聚在一起，倒是建立以来从未有过的奇景。舒艳艳打着哈欠倚在门边看着几人，有点弄不清赫连褚追着钟离谦作诗究竟是为了讨好她，还是单纯想与钟离谦多相处些时日。

"吵死了！"一个身穿黑衣的女子面色森寒地进入大殿，正是裘丛雪。

她最近心情不好，好不容易掉下去的肉又长了回来，虽然境界实力又提升了，再过一段时期便可以飞升仙界，她依旧不开心。

她身后跟着百里轻淼与宿槐，百里轻淼是想离开玄渊宗的，师门一日未将她逐出门派，她便一直是上清派弟子。她在玄渊宗的处境着实尴尬，伺候她的鬼修还是被裘丛雪炼成傀儡的紫灵阁阁主，她每日如坐针毡，只等聚会后离开。

以往裘丛雪这一句话就能让几位坛主与她切磋起来，不过此刻钟离谦在，他巧妙地向裘丛雪打招呼，又不着痕迹地安抚几位坛主，化解了这一场争斗。

"钟离坛主将吾等找来，是要为明日做准备吗？"舒艳艳打了个哈欠，缓缓走来问道。

"正是。"钟离谦道，"明日正道修士可能会发难，我们最好做足准备，诸位皆是玄渊宗的栋梁之材，不管哪一个受伤，都是损失。殷副宗主不准我们提前布置，但我们最起码要能自保。"

瞧瞧人家多会说话，一番话下来，每个坛主都露出骄傲的神色，就连对钟离谦有点防备之心的师坛主，也觉得钟离谦真不错。

忽然一道黑色的身影自门外飞入正殿，他朗声道："不必做准备，届时跟好本尊即可。"

　　这人正是闻人厄。

　　他长袖一挥，上首座椅从一个化为两个。闻人厄于左边的椅子上坐好，门外便又飞来一个红衣人，落座于闻人厄的右边，正是殷寒江。

　　围作一团的玄渊宗众人立刻按照自己的位置站好，齐声道："拜见尊主。"

　　到这里其余人卡壳了，唯有舒艳艳与钟离谦继续道："拜见殷副宗主。"

　　剩下的人也连忙跟着拜见殷寒江，恭敬地打招呼，便暗暗窥视闻人厄与殷寒江，心下十分不解。

　　按照玄渊宗惯例，闻人厄回来，不是应该好好教训一下殷副宗主，并夺回自己的地位吗？现在为什么这两个人没打起来？

　　尤其是师从心。他想到自己还站队到殷副宗主那里，谁料两位尊主友好和解，那他这个墙头草该怎么办？

　　师坛主暗暗地看向钟离谦，心中有些酸。钟离坛主从一开始便是两位尊上的心腹，人家的眼光怎么那么精准？

　　扫视众人一圈，闻人厄平静地说道："今日有一事宣布，此后玄渊宗，殷寒江与我同为尊。殷尊主的话，便是本尊的话。本尊与殷尊主意见相左，听殷尊主的。"

　　两人身上散发的气势皆已超出宗修界的范畴，众人不明白这两个妖孽怎么没被天劫带走飞升仙界，为何还留在宗修界。大家不敢质疑，只得顺从道："是。"

　　不管众人有多少心思，钟离谦的态度始终如一。他上前一步，谦和地说："禀报两位尊主，事情已安排妥当，明日午时，正道及宗修世家的人会齐聚太阴山，'信枭'发来消息，他们已经在太阴山布下天罗地网，就等我们上门了。"

　　"哦？"殷寒江似乎有些疲惫，以手撑着半个身体，懒洋洋地扫了钟离谦一眼，"你是怎么让他们乖乖来开会的？"

　　钟离谦轻笑道："不过是委托'信枭'调查了一些事情，还有之前殷尊主擒来的弟子，从他们口中问出各门各派的隐秘之事。属下向每个门派发信，若他们不肯前来，那便将这些事公之于众，他们自然会来。"

　　"做得好。"殷寒江赞扬道。

　　"是殷尊主先将正道弟子擒来，又有师坛主与苗坛主相助，还多亏舒护法与裘护法抽空下山联手逼问正道传人，另有阮坛主带领龟甲坛众人抵挡住那些骚扰总坛的宵小之辈，谦不过是集众人之力罢了。"钟离谦朗声道，"一人之力难以成事，能够在一个月内完成两位尊主交办的事情，全靠玄渊宗门人上下一心、齐心协力。"

　　他这一番话把每个人都说得舒舒服服，不自觉地挺直了胸膛。

　　闻人厄沉思了下，心想他们玄渊宗什么时候能用"上下一心"来形容了？

　　殷寒江乏了，听钟离谦将事情办得很好，便不想说话，闭上眼睛靠着椅子休息。他不在意玄渊宗众人的关系如何，不打到他面前就行。

　　闻人厄见他累了，知道殷寒江在为明日之事蓄力，便将事揽过来道："钟离谦，你做得很好，师坛主、苗坛主，你们即刻便为钟离坛主解开追踪咒与同心蛊，这三十多年，委屈钟离先生了。"

钟离谦摇摇头道："谦能有今日，还要多谢尊主，给谦一个迈出钟离世家的机会。"

钟离世家的声望、权势、力量，是其他家族子弟万分渴望的东西，而对于出生便被当作继承人培养的钟离谦是枷锁。从小他修炼的速度便比其他兄弟要快，但所有人都认为，那不是他优秀，而是因为声望聚集在他身上。钟离世家需要的不是钟离谦，而是一个能够凝聚声望的人。这个人可以是钟离谦，也可以是任何姓钟离的人。

他一直想知道，离开钟离家，他又会是一副怎样的面貌，依照他自己的想法，会走怎样一条路，而以他自己的力量，又是否有资格登上这条通天之道。

如今，他已经知道答案了。

解开咒术与同心蛊后，钟离谦取下蒙眼布。玄渊宗正殿光线相当充足，他眨眨眼，觉得眼前的世界与以往不同，白发也渐渐变回黑色。

百里轻淼也取下左眼的眼罩，心中一轻，知道这些年的同行终于到了尽头，今后她与钟离谦将分道扬镳，走向不同的路了。

两人相视一笑，隔空拱手作揖，为以往的相处道谢，也默默表达对对方未来的祝福。

闻人厄见他们已经完成告别的礼仪，便道："明日无须多做准备，跟紧本尊就是，正道那些陷阱，倒还奈何不了本尊。至于贺闻朝该如何处置，要如何与正道交涉，全部交给殷尊主决定，尔等不必插手。"

幽冥血海之战在闻人厄的意料之中，他不过是利用正道和血魔之手达到自己的目的而已，这个仇从来不是闻人厄的，而是殷寒江的。

他恨正道不分青红皂白地诬蔑闻人厄，恨正道败类将无数罪孽推给尊上。

闻人厄不在意无谓的名誉，殷寒江在意。

明日他要押着贺闻朝，让正道修士看看，在他们冠冕堂皇的外表下，藏着多少污垢。

第二十章

焚书仙尊

1

太阴山，紫灵阁的原址。

两年前太阴山地火爆发，天地之威下紫灵阁毁于一旦。地火足足持续一个月之久才慢慢停止，两年后山灰覆盖区植被茂盛，绿意盎然。地火令太阴山附近地貌发生改变，好在太阴山地处偏僻，附近没有人烟，但也死伤了不少动物与植物，此处生灵经历了一场清洗，新生的生灵会变得比以往更强壮。

地火爆发后，太阴山下增加了一条灵脉，这里的灵气变得更加充沛，如果没有新的宗修门派，千年后大概便能孕育出几个灵兽，或是新的物种。

殷寒江选择此处，是因为太阴山地处偏僻，发生大战不会影响到俗世中人。又因此处虽然植被茂盛，但灾难后新的生灵还未孕育出来，在此不会伤及太多无辜。

即使当时浑浑噩噩，心中充满仇怨，殷寒江还是本能地选择了对人界伤害最小的地方。

他多年来一直看着闻人厄，就算不理解，很多观念还是潜移默化地影响着他。

此次前来的门派都被钟离谦威胁过，他们心照不宣地提前抵达太阴山，确定魔道没有设下陷阱后，抢先布下天罗地网，打算将魔道众人一网打尽。

上一次正魔大战的起源是玄渊宗在闻人厄的管束之下少了内耗，势力日渐壮大。魔道心法修炼速度比正道快，短短数十年时间，玄渊宗便有一个门派与整个正道对抗的实力，闻人厄更是成了宗修界第一高手，无人能敌。

为此，正道必须压制魔道的发展，争夺有限的天地灵气。当然，这也是因为不管是正道高手还是魔道高手，都测算到必须有此一战才能欺瞒天道。

上次大战是正道随便找了个借口开战的，当时一个小门派不知被谁血洗，大家都认为是魔道做的，便以此为导火索开启了正魔大战。

而本次大战并非命数，是殷寒江执意要讨回公道。

实在是当年袁坛主与正道败类勾结，暗中培育自己的势力，他一死牵连出太多隐秘，殷寒江挖出的秘密，每一个都足以让一个大门派名誉扫地。钟离谦深谙正道与宗修世家对名誉的重视，殷寒江催得急，钟离谦也有自己的私心，便狐假虎威，借着玄渊宗的声势，威胁了一把各门各派。

几个古籍中记载的大阵被人翻出来，小小一个太阴山上居然汇聚了"醉梦忘忧阵""苍炎雷火阵""无妄冲霄阵"等十余种阵法，就等着玄渊宗众人到来后一举将人灭杀。

一道红影当先飞上太阴山，潜伏在暗处的人看出这人正是殷寒江，忙下令开启大阵。

磅礴的天地灵气涌向殷寒江，他不闪不避，凌空望着不断冒出头来的修士们。

尊上说过，他只管做自己想做的事情，余下不必理会。

就在排山倒海之力即将把殷寒江瘦弱的身躯压垮时，一柄长戟划破长空，刺穿了无数阵法脉络。

闻人厄出现在殷寒江身后，随手一招，这些被阵法汇聚起来的天地灵气顿时驯服地被他的混沌之力所控制。

天地自混沌而生，一切灵气源于混沌，又归于混沌。当闻人厄理解了这一点后，宗修界的手段对他而言就不过是能量的转化。阵法是将充斥在人间的灵气利用各种秘法转化为攻击人的刀，那么他可以利用混沌之力将这把刀还于天地。不必像以往般用自己的力量抵挡，最终两败俱伤，白白消耗灵气。

只见他身周渐渐形成一个灵气的旋涡，无论是阵法的力量还是法器的力量，全部被这个旋涡吸收。当正道人士已经不敢攻击也无力攻击时，闻人厄轻挥长袖，可怕的灵气旋涡向反方向旋转，化作点点灵光，于太阴山上降下一场充满灵气的甘霖。

跟在袁丛雪身后的百里轻淼看着这大地复苏的场景，心中略有所感，竟当场便凌空盘膝而坐，顿悟了！

袁丛雪、钟离谦和宿槐都没想到，大战在即，百里轻淼竟然能说顿悟就顿悟，这究竟是怎样的悟性？她已经是境虚期巅峰，再闭关醒来，该不会晋升大乘期了吧？

闻人厄感受到灵气变动，侧身看向百里轻淼，心下了然。当年太阴山地火就是受百里轻淼影响，有了爆发的预兆。虽然地火是闻人厄与紫灵阁阁主交战才勾起的，但真正的导火索是百里轻淼的灾厄司职。

施放灾厄是她的司职，她所到之处，但凡有什么天灾隐患，都会提前发动。在仙灵幻境中，百里轻淼眼前看到的，也是亲近她的黑暗与恐怖。

但她闭眼后，仙灵幻境便一片祥和之景，明媚耀眼，遍地灵药。

仙灵幻境的一幕与此刻的太阴山有异曲同工之妙，它们皆是因百里轻淼带来灾难，并于灾难后迎来新生。

百里轻淼自修炼无情道后，便不会将视线集中在某个人身上，而是看得更高更远。当她凝视着一个人时，瞧见的不是这个人，而是那人身后的土地。

道似无情却有情，这便是天地。

烈火燎原后，总有鲜嫩的花朵颤巍巍地绽开，以全新的姿容面对崭新的大地。

亿万年来，三界便是如此，毁灭与重生交替，周而复始，生生不息。

闭关中的百里轻淼总觉得仿佛听到一个人在耳边喋喋不休地说着什么，内容她不记得了，但隐约记得有句话，她始终没有说出口。

"你说得不对。"入定的百里轻淼喃喃开口，只有在她身边帮着布置椅子的宿槐听到了。

什么？宿槐凑近师父，听到她低声说道："天界上神，若是将目光汇在一个种族身上，不配为神。"

她低语时，死狗般的贺闻朝被人一把丢向殷寒江，殷寒江随手接住，扫视一圈，落在上清派掌门的身上，将贺闻朝丢在他的脚下。

"你完成誓约，我将徒弟还给你。"红衣男子冷傲道。

"闻朝！"上清派掌门忙扑向贺闻朝，见他满身都是阵符，昏迷不醒，似乎连神魂都被封住了。

上清派掌门怒道："殷寒江，当日围杀血魔是我一人主导。上清派自古便有记载，血魔现世，整个人界会寸草不生。因此我一定要除掉血魔，纵然当日没有杀死闻人厄，以后我拼了这条命也要除掉血魔！但这一切与我弟子无关，有何招数你冲着贫道来就是，为何要伤及无辜？！"

今日闻人厄在太阴山现身，众人知道没有除掉血魔，这人也不知在幽冥血海有了怎样的境遇，竟然功力大增，一招便破了他们精心布置的阵法。当时便有不少人想逃，不过被玄渊宗门人拦住，也有不少人做好了今日与血魔决一死战的准备。

无相寺新方丈双手合十，对殷寒江道："殷施主，血魔与其他修者不同，你若执意要包庇血魔，吾等纵是豁出这具皮囊不要，也要阻止殷施主酿成大错。"

"包庇？哈哈！"红衣男子在灵雨中狂笑起来，眼神中充满蔑视，仿佛眼前这些正道高手不过一群傻乎乎的绵羊。

殷寒江一展衣袖，站在闻人厄身前，朗声道："今日你们要杀血魔，我绝对不会包庇，但谁才是真正的血魔，我们倒是要说道说道了。"

说话间，殷寒江飞快掐动灵诀，贺闻朝身上的子午锁魂阵的阵符越来越淡，封印住他的力量也渐渐变弱。

这一个月中，子午锁魂阵在不断消耗着血魔的神魂。血魔想要活下去，就必须消耗真元对抗阵法的侵蚀，这段时间过去，他吸收的那十七位高手的力量估计也该耗尽了。

阵法破解之前，殷寒江祭出焚天鼓，焚天鼓在空中"咚咚咚"地敲响，修士们本想运足功力抵挡或是攻击殷寒江，不让他继续施法，但才不过敲两下，他们便意外地发现，这鼓声不是针对修士们的。

焚天鼓的声波，全部聚集在贺闻朝身上。

焚天鼓的鼓声有唤醒魔性的能力，殷寒江就深受其害。他倒要看看，血魔的魔性如此之重，能否顶得住这鼓声。

血魔与贺闻朝同时恢复意识，这一个月可苦了两人。贺闻朝有神格与先天雷火守护，倒是能抵挡一下子午锁魂阵，血魔却深受其害。他早就耗干之前吸收的真元，最后几日，是靠偷偷吸收贺闻朝的先天真气与神格来对抗阵法威力的。

贺闻朝不知道是血魔在吸收他的本源，还当是阵法歹毒。

好不容易阵法被解开，贺闻朝睁眼便看见师父在面前，欣喜万分，心想难道是师父来救我了？

而血魔则是饿，饥饿，仿佛饿了成千上万年，神魂长久没有灵气滋养变得干枯无比，似乎不吃掉一两个人就活不下去了。

这时鼓声阵阵，血魔恍惚间仿佛回到了万年前，那时他被宗修界众人围剿。那么多人在他的眼前晃来晃去，一个个不要命地冲上来攻击他。血魔耗尽真元就随手抓一个来吸收，用得到的力量再去攻击其他人。那一战死伤无数，血魔杀红了眼，看着一个个死去的修士狂笑。

饿，好饿啊，只剩下一缕神魂，忍耐了上万年，好不容易吃了几个高手得到的真元又消失了，他真的需要补充真元。

理智告诉血魔，还没有完全控制住贺闻朝，还没弄清状况，要忍耐，等到辨清身边的情况后，再伺机而动。

可理智若是能够压制魔性，殷寒江当初又怎么会被心魔所困，疯癫不堪？

这份疯狂，唯有经历过的人可以理解，也唯有殷寒江可以唤醒。

血魔晃晃脑袋，透过贺闻朝的视线，见到上清派掌门。贺闻朝拖着疲惫的身躯爬向师父，被上清派掌门扶起。

贺闻朝的手掌碰到上清派掌门的瞬间，血魔也感受到了上清派掌门皮肉下蓬勃的力量。

那一刻没有人能够阻止魔性，他立刻抢占了贺闻朝的身体，劲力一吐，趁着上清派掌门毫不设防的时候，一道血雾包裹住上清派掌门。

上清派掌门惨叫一声，身体渐渐化为血水，眼睁睁地看着自己的弟子面上露出狞笑，一把扯掉他已经渐渐化为血水的大腿，吸收掉他的血魂。

亏得无相寺新方丈反应迅速，一禅杖击中上清派掌门，强迫他与贺闻朝分开，又以佛力逼出血雾，这才保住了上清派掌门的命。

但此刻，上清派掌门的大半真元已经被血魔也就是自己的嫡亲弟子吸收，他望着贺闻朝，一脸难以置信地说道："闻朝？"

殷寒江朗声道："你们说我尊上是血魔，有谁亲眼见到他残害修士了？你们说本座包庇血魔，本座倒是想问问上清派掌门，你眼前的贺闻朝是个什么东西？"

趁着正道修士震惊时，殷寒江又拍拍手，命手下丢出那些正道败类，这些人在苗坛主手上被折磨了一个月，早就没了斗志。

殷寒江伸脚踢向一个人的下巴，喝道："自己做了什么，说！"

"我、我是碧落谷的弟子，我们门派修炼时需要与鬼修签订契约，我帮助他们满足生前的愿望，他们为我驱使数年。我、我为了得到强大的鬼修，不输于其他弟子，便假扮成魔修杀人，并将一个女子折辱数月后杀死，再现出真身，告诉她仇人是玄渊宗的，我以替她报仇为交换，让她与我立契，还、还逼着她吞了自己家人的魂魄，成为最强的鬼修。"那弟子鼻青脸肿地哭道。

殷寒江又踢了另外一个人："你呢？"

"我、我是南郭世家的，我……"

一个又一个正道修士被拎出来，诉说着自己做过又推在玄渊宗身上的坏事，说到后来连袭丛雪都听不下去了，一脚踹碎那位碧落谷弟子的脑袋，怒道："敢做不敢认，什么东西！"

碧落谷弟子身体死了魂魄还在，魂魄在空中喊道："又不是我一个人这么做的，我们师门最强的那个鬼修，还不是用邪法炼制的！"

他吼过之后，另外几个人也在殷寒江的示意下，纷纷说出了自己门派的事情。比如天剑门为了炼制仙剑做的事情，公西世家为陷害梁丘世家甚至不顾百姓的性命，施法放蝗灾，还有其他种种行为，在场诸位竟没有一个无辜的。

倒不是各门各派没做过好事，只是门人众多，牵扯众多，总有为了力量与势力作恶之人。宛若一张白纸沾上点点墨痕，不再有底气。

"上清、碧落、九星、天剑、无相、南郭、公西、钟离、梁丘……正道大门大派、宗修四大世家，千古传承，做的是顺应天道之事，行的是拯救苍生之道，你们就是这么拯救苍生的？好一个天道正义，好一个苍生为重，好一个藏污纳垢之地！"殷寒江道。

2

自家理亏，正道修士没办法还口。似上清派掌门这等传统正道修士，一生未做过亏心事，却没想到口口声声要消灭的血魔竟然就是自己的嫡传弟子，顿时备受打击，一时无法言语。

殷寒江没兴趣干掉所有正道修士，只在意闻人厄的名誉。阿武心心念念的全是苍生百姓，宁可冒死进入幽冥血海求一条生路，也不愿放纵魔性去吸收其他人的血魂。这样的人却要被诬蔑成血魔，殷寒江不甘心。

他看着上清派掌门，见他被血魔吸收了真元，估计也活不了多长时间了，便不去在意这个教导无方的师父。

血魔单吸收一个上清派掌门的血魂肯定是不够的，四处找人吸收，殷寒江以极诡异的身法转移到当日围剿闻人厄的几位高手身后，一脚一个将人踹到血魔的面前，嘲讽地说道："你们不是要除魔吗？本座已经将血魔送到你们面前了，除啊！"

最后一声怒喝，提醒了几位高手，他们纷纷祭出法器，要与血魔决一死战。

然而正道高手方才倾尽全力布置阵法围杀玄渊宗门人，真元全部被闻人厄转化为灵雨,现在根本没什么力量。

血魔刚偷袭上清派掌门恢复了些力气,被焚天鼓激起的魔性也消了些。他自知身份败露,无法再隐瞒,倒是把心一横,直接抓起一个离他最近的上清派女弟子,将其化为血水吸收掉了。

巧的是,这位女弟子竟然是柳新叶。

柳新叶见到贺闻朝竟然是血魔,心中对贺闻朝的爱全部转化为仇恨。她深知等这次事件尘埃落定后,她回到门派定会因曾经嫁给血魔备受欺凌。柳新叶曾经就是利用其他女弟子对贺闻朝的爱慕和对百里轻淼的忌妒,在门派内排挤百里轻淼。没有人比她更清楚被欺凌是什么滋味,她更不希望自己遭到那种对待。

此时唯一的办法就是大义灭亲,若是她第一剑刺向贺闻朝,就算没能除掉血魔,也会受人敬佩。于是她躲在一个高手身后,暗中出招。

可惜,柳新叶这一生没遇到过什么对手,对战经验太差,自以为做得隐蔽,却不知一举一动全部被血魔察觉到。血魔是何等人物,万年前一人力敌宗修界全部高手,他精准地发现人群中有个最好对付的女子,刚巧可以用来补充真元。

柳新叶聪明反被聪明误,就这样死在血魔手上。

吸收了她的血魂的血魔功力更强,反手攻击其他人,与正道高手缠斗在一起。

此时殷寒江却带着玄渊宗众人后退,后退,再后退,冷眼看着正道众人迎战血魔,时不时还踢一两个被他抓来的正道败类进入战圈。

昨日才恢复视力的钟离谦有些不忍,但不会劝殷寒江与闻人厄去帮助正道修士,勉强他们以怨报德。钟离谦自己可以大公无私,明知钟离狂对自己有恶意,依旧愿意只身前去救他,可不会用自己的道德标准去要求旁人。

他轻叹一声,展开一方竹简,飞入战圈中,尽力守护那些被战斗波及的正道弟子。

"你不恨贺闻朝吗?"闻人厄不知殷寒江此刻在想什么。

闻人厄认为自己不是个在意虚名之人,也不介意有人将罪责推到他的身上。那些事是否他所为,天道自有评判。况且对于一个魔道尊主而言,凶名在外总比慈名要强。

可今日,见殷寒江为自己不平,为自己生气,为自己怒骂正道眼盲心盲的修士们时,闻人厄心中满是暖意。

"我当然要亲手对付他,但这些正道修士也要自食恶果。"殷寒江道。

当年被尊上救下时,他发誓要做马前卒,生生世世追随尊上。现在,殷寒江不想做闻人厄的应声虫。他要站在阿武身前,保护那个甘愿为了苍生委屈自己的人。

"尊上大可继续践行自己的道,不必在意外界的闲言碎语。"殷寒江望着闻人厄道,"但你不在意的事情,我在意;你懒得管的事情,我来管!"

说罢,殷寒江见正道中人接连被血魔吸收了好几个,血魔老祖功力大涨,继续下去连他也未必能对付。而这些正道修士也得到了足够的教训，是时候了。

"滚开！"红衣男子凌空袭来，挥袖甩开围成一团反而更容易被血魔当成补给的修士，于众目睽睽之下，与血魔对峙。

有正道修士想要不计前嫌地与他联手，被殷寒江一脚踹开。

"殷寒江！"一人气急败坏地说道，"此刻不是计较过去种种的时候，正魔两道当联手除掉这魔头才是，你怎么攻击我们？"

"你们留在这里，只会碍事，不想变成血魔的饲料的都给本座滚！"殷寒江喝道。

那人还想说什么，被身后的钟离谦一竹简敲晕拖走了。临走前，钟离谦还给了殷寒江一个"你放心，我来清场"的眼神。

与此同时，一柄闪着寒光的破军刺分裂成无数虚影，将被血魔附体的贺闻朝团团围住。

血魔尝试地探出一丝血魂，试图化掉破军刺，吸收掉殷寒江本命法宝的力量。

而就在血魂碰到破军刺时，天空中的七杀星降下星辰之力，闻人厄手持长戟，站在殷寒江的身后，在他混沌之力的笼罩之下，血魔根本无法伤到破军刺。

九星门门主仰头望天，看向北斗第七星，喃喃道："竟然是破军化禄之相。"

破军乃战场中的先锋军，往往不顾生死，且孤军深入，若接济不及便会损兵折将，凶险异常。而若是有足够的后援，便是破军化禄，先破后立，打开新的局面。

七杀若是不能给破军足够的后援，破军便会成为一支孤军，无法发挥实力。若有名主在后，破军将化为一柄深入敌军内部的刺刀。

无数道破军刺深深刺入贺闻朝的身体，将血魔钉死。殷寒江在与闻人厄争夺法袍的间隙，曾探讨过对付血魔的办法。

血修无形无色，最难对付。万年前的修者用尽办法，却也留下一丝残魂，导致今日劫难再生。

最好的办法就是定住他的魂体，让他无法离开贺闻朝的身体。闻人厄将斩血之术教给殷寒江，两人商议出固魂的方法，趁着血魔舍不得贺闻朝的神格，将他封入其中。

破军刺定住血魔的魂魄后，殷寒江冷笑一声，施展自焚天鼓中悟出的心诀，借着太阴山的地火之脉施展焚天心诀。

一道赤炎冲天而起，火龙将贺闻朝围住，血魔想要逃，却发现自己完全无法离开贺闻朝的身体。

他只能用真元对抗殷寒江的火焰，当真元耗尽后，血魔便开始不顾贺闻朝的身体，吸收他的神格。

神格的力量强大，殷寒江就算再强大，也不过是稍微超出宗修界的水平，他渐渐体力不支，火焰也渐渐弱了下来。

就在殷寒江咬紧牙关支撑时，闻人厄在众目睽睽之下，握住殷寒江的手，低笑一声道："对方是两个人，你我为何不联手？"

见殷寒江不甘心地咬唇，闻人厄靠近他道："殷尊主想要守护阿武，阿武明白。"

殷寒江本想靠自己的力量除掉血魔，为闻人厄出一口气。此刻听到闻人厄的话，他心中的固执渐渐消失。

想要守护的心情，他比谁都明白，又怎么忍心让尊上担忧呢？

混沌之力涌入殷寒江体内，空中的灵雨汇入火焰中，化为他的力量。火舌牢牢卷住血魔的魂魄，这一次他再难支撑，忙放出贺闻朝的魂魄控制身体。

贺闻朝一直浑浑噩噩的，突然就变成筑基期，突然被人抓到玄渊宗封印一个月，突然伤害了师父，又突然身陷烈火中，真元空虚，备受折磨。

他大声地求救："师父、师叔，究竟发生了什么事？我为什么会在火中？"

上清派掌门捂着心口问道："闻朝，我问你，你知不知道自己体内有个神魂？"

贺闻朝愣了一下，紧接着发出被烈火灼烧的惨叫声。

见他这副样子，上清派掌门心下了然，吐出一口鲜血道："那你知道他是血魔吗？"

贺闻朝先是张口想要说话，忽然又顿住，没能开口。

之前他是不知道的，但在幽冥血海一战后，血魔强行附身他攻击闻人厄时，贺闻朝隐约感觉，附在他身上的可能不是什么好东西，那些正道高手或许也不是闻人厄杀的。

可他没有将此事禀报师门，或许是担心血魔反噬，或许是害怕承担这份罪孽，又或许……

看到他的表情，上清派掌门长叹一声："贺闻朝是我弟子，他酿成如此大错，我这个师父理当同罪。若不是百里轻淼协助殷尊主擒住这孽障，又不知有多少人要被害。上清派弟子听令，百里轻淼为民除害立下大功，贫道死后，由百里轻淼继任上清派掌门之位！"

话音刚落，他便提起最后一口气，纵身跃入火海中。

"师父！""掌门！"上清派众人齐声惊呼，更是有人不顾一切地扑上前要救上清派掌门。

谁知上清派掌门却摆摆手道："正道其身不正，该当受此惩罚。"

"阿弥陀佛。"无相寺方丈道了声佛号。

众人心里清楚，今日殷寒江将正道的脸面全部撕破，若不做出些表现，此后正道再难在宗修界立足。上清派掌门一心求死，不仅是心中惭愧，更是为上清派后人立威，若再有弟子敢误入歧途，想想今日的结局。

暗夜中，一团烈火整整烧了一夜，宛若深夜中的一盏明灯，照亮了整个太阴山的天空。

天亮时分，火中的三人皆已化为飞灰，焚天之火中，仅剩下一柄破军刺。

殷寒江收回本命法宝，傲然俯视一圈灰头土脸的正道修士，冷哼道："上清派倒还算有担当，用两条命纠正了他们的错。至于你们……本座将这几名弟子还给你们，该怎么处置自己决定。唯有一点，日后各门各派自己做事自己当，休要再想着找人顶罪！"

说罢，他带着玄渊宗众人浩浩荡荡地离开太阴山。

殷寒江刚离开太阴山身形便一歪。他方才与血魔斗法受了暗伤，却不愿在人前露怯，便强撑着。

忽然一只手握住他冰冷的手，温暖的真元注入殷寒江的体内。

两人相视一笑。

日出前最后一刻，七杀星与破军星耀眼异常，相互辉映，光芒竟更胜本该是此时最明亮的启明星。

3

贺闻朝身死当日，是《灭世神尊》评论区的末日与《虐恋风华：你是我不变的唯一》的狂欢，两边的书评呈现出截然不同的氛围。

《灭世神尊》书评——

全文完是什么意思？这么一部古旧破书忽然说要修文，我特意跑到网上去追，追到一百多万字，男主突然……死了？我以为还能诈尸重生，结果作者说全文完？这叫全文完？我……

作者你，我花钱看这么多，你把男主给写死了。

这不是古早神作吗？我当年还买了书呢！现在第一卷没完结男主就死了，作者，退钱！

虽然但是……楼上，这本书没出版过，你见过一卷一百万字的书吗？

那我买的是啥？

是不是一本特别厚、字体特别小、纸张特别差、经常有标点符号打不出来变成个问号？那个叫盗版。

先不提盗版书的问题，作者你就这么改文是怎么回事？朝哥被玄渊宗关押的时候，我还等着他翻身，谁知道最后开大会，他直接被殷寒江烧死了？接着作者就打出全文完，什么情况？

说起这本《灭世神尊》，当年因为结局特别惊艳，我还一直视这本书为经典的。谁知道过了十年再来看这篇文，突然觉得男主有点虚伪，逻辑也有问题。大概是我长大了，审美和观念改变了吧？

这文书评为什么这么多？

屏蔽词，骂人的话，少儿不宜。这文也少儿不宜，看了容易怀疑人生，还是去看无CP（配对）的文洗洗眼睛吧。

《灭世神尊》的读者们从暴怒到无奈最终转变为无聊地去看其他文，而《虐恋风华：你是我不变的唯一》的书评区却一片祥和。

《虐恋风华：你是我不变的唯一》中，百里轻淼闭关醒来便已经晋升大乘期，无情道有小成。她听到贺闻朝的死讯和自己被指定为掌门的消息后沉默片刻，应下了掌门之职。

对此徒弟宿槐很不解，觉得百里轻淼已经是大乘期，很快就可以飞升了，为什么还要被上清派绑住？

百里轻淼柔和地对弟子笑笑，问道："你是觉得上清派乃至整个正道都是沽名钓誉之辈吗？"

"除了师父你，其他人都是。"宿槐愤怒地说道。

他也是在太阴山上听殷寒江一桩桩、一件件地逼问正道败类们，才知道原来玄渊宗被人泼了这么多污水。他好生气，特别希望殷尊主将所有人都烧掉，可是殷尊主没有这么做，而是只除掉了血魔，便将其他败类一一还给了各个门派，要他们自己处理。

要宿槐说，最好的办法应该是杀掉在场所有正道高手，玄渊宗一统宗修界才好！

"可你知为何正道可以将这么多事推在玄渊宗身上吗？"百里轻淼问道。

"那……"宿槐一时语塞。

他想说玄渊宗名声不好，但名声为什么不好呢？因为很多坏事，的确是曾经的玄渊宗做的。

"在闻人尊主统一魔道之前，玄渊宗的确是无恶不作的。"百里轻淼想起钟离谦的教导，以及清雪师父对她讲述的过去发生的事情，"比现在你听到的正道败类所做之事，有过之而无不及。"

百里轻淼这么多年没有被困在上清派，行万里路，亲眼见到无数人间悲苦，明白这世界并不是非黑即白的。当被感情蒙蔽的双眼擦亮时，她对这世界的感觉也不一样了。

她拍了拍宿槐的手，释然道："闻人厄成为魔尊后，以铁血手段肃清老宗主的旧部，是破。他重新管理门派，设置新的门规，命众人遵守，是立。百年来，玄渊宗已从曾经的魔道渐渐转为一个满是随性之人的门派，你在玄渊宗中觉得过得开心，是因为那里的人皆是率直自我的，恶意与善意写在脸上，从不虚假掩饰。但让他们做到这一点的，不是旁人，正是闻人厄。

"而今，殷寒江于太阴山上揭露正道多年来的隐疾，亦是破。正道在宗修界多年，广招门徒，日子久了，总有管理不及之处，偌大的门派总会生些疮疾。若不狠下心来剜掉这些腐肉，它们会不断腐蚀完好的皮肉，届时正不是正，魔不是魔，是非不分，黑白不辨别，天下大乱！"

"所以……殷尊主做的事情，是有利于正道的？"宿槐惊讶地说道，"师父，你是不是比以前聪明了？这么多事情，是你自己想到的吗？钟离先生偷偷教你的吧！"

百里轻淼屈起手指敲了敲宿槐的额头道："是为师自己想到的，为师自得到血焰霓光绫后，回忆起了不少事情。"

血焰霓光绫是神血转化，神血是先天神祇为恢复神位准备的，其中也藏着关于前世的些许记忆，百里轻淼晋升大乘期后，便渐渐恢复了些记忆。

她曾被贺闻朝的前世影响，当真认为自己所做的是坏事。而转生后，见证闻人厄与殷寒江所做的种种，她渐渐明白了。

"殷尊主的破，对正道而言是痛，但也是唯一一条生路。"百里轻淼感慨道，"我前世将无数的痛带给人间，这种痛对每个个体而言，是毁灭性的打击，但对于天地而言，每一次破便是立的开始。"

宿槐不太明白她的话，歪头听着。

"我前世一直在制造'破'，从未参与过'立'，上清派掌门之位，却是个契机。上清派是正道魁首，掌门师伯用生命洗清了贺闻朝泼在上清派身上的污迹。他信任我，给了我这个重整门派、正道的机会。重任在身，百里轻淼当仁不让。"百里轻淼的神色渐渐变得严肃起来，她面向太阴山上清派掌门逝去的方向，深深地作揖。

她心中隐隐感觉到，当她带领正道重新在世间建立威信时，便是她有资格吸收神格之日。

先天神祇与天地同生，所思所行全部是为了维护整个天地。一个只有灾难的天地终究走向灭亡，灾难只是过程，目的是去芜存菁，洗去尘埃，还一个清明天地。

宿槐懵懵懂懂的，百里轻淼问他要回上清派还是留在玄渊宗，他想了想，决定还是跟着师父。虽然玄渊宗是他的向往，但师父有点傻，在上清派恐怕会被人欺负，宿槐不太放心。

而且留在玄渊宗的话，那个叫师从心的坛主总是偷偷看他，生怕他抢了冥火坛坛主之位。宿槐觉得，玄渊宗的人有点不好管，钟离先生那么聪明的人都快秃头了。他摸摸自己还算浓密的秀发，心想当个上清派首席弟子也不错。

百里轻淼离开玄渊宗之前，一些关系比较好的人向她道别。

裘丛雪很不满意。她教导出来的弟子终于晋升大乘期了，竟然不与她联手刺杀闻人厄与殷寒江，反而要去当上清派的掌门。她揪着百里轻淼教训了一阵，宿槐实在听不下去，拽过师祖，小声告诉她师父想要一统正道的想法。

裘丛雪听后顿时眼睛一亮，挺起胸膛道："你放手去做，等你统一正道时，我也该是玄渊宗的宗主了，到时我们师徒反目，再起征战，也算是一段佳话！"

宿槐抚额，师祖的话怎么听起来都和"佳话"二字不沾边。

"你放心吧，"貌美的舒护法摸摸宿槐的脸，"有本护法在，你师祖休想一统魔道。她当宗主后定会逼着整个玄渊宗的人都去做鬼修，到时个个没有肉，全是一把骨头，本护法找谁同修去？"

舒护法太过美丽，宿槐脸一红，倒退几步，警惕地看向舒艳艳："我以后和师父混正道，绝不会和你同修的！"

舒艳艳轻笑一声，凑近两步，捏捏宿槐的脸，柔声道："我呀，是不会动你这样的人的。太认真、太痴情的人，会为了心上人甘愿献出一切，这份因果，我担不起。"

舒艳艳与宿槐对话间，师从心轻手轻脚地走到百里轻淼身边，双手奉上一块玉符。

"这是？"百里轻淼疑惑地看向师从心。她在玄渊宗这些时日，与这位师坛主其实没什么纠葛。她昏迷时，为了保护自己与神格对抗，本能地吸收了师坛主的病气，欠下因果。不过当她将病气还回去时，这道病气在司灾厄的先天神祇体内待过，力量大增，得到这道病气的师坛主也会功力大涨，一来一回间，百里轻淼早已偿还了因果。

"就、就里面有咒术之法，谁敢不听话，用一下。"师从心小声道。

他每次看到百里轻淼都想跪下去，忍不住想献上什么东西，真是不明白为什么。

"多谢。"就算不一定用得上，百里轻淼还是收下了这份好意。

而且想想她与钟离谦的追踪咒，咒术只要用在对的地方，也不一定全是坏事。

想到那位曾与她相伴三十多年的友人，百里轻淼望向钟离谦，隔空向他行了个拜别礼。

没有多余的话语，也没有多余的嘱托，君子之交淡如水。但百里轻淼知道，日后她若是有难，钟离谦定会出手相助，而钟离谦要是遇到难事，她也义不容辞。

与百里轻淼道别后，钟离谦询问舒艳艳："舒护法，两位尊主什么时候出关，谦还要卸任辞别呢。"

"出关？"舒艳艳抬起纤细的手掩了下惊讶的表情，"那可不知多久了，少说也要三五十年？"

钟离谦哑口无言。

他忙看向百里轻淼，希望这位友人能够帮助自己。谁知百里轻淼道别后比谁走得都快，早就没影了。

钟离谦长叹一声，两位尊主这是要将教化魔道的重任全部压在他的身上，什么叫上了贼船就下不来，他算是知道了。

《虐恋风华：你是我不变的唯一》的最后一章，便定格在这鸡飞狗跳的画面上，每一个看到结局的读者，均露出吾家有女初长成的欣慰笑容。

呜呜呜呜！看到百里轻淼最后说的那番话，我有种被人骗走的女儿

第二十章 焚书仙尊

终于长大了的感觉,那种酸酸胀胀的幸福感,太好了。

嗯,女儿不仅踹了负心汉,还抢了负心汉的公司,干得漂亮!

虐恋?虐恋在哪里?

谁说没有虐恋了?百里轻淼和清雪长老,百年后,一个正道魁首,一个魔道至尊,两个人相爱相杀,当年我救了你的身体,你帮我摆脱负心汉挽救我的灵魂,我们相互扶持三十年,没想到最后却要刀兵相见,难道不虐吗?

楼上想多了,清雪长老没有当尊主的智商,她想当尊主,舒姐不同意。

说起舒姐,我看舒姐的最高心法是怎么修炼三五十年的。

我也是……

"啪!"殷寒江一把合上《虐恋风华:你是我不变的唯一》,不再看书评。

他拿着那本书,盯着床头的油灯,慢慢地将书凑向火苗。

一只手伸过来,拿过他手上的书,声音在殷寒江耳边响起:"写了什么?气得你要烧书?"

"本座只是担心……"殷寒江才开口,便觉嗓子沙哑得有些过分,他忙自芥子空间中取出一杯灵酒喝了口润喉,这才继续说道,"此物有邪性,会影响人心。"

他简单地说了下闻人厄被困幽冥血海时,自己眼前曾出现过原书中的画面,令他心魔加重的事情。

"这样的事,不仅出现在你身上。"闻人厄想起袭丛雪替代他被百里轻淼所救时,脑海中也固执地出现了原书的对白,师从心在见到百里轻淼时,也曾见到过神光。

只不过相同的情形放在不同人身上,反而会产生完全不同的结果。

"为什么会出现这种情况?"殷寒江拿出《虐恋风华:你是我不变的唯一》与《灭世神尊》四本书翻来翻去,见《灭世神尊》第二卷和第三卷已经是两个空白的本子,除了书评页还有人在不停地叫骂外,再不会出现文字更改。

"我一直有个疑问,《虐恋风华:你是我不变的唯一》与《灭世神尊》的评论,从来没出现过对另外一本书的评价,明明是两个主角完全相同的故事,就没有人两本书都看过吗?"闻人厄说道。

殷寒江愣了一下,看向两本书,脑中闪过无数猜测,唯有一个最接近答案:"两本书并不在一个世界。"

闻人厄道:"正是。三千世界,互不干涉,其实又互相影响。宗修界也有不少关于仙界、神界的传说,具体是真是假,不到仙界、神界我们无法确定,但这并不妨碍我们知道这些事情并评论。

"我们的故事也是一样的,以不同人的面貌,折射在不同世界中,所以不管是哪个世界的哪本书,都没有看到全貌,只是单一地以某个人的视角呈现出来罢了。

"若是一定要我评价这两本书，我认为，《虐恋风华：你是我不变的唯一》与《灭世神尊》两书，是三界末路前的警示。它们一本本地出现在不同人手中，也是天机难测，将三界浩劫的信息分散，能够抓住唯一的生机，就看得到书的人该如何行事了。"

"至于一些人脑海中出现的剧情，或许是神格作祟，或许是天道警示，也或许是其他世界对我们的影响，都有可能，也有可能是其他原因，我无从定论。"

"唯一可以确定的是，修炼无情道后又执掌上清派的百里轻淼，心志足够坚定，应该有足以压制神格的力量了。"

殷寒江对百里轻淼能否拯救三界并不在意，对他而言，能与闻人厄同生同死，死后融为一体化身天地也是不错的终局。

"不知是否有以我们为主角的书？"殷寒江在油灯上随意翻着书，忽然想到这件事。

"谁知道呢？"闻人厄低笑，不去打断殷寒江想要烧书的举动，"你介意我们的故事被其他人看到吗？"

"关我什么事？"殷寒江将书随手丢在地上。

正如闻人厄所说，其他世界就算能够看到他们的故事，也没有足够的力量影响到他们。对于殷寒江而言，最重要的是，闻人厄还活着，这便足够了。

"焚天仙尊，是我还是其他人呢？我究竟是焚天仙尊历劫转世，还是抢夺了对方的仙位？"殷寒江道。

"这件事……到了仙界自然就知道了。为了早日到仙界，我们继续修炼吧！"闻人厄说道。

殷寒江笑了，掌心劲力一挥，丢在地上的四本书燃烧起来，火光亮起，殷寒江瞥见那光亮，轻轻笑了。

—正文完—

番外一

万事之始

番外一 万事之始

《灭世神尊》(第三卷)大结局后,贺闻朝以大法力重建三界,与妻子们和友人们在神界过着永生且永远快乐的日子。

此后数百年,贺闻朝又按照自己的记忆,制造出无数回忆中的神界、仙界、人界中的人。

他成为天上地下独一无二的神,没有人敢反驳他的话,所有人对他千依百顺,没有半点异议。

最初时,贺闻朝觉得这样的生活实在太美好,三界随他来去自由,再也没有人威胁到他与亲朋好友们的身份地位,从此不必时刻担心那些坏人、坏神暗害他,整个三界都是他的,多么幸福。

然而几百年后,这样的生活令贺闻朝乏味。

幸福无忧,没有任何波澜,日复一日,年复一年重复不变的生活,让贺闻朝渐渐失去了新鲜感。

一切按照他的心意发展,没有任何意外,生活没有任何乐趣和惊喜而言,味同嚼蜡。

一日,他一狠心叫来明艳美丽的公西锦,又叫来百里轻淼,当着她的面与公西锦亲密。

百里轻淼一脸平静,微笑着说:"师兄与公西妹妹的感情真好。"

贺闻朝当下推开公西锦,抓住百里轻淼的双肩问道:"你不忌妒吗?你不吃醋吗?我记得,过去我与其他女弟子稍有接触,哪怕只是多说了一两句话,你都会和我闹的,不是吗?"

百里轻淼一点也不觉得肩膀疼,温柔地将头贴在贺闻朝的手臂上,一脸顺从地道:"可是师兄你不喜欢,不是吗?你只是迫不得已,你最爱的人是我,我知道的。"

"那你……对我使使小性子、发发脾气不好吗?"贺闻朝用力掐着百里轻淼的肩膀,"我的力气这么大,你不疼吗?"

怎么会不疼呢?贺闻朝已经听到了骨头被捏碎的声音。

"我怎么舍得对师兄发脾气?师兄是上神,三界的事情全部归师兄管,师兄那么忙,我不会给师兄添麻烦的。"百里轻淼道,"还有,我的肩膀不疼的,就算肩膀受伤,师兄也可以帮我治好不是吗?"

贺闻朝听了她的话,失魂落魄地收回手。

是啊，他当初复活小师妹的时候心中想，小师妹什么都好，就是太爱吃醋，他是神尊，有几个交好的女神又有什么关系？小师妹要是能不生气就好了。

于是复活的百里轻淼就真的对贺闻朝一心一意，不闹事也不惹事，每日在宫殿中等待师兄来陪她。

贺闻朝离开百里轻淼的神殿，去找他的大老婆紫灵上神。

紫灵上神见到贺闻朝即拿着本画册过来，体贴地道："夫君，这是神界女神的画册，你近日和哪几个关系比较近，需要我去为你提亲吗？"

贺闻朝盯着紫灵上神道："我是你的夫君，你为我娶其他女人，你不难过吗？"

紫灵上神大方得体地说道："夫君这般英武，娶这些女神是她们的荣幸，不是吗？"

"我记得你以前会暗中除掉一些你不喜欢的女子。"有些事情，贺闻朝不说，不代表他没注意到，"我记得你最不喜欢公西锦，为什么不除掉她呢？"

"因为夫君你喜欢啊。"紫灵上神的笑容中没有丝毫感情，像个精致的人偶。

贺闻朝拿过画册，里面的女人各有各的美，他的眼睛却已经分辨不出这些人的长相有什么区别了。

"你看着挑几个就是。"贺闻朝无趣地摆摆手离开了。

妻子们全按照他的想法长的，她们说什么、做什么，贺闻朝都可以提前猜到，因为每一个人都是他创造出来的，甚至新娶的女神们亦是如此。

他来到药嘉平的神殿，此时药嘉平已经是药神，掌管天下灵药。贺闻朝去时，药嘉平的妻子小怡正在院子中照顾灵草，见到他到来，小怡行了一个礼道："神尊。"

"药嘉平呢？"贺闻朝对小怡没什么印象，创造出来的小怡就是一个长相与原来一模一样，性格却单纯的人。

"在医治病人呢。"小怡道。

一听医治病人，贺闻朝眉头一皱，闯进药嘉平的房间，果然见他正在穿衣，床上躺着个女子，眉眼与小怡有些相似，想必又是哪个病人家属或是病人本身。

"你已经找到小怡了，为什么还要这么做？"贺闻朝抓住药嘉平怒吼道，"你不是对小怡一心一意吗？"

药嘉平系好衣带道："我身为药神，宠幸一两个女子有什么关系？她与我同修，还能增长法力呢。而且我心里只有小怡，其他人不过是逢场作戏罢了。你不也是一样？你喜欢百里轻淼，不妨碍你娶紫灵上神、公西锦和其他女神不是吗？"

"你这个人渣！"贺闻朝一掌将药嘉平击飞。

药嘉平飞出神殿，受了重伤。小怡一下子扑在他身前，对贺闻朝道："要杀夫君就先杀我！"

"夫君？"贺闻朝的眼神变得凶狠起来，他手指在旁边一点，神力又创造出一个一模一样的"药嘉平"，"这个呢？"

小怡立刻扑到另外一个"药嘉平"身前，护住他道："要杀夫君先杀我！"

"哈哈哈！"贺闻朝忽然发出苍凉的笑声，倒退几步，指着小怡说道，"这两个夫君都送你了，你自己选一个吧，哈哈哈哈！"

他离开药嘉平的神殿，漫无目的地在神殿游荡，心想：假的，都是假的，全是我想象出来的，哈哈！

几百年的梦醒了，他一个人，与幻想出来的、绝不会违背自己的傀儡们，过了数百年。

从那以后，贺闻朝不再宠幸妻子们，这些人也不会来打扰他，都安分地待在自己的宫殿中。

贺闻朝在神座上，无聊地搅动着人世间。他随手释放一个灾难，又随手毁掉一个国家、一个物种，透过神界看着凡人们颠沛流离，却毫无感觉。

"这就是神啊，难怪你当年可以毫不在意地释放灾厄，原来如此。"贺闻朝抬头望天，眼神空洞，不知在与谁对话。

先天神祇，那个他刚成为神，便觉得美貌不可方物之人，一双无情的眼睛平等地看待着众神，仿佛他与下界的蝼蚁没有任何区别。于是他不断地缠着那个女子，想要得到她一道与众不同的视线，想要那双无情的眼睛饱含深情地看着自己。

转世后，他第一眼看到百里轻淼就如同前世一般爱上她了，看到小师妹的眼中只有自己时，又觉得无趣，觉得哪里不对，不是他想要的。

此刻贺闻朝才明白，前世深深吸引他的，正是那双看似无情却有情、充满大爱的眼睛。

"你已经不在了，是吗？"贺闻朝摸摸自己的心口，忽然说道，"不对啊，你的神格还在我的体内，我们始终在一起啊。"

外面的世界都是假的，是他的白日梦，唯有体内的神格是真的，是那位先天神祇唯一留下来的东西。

贺闻朝在神座上蜷缩起身体，双臂环抱住虚空，仿佛抱着一个人。

他闭上眼睛，有些疲劳一般沉沉睡去。

神尊睡着的瞬间，人界的幽冥血海掀起滔天巨浪！

贺闻朝在吸收了神格后，依旧无法净化被神格操纵的魔气。他按照记忆，将这些魔气照旧封印在幽冥血海中，这些年，幽冥血海一直安安静静的。

巨浪中，一个人于血海之上渐渐成形，他抬起头望天，听着周围的风声，仿佛在接收无数信息。

"原来如此，本尊坠入血海后，发生了这么多事情。"那个人低声自语，"殷寒江、焚天仙尊……本尊真是错过了很多事情。"

他隐约记得，坠入血海后，他浑浑噩噩地被十八万魔神吸收，唯有一缕执念还在。至于是什么执念，他有些记不起了，但他想，他还有事情没有做完，不能死。

于是在神格打破三界屏障时，那缕执念不断吸收周围的魔气与神格的力量，越来越强大。

人界与仙界融合在一起，已经没了理智的魔气在仙界找到了焚天仙尊的绝笔。那个瞬间，神格失去控制，仙界与神界的屏障消失，十八万魔神攻打神界，天地即将毁灭。

直到贺闻朝借助和百里轻淼结魂契吸收神格，又将魔气重新封印在幽冥血海中，这给了那缕执念继续吸收魔气的时间。

贺闻朝的心境崩溃，他闭上双眼封闭自己的瞬间，那个人抓住机会，吸收所有魔气，击碎幽冥血海的封印，冲了出来。

他是魔，是三界唯一的魔神，他是闻人厄。

闻人厄看着人世间，他的眼睛可以看透虚妄，贺闻朝制造出来的假象根本骗不了他。

在闻人厄眼中，三界已经混为一体，世界正在收缩，所有力量都归于混沌，唯有这混沌的中心，有个人抱着个神格，正做着美梦。

殊不知，他怀中的神格正一点点地侵蚀他的神力，等神力被完全侵蚀，他与百里轻淼的魂契就会消失，此后便再也没人能阻止神格令天地归于混沌了。

闻人厄来到沉睡的贺闻朝身边，将手放在他的头顶，"看到"了贺闻朝的美梦。

神格发现闻人厄，察觉到这是唯一一个可以阻止它毁灭天地的人，有些不安，正要凝聚力量杀死闻人厄。

"你不必防备本尊，"闻人厄道，"这已经不是本尊要守护的天下。"

他盯着正在用魂契努力束缚住神格的贺闻朝，低笑一声："焚天仙尊……你执意要为本尊报仇，那今日……本尊便实现你的愿望吧。"

闻人厄掌心劲力一吐，贺闻朝仅剩的那一点魂契被闻人厄破解，神格破开贺闻朝的身体冲出来。它融入天地中，开始吸收混沌力量。

所有混沌之力无限制地收缩起来，包括闻人厄的身体。他感受到支撑自己的魔气渐渐消失，心中却一片平静。

世界已经毁灭，可以期待的，唯有新生的世界。

既然如此，他能够做的事情只有一件。

闻人厄不再抗拒，冲进混沌之力中，被神格吸收，凝缩。

亿万年后，混沌之力收缩至无法再收缩，终于引发了大爆炸。

火光中迎来新生，万千世界成形，一缕亿万年未能消磨的执念分别融入三个世界。

第一个世界，一位女频写手，在电脑上敲下《虐恋风华：你是我不变的唯一》这个书名。

第二个世界，一位男频写手，在电脑上敲下《灭世神尊》这个书名。

第三个世界，正与下属商议正魔大战之事的闻人厄，头顶忽然破开一个异空间，掉下一本书。

他随手接住，见上面写着《虐恋风华：你是我不变的唯一》。

番外二

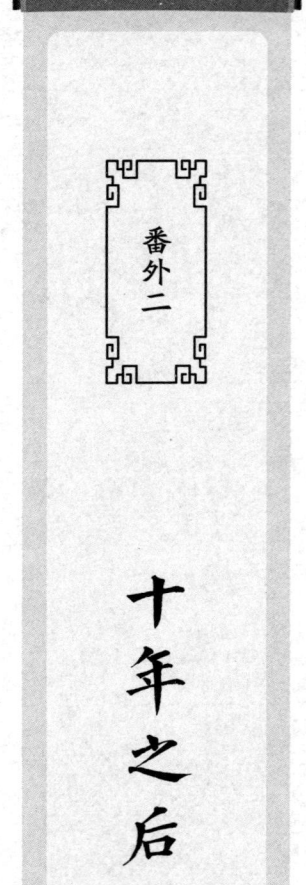

十年之后

玄渊宗，总坛。

钟离谦正在议事大厅与舒艳艳交接工作。他又被闻人厄拖延了十年，十年间他每逢初一、十五都会向闻人厄与殷寒江发传讯符请辞，锲而不舍地发了十年二百四十张传讯符，终于换来了闻人厄不耐烦的传音："你随便寻个适合代管玄渊宗的人，交接后便离去吧。"

钟离谦收到这个传讯后，喜不自胜地摸摸自己尚在的长发，忙去找了舒艳艳，将这些年他制定的玄渊宗门规、奖惩制度、灵石法宝库存、门人等级心法、未来可能晋升的时间以及有可能遇到的瓶颈等信息，一一转交给舒艳艳。见她懒洋洋地靠在桌边，一点查看玉简的意思也没有，钟离谦不得不一一为她讲解。

十年过去，依旧美艳若少女的舒艳艳打了个哈欠，睡眼惺忪地望着钟离谦道："四十二年前，我在书会上看中你时，怎么没发现你这么啰唆？"

书会上的钟离谦谈经论道，作诗作词，每句话皆是优美的诗句，就算听不懂，入耳也觉得心旷神怡。现在钟离谦满口库房中还有多少顶级灵石、上品灵石、中品、下品……门人们最近有什么烦恼，几位坛主又在琢磨什么事情，要如何安抚他们等，听得舒艳艳止不住地犯困。

她捏了把钟离谦的俊脸，疲倦地道："难怪世间书生，学生时青衣俊秀，宛若一根青竹，全身上下散发着竹香，让人忍不住尝一口。可科举之后，便是酒囊饭袋的官员，一个个肚子也起来了，脸上也满是皱纹，丑也就算了，连诗词都不会作，闻起来都是酒糟味，下不去口。钟离谦你呀……"

舒艳艳叹气摇头，似乎在为美人迟暮而悲哀。

时隔多年依旧年轻俊朗的钟离谦，想了想道："谦在玄渊宗多年，依旧是个传道的师者，未曾改变。"

"我知道，"舒艳艳忽然站起来，手掌摸了下他的下巴，心疼地道，"你都瘦了。"

钟离谦微怔。

舒艳艳正色道："你做学生、做先生，我鼓掌欢迎，可是莫要再理会玄渊宗的杂务了，不适合你。师者，传道授业解惑，你为弟子们尽心尽力，可也要适当收手，路都是自己走的，你不能替他们走下去，太累了。"

钟离谦望着桌案上的书简，其中一个是每个门人未来可能修炼的方向。他将自己能够想到的全部写上了，但其实，依旧有无数种可能性，他没有记录下来。

"我呢，做事随心所欲，喜欢就试试，不喜欢就放手，欣赏就与对方多交流交流，尊重便正视之、交心之、不以轻慢的态度对待对方。"舒艳艳道，"我尊重钟离先生，愿意放手让一个我眼馋的人离开。但同样，我之所以放手，是希望钟离谦永远是君子、是令人尊敬的先生，你若被这堆杂务毁了气节，那本护法也就不客气了。"

钟离谦思量许久，对舒艳艳拱手道："多谢舒护法提点，谦明白了。"

他这么多年为玄渊宗付出很多，不知不觉间，玄渊宗与钟离世家同样成为钟离谦的枷锁，令他渐渐失去自由，也忘记初心。

他的初心是将"道"之一字传遍整个世间，但他要传递的"道"并非固定的，每个人会因理解不同，而悟出自己的"道"。而他现在险些为玄渊宗每个人规划好未来的"道"，而不是任其自由发展了。

"明白就好，"舒艳艳捡起一个个玉简，"你整理的这些东西，本护法会看的，至于要不要按照你说的去做，那可未必。本护法也有本护法的'道'，你莫要像个苍蝇般在我耳边'嗡嗡嗡'地告诉我这个能做，这个不能做，说多了就不帅了。"

"谦遵命。"钟离谦轻笑，如朗月清风般自在。

"你走吧，"舒艳艳道，"在世间传播你的'道'，让本护法看看这天下能否太平无忧。另外，每隔几年也回来一次，我指着你的脸下饭呢。"

"圣人曰，三人行必有我师，'师道'不仅是要做老师，更要去寻找老师，世间人人可为吾师，今日舒护法便是谦的一日之师。"钟离谦温和地说道。

舒艳艳看了看他的脸，抬手捂住自己的额头，另一只手甩了甩道："你赶快走吧，否则我就要逼你'一日为师'了。"

钟离谦含笑道："谦告辞，待得几年后，谦心境有增长，再与舒护法论道。"

望着他离去的背影，舒艳艳摇摇头道："可别回来了，再回来老娘真的扛不住了。"

她拿起玉简，翻看众人的近况，翻到裘丛雪时，见上面写着：裘护法日常去上清派约战，被百里轻淼打败后便去打宿槐。在她的刺激之下，三人的功力一日千里，勉强可算作佳话。

舒艳艳的嘴角抽了抽，她这种及时行乐的人，永远不理解裘丛雪的脑子在想什么。

哦，对，她没有脑子，不会想事情，都是靠本能行事的吧，也亏得百里轻淼与宿槐这样对她，任由裘丛雪在上清派玩耍。

也好，裘护法整日驻扎在上清派，舒艳艳的宗主之位又少一个竞争对手。

另外两个嘛……

舒护法遥望闻人厄的住所，心想等这二人出关，说不定就要去仙界祸害众仙了，到时玄渊宗就是她舒艳艳的啦！

不过这么一来也没意思了，人家都去仙界称霸，她事业心这么强，难道不应该跟过去统领众仙吗？

舒艳艳托腮坐在书桌前，开始认真思索日后专心修炼的事情。

玄渊宗后山，红衣男子赤脚坐在泉水边，静静地望着天上的月亮。

另一玄衣男子靠着他的背而坐，也跟着看天，不明白这月亮有什么好看的。

闻人厄自然而然地说出自己的疑问，身后的殷寒江沉默良久，才开口道："你捡到我那日，月亮很圆，夜很安静，我从尸堆里努力探出头来，见到了月色下缓缓走来的你。你走路没有声音，我那时眼睛也不太好，若不是明月足够明亮，我就错过你了。"

"这么一看，圆月是很美。"

"钟离谦走了，舒艳艳又要山中无老虎，猴子称大王了。"殷寒江忽然想到这件事。

"无妨，有她在能省很多事。不过你若是不喜，我便将她赶下去。"

"没兴趣。"

月色落在清泉中，在粼粼水光上，留下一抹银色的亮彩。

番外三

赠尔铃铛

殷寒江近日总是头疼，经常梦到入魂治疗时发生的一些事情。

那时他走火入魔，整个人懵懵懂懂的，重要的经历还记得，但细节十分模糊。

最近可能是伤势渐渐痊愈，梦境中的细节愈发清晰。

一日他在温泉中修炼疗伤，渐渐陷入沉眠中。

梦中他依稀回到少年阿武的记忆里，四周人很多，车水马龙，灯火辉煌。

闻人武拉着小殷寒江的手，笑着说："这元宵灯会热闹不？你想要哪盏灯？我给你摘了去。"

小殷寒江没有看灯，他盯着闻人武身后的糖人摊，见到一个手持长戟的武将糖人，心中有些喜欢。

闻人武看出他心意："喜欢那个？我这就给你买一个去。"

他转身去糖人摊，这时拥来一群看灯的人，殷寒江太过瘦小，被挤散了，一时找不到方向。

他想喊闻人武，梦里却发不出声音，只能迷茫地在人群中挤来挤去。

灯火让人眼花，过多的人令殷寒江相当不适，他矮小瘦弱，不知被谁撞倒了，在人脚下爬来爬去。

即使如此，他还是没能完全避开，一只大脚踩过来，小殷寒江只能无助地蒙住头，尽量避开要害处。

这时一双手伸过来，将殷寒江一把捞起，让他坐在自己的肩膀上。

"是我疏忽了，忘了你瘦小，挤不过这群看灯的人。"闻人武满脸歉意，用手擦擦殷寒江小脸上的灰，将糖人递到他手中。

殷寒江一手握住糖人，一手紧紧抓住闻人武的衣服，生怕再失散。

闻人武见他紧张，抱着小殷寒江去隔壁摊子买了个铃铛，想戴在孩子手腕上，才发现铃铛有点大，只好绑在他脚踝上。

"这铃铛声音特殊，一旦失散，你只要轻轻晃动铃铛，我耳力好，不管隔多远，都能在人群中分辨出你的声音，不会再把你弄丢的。"闻人武说。

小殷寒江这才慢慢放心，小手抓得没那么紧了。

他晃动下脚，铃铛叮叮当当地响着，殷寒江舔舔糖人，被甜到心里。

温泉内，殷寒江清醒过来，他想着方才的梦境，随手一招，一个铃铛凭空出现，落在殷寒江手中。

他径直起身，湿衣贴在身上，殷寒江微一运气，衣服与头发瞬间蒸干。

殷寒江四下寻找，见闻人厄正在树下饮酒，对着一轮圆月不知在想什么。

"尊上。"殷寒江走过去，"属下想送尊上一物。"

"怎么又叫我尊上？"闻人厄道，"早说了，你我并非从属关系。"

殷寒江没说话，将铃铛系在闻人厄腰上，夜风吹过，铃铛在闻人厄衣摆下轻轻晃动，发出清脆的声音。

"送我的？"闻人厄问，"为何要送铃铛？"

殷寒江道："纵使相隔万里，我也能听到它的声音。日后无论尊上去了哪里，幽冥血海、仙界、神界还是魔界，只要循着这个铃铛声，我就能找到尊上。"

再也不会将你丢掉。

—全文完—

图书在版编目（CIP）数据

本尊也想知道 / 青色羽翼著. —广州：广东旅游出版社，2021.11

ISBN 978-7-5570-2601-1

Ⅰ.①本… Ⅱ.①青… Ⅲ.①长篇小说 – 中国 – 当代 Ⅳ.①I247.5

中国版本图书馆CIP数据核字(2021)第189409号

出 版 人：刘志松
总 策 划：刘运东
责任编辑：龚文豪
责任校对：李瑞苑
责任技编：冼志良
出版监制：王兰颖
特约编辑：薛天舒　夏君仪
封面设计：

本尊也想知道
BENZUN YE XIANG ZHIDAO

广东旅游出版社出版发行
（广东省广州市荔湾区沙面北街71号首、二层 邮编：510130）
联系电话：020-87347732
天津旭丰源印刷有限公司
（地址：天津市宝坻区黄庄镇产业功能区三号路5号）
联系电话：022-82573368
680毫米×970毫米　16开　27印张　560千字
2021年11月第1版第1次印刷
定价：49.80元

本书如有错页、倒装等质量问题，请直接与印刷厂联系换书。